国家社科基金重大招标项目

"十四五"国家重点出版物
出版规划项目

湖北省公益学术著作
Hubei Special Funds 出版专项资金
for Academic and Public-interest
Publications

民国时期中国文学史
著作整理丛刊

丛书主编

陈文新
余来明

中国文学史话

梁乙真 著

杜近都 整理

上

长江出版传媒｜崇文书局

图书在版编目（CIP）数据

中国文学史话 / 梁乙真著；杜近都整理． -- 武汉：
崇文书局，2024.1
（民国时期中国文学史著作整理丛刊 / 陈文新，余
来明主编）
ISBN 978-7-5403-6593-6

Ⅰ．①中… Ⅱ．①梁… ②杜… Ⅲ．①中国文学－文
学史 Ⅳ．① I209

中国国家版本馆 CIP 数据核字（2023）第 198197 号

出 品 人　韩　敏
项目统筹　程可嘉
责任编辑　郑小华　薛绪勒
责任校对　董　颖
装帧设计　甘淑媛
责任印制　李佳超

中国文学史话
ZHONGGUO WENXUE SHIHUA

出版发行　长江出版传媒｜崇文书局
地　　址　武汉市雄楚大街 268 号 C 座 11 层
电　　话　(027)87677133　邮政编码　430070
印　　刷　湖北新华印务有限公司
开　　本　880mm×1230mm　　1/32
印　　张　21.75
字　　数　450 千
版　　次　2024 年 1 月第 1 版
印　　次　2024 年 1 月第 1 次印刷
定　　价　92.00 元（全两册）

（如发现印装质量问题，影响阅读，由本社负责调换）

前　言

　　20世纪30年代是中国文学史著作编创、出版的繁荣时期，大体而言，这时期的多数文学史"会在同一个地方开头、结束，会有同样曲折的情节。它们列举的时代'代表'总是相同的，还有所谓的'代表'作品也总不出那些篇目"[①]。在文学史的书写范式、理想目标渐趋一致的时代背景下，梁乙真以编者为自我定位，以一己之力完成了一部近似于后世集体编写的文学史。文学史家各有专长，而梁乙真则博采众家，为民国时期的文学史书写贡献了"集体"的声音。其材料收集丰富得当，史实取证正确缜密，较为及时地运用新文献，吸收新观点，阶段性反映了20世纪30年代前期中国文学史研究的水平，体现了后五四时期的一代文学史家自觉重写文学史的努力与追求，具有显著的标本意义。

　　梁乙真的"自律论"文学史观，或者说，与进化论分道扬镳的纯文学观，以及对"有趣味的学术"的追求，则是其学术个性的体现。在文学史著作的撰写中，如何平衡"集体"与"个人"

　　[①] 戴燕《文学史的权力》，北京大学出版社2002年版，第65—66页。

的关系，始终是一个难以圆满解决的问题。梁乙真的尝试当然说不上完美，但却提供了一个难得的可资借鉴的文本。

一、梁乙真的人生轨迹

梁乙真（1901—1950），原名梁梦书，曾用名梁仪真，笔名伊碪（砧），河北省获鹿县（今石家庄市鹿泉区）山尹村人。毕业于上海南方大学，获文学学士学位。中国国民党党员，中华全国文艺界抗敌协会成员，中华民国国民革命军陆军少将。作为民国时期较为重要的一位学者，梁乙真的学术研究横跨文史，在中国文学史、中国妇女文学史、中国散曲史等领域颇有创获，尤其是在妇女文学和散曲研究等专题文学史研究方面有"开山"之功。随着近年来学界对民国学术研究的逐渐重视，梁乙真的数部代表作也得以重新出版。①

2015 年，梁乙真的女儿梁君楣在接受《雕塑》杂志采访时谈及自己的父亲，说梁乙真"1949 年 1 月随傅作义参加北平和

---

① 任慧编的《民国时期中国文学史著作廿七种》收录梁乙真《中国文学史话》《中国民族文学史》《清代妇女文学史》，均为国家图书馆出版社2015年影印本。《中国妇女文学史纲》现有上海书店出版社1990年"民国丛书"影印本、上海三联书店2014年"民国沪上初版书"影印本。《元明散曲小史》现有商务印书馆1998年影印本、中国戏剧出版社2015年"中国戏曲艺术大系丛书"影印本、河南人民出版社2016年"民国专题史丛书"影印本、北京文化艺术出版社2018年"民国诗学论著丛刊"整理本。

平起义，一年后在北京去世。……年仅 50 岁"①，照此推算，梁乙真的生卒年应为 1901 年（或 1900 年）和 1950 年。②

梁乙真出生于"半耕半读"的家庭，八九岁时进入私塾学习，接受蒙学与经学教育。他幼时喜看戏，这种对戏曲的兴趣与喜爱对其日后从事戏曲研究颇有影响。十四岁进入高小。十七岁就读于保定第二师范，其间由于校方趋于保守，他阅读了大量"选学"和"桐城"古文，毕业之际方才大量接触新文学作品及学术著作。③20 世纪 20 年代初，梁乙真就读于上海南方大学，成为重要的学生干部，加入中国国民党。④ 在校期间，他便开始收集文献资料以撰写其第一部学术著作——《清代妇女文学

① 徐永涛《兰心蕙质　玉韵金声——八旬女雕塑家梁君楣的艺术人生》，《雕塑》2015年第4期增刊《当代艺术家梁君楣》。梁君楣是当代著名雕塑家，现为苏州雕塑协会名誉会长。

② 以笔者所见，目前学界普遍认为梁乙真的生年为1900年，例如王瑜瑜《开拓之功　启迪之思——〈元明散曲小史〉小议》（《剧作家》2017年第5期）、申畅与陈方平等编《中国目录学家辞典》、杨栋《中国散曲学史研究（续篇）》、赵义山《20世纪元散曲研究综论》、陈玉堂《中国文学史书目提要》、陈飞主编《中国文学专史书目提要》、陈广宏《中国文学史之成立》等。另有2015年"中国戏曲艺术大系丛书"所收录的《元明散曲小史》定为1899年。按：据梁乙真《我在青年时代所爱读的书：青年时代读书生活的回顾》（《青年界》，1935年第8卷第1期）一文可知，他十七岁进入保定第二师范就读，当时"五四运动的狂潮刚刚过去"。照此推算，梁乙真应大致出生于1901年下半年。

③ 关于梁乙真的读书经历可参看梁乙真《我在青年时代所爱读的书：青年时代读书生活的回顾》（《青年界》，1935年第8卷第1期）一文。

④ 《南方大学消息四则》，《申报》（上海版），1926年3月30日第17版；《各团体消息》，《申报》（上海版），1926年12月12日第17版。

史》，并结识了"鉴湖女侠"秋瑾之女王灿芝，由此得见《鉴湖女侠遗集》。他走上文学研究的道路也受到了王灿芝的影响，日后王灿芝还为其《清代妇女文学史》作序。[1]

1926年，梁乙真大学毕业，次年任广东潮梅警备司令部政治部编辑主任，"四一二"反革命政变中受诬入狱。出狱后先后担任潮梅日报社编辑主任，国民党中央日报社文书主任。1927年加入国民革命军第十军，后入国民党山东省党部，曾任国民党山东泰安党部主任。同年圣诞节，当地青年学生与洋人爆发冲突，梁乙真受此牵连再次入狱。这次牢狱之灾结束后，他先后于山东省惠民、泰安、临沂等地任中学国文老师，于这一时期完成并出版的著作有《清代妇女文学史》（上海中华书局1927年2月初版）、《中国妇女文学史纲》（上海开明书店1932年9月初版）、《元明散曲小史》（上海商务印书馆1934年12月初版）、《中国文学史话》（上海元新书局1934年7月初版）、《花间词人研究》（上海元新书局1936年2月初版，署名伊磋[2]）、《明散曲家冯惟敏年表》（抄本[3]）。

抗战全面爆发后，梁乙真离开讲台前往大后方，曾任《阵中

---

[1] 梁乙真与王灿芝的交往可参看梁乙真《学校生活之一叶：革命家的女儿》一文。

[2] 上海元新书局1934年11月出版的隋育楠《文学通论》的书末广告说，当时尚在印刷中的《花间词人研究》是梁乙真所著，重庆三友书店于1942年及1943年出版的《民族英雄百人传》和《中国民族文学史》两书的书末广告所列的《花间词人研究》即梁乙真的著作。

[3] 中国古籍总目编纂委员会编《中国古籍总目》史部第2册，上海古籍出版社2009年版，第877页。按：此书笔者未见。1935年《青年界》第8卷第1期发表的梁乙真《明散曲家冯惟敏年表》一文，应是此书或其蓝本。

日报》副主笔。[①]1938年4月，豫东战况激烈，阵中日报社撤至河南信阳，旋又迁往西安。同年，梁乙真由陕西前往重庆，任职于新成立的三民主义青年团中央团部。抗战时期，他编撰了多部意在弘扬民族精神，激励民众抗战的著作，包括《民族英雄诗话》（一名《民族英雄史话》，重庆黄埔出版社1940年9月初版）、《民族英雄诗话》（西安建国编译社初版[②]）、《民族英雄百人传》（重庆青年出版社1942年10月初版，另有重庆三友书店1942年12月初版[③]）、《中国民族文学史》（原名《近世中国民族文学发展史》，重庆三友书店1943年5月初版）、《熊廷弼评传》（成都东方书社1943年9月初版）、《民族气节新论（并附注解）》[④]，并为《中国青年》（重庆）、《三民主义半月刊》等期刊撰稿，所写、所译的文章主要涉及抗战时事

---

① 邱沛篁等主编《新闻传播百科全书》，四川人民出版社1998年版，第582—583页。

② 该书为"建国文艺丛书"之三，版权页未说明具体刊行时间。按：西安建国编译社成立于1941年，"建国"应指"抗战建国"这一抗战时期的重要纲领。据此，该书当刊行于1941年至1945年间。该书无序跋、例言，共十四节，每一节分别叙述一位我国近代以来的"民族英雄"的诗作及生平。该书实为"黄埔本"《民族英雄史话》一书的节本。

③ 该书即《民族英雄诗话》，两书正文内容无异，只是此本删去了"黄埔本"所有的贺衷寒序、袁守谦序及勘误表，保留梁乙真自序与例言。

④ 此书笔者未见。按：据1943年5月版《中国民族文学史》书末广告可知，梁乙真著有此书，但未标明出版社及出版时间。又，梁乙真1942年于《三民主义半月刊》第8、9、10期连续发表《论民族气节》（分为上、中、下三篇），于《心理建设》第1卷第2期发表《从心理学上的觉点论中国历代民族气节》，这些文章应与《民族气节新论》一书关系密切。

和民族历史。梁乙真的国际视野也较为开阔，研究并撰写了多篇关于东亚国家及地区民族革命运动的文章[1]。关于中日两国之间的历史关系，梁乙真与隋树森合著了《两千年来中日关系年谱》[2]一书（隋树森编译，梁乙真校补）。1941年5月至7月，受三民主义青年团委派，梁乙真到四川省视察团务，创作了日记体游记《蜀道散记》（重庆商务印书馆1943年5月初版）。1944年1月11日，三民主义青年团主持的"全国学生从军指导委员会"成立，作为"三青团"干部的梁乙真编创了《中国青年

---

[1] 据笔者所见，这类文章包括《中国民族主义之发展与台湾革命运动》（《三民主义周刊》，1941年第1卷第16期）、《历史上中韩两民族革命运动之三个共同的策略》（《黄埔季刊》，1941年第3卷第1期）、《民族主义与东方诸民族的革命运动》（《三民主义半月刊》，1942年第1卷第4期）、《东方民族革命运动研究大纲（初稿）》（《三民主义半月刊》，1943年第3卷第1期）、《朝鲜民族革命运动研究大纲》（《三民主义半月刊》，1943年第3卷第2期）、《台湾民族革命运动研究大纲:附表格》（《三民主义半月刊》，1943年第3卷第3期）、《越南民族革命运动研究大纲》（《三民主义半月刊》，1943年第3卷第2期）、《暹罗民族革命运动研究大纲》（《三民主义半月刊》，1943年第3卷第5期）。

[2] 此书笔者未见。按：据重庆三友书店《中国民族文学史》书末的"本店出版新书预告"可知，此书由隋树森编译，梁乙真校补，原计划出版时间晚于《民族气节新论》。《隋树森自传》（《中国当代社会科学家》第4辑，书目文献出版社1983年版）所列"译述编校书目"无此书。兹将三友书店的"预告"内容摘录于此："本书系从秦始皇廿八年（日本孝灵天皇七十二年，公元前二一九年）五月'秦徐福率男女三千人至日本'起，直到'七七'抗战后五年，两千年来中日关系之大事，按年计入，同时并参考中日史籍上的记载，摘要附入，藉此增加读者兴趣，本书不但可供临时参考，并可使国人了解于中国民族文化过去怎样地培植了日本。"

运动史》（重庆拔提书店初版[①]），借古喻今，旨在宣传和鼓舞1943年年末开始的"学生从军运动"。

抗战期间，梁乙真通过河北老乡孙连仲将军结识了抗日名将张自忠。[②]抗战胜利之后，他前往北京，担任孙连仲所辖第十一战区的党政处长。[③]1947年，孙连仲调往南京，梁乙真留在北平，历任傅作义将军秘书、北平警备司令部门头沟办事处主任。1950年，梁乙真溘然长逝。

梁乙真与同时期的许多文人一样，横跨新旧两个时代，接受过新旧两种文化教育。他从事过行政、教育、文字、军政等工作，是一位学者，也是一名官员，他的人生经历和学术研究与时代发展紧密相关，可说是民国时期"学者型官员"的代表人物。

二、《中国文学史话》洋溢着浓郁的时代气息

梁乙真是一个密切关注现实人生和学术进展的学者，他的《中国文学史话》洋溢着浓郁的时代气息。

1919年，胡适于《新思潮的意义》一文中正式提出"研究

---

① 该书具体出版时间不详。据该书第十八章《从九一八到学生从军运动》可知，该书截稿于1944年。又，据版权页可知，该书分甲、乙两种版本，但两者间的具体区别不详。按：该书第一章《青年运动与社会风气之转移：中国史上最早的青年运动》曾于1943年在《中国青年》（重庆）第8卷第6期发表。
② 梁乙真《忆张将军》，《中国青年》（重庆），1943年第8卷第2期。
③ 《熊式辉自沈抵平与白部长商讨东北"绥靖"事宜　冀热绥检会通过提案廿余件》，《申报》（上海版），1947年2月28日第2版。

问题、输入学理、整理国故、再造文明"[①]的"整理国故"口号。他强调，用评判态度、科学精神、精确考证整理中国的文化历史，才能区分"国粹"与"国渣"，达到"再造文明"的目的。这一主张影响深远，正如郭沫若所说，"整理国故的流风，近来也几乎成为了一个时代的共同色彩了"[②]，其"大胆的假设，小心的求证"[③]的方法论对于此后一代学人的治学方法与旨趣均有难以忽视的引导作用。

"整理国故"运动对文学史知识体系建构与研究方法更新也产生了重要影响。在真实还原文学史这一史学理想的感召下，当时的很多学者都致力于文献史料的发掘与整理，陆侃如曾回忆道："二十年来文史研究都注重于史料的考订，渐渐成为风气。后来变本加厉，竟认史学即史料学。"[④]

梁乙真也由此力图将伪作排除在文学史叙述之外。他接受胡适的看法[⑤]，将《诗经》视为中国最早的文学作品，诸如《击壤》《康衢》等上古诗歌及《尚书》《山海经》等先秦古籍均被其视为"不可靠"，而"大刀阔斧的一律地删去"[⑥]了。对"楚

---

① 胡适《新思潮的意义》，《新青年》，1919年第7卷第1期。

② 郭沫若《整理国故的评价》，《创造周报》，1924年第36期。

③ 胡适《清代学者的治学方法》，《胡适文存》第1册，华文出版社2013年版，第290页。

④ 陆侃如《〈中国文学欣赏举隅〉序》，《陆侃如古典文学论文集》，上海古籍出版社1987年版，第112页。

⑤ 在"古史辨"派学者看来，先秦古籍几乎全部"可疑"，其中只有《诗经》是较为可信的。胡适最早提出这一观点，他认为"古代的书只有一部《诗经》可算得是中国最古的史料"。参见胡适《中国哲学史大纲·导言》，东方出版社1996年版，第18页。

⑥ 梁乙真《中国文学史话》，元新书局1934年版，第1页。

辞"作品的真伪辨析，自王逸《楚辞章句》开始便众说纷纭，《汉书·艺文志》存目的二十五篇屈原赋几乎没有一篇不被怀疑非屈原所作，梁乙真则依据陆侃如的考证，确认"只有《离骚》《天问》，及《九章》之半（《橘颂》《抽思》《哀郢》《涉江》《怀沙》）是真的"①。论述宋玉时，梁乙真也只分析了《九辩》与《招魂》这两篇最有可能由宋玉创作的赋。由于"苏李五言诗""古诗十九首"等汉代文人诗均为后人托名之作，梁乙真论述汉代诗歌便只提乐府诗，认为"'相和歌'及'杂曲'中五言的作品，那才是后代五言诗不祧之祖"②。此书第十章"晚唐的诗人与词人"论述词体成立时强调"虽相传大诗人李白做过《忆秦娥》《菩萨蛮》二种绝妙好词。但据近人的考证，这实是初期词人混入的作品而非李白所作"③，只有白居易《忆江南》、张志和《渔父词》等中晚唐词作才是可信的。总体而言，由于梁乙真对考证、辨伪工作的重视，以及对他人研究成果的广泛吸收，《中国文学史话》的历史叙述基本是可信的。

与很多五四新文化学人一样，梁乙真对平民文学较为认可。这首先表现在他对贵族文学和典雅风格的排斥。比如《诗经》一章，论述重点在"小雅"与"风"，提及"颂"诗时，以贬抑为主："其外表与内容，除了呆板的堆砌，抽象的教训，浮浅的赞颂充塞字里行间以外，使我们总觉察不到好处。"④《汉代的乐府》一章则对属于贵族文学的郊庙歌辞、燕射歌词、舞曲歌辞存

---

① 梁乙真《中国文学史话》，元新书局1934年版，第31页。
② 梁乙真《中国文学史话》，元新书局1934年版，第65页。
③ 梁乙真《中国文学史话》，元新书局1934年版，第210页。
④ 梁乙真《中国文学史话》，元新书局1934年版，第4页。

而不论。与此类似的是，在唐代部分，他把唯美典雅的义山诗视为"失掉自然之美，甚至变成晦涩与难懂"[①]，只给了不足五百字的篇幅。"士大夫"创作的诗歌在梁乙真看来基本上是"利己心的冲动的表现"[②]。其次，梁乙真推崇具有平民文学、民间文学特质的文学作品。例如，他对深入民间的陶潜赞赏有加，称其"替诗的园地里开辟了一个新的描写境界"[③]，并将他作为评述后世诗人的重要参照对象，断言与陶潜时代相近的"张陆潘左都逃不了这雕琢字句的'诗匠'的称号"[④]。诗风朴质的范成大是梁乙真最为偏爱的宋代诗人，他甚至认为范成大"对于自然界的深刻的观察，似较渊明、摩诘更为灵活入微"[⑤]，并连续征引范成大十五首田园诗，数量之多，超过苏黄。针对古人批评《杀狗记》文辞朴拙，梁乙真强调：戏曲是直面普通民众的艺术，"词语白俗，始能为一般妇孺所晓，则白俗正是在传奇里的最宝贵的一点，'俗'又何妨"[⑥]。

　　梁乙真完成此书时，侵华日军已占领我国大片领土，国家陷于亡国灭种的危机之中，所以其爱国情怀在《中国文学史话》中多有表现。梁乙真对陆游、文天祥、陈子龙、金和等爱国诗人以及《桃花扇》等亡国题材作品颇为推崇，钱谦益、吴伟业等遗民

---

① 梁乙真《中国文学史话》，元新书局1934年版，第216页。
② 梁乙真《中国文学史话》，元新书局1934年版，第356页。
③ 梁乙真《中国文学史话》，元新书局1934年版，第356页。
④ 梁乙真《中国文学史话》，元新书局1934年版，第79页。"诗匠"这一术语来自于胡适《白话文学史》，但胡适只认为"三张""二陆""两潘"是诗匠。
⑤ 梁乙真《中国文学史话》，元新书局1934年版，第360页。
⑥ 梁乙真《中国文学史话》，元新书局1934年版，第458页。

诗人也深受其同情。梁乙真将文天祥与陈子龙的诗歌比作"秋后黄花"，誉其高标逸致。他强调："在描写被压迫民族的反抗，和亡国之民的誓死奋斗上，《桃花扇》当然比《长生殿》有意义的多了"①；《冬青树》一剧"题材是遗民的悲痛，孤臣的死节，王孙的沦落，宫女的飘泊，以及帝陵植树，西台恸哭。至其文词的凄厉，情调的浩莽，曾激动了不少人的眼泪与壮气"②；《帝女花》"虽在词的表面上，处处是叙述清代殊恩，而言外自见故国之感。真的，无声之泣，强解之愁，较之痛哭号咷，尤为可悲"③。虽然蒋士铨与黄宪清度曲填词时应该并没有为前朝凭吊招魂之意，但这些题材悲壮动人、文字哀感顽艳的作品确让梁乙真产生了"合理"的文本"误读"。在具体行文中，其民族情感也多有流露。例如，此书第十七章论述宋代诗歌，以宋末元初的遗民诗人群体压卷，梁乙真感慨系之地写道："真所谓'欲知亡国恨多少，红似④乱山无限花'。我们应该深深地猛醒了。"⑤字里行间，不难读出他对于抗战时势的担忧。

三、梁乙真自觉以编者自居

面对错综复杂的文学史现象，梁乙真认为，撰写文学史最重

---

① 梁乙真《中国文学史话》，元新书局1934年版，第680页。
② 梁乙真《中国文学史话》，元新书局1934年版，第685页。
③ 梁乙真《中国文学史话》，元新书局1934年版，第689页。
④ 据北京大学古文献研究所编《全宋诗》卷二八八五，北京大学出版社1998年版，第34419页，"似"应为"尽"。
⑤ 梁乙真《中国文学史话》，元新书局1934年版，第369页。

要的不是文学史家的个人见解，而是系统梳理和全面总结前人研究成果，以构建相对准确、完整的文学史知识体系。根据《中国文学史话》的具体内容及参考书目可知，该书主要参考了郑振铎《插图本中国文学史》《中国文学论集》，陆侃如、冯沅君《中国诗史》《中国文学史简编》，胡云翼《宋诗研究》《宋词研究》，王国维《宋元戏曲史》《人间词话》，鲁迅《中国小说史略》，胡适《白话文学史》《词选》及中国古代小说的考证文章，盐谷温《中国文学概论讲话》（孙俍工译），等等。梁乙真尊重他人的学术成果，在引用或参考他人观点时较为忠实地注明出处及版本，每章正文后还列有参考书目，体现了文学史家必备的学术操守和品格。

　　梁乙真尽可能全面地搜集、掌握、辨别丰富的文学史料，对前人的学术观点进行比较、判断与选择，以《中国文学史话》论述《诗经》与古代小说的章节为例，可见梁乙真具有较为广阔的学术视野和择善而从的判断能力。

　　闻一多曾将"诗经学"总结为三类，即经学的、历史的、文学的。[1] 现代以来《诗经》研究的发展基础就是后两类"非经学"的研究范式。"古史辨"派以"删诗说"与《毛诗序》为突破口，将《诗经》从经学体系与诗教理论中"解放"出来，另起炉灶地"用社会学的、历史的、文学的眼光从新给每一首诗下个解释"[2]。《中国文学史话》中的《诗经》一章便采用了"古史

---

[1] 闻一多《风诗类抄·序例提纲》，《闻一多全集》第4册，生活·读书·新知三联书店1982年版，第5页。

[2] 胡适《谈谈〈诗经〉》，顾颉刚编著《古史辨》第3册，上海古籍出版社1982年版，第580页。

辨"派的研究方法，既不将《诗经》视为儒家经典，也对"六义"等历来聚讼纷纭的问题避而不谈，而是聚焦于《诗经》的诗体、题材、艺术技巧等。梁乙真极为赞赏《诗经》中"或"的使用："我们应注意的就是'或降于阿'以下连用四'或'字，亦不见其重复的讨厌，这真是绝妙的修辞法。但比此更大胆的，是《小雅·北山》的末一段'或燕燕居息……'以下连用十二个'或'字。"[①]诸如此类较为细致的文本分析正是"诗经学"发生范式转型后的成果。

民国时期的《诗经》研究，陆侃如是卓有成就的一家，且比较充分地体现了五四以来新的学术理念和方法，故梁乙真对陆侃如、冯沅君这对学术伉俪的论著借鉴尤多。比如"二南"是独立诗体，"国风"实质为"十一国风"，《商颂》为宋国诗歌，《鲁颂》的《泮水》与《闷宫》近"雅"、《有驳》与《驹》近"风"等观点就源自《中国诗史》。该章依照时序和空间分布安排《诗经》作品的叙述，即"《周颂》最早，《雅》次之，《风》又次之，《南》最晚出"[②]；《诗经》包含周（《周颂》、"二雅"、"九国风"）、秦（《秦风》）、楚（"二南"、《陈风》）三个古民族的诗歌，这一编排则参考了陆侃如、冯沅君《中国文学史简编》。《周颂》分为舞歌等三类题材，"二雅"分为祭祀等六种题材，《豳风》的《鸱鸮》是一首"禽言"、《东山》是一首"别赋"等具体叙述也多参照《中国文学史简编》。

---

① 梁乙真《中国文学史话》，元新书局1934年版，第9页。
② 梁乙真《中国文学史话》，元新书局1934年版，第3页。

　　梁乙真《中国文学史话》的《诗经》叙述，并非仅仅倚重陆侃如的研究，其贯通诸家之处，尤见功力。关于"删诗说"的处理即是典型。当时的学术主流"古史辨"派力证孔子与《诗经》的编纂无关，钱玄同明确提出"这书的编纂，和孔老头儿也全不相干，不过他老人家曾经读过它罢了"[1]，陆侃如《中国诗史》也认为"删诗说"是无根据的。但民国时期仍有坚持"删诗说"的学者，比如顾实《中国文学史大纲》就认为"度以周文物之盛，天下之大，当然三千篇，于事实为近。孔子大加选择，不但全篇删去，或于篇删其章，于章删其字，其证据颇分明"[2]，而谢无量《诗经研究》一书还对反对"删诗说"的观点逐一加以批驳。面对诸说，梁乙真采取了相对融通的态度，他既未迷信古人陈说，亦未盲从时人新论，而是认为"删诗说"虽不可靠，但"古诗不止三百首之数""孔子对于诗有编辑的责任"[3]等说法是无可否认的。

　　《中国文学史话》以五章的篇幅叙述了中国古代小说的发展。其具体内容，基本不出鲁迅《中国小说史略》的框架与范畴。比如现存汉人小说均为后世文人伪作，释、道二教在明代备受崇尚是神魔小说兴起的原因，百回本《西游记》作者为吴承恩且脱胎于杨致和本《西游记》，《儒林外史》为五十五回及讽刺小说定位，《镜花缘》宣扬男女平等，《儿女英雄传》反《红楼梦》而作等观点，甚至对《大宋宣和遗事》《大唐三藏取经诗

---

① 钱玄同《论〈诗经〉真相书》，顾颉刚编著《古史辨》第1册，上海古籍出版社1982年版，第46页。

② 顾实《中国文学史大纲》，商务印书馆1926年版，第37—38页。

③ 梁乙真《中国文学史话》，元新书局1934年版，第2页。

话》《新编五代史平话》《西游记》《金瓶梅》《儿女英雄传》
《三侠五义》等作品的原文摘引也与之相同。即使是论述自己的
文学启蒙读物——《三国演义》[1]，梁乙真也以引用鲁迅的观点
为主，例如赋予罗贯中"伟大的平民文学作家"的定位等。五四
以来的小说研究，胡适、鲁迅都堪称大家，他们最终完成了科学
方法在小说研究中的应用以及小说研究体系的基本确立，但就论
断的稳健和知识系统的完整而言，胡适是不能与鲁迅比肩的。梁
乙真对鲁迅的仰仗说明了其学术判断之精当。

　　梁乙真对鲁迅的部分观点也有所修正与补充。鲁迅承《梦粱
录》之说，认为"说话四家"之一的"合生"是指"说话"艺人
临场指物赋诗，而梁乙真则参考郑振铎《插图本中国文学史》，
认为它实是"宋代最流行的唱调之一"[2]。他也不完全认同鲁迅
对中国古代小说的分类，如"才学小说""狎邪小说""侠义小
说"等概念均未予采纳。梁乙真这样总结《红楼梦》的文学成
就："总计以男子二百三十五人，女子二百十三人，错综配合起
来。其规模的伟大，结构的细密，描写的精致而富于风趣，诚是
小说中的杰作，旷古无匹的巨著。"[3] 这一论述不同于《中国小
说史略》而更近于葛遵礼《中国文学史》[4]，由此可见，梁乙真
对学术界研究成果的吸纳经过了认真的筛选和选择。

　　《中国文学史话》部分内容系直接抄录他人论著。如第二章

---

① 梁乙真《我在青年时代所爱读的书：青年时代读书生活的回顾》，
　　《青年界》，1935年第8卷第1期。
② 梁乙真《中国文学史话》，元新书局1934年版，第389页。
③ 梁乙真《中国文学史话》，元新书局1934年版，第649页。
④ 葛遵礼《中国文学史》，上海会文堂书局1921年版，第133页。

《楚辞》总论部分，就"原封不动"地摘录了《插图本中国文学史》的不少表述，如："继于《诗经》之后的便是所谓《楚辞》的一个时代"[1]；"但其中最重要的作家便是屈原。他是'楚辞'的开山祖，也是《楚辞》里的最伟大的作家。我们可以说'楚辞'这个名词，指的乃是'屈原及其跟从者'"[2]等。以今日的学术规范来看，梁乙真《中国文学史话》似有"抄袭"之嫌，但他既然以编者自居，也就没有"侵权"一说了。

编者定位有助于保障文学史书写的客观公允。梁乙真是我国最早进行妇女文学研究的学者之一，所著我国第一部断代女性文学史——《清代妇女文学史》涉及有清一代三百余位女性诗文作家。可是《中国文学史话》清代文学部分却未收录任何一位女性作家，全书之中也只有卓文君、班婕妤、蔡琰、左芬、鲍令晖、李清照、朱淑真、阮丽珍寥寥数位女性被论述或提及。以梁乙真的治学积累，女性文学不难成为这部文学史的一大特色与亮点，然而梁乙真宁可放弃个人特色，也不愿有损编者定位，这一自我约束为后来的"统编教材"提供了一个可资参照的范例。

四、与进化论分道扬镳的"纯文学"观

中国最早的一批文学史家持传统的"杂文学"观，文学史的收录范围较为宽泛。二十世纪二三十年代，随着西方近代文学理论输入中国，"纯文学"观逐渐为后起文学史家所接受，一如胡

---

① 梁乙真《中国文学史话》，元新书局1934年版，第27页。
② 梁乙真《中国文学史话》，元新书局1934年版，第28—29页。

怀琛所言："到了民国八年以后，中国的文学界才发生变化，把原有的谬见打破了。从此以后出版的文学史，已把界限划清，可算是进了一步。"① 仅书名中标举"纯文学"的便有金受申《中国纯文学史》、刘经庵《中国纯文学史纲》等。

梁乙真的《中国文学史话》虽然未就"纯文学"观展开理论阐述，却是一部严格贯彻"纯文学"观的文学史著作，对于"不美"的作品一概排斥或仅仅提及。例如，此书不仅将"经""史""子"三种典籍排除在文学史之外，还以抒情性的强弱作为判别文学作品价值高低的一个重要尺度，因此辞赋部分虽也给予《楚辞》、西汉赋一些篇幅，但对汉赋的整体评价偏低："（汉赋）是敷陈故实雕饰浮辞而缺乏感情的一种文体。在它的表面上虽然是体制弘伟，光彩辉煌，但内容却是空虚的。"② 西汉赋部分，梁乙真也并未引用汉大赋的代表作——《子虚赋》《上林赋》等，而是选择了《悼李夫人赋》《哀二世赋》，原因就在于后两篇是富有抒情性的美文。东汉以降的的赋作，如曹植、王粲、左思等人的赋，也只是提及而已。与此形成对比的是，他十分推崇汉乐府的文学价值："汉代有真价值的文学，不是辞赋，也不是五言诗，而是那些'作者难考，篇章零落'的乐府古辞。"③

古代散文以"载道"的古文为大宗，而该书论述历代散文的各章节仍侧重情能动人的作品。叙及韩愈时，梁乙真认为古文运

---

① 胡怀琛《中国文学史概要》，商务印书馆1931年版，第13—14页。原文中"版"为"板"字。
② 梁乙真《中国文学史话》，元新书局1934年版，第37页。
③ 梁乙真《中国文学史话》，元新书局1934年版，第47页。

动"以文学为载道的工具，忽视了纯文学的价值，给后世以绝大的恶劣的影响。近数百年来文坛深受古文之毒，皆韩愈'明道'旗帜的文学运动为之厉阶。这不但不是他的功绩，乃是他最大的缺点。他的文学上最大的贡献，乃是他提倡的一种朴实的散文运动而产生出来的富有文学价值的抒情散文"[①]。基于此论，《祭十二郎文》《殿中少监马君墓志》就比《原道》《原性》《师说》更符合"纯文学"标准，因而在梁乙真这里更受青睐。论述苏轼时，只摘引《记承天寺夜游》，也是因为苏轼的"小品有很好而更近于纯文学的"[②]。南宋散文部分，特举陆游作为南宋散文的代表，并录其《烟艇记》，原因就在于陆游"散文颇多感慨生姿，而其韵致似多从欧文得来。……其感慨情深处，颇似永叔诸记"[③]。梁乙真对明代的归有光尤为推崇，认为其"描写家庭、朋友间的琐碎事情，无处不有真挚的感情和深湛的寄托。这种忠实的叙述，除归氏外，真找不出第二个古文家了"[④]。并由此引申出对文学真谛的阐述："明归熙甫为文，善写家庭琐屑事。如他的《项脊轩志》《家谱记》《先妣事略》等，都是感情极丰富的作品，使读者如身历其境，亲见其人，不觉被他的真情所感动而发生同样的情感来。这是文学的真谛，散文文学的真价值。"[⑤]他对"桐城派"的批评也是基于其"古文局度狭小，

① 梁乙真《中国文学史话》，元新书局1934年版，第226—227页。
② 梁乙真《中国文学史话》，元新书局1934年版，第379页。
③ 梁乙真《中国文学史话》，元新书局1934年版，第382—383页。
④ 梁乙真《中国文学史话》，元新书局1934年版，第588页。
⑤ 梁乙真《中国文学史话》，元新书局1934年版，第376页。

缺少感情"①，"桐城三祖"的古文仅征引了一篇，即刘大櫆的《章大家行略》。

20世纪初，与"纯文学"观的兴盛几乎同时，进化论文学史观的影响也日渐扩大。胡适《白话文学史》以进化论证明白话文学取代文言文学的必然性。陈中凡则以进化论阐述文体演变："诸夏文学，原于风谣，进为诗歌，更进而为散体。斯固世界文学演进之趋势，无间瀛海内外，莫能外是例也。"②落实于文学史书写，谭正璧《中国文学进化史》明确提倡："某一时代的进化的文学是什么，便拿来做叙述的主体。"③

梁乙真所坚持的"纯文学"观与进化论文学史观有颇多不能兼容之处。他并不赞同新兴文体可以取代旧文体的观点，在他看来，具备审美性的各种文体虽然存在各自的历时性变化，但同时也在共时性维度中并存。正是由于对兴盛于不同时代的"纯文学"文体采取相对平等的态度，梁乙真对兼备众体的清代文学评价甚高："即以文学而论，如'汉魏辞赋''六朝骈文'，以及'唐诗''宋词''元杂剧''明传奇及小说'亦莫不一一重现于文坛，千红万紫，绚烂夺目。这时期文学家之众，作品之繁，实为以前任何朝代所不及，而为文学史上最完备、最隆盛的文学时代。"④即使是桐城派古文这一新文化运动的批判对象，梁乙真也将其纳入文学史范畴，并能秉持较为公允的评判态度。持

---

① 梁乙真《中国文学史话》，元新书局1934年版，第591页。
② 陈中凡《中国文学演进之趋势》，《文哲学报》1922年第1期。
③ 谭正璧《中国文学进化史　诗歌中的性欲描写》，上海古籍出版社2012年版，第17页。
④ 梁乙真《中国文学史话》，元新书局1934年版，第743页。

"一时代有一时代之文学"①的进化文学史观的学者，也许会批评梁乙真只强调旧文体在清代的延续，而未能觉察清代作家对前代旧文体极具创造性的"复兴"，同时也忽视了新兴文体的创新价值。而从梁乙真的角度来看，这正是对进化论文学史观的必要"修正"：进化论文学史观的确沉重打击了文学复古论和文学循环论，但它一味强调新旧文体的更替以及每个时代的代表性文体，这种明显的二元对立模式导致文学史叙述的畸轻畸重。《中国文学史话》并不忽视每种文体相对衰微时期的作家、作品，在梁乙真看来，诸如唐代之后的诗、宋代之后的词、元代之后的散曲等都是"纯文学"，写入文学史乃理所应当。

梁乙真由"纯文学"观出发，形成了初步的"自律论"文学史观。他特别关注每种文体内部的源流衍变，即每种文体都会经历从兴起至鼎盛再至衰落的发展过程，从而以某种文体的"怒潮已经过去"作为不同文体代兴的原因。虽然《中国文学史话》仍以政治王朝的更替作为文学史分期，甚至还因白居易的诗歌创作而提出了"文艺是社会的反映，社会的变动是启发文艺的原动力"②的观点，但以全书的整体论述而言，他对文学何以发展、文体何以变化的外部原因并未予以特别关注与细致阐述。梁乙真较少谈及文学创作的时代背景，使用朝代分期只是为了叙述方便而选择的通用做法；叙述文体发展往往按照作家、作品的时间顺序加以排列组合，在他建构的文学史体系里，一种文体似乎不需要外力介入便能自然地变化发展，即使如日月般伟大的李白、杜

---

① 胡适《文学改良刍议》，《留美学生季报》1917年第4卷第1期。
② 梁乙真《中国文学史话》，元新书局1934年版，第197页。

甫也只是诗歌自身发展的成果。这一思路，与傅斯年"若干文体的生命仿佛像是有机体"，"乃是由生而少，而壮，而老，而死"①的说法颇为近似，虽有忽略外在影响之不足，却在内部动力的考察方面卓有创见。

五、有趣味的中国文学故事

《中国文学史话》的特色之一是梁乙真有意识地追求文学史书写的趣味化。

梁乙真以美国学者约翰·玛西（John Macy）所著的《世界文学史话》（The Story of World's Literature）②为参照对象。如《世界文学史话》的译者胡仲持所说，该书与"纯粹的文学史"的不同之处是"不曾摆着学者模样的正经脸孔"，"它用生动流利的文笔写成，把听讲故事一般的愉快之感给予读者"③。梁乙真于大学期间阅读了这部有趣味的《世界文学史话》，在其直接启发与影响下，尝试编著一部"较为简明而富于趣味的《中国文学史话》"④，并期待它"务使读者感到像念一首长诗，看一篇小说，听一个故事般地那样的愉快有趣"⑤。

趣味化追求使得此书呈现出"小说化"特征，书名中的

---

① 傅斯年《中国古代文学史讲义》，上海古籍出版社2012年版，第9页。
② 该书于1931年便由胡仲持译介，上海开明书店出版，梁乙真所读便是此译本。
③ （美）约翰·玛西（John Macy）著，胡仲持译《世界文学史话》，上海开明书店1931年版，《译者的话》，第1页。
④ 梁乙真《中国文学史话》，元新书局1934年版，《自序》，第1页。
⑤ 梁乙真《中国文学史话》，元新书局1934年版，《自序》，第1页。

"话"就是故事（Story）。梁乙真认为"一个人的文学，是和他的生活全有关系的，因为文学常是生命力的表现"[①]，所以不时引用一些新奇有趣的故事。比如辛弃疾曾置酒招客，遍问众人，使摘其词作之疵，时年最少的岳珂说："前篇（指《贺新郎·甚矣吾衰矣》）豪视一世，独前后二警句差相似，新作（指《永遇乐·京口北固亭怀古》）微觉用事多耳。"稼轩大喜道："夫夫也，实中余痼。"这一故事既说明了稼轩词喜于用典的特质，也让辛弃疾豪迈俊爽的英雄气概跃然纸上。叙及冯梦龙时，梁乙真讲述了一则冯梦龙被讦求救于人的故事。冯梦龙撰《挂枝儿》与《叶子新斗谱》，浮薄子弟有因此覆家破产者，其父兄群起讦之，冯梦龙遂求解于熊廷弼。熊廷弼只以枯鱼、焦腐见饷，另以一冬瓜相赠，并请他传递书信。冯梦龙怏怏而去，此后方知被讦事已释。原来熊廷弼惜其露才炫名，故示菲薄，而各事已预为部署。这则故事的重点虽在于熊廷弼善于教诲后学，却也展现了一个更加生活化、立体多面的冯梦龙。

　　梁乙真还乐于征引一些未必真实的传闻。比如王实甫作《西厢记》，至"碧云天，黄花地，西风紧，北雁南飞"，构思甚苦，竟因思竭仆地而死。梁乙真明知其不可信，但用以说明"一般人对于《西厢》的赞颂的程度"，却又有一种特殊的效果。又如高明创作《琵琶记》，至"糠和米一处飞"一句，案上双烛光交为一，梁乙真也知晓此为后人附会的"神话"，但认为《糟糠自餍》确为高明的神来之笔，虽是附会，《琵琶记》亦当之无愧。

---

① 梁乙真《中国文学史话》，元新书局1934年版，第114页。

　　比起"讲"故事来，梁乙真似乎更长于表达他的阅读感受。该书的作品分析多是随感式的，而且梁乙真能以清新自然的"诗歌"般的语言传达自我感受，别有一种闲庭信步的自在和悠然。他这样描述山水田园诗派："他们的诗境大都是躲在深山里——潺潺的涧水，阵阵的熏风，空空的山谷，高高的峻岭。他们的诗材，也都是自然的现象——枝头的鸟语，树根的虫叫，野花的舞蹈，深渊的鱼跃。他们所常见而常与为伍的——和尚、道士、田夫、野老、草苹（坪）中的牧童、柳荫下的钓徒，以及浣衣的少女、烧香的婆子、成群的牛羊鸡豚……"[①] 这纷至沓来的众多名词不仅集中概括了山水田园诗的题材诗料与意境风格，密集叠加的审美意象还为读者勾勒了一幅广阔而蕴含生机、自然而烟火未灭的山野图画。李白的诗风由他描述来也更为动人："他的诗以飘逸清骏胜。所谓飘然而来，倏然而往，如天马之行空，如怒涛之回浪。其轻隽处，如落花，如游丝；其自由处，如飞鸟，如流星。有时他粗豪的笔调，如侠士的披发狂歌下大荒，显露他苍茫独立的风度。但有时他细腻多情，像一个妙龄女郎在雨雪霏霏之下，喝了几口甜蜜的葡萄酒，脸色腓红得欲燃，而娇柔之态，更令人见之陶醉。"[②] 以排比句式罗列李白诗歌多样的风格特征，又以贴切鲜明的比喻道出李白诗歌传递给读者的深切审美体验。他还尤其擅长用"通感"的修辞手法描述不同作家的艺术特色。例如，他以听觉突出岑参诗歌的铿锵劲健："好像听一百二十面鼓，七十面金钲和奏的鼓吹曲一样"；以嗅觉刻画王维诗歌的

---

① 梁乙真《中国文学史话》，元新书局1934年版，第167—168页。
② 梁乙真《中国文学史话》，元新书局1934年版，第144页。

自然甘美："只是像一阵清风，微微地拂过花径，使人感到香甜的气息"；以触觉形容李商隐诗歌的细腻温润："好似万象朦胧的月夜，清风拂拂地吹着，微云来去不已，使人感到恬静之美。"①他的才情足以驾驭他的感受。

《中国文学史话》趣味化追求的另一方式是较多引述作品原文。20世纪初，国人编著中国文学史与中国学制的近代化紧密相关，林传甲、黄人二人的《中国文学史》便源自京师大学堂和东吴大学开设文学史课程的客观需求。随着文学史课程得到民国教育部的认可与推广，不仅文学史成为大学中文系的核心课程，文学史书籍的受众也越来越广。据时人记述："最近十几年来，很有人提倡阅读文学史，跟着就有人需求文学史，有人编撰文学史。这些人互相影响，于是文学史越出越多，文学史的阅读成为一般的风尚了。"②《中国文学史话》也是这股文学史编著风气的产物，它预设的接受对象是初高中及大学学生，理想的效果是"寓教于乐"。且梁乙真曾长期在中学从事国文教育，深知知识教育固然是文学史教学的核心，可如果没有文学作品的大量阅读作为基础，只积累了大量碎片化知识的学习者对文学史的接受终究是被动的，理解也终究是浅薄的，他由此认定"给青年讲文学史，没有作品在前，而徒发空洞的议论，是很难收效的"③，具体做法便是增加对作品原文的征引。

《中国文学史话》对文学史著作如何平衡叙述语言的文学性

---

① 梁乙真《中国文学史话》，元新书局1934年版，第161、169、217页。
② 夏丏尊、叶圣陶《文心》，开明书店1939年版，第246页。
③ 梁乙真《中国文学史话》，元新书局1934年版，《例言》，第2页。

与历史书写的客观性至今仍有其参考价值。实际上，一部结构严密、逻辑自洽的文学史往往是文学史家基于预设的文学观、文学史观进行史料"筛选"和语言"建构"完成的，其间的主观推理乃至猜想难以避免，因此"不妨把文学史称为一个'故事'或者'神话'"[①]。"文本化"与"个性化"的文学史值得学界的鼓励与读者的欢迎。与此同时，文学史家必须明确历史阐释的相对性受制于历史自身的客观性，只将历史视为史家主观阐释而成的一种"叙述"易导致文学史书写的"相对主义"乃至文学史建构的"虚无主义"。文学阐释也不应放弃"科学性"追求而自说自话、莫衷一是。保持文学史叙述语言的文学性与历史书写的客观性之间的平衡，尽量使文学史这个被叙述的"故事"真实可信仍是每位研究者的理想追求。《中国文学史话》对不断重写的文学史的启发意义正在于此。

由上海元新书局1934年7月初版的《中国文学史话》共有三种版本，分别为一册道林纸布面精装本、二册道林纸纸面平装本、一大册新闻纸普及本，钱玄同题签。1936年2月重版"普及本"，四册，并于1937年、1938年再版。此整理本以1934年7月初版平装本（上、下两册）为底本。初版的排版为繁体竖排，现改为简体横排，按照现行标点进行点校，原文使用的异体字改为现行的正体字，并对部分字词及标点进行统一修改，如按照版式变动，将"如左"改为"如下"等。由于资料不齐全等原因，《中国文学史话》的论述及引文难免有误，现于保持文字原

[①] 董乃斌、陈伯海、刘扬忠《中国文学史学史》第三卷，河北人民出版社2003版，第594页。

貌的基础上，以脚注的方式加以说明或订正，如果引文与目前通行版本差异过大，则不再一一注释。笔者学力有限，其间难免错漏，祈方家教正。

目　录

《中国文学史话》序

乙真先生的《中国文学史话》将要出版了，他令我给他作篇序。这本书是乙真先生近年的精心之作：材料搜集的丰富与得当，史实考证的正确与缜密，流变审察的精细，文笔叙述的流利，批判的公允，理整的清楚，都令人十分的钦佩，我实在觉得没有说话的余地了。但是他很客气的一定让我写几句话，并且说他的书开头就从《诗经》说起，对于中国文学的起源没有谈到，令我就这方面发表一点意见。我推辞不得，姑且就这一方面说几句吧。

中国今日所见的最古而又可信的文学作品，自然不能不推《诗经》，但是在《诗经》以前，却也不是没有文学。现在流传的所谓"古逸诗"，虽然几乎全不可信，不过在那时代一定已有诗歌的产生，那是毫无疑问的。

近代的美学家，对于野蛮民族的艺术，有种种的研究，他们考察的结果，知道最古的文学，完全是功利的产物；原始文学皆以颂神、祷告、狩猎、战争、恋爱等与实[①]生活有极密切关系的

---

① "实"字前疑脱"现"字。

事作材料；文艺是游戏，而游戏原是劳动的产物，所以文艺也是劳动的产物；原始人是社会生活，在那时候即有再现他们生活的文艺。

在没有文字，没有历史之前，便已经有了文学，这文学即是谣舞（Ballad Dance）。沈约说："歌咏所兴，自生民始"[①]，这话极是。原始文学的谣舞，它是近于诗歌的一种有天籁之音而没有文字的文体。上古时候，先有语言，然后有文字；先有声音，然后有点画；先有谣舞，然后有诗歌。古人言词简质，不能充分的表现自己的感情，于是便借助于音乐动作以辅之，而构成了谣舞。我们可以说诗歌、音乐与舞蹈，在原始状态中是三位一体的。《吕氏春秋·古乐篇》说："葛天氏之乐，三人操牛尾，投足以歌八阕"，葛天氏的有无，虽难断言，但是在没有文字之前却可以有"操牛尾，投足以歌八阕"的事。甲骨文舞字作，象人执犛牛尾而舞之形，亦足证《吕氏春秋》之话，并非向壁虚造。葛天氏之歌，就是初民的诗歌、音乐与舞蹈相混合的谣舞。《毛诗大序》说：

> 诗者志之所之也。在心为志，发言为诗，情动于中而形于言；言之不足，故嗟叹之；嗟叹之不足，故永歌之；永歌之不足，不知手之舞之，足之蹈之也。

这几句话把诗歌与音乐、舞蹈同源之理，说得极为清楚而精当。"诗""歌"，"歌""舞"并言，亦足证三者的关系。在西洋这一类的研究更为缜密，麦更西（A. S. Mackenzie）在《文

[①] 据（梁）沈约《宋书》卷六七，中华书局1974年版，第1778页，此句完整句子为"然则歌咏所兴，宜自生民始也"。

学的进化》一书中说是跳舞、音乐、诗歌是原始艺术的三位一体。他说，人类走进团体情热的旋涡中，决不会静默安坐，自然就会跳起舞来。这种跳舞，大概是模仿；随后唱一种没有词句的歌来合这跳舞。这种歌是混沌的人类叫声的有调和的声音。然而这时跳舞的歌，虽然可以说是调和，也许还没有所谓节奏，歌里的词句，也许没有什么意味的；可是这种歌却有他自己的意义——便是 Rhythm 的力。音乐跳舞和诗歌，是象征狩猎蛮族行祭礼时的喜悦的三位一体。然而他们的所谓音乐，也不过是群众所放的无调子的噪声和两条棒互相叩出的音；所谓跳舞，在我们文明人看来，是粗暴的乱跳；所谓诗歌，等于没有什么意义的辞句。但是这也没有什么关系，这种敲棒的声音，乱跳，和那抑扬的词句，调子一致起来，发生的效果，比这三物合计起来的效果更大。芝加哥大学的教授莫尔顿（Monlton）在《近代文学之研究》中也说，原始的文学是语词（Speech）、音乐（Music）、动作（Action）混合而成的谣舞。一切文学，无不导源于此。

"描写"和"表演"，"诗"和"散文"，是文体的四个主要点，他们如罗盘上的四大点，代表文学活动所能进行的四个方向。文学自以谣舞为出发点渐渐发达，便向着这四个方向运动，结果产生了一切文体所由组成的史诗、抒情诗、戏剧、历史、哲学、演说六种元素。其他学者这类的话还多，也无须详引了。

谣舞与诗歌本无大别，不过谣舞的工具是语言，而诗歌的工具是文字；谣舞的内容幼稚，而诗歌的内容则较为成熟。由谣舞渐渐的发展，慢慢的分析，动作与音乐以次脱离，于是进一步而成为韵文的诗歌。至于散文的产生则较晚。它的原因大概有三点：

一、韵文有节拍可伴着生产动作——波格达诺夫（Bogdanov）在《新艺术论》中说："当众人在劳动的时候，歌词可以联合劳动者的努力，给他们一种和谐，一种节奏的规则与符合。因此歌可以组织集合的努力。它在今日也还保留着这同样的意义。"又如蒲力汗诺夫（Plekhanov）在《艺术论》中说，诗歌是生产活动中的产物，在原始民族，都是一面工作一面歌唱。巴东（Burton）说："非洲划船的人合着自己桨的运动的拍子而唱，挑担夫一面走一面歌，主妇在家一面舂米一面歌唱。"加沙理斯（Casalis）研究巴斯特的土人说："这一族的妇女们两手戴着一动就响的金属手钏。她们屡屡齐集一处，以手推水车碾麦，而使与钏所发的韵律响声精确一致的唱歌，合着自己的手之有规则的运动；同种族的男子当鞣皮之时，发我所不能解的怪声，合着他一举一动的拍子。"

波格达诺夫及蒲力汗诺夫书中的话是可信的。原始艺术与劳动是不可分离的，而有节奏的韵文，既可减轻劳动者的疲劳，复可联合劳动者的动作。码头上的搬运夫聚在一起运重大的东西，建筑房屋时工人之用石头打房基，他们都发出些喊声而动作，便是为此。浣衣妇唱着一首有韵律的歌而工作，左拉引在他的《地下酒店》（L'Assommoir）[①]中：

嘭！嘭！马尔戈在洗濯场，

嘭！嘭！挥着洗衣棒，

嘭！嘭！要洗净他的心脏，

[①] 《地下酒店》目前一般译为《小酒店》，它是（法）左拉《卢贡-马卡尔家族》系列小说中的第七部。

嘭！嘭！他是染黑了悲伤……

这类伴着劳动的歌，是任何地方都有的吧。

二、韵文利于抒情——上面引《毛诗大序》的话，已经把为什么要永歌的原因说明了，现在我们再引朱熹《诗集传序》的话来看，他说：

> 人生而静，天之性也；感于物而动，性之欲也。夫既有欲矣，则不能无思；既有思矣，则不能无言；既有言矣，则言之所不能尽，而发于咨嗟咏叹之余者，必有自然之音响节奏①而不能已焉；此《诗》之所以作也。

朱熹这几句话把韵文不能不产生的原因说得很清楚了，抒写感情，用散文难以尽行达出，一定要赖有音响节奏的韵语。

三、韵文便于记诵——荒古还没有文字的时候，人们创造的"口头文学"，也就无法记载，因此不能不取韵文的形式，以便传播朗诵和记忆。章太炎《正名杂议》云："古者文学未兴，口耳之传，渐则忘失，缀以韵文，斯便吟咏而易记忆。"其实不特没有文字的时候如此，便在有了简策之后也还是这样，阮元《文言说》云：

> 古②以简策传事者少，以口舌传事者多；以目治事者少，以口耳治事者多，同为一言③，转相告语，必有

---

① 据（宋）朱熹《诗集传》，上海古籍出版社1980年版，第1页，"奏"应为"族"（音奏）。
② 据（清）阮元撰；邓经元点校《揅经室集》三集卷二，下册，中华书局1993年版，第605页，"古"字后脱"人"字。
③ 据（清）阮元撰；邓经元点校《揅经室集》三集卷二，下册，中华书局1993年版，第605页，"同"字前脱"故"字。

> 怨误。是必寡其词，协其音以文其言，使人易于记诵，
>
> 无能增改。……要使远近易诵，古今易传。

这话很是不错，在古代人事简单，印刷术不发达的时候，韵文的势力确是很大的。近代以来，人事繁杂，印刷术进步了，文学的趋势也就由韵文而变为散文了。

如上所云，原始的文学是谣舞，进一步才变而为诗，然后乃有散文，这是世界各民族文学史上的通例。但是我们翻阅东西的文学史，如印度最古的文学《吠陀》（Vead）①及《马哈巴拉太》（Mahabharata）②，希腊最古的文学《伊里亚特》（Iliad）及《奥德赛》（Odyssey）都是韵文；而中国最古的诗歌总集《诗经》中的诗，如标题所示，最早也不过商人的《商颂》（《商颂》的时代还有问题，近人多从《史记·宋世家》及《韩诗章句》之说，定为宋人作），商代以前的虞夏，却有《虞书》《夏书》。这仿佛是散文早于韵文了。实则《虞书》诸篇，既云"曰若稽古"，则《尧典》等篇之写定，恐怕离尧舜的时代已经很远，而非虞史、夏史之笔了。何况《尚书》中的文字，不只为后人所追记，且杂有伪作，更不足据了。而《诗经》之前，却必早有诗歌。

前面说过，原始的文体是谣舞，谣舞包括语词、音乐、舞蹈三种要素。中国的音乐与舞蹈，上古已很发达：据先秦子书、《礼记·明堂位》《孝经钩命诀》及《世本·作篇》等书的记载，伏羲、神农并作乐器，且立乐名。又据《楚语》所云，在少

---

① 《吠陀》的原名应为"Veda"。

② 《马哈巴拉太》（Mahabharata），即印度史诗《摩诃婆罗多》。

皞之前，便已经有了人神之间的交际者的巫与觋，及少皞之衰，九黎乱德，民神杂糅，不可方物，于是夫人作享，家为巫史。《说文解字》说巫能以舞降神，足见有巫的时候一定有舞了。且自《尚书》《诗经》《礼记》《周礼》等书，亦可想见上古时候的歌舞之盛。不过这些记载，有的出于后人追记，有的是推测之辞，有的书即伪作，自然未必完全可信，我们可以不去管他。但是从近年在殷虚[①]发现的甲骨文看来，可知至少商代的乐舞已经很发达了，因为乐舞两个字在甲骨文中时常遇到。乐字作♥，以丝附木上，琴瑟之象也。此外还有磬[②]鼓殷龠等乐器，足证商代音乐之盛。舞字作♠，象人两手执牛尾而舞之形，甲骨文中且有几种舞，又足证商代舞蹈之盛。原始时代的谣舞，是语词、音乐、舞蹈互相溶合在一块儿的，在没有文字的野蛮民族即已有之，殷商既有文字，从那文字中看来，知道彼时的文明已经有了相当的程度；并且那时的乐舞已盛，似乎已有远源；那么彼时必有许多的诗歌，那是没有问题的。惜乎古代典籍皆为史职所掌，流传不广，易于湮灭，以致上世之诗，靡有孑遗，现在只剩了些赝品，使我们无从见其真面目！

现在所传的邃古的篇什，多系伪托。欲分辨它们之伪，可以从五点来观察：

一、题目——如《归藏》中所记的黄帝所制的《枫鼓之曲》十章，它的标题便充满了后代的方士思想，自不足信。

二、体制——如《拾遗记》所载的《皇娥歌》及白帝子的答

---

① "殷虚"现一般写作"殷墟"。

② "磬"疑为"磬"。

歌，通体都是七言，在少暤时候，自然不会有这种诗。

三、文辞——如伪《列子》中的《康衢谣》，相传是尧时的童谣。但就其文辞观之，则"立我蒸民，莫非尔极"见于《周颂》；"不识不知，顺帝之则"见于《大雅》。模拟杂凑，何足取信？

四、思想——如见于《论衡》等书的《击壤歌》，相传也是尧时的歌，但是诗中充满了老庄思想，必系伪作。

五、根据——见于《琴操》《古今乐录》等书的古诗，多系赝品，因为那些书就不可靠。

中国古代的诗歌，虽然多出伪托，但是我们却决不能说《诗经》之前便没有诗。我们如就传说中的诗歌加以考察，还可以看出有很少的一小部分的诗尚非全伪。例如葛天氏之乐，其辞句虽佚；葛天氏之人，据皇甫谧的《帝王世纪》所言乃系袭伏羲之号者，这种话自亦未可轻信；然八阕的名目，一曰《载民》，二曰《玄鸟》，三曰《遂草木》，四曰《奋五谷》，五曰《敬天常》，六曰《建帝功》，七曰《依帝①德》，八曰《总禽兽之极》，却颇合于原始时代的思想。操牛尾投足而歌，确是初民的风味。古代野蛮民族，对于自然现象，极为敬惧，对于草木、五谷、禽兽，无不关心；这些与他们的实②生活极有密切关系的事，自然是他们的文艺材料。又如《礼记·郊特牲》中的《蜡辞》，书中说伊耆氏为之。伊耆氏是上古的帝号，或以为神农，

---

① 据（汉）高诱注；（清）毕沅校；徐小蛮标点《吕氏春秋·仲夏纪》，上海古籍出版社2014年版，第101页，"帝"应为"地"。
② "实"字前疑脱"现"字。

或以为帝尧，总之是传说中的人物；《礼记》又是孔子门徒所共撰，时间相距已远，自属可疑。然古代文学与宗教有极密切的关系，神既能使"土反其宅，水归其壑，昆虫毋作，草木归其泽"（此即《蜡辞》），当然要祭祀祷告，以韵语作为崇德报功之辞；所以此歌之产生是可能的。又如《吴越春秋》所载的"断竹续竹，飞土逐宍"的《弹歌》，虽未必如刘勰所云，即为黄帝时的歌，但也一定很古。《易经》上说："古之葬者，厚衣之以薪，葬之中野，不封不树。"据《说文》的说法，茻（葬）字从死在茻中，一则荐之之物。弔（吊）字从人弓，上古的时候，没有棺材，人死了埋在旷野，恐怕有鸟兽去吃他，所以问终的人都拿了弓帮着孝子驱逐鸟兽。如此看来，《弹歌》的内容颇有可信的地方。我们对于此类的诗，无妨怀疑其文字，而相信其背景与事实。

现在所流传的上古的诗，伪作的不用说了，就是较为可信的也都是出于后人的追记，并非其原文；或仅述其意，或增饰其辞，以致生出许多的可疑之点来。举例来说，如《论语·微子篇》所记的《楚狂接舆歌》，与《庄子·人间世篇》所记的便大不相同，兹引之于次：

> 凤兮！凤兮！何德之衰！往者不可谏，来者犹可追！已而！已而！今之从政者殆而！（见《论语》）

> 凤兮凤兮，何如德之衰也！来世不可待，往世不可追也！天下有道，圣人成焉；天下无道，圣人生焉！方今之时，仅免刑焉。福轻乎羽，莫之知载；祸重乎地，莫之知避。已乎已乎，临人以德。殆乎殆乎，画地而趋。迷阳迷阳，无伤吾行。吾行郤曲，无伤吾足！（见

《庄子》)

《论语》是孔子门人所论撰，《庄子》的《人间世》在"内篇"中，当出庄周之笔，庄周与孟子同时，所以这两部书的时间相离并不远，而记载一首歌竟有如此之异！现在流传的上世诗歌，所以滋人怀疑者，恐怕多是因为追记失实的缘故。我想如果殷虚甲骨，非仅用之贞卜，而都是古代的书叶，那不知保存着多少诗歌呢！

远古的诗歌既是真伪莫明，赝品居多，当然在文学史上不能给他们相当的位置！乙真先生的《中国文学史话》从《诗经》写起，自然很对。至于散文方面，甲骨文中虽然有些材料，但是论到他的文学价值，毕竟极为低微。经、史、子三部的书，在文学史中还得不到地位，那么甲骨、钟鼎，实在也没有叙述的必要了。

顾亭林说："人之患在好为人序。"我现在忝为人序，拉杂的写了这些话，又不能替乙真先生的书有所增益。想到这里，更是汗颜！

民国二十三年六月，隋育楠序

自　序①

　　好几年前，我在上海读书的时候，曾看到一本美国约翰·玛西氏（John Macy）所著的《世界文学史话》（The Story of World's Literature）②，觉得这书很有趣味。自从那时起，我便发愿也编本较为简明而富于趣味的《中国文学史话》。是要想，把中国文学的整个历史的过程，和在这过程演进中伟大文学者的生活，及其相互的关系；重要书籍的内容，及时代背景等；用美丽的辞句，和生动而流利的文笔来叙写它。务使读者感到像念一首长诗，看一篇小说，听一个故事般地那样的愉快有趣。

　　这个心愿许下虽然好几年了，但终因为衣食之谋，南北奔驰；既没有充分的时间潜心写作，更以旅居僻邑之故，参考书籍，尤深深地感到不便。"心有余而力不足"，到今年虽是勉强

　　① 依《中国文学史话》原目录，隋育楠序后先为例言、次为自序，然实际编排顺序则是自序先于例言，现依此将自序置于例言之前。
　　② （美）约翰·玛西《世界文学史话》，胡仲持译，上海开明书店1931年9月初版，梁乙真所读的应为此译本。20世纪90年代以来，上海书店出版社、江苏人民出版社、贵州人民出版社、河南人民出版社、上海社会科学院出版社等均有再版。

成书；但我所最抱歉的是，书中仍未能依新的方法来写，材料方面，也多缺陷。重违元新书局之约，便大胆地把它出版。种种不满意处，只好留待将来补正。惟愿大雅之士，能早日写出本和玛西氏同样精博的《中国文学史话》，则我这一本，算作是太阳出来之前的"爝火"罢。

中华民国二十三年，五月，三日。梁乙真。

例　言

一、《中国文学史话》共分三十章，以"中国文学的故事"为主。其叙次略依时代的先后，同时尤顾到每一个文学运动，或每一种文体之史的演化的情形。

二、中国古代的文学，无确实之记载可凭，《虞》《夏》《商书》和《山海经》之类多系伪作。冯惟讷《诗纪》所辑的"古逸"，篇数虽多，但周以前的几篇，如舜的《南风歌》，汤的《桑林辞》之类，可说全是伪作。在近人的著作里，有的根据殷墟卜辞与金文推知商代的歌辞和散文的真实面目；但这个时候文字还在创造的途中，文学虽然早已萌芽，惟"渐臻圆熟"的文字，尚不可得见。无已，本书只好从《诗经》说起。

三、编者认为只有歌谣、辞赋、乐府、五七言古近体诗，以及词、曲、小说和一部分美的散文为纯文学。本书所取材的范围，即以此为准。

四、本书的作法，固侧重每个作家的生活及其对于文学上的供献，但对于他的代表作，也同样的注意，时加征引。因为给青年讲文学史，没有作品在前，而徒发空洞的议论，是很难收效的。

五、本书每章之末，对于所提到的重要的作家及其作品，都注出传记的来源及其书的版本；并附有参考书目，为自学者作进一步研究的帮助。

六、郑振铎、陆侃如、胡云翼诸位先生的著作，对于我编这本书的帮助很大。而郑先生更是引导我走入文学园地最初的一位。在此对三位先生敬致诚挚的谢意。

七、元新书局钱源结先生，对于本书之出版，曾尽了不少的助力。本书原稿的钞录和校对，以君寔之力为最多。周健生兄为绘封面，隋育楠兄并赐以有价值的长篇序文，谨此致谢。

梁乙真于泰安之榴园。二十三，六，一。

第一章　诗经

　　很可笑的，从前许多编文学史的人，每在写他们的"邃古文学"时，往往把《诗经》以前的"古逸"——像《击壤》《康衢》《南风》《襄陵》《桑林》……都当作是尧、舜、禹、汤时代的罕有的珍贵的文学资料。甚至将《皇娥歌》及《白帝子答歌》："天清地旷浩茫茫""清歌流畅乐难极"一类的伪歌也放在离今四千五百年前的时代，而大谈其"邃古文学"，这更是太浅陋的作伪了。所以我们要讲中国文学，既然知道所谓"古逸"的不可靠而又不能靠，就应该将这些伪作大刀阔斧的一律地删去，而从最可靠的古文学《诗经》说起。

　　《诗经》可说是中国古代文艺上最重要的著作之一种，它也是中国文艺上的巨擘。其中，有自由结婚的恋爱歌，有男女失恋后的悲哀歌；有相互的祝贺颂语，有悲痛的哀歌祭辞。有的歌咏农业田猎之趣味，和出阵、归阵的将士的欢呼的心情，有的赞美政治家的功业和战胜者的功绩；以及敬天地的宗教思想，道德思想。它是象牙之塔，艺术之宫。它里面文学材料储藏的广博与富厚，除《楚辞》外，后世一切文体的创造与翻新，和一般的文士之所高唱与低吟，那一个不是导源于《诗经》。它真是文学的渊

1

薮，中国文学之祖。

《诗经》既是最早的一部诗歌总集。传说原有三千余首，后为孔子所删定，选其三百篇为《诗经》。《史记》说："古者《诗》三千余篇，及至孔子，去其重，取可施于礼义。三百五篇。[①]"《论语》谓："子曰：吾自卫返鲁，然后乐正，《雅》《颂》各得其所。"此说虽不甚可靠，但古诗不止三百首之数，则为无可疑的事实。而孔子对于诗有编辑的责任，也是无可否认的了。

《诗经》的时代，依孟子的"王者之迹熄，而《诗》亡；《诗》亡，然后《春秋》作"几句话，可断定都是《春秋》以前的作品。其时代约自文王至定王之世（约西前一一五〇——五五〇）。至于各篇产生的时代次序：以《周颂》最早，《雅》次之，《风》又次之，《南》最晚出。其产生的地方，不外黄河流域及江汉之间。

一

谈到中国的文学史，应该托始于周民族。而周民族可征的文献，当推《诗经》中的《周颂》三十一篇。它不但是《诗经》中最早的部分，而且是现存中国文学中最早的作品。其时代约当西历纪元前十一世纪。

《周颂》的三十一篇，其内容方面，可以分为三部分：

---

① 据（汉）司马迁《史记》卷四七，中华书局1959年版，第1936页，"三百五篇"前有省略。

（一）舞歌，这类又分二种：一为象舞，如《维清》是颂周文王的。一为武舞，共五篇——《武》《酌》《桓》《赍》《般》，都是纪念克商的功绩的。（二）祭歌，其中一部分是祭祖先的。如《思文》祀后稷，《清庙》《维天之命》祀文王，《昊天有成命》《噫嘻》祀成王之类。又一部分是与祭祀有关的，如《有瞽》《潜》之类。（三）杂诗，如关于农业的《载芟》与《良耜》，警戒的《烈文》与《敬之》，居丧的《访落》与《小毖》，留客的《振鹭》与《有客》之类。

《周颂》的文字，在文学史上是最高的，但在文学的价值是很低的。它的文辞虽然是堂皇的、庄严的，韵调虽然是铿锵的、响亮的。但一究其外表与内容，除了呆板的堆砌，抽象的教训，浮浅的赞颂充塞字里行间以外，使我们总觉察不到好处。这正如我们翻开《乐府诗集》看，都喜欢读《横吹》《相和》一类的曲辞，而不愿诵读那些《汉郊祀歌》是一样的心理。但《周颂》中并不都是这样的。其中技术较高的，像《有客》的抒情，和《良耜》的叙写农家生活几首，写得也非常生动而有致。

> 有客有客，亦白其马。有萋有且，敦琢其旅。
>
> 有客宿宿，有客信信。言授之絷，以絷其马。
>
> 薄言追之，左右绥之。既有淫威，降福孔夷。
>
> ——《周颂·有客》
>
> 畟畟良耜，俶载南亩。播厥百谷，实函斯活。
>
> 或来瞻女，载筐及筥，其饷伊黍。其笠伊纠，其镈

斯赵，以蒸①茶蓼。茶蓼朽止，黍稷茂止。

获之挃挃，积之栗栗。其崇如墉，其比如栉。以开百室，百室盈止，妇子宁止。

杀时犉牡，有捄②其角。以似以续，续古之人。

——《周颂·良耜》

二

大小《雅》的兴起，略迟于《周颂》。《大雅》三十一篇，《小雅》七十四篇。《大雅》是西周中晚之诗，《小雅》则并有东迁以后的作品，其年代以厉、宣、幽、平四朝的诗为最多。至二《雅》的内容，大约可分六种：（一）祭祀的，如《文王》与《楚茨》。（二）祝颂的，如《棫朴》与《天保》。（三）燕饮的，如《既醉》与《常棣》。（四）讽刺的，如《桑柔》与《鹤鸣》。（五）叙事的，如《生民》与《出车》。（六）抒情的，如《烝民》与《伐木》。在这六种之中，前三种之在《大雅》的，文学的技术最劣，而《小雅》却不少佳作。后三种更是《小雅》所特有的，《大雅》佳者尤鲜。总之就文学的描写技术而言，《小雅》实胜于《大雅》。盖在《大雅》之中，除了满眼呆板的、堆砌的形式，浮泛的、空虚的内容一类的祭颂诗外，令人什么也不感到兴趣。但《小雅》便很多缠绵悱恻，沉痛动人的

---

① 据高亨《诗经今注》，上海古籍出版社1980年版，第502页，"蒸"应为"蔓"。

② 据高亨《诗经今注》，上海古籍出版社1980年版，第503页，"捄"应为"捄"。

作品。

《诗经》很少"哀悼"一类的歌辞。除了《葛生》"角枕粲兮，锦衾烂兮。予美亡此，谁与独旦"是一篇悼亡之作外，要算《小雅》中哀悼父母的《蓼莪》篇了：

> 蓼蓼者莪，匪莪伊蒿。哀哀父母，生我劬劳。
> 蓼蓼者莪，匪莪伊蔚。哀哀父母，生我劳瘁。[①]
> 无父何怙？无母何恃？出则衔恤，入则靡至。
> 父兮生我，母兮鞠我。拊我畜我，长我育我，
> 顾我复我，出入腹我。欲报之德，昊天罔极！

像这诗所表现的真挚而悲痛的情绪，真是读了之后，令人油然而生孝心。尤其是无父母之儿，将不禁其涕泗滂沱了。譬如我们看看王裒的故事吧："司马昭既斩王仪，子裒痛父非命，隐居教授……读《诗》至此，三复流涕。门人为废《蓼莪》一篇。"诚然在丧失父母的人们，读到这里，恐怕都免不掉"世乃有无母之人，天乎痛哉"的一声长号吧！

《小雅》中还有写兄弟之情的《常棣》：

> 常棣之华，鄂不韡韡。凡今之人，莫如兄弟。
> 死丧之威，兄弟孔怀。原隰裒矣，兄弟求矣。
> 脊令在原，兄弟急难。每有良朋，况也永叹。
> 兄弟阋于墙，外御其侮。每有良朋，烝也无戎。
> 丧乱既平，既安且宁。虽有兄弟，不如友生？

---

① 据高亨《诗经今注》，上海古籍出版社1980年版，第307页，此处脱"瓶之罄矣，维罍之耻。鲜民之生，不如死之久矣！"

　　傧尔笾豆，饮酒之饫。兄弟既具，和乐且孺。^①

　　宜尔室家，乐尔妻帑。是究是图，亶其然乎？

诚然兄弟的情谊，真是手足！我们读明徐畈的《杀狗记》，像孙华吧，从前是怎样的虐待他的弟弟孙荣；到后来遭了急难，酒肉朋友是不管他了，这时才想起住在破窑中的弟弟了，而终于仗着弟弟之力，解除他的患难。想到这里，不禁慨然！

此外若写朋友之情的《伐木》：

　　伐木丁丁，鸟鸣嘤嘤。出自幽谷，迁于乔木。

　　嘤其鸣矣，求其友声。相彼鸟矣，犹求友声。

　　矧伊人矣，不求友生？神之听之，终和且平。

写戍役归还之情的《采薇》：

　　昔我往矣，杨柳依依。今我来思，雨雪霏霏。

　　行道迟迟，载渴载饥。我心伤悲，莫知我哀。

在《小雅》中除了抒情的作品外，关于描写一类的诗，也有很生动的叙述。像《无羊》的状物，《楚茨》的铺写，以及《大田》的写田家生活，都显露着极生动的风趣，使读者可得深刻的印象。

　　谁谓尔无羊？三百维群。谁谓尔无牛？九十七^②

犉。

　　尔羊来思，其角濈濈。尔牛来思，其耳湿湿。

　　或降于阿，或饮于池。或寝或讹，尔牧来思。

---

① 据高亨《诗经今注》，上海古籍出版社1980年版，第222页，此处脱"妻子好合，如鼓瑟琴。兄弟既翕，和乐且湛。"

② 据高亨《诗经今注》，上海古籍出版社1980年版，第267页，"七"应为"其"。

何蓑何笠，或负其餱。三十维物，尔牲则具。

这简直是一篇最好的牧歌了。韩愈的《画记》就是学这篇的。在此我们应注意的就是"或降于阿"以下连用四"或"字，亦不见其重复的讨厌，这真是绝妙的修辞法。但比此更大胆的，是《小雅·北山》的末一段"或燕燕居息……"以下连用十二个"或"字，更是后来的文士所不敢尝试的了。虽然韩愈的《南山》也试用过，但总是逊色。

三

《国风》原有十五，但二南独立了①，其中只有邶、鄘、卫、王、郑、魏、齐、唐、秦、陈、桧、曹、豳等十三《国风》了。近人王国维倡"邶""鄘"二风"有目无诗"之说（《观堂集林·北伯鼎跋》）②。于是又减为十一"风"。但这十一"风"中，秦、陈二风，不属周民族，于实际只有九《国风》了

---

① 《左传》与《论语》中已将《周南》《召南》并称。将"二南"独立于《国风》之外，即认为"南"与"风"是不同的两种诗体的观点在民国时期的中国文学史中较为常见，但今人一般仍将"二南"归为《国风》之中。

② 王国维此说是："太师采诗之目，尚仍其故名，谓之邶、鄘。然皆有目无诗，季札观鲁乐，为之歌邶、鄘、卫，时犹未分为三，后人以卫诗独多，遂分隶之于邶、鄘。"此说源于朱熹《诗集传》卷二。《邶风》《鄘风》所写均为卫国事，《邶风》《鄘风》《卫风》实际上为同一地区的民歌。春秋时人已将它们视为同一组诗，如《左传·襄公二十九年》记载吴公子季札在鲁国参观周乐："为之歌《邶》《鄘》《卫》，曰：'美哉……是其卫风乎！'"

（陆侃如《中国诗史》①）。这九《国风》的次第：桧、豳（西周末年的诗），王、卫、唐（东周初年的诗），齐、魏（春秋初年的诗），郑、曹（春秋中年的诗）。

《豳风》七篇，旧说以为是与周公有关系的，实为妄说。例如《鸱鸮》只是一首禽言，《东山》也是一首"别赋"，与政治都无关系。其中的《七月》，描写农家生活，最为佳构。三百篇里的许多诗，是中国社会已经通过奴隶制，进到了封建制一个时期，一般奴隶（农奴）灵魂的呻吟和呼喊。《七月》一篇长诗，就是农奴生活的写真。

> 七月流火，九月授衣。一之日觱发，二之日栗烈。无衣无褐，何以卒岁。三之日于耜，四之日举趾。同我妇子，馌彼南亩，田畯至喜。

> 七月流火，九月授衣。春日载阳，有鸣仓庚。女执懿筐，遵彼微行，爰求柔桑。春日迟迟，采蘩祁祁。女心伤悲，殆及公子同归。

> 七月流火，八月萑苇。蚕月条桑，取彼斧斨，以伐远扬，猗彼女桑。七月鸣鵙，八月载绩。载玄载黄，我朱孔阳，为公子裳。

> 四月秀葽，五月鸣蜩。八月其获，十月陨萚。一之日于貉，取彼狐狸，为公子裘。二之日其同，载缵武功，言私其豵，献豜于公。

> 五月斯螽动股，六月莎鸡振羽，七月在野，八月在

---

① 《中国诗史》认为"《国风》"为"十一《国风》"，提出"九《国风》"之说的是陆侃如、冯沅君《中国文学史简编》。

宇，九月在户，十月蟋蟀入我床下。穹窒熏鼠，塞向墐户。嗟我妇子，曰为改岁，入此室处。

六月食郁及薁，七月亨葵及菽，八月剥枣，十月获稻。为此春酒，以介眉寿。七月食瓜，八月断壶，九月叔苴，采荼薪樗，食我农夫。

九月筑场圃，十月纳禾稼。黍稷重穋，禾麻菽麦。嗟我农夫，我稼既同，上入执宫功。昼尔于茅，宵尔索绹。亟其乘屋，其始播百谷。

二之日凿冰冲冲，三之日纳于凌阴。四之日其蚤，献羔祭韭。九月肃霜，十月涤场。朋酒斯飨，曰杀羔羊。跻彼公堂，称彼兕觥，万寿无疆。

这首诗简直是农奴们一年的生活历了。我们看"三之日于耜，四之日举趾""九月筑场圃，十月纳禾稼""一之日于貉……二之日其同""我稼既同，上入执宫功""同我妇子，馌彼南亩""女执懿筐，① 爰求柔桑""八月载绩，载玄载黄"。封建制下的男女，就这样劳劳②苦的过着一年。但他们的结果，还不免"无衣无褐，何以卒岁"之叹。而地主阶级的公子哥儿们"我朱孔阳，为公子裳""取彼狐狸，为公子裘""言私其豵，献豜于公""为此春酒，以介眉寿"。但反观农奴的女子，不但衣食均苦，还整日提心吊胆，怕被主人掳去求欢。"女心伤悲，殆及公子同归"，这真是男为仆役，女为姜媵，然而他们又有什么抵抗的方法，也只有伤悲而已。

---

① 此处脱"遵彼微行"。

② 疑衍一"劳"字。

《王风》多乱离之感，而《黍离》《兔爰》等篇，尤为诗人感慨悲怆之作。《黍离》一篇系写周朝的大夫经过兵劫后的西都（丰镐），眼看着文、武、成、康所经营的宏丽伟大的宗庙宫室现在变作一块荒地，生长着离离的禾苗。他回想起从前的繁盛，心里非常凄怆，在路旁徘徊着，仰天长叹：

　　彼黍离离，彼稷之苗。行迈靡靡，中心摇摇。知我者，谓我心忧；不知我者，谓我何求。悠悠苍天，此何人哉？

　　彼黍离离，彼稷之穗。行迈靡靡，中心如醉。知我者，谓我心忧；不知我者，谓我何求。悠悠苍天，此何人哉？

　　彼黍离离，彼稷之实。行迈靡靡，中心如噎。知我者，谓我心忧；不知我者，谓我何求。悠悠苍天，此何人哉？

《兔爰》也是乱离之世人民的悲歌："有兔爰爰，雉离于罗。我生之初①尚无为；我生之后，逢此百罹。尚寐无吪。"这不是无可奈何的悲叹吗？在《王风》中除了这样的作品外，尚有几篇很好的言情诗。如《君子于役》《中谷有蓷》《采葛》《大车》等都是。而《中谷》写女子离婚后的悲叹，一字一泪，勾人哀思：

　　中谷有蓷，暵其干矣。有女仳离，慨其叹矣。慨其叹矣，遇人之艰难矣。

----

① 据高亨《诗经今注》，上海古籍出版社1980年版，第101页，"处"应为"初"。

中谷有蓷，暵其脩矣。有女仳离，条其啸矣。条其
啸矣，遇人之不淑矣。

中谷有蓷，暵其湿矣。有女仳离，啜其泣矣。啜其
泣矣，何嗟及矣。

《桧风》四篇不甚出色，但比较的说，只有《匪风》《素
冠》，算是两篇好的抒情诗。《卫风》三十九篇，是与《郑风》
向被称为"淫诗"的。实则《卫风》的抒情诗，像《氓》《木
瓜》《硕人》《竹竿》《河广》等，不满十篇。且《谷风》《伯
兮》等篇态度大都很庄重的。

伯兮朅兮，邦之桀兮。伯也执殳，为王前驱。

自伯之东，首如飞蓬。岂无膏沐？谁适为容！

其雨其雨，杲杲出日。愿言思伯，甘心疾首①。

焉得谖草？言树之背。愿言思伯，使我心痗。

——《卫风·伯兮》

氓之蚩蚩，抱布贸丝。匪来贸丝，来即我谋。送子
涉淇，至于顿丘。匪我愆期，子无良媒。将子无怒，秋
以为期。

乘彼垝垣，以望复关。不见复关，泣涕涟涟。既见
复关，载笑载言。尔卜尔筮，体无咎言。以尔车来，以
我贿迁。

桑之未落，其叶沃若。于嗟鸠兮，无食桑葚！于嗟
女兮，无与士耽！士之耽兮，犹可说也。女之耽兮，不

---

① 据高亨《诗经今注》，上海古籍出版社1980年版，第91页，"疾首"
应为"首疾"。

可说也!

　　桑之落矣，其黄而陨。自我徂尔，三岁食贫。淇水汤汤，渐车帷裳。女也不爽，士贰其行。士也罔极，二三其德。

　　三岁为妇，靡室劳矣。夙兴夜寐，靡有朝矣。言既遂矣，至于暴矣。兄弟不知，咥其笑矣。静言思之，躬自悼矣。

　　及尔偕老，老使我怨。淇则有岸，隰则有泮。总角之宴，言笑晏晏。信誓旦旦，不思其反。反而[①]不思，亦已言[②]哉!

——《卫风·氓》

《卫风》中《硕人》一诗，乃《诗经》中描写女性之最好的篇什，盖已开后世诗人香奁体的先例。此诗首写庄姜的家世，次写庄姜的美丽，三四两首并写庄姜的地位与环境。章法完密，描写也极绮丽之至，可当一篇美人赋读。

　　硕人其颀，衣锦褧衣。齐侯之子，卫侯之妻，东宫之妹，邢侯之姨，谭公维私。

　　手如柔荑，肤如凝脂，领如蝤蛴，齿如瓠犀，螓首蛾眉，巧笑倩兮，美目盼兮。

　　硕人敖敖，说于农郊。四牡有骄，朱幩镳镳。翟茀以朝。大夫夙退，无使君劳。

---

① 据高亨《诗经今注》，上海古籍出版社1980年版，第86页，"而"应为"是"。

② 据高亨《诗经今注》，上海古籍出版社1980年版，第86页，"言"应为"焉"。

河水洋洋，北流活活。施罛濊濊，鱣鲔发发。葭菼
揭揭，庶姜孽孽，庶士有朅。

《唐风》十二篇，大都是不健全的思想，如《蟋蟀》："今
我不乐，日月其除"的享乐主义。像《山有枢》："子有衣裳，
弗曳弗娄。子有车马，弗驰弗驱。宛其死矣，他人是愉"的及时
行乐派的论调，皆可为我们的佐证。

《齐风》共十一篇。它虽不以言情著，然其中颇多艳诗。如
《鸡鸣》便是一首写幽会的佳作：

鸡既鸣矣，朝既盈矣。匪鸡则鸣，苍蝇之声。

东方明矣，朝既昌矣。匪东方则明，月出之光。

虫飞薨薨，甘与子同梦。会且归矣，无庶与子憎。

这首是描写男女偷期而且正幽会之时，女的恐怕天亮了，再
三的催促男的快走，但是男的却多力推诿不走，一会说不是鸡叫
的是苍蝇之声；一会又说天还不亮，这是月出之光。女的没法，
只好仍然同梦。但也不能长久的留恋，女的只得说"姑且归去
罢，别招人家的谈论啦"。近人王伯祥说它与《读曲歌》中的
"打杀长鸣鸡，弹去乌臼鸟。愿得长鸣[1]不复曙，一年都一晓"
和《乌夜啼》中的"可怜乌臼鸟，强言知天曙。无故三更啼，欢
子冒暗去"有同样的风趣。所以这是一首绝妙的私奔诗。一个提
心吊胆，一个留恋不去。如看《西厢记》最奇艳的《酬简》一
折，真是神情逼肖之笔。

《魏风》共七篇，其中以政治的讽刺诗为主。例如《十亩之

---

[1] 据丁福保编《全汉三国晋南北朝诗》，中华书局1959年版，第741页，
"长鸣"应为"连冥"。

间》，是贤者睹国乱政危而思隐于农亩。《伐檀》是主张"劳动然后得食"主义的。此外像《陟岵》的思亲，《园有桃》的忧国，也是很好的抒情诗。

　　　　十亩之间兮，桑者闲闲兮，行与子还兮。

　　　　十亩之外兮，桑者泄泄兮，行与子逝兮。

　　　　衡门之下，可以栖迟。泌之洋洋，可以乐饥。[①]

　　　　　　　　　　　　　　——《魏风·十亩之间》

　　　　陟彼岵兮，瞻望父兮。父曰："嗟！予子行役，夙夜无已。上慎旃哉，犹来无止！"

　　　　陟彼屺兮，瞻望母兮。母曰："嗟！予季行役，夙夜无寐。上慎旃哉，犹来无弃！"

　　　　陟彼冈兮，瞻望兄兮。兄曰："嗟！予弟行役，夙夜必偕。上慎旃哉，犹来无死！"

　　　　　　　　　　　　　　——《魏风·陟岵》

　　　　园有桃，其实之肴。心之忧矣，我歌且谣。不知我者，谓我士也骄。彼何人[②]哉，子曰何其？心之忧矣，其谁知之？其谁知之，盖亦勿思！

　　　　　　　　　　　　　　——《魏风·园有桃》

　　《郑风》在《国风》中是以淫著称的，它共二十一篇，大都是朱熹所谓"女惑男之语"。约略之可分为三部分：（一）女子

------

① 据高亨《诗经今注》，上海古籍出版社1980年版，第146页，"衡门之下，可以栖迟。泌之洋洋，可以乐饥"衍，此句原出自《陈风·衡门》。

② 据高亨《诗经今注》，上海古籍出版社1980年版，第144页，"何人"应为"人是"。

为主动的，如《将仲子》《子衿》《狡童》之类。（二）男子口吻的，如《出其东门》《野有蔓草》之类。（三）男女对话的，如《溱洧》《东门之墠》之类。

> 将仲子兮，无逾我里，无折我树杞。岂敢爱之？畏
> 我父母。仲可怀也，父母之言，亦可畏也。
>
> 将仲子兮，无逾我墙，无折我树桑。岂敢爱之？畏
> 我诸兄。仲可怀也，诸兄之言，亦可畏也。
>
> 将仲子兮，无逾我园，无折我树檀。岂敢爱之？畏
> 人之多言。仲可怀也，人之多言，亦可畏也。
>
> ——《郑风·将仲子》

这篇是写女子口吻的情诗。第一首她请求仲不要过里，因为父母要干涉。第二首请求仲不要逾墙，因为兄弟要当驾。第三首请求仲不要到园里来，因为他们的"秘密"人家正在议论了。这样的她欲爱仲而不得。男子呢？却又一步步地凑上来，她的心是如何地焦急呀！

> 青青子衿，悠悠我心。纵我不往，子宁不嗣音？
> 青青子佩，悠悠我思。纵我不往，子宁不来？
> 挑兮达兮，在城阙兮。一日不见，如三月兮！
>
> ——《郑风·子衿》

这也是一篇男女幽会之诗。前两首写女子思念她的所欢而等候不来。"明月光星欲坠①，欲来不来早语我。"恨之深，正见她爱情之专也。末一首叙写他们二人相会之后，女子热烈的欢乐

---

① 据（宋）郭茂倩《乐府诗集》，上海古籍出版社2016年版，第345页，"明月光星欲坠"应为"月明光光星欲堕"。

地狂跃。真是"不知手之舞之,足之蹈之"。这种极情尽态的描写,无怪乎孔老有"郑声淫"之叹了!

以上都是《诗经》中比较重要的诗篇。此外,像"籊籊竹竿"之思归,"蒹葭苍苍"之怀人。写夫妇谐好之诗,则有《女曰鸡鸣》(《郑风》);写夫妇互相庆慰之诗,则有《绸缪》(《唐风》)……这些这些,不但情美,而其用字之妙,也如化工的肖物。刘勰说:"'灼灼'状桃花之鲜,'依依'尽杨柳之貌,'杲杲'为出日之容,'瀌瀌'拟雨雪之状,'喈喈'逐黄鸟之声,'喓喓'学草虫之韵。"(《文心雕龙》)寥寥数语,可以见《国风》修辞妙的谛① 了。

四

《诗经》中的"二南",是楚民族文学的起源。② 但"二南"一向附属十五《国风》之中,实则"南"与"风"为二种并列的诗体。故历代学者如苏辙、王质、程大昌,以及崔述、梁启超,大都主张"二南"独立,是很有见地的。"二南",共有二十五篇。其中《周南》十一篇,《召南》十四篇都是楚风。旧说以为这些诗都是"采自雍州、岐山之阳,岐地为周公旦、召公奭的采地,其得圣人之化者,谓之《周南》,得贤人之化者,谓

---

① "妙的谛"应为"的妙谛"。
② 《中国文学史话》对"二南"的解释主要依据陆侃如、冯沅君《中国诗史》,《中国诗史》认为二南"是东周南方的诗",但现今学界基本不认可"二南"就是楚国诗歌的观点。关于"南"字的解释,目前有如下几种说法:地域、古国名、诗体、乐器、曲调等。

之《召南》。言二公之德教，自岐而行于南国也"。这是传统的释诗。据近人考证的结论，断定"二南"为楚诗，其理由：（一）"二南"的时代，不是西周初年的产物，而是东迁以后的作品。如《汝坟》述东迁，《甘棠》颂召虎，《何彼秾矣》称平王之类。（二）"二南"的产地，在河南的南部，及湖北的北部，完全是楚民族的范围以内。至就"二南"的内容方面看来，可分为五类：（一）恋爱歌，如《关雎》《野有死麕》。（二）别离歌，如《卷耳》《草虫》。（三）描写女性生活的，如《葛覃》《采蘋》。（四）祝颂辞，如《桃夭》《鹊巢》。（五）政治的，如《兔罝》《羔羊》。

> 关关雎鸠，在河之洲。窈窕淑女，君子好逑。
>
> 参差荇菜，左右流之。窈窕淑女，寤寐求之。
>
> 求之不得，寤寐思服。悠哉悠哉，辗转反侧。
>
> 参差荇菜，左右采之。窈窕淑女，琴瑟友之。
>
> 参差荇菜，左右芼之。窈窕淑女，钟鼓乐之。
>
> ——《周南·关雎》

这篇本来是写一个男子思念一个女子。睡梦里想她，用音乐来挑动她。后人惯用此诗来贺初婚，故不知不觉的把这个初婚的意思读进诗里去了。方玉润说："此盖周邑之咏初昏者。"到是搔着痒处。至于旧说什么"后妃之德""文王之化"……全是一派的谬话。

> 摽有梅，其实七兮。求我庶士，迨其吉兮。
>
> 摽有梅，其实三兮。求我庶士，迨其今兮。

摽有梅，顷筐既^①之。求我庶士，迨其谓之。

——《召南·摽有梅》

这篇写一待嫁女子之"叹及时而迨吉士"的心理，其急于自鬻的热烈的迫切的心情，一步紧似一步。起初尚有择日之意，次章日亦不择了。后来她更简直地亲身去催促了。"好花堪折直须折，莫待无花空折枝"可作这诗的注脚。

野有死麕，白茅包之。有女怀春，吉士诱之。

林有朴樕，野有死鹿。白茅纯束，有女如玉。

舒而脱脱兮，无感我帨兮，无使尨也吠。

——《召南·野有死麕》

这首诗的前两首，是叙述一个美男子（吉士）用白茅包着死麕，去引诱那怀春而且颜色如玉的一个美女子的。末后三句便是女子的话了。意思是："你慢慢儿的来，不要摇动我身上挂的东西（以致发生声音），不要使得狗叫（因为它听见了声音）。这明明是一个女子为要得到性的满足，对于异性说出的恳挚的叮嘱。"（顾颉刚的解释）写到这里，我便想起了元白朴的戏曲《墙头马上》来了。其中幽会前李千金吩咐梅香的话："休惊起庭鸦喧，邻犬吠，怕院公来！"这种提心吊胆恳挚的叮嘱，正和《野有死麕》同样地是绝妙的私奔的情诗。

《诗经》的文章已按着它产生的次序：《周颂》、《大雅》、《小雅》、《国风》（豳、桧、王、卫、唐、齐、魏、郑、曹）、《周南》、《召南》一一地叙述过了。在这里尚应该补充的几句

---

① 据高亨《诗经今注》，上海古籍出版社1980年版，第28页，"既"应为"墍"。

话，就是在"颂"中，《周颂》而外，《商颂》是宋国的诗，其时代约当西元前六四〇左右。《鲁颂》在《三百篇》为最晚出，其时代约当西元前六〇〇左右。《鲁颂》共四篇，可分成两部分，《泮水》与《閟宫》体裁近"雅"，以铺叙为主。《有駜》与《駉》体裁近"风"，以咏叹为主。至于作者的问题，据清儒段玉裁考证的结果，认为《閟宫》是奚斯作的，《駉》是史克作的。

　　《国风》中的陈、秦两风，在这里亦有补叙的必要，《陈风》和"二南"一样，同是属于楚民族的文学。①《陈风》共十四篇。其时代可考者，仅《株林》一篇："《株林》，刺灵公也，淫乎夏姬，驱驰而往，朝夕不休息焉。"这篇时代，约当西元前七世纪。此外《陈风》中各篇的内容，以言儿女之情者为多。例如《东门之枌》："此男女聚会歌舞，而赋其事以相乐也。"（朱熹语）《东门之杨》："此男女期会而有负约不至者。"（朱熹语）《月出》："此亦男女相悦而相念之辞。"（朱熹语）……这些，这些，同样是与"二南"各篇之描写女性者相同。后来像屈宋之作，喜以美人香草为喻，恐与它们有点渊源。《秦风》也十篇，是属于秦民族的文学。其时代可考者计三篇：《小戎》叙庄公事，约前八〇〇年左右。《终南》叙文公

---

① 目前学界的主流观点仍然认为《陈风》是陈国当地的诗歌，《中国文学史话》这一观点继承自陆侃如、冯沅君《中国文学史简编》。陈国毗邻楚国，并于春秋时成为楚人附庸，其文化有可能受楚国影响。尤其是《陈风》所表现的巫文化的确与楚地巫风有相似之处，但是陈国的地方文化以及上古文明的祭祀、巫术遗风也有可能是巫术在《陈风》中出现的原因。

事，约前七五〇年左右。《黄鸟》则哀"三良"，约前六二一年。我们从这三篇观之，知道它们都是作于东西周之交，这正是代表秦民族开始兴盛时候的文学。

参考：

《诗经集传》八卷，（宋）朱熹撰，有四部备要本。

《诗经原始》十八卷，（清）方玉润撰，有泰东书局印本。

《诗经通论》十八卷，（清）姚际恒撰，有道光刻本。

《读诗偶识》①四卷，（清）崔述撰，有畿辅丛书本，有文化学社标点本。

《诗史》，陆侃如编，大江书铺出版。

《中国韵文通论》，陈钟凡著，中华书局出版。

《诗经的厄运与幸运》，顾颉刚著，有小说月报丛刊本。

---

① 据（清）赵尔巽等《清史稿》卷一四五，中华书局1977年版，第4230页，"《读诗偶识》"应为"《读风偶识》"。

第二章　楚辞

继于《诗经》之后的便是所谓《楚辞》的一个时代。《诗经》和《楚辞》这两部总集，可说是中国古代文艺上极绚烂的两颗明星。这两部书在渊源上是有相互的可寻之关系，但也有好几种显然岐异的地方：（一）《诗经》是周初到春秋时代的诗歌，《楚辞》却是战国时代作品。（二）《诗经》可说是中国北部民间诗歌的总集，而《楚辞》则为中国南方文学的总集。（三）《诗经》多言人事，偏于实际，似属人文主义。《楚辞》多含神话，偏于理想，近于浪漫主义。（四）《诗经》篇章短简，词句整齐，但往往失之呆板。《楚辞》篇章繁富，辞句参差，故时露活泼的气象。

我们看《诗经》与《楚辞》在时代上，地域上，以及它们的内容和形式，都有很显然的岐异之点。因此我们觉得《楚辞》的远源，虽然与《诗经》有点"血统关系"，但它的近源却不一定是"楚之骚人，矩式周人"（《文心雕龙》）的"出于诗"，而是另一方面中国古代的神话。

讲到《楚辞》与《诗经》的关系，当追溯《诗经》中的"二南"和《陈风》，这在上章已经讲过。至说到《楚辞》与神话的关系，则不能不归到南北人因性质之异，而产生出不同的文学之故。原来北方人太过"崇实"，对于神话并不感浓厚的兴味，故一入历史时期，原始信仰失坠以后，神话也即随之消歇。而性质迥异的南方人，则保存古来的神话，直至战国时代便有文人出来，将这些民间流传的美丽而飘渺的神话的传说，应用到文学上来。这便是《楚辞》材料中最大部分的来源。

明白了《楚辞》的来源，再进而研究《楚辞》的内容。"楚辞"这个名词，在汉时已有（《汉书·朱买臣传》和《王褒传》）。现在通行的《楚辞》，相传是西汉刘向所编订，东汉王逸的章句。共有二十五篇，内为屈原、宋玉、景差诸人的作品，及汉人拟作的东西。但其中最重要的作家便是屈原。他是"楚辞"的开山祖，也是《楚辞》里的最伟大的作家。我们可以说"楚辞"这个名词，指的乃是"屈原及其跟从者"。

一

《楚辞》中最重要的作家是屈原和宋玉，而屈原尤为文学史上最初的一个大作家。屈原（前三四三——二九〇？[①]），名平，字灵均。他生来就聪明异常，博闻而强记。又明了国家的治乱。能文章，尤娴于辞令。因为他是楚的同姓，得为楚怀王左徒。入则与王图议国事，以出号令；出则接待宾客，应对诸侯。王也很信任他，但因此却引起奸人的嫉妒了，上官大夫要抢夺他

---

① 屈原的生卒年历来颇有争议，目前以郭沫若于《屈原研究》中所提出的"生于公元前340年，卒于公元前278年，享年62岁"为通行说法。

草创的宪令，靳尚更谗他于怀王，令尹子兰也要陷害他。真是"群犬①吠兮，吠所怪也"。加以他的政敌张仪更厚赂了楚国的诸亲贵来排斥他，并说楚襄王置他于死地。他于是看到楚襄王终不能用他，反要害他，他只得走吧。到那边——行吟泽畔，栖迟于三湘之间，过此穷愁忧郁的生活了。即衡岳、九疑、荆、岘、大别、洞庭、汉、沔、沅、澧、潇、湘，以及蛟龙、猿鸟、蕙兰、芷芝，天然美妙的环境，与他理想中的同伴——云中君、湘君、湘夫人、山鬼相与为命。他最有名的《离骚》，就是在这遭谗流放中的产物。我们读他这篇的末一段："已矣哉！国无人，莫我知兮，又何怀乎故都？既莫足与为美政兮，吾将从彭咸之所居！"这时他还是想借此以讽谏楚王，但楚王终于不能用他，终于像浮萍一般的飘荡着，受尽了风霜之苦。可怜将五十岁的老翁，在这"山峻高以蔽日②，下幽晦以多雨。霰雪纷其无垠③，云霏霏其④承宇"的寒苦的环境里，他如何能过得去呢？他厌世了，一切都失望了，便逼着他走到了汨罗江畔，怀抱沙石，投到悠悠的波浪里，终与彭咸为伍去了！

他的作品，据《汉书·艺文志》说有赋二十五篇：《离骚》一篇、《天问》一篇、《远游》一篇、《卜居》一篇、《渔父》

---

① 据（宋）洪兴祖《楚辞补注》，中华书局1983年版，第143页，"群犬"应为"邑犬之群"。
② 据（宋）洪兴祖《楚辞补注》，中华书局1983年版，第130页，此处脱"兮"字。
③ 据（宋）洪兴祖《楚辞补注》，中华书局1983年版，第130页，此处脱"兮"字。
④ 据（宋）洪兴祖《楚辞补注》，中华书局1983年版，第130页，"霏霏其"应为"霏霏而"。

一篇、《九歌》十一篇（《东皇太一》《云中君》《湘君》《湘夫人》《大司命》《少司命》《东君》《河伯》《山鬼》《国殇》《礼魂》）、《九章》九篇（《惜诵》《涉江》《哀郢》《抽思》《思美人》《惜往日》《橘颂》《悲回风》《怀沙》）。但据近代学者如崔述、廖平、胡适诸人研究的结果，知道其中有不少的伪作搀入。除了《九歌》为屈原以前的作品外[1]，至最近经陆侃如的考证：屈原的作品，只有《离骚》《天问》，及《九章》之半（《橘颂》《抽思》《哀郢》《涉江》《怀沙》）是真的，其余都是伪作了。[2]

《离骚》无疑的是他的作品中最伟大的一篇。其中的意思和句法的构造，尽管有重复之处，然修辞之美，毕竟是空前绝后的。这篇从内容看来，可分两段。第一段至叙女媭的话为止，于真的事实中杂以抒情的句子。自陈辞重华以下为第二段，借理想的事实来表情。最后则在"乱辞"里归到死的决心。

……依前圣以节中兮，喟凭心而历兹。济沅湘以南征兮，就重华而陈词。

启《九辩》与《九歌》兮，夏康娱以自纵。不顾难以图后兮，五子用失乎家巷。羿淫游以佚田兮，又好射夫封狐。固乱流其鲜终兮，浞又贪夫厥家。浇身被服强圉兮，纵欲而不忍。日康娱而自忘兮，厥首用夫颠陨。

---

[1] "九歌"一词最早可见于《尚书·大禹谟》，目前一般认为共十一章的《九歌》是屈原据民间祭祀乐歌加工或改作而成。

[2] 从王逸开始，对屈原作品真伪的辨析便众说纷纭，《楚辞章句》收录的屈原作品几乎没有一篇不被怀疑，《中国文学史话》所引陆侃如的看法可备一说。

夏桀之常违兮，乃遂焉而逢殃。后辛之菹醢兮，殷宗用之不长。汤禹严而祗敬兮，周论道而莫差。举贤才而授能兮，修绳墨而不颇。皇天无私阿兮，览民德焉错辅。夫维圣哲以茂行兮，苟得用此下土。瞻前而顾后兮，相观民之计极。夫孰非义而可用兮？孰非善而可服？阽余身而危死兮，览余初其犹未悔。不量凿而正枘兮，固前修以菹醢。曾歔欷余郁邑兮，哀朕时之不当。览茹蕙以掩涕兮，沾余襟之浪浪。跪敷衽以陈辞兮，耿吾既得此中正。驷玉虬以乘鹥兮，溘埃风余上征。朝发轫于苍梧兮，夕余至乎县圃。欲少留此灵琐兮，日忽忽其将暮。吾令羲和弭节兮，望崦嵫而勿迫。路漫漫其修远兮，吾将上下而求索。饮余马于咸池兮，总余辔乎扶桑。折若木以拂日兮，聊须臾以相羊。前望舒使先驱兮，后飞廉使奔属。鸾皇为余先戒兮，雷师告余以未具。吾令凤皇飞腾兮，又继之以日夜。飘风屯其相离兮，率云霓而来御。纷总总其离合兮，斑陆离其上下。吾令帝阍开关兮，倚阊阖而望予。时暧暧其将罢兮，结幽兰而延伫。世溷浊而不分兮，好蔽美而嫉妒。朝吾将济于白水兮，登阆风而绁马。忽反顾以流涕兮，哀高丘之无女。溘吾游此春宫兮，折琼枝以继佩。及荣华之未落兮，相下女之可诒。吾令丰隆乘云兮，求宓妃之所在。解佩纕以结言兮，吾令蹇修以为理。纷总总其离合兮，忽纬繣其难迁。夕归次于穷石兮，朝濯发乎洧盘。保厥美以骄傲兮，日康娱以淫游。虽信美而无礼兮，来违弃而改求。览相观于四极兮，周流乎天余乃下。望瑶台之偃蹇兮，见有娀之佚女。吾令鸩为媒兮，告^①余以不好。雄鸩之鸣逝兮，余犹恶其佻巧。心犹豫而狐疑兮，欲自适而不可。凤皇既受诒兮，恐高辛之先我。欲远集而无所止兮，聊浮游以逍遥。及少康之未家兮，留有虞之二姚。理弱而媒拙兮，恐导言之不固。世溷浊而嫉贤兮，好蔽美而称恶。闺中既以邃远兮，哲王又不寤。怀朕情而不发兮，余焉能忍与此终古？……

我们从这两段看来，知道《离骚》的取材是如何的丰富了。其中有历史上的人物，神话上的人物，以及许多神话上的地名，许多禽鸟与自然的现象，都用他最高的想像力，融洽于他的彷徨幽苦的情绪之下，这是如何惊人的绝作！总之《离骚》的成功不是偶然的。而其最主要的原因，不外下列四点：（一）有浓厚的情感，（二）有丰富的材料，（三）有巧妙的寄托，（四）有美丽的辞藻。因之《楚辞》在中国文学史上影响之伟大，不但它的新形式曾引起汉以后许多作家的摹拟，且供给了许多的材料与方法，然后中国的文士文学乃得渐渐的建设起来。就此点而言，《楚辞》可算是中国的《奥特赛》与《伊利亚特》。

二

宋玉（前二九〇？——二二二？^②），他是次于屈原的楚国大作家。他的作品，据《汉书·艺文志》共十六篇。但现只十四

---

① 据（宋）洪兴祖《楚辞补注》，中华书局1983年版，第33页，"告"字前脱"鸩"字。
② 此处应为"前二二二？"。

篇：《九辩》、《招魂》（《楚辞》），《风赋》、《高唐赋》
（明代汪道昆《楚襄王阳台入梦》，即是据的这篇中的故事）、
《神女赋》、《登徒子好色赋》、《对楚王问》（《文选》），
《笛赋》、《大言赋》、《小言赋》、《讽赋》、《钓赋》、
《舞赋》（《古文苑》），《高唐对》（《襄阳耆旧传》）。但
这些作品，除了《九辩》和《招魂》两篇外，其余的恐怕也是后
人的伪作。

宋玉固然是屈原的嫡派，但自己确有独到之处。《九辩》旧
分为八章、九章或十一章都是错的，它实是整个的一篇长诗。著
称的"悲秋"的典实，即是他的创造的思想：

悲哉，秋之为气也！萧瑟兮草木摇落而变衰。憭栗
兮若在远行，登山临水兮送将归。泬寥兮天高而气清，
寂寥兮收潦而水清。憯凄增欷兮，薄寒之中人，怆怳懭
悢兮，去故而就新。坎廪兮贫士失职而志不平，廓落兮
羁旅而无友生，惆怅兮而私自怜！燕翩翩其辞归兮，蝉
寂寞而无声。雁嗈嗈①而南游兮，鹍鸡啁哳而悲鸣。独
申旦而不寐兮，哀蟋蟀之宵征。时亹亹而过中兮，蹇淹
留而无成。

至于《招魂》之妙处，则在于描写。全篇分两段：首段历叙
上下东西南北六方的危险，教幽魂不要乱走，可谓集神话之大
成。次段则夸张楚国居室之安，姬妾之奉，饮食之美，歌舞之
乐，望灵魂返其故居。其描写技术之佳，实可与屈原《离骚》的

---

① 据（宋）洪兴祖《楚辞补注》，中华书局1983年版，第183页，"嗈
嗈"应为"雝雝"。

抒情是有同样的价值。

> 魂兮归来！何远为些？室家遂宗，食多方些。稻粢穱麦，挐黄粱些。大苦醎酸，辛甘行些。肥牛之腱，臑若芳些。和酸若苦，陈吴羹些。胹鳖炮羔，有柘浆些。鹄酸臇凫，煎鸿鸧些。露鸡臛蠵，厉而不爽些。粔籹蜜饵，有餦餭些。瑶浆蜜勺，实羽觞些。挫糟冻饮，酎清凉些。华酌既陈，有琼浆些。归来反故室，敬而无妨些。肴羞未通，女乐罗些。陈钟按鼓，造新歌些。涉江采菱，发扬荷些。美人既醉，朱颜酡些。娭光眇视，目曾波些。被文服纤，丽而不奇些。长发曼鬋，艳陆离些。二八齐容，起郑舞些。衽若交竿，抚案下些。竽瑟狂会，搷鸣鼓些。宫庭震惊，发激楚些。吴歈蔡讴，奏大吕些。士女杂坐，乱而不分些。放陈组缨，班其相纷些。郑卫妖玩，来杂陈些。激楚之结，独秀先些。菎蔽象棋，有六簿些。分曹并进，遒相迫些。成枭而牟，呼五白些。晋制犀比，费白日些。铿钟摇簴，揳梓瑟些。娱酒不废，沈日夜些。兰膏明烛，华灯错些。结撰至思，兰芳假些。人有所极，同心赋些。酎饮尽欢，乐先故些。魂兮归来！反故居些。

诗到了宋玉，已渐改变屈原的缠绵悱恻的作风，而成为雄奇瑰丽的风格。"美人既醉，朱颜酡些。娭光眇视，目曾波些。"这很显然是两汉赋家的先声了。

参考：

屈原、宋玉见《史记》卷八十四。

《屈原，宋玉》[①]，陆侃如编，上海亚东图书馆出版。

《楚辞集注》，朱熹撰，通行本。

《楚辞补注》，（汉）王逸章句，（宋）洪兴祖补注，有四部丛刊本。

[①] 书名应为《屈原与宋玉》。

第三章　汉代的辞赋

　　西汉的韵文学，是以赋为中心的。赋原是继《楚辞》而兴的一种文体。它的发生，虽然和《诗经》乃至诸子文学都有些"血统关系"，但总不及它和《楚辞》的关系来得密切显明。然屈宋之作，乃是满含着优美的抒情的富有诗意的文学，而汉代的赋，已是敷陈故实雕饰浮辞而缺乏感情的一种文体。在它的表面上虽然是体制弘伟，光彩辉煌，但内容却是空虚的。这正如我们远远的看见了一片霞彩，一道金光，却把握不到什么一样。说到汉代赋的发达，有人归重于武帝的爱重《楚辞》，命臣士进赋，作者且借此为进身之阶。这固然是汉赋发达的一大原因。实则汉初已作家辈出：陆贾与贾谊，为汉代最早有个性的赋家。稍后则枚乘出，尤以赋名，而乘之死，正是刘彻初即位之年。像司马相如、东方朔、严忌、严助、刘安、吾丘寿王、朱买臣等，才是武帝时的赋家。

一

　　贾谊与枚乘是汉辞赋"黄金时代"以前较为重要的作家。这

30

里我暂且不表，而从辞赋的提倡者，辞赋家的保护者刘彻说起。刘彻（前一五六——八七[1]）为人豁达大度，喜文艺，尤好辞赋。他对于政治是一个好大喜功的雄主，所以汉代的武功，以武帝时为最盛。就是汉代四百多年的文学，也是因缘这雄才大略之主，得称为极盛的时代。譬如伟大的历史家司马迁即生于此时，他和司马相如同为照耀当代文坛的日月。

武帝最爱辞赋，所以他的辞赋颇多楚声。如《悼李夫人赋》云：

> 美连娟以修嫭兮，命樔绝而不长。饰新宫以延贮兮，泯不归乎故乡。惨郁郁其芜秽兮，隐处幽而怀伤。释舆马于山椒兮，奄修夜之不阳。秋气憯以凄泪兮，桂枝落而销亡。神茕茕以遥思兮，精浮游而出畺。托沈阴以圹久兮，惜蕃华之未央。

> 念穷极之不还兮，惟幼眇之相羊。函菱蕤以俟风兮，芳杂袭以弥章。的容与以猗靡兮，缥飘姚虖愈庄。燕淫衍而抚楹兮，连流视而娥扬。既激感而心逐兮，包红颜而弗明。欢接狎以离别兮，宵寤梦之芒芒。忽迁北[2]而不反兮，魄放逸以飞扬。

> 何灵魄之纷纷兮，哀裴回以踌躇。势路日以远兮，遂荒忽而辞去。超兮西征，屑兮不见。浸淫敞芒，寂兮无音。思若流波，怛兮在心。

---

① 此处应为"前八七"。
② 据（汉）班固《汉书》卷九七上，中华书局1962年版，第3953页，"北"应为"化"。

乱曰：佳侠函光，陨朱荣兮。嫉妒阘茸，将安程兮。方时隆盛，年天伤兮。弟子增欷，涕泣怅兮。悲愁于邑，喧不可止兮。向不虚应，亦云已兮。㜪妍太息，叹稚子兮。懰栗不言，倚所恃兮。仁者不誓，岂约亲兮？既往不来，申以信兮。去彼昭昭，就冥冥兮。既下新宫，不复故庭兮。呜呼哀哉，想魂灵兮。

像这种婉丽容与的音节，恳挚缠绵的情感，恰是《楚辞》的篇章。所以我说武帝的辞赋，很多受到《楚辞》的影响。再他与李夫人的恋爱故事，也为后来戏曲家的好题材。《汉书》说："李夫人早卒，武帝思念不已。方士齐人少翁，言能致其神，乃夜张灯烛，设帐陈酒肉，而令帝居他帐。遥望见好女如李夫人之貌，还幄坐而步。又不能就视，帝愈益相思悲感，为作诗云：'是耶，非耶？立而望之，翩何姗姗其来迟！'"[1] 明蘅芜室的《再生缘》，即是采取这个故事作成的戏曲。

二

在这个时候最大的赋家，不是枚皋、东方朔一流的俳优人物，也不是严助、朱买臣、吾丘寿王那班政客式的人物，而是富有浪漫气分的文人司马相如。相如（前一七九———一七 [2]），字长卿，小名犬子，蜀郡成都人。他和卓文君的恋爱故事，也是

---

[1] 此段引文与《汉书》原文有部分字词上的差异，应是梁乙真櫽栝而成。读者可参看（汉）班固《汉书》卷九七上，中华书局1962年版，第3952页。

[2] 此处应为"前——七"。

后来戏曲家的最好的题材。他有一次饮于临邛富人卓氏家，卓氏有女名文君方"新寡"。他便鼓琴以挑之。文君因了他的琴声地挑动，便踏着月色去投奔他了，他们就相偕潜归成都。但相如很穷，家徒四壁。不得已，他们又回到临邛，变卖了车马，买一酒舍，相如涤器，令文君当垆。终于文君的父亲，受不了这种耻辱，便分给她僮百人，钱百万，司马相如就此富起来了。他这种浪漫的生活很为后来的文人所艳称，明清以来的戏曲家很多以他们为题材的。清黄宪清的《茂陵弦》，就是演的这个故事。

相如的赋，共二十九篇。今所存的，于田猎则有《子虚》《上林》，于神仙则有《大人》，于爱情则有《美人》《长门》，于哀吊则有《哀二世》，于符命则有《封禅文》。武帝甚喜他的赋，尝读《子虚赋》而善之，曰："朕独不得与此人同时哉！"时相如同乡杨得意为狗监，侍帝，便说："臣邑人司马相如自言为此赋。"帝惊，乃召相如，相如于是便有宠了。但《子虚赋》并不好，堆砌词藻，仿佛是一部辞典。虽然如此，但后来的赋家，像班固、张衡、左思诸人，受此种影响却是很深的。兹录他的《哀二世赋》：

> 登陂陁之长坂兮，坌入曾宫之嵯峨。临曲江之隑州兮，望南山之参差。岩岩深山之谾谾兮，通谷豁乎谽谺。汩淢靸以永逝兮，注平皋之广衍。观众树之蓊薆兮，览竹林之榛榛。东驰土山兮，北揭石濑。弭节容与兮，历吊二世。持身不谨兮，亡国失势。信谗不寤兮，宗庙灭绝。呜呼哀哉！操行之不得，墓芜秽而不修兮，魂亡归而不食。夐邈绝而不齐兮，弥久远而愈佅。精罔

33

阆而飞扬兮，拾九天而永逝。呜呼哀哉！ ①

相如可说是古今一个最伟大的赋家，赋在文学上的地位，也因他而高。他的赋除了抒说他自己的浪漫故事的传说外，他代人作的虽然缺乏个性，但也很有感人的魔力。就如描写最动人的《长门赋》，是受了陈皇后十万钱的润笔而作的。这篇写陈皇后离宫自愁，极能设身处地的代人著想。起初："修薄具而自设兮，君曾不肯乎幸临。"后来："登兰台而遥望兮，神恍恍而外淫。"到后来思念之极："雷殷殷而响起兮，声象君之车音。"……这一一的声音，都足以引起她思君的幻想。下边的一段，写得尤凄清动人："忽寝寐而梦想兮，魂若君之在旁。惕寤觉而无见兮，魂迁迁若有亡。众鸡鸣而愁予兮，起视月之精光。观众星之行列兮，毕昴出于东方。"传说武帝读了这篇赋，陈皇后复得了宠幸。可见这的确是一篇动人的作品。无怪乎扬雄说他："长卿赋不似从人间来，其神化所至耶！"

三

东方朔和扬雄，是名稍次于司马相如的两位赋家。朔（前一六〇？——九〇？ ②），字曼倩，平原厌次人。有口辩，善诙谐。他的滑稽的行为，冷隽的讽刺，也是后来许多文人所乐道的。清人杨潮观《偷桃捉住东方朔》杂剧，就是叙述关于他的传说故事。他尝作《七谏》《客难》《非有先生论》《自荐

---

① 此段引文与《史记》原文有部分字词上的差异，读者可参看（汉）司马迁《史记》卷一一七，中华书局1959年版，第3055页。

② 此处应为"前九〇？"。

书》等，很能显示着他自己的浓厚的个性，而为当时诸赋家所不及的。

扬雄（前五三——后一八），字子云。他是西汉最后的一个大赋家。他既善作赋，又善为论文，辞意也甚整炼温雅。但他喜摹拟古人，所作几乎没有一书一文不是以古人为模式的，古人启发了他的文趣，也启发了他的思想，但完全失去他自己的创作精神。他著名的《羽猎》《长杨》《河东》《甘泉》诸赋，是学司马相如的。《解嘲》是学东方朔的《答客难》。他又拟《易》而作《太玄》，象《论语》而作《法言》，依傍《楚辞》而作《反离骚》《广离骚》《畔牢愁》等。但像《逐贫》《酒赋》，倒是很有风趣的作品。他年四十余始自蜀来游京师。大司马王音奇其文，荐为郎，桓谭、刘歆皆深敬爱之。歆尝说他《太玄》太深，恐后人不懂，难免拿来覆酱瓿用，他笑而不应。严尤闻他死，对桓谭说："子尝称扬雄书，岂能传^①后世乎？"谭曰："必传，顾君与谭不及见也。凡人贱近而贵远，亲见扬子云禄位容貌，不能动人，故轻其书。……"《汉志》称他有赋十二篇。

前汉的重要辞赋作家，既如上述。至后汉的辞赋作家：像班固、崔骃、李尤、冯衍、张衡、马融诸人，也多沿着西京的气息，但没有更伟大的作品出现。蔡邕算是汉末最负盛名的文学者，他的诗如《饮马长城窟行》^②，辞意婉美，实较他的文赋高

---

① 据（汉）班固《汉书》卷八七上，中华书局1962年版，第3585页，此处脱"于"字。

② 此处所指的诗歌是《饮马长城窟行·青青河畔草》。《文选》收录时题为"古辞"，不署作者。《玉台新咏》始署"蔡邕"，目前学界一般倾向于蔡邕作。

明的多了。因为文学到了东汉，辞赋的怒潮已渐渐地消沉下去，新兴的五言古辞便为这"时代的宠儿"。

参考：

贾谊见《史记》卷八十四，《前汉书》卷四十八。

枚乘见《前汉书》卷五十一。

孝武帝本纪见《史记》卷十二，《前汉书》卷六。

司马相如见《史记》卷一百十七，《前汉书》卷五十七下。

扬雄见《前汉书》卷八十七上。

东方朔见《史记》卷一百二十六《滑稽列传》，《前汉书》卷六十五。

蔡邕见《后汉书》卷九十。

《文选》，萧统编，可看汉武帝、司马相如、东方朔、扬雄……诸人的辞赋。

《汉魏六朝百三①家集》，（明）张溥编，有长沙刊本，扫叶山房石印本。可看司马相如、东方曼倩、扬子云、班孟坚、冯敬通、张平子、马季长、蔡伯喈诸集。

《历代赋汇》，康熙间敕编，有扬州书局本，有石印本。

---

① 此处脱"名"字。

第四章　汉代的乐府

很奇怪的，汉代的文学虽然辞赋是当时文坛的中心，闪耀着灿烂的光辉。但这种"光辉"，只是远远的一道金光，虽然使人目眩神移，可也把握不到怎样的兴趣。再说汉代的五言诗，虽也曾受过许多批评家的赞美，然而那些作品却大都是后人的伪托。实在说罢，汉代有真价值的文学，不是辞赋，也不是五言诗，而是那些"作者难考，篇章零落"的乐府古辞。

汉乐府篇名之可考者约三百篇，歌辞现存者约一百曲。其中属于贵族方面的有三：（一）郊庙歌辞，（二）燕射歌辞，（三）舞曲歌辞。属于平民方面的有四：（一）鼓吹曲辞，（二）横吹曲辞，（三）相和歌辞，（四）杂曲歌辞。

在汉代民间文学的四种中，"相和""杂曲"所采的歌辞，是中国人民自己的创作，所用的乐器，是中国固有的乐器。"鼓吹"与"横吹"则所用的乐器，多数系外族的乐器，"横吹曲辞"现多散佚，"鼓吹曲辞"很含有外族的色彩。"杂曲"虽视"相和曲"较少，但多是珍贵的作品，在汉乐府中，是占着极重要的地位。

一

关于贵族方面的乐府我且不论，今只就平民方面的四种乐府加以研究。"鼓吹"之存于今者，为"铙歌"二十二曲，虽为朝廷采用，其实也是民间文学。这二十二曲，大概不是一人所作的，也不是一时所作的。这其间很多有深刻的情感和流宕的格调，比较那些《房中歌》《郊祀歌》，造辞专以"蹇涩凝重，典雅为宗"者，真有天渊之别了。"鼓吹"本有二十二曲，但《务成》《玄云》《黄爵》《钓竿》都已亡佚。现在所存的，只有《朱鹭》《思悲翁》《艾如张》《上之回》《翁离》《战城南》《巫山高》《上陵》《将进酒》《君马黄》《芳树》《有所思》《雉子班》《圣人出》《上邪》《临高台》《远如期》《石留》等十八曲。但其中字句不可解的地方很多，这或者是胡汉相杂，或者由声辞相混的缘故。所以《乐府诗集》说："凡古乐录，皆大字是辞，细字是声，声辞合写，故致然耳。"

十八曲当中，其内容可分为：（一）颂诗，（二）情诗，（三）战争，（四）田猎，（五）宴饮。至其有时代可推定者，仅二曲：（一）《上之回》作于武帝元封四年（前一○七年），（二）《上陵》作于宣帝甘露年间（前五三——五一[①]）。但《上之回》末句为"千秋万岁乐无极"，《上陵》末句为"延寿千万岁"。这都免不掉应制之嫌，不算得是上乘的文学。十八曲中的上乘文学，当以《战城南》《有所思》《上邪》三首为代

---

① 此处应为"前五一"。

表。《战城南》云：

> 战城南，死郭北，野死不葬乌可食。为我为①乌：
> 且为客豪！野死谅不葬，腐肉安能去子逃？水深激激，
> 蒲苇冥冥。枭骑战斗死，驽马徘徊鸣。梁筑室，何以
> 南？何以北？禾黍不获君何食？愿为忠臣安可得？思子
> 良臣，良臣诚可思：朝行出攻，暮不夜归！

这一篇是中国诅咒战争文学的较古较佳者，"野死不葬乌可食"早已将大战后死尸的狼藉和鸟兽吞食的景象全盘的绘出。下边又说："野死谅不葬，腐肉安能去子逃？"以文法说，妙不可言；以事情论，那更惨不忍睹。这种异想天开的话，虽然俏皮，却蕴含着无限的沉痛呵！再下又说："禾黍不获君何食"，便是大兵之后必有凶年的注脚。这种短短不及百字的一篇歌辞，抵得李华一篇《吊古战场文》。人民厌恶战争的心理，更活活的显出，真是千古非战文学的绝唱。《有所思》云：

> 有所思，乃在大海南。何用问遗君，双珠玳瑁簪。
> 用玉绍缭之。闻君有他心，拉杂摧烧之。摧烧之，当风
> 扬其灰！从今以后②，勿复相思，相思与君绝！鸡鸣狗
> 吠，兄嫂当知之。妃呼豨（感叹辞）！秋风肃肃晨风
> 飔，东方须臾高知之！

古代诗人以温柔敦厚，怨而不怒为教，而"铙歌"则不然，"从今以后，勿复相思"。这种斩钉截铁似的赌咒发誓，纯是从

---

① 据（宋）郭茂倩《乐府诗集》，上海古籍出版社2016年版，第225页，
　"为"应为"谓"。

② 据（宋）郭茂倩《乐府诗集》，上海古籍出版社2016年版，第228页，
　"后"应为"往"。

内心一时迸裂的情感抒写出来的文字。"勿复相思",正见其相思之深,这一类情诗在《国风》里是找不出的。《上邪》云:

> 上邪!(此与"妃呼豨"盖都是叹辞)我欲与君相
> 知,长命无绝衰。山无陵,江水为竭,冬雷震震,夏雨
> 雪,天地合,乃敢与君绝!

这诗亦能状出内心热烈的情感。沈德潜说:"山无陵以下共五事。重叠言之,而不见其排,何笔力之横也。"这笔力之横,正是因为作者情感热烈到沸度,下笔便不能自止也。此外若《君马黄》《临高台》,音亦都似解,似不可解;似有义,似无义。他曲便不容易索解了。

二

在"鼓吹曲"输入后六十年,"横吹曲"亦输入了。"横吹"起初亦叫做"鼓吹",后来又分开:以有箫笳者为"鼓吹",有鼓角者为"横吹"。"横吹"完全是军乐,马上所奏者是也。最初是张骞自西域传来的《摩诃兜勒》一曲。后来李延年又因胡乐更造新声二十八解,乘舆以为武乐。后汉以给边将。魏晋以来二十八解都不复存。但世所用者,为《陇头》《出关》《入关》《出塞》《入塞》《折杨柳》《黄覃子》《赤子^①杨》《黄鹄》《望行人》等十曲,都是边声。后世又合以《关山月》《洛阳道》《长安道》《梅花落》《紫骝马》《骢马》《雨雪》《刘生》等八曲,合为十八曲。汉代的"横吹曲辞"多亡佚,现

---

① "子"应为"之"。

今可考者尚存《陇头歌》（见《秦川记》）及后代《紫骝马》中所用之汉五言诗（即《十五从军征》一篇）一章。

> 陇头流水，流离四下。念我行役，飘然旷野。登高望远，涕泪双堕。

> 陇头流水，鸣声幽咽。遥望秦川，肝肠断绝。[1]

按：梁"鼓角横吹曲"亦载有《陇头歌》。其一但有前四句，复多"西上陇坂，羊肠九回。山高水深，不觉脚酸。手攀弱枝，足逾弱泥"诸句。其二、三两解同此，中多第二解云："朝发欣城，暮宿陇头。寒不能语，舌卷入喉。"凡三解，每解四句，疑都是增损汉辞为之。然后代选本，直以"鼓角横吹"（北朝的）中之《陇头》，及无名氏之《出塞》二篇，认为汉辞者实误。"鼓角横吹曲"固然不能移入汉"横吹"，而《出塞》中的诗句，如"旗作浮云影，阵如明月弦"，这也决不会是汉诗的风格。

三

"相和歌辞"的命名，是因为"丝竹更相和，执节者歌"而得的（《宋志》）。所用的调子，是从周代的房中三乐：平调、清调、瑟调，另加以楚地的楚调、侧调，都名之曰"相和

---

[1] 《陇头歌辞》的歌辞有两个版本，《中国文学史话》所引为其一。另一版本据《乐府诗集》卷二五，上海古籍出版社2016年版，第348页，全诗如下："陇头流水，流离山下。念吾一身，飘然旷野。朝发欣城，暮宿陇头。寒不能语，舌卷入喉。陇头流水，鸣声幽咽。遥望秦川，心肝断绝。"

曲"。《晋书·乐志》说："凡乐章古辞之存者，并汉世街陌讴歌。"[1]（如《江南可采莲》《乌生八九子》《白头吟》属之）其后渐被于弦管，即"相和"诸曲。魏晋之世，相承用之。今存汉辞"相和六引"中，有《箜篌引》一首；"相和曲"中有《江南》《薤露》《蒿里》《鸡鸣》《乌生》《平陵东》《陌上桑》等七首；"吟叹曲"中有《仙人王子乔》一首；"四弦曲"中有《长歌行》《君子行》等三首（平调），《豫章行》《相逢行》《长安有狭斜行》（清调），《善哉行》《陇西行》《步出夏门行》《西门行》《东门行》《饮马长城窟行》《妇病行》《孤儿行》《艳歌何尝行》《艳歌行》等十三首（瑟调），《白头吟》《怨诗行》《怨歌行》等三首（楚调）。这些歌中，颇多大曲，其诗词的哀感顽艳，情绪的真挚热烈，堪为文学绝唱。尤其是韵律的和畅，使人兴神味活跃的美感。现在我们就"相和歌辞"的各曲，加以简短的叙述。《箜篌引》云：

> 公无渡河，公竟渡河！渡河而死，当奈公何？

这曲才十六个字，而呜咽啜泣之情况，令人恍如目睹，在听她一声声地哀诉，真乃千古的妙文。关于这曲尚有很哀艳的一段故事。《古今注》说："《箜篌引》，朝鲜津卒霍里子高妻丽玉所作也。子高晨起，刺舟而濯[2]。有一白首狂夫，被发提壶，乱流而渡。其妻随呼止之，不及，遂坠河死。于是援箜篌而鼓之，作《公无渡河》之歌，声甚凄怆。曲终，自投河而死。霍里子高

---

[1] 据（唐）房玄龄等《晋书》卷二三，中华书局1974年版，第716页，"之"字前脱"今"字，"讴歌"应为"谣讴"。

[2] 据（晋）崔豹撰；牟华林校笺《〈古今注〉校笺》卷中，线装书局2015年版，第71页，"刺舟而濯"应为"刺船而棹"。

还，以其声语妻丽玉，玉伤之，乃引箜篌而写其声，闻者莫不堕泪而泣焉。丽玉以其声传邻女丽容，名曰《箜篌引》焉。"又《陌上桑》云：

日出东南隅，照我秦氏楼。秦氏有好女，自名为罗敷。罗敷喜蚕桑，采桑城南隅。青丝为笼系，桂枝为笼钩。头上倭堕髻，耳中明月珠。缃绮为下裙，紫绮为上襦。行者见罗敷，下担捋髭须。少年见罗敷，脱帽著帩头。耕者忘其犁，锄者忘其锄。来归相怨怒，但坐观罗敷。（一解）

使君从南来，五马立踟蹰。使君遣吏往，问是谁家姝？"秦氏有好女，自名为罗敷。""罗敷年几何？""二十尚不足，十五颇有余。"使君谢罗敷："宁可共载不？"罗敷前致辞："使君一何愚！使君自有妇，罗敷自有夫！（二解）

"东方千余骑，夫婿居上头。何用识夫婿？白马从骊驹，青丝系马尾，黄金络马头；腰中鹿卢剑，可值千万余。十五府小史，二十朝大夫，三十侍中郎，四十专城居。为人洁白皙，鬑鬑颇有须。盈盈公府步，冉冉府中趋。坐中数千人，皆言夫婿殊。"（三解）

这一曲是很脍炙人口的。不但辞美，而描写的技术，也妙不可言。"行者见罗敷"以下八句，主意是在写罗敷之美，纯由旁观者的态度来烘托，真比一切"粉白黛黑"的直观的描写高明得多多了。不着一美字，而罗敷之美自见，真文字之妙用哉。

青青园中葵，朝露待日晞。阳春布德泽，万物成^①光辉。

常恐秋风^②至，焜黄华叶衰。百川东到海，何时复西归。

少壮不努力，老大徒伤悲。

《长歌行》共两首，严沧浪以为第二首自"岩岩山上亭"以下文义不同，当别为一首，则可算三首。这三首的意义确是不同的。第一首"青青园中葵"是勉少壮努力的。第二首"仙人骑白鹿"是游仙诗。第三首"岩岩山上亭"是游子思妇之作。第一、二首是五言的，第三首是杂言的。我们要注意的是第一首。它虽然是一首教训的诗，但并无迂腐之病。例如"阳春布德泽"以下的六句，是写光阴的容易过去的，而文辞却清新可悦。我们若再回头看"二雅"和荀况的作品，便可看出中国说理诗、教训诗到此显然是一大进步了。再看《相逢狭路间行》：

相逢狭路间，道隘不容车。如何两少年，挟毂问君家。君家诚易知，易知复难忘。

黄金为君门，白玉为君堂。堂上置樽酒，使作邯郸娼^③。中庭生桂树，华烛^④何煌煌。

---

① 据（宋）郭茂倩《乐府诗集》，上海古籍出版社2016年版，第406页，"成"应为"生"。

② 据（宋）郭茂倩《乐府诗集》，上海古籍出版社2016年版，第406页，"风"应为"节"。

③ 据（宋）郭茂倩《乐府诗集》，上海古籍出版社2016年版，第458页，"娼"应为"倡"。

④ 据（宋）郭茂倩《乐府诗集》，上海古籍出版社2016年版，第458页，"烛"应为"灯"。

兄弟三两^①人，中子为侍郎。五日一来游^②，道上自生光。黄金络马头，观者满路旁^③。

入门时左顾，但见双鸳鸯。鸳鸯七十二，罗列自成行。声音^④何噰噰，鹤鸣东西厢。

大妇织罗绮，中妇织流黄。小妇无所作，挟瑟上高堂："丈人且安坐，调丝方未央。"

这篇是写当时贵族们的豪华的举动，和多妻之家庭的奢侈生活。六朝人和唐人的艳体诗歌，都受了它的影响不少。这篇与《长安狭斜行》（均见《乐府诗集》）意思是一样的，不过描写的方法稍有不同罢了。盖在古代的街陌讴谣中，常有同为一"母题"，而因各地风俗语言的大同小异，也每每产出大同小异的歌谣来。这两篇不同的原因，大概也是如此的。不过孰为"母题"，孰为"孳乳"，那就很难断定了。

妇病连年累岁，传呼丈人前一言。当言未及得言，不知泪下一何翩翩。"属累君两三孤子，莫使^⑤我儿

---

① 据（宋）郭茂倩《乐府诗集》，上海古籍出版社2016年版，第458页，"三两"应为"两三"。
② 据（宋）郭茂倩《乐府诗集》，上海古籍出版社2016年版，第458页，"游"应为"归"。
③ 据（宋）郭茂倩《乐府诗集》，上海古籍出版社2016年版，第458页，"满路旁"应为"盈路傍"。
④ 据（宋）郭茂倩《乐府诗集》，上海古籍出版社2016年版，第458页，"声音"应为"音声"。
⑤ 据（宋）郭茂倩《乐府诗集》，上海古籍出版社2016年版，第507页，"使"字衍。

饥且寒，有过慎无^①笞笞，行当折摇，思复念之！"乱
曰：抱时无衣，襦复无里。闭门塞牖舍，孤儿到市。道
逢亲交，泣坐不能起。从乞求与孤贫^②饵。对交啼泣，
泪不可止："我欲不伤悲不能已。"探怀中钱持受^③
交。入门见孤儿，啼索其母抱。徘徊空舍中，"行复尔
耳！弃置无^④复道！"

这篇《妇病行》大意，是叙妇人临死时嘱丈夫不要虐待她的
儿子。后来儿子流落市中作了乞儿，道逢亲交，买饼给他吃，又
给些钱与他。这位亲交回家，看见自己的女儿哭索母亲，想起刚
才之事，乃很为未来的长大女儿悲痛，篇中写母子之爱的情形，
可算是描写到入微了。而其父亲之冷酷无情，也隐隐在字里行
间，无论就文质那方面讲，这篇在汉乐府中，的确占着极大的价
值。《孤儿行》更是一篇脍炙人口的作品：

孤儿生，孤子遇生，命独当苦。父母在时，乘坚
车，驾驷马。父母已去，兄嫂令我行贾。南到九江，东
到齐与鲁。腊月归来^⑤，不敢自言苦。头多虮虱，面目
多尘。大兄言办饭，大嫂言视马。上高堂，行取殿下

① 据（宋）郭茂倩《乐府诗集》，上海古籍出版社2016年版，第507页，
  "无"应为"莫"。
② 据（宋）郭茂倩《乐府诗集》，上海古籍出版社2016年版，第507页，
  "贫"应为"买"。
③ 据（宋）郭茂倩《乐府诗集》，上海古籍出版社2016年版，第507页，
  "受"应为"授"。
④ 据（宋）郭茂倩《乐府诗集》，上海古籍出版社2016年版，第507页，
  "无"应为"勿"。
⑤ 据（宋）郭茂倩《乐府诗集》，上海古籍出版社2016年版，第508页，
  "归来"应为"来归"。

堂，孤儿泪下如雨。使我朝行汲，暮得水来归；手为错，足下无菲。怆怆履霜，中多蒺藜；拔断蒺藜肠肉中，怆欲悲。泪下渫渫，清涕累累。冬无复襦，夏无单衣。居生不乐，不如早去，下从地下黄泉。春气动，草萌芽，三月蚕桑，六月收瓜。将是瓜车，来到还家。瓜车反覆，助我者少，啖瓜者多。"愿还我蒂，兄与嫂严，独且急归，当与较计[①]。"乱曰：里中一何譊譊！愿与[②] 寄尺书，将与地下父母："兄嫂难与久居。"

这篇写一孤儿，父母在时养尊处优，后来为兄嫂所虐，过那凄凉悲苦的生活。这篇与前篇同一悲剧，但这篇的描写则异常的深刻，异常的沉痛。尤妙在不惮烦劳的将一些琐屑事插叙在中间，令读者得看到具体的情况。所以沈德潜说是："泪痕血点，结掇而成。"这种血和泪的作品，在中国诗坛上是很少见到的。

皑如山上雪，皎若云间月。闻君有两意，故来相决绝。

今日斗酒会，明旦沟水头。蹀躞御沟上，沟水东西流。

凄凄复凄凄，嫁娶不须啼。愿得一心人，白首[③] 不相离。

---

① 据（宋）郭茂倩《乐府诗集》，上海古籍出版社2016年版，第508页，"与较计"应为"兴校计"。

② 据（宋）郭茂倩《乐府诗集》，上海古籍出版社2016年版，第508页，"与"应为"欲"。

③ 据（宋）郭茂倩《乐府诗集》，上海古籍出版社2016年版，第536页，"首"应为"头"。

竹竿何袅袅，鱼尾何簁簁！男儿重意气，何用钱刀为！

《白头吟》旧传以为文君因司马相如将聘茂陵女为妾而作。事见《西京杂记》。但是《玉台新咏》载这篇，题作《皑如山上雪》，不云《白头吟》，亦不说是何人作也。班婕妤一篇《怨歌行》，也是楚调。

四

"杂曲"之名，始见于《宋志》。郭茂倩说："杂曲者，历代有之，或心志之所存，或情思之所感，或宴游欢乐之所发，或忧愁怨愤①之所兴，或叙别离悲伤之所怀②，或言征战行役之苦，或缘于佛老，或出自夷虏。兼收备载，故总谓之杂曲。"汉代的"杂曲"共十五篇——马援的《武溪深行》、傅毅的《冉冉孤生竹行》③、张衡的《同声歌》、辛延年的《羽林郎》、宋子侯的《董娇娆》、繁钦的《定情诗》，还有无名氏的《蝶④

---

① 据（宋）郭茂倩《乐府诗集》，上海古籍出版社2016年版，第766页，"怨愤"应为"愤怨"。

② 据（宋）郭茂倩《乐府诗集》，上海古籍出版社2016年版，第766页，"别离悲伤之所怀"应为"离别悲伤之怀"。

③ 《文心雕龙》最早将《冉冉孤生竹》的作者定为傅毅，不过目前学界一般认为《古诗十九首》均为东汉末年无名氏之作。另诗名末尾"行"字衍。

④ 据（宋）郭茂倩《乐府诗集》，上海古籍出版社2016年版，第767页，"蝶"应为"蛱"。

蝶行》《驱车上东门行》《伤歌行》《悲歌行》《前缓歌声①》《孔雀东南飞》《枯鱼过河泣行②》《枣下何攒攒③》《行胡从胡④方》等。这些篇什，颇多珍品。上可以继《诗经》的"国风"，下开魏晋六朝的新乐府，后代的许多文学家都受到它的影响。昔人每说到两汉的文学，都盛称其辞赋的浑雄与典丽，岂不知可以代表时代而为文学正统的，乃是他的乐府歌辞。汉人辞赋，不过是少数特殊阶级的娱乐品罢了。

　　冉冉孤生竹，结根泰山阿。与君为新婚，兔丝附女萝。

　　兔丝生有时，夫妇会有宜。千里远结婚，悠悠隔山陂。

　　思君令人老，轩车来何迟！伤彼蕙兰花，含英映⑤光辉。

　　过时而不采，将随秋草萎。君亮执高节，贱妾亦何为？

　　　　　　　　　　　　　　——傅毅《古诗》

　　邂逅承际会，得充君后房。情好新交接，恐栗若探

---

① 据（宋）郭茂倩《乐府诗集》，上海古籍出版社2016年版，第815页，"歌声"应为"声歌"。

② 据（宋）郭茂倩《乐府诗集》，上海古籍出版社2016年版，第895页，"行"字衍。

③ 据（宋）郭茂倩《乐府诗集》，上海古籍出版社2016年版，第896页，"攒攒"应为"纂纂"。

④ 据（宋）郭茂倩《乐府诗集》，上海古籍出版社2016年版，第931页，"胡"应为"何"，而且该诗题为《乐府》古辞。

⑤ 据（宋）郭茂倩《乐府诗集》，上海古籍出版社2016年版，第895页，"映"应为"扬"。

汤。

不才勉自竭，贱妾职所当。绸缪主中馈，奉礼助蒸尝。

思为莞蒻^①席，在下蔽筐^②床。愿为罗衾帱，在上卫风霜。

洒扫清枕席，鞶芬以狄香。重户结金扃，高下华灯光。

衣解巾粉卸^③，列图陈枕张。素女为我师，仪态盈万方。

众夫所稀见，天老教轩皇。乐莫斯夜乐，没齿焉可忘。

——张衡《同声歌》

这篇乃是一首定情诗，但与繁钦之名为定情，而实是幽会之作者异。诗中用女子的口吻，极写她对新郎的浓情密意。如"思为莞蒻席"四句是篇中最动人的的句子。后来像陶潜的《闲情赋》中"愿在衣而为领，愿在裳而为带"一段的文字，就是受了这几句的影响而仿造的。渊明本系对于汉乐府是极端赞美的，所以他的诗是很多受到汉乐府的影响。例如渊明的《归田园居》"狗吠深巷中，鸡鸣桑树巅"二句，几完全是从《相和歌》"鸡

---

① 据（宋）郭茂倩《乐府诗集》，上海古籍出版社2016年版，第921页，"弱"应为"蒻"。

② 据（宋）郭茂倩《乐府诗集》，上海古籍出版社2016年版，第921页，"筐"应为"匡"。

③ 据（宋）郭茂倩《乐府诗集》，上海古籍出版社2016年版，第921页，"卸"应为"御"。

鸣高树巅，狗吠深巷^①中"二句脱胎出来的。

　　现在我们再看繁钦的《定情诗》：

　　……

　　与我何所期^②，乃期东山隅。日旰兮不至，谷风吹我襦。

　　远望无所见，涕泣起踟蹰。与我期何所，乃期南山^③阳。

　　日中兮不至^④，飘风吹我裳。逍遥莫谁睹，望君愁我肠。

　　与我期何所，乃期西山侧。日夕兮不来，踟蹰长叹息。

　　远望凉风至，俯仰正衣服。与我期何所，乃期北山^⑤岑。

　　日暮兮不来，凄风吹我襟。望君不能坐，悲苦愁我心。

　　爱身以何为，惜我华色时。中情既款款，然后克密期。

---

① 据（宋）郭茂倩《乐府诗集》，上海古籍出版社2016年版，第377页，"巷"应为"宫"，原诗名为《鸡鸣》。

② 据（宋）郭茂倩《乐府诗集》，上海古籍出版社2016年版，第922页，"何所期"应为"期何所"。

③ 据（宋）郭茂倩《乐府诗集》，上海古籍出版社2016年版，第922页，"南山"应为"山南"。

④ 据（宋）郭茂倩《乐府诗集》，上海古籍出版社2016年版，第922页，"至"应为"来"。

⑤ 据（宋）郭茂倩《乐府诗集》，上海古籍出版社2016年版，第922页，"北山"应为"山北"。

　　裹衣蹑茂草，谓君不我欺。厕此丑陋质，徒倚无所
之。

　　自伤失所欲，泪下如连丝。

　　这篇写情处委宛尽致，真所谓"纡徐为妍"者也。作者繁
钦，据《魏志》二十二注引《魏略》云[①]："钦字休伯，以文才
机辩，少得名于汝、颍间[②]。所[③]长于书记，又善为诗赋，其所
与太子书，歌[④]喉转意，率皆巧丽，为丞相主簿，建安二十三年
卒。"那末这篇作品的时代，已到汉末魏初了。

　　杂曲中尚有著名的两篇，仅有作者姓名，而他们的时代则不
可考了。

　　昔有霍家奴，姓冯名子都。依倚将军势，调笑酒家
胡。

　　胡姬年十五，春日独当垆。长裾连理带，广袖合欢
襦。

　　头上蓝田玉，耳后大秦珠。两鬟何窈窕，一世良所
无。

　　一鬟五百万，两鬟千万余。不意金吾子，娉婷过我

---

①　"《魏志》二十二"应为"《魏书》二十一"。另裴松之此处引文出
　　处为《典略》，而非《魏略》。《旧唐书·经籍志上》记载："《魏
　　略》三十八卷，鱼豢撰……《典略》五十卷，鱼豢撰。"两书同为魏
　　郎中鱼豢所撰，易混淆。
②　据（晋）陈寿撰；（南朝宋）裴松之注《三国志》卷二一，中华书局
　　1982年版，第603页，"间"字衍。
③　据（晋）陈寿撰；（南朝宋）裴松之注《三国志》卷二一，中华书局
　　1982年版，第603页，"所"应为"钦既"。
④　据（晋）陈寿撰；（南朝宋）裴松之注《三国志》卷二一，中华书局
　　1982年版，第603页，"歌"应为"记"。

庐。

　　银鞍何煜爚，翠盖空踟蹰。就我求清酒，丝绳提玉
壶。

　　就我求珍肴，金盘脍鲤鱼。贻我青铜镜，结我红罗
裾。

　　不惜红罗裂，何论轻贱躯。男儿爱后妇，女子重前
夫。

　　人生有新故，贵贱不相逾。多谢金吾子，私爱徒区
区。

——辛延年《羽林郎》

　　洛阳城东路，桃李生路傍。花花自相对，叶叶自相
当。

　　春风东北起，花叶正低昂。不知谁家子，提笼行采
桑。

　　纤手折其枝，花落何飘扬。请谢彼姝子，何为见损
伤。

　　高秋八九月，白露变为霜。终年会飘堕，安得久馨
香。

　　秋时自零落，春月复芬芳。何时盛年去，欢爱永相
忘。

　　吾欲竟此曲，此曲愁人肠。归来酌美酒，挟瑟上高
堂。

——宋子侯《董娇娆》

　　我认为这种有情节有描写的故事诗果真出于东汉时代，无怪
乎《孔雀东南飞》那样伟大的长篇故事诗能发生于汉魏之际。又

这两篇据梁启超推定它的时代说："辛诗言大秦珠，当在安敦通使之后；宋诗言洛阳城，当在迁邺以前。"在辛诗我们最可注意之处，就是篇中描写服饰的极为详尽，且多用偶句。例如"长裾连理带，广袖合欢襦。头上蓝田玉，耳后大秦珠"诸句，可见汉末风尚如此，已开了六朝绮丽对仗之风了。

以上我们已将这八百年中的乐府古辞叙述完了。在这些作品中，或保存歌谣的原型，或叙述民间的故事，有的是男女的恋歌，有的是孤儿的哭泣，还有的是描写社会的痛苦，抒述他非战的思想。……它们在文学上所表现的是多方面的，它们的情绪是真挚的，辞藻是美丽的。读了这些文字，有若深林里听百鸟的歌啭，空谷中听夜溪的奔流。有时又若万马嘶鸣置身于金鼓齐鸣的战场，有时又像在听绿树红楼里传来的婉啭的歌声，但接着又是冷雨凄风送来孤儿寡妇的夜哭。总之，汉代乐府就是一个汉代社会的缩影。社会上所发生的一切一切，也无不在乐府中反映出来。所以我说汉乐府是汉代的"真文学"。它的地位，实较所谓"辞赋""文章"都重要得多！

至说到汉乐府对文学的影响，即是它所产生的五言古诗。像《古诗十九首》《苏李赠答诗》，都是后人的伪托。若"相和歌"及"杂曲"中五言的作品，那才是后代五言诗不祧之祖。

参考：

《乐府诗集》一百卷，（宋）郭茂倩编，有四部丛刊本。

《古诗源》，沈德潜选，有商务印书馆本。

《玉台新咏》，徐陵撰，有坊刻本。

《全汉三国晋六朝诗》，丁福保编，有医学书局本。

《乐府古题要解》二卷，吴兢著，有历代诗话续编本。

《乐府古辞考》，陆侃如著，商务印书馆出版。

《中国诗史》，陆侃如著，大江书铺本。

《文选》，（梁）萧统编，有胡氏仿宋刻本，有四部丛刊本。

《乐府文学史》，罗根泽著，文化书社出版。

《白话文学史》上卷，胡适著，新月书店出版。

第五章　魏晋诗人

　　五七言歌诗，在建安前的百多年，已经有文人在试作了。到达汉末，就很迅速的发展起来，成熟到了它的顶点时代。这时作家的驰骛，作品的美富，实是建安以前任何时代所没有的。曹氏父子，如当空的明月，而建安七子，就是闪烁的群星，紧紧地围绕着曹家的明月。

　　这个时代初期的作家，也不少著称的辞赋作家。如曹丕、曹植，和七子中的王粲，都是有名的辞赋家。曹植所作的《洛神赋》和王粲的《登楼赋》，在辞赋的作品里是占着极高的位置。

　　然而辞赋的怒潮，已成了过去，在中国的文学史上，建安时期的中心文学，究竟是诗歌而不是辞赋了。曹魏文人努力于诗歌，正和两汉文人努力于辞赋是一样的。因之自《诗经》、屈原以后，诗思消歇者几五六百年。直至建安时代，才有许多大诗人，由长久的睡梦中苏醒过来，而造成一个诗歌的灿烂时代。

一

　　建安期的文坛，曹氏父子实为当时的领袖人物。曹操

56

（一五五——二二〇），字孟德，沛国谯人。少任侠放荡，不治行业。后宰兵权，渐破灭群雄，遂专汉政，所谓"挟天子令诸侯"，就在这个时候了。后封魏王，他部下每劝他正位，他说道："若天命有归，孤其为周文王乎？"丕立，追谥武皇帝。他天才甚高，最擅长四言诗。所作《短歌行》，慷慨悲凉，含寄不浅。所谓"沈雄竣爽，时露霸气"，为中国诗界的枭雄。我们看他的《短歌行》：

> 对酒当歌，人生几何！譬如朝露，去日苦多。
>
> 慨当以慷，忧思难忘。何以解忧？惟有杜康。
>
> 青青子衿，悠悠我心。但为君故，沈吟至今。
>
> 呦呦鹿鸣，食野之苹。我有嘉宾，鼓瑟吹笙。
>
> 明明如月，何时可掇？忧从中来，不可断绝。
>
> 越陌度阡，枉用相存。契阔谈宴，心念旧恩。
>
> 月明星稀，乌鹊南飞。绕树三匝，何枝可依？
>
> 山不厌高，海不厌深。周公吐哺，天下归心。

他的五言诗，纯出乐府。像《薤露》《蒿里行》，写汉末乱离的情形，凄怆欲绝！这种以古题而咏时事之作，已开了唐人新乐府一派。至若《苦寒行》《东西门行①》，写征人离乡之苦，情景并妙。而《苦寒行》尤有慷慨悲壮之美。

> 北上太行山，艰哉何巍巍。羊肠坂诘屈，车轮为之摧。
>
> 树木何萧瑟，北风声正悲。熊罴对我蹲，虎豹夹路啼。

---

① "东"字前脱"却"字。

溪谷少人民，雪落何霏霏。延颈长叹息，远行多所怀。

我心何怫郁，思欲一东归。水深桥梁绝，中路正徘徊。

迷惑失故路，薄暮无宿栖。行行日已远，人马同时饥。

担囊行取薪，斧冰持作糜。悲彼东山诗，悠悠使我哀。

像他这样的诗，我们拿"沈雄宕荡"四个字来形容他，是再适当没有的了。他的诗不惟笃于情，而且邃于理，这种豪放不羁如天马行空一样的诗，真是"前无古人，后无来者"。在中国文坛上是极少见的壮美之作。

曹丕（一八七——二二六），字子桓，操的长子。八岁能属文，操死继立为魏王，寻受汉禅。他少慕通达，天资狷薄，但其才则洋洋清丽。所为诗一变他父亲沈雄顿郁之音，而成为一种便娟婉约、徘徊俯仰的笔调。五言诗到了他的时代，方才脱离了乐府的束缚而能以任情地抒写了。他的七言尤工，《燕歌行》一首，洋洋情绮，为后世七言歌行之祖：

秋风萧瑟天气凉，草木摇落露为霜。群燕辞归雁南翔，念君客游思断肠。慊慊思归恋故乡，君何淹留寄他方。贱妾茕茕守空房，忧来思君不敢忘，不觉泪下沾衣裳。援琴鸣弦发清商，短歌微吟不能长。明月皎皎照我床，星汉西流夜未央。牵牛织女遥相望，尔独何辜限河梁。

他的古诗如《芙蓉池作》，意境悠远。《杂诗》十余首，情韵独胜，是他诗中的妙品。钟嵘也说："'西北有浮云'十余首，殊美赡可观，始见其工矣。"但像："漫漫秋夜长，烈烈北风凉。展转不能寐，披衣起彷徨。……"其风格和情调，显然是摹拟《古诗十九首》的。他又作《典论》，其中《论文》一篇，评论当时文士，所见甚高，可算作中国批评文学的启源。

在曹氏父子中最负文誉的要算曹植了，他是屈原以后的最大诗人。曹植（一九二——二三三[①]），字子建，操之第三子，赋性聪明，才大思丽，世称"绣虎"。谢灵运以为天下才共一石，子建独占八斗，这可见他的才情了。他十岁[②]即作《铜雀台赋》，操几欲立为太子，卒因丕之善于矫饰，不立植而立丕了。所以丕即位，就杀了他的至友丁仪、丁廙，又贬他为安乡侯。黄初三年，立他为鄄城王。四年，徙封雍丘。明帝太和元年，改封浚仪。二年，复还雍丘。三年，徙东阿。六年，封陈王。怀才见嫉，郁郁终身，死年四十一岁，谥曰思，有《陈思王集》。他和曹丕、甄后的恋爱故事，也是后世戏曲家的好材料。明汪道昆的《陈思王悲生洛水》，清黄宪清的《凌波影》，都是演的这个故事。

他著有赋颂诗铭杂文，凡百余篇。其诗情绪既真挚迫切，铸词又精妙美适，虽无雕词饰句之痕，而六朝华缛之风，实肇端于他了。我们研究子建的诗，可划成前后二期。前期是他做公子少爷的时代，如《名都篇》《公宴》《侍太子坐》等，便是前期的作品。到了后期便是饱经忧谗的呼声了。如《杂诗》《七哀》，

---

① 曹植卒年应为二三二年。
② 《铜雀台赋》作于建安十五年（公元二一〇年），曹植时年十八岁。

便是后期的例。

　　明月照高楼，流光正徘徊。上有秋①思妇，悲叹有余哀。

　　借问叹者谁，云是荡子妻。君行逾十年，孤妾常独栖。

　　君若清路尘，妾若浊水泥。浮沉各异势，会合何时谐？

　　愿为西南风，长逝入君怀。君怀良不开，贱妾欲②何依。

——《七哀》

　　白日曜青春，时雨静飞尘。寒冰辟炎景，凉风飘我身。

　　清醴盈金觞，肴馔纵横陈。齐人进奇乐，歌者出西秦。③

——《侍太子坐》

　　我们看子建的诗，应该有极可注意的几点：（一）是调。古诗不废思索，他的诗起首就常工，如"白日曜青春，时雨静飞尘"。这虽不如后来齐梁陈唐诗人对得那样准确齐整，然实为他们的先驱了。（二）是字。古诗不假烹炼，他的诗用字必要工，

---

① 据逯钦立编《先秦汉魏晋南北朝诗》，中华书局1983年版，第458页，"秋"应为"愁"。

② 据逯钦立编《先秦汉魏晋南北朝诗》，中华书局1983年版，第459页，"欲"应为"当"。

③ 据逯钦立编《先秦汉魏晋南北朝诗》，中华书局1983年版，第450页，此处脱"翩翩我公子，机巧忽若神"两句。

如"流光正徘徊"、"时雨静飞尘"等的独创的铸句与用字法，这是古诗人所少见的，而子建独常常用之了。（三）是声。古诗节奏自然，他的诗平仄谐协，如《杂诗》："揽衣出中闺，逍遥步两楹。闲房何寂寞，绿草被阶庭。……"子建的诗，有了这三个特点，所以中国的诗，到了他的手里，就成了一个大大的变局。

二

次于曹氏父子的诗人，要算"建安七子"了。所以刘勰说："建安之初，五言腾踊，文帝陈思，纵辔以骋节；王徐应刘，望路而争驱……"（《文心雕龙》）七子者，为孔融、陈琳、王粲、徐幹、阮瑀、应场、刘桢。这七人以外若应璩、杨修、吴质、繁钦……也都是当时的诗人。

王粲（一七七——二一七），字仲宣，山阳高平人，才捷而能密。家本秦川贵公子，遭乱流寓，自伤情多，故其诗颇哀怨。所以钟嵘说他："王粲原出[①]李陵，发愀怆之词，文秀而质羸。在曹（植）、刘（桢）间别构一体。方陈思不足，比魏文有余。"他有诗赋论议凡六十篇。《七哀》诗三首，尤为世所称：

　　西京乱无象，豺虎方构[②]患。复弃中国去，委身适荆蛮。

① 据（梁）钟嵘著；曹旭集注《诗品集注》，上海古籍出版社1994年版，第117页，"王粲原出"应为"其源出于"。

② 据逯钦立编《先秦汉魏晋南北朝诗》，中华书局1983年版，第365页，"构"应为"遘"。

亲戚对我悲，朋友相追攀。出门无所见，白骨蔽平
原。

路有饥妇人，抱子弃草间。顾闻号泣声，挥涕独不
还。

"未知身死处，何能两相完？"驱马弃之去，不忍
听此言。

南登霸陵岸，回首望长安。悟彼下泉人，喟然伤心
肝。

仲宣是一个辞赋家，他的赋如《初征》《登楼》《槐
赋》……其情调远规灵均，近同平子（张衡有《归田赋》）。
（元人郑光祖有《王粲登楼》杂剧。）故若以辞赋论，仲宣实为
七子的冠冕。但他的诗，却比不上刘桢了。

刘桢（？——二一七），字公幹，东平人。随曹操为丞相掾
属。丕尝宴诸文学者，命夫人甄氏出拜客，坐中人都伏地不敢仰
首，而桢独平视之。曹操闻之，乃收他治罪。钟嵘称他的诗：
"仗气爱奇，动多振绝。贞骨凌霜，高风跨俗。但气过其文。"
曹丕亦说他："公幹有逸气，但未遒耳，至五言诗之善者，妙绝
时伦。"他著有诗赋数十篇。他的诗很清逸，尤工五言，《赠从
弟》三首最有名，而第二首尤好：

亭亭山上松，瑟瑟谷中风。松①声一何盛，松枝一
何劲。

冰霜正惨凄，终岁常端正。岂不罹凝寒，松柏有本

---

① 据逯钦立编《先秦汉魏晋南北朝诗》，中华书局1983年版，第371页，
"松"应为"风"。

性。

七子的诗，我只举王粲、刘桢二人。此外若鲁国孔融（文举）、广陵陈琳（孔璋）、北海徐幹（伟长）、陈留阮瑀（元瑜）、汝南应场（德琏），便不一一的讲了。说到这里，我们应知道尚有一位多才的女作家蔡琰。他的《悲愤诗》述汉末乱时自己的遭遇，是一篇极凄怆动人的作品。

三

建安七子之后，在魏晋之间是一个很热闹的诗人的时代。像嵇康、阮籍诸作，信笔皆有隽气。他们一面承袭了初期的五言诗的高迈，同时又辟殖了西晋陆张潘左的诗业。嵇康（二二三——二六二①），字叔夜，与阮籍、山涛、向秀、刘伶、阮咸、王戎友善。常为竹林之游，世谓之"竹林七贤"。康有奇才，孙登常对他说："子才多识寡，难乎免于今之世也！"景元三年，被司马昭以细故杀之。有集十五卷。当他在狱中时，曾作《幽愤诗》以见志。及临刑时，索琴弹之曰："广陵散从此绝矣！"康有《赠秀才从军》十九首，"目送飞鸿，手挥五弦。俯仰自得，游心太玄"，即是其中的名句。真想不到四言的诗，已中绝了许久，在建安、正始之时，乃走上了中兴之运。阮籍（二一〇——二六三），字嗣宗，是阮瑀的儿子，容貌瑰杰，志气宏放，《晋书》有传（卷四十九），记他的轶事颇多。他与嵇康同为礼法之

---

① 据余嘉锡《世说新语笺疏》考证，嵇康生卒年分别为二二四年、二六三年，因此关于嵇康生卒年的说法现有两种。

士所仇疾，然康死而籍独全了。他的五言诗有《咏怀诗》八十二首，是抒写情意之作，其成就极为伟大：

夜中不能寐，起坐弹鸣琴。薄帷鉴明月，清风吹我襟。

孤鸿号外野，翔鸟鸣北林。徘徊将何见？忧思独伤心。

二妃游江滨，逍遥顺风翔。交甫怀环佩，婉娈有芬芳。

猗靡情欢爱，千载不相忘。倾城迷下蔡，容好结中肠。

感激生忧思，萱草树兰房。膏沐为谁施，其雨怨朝阳。

如何金石交，一旦更离伤。

嘉树下成蹊，东园桃与李。秋风吹飞藿，零落从此始。

繁华有憔悴，堂上生荆杞。驱马舍之去，去上西山趾。

一身不自保，何况恋妻子。凝霜被野草，岁暮亦云已。

裴徊蓬池上，还顾望大梁。绿水扬洪波，旷野莽茫茫。

走兽交横驰，飞鸟相随翔。是时鹑火中，日月正相望。

　　朔风厉严寒，阴气下微霜。羁旅无俦匹，俯仰怀哀
伤。

　　小人计其功，君子道其常。岂惜终憔悴，咏言著斯
章。

这时的诗人，嵇、阮而外，尚有何宴、左延年。而延年《秦
女休①》一篇，平平淡淡的写来，不必需要什么繁辞华语，而好
处自见，尤为叙事诗中伟大的作品。

四

五言体诗，经过了黄初、正始诸大诗人的努力。到了两晋，
已成为文坛的中心，诗体的正宗。但两晋的散文，都是受了辞赋
的笼罩，倾向于骈俪的体裁。所以这时期的诗，就也掺入些不自
然而只求华丽的对偶的句子。所以后人呼之为"诗匠"，而不能
认做是真正的诗人。西晋的太康和南渡江左时代的作者，除了歌
唱自然的陶潜一人外，张陆潘左都逃不了这雕琢字句的"诗匠"
的称号。

张载（字孟阳）、张协（字景阳）、张亢（字季阳）号称
"三张"（有以张华代张亢者）。"三张"中以景阳为有名。景
阳（二六五——三一五），安平人，他的诗葱蒨飘逸，故钟嵘列
其诗为上品，且称他"雄于潘岳，靡于太冲，风流调达，实旷代

---

　　① 据（宋）郭茂倩《乐府诗集》，上海古籍出版社2016年版，第768页，
此处脱"行"字。

之高手。词彩葱蒨，音韵铿锵，使人味之，亹亹不倦。"这可见他被人热烈的推崇了。孟阳《剑阁铭》为世所称，他仿曹子建所作的《七哀》诗，辞情也极凄怆之至。

秋夜凉风起，清气荡暄浊。蜻蛚吟阶下，飞蛾拂明烛。

君子从远役，佳人守茕独。离居几何时，钻燧忽改木。

房栊无行迹，庭草萋以绿。青苔依空墙，蜘蛛网四屋。

感物多所怀，沈忧结心曲。

——张协《杂诗》十首之一

北邙何垒垒，高陵有四五。借问谁家坟？皆云汉世主。

恭文遥相望，原陵郁膴膴。季世丧乱起，贼盗如豺虎。

毁坏过一坏①，便房启幽户。珠柙离玉体，珍宝见剽虏。

园陵②化为墟，周墉无遗堵。蒙茏荆棘生，蹊径登童竖。

---

① 据逯钦立编《先秦汉魏晋南北朝诗》，中华书局1983年版，第741页，"坏"应为"抔"。

② 据逯钦立编《先秦汉魏晋南北朝诗》，中华书局1983年版，第741页，"陵"应为"寝"。

狐兔窟其中，芜秽不及①扫。颓陇并垦发，萌隶营农圃。

昔为万乘君，今为邱山土。感彼雍门言，凄怆哀今古。

——张载《七哀诗》二首之一

陆机（二六一——三〇三），字士衡，吴郡人。吴亡后入洛，见张华，华大喜，对他说："人之为文，常患②才少，而子更患其多。"所著文章凡二百余篇，最著者为《辩亡论》、《文赋》、《连珠》五十首。钟嵘称他的诗："源出③陈思。才高词赡，举体华靡④。"钟又说士衡《拟古》十四首："文温以丽，意悲而远，惊心动魄，一字千金⑤！"实则士衡的诗，专工涂泽，喜欢摹拟。《连珠》五十，已开四六之门。他不但当不起钟氏这样的好评，反而是摹拟文学的作俑者了。弟云，字士龙，与兄机齐名，号称"二陆"。有《陆子新书》十卷。刘彦和说："士龙朗练，以识检乱，故能布采鲜净，敏于短篇。"但云在文藻方面，便不能如机之缤纷了。

安寝北堂上，明月入我牖。照之有余辉，揽之不盈

① 据逯钦立编《先秦汉魏晋南北朝诗》，中华书局1983年版，第741页，"及"应为"复"。

② 据（唐）房玄龄等撰《晋书》卷五四，中华书局1974年版，第1480页，"患"应为"恨"。

③ 据（梁）钟嵘著；曹旭集注《诗品集注》，上海古籍出版社1994年版，第132页，"源出"应为"其源出于"。

④ 据（梁）钟嵘著；曹旭集注《诗品集注》，上海古籍出版社1994年版，第132页，"靡"应为"美"。

⑤ 据（梁）钟嵘著；曹旭集注《诗品集注》，上海古籍出版社1994年版，第75页，"一"字前脱"可谓几乎"。

手。

凉风绕曲房，寒蝉鸣高柳。踟蹰感节物，我行永已久。

游宦会无成，离思难常守。

——陆机《拟明月何皎皎》

悠悠君行迈，茕茕妾独止。山河安可逾，永路隔万里。

京师多妖冶，粲粲都人子。雅步弱[1]纤腰，巧笑发皓齿。

佳丽良可美，衰贱安[2]足纪。远蒙眷顾言，衔恩非望始。

——陆云《为顾彦先赠妇[3]》四首之二

潘岳（二四〇[4]——三〇〇），字安仁，荥阳中牟人。他美姿仪，辞藻绝丽。幼时常挟弹出洛阳道，妇人遇他，便都连手萦绕，投之以果，岳遂满载而归。同时张载甚丑，每行小儿争以瓦石掷他，委顿而返。这真是一幸一不幸了。岳性情戆直，恃才凌众。当为琅邪内史时，孙秀常为岳所挞辱。后赵王伦辅政，孙秀为中书令，岳累迁给事黄门侍郎。岳问秀道："孙令犹忆畴昔周旋不？"秀答道："中心藏之，何日忘之。"后秀诬岳与石崇、

---

[1] 据逯钦立编《先秦汉魏晋南北朝诗》，中华书局1983年版，第718页，"弱"应为"袅"。

[2] 据逯钦立编《先秦汉魏晋南北朝诗》，中华书局1983年版，第718页，"安"应为"焉"。

[3] 据逯钦立编《先秦汉魏晋南北朝诗》，中华书局1983年版，第717页，此处脱"往返"。

[4] 目前一般认为潘安生年为二四七年。

欧阳建等为乱被收。将诣市临刑，岳与母别道："负阿母矣！"
岳初被收，俱不相知，石崇已送在市，他后至，崇对岳说："安
仁，卿亦复尔邪！"岳答道："可谓白首同归。"因岳《金谷
诗》有"投分寄石友，白首同所归"之语也。有集十卷。

他善为哀诔之文，《悼亡诗》《思子诗》为丧妻哭子之
作。其情韵有欲尽不尽的妙处。岳从子潘尼（二四八？——
三一〇？），字正叔，性情淡泊，文词温雅，尝著《安心论》[1]
以见志。有集十卷。

皎皎窗中月，照我室南端。清商应秋至，溽暑随节
阑。

凛凛凉风升，始觉衣[2]衾单。岂曰无重纩，谁与同
岁寒。

岁寒无与同，明[3]月何胧胧。展转眄[4]枕席，长簟
竟床空。

床空委清尘，室虚来悲风。独无李氏灵，仿佛睹尔
容。

抚衿长叹息，不觉泪沾胸。沾胸安能已，悲怀从中
起。

---

① 据（唐）房玄龄等撰《晋书》卷五五，中华书局1974年版，第1507
　　页，"《安心论》"应为"《安身论》"。
② 据逯钦立编《先秦汉魏晋南北朝诗》，中华书局1983年版，第636页，
　　"衣"应为"夏"。
③ 据逯钦立编《先秦汉魏晋南北朝诗》，中华书局1983年版，第636页，
　　"明"应为"朗"。
④ 据逯钦立编《先秦汉魏晋南北朝诗》，中华书局1983年版，第636页，
　　"眄"应为"眹"。

寝兴目存形，遗音犹在耳。上惭东门吴，下愧蒙庄子。

赋诗欲言志，零落难具纪。命也可奈何，长戚自令鄙。

——潘岳《悼亡》之二

南山郁岑崟，洛川迅且急。青松荫修岭，绿蘩被广隰。

朝日顺长涂，夕暮无所集。归云乘幰浮，凄风寻帷入。

道逢深识士，举手对吾揖。世故尚未夷，崤函方险①涩。

狐狸夹两辕，豺狼当路立。翔凤婴笼槛，骐骥见维絷。

俎豆昔尝闻，军旅素未习。且少停君驾，徐待干戈戢。

——潘尼《迎大驾诗》

最后我们说到苦吟的诗人左思（二五〇——三〇五）。他字太冲，齐国临淄人。为人貌寝而口讷。尝欲作《三都赋》，会妹芬入京，移家京师，遂构思十年，门庭藩溷，都著笔纸，偶得一句，即便疏记。当时陆机入洛，欲作此赋，闻思先作，抚掌而笑，并与弟云书道："此间有伧父，欲作《三都赋》，须其成，当以覆酒瓮耳。"及左思赋成，机、云亦为之叹伏辍笔，以为不

———

① 据逯钦立编《先秦汉魏晋南北朝诗》，中华书局1983年版，第769页，"险"应为"崄"。

能加也。

弱冠弄翰墨[1]，卓荦观群书。著论准《过秦》，作赋拟《子虚》。

边城苦鸣镝，羽檄飞京都。虽非甲胄士，畴昔览穰苴。

长啸激清风，志若无东吴。铅刀贵一割，梦想骋良图。

左眄澄江湘，右盼定羌胡。功成不受爵，长揖归田庐。

——左思《咏史》八之一

左思虽为辞赋作家，但是他的《咏史诗》八首，胸次高旷，雄迈壮丽，无复当时绮靡之风，实建安以后所仅有的文字。盖太康之时，大都辞有余而意不足，文深而情浅，乏苍劲之力，而多藻饰之功。独太冲诗辞情并茂，独步当时。妹左芬（二六四？——[2]）为当时有名女辞赋家。思有赠她的诗道："将离将别，置酒中堂。衔杯不饮，涕洟纵横。会何日短，隔何日长。[3] 仰瞻曜灵，爱此寸光。"（《悼离赠妹诗》）芬亦有诗答之。

---

① 据逯钦立编《先秦汉魏晋南北朝诗》，中华书局1983年版，第732页，"翰墨"应为"柔翰"。

② 此处应有脱文，目前一般认为左芬卒年为三〇〇年。

③ 据逯钦立编《先秦汉魏晋南北朝诗》，中华书局1983年版，第732页，此句两处"何日"应为"日何"。

五

晋室南渡，偏安江左，是中国历史上最大的变动之一，也是文学史上最大的变动之一。这时因佛教的侵入，玄风大炽，而诗歌也逐渐熏染上许多外来的影响。在情调上、韵律上也跟着逐渐地变动，于是潘陆华丽之风，到此又一变而为崇尚浮诞虚玄之习了。这时期的文士，首当以景纯、越石为领袖，稍后则陶渊明出来，如孤鹤之展翮于晴空，朗月之静挂于夜天，为这时代最伟大的作家。

郭璞（二七六——三二四），字景纯，河东闻喜人。他博学高才，尤妙于阴阳算历卜筮之术。王敦尝聘他为记室参军，时颍川陈述方有美名，敦很重之。陈死，璞哭之甚哀，呼曰："嗣祖嗣祖，焉知非福！"不久敦作难，他又劝元帝讨敦，敦疑之使筮，璞道："无成，寿且不久！"敦大怒曰："卿寿几何？"曰："命在今日。"日中收璞诣南岗头斩之。他著有诗、赋、诔、颂数万言。又尝注《尔雅》《山海经》《方言》《穆天子传》《三仓》《楚辞》及《子虚》《上林》等赋。

他以《游仙诗》十四首见称于世，其情调与左思《咏史》、阮籍《咏怀》虽同属述怀之作，然璞诗尤闲淡清逸，有高飞远瞩之概。他纯然是一位出世的诗人了。

青溪千余仞，中有一道士。云生梁栋间，风出窗户里。

借问此为^①谁？云是鬼谷子。翘足^②企颍阳，临河思洗耳。

阊阖西南来，潜波涣鳞起。灵妃顾我笑，粲然启玉齿。

蹇修时不存，要之将谁使。

刘琨（二七〇——三一七），字越石，中山魏昌人。少以雄豪著名，石崇在河南金谷涧中治有别庐，引致宾客，日以赋诗，琨预其间，与石崇、欧阳建、陆机、陆云之徒，并以文才事贾谧，号为"二十四友"。后随元帝渡江，为段匹磾所害。谥曰愍。他的《扶风歌》，极悲壮雄健之美：

朝发广莫门，暮宿丹水上^③。左手弯繁弱，右手挥龙渊。

顾瞻望宫阙，俯仰御飞轩。据鞍长叹息，泪下如流泉。

系马长松下，发鞍高岳头。列列悲风起，泠泠涧水流。

挥手长相谢，哽咽不能言。浮云为我结，归鸟为我旋。

---

① 据逯钦立编《先秦汉魏晋南北朝诗》，中华书局1983年版，第865页，"为"应为"何"。

② 据逯钦立编《先秦汉魏晋南北朝诗》，中华书局1983年版，第865页，"足"应为"迹"。

③ 据逯钦立编《先秦汉魏晋南北朝诗》，中华书局1983年版，第849页，"上"应为"山"。

去家日已远，未[1]知存与亡。慷慨穷林中，抱膝独摧藏。

麋鹿游我前，猿猴戏我侧。资粮既乏尽，薇蕨安可食。

揽辔命徒侣，吟啸绝岩中。君子道微矣，夫子固有穷。

惟昔李骞期，寄在匈奴庭。忠信反获罪，汉武不见明。

我欲竟此曲，此曲悲且长。弃置勿重陈，重陈令心伤。

他素有大志，欲恢复晋室，元帝赠以名刀，他答道："谨当躬自执佩，馘截二虏。"他与范阳祖逖善，闻逖被用，与亲故书曰："吾枕戈待旦，志枭逆虏，常恐祖生先吾着鞭。"尝于晋阳围城中，乘月登楼长啸，贼闻之，皆凄然长叹。中夜奏胡笳，贼又流涕歔欷。沈德潜称他的诗："英雄末路，万绪悲凉，故其诗随笔倾吐，哀音无次。"（《古诗源》）他的《扶风歌》，风格遒劲，托意雄深，实足为当代诸诗人冠。盖作者身经五胡之乱，痛中原之沦为异族，情之所感，遂不觉变为悲壮激越的声调了。

郭璞、刘琨同时的诗人们，可称者殊少。自此以后，诗坛寂寞将近百年之久。士大夫沈醉于清谈与玄理，他们所做的诗，大都为说理的，毫无美感的兴趣。直到东晋末年，才产生了一位伟大的田园诗人陶潜，如孤松之植于悬岩，为这时最伟大的天才

---

① 据逯钦立编《先秦汉魏晋南北朝诗》，中华书局1983年版，第849页，"未"应为"安"。

诗人。

陶潜（三六五——四二七），字渊明，一字元亮，浔阳柴桑人。他是晋代最后的一个大诗人。魏晋许多的诗人中，只有曹植、阮籍差可和他比肩。但论到在文学上的影响，却比曹、阮大得多，后来的所谓田园诗人、隐逸诗人都要算他是开山之祖。他尝为彭泽令，在县公田悉令种秫，曰："令吾常醉于酒足矣。"岁终会郡遣督邮至，县吏请道："应束带见之。"渊明叹曰："我岂能为五斗米，折腰向乡里小儿耶！"只做了八十多天，便解印归隐了。他与子俨等疏云："少学琴书，偶爱闲静。开卷有得，便欣然忘食。见树木交荫，时鸟变声，亦复欢然有喜。常言五六月中，北窗下卧，清风飒至，自谓羲皇上人。"这可以想见他冲淡的人格了。他入宋终身不仕，死年六十三岁。颜延年诔之，谥曰靖节征士，有《陶渊明集》。

渊明的诗，各篇时代大都可考。若以四〇五年退隐，及四二〇年晋亡为分界，则他的诗可分为三期：第一期的作品约三十首。最杰出的，当推他的《归田园居》。这诗写他自己的生活，只是萧萧疏疏的几笔，便那末恬静，那末自然。第二期的作品约五十首。其中最值得注意的，是《饮酒诗》二十首，但这诗并不是一朝一夕所作的。第三期的作品约四十首。这时的题材多集中于贫穷，如《乞食》《咏贫士》等。从此便可知道我们大诗人的暮境是如何悲凉了。兹举数诗如下：

　　少无适俗韵，性本爱丘山。误落尘网中，一去三十年。

羁鸟恋故[①]林，池鱼思故渊。开荒南野际，守拙归田园。

方宅十余亩，草屋八九间。榆柳荫后檐，桃李罗堂前。

暧暧远人村，依依墟里烟。狗吠深巷中，鸡鸣桑树颠。

户庭无尘杂，虚室有余闲。久在樊笼里，复得返自然。

————《归田园居》五之一

道丧向千载，人人惜其情。有酒不肯饮，但顾世间名。

所以贵我身，岂不在一生？一生复能几，倏如流电惊。

鼎鼎百年内，持此欲何成！

结庐在人境，而无车马喧。问君何能尔？心远地自偏。

采菊东篱下，悠然见南山。山气日夕佳，飞鸟相与还。

此中有真意，欲辨已忘言。

故人赏我趣，挈壶相与至。班荆坐松下，数斟已复

————

① 据逯钦立编《先秦汉魏晋南北朝诗》，中华书局1983年版，第991页，"故"应为"旧"。

醉。

父老杂乱言，觞酌失行次。不觉知有我，安知物为贵？

悠悠迷所留，酒中有深味。

——《饮酒》十[①]之三

万族各有托，孤云独无依。暧暧空中灭，何时见余晖。

朝霞开宿雾，众鸟相与飞。迟迟出林翮，未夕复来归。

量力守故辙，岂不寒与饥？知音苟不存，已矣何所悲。

凄厉岁云暮，拥褐曝前轩。南圃无遗秀，枯条盈北园。

倾壶绝余沥，窥灶不见烟。诗书塞座外，日昃不遑研。

闲居非陈厄，窃有愠见言。何以慰吾怀，赖古多此贤。

荣叟老带索，欣然方弹琴。原生纳决履，清歌畅高音。

---

① "十"应为"二十"。

重华去我久，贫士世相寻。敝^①襟不掩肘，藜羹常
乏斟。

岂忘袭轻裘，苟得非所钦。赐也徒能辩，乃不见吾
心。

——《咏贫士》十之三

渊明诗，纯是任天机，主自然的。像上边所举的这些诗，都
是他五言里最晶莹圆润的珠玉。他描写田园的景物，能于清远闲
逸之中，寓着一种渊深朴茂之气。这正像倪云林的小景一样，看
来只是疏疏几笔，而其意境却是深远无涯。后世的王维、白居
易、韦应物、储光羲、柳宗元，以及宋之王安石、苏东坡辈，都
是学而未至，遂让此"闲云野鹤"的诗翁，独步千古了。

参考：

《魏武帝本纪》见《三国志·魏书》一卷。

《魏文帝本纪》见《三国志·魏书》二卷。

曹植见《三国志·魏书》十九卷。

王粲、徐幹、陈琳、阮瑀、应场、刘桢见《魏书》二十一卷。

孔融见《后汉书》卷一百。

阮籍、嵇康、向秀、刘伶、阮咸见《晋书》卷四十九。

张载、张协、张亢见《晋书》卷五十五。

陆机、陆云见《晋书》卷五十四。

潘岳、潘尼见《晋书》卷五十五。

---

① 据逯钦立编《先秦汉魏晋南北朝诗》，中华书局1983年版，第1008
页，"敝"应为"弊"。

左思见《晋书》卷九十二。

刘琨见《晋书》卷六十二。

郭璞见《晋书》卷七十二。

陶潜见《晋书》卷九十四、《宋书》卷九十三、《南史》卷七十五。

《曹子建集》，曹植撰，有四部丛刊本、四部备要本。《曹子建诗注》，有北大黄节注本。

《阮步兵咏怀诗》，阮籍撰，黄节注，北大铅印本。

《陆士衡集》，陆机撰，有四部丛刊本。

《陆士龙集》，陆云撰，有四部丛刊本，有四部备要本。

《笺注陶渊明集》，（宋）李公焕笺，有四部丛刊本。又《靖节先生集》，有四部备要本。

《全汉三国晋南北朝诗》，丁福保编，有医学书局铅印本。

《汉魏六朝百三家》[①]，（明）张溥编，有扫叶山房本。

《汉魏六朝名家集》，丁福保编，医学书局出版。

《昭明文选》，（梁）萧统编，有四部备要本。

---

① 书名应为《汉魏六朝百三名家集》。

第六章　南北朝的诗歌

自陶潜之死，至唐诗之兴几二百年，是一个诗人更热闹的时代。这个期间在政治上虽然是宋亡齐代、齐灭梁兴，纷乱割据的黑暗无光，但在文学史上却是一个灿烂锦绣的时代。谢灵运的山水诗，在五言诗的进展上是不可蔑视的。此外像齐梁诗人们对于诗的音韵及规律之定式的发见，更是诗学上之最大的一个贡献。虽然齐梁诗体常为世人们所诟病，但唐代的许多大诗人，很多的受着齐梁诗人们的影响，这是无可讳言的。

一

刘宋文学盛于元嘉。而以谢灵运、颜延之、鲍照为代表，世称"颜谢鲍"，而谢灵运尤为山水诗之祖。所以刘彦和说："宋初文咏，[①] 庄老告退，而山水方滋，俨[②] 采百字之偶，争价一字[③] 之奇，情必极貌以写物，辞必穷力而追新。"此自灵运倡了。

颜延之（三八四——四五六），字延年，琅邪临沂人。与谢灵运齐名，时称"颜谢"。而延之所作，雕镂之工更甚于灵运。他尝奉使至洛，道中作诗二首，文辞藻丽，为谢晦、傅亮所赏，有"江右潘陆，江左颜谢"之称。《秋胡行》（节录）云：

年往诚思劳，路远阔音形。虽为五载别，相与昧生平[④]。

舍车遵往路，凫藻驰目成。南金岂不重，聊自意所轻。

义心多苦调，密比金玉声。……

他尝薄汤惠休诗以为"委巷中歌谣"。而惠休亦评他的诗道："谢诗如出水芙蓉，颜诗似镂金错彩。"盖讥其诗只有华丽的表面。他较好的篇章，像《夏夜呈从兄散骑车长沙》："侧听风薄木，遥睇月开云。夜蝉当[⑤] 夏急，阴虫先秋闻。"但也是很拘于绮语浮辞之间的。

谢灵运（三八五——四三三），陈郡阳夏人，小字客儿。他

---

① 据（南朝梁）刘勰著；范文澜注《文心雕龙注》上册，人民文学出版社1958年版，第67页，此处脱"体有因革"。

② 据（南朝梁）刘勰著；范文澜注《文心雕龙注》上册，人民文学出版社1958年版，第67页，"俨"应为"俪"。

③ 据（南朝梁）刘勰著；范文澜注《文心雕龙注》上册，人民文学出版社1958年版，第67页，"字"应为"句"。

④ 据逯钦立编《先秦汉魏晋南北朝诗》，中华书局1983年版，第1229页，"生平"应为"平生"。

⑤ 据逯钦立编《先秦汉魏晋南北朝诗》，中华书局1983年版，第1232页，"当"应为"堂"。

是晋车骑将军谢玄之孙。幼颖悟，其父奂生不慧，玄甚异之，谓亲知曰："我乃生奂，奂那得生灵运！"少时因非毁执政，出为永嘉太守。郡有名山水，肆意遨游，所至辄发为歌咏。文帝时征为秘书监，撰《晋书》。旋乞疾东还，与族弟惠连、东海何长瑜、颍川荀雍、太山羊璿之以文章常会，为山泽之游，时人为谓之"四友"。他尝自始宁南山，伐木开径，直至临海，从者数百人。灵运貌陋，发乱多须，临海太守王琇惊骇，以为山贼，后知是灵运乃安。陶潜爱过冲淡的生活，而灵运却爱过豪放的游兴，这是两人的不同处。然灵运这种游兴真是豪得惊人了。

他因为肆情山水，故游山玩水之诗最工。每有所纪，丽典新声，络绎奔会，为山水诗的开辟手。后人皆以渊明独得田园之趣，灵运独得山水之美，而一出之于诗歌，因又并称"陶谢"。他的《登池上楼》云：

潜虬媚幽姿，飞鸿响远音。薄霄愧云浮，栖川怍渊沉。

进德智所拙，退耕力不任。徇禄反穷海，卧疴对空林。

衾枕昧节候，褰开暂窥临。倾耳聆波澜，举目眺岖嵚。

初景革绪风，新阳改故阴。池塘生春草，园柳变鸣禽。

祁祁伤豳歌，萋萋感楚吟。索居易永久，离群难处心。

持操岂独古，无闷征在今。

他的族弟瞻（三八七——四二一）和惠连（三九四——

四〇三[1]）均有诗名。瞻，字宣远。但像他的"夕霁风气凉，闲房有余清。开轩灭华烛，月露皓已盈"（《答灵运》）也镂刻过甚。灵运最爱惠连，每见新文辄曰："张华重生，不得易也。"又曰："每有篇章，对惠连辄得佳句。"《谢氏家录》记其在永嘉西堂，竟日思诗不就，寤寐间，忽见惠连，即成"池塘生春草"。常曰："此[2]有神助，非吾语也。"惠连《秋怀》《捣衣》二诗最有名。《秋胡行》也新颖异常。诗云：

> 春日迟迟，桑何萋萋。红桃含天，绿柳舒荑。
>
> 邂逅粲者，游渚戏蹀。华颜易改，良愿难谐。

在这个时期的诗人中，与颜谢并称而能继陶潜的光辉的要算鲍照了，他实是一位真实的有天才的作家。鲍照（四二一——四六五），字明远，东海人。家世贫贱。宋临川王刘义庆在江陵招聚文学之士，远近都到，照与袁淑、陆展、何长瑜皆在其幕。元嘉中，河、济俱清，当时以为美瑞，他为《河清颂》。大明（孝武）五年，他为临海王子顼前军参军，子顼兵败，他为乱军所杀。他的诗在文学上的影响甚大：（一）他的乐府长短句为李杜的先声。（二）他诗笔俊逸奇警，不受当时绮靡文学的支配。（三）他是七古诗的大成功人。例如《拟行路难》云：

> 奉君金卮之美酒，玳瑁玉匣之雕琴。七彩芙蓉之羽帐，九华葡萄之锦衾。
>
> 红颜零落岁将暮，寒花宛转时欲沉。愿君裁悲且减

---

① "四〇三"应为"四三〇"。

② 据（梁）钟嵘著；曹旭集注《诗品集注》，上海古籍出版社1994年版，第284页，此处脱"语"字。

思，听我抵节行路吟。

不见柏梁铜雀上，宁闻古时清吹音。

璇闺玉墀上椒阁，文窗绮户垂绣幕①。中有一人字
金兰，被服纤罗蕴芳藿。

春燕差池风散梅，开帏对影弄禽爵。含歌揽泪不能
言，人生几时得为乐。

宁作野中之双凫，不愿云间之别鹤。

泻水置平地，各自东西南北流。人生亦有命，安能
行叹复坐愁？

酌酒以自宽，举杯断绝歌路难。心非木石岂无感，
吞声踯躅不能言。

对案不能食，拔剑击柱长叹息。丈夫生世会几时，
安能蹀躞垂羽翼？

弃置罢官去，还家自休息。朝出与亲辞，暮还在亲
侧。

弄儿床前戏，看妇机中织。自古圣贤尽贫贱，何况
我辈孤且直！

愁思忽而至，跨马出北门。举头四顾望，但见松柏

---

① 据逯钦立编《先秦汉魏晋南北朝诗》，中华书局1983年版，第1274
页，"绮"应为"绣"，"绣"应为"罗"。

园，荆棘郁蹲蹲。

中有一鸟名杜鹃，言是古时蜀帝魂。声音哀苦鸣不
息，羽毛憔悴似人髡。

飞走树间啄虫蚁，岂忆往日天子尊。念此死生变化
非常理，中心恻怆不能言。

像他这类的诗，都是以矫健之笔，写豪壮之情，苍劲中而带
有丽骨，已开齐梁绮丽之风。此外如《代朗月行》《代北风凉
行》《代夜坐吟》……也极艳丽。严羽《沧浪诗话》说："颜不
如鲍，鲍不如谢。"故人谓照立于颜谢之间。实则他辞采比谢灵
运还要高一筹，所不如者，灵运能在文学的对象方面别开蹊径，
而明远仅注重于词句之澹逸耳。杜甫说："俊逸鲍参军。"他所
作诚足当俊逸之评而无愧。妹令晖亦有才思，著《香茗赋集》行
世。钟嵘《诗品》称"令晖歌诗，往往崭绝清巧，拟古尤胜。
惟《百愿》淫①矣。"她所作都是恋歌，如《寄行人》："桂吐
两三枝，兰开四五叶。是时君不归，春风徒笑妾。"照尝对孝
武说："臣妹才自亚于左芬，臣才不及太冲。"自贬正所以自
誉了。

二

诗到了齐，渐渐走向律诗一条路去。不但辞美，调也须响。
故作者每成一诗，必"准之以宫商，绳之以律吕，务为精密，以

---

① 据（梁）钟嵘著；曹旭集注《诗品集注》，上海古籍出版社1994年
版，第444页，"惟《百愿》淫"应为"唯《百韵》淫杂"。

相凌架"。永明年间，沈约、谢朓、王融、周颙等都善音律，以平上去入制韵，不可增减，世称为"永明体"。盖渐抛弃晋宋雕辞饰字之功，而从事于声韵的和谐了。在这时的领袖诗人，当推谢朓与沈约。

谢朓（四六四——四九九），字玄晖，陈郡阳夏人。少好学，文章清丽。初为豫章王太尉行参军，宣城王鸾辅政，以他为骠骑谘议，掌中书诏诰。后出为宣城太守。建武四年，告王敬则反。敬则诛，迁尚书吏部郎。敬则，朓妻父也，其妻常怀刀欲报朓，朓不敢相见。后被始安王下狱，临刑叹曰："我不杀王公，王公由我而死。"时年三十六岁。

玄晖诗誉极高，精丽工巧，而风格亦警遒劲挺，不流于弱。梁武帝最爱诵他的诗，尝说："不读谢朓诗，三日口臭。"沈约亦说："二百年来，无此诗也。"刘孝绰诗，不让时人，惟服谢朓。常以朓诗置几案间，动辄诵咏。（见《颜氏家训》）李白为中国大诗人，他的论诗，目中无古人，独于谢玄晖，数数称服，叹美不置。如："蓬莱文章建安骨，中间小谢又清发。共①怀逸兴壮思飞，欲上青天览明月。"（《宣城谢朓楼饯别校书叔云》）又道："解道澄江静如练，令人长忆谢玄晖。"（《金陵城西楼月下吟》）王渔洋称李白道："白纻青衫魂魄在，一生低首谢宣城。"（《论诗绝句》）实非虚语呵。

　大江流日夜，客心悲未央。徒念关山近，终知返路
长。

---

① 据瞿蜕园、朱金城校注《李白集校注》卷一八，上海古籍出版社1980年版，第1077页，"共"应为"俱"。

秋河曙耿耿，寒渚夜苍苍。引领见京室，宫雉正相望。

金波丽鳷鹊，玉绳低建章。驱车鼎门外，思见昭邱阳。

驰晖不可接，何况隔两乡？风云有鸟路，江汉限无梁。

常恐鹰隼击，时菊委严霜。寄言罻罗者，寥廓已高翔。

——《暂汝① 下都夜发新林至京邑赠西府同僚》

玄晖之外，有王融（四六八——四九四②）者，字元长，琅琊临沂人。文藻富丽，喜作艳句。如《三妇艳》《有所思》《古意》等。且首倡声律之说，故其诗多中节，与谢朓诸人，并开唐律之先。他有《净行诗》十首，都是赞颂佛教的。像"但念目前好，安知身后悲""净花庄思序，慧沼盥身倪"，其情调和辞彩，是很显然的受了印度佛教的影响。

沈约（四四一——五一三），字休文，吴兴武康人。少孤贫，笃志好学，昼夜不倦。母恐他因劳生病，常遣人减油灭火。蔡兴宗引为安西记室，谓诸子曰："沈记室人伦师表，宜善事之。"入齐累迁吏部郎。至梁以佐命功，历尚书仆射，封建昌侯。卒年七十二岁。谥曰隐。他是一个主张声韵的理论家，但他作四声谱为武帝所不喜，帝尝问周舍："何谓四声？"舍曰：

---

① 据逯钦立编《先秦汉魏晋南北朝诗》，中华书局1983年版，第1426页，"汝"应为"使"。
② 目前一般认为王融的生卒年分别是四六七年、四九三年。

"天子圣哲。"《梁书》评他道："谢玄晖善为诗，任彦昇工于文章。约兼而有之，然不能过也。"他的《春思诗》：

> 杨柳乱如丝，绮罗不自持。春草黄复绿，客心伤此时。
>
> 青苔已结洧，碧水复盈淇。日华照赵瑟，风色动燕姬。
>
> 襟中万行泪，故是一相思。

他在文学上除创了四声之外，还有"八病"说为韵律之祖。又因为他是一个韵律家，所以他有许多的创格诗。如《江南弄》《六忆》《乐未央》等，都是用参差不齐的长短句作成的新调，就很像后来的词了。

> 杨柳垂地燕差池，缄情忍思落容仪，弦伤曲怨心自知。心自知，人不见。动罗裙，拂珠殿。（《江南弄》四之一《阳春曲》）
>
> 忆眠时，人眠强未眠。解罗不待劝，就枕更须牵。复恐旁人见，娇羞在烛前。（《六忆诗》四之一）

三

梁武帝的时代，乃是一个花团锦簇的诗人的大时代。武帝在齐，与沈约、任昉、范云、陆倕辈，本同列"竟陵八友"。及他即位后，诸人并在，文宴侍从，风雅为一时冠。沈约历仕三朝，词华照耀如旭日之丽天。他又喜奖励后学，一时文人如王筠、何逊、刘孝绰、何思澄、吴均、刘勰辈，均藉他的延誉以自高尚。此外武帝诸子，均彬彬有文，而简文尤多才，创为宫体诗，

"篇篇艳语，句句情思"。汉魏诗的朴厚之风，到此荡然无复存留了。

武帝萧衍（四六四——五四九），字叔达，小字练儿。本竟陵王萧子良的幕客，以参军起家。纪元后五〇二年受齐禅，国号梁。太清二年，侯景作乱围京师，他以年高被困，饮食皆为断绝，竟以忧愤成疾，饿死于台城，时年八十六岁。世人以他为帝王之尊佞佛而死，号为"饿佛"。

武帝少笃学，韵语之外，湛深经术。生平著书凡二百卷，文集一百二十卷。他的诗艳而不轻，摇曳有情致，尤以新乐府辞为最娇艳可爱。像《西洲曲 ①》《东飞伯劳歌》《河中之水歌》，均为后人所艳称。

> 河中之水向东流，洛阳女儿名莫愁。莫愁十三能织绮，十四采桑南陌头。
>
> 十五嫁为卢家妇，十六生儿字阿侯。卢家兰室桂为梁，中有郁金苏合香。
>
> 头上金钗十二行，足下丝履五文章。珊瑚挂镜烂生光，平头奴子提履箱。
>
> 人生富贵何所望，恨不早嫁东家王。
>
> ——《河中之水歌》
>
> 东飞伯劳西飞燕，黄姑织女时相见。谁家女儿对门居，开颜发艳照里闾。

① 《玉台新咏》以《西洲曲》为（梁）江淹作，《诗镜》则以为是梁武帝萧衍作，然而皆不足信，目前学界仍以《西洲曲》为南朝无名氏所创作的乐府民歌。

南窗北牖挂明光，罗帷绮帐脂粉香。女儿年纪①
十五六，窈窕无双颜如玉。

三春已暮花从风，空留可怜谁与同。

——《东飞伯劳歌》

简文帝萧纲（五〇三——五五一），字世缵，小字六通，
武帝第三子。幼聪明，读书十行俱下。他是天生的一个早熟
的诗人。武帝尝曰："此吾家东阿也。"侯景乱作被杀，年
四十九岁。

他作诗务为轻艳，当时号为"宫体"，但晚年自悔，转多凄
楚之音。录其《咏内人昼眠》，以见他早年的作风：

北窗聊就枕，南檐日未斜。攀钩落绮障，插捩举琵
琶。

梦笑开娇靥，眠鬟压落花。簟纹生玉腕，香汗浸红
纱。

夫婿恒相伴，莫误是倡家。

元帝绎（五〇八——五五四），字世诚，小字七符，武帝第
七子。初封湘东王。性爱书籍，读书每不释卷，常与裴子野、刘
显、萧子云、张缵为布衣交。他的作风绮靡流丽，颇多佳作。
如：《陇头水》《关山月》《折杨柳》，都自然真切，而为许多
人所爱读的。《折杨柳》云：

巫山巫峡长，垂柳复垂杨。同心且同折，故人怀故
乡。

---

① 据逯钦立编《先秦汉魏晋南北朝诗》，中华书局1983年版，第1521
页，"纪"应为"几"。

山似莲花艳，流如明月光。寒夜猿声彻，游子泪沾裳。

"三萧"以外的诗人，更举江淹为代表。江淹（四四四——五〇五），字文通，济阳考城人。少孤贫，起家南徐从事，后封醴陵侯。尝谓诸子曰："吾本素宦，不求富贵，今之忝窃，遂至于此。[①] 人生行乐耳，须富贵何时。吾功名既立，正欲归身草莱耳。"后以疾卒，谥曰宪。著有《江文通集》。

他所著诗赋文论，凡百余篇，自撰为前后集。文词华茂闲美，笔底常露英才。《拟古》三十首，颇为后世摹拟者所祖。如《拟[②]休上人怨别》云：

西北秋风至，楚客心悠哉。日暮碧云合，佳人殊未来。

露彩方泛艳，月华始徘徊。宝书为君掩，瑶琴讵能开？

相思巫山渚，怅望阳云台。高炉绝沈燎，绮席生浮埃。

桂水日千里，因之平生怀。

这时代的作家，除了三萧、江淹外，尚有何逊、刘孝绰，也均有名。至若著《文心雕龙》的刘勰、作《诗品》的钟嵘、编《文选》的萧统，是都与后世文坛发生了伟大的影响的。

---

① 据（唐）姚思廉撰《梁书》卷一四，中华书局1973年版，第251页，此处脱"平生言止足之事，亦以备矣"。

② 据逯钦立编《先秦汉魏晋南北朝诗》，中华书局1983年版，第1580页，"拟"字衍。

四

五七言诗，自晋到陈，已四变了："孙（绰）许（恂）扇以玄言，陶潜革以田野，灵运畅以山水，简文便以宫体。"陈承萧梁之后，犹沿绮丽的作风。当时的诗人，以徐陵为首，次则阴铿、张正见、沈炯等，也是当时的大家。陈后主叔宝即皇帝位后，尤喜招延文学之士。他自作诗，务为新艳，而《玉树后庭花》《临春乐》诸曲，更为后世词曲的滥觞。

徐陵（五〇七——五八三），字孝穆，东海郯人。简文为太子时，与父摛并在东宫。尝为元帝使齐，被拘留，后复得归。梁亡，仕陈为吏部尚书，领大著作，封建昌县开国侯。有《徐孝穆集》。

他所著诗文共三十卷，在陈时为一代大宗，并与与庾信齐名，号"徐庾体"。他和庾信不但在当时的诗坛影响很大，即初唐的"四杰"，亦受他们的影响很深。梁简文帝尝敕他编《玉台新咏》凡十卷，集梁以前艳体诗之大成，和《昭明文选》是两部并传的大著。

关山三五夜①，客子忆秦川。思妇高楼上，当窗应未眠。

星旗映疏勒，云阵上祁连。战气今如此，从军复几年。

——《关山月》

---

① 据逯钦立编《先秦汉魏晋南北朝诗》，中华书局1983年版，第2525页，"夜"应为"月"。

倡人歌吹罢，对镜览红颜。拭粉留花称，除钗作小鬟。

绮灯停不灭，高扉掩未关。良人在何处，光帷[①]见月还。

——《和王舍人送客未还闺中有望》

江总（五一九——五九四），字总持，济阳考城人。他在梁时已有重名。幼聪敏，有至性。他的舅父萧励尝说："尔操行殊异，神采英拔，后之知名，当出吾右。"及长，笃学有词采，家传赐书数千卷，昼夜寻读，未尝辍手。初仕梁，为武帝所赏识，范阳张缵、琅邪王筠、南阳刘之遴，都是当时的高才硕学，对江雅相推重。而刘之遴说他："下上数千年，扬搉吐胸臆。"更可窥见他的作品的价值了。入陈，官尚书，为后主所爱幸。他著有文集三十卷，作风浮艳轻靡，尤长于五言、七言诗。五言如《紫骝篇》《梅花落》《咏李》，七言如《闺怨篇》《新入姬人应令怨诗》《姬人怨》等，都是他最好的作品。《闺怨》云：

寂寂青楼大道边，纷纷白雪绮窗前。池上鸳鸯不独自，帐中苏合还空然。

屏风有意障明月，灯火无情照独眠。辽西水冻春应少，蓟北鸿来路几千！

愿君关山及早度，照[②]妾桃李片时妍。

阴铿，字子坚，武威姑臧人。善五言诗。他和江总的作品，

---

① 据逯钦立编《先秦汉魏晋南北朝诗》，中华书局1983年版，第2532页，"帷"应为"唯"。

② 据逯钦立编《先秦汉魏晋南北朝诗》，中华书局1983年版，第2596页，"照"应为"念"。

多为唐人律句的型范。杜甫最重铿与何逊，故说"颇学阴何苦用心"。又说"李侯有佳句，往往似阴铿"。他初为梁湘东王法曹行参军，尝与友宴，见行酒者，铿每以酒肉授之，座众皆笑。他说："吾侪终日酣酒，而执爵者不知^①味，非人情也。"铿诗才清绮，造语甚工。像"山云遥似带，庭叶近成舟"（《闲居对雨》），确是苦心之作。他初以赋《新成安乐宫》诗为陈文帝所赏，但这种应制之作，总不免矫揉造作的故态。他的好诗，如《开善寺》《秋闺怨》《南征》《闺怨》《雪里梅花》等都是很有名的。

鹫岭春光遍，王城野望通。登临情不极，萧散趣无穷。

莺随入户树，花逐下山风。栋里归云白，窗外落晖红。

古寺^②何年卧？枯树几春空？淹留昔未及，幽桂在芳丛。

——《开善寺》

独眠虽已惯，秋来只自愁。火笼恒暖脚，行障镇床头。

眉含黛欲敛，啼将粉共流。谁能无别恨，惟守一空楼。

——《秋闺怨》

---

① 据（唐）李延寿《南史》卷六四，中华书局1975年版，第1556页，此处脱"其"字。

② 据逯钦立编《先秦汉魏晋南北朝诗》，中华书局1983年版，第2453页，"寺"应为"石"。

张正见，字见赜，清河东武城人。梁简文为太子时，正见年十三岁献颂，简文极赞赏之。至陈，官至散骑常侍，卒于陈宣帝太建中，年四十九岁。

诗至正见，格益严密，已有通首成律者。王世贞说他："律法已严于四杰。"如"征途愁转旆，连骑惨停镳。朔气凌疏木，江风送上潮。青雀离帆远，朱鸢别路遥。唯有当秋月，夜夜上河桥。"（《秋日别庾正员》）又"高峰落回照，逝水没惊波"（《伤韦侍读》）尤善。他又有《赋得佳期竟不归》，用庾肩吾《有所思》中"佳期竟不归，春物坐芳菲"的诗意，去描写他理想中一个独居的寡妇生活。可与梁元帝的《荡妇秋思赋》，同为独居妇女生活之内心描写的杰作。

五

北朝定鼎沙朔，其文风远不如南朝之盛。虽于《北史·文苑传》所述的文士，有许谦、崔宏、崔浩、高允、高闾、游雅、袁翻、常景、袁曜[1]、裴敬宪、卢观、邢藏[2]、裴伯茂、孙彦举、温子昇，及邢邵、魏收诸人。然而"学者如牛毛，成者如麟角"，就以诗论：北魏的温子昇和北齐的大邢小魏，虽在当时号为"三才"，但诸人所作，多拟南朝，鲜见自立。在北朝亘二百年间比较稍大一点的文学作家，都可以说没有。就是到了周，照耀在诗坛上的两颗明星——庾信、王褒，也还是南朝走来的寓

---

① "曜"应为"跃"。
② "藏"应为"臧"。

公，并不纯粹是北朝的人物。因此，北朝的文学作家——尤其是诗，远不如南朝那样的蓬勃有活气。

邢邵，字子才，河间鄚人。他少时在洛阳，以山水游宴为娱。尝因霖雨读《汉书》，五日略能遍记之。文章典丽，年二十名声动衣冠。他的作风，颇规仿沈约。历仕魏晋，后为兖州刺史。他初与温子昇并称"温邢"，后温死，他又与魏收齐名，时人号曰"大邢小魏"。

他著有文集三十卷，文词宏丽朗致。雕虫之美，独步当时。像"绮罗日减带，桃李无颜色。思君君未归，归来岂相识"（《思公子》），宛然是齐梁风度，如《七夕》云：

盈盈河水侧，朝朝长叹息。不吝渐衰苦，波流讵可测。

秋期忽云至，停梭理容色。束衿未解带，回銮已沾轼。

不见眼中人，谁堪机上织。愿逐青鸟去，暂因希羽翼。

魏收（五〇六——五七二），字伯起，钜鹿下阳曲人。赋性轻薄，当时人号之为"惊蛱蝶"。尝使梁，买婢入馆，其部下有买婢者，亦唤取遍行奸秽。他在京洛，轻薄尤甚，故人称其才而薄其行。他以权位不遂，求修国史，纂《魏书》一百十四卷。每言："何物小子，敢共魏收作色！举之则使上天，按之当使入地。"时人攻其史书不实，至兴讼狱，纠纷累载，虽帝右之，而众口喧然，号为"秽史"。后官至尚书仆射，卒谥文贞。《隋志》著录其集六十八卷。

收文词富丽，尤为才气之文。他好音乐，善歌舞。尝于东山和诸优为狝猴与狗斗。又善双声嘲人笑，都可见出他的多才多艺。大凡一个人的文学，是和他的生活全有关系的，因为文学常是生命力的表现。上面既然了解魏收的生活和情性，我们再来看他的诗，便益觉亲切有味了。

> 春风宛转入曲房，兼送小院[①]百花香。
> 白马金鞍去未返，红妆玉箸下成行。

　　　　　　　　　　——《挟琴歌》

> 绮窗斜影入，上客酒须添。翠羽方开美，铅华汗不沾。
> 关门今可下，落珥不相嫌。

　　　　　　　　　　——《永世乐》

庾信和王褒都是初仕于梁而后仕于周的。他们以南人入北朝，颇变当时北人的粗涩文风。而他自己看惯了南边佳丽风光的人儿，骤然踏进了沙尘扑面的北国，也不免受些北方环境的影响，将风格略略变异——由浮艳变到沉郁，由虚夸变到深刻。因此庾、王在六朝的文士中，算是两个最高成就的作家。

庾信（五一二——五八一），子山[②]。梁武帝天监十二年，生于南阳新野韵文学肩吾（字子慎）之家。当肩吾在东宫时，东海徐摛（字士秀）为左[③]卫率。摛子陵和信，并为抄撰学士。二子辞采艳发，名高一时，每一文出，争相传诵。因为他们的文字

---

① 据逯钦立编《先秦汉魏晋南北朝诗》，中华书局1983年版，第2269页，"院"应为"苑"。
② "子山"前疑脱"字"字。
③ 据（唐）李延寿《北史》卷八三，中华书局1974年版，第2793页，"左"应为"右"。

都主"绮艳"，故世人号为"徐庾体"（这体是继简文帝宫体的新作）。台城陷后，信奔江陵，元帝继位，聘使于周，遂留长安。后陈、周通好，南北流寓的人，各许还其旧国。但北周武帝因爱庾信过深，只放王克、殷不害回南，而留信和王褒两人。周世宗、高祖并好文学，信特蒙厚遇，赵、滕诸王，有若布衣之交。他于周大定元年卒，共活六十九岁。有文集二十一卷。

庾信诗，清新绮艳，名句独多。过江以后，一变而为苍凉萧瑟。杜甫诗云"清新庾开府"，又说"庾信文章老更成"，可见他的诗，晚年更好。沈德潜尝数其句如："汉帝看核桃，齐侯问枣花"（《步虚词》），"荷风惊浴鸟，桥影聚行鱼"（《山池》），"枝①宿含樱鸟，花留酿蜜蜂"（《和宇文内史》），"塞迥翻榆叶，关寒落雁毛"（《军行》），"惊雉逐鹰飞，腾猿看箭转"（《冬狩》），"石险松横植，岩悬涧竖流。爰静鱼争乐，依人鸟入怀"（《咏画屏》），"日光钗影②动，窗影镜花摇"（《梦入堂内》）。他的集中，像这样的名句很多，殆少陵所谓"清新"者耶。

史谓信"虽位望通显，常作乡关之思"。诚然，他所作《哀江南赋》，曾感动了不少的人，尤为一代绝作。他晚年的诗，亦因此而益蕴深情了。

---

① 据逯钦立编《先秦汉魏晋南北朝诗》，中华书局1983年版，第2354页，"枝"应为"树"。

② 据逯钦立编《先秦汉魏晋南北朝诗》，中华书局1983年版，第2372页，"影"应为"焰"。

家住金陵县前，嫁得长安少年。回头望乡泪落，不知何处天边。

胡尘几日应尽，汉月何时更圆。为君能歌此曲，不觉心随断弦。

——《怨歌行》

俎豆非所习，帷幄复无谋。不言班定远，应为万里侯。

燕客思辽水，秦人望陇头。倡家造①强娉，质子值仍略②。

自怜才智尽，空伤年鬓秋。

这是他《咏怀诗》二十七首之一。他的《咏怀诗》几乎无一首不抒写他一种愤懑的幽情。原来他这诗是和《哀江南赋》为表里的。唐司空曙诗云："辇路江枫暗，宫庭野草春。伤心庾开府，老作北朝臣。"（《金陵怀古》）孙元晏亦有咏《庾信》诗："苦心词赋向谁谈，沦落咸阳志岂甘。可惜多才庾开府，一生惆怅忆江南。"他们真是抓住了伤心的庾老的心灵了。

王褒，字子渊，琅琊临沂人。与汉王褒姓名字均同。他的生年约与庾信同时，卒年六十四岁。祖骞父规均仕梁。褒识量淹博，志怀沈静，美威仪，善谈笑，七岁能作文。外祖梁司空袁昂爱之，谓宾客曰："此儿当成吾宅相。"他初仕梁，武帝喜其才，以弟鄱阳王恢女妻之。周师征江陵，元帝授褒都督城西军

———————————
① 据逯钦立编《先秦汉魏晋南北朝诗》，中华书局1983年版，第2367页，"造"应为"遭"。

② 据逯钦立编《先秦汉魏晋南北朝诗》，中华书局1983年版，第2367页，"略"应为"留"。

事。城陷，元帝降，他与王克、刘毅①、宗懔、殷不害等俱至长安。周文喜曰："昔平吴之利，二陆而已。今定楚之功，群贤毕至，可谓过之矣。"帝尤对褒及王克特加抚慰，尝曰："吾即王氏甥，卿等并吾之舅氏，当以亲戚为情，勿以去乡介意。"先是，褒曾作《燕歌行》，妙尽塞北寒苦之状，元帝及诸文士并和之，竞为凄切之词，殊不音为今日的写照。明帝嗣位，笃好文学，时褒与庾信才名最高，特加礼遇。帝每游宴，命褒赋诗谈论，恒在左右。武帝作《象经》，令褒注之，引据该洽，甚见称赏。授太子少保，出为宣州刺史，卒于位。《隋志》著录其集二十一卷。

他的诗以拟"乐府体"为最有翻新创作的精神，而不为前人的歌调所拘束。所以我们要研究王褒的诗，应该先欣赏他的乐府——最有历史意义的《燕歌行》：

初春丽景惊②欲娇，桃花流水没河桥。蔷薇花开百重叶，杨柳拂地散千条。

陇西将军号都护，楼兰校尉称嫖姚。自从昔别春燕分，经年一去不相闻。

无复汉地关山月，唯有漠北蓟城云。淮南桂中明月影，流黄机上织成文。

充国行军屡筑营，杨史讨虏陷平城。城下风多能却阵，沙中雪浅讵停兵。

---

① "毅"应为"毅"。
② 据逯钦立编《先秦汉魏晋南北朝诗》，中华书局1983年版，第2334页，"惊"应为"莺"。

属国小妇独[1]年少，羽林轻骑数征行。遥闻陌头采桑曲，犹胜边地胡笳声。

胡笳何[2]暮使人泣，长望闺中空伫立。桃花落地杏花舒，桐生井底寒叶疏。

试为来看上林雁，应有遥寄陇头书。

王褒和庾信一样，过江以后，文词益凄怆，也深蕴家国之思。如"秋风吹木叶，还似洞庭波。常山临代郡，亭障绕黄河。心悲异方乐，肠断陇头歌。薄暮临征马，失道北山阿。"（《渡河北》）又如："岁晚悲穷律，他乡念索居。寂寞灰心尽，摧残生意余。"（《和殷廷尉岁暮》）"犹持汉使节，尚服楚臣冠。[3]飞蓬去不已，客思渐无端。"（《赠周处士》）这种"塞外哀吟"，便是他生命受着压迫，而产生出来一种活跃的文学。

庾、王而后，中国的诗坛便立时冷落了许多。到了隋代，虽然政治统一，所谓"河洛之英，江左之彦"骤然的会合。但这种南北文学的混合，也并没有产生出几个伟大的作家。除了薛道衡、杨广、卢思道、虞世基兄弟来点缀这冷落的诗坛外，别的什么都没有，所以一般人都认为这是中国诗歌的中衰时期。至于诗歌的中兴，却有待于唐代的诗人。

---

① 据逯钦立编《先秦汉魏晋南北朝诗》，中华书局1983年版，第2334页，"独"应为"犹"。

② 据逯钦立编《先秦汉魏晋南北朝诗》，中华书局1983年版，第2334页，"何"应为"向"。

③ 据逯钦立编《先秦汉魏晋南北朝诗》，中华书局1983年版，第2336页，此处脱"巢禽疑上幕，惊羽畏虚弹"。

参考：

  谢灵运见《宋书》卷六十七、《南史》卷十九。

  颜延之见《宋书》卷七十三。

  鲍照见《宋书》卷五十一、《南史》卷十三。

  谢朓、王融见《南齐书》卷四十七。

  沈约、范云见《梁书》卷十三。

  梁武帝、文帝、元帝见《梁书》卷一至卷五。

  江淹、任昉见《梁书》卷十四。

  陈后主见《陈书》卷六。

  徐陵见《陈书》卷二十六。

  江总见《陈书》卷二十七。

  阴铿见《梁书》卷四十六、《南史》卷六十四。

  张正见见《周书》卷三十四《文学列传》。

  温子昇、邢邵见《魏书》卷八十五。又温见《北史》卷八十三，邢见《北齐书》卷三十六。

  魏收见《北齐书》卷三十七。

  王褒、庾信见《周书》卷四十一、《北史》卷八十三。

  《鲍参军诗注》，鲍照撰，黄节注，北大铅印本。

  《谢宣城诗集》，谢朓撰，有四部丛刊本。

  《梁江文通集》，江淹撰，有四部丛刊本。

  《梁昭明太子集》，萧统撰，有四部丛刊本。

  《徐孝穆集》，徐陵撰，有四部丛刊本。

  《庾开府全集》，庾信撰，有四部备要本。

《汉魏六朝百三名家集》，（明）张溥编，有扫叶山房本。

《全汉魏三国六朝诗》[①]，丁福保编，有医学书局本。

---

① 书名应作《全汉三国晋南北朝诗》。

第七章　唐诗的第一期

在唐代三百年的文学里，散文的发达，远不及韵文的普遍，而韵文中尤以诗歌一项为最量多的产物。试观宋计有功撰《唐诗纪事》所录凡千五百余家，在当时已惊其搜罗之奇富。但到了清康熙朝敕编《全唐诗》凡九百卷，录者凡二千二百余家，得诗凡四万八千九百余音①之多，尤蔚为大观。况此书的编纂还在千年以后，已散亡的作品当然不在少数。只这一点，就可承认唐诗的昌盛，是前后各时代所无与伦比的，而为中国文学上自古无比的盛业。

唐之诗，不仅盛而已，更是集承汉魏六朝以来诗的大成，开发宋以后诗的宗派。以体言，五七杂言以至乐府歌行律绝，无一不备。以格言，圣神仙佛妖艳鬼怪，无一不有。以调言，飘逸雄浑，精深博大，缜密幽丽，清奇奥峭纤冶，无一不至。以人言，帝王将相，村夫野老，妇孺樵牧，和尚道士，在这诗歌的舞台上一齐出来演奏。如夏云之突起，如波浪之激涌，如雨后春花怒放，开到好境。所以在唐代三百年中所存诗歌的数量，即已超越

---

① "音"应为"首"。

自《诗经》至隋的千余年诗歌的总成绩了。

一

唐之初年，当时的政治渐渐由刚才统一的纷乱局面走上轨道，有了贞观、永徽之治，益以唐初诸帝的爱好文学，遂造成唐代第一时期的热闹的诗坛。这时除了自隋入唐的的虞世南、陈叔达、李百药、王绩诸人尚在尽情地讴吟外，王、杨、卢、骆的起来，在初唐诗坛上是一个极重要的消息。他们是上承梁陈的风格，而下启沈宋的律绝。他们各有特赋的天才，然而究竟还不脱六朝艳冶的气息。上官仪专讲对仗，已开唐代律诗的先声，后经沈佺期、宋之问加以精切的组织，而唐代应制诗的规律遂告成立。中间还经过号称"四友"的李（峤）、杜（审言）、苏（味道）、崔（融），以后便是号为"吴中四士"的贺知章、包融、张旭、张若虚等人，已和盛唐接近了。这中以贺知章的歌唱自然，张若虚的情调宛转，为尤有价值。

王勃（六四八——六七五[①]），字子安，绛州龙门人。他是一个短命的诗人，只活到二十八岁，即以渡海溺水悸死。他生于唐贞观二十二年，幼极聪慧，六岁能文词，九岁即指摘颜师古《汉书注》之误。传说他为文初不精思，磨墨数升，引被覆面而

---

① 王勃的生卒年有不同的说法。一是根据杨炯的《王勃集序》，王勃生于唐太宗贞观二十三年（六四九），卒于唐高宗上元三年（六七六），年二十八岁。二是根据王勃的《春思赋》，王勃生于唐高宗永徽元年（六五〇），卒于上元三年（六七六），年二十七岁。目前多数学者以第二种说法为准，《中国文学史话》的这一说法并不准确。

卧，忽起书之，不易一字，时人谓之"腹稿"。他著名的文章
《滕王阁序》曾引起不少人的赞美，其中名句"落霞与孤鹜齐
飞，秋水共长天一色"的故事，亦为学文之王[①]所习知的佳话。
有《王子安集》三十卷。

他的诗表现才华之处极多，一篇中秀句叠出，好像幽花艳
草，杂缀棘莽间，奇趣横生，愈使人读而愈生爱。像：

> 长江悲已滞，万里念将归。况属高风晚，山山黄叶
> 飞。（《山中》）

> 江旷春潮白，山长晓岫青。他乡临眺极，花柳映边
> 亭。（《早春野望》）

勃诗率多五律，如《对酒春园作》《观内怀仙》《长柳深湾
夜宿》《郭[②]园即事》《圣泉宴》《焦山早行[③]》《仲春郊外》
《郊兴》《杜少府之任蜀州》之类。

> 侵星违旅馆，乘月戒征俦。复嶂迷晴色，虚岩辨暗
> 流。

> 猿吟山漏晓，萤散野风秋。故人渺何际，乡关云雾
> 浮。

> ——《焦山早行》

> 空园歌独酌，春日赋闲居。泽兰侵小径，河边[④]覆

---

① "王"应为"士"。

② 据（清）彭定求等编《全唐诗》卷五六，中华书局1960年版，第676
页，"郭"应为"郊"。

③ 据（清）彭定求等编《全唐诗》卷五六，中华书局1960年版，第679
页，诗题应为"焦岸早行和陆四"。

④ 据（清）彭定求等编《全唐诗》卷五六，中华书局1960年版，第676
页，"边"应为"柳"。

长渠。

　　雨去花先①湿，风归月②影疏。山人不惜醉，唯畏

绿尊虚。

——《郊兴》

　　勃的好诗，往往在他的五绝中，《艺苑卮言》称其逼近乐

府，如前边所举的《山中》《野望》可当云龙的鳞爪。他的五律

亦好。七律虽然在当时没有发扬光大，正式成立，但他亦有仿佛

那样的篇什，而为沈宋律诗先行阵的前驱。像他的咏《滕王阁》

诗便是，然而并不是好诗，且免不了雕刻粉饰之病。

　　杨炯（六五〇——六九二③），华阴人。幼甚敏慧，年十一

举神童，拜校书郎，后为盈川令。他为文好以古人姓名连用，如

"张平子之略谈，陆士衡之所记"，"潘安仁宜其陋矣，仲长统

何足知之"。时人号为"点鬼簿"。他常闻人以"四杰"称，因

说："吾愧在卢前，耻居王后。"其后张说、崔融、李峤俱重

"四杰"之文，说云："杨盈川文思如悬河注水，酌之不竭，既

优于卢，实不减王，耻居王后信然，愧在卢前谦也。"有《盈川

集》三十卷。

　　炯为人恃才简傲，诗亦有壮气，如《出塞》云："丈夫皆有

---

①　据（清）彭定求等编《全唐诗》卷五六，中华书局1960年版，第676
　　页，"先"应为"光"。

②　据（清）彭定求等编《全唐诗》卷五六，中华书局1960年版，第676
　　页，"月"应为"叶"。

③　关于杨炯的卒年，史无确考。傅璇琮《唐代诗人丛考》认为是公元
　　六九三年或其后几年。闻一多《唐诗大系》约定其卒年为六九五年。
　　王兆鹏《据〈金石录〉考证杨炯的卒年》一文认为杨炯在公元七〇三
　　年尚在。

志，会见立功勋。"《从军行》云："宁为百夫长，胜作一书生。"他的作风大都雄厚雅丽：

> 贱妾留南楚，征夫向北燕。三秋方一日，少别比千年。
>
> 不掩嚬红缕，无论数绿钱。相思明月夜，迢递白云天。
>
> ——《有所思》
>
> 敞朗东方彻，阑干北斗斜。地气俄成雾，天云渐作霞。
>
> 河流才变①马，岩路不容车。阡陌经三岁，间阎对五家。
>
> 露文沾细草，风影转高花。日月从来惜，关山犹自赊。
>
> ——《早行》

卢照邻（六五〇——六八九②），字昇之，范阳人。他十岁时从曹宪、王义方学"苍雅"，旋任邵③王府典签，邵④王爱之，称他为"寡人之相如"。后拜新都尉，染风疾去官，居太白山，旋客东龙门山。布衣藜羹，裴瑾之等时时供衣药，罹遗传病毒，疾甚足挛，一手又废，乃去阳翟具茨山下，买园数十亩，疏

---

① 据（清）彭定求等编《全唐诗》卷五〇，中华书局1960年版，第615页，"变"应为"辨"。

② 关于卢照邻的生卒年，据闻一多《唐诗大系》以及刘开扬的相关考辨，他的生年大约是六三五年，卒年大约是六八九年。

③ "邵"应为"邓"，邓王为李元裕。

④ 同上。

颍水周舍，复豫为墓，偃卧其中。后不堪其苦，与亲属别，自沉颍水，时年四十。著文集二十卷，《幽忧子》三卷。

他的作风流丽高迈，尤长于骚赋诸文。他实是一生活不幸而遂厌苦世间的残废诗人。"四杰"身世皆不亨达，而卢照邻为尤甚。我们读他的《释疾文歌》，可以想见他当时的生活，是怎样痛苦与烦闷了。

> 岁将暮兮欢不再，时已晚兮忧来多。
>
> 东郊绝此麒麟笔，西山秘此凤凰柯。
>
> 死去死去今如此，生兮生兮奈汝何。
>
> 岁去忧来兮东流水，地久天长兮人共死。
>
> 明镜羞窥兮向十年，骏马停驱兮几千里。
>
> 麟兮凤兮，自古吞恨无已。
>
> 茨山有薇兮颍水有漪，夷为柏兮秋有实。
>
> 叔为柳兮春向飞。倏尔而笑，泛沧浪兮不归。
>
> ——《释疾文歌》

看了他这种苦痛的哀吟，知道他这时是死一般的活在世上，他的身子是在生死两国的交点，无奈何了，于是他在诗中便梦想他的乐园。我们读他的《羁卧山中》："倘遇浮丘鹤，飘飘凌太清。"可知他这时对于生活的向望。但因这究竟是幻想，飘渺的希求，总难胜过肉体的痛苦，于是他又不得不死了。下面是《羁卧山中》的全文：

> 卧壑迷时代，行歌任死生。红颜意气尽，白璧故交轻。

　　涧户无人迹，山窗听鸟声。春色绿①岩上，寒光入溜平。

　　雪尽松帷暗，云开石路明。夜半②饥鼯宿，朝随驯雉行。

　　度溪独异③处，寻洞不知名。紫书常日阅，丹药几年成。

　　扣钟鸣天鼓，烧香厌地精。倘遇浮丘鹤，飘飘凌太清。

　　骆宾王（六五〇④——六八四），义乌人。初为道王府属，历武功主簿，调长安主簿。少落魄不护细行，好与博徒游。他善为五言诗，尝作《帝京篇》，时人以为绝唱。诗中有句云："倏忽抟风生羽翼，须臾失浪委泥沙。"后代每每认为这是他与徐敬业在扬州兴兵大败逃死之谶。武后时他曾数上疏言事，下除临海丞，郁郁不得志，弃官去。徐敬业起兵，辟宾王为府署，传檄天下，痛斥武后之罪。后读檄文，初但嘻笑，及至"一坯⑤之土未干，六尺之孤何托"二句，乃瞿然曰："谁为之？"或以宾王对，曰："宰相安得失此人！"敬业败，宾王亡命西湖灵隐寺为

① 据（清）彭定求等编《全唐诗》卷四二，中华书局1960年版，第529页，"绿"应为"缘"。

② 据（清）彭定求等编《全唐诗》卷四二，中华书局1960年版，第529页，"半"应为"伴"。

③ 据（清）彭定求等编《全唐诗》卷四二，中华书局1960年版，第529页，"独异"应为"犹忆"。

④ 据闻一多先生的《唐诗大系》，目前一般将骆宾王的生年定于约公元六四〇年。

⑤ 据（后晋）刘昫《旧唐书》卷六七，中华书局1975年版，第2491页，"坯"应为"杯"。

浮屠。武后求而杀之。

他卒后，文多散失。武后重其文，遣使求之，有兖州人郄云卿集成十卷传于世。他的诗波澜回阔，喜作壮语，尤妙于五言诗。

> 城上风威冷，江中水气寒。戎衣何日定，歌舞入长安。
>
> ——《在军城登①楼》

> 此地别燕丹，壮士发冲冠。昔时人已没，今日水犹寒。
>
> ——《于易水送人》

> 寂寥心事晚，摇落岁时秋。共此伤年发，相看惜去留。
>
> 当歌应破涕，哀命反穷愁。别后能相忆，东陵有故侯。
>
> ——《秋日送别》

宾王是献身革命的诗人，不比杨炯的空有其志，故其诗益为雄壮。像他所作《从军中行路难》"君不见封狐雄虺自成群"与"君不见玉关尘色暗边亭"二首古风，奔放而有气魄，已脱去初唐诗的藩篱了。他的散文以《讨武后②檄》为最有名，村塾传颂，正如王勃的《滕王阁序》是一样的受到多人的欢迎。惟他作赋好以数对，如"秦地重关一百二，汉家离宫三十六"，所以他

---

① 据（清）彭定求等编《全唐诗》卷七九，中华书局1960年版，第863页，"城登"应为"登城"。

② "后"应为"曌"。

在当时有"算博士"之名。

他作诗之多，过于王勃，且擅长篇，《帝京》《畴昔》之类，尤为举世所乐道。他的《灵隐寺》诗不但辞美，这诗的故事，尤饶有小说的意味。或以此诗为宋之问作，我们姑勿辨这诗为谁作，只看其故事，已足够我们神往了。

> 鹫岭郁岧峣，龙宫锁寂寥。楼观沧海日，门对浙江潮。
>
> 桂子月中落，天香云外飘。扪萝登塔远，刳木取泉遥。
>
> 霜薄花更发，冰轻叶未凋。夙龄尚遐异，披对涤烦嚣。
>
> 待入天台路，看余渡石桥。

此诗在宾王集中，惟题"鹫岭郁岧峣，龙宫锁寂寥"两句是宋之问作，自"楼观沧海日，门对浙江潮"以后五韵，皆宾王所续。我们循诵诗意，亦似是出家人口吻。这个故事是这样的："宋之问贬黜放还，至江南，游灵隐寺，夜月极明，长廊行吟曰：'鹫岭郁岧峣，龙宫锁寂寥。'久不能续，有老僧点长明灯，问曰：'少年夜久不寐，何耶？'之问曰：'偶欲题此寺，而兴思不属。'僧曰：'何不云楼观沧海日，门对浙江潮。'之问愕然，讶其遒丽，迟明更访之，则不复见。寺僧有知者曰：'此宾王也。'"宋叶少蕴《石林诗话》据此诗以为宾王未死之证。然耶否耶？

二

继四杰之后，除上官祖孙的试卷诗外，要算是沈宋的律体诗的成立，在文学史上有极大的影响。《唐书》说："魏建安后迄江左，诗律屡变，至沈约、庾信，以声韵相婉附，属对精密。及之问、佺期又加靡丽，回忌声病，约句准篇，学者宗之，号为'沈宋'。"中国诗歌，由不规则的古体诗，变为遵守一定之程式的律诗，到了沈宋，可算是走到律诗的最高顶点了。

沈佺期（六五○——七一三？），字云卿，相州内黄人，与宋之问齐名，时人为之语曰："苏李居前，沈宋比肩。"他与张易之等蒸昵宠甚，易之败，遂长流驩州。武后时他曾为修文馆学士，尝对后说："身名已蒙齿录，袍笏未赐牙绯。"后就赐之。他卒于开元初年，所以他的七律亦可置之盛唐。有集十卷。

他是确立唐律的一个诗人，所以要认识他，须得向他的五律、七律中追求：

闻道黄龙戍，频年不解兵。可怜闺里月，长在汉家营。

少妇今春意，良人昨夜情。谁能将旗鼓，一为取龙城。

——《杂诗》之一

卢家少妇郁金香，海燕双栖玳瑁梁。九月寒砧催木叶，十年征戍忆辽阳。

白狼河北音书断，丹凤城南秋夜长。谁谓含愁独不见，更教明月照流黄。

——《古意呈补阙乔知之》

佺期又尝与张说、刘知幾等修《珠英集》，为珠英学士之一。张说甚重他的诗，尝说："沈三兄诗，须还他第一。"我们读佺期的诗，觉得他写情的手段并不坏，但是他名利心太重，只缘文以干禄，便坠入应制的古典诗里面不得翻身了。

宋之问（六六〇？——七一二），字延清，一名少连，虢州弘农人。少有才名，武后时他与杨炯分直习艺馆。武后常幸洛苑，召群臣赋诗，东方虬先就，赐以锦袍，后得之问诗，便夺锦袍赐之。他与沈佺期等媚附张易之，易之的诗都是他和阎朝隐所作，而宋至为之奉溺器。易之败，他被贬泷州，逃归洛阳，匿张仲之家，令兄子发露王同皎谋杀武三思事，得擢鸿胪主簿。中宗时他又被召为修文馆学士。睿宗即位，御史劾以猾险，流钦州，赐死。他得诏惊汗，东西步不引决，得同死冉祖雍之言，乃饮食洗沐就死。

他的文集十卷，是友人武平一纂集而成的。作风纤丽轻雅，尤长于五言诗。迁谪后诸诗，更为精妙。

妾住越城南，离居不自堪。采花惊曙鸟，摘叶喂春蚕。

懒结茱萸带，愁安玳瑁簪。待君消瘦尽，日暮碧江潭。

——《江南曲》

马上逢寒食，愁中属暮春。可怜江浦望，不见洛阳人。

北极怀明主，南溟作逐臣。故园肠断处，日夜柳条新。

——《途中寒食题黄梅临江驿寄崔融》

传说之问最无行，尝夺他的甥刘希夷"年年岁岁花相似，岁岁年年人不同"之句，希夷知而泄之，之问大怒，以土囊压杀之。《濊南诗话》曾为之问鸣冤。按《全唐诗话》：希夷（六五一——六八〇），一名庭芝，汝州人。少有才华，好为宫体诗，词旨甚悲。尝作《白头翁咏》云："今年花落颜色改，明年花开复谁在？"既而自悔曰："我作此诗谶，与石崇'白首同所归'何异？"乃更作一联云："年年岁岁花相似，岁风年年人不同！"既而又叹曰："此句复仍似向谶矣。然死生有命，岂复由此！"即两存之。诗成未周岁，为奸人所杀。或云宋之问害之。我们可看这首全诗：

洛阳城东桃李花，飞来飞去落谁家？洛阳女儿好颜色，坐见落花空[1]叹息。

今年花落颜色改，明年花开复谁在？已见松柏摧为薪，更闻桑田变成海。

古人无复洛城东，今人还对落花风。年年岁岁花相似，岁岁年年人不同。

寄言全盛红颜子，须怜半死白头翁。此翁白头真可怜，伊昔红颜美少年。

公子王孙芳树下，清歌妙舞落花前。光禄池台开锦绣，将军楼阁画神仙。

---

[1] 据（清）彭定求等编《全唐诗》卷五一，中华书局1960年版，第630页，"空"应为"长"。

一朝卧病无相识，三春行乐在谁边？婉转蛾眉能几时？须臾鹤发乱如丝。

但看古来歌舞地，惟有黄昏鸟雀飞。

三

沈宋同时的诗人极多，而李杜苏崔乃是当时的扬波助澜者。次则所谓"吴中四士"者，会稽贺之[①]章、润州包融、扬州张若虚、苏州张旭，实乃初唐的殿军。知章，字季真，会稽永兴人，性放旷，晚年尤纵诞，自号"四明狂客"。他的诗很自然，最流行于民间口头的，以《回乡偶书》二首为佳，他的《题袁氏别业》一诗，表现著与陶潜略同的生活，我最爱读。诗云："主人不相识，偶坐为林泉。莫谩愁沽酒，囊中自有钱。"张旭嗜酒善草书，世呼为"张颠"，他以《桃花溪》一首最佳。若虚的诗，以《春江花月夜》一首最有神韵。四人中惟包融最下品，他的"武陵川径入幽遐，中有鸡犬秦人家。先时见者为谁耶，源水今流桃复花。"（《武陵桃源送人》）这还是诗么？

少小离家老大回，乡音无改鬓毛衰。儿童相见不相识，笑问客从何处来。

离别家乡岁月多，近来人事半销磨。惟有门前镜湖水，春风不改旧时波。

——贺知章《回乡偶书》二首

---

① "之"应为"知"。

隐隐飞桥隔野烟，石矶西畔问渔船。桃花尽日随流水，洞在青溪何处边。

——张旭《桃花溪》

春江潮水连海平，海上明月共潮生。滟滟随波千万里，何处春江无月明。

江流宛转绕芳甸，月照花林皆似霰。空里流霜不觉飞，汀上白沙看不见。

江天一色无纤尘，皎皎空中孤月轮。江畔何人初见月，江月何年初照人？

人生代代无穷已，江月年年只相似。不知江月待何人，但见长江送流水。

白云一片去悠悠，青枫浦上不胜愁。谁家今夜扁舟子，何处相思明月楼？

可怜楼上月徘徊，应照离人妆镜台。玉户帘中卷不去，捣衣砧上拂还来。

此时相望不相闻，愿逐月华流照君。鸿雁长飞光不度，鱼龙潜跃水成文。

昨夜闲潭梦落花，可怜春半不还家。江水流春去欲尽，江潭落月复西斜。

斜月沉沉藏海雾，碣石潇湘无限路。不知乘月几人归，落月摇情满江树。

——张若虚《春江花月夜》

这期不附庸于沈宋之例而能独出风格者，在前有王无功绩（五九〇——六四四），在后有陈伯玉子昂（六五六——六九八）。无功的生活像陶潜，诗品亦似之，每首诗都充满幽逸的风趣，在初唐那样沈醉于秾艳的诗的风气当中，不能不说他是独具一格的田园诗人。他的诗如"北场芸藿罢，东皋刈黍归。相逢秋月满，更值夜萤飞"（《秋夜喜逢[①]王处士》），"石苔应可践，丛枝幸易攀。青溪归路直，乘月夜歌还"（《夜还东溪》），他诗如《过酒家》《独酌》《野望》《山中别李处士》《古意》都很洒脱。陈子昂以《感遇诗》三十八首最有名。当唐显庆、龙翔间"徐庾体"尚为诗人的准式，子昂的重要五言古诗，始扫艳丽之旧习，而趋于雅正劲炼，他的独特作风，实与当时以很大的影响。

参考：

王、杨、卢、骆见《旧唐书》卷一百九十《文苑上》及《新唐书》卷二百一《文艺上》。

沈佺期、宋之问、陈子昂见《旧唐书》卷一百九十中《文苑中》、《新唐书》卷二百二《文艺中》。

王绩见《旧唐书》卷一百九十二《隐逸传》。

刘希夷见《旧唐书》卷一百九十《文苑中》。

苏味道、李峤、崔融见《旧唐书》卷九十四，又《新唐书》卷一百一四。

杜审言见《旧唐书》卷一百九十上《文苑上》、《新唐书》卷二百一《文艺上》。

《王子安集》，王勃撰，有四部丛刊本。

---

① 据（清）彭定求等编《全唐诗》卷三七，中华书局1960年版，第485页，"逢"应为"遇"。

《盈川集》，杨炯撰，有四部丛刊本。

《幽忧子集》，卢照邻撰，有四部丛刊本。

《骆宾王集》，骆宾王撰，有四部丛刊本。

《全唐诗》，康熙敕编，有扬州书局本、广州刻本、通行本。

《唐诗纪事》，（宋）计有功著，有四部丛刊本、通行本。

《全唐诗话》，（宋）尤袤著，有何文焕刻历代诗话本。

第八章　唐诗的第二期

沈宋之后，便入于开元、天宝时代。在这时期，正是唐朝的国运由隆盛而变为衰替的秋会。虽说开元中犹是歌舞升平，但不久就"渔阳鼙鼓动地来，惊破霓裳羽衣曲"，便成了纷乱如麻的黑暗的世界。在这样纷乱的局面里，政治上自然是暗淡无光，但在文学上反呈现热闹的景象。新兴的诗人们，是像雨前的层云般的，推推拥拥地向无垠的天空上跑去。在那些无数的新诗人们里，无疑的李白、杜甫，是照耀当代文坛的日月。和李杜同时著名的诗人，还有高适、岑参、王昌龄、王翰、王之涣等，而高岑尤其是开辟新乐府领域的作家。王维、孟浩然、储光羲……他们是专门描写山水和田园风景的巨擘，也最能影响于后来的作者。

一

五七言诗到了李白，可说是一个大大的变局。这一大变不仅和初唐的诗格不同，即上溯六朝汉魏也觉着两样。他不仅替唐诗开了一个新时代，即就全部诗史说也开了一个新纪元。李白（七〇一——七六二），字太白，陇西成纪人，或曰山东人，或曰蜀人。他少有逸才，志气横放，飘然有超世之心。苏颋为益州长史，见白异之，曰："是子天下奇才，少益以学，可比相如。"读他的《与韩荆州书》："白陇西布衣，流落楚汉。十五好剑术，干于①诸侯。三十成文章，历抵卿相。"可看出他少年生活是带有几分的侠气。白初年隐岷山，州居不应。后出游襄汉，南至洞庭，东至金陵、扬州……既又去至齐鲁，客于任城，与孔巢父、韩准、裴政、张叔明、陶沔祖②居徂徕山，酣歌纵酒，号"竹溪六逸"。他之识杜甫，大约即在此时了。天宝初，南入会稽，与吴筠善，筠被召，故白也至长安，往见贺知章，知章见其文章乃叹曰："子谪仙人也！"言于玄宗，召见金銮殿，奏颂一篇，帝赐食，亲为调羹。有诏供奉翰林，这时他犹与醉徒醉于市也。

　　玄宗坐沉香亭，意有所思，欲得白为乐章，召入而白已醉，左右以水洒面，稍解，援笔成《清平调》三章，婉丽精切无留思。帝甚爱其才，数宴饮。白常侍帝，醉后引足使高力士脱靴，力士素贵，耻之。摘《清平调》诗以激杨贵妃，谓白以贵妃比赵飞燕。所以每逢玄宗官白，辄为贵妃阻止。他知不为亲近所容，益骜放不自修，与贺知章、李适之、王③琎、崔宗之、苏晋、张旭、焦遂为"饮中八仙人"。杜甫有《饮中八仙歌》云："李白斗酒诗百篇，长安市上酒家眠。天子呼来不上船，自称臣是酒中

---

① 据瞿蜕园，朱金城校注《李白集校注》卷二六，上海古籍出版社1980年版，第1539页，"干于"应为"遍干"。

② 据（宋）欧阳修、宋祁《新唐书》卷二〇二，中华书局1975年版，第5762页，"祖"字衍。

③ "王"应为"李"。

仙。"这可见他的浪漫了。他初游并州，识郭子仪于行伍间，而脱其罪。后白为永王璘僚佐，璘坐反，白当死。至是子仪请解官以赎白，流贬夜郎，会赦还浔阳。李阳冰为当涂令，白往依之。相传在采石江乘醉捉月而死。因此元人王伯成作《李太白流夜郎》杂剧，乃有白入水为龙王所迎去之说。白有集三十卷。

他的诗以飘逸清骏胜。所谓飘然而来，倏然而往，如天马之行空，如怒涛之回浪。其轻隽处，如落花，如游丝；其自由处，如飞鸟，如流星。有时他粗豪的笔调，如侠士的披发狂歌下大荒，显露他苍茫独立的风度。但有时他细腻多情，像一个妙龄女郎在雨雪霏霏之下，喝了几口甜蜜的葡萄酒，脸色腓红得欲燃，而娇柔之态，更令人见之陶醉。尤其他那铿锵的音调，晶莹的字句，使人把玩吟味不已。总之，他是一位真正的天才诗人，随意抒写，汗漫自适，无往而不见其卓越的天才。

刚才在讲，他的诗虽然是多方面，但究竟豪放的成分居多。我们读他的"君不见，黄河之水天上来"（《将进酒》）、"噫吁嚱，危乎高哉"（《蜀道难》）、"弃我去者，昨日之日不可留。乱我心者，今日之日多烦忧"（《宣州谢朓楼别校书叔云》）。像这些诗的起首，都是全无边际的突如其来；至说到中间，忽五言，忽七言，仿佛一个神游病者，颠之倒之，令人莫测。又仿佛是浩浩荡荡千万马的奔来，真有移山倒海之势。

陶渊明喜言酒，李长吉好咏月。太白和渊明的似处颇多，复有长吉咏月之癖；同时复崇拜美人、侠客和宝剑。他的作品中，言酒咏月之作甚多。如《月下独酌》《将进酒》《春日醉起言志》《独酌》《友人会宿》《自遣》《醉题王汉阳厅》《把酒问月》等。"花间一壶酒，独酌无相亲。举杯邀明月，对影成三人。……"（《月下独酌》）正是他浪漫的酒徒生活的写真。

李白所崇拜的美人，都是些下流的女子："胡姬貌如花，当垆笑春风""吴娃与越艳，窈窕夸铅红。畔^①来上云梯，含笑出帘栊"。他所与这些女子所干的，却是发挥肉欲的勾当："对客小垂手，罗衣舞春风""何日重^②相见，灭烛解罗衣"。他这种赤裸裸地描写，比之晚唐惟美诗人李商隐之赞美高尚纯洁的女性美："神女生涯原是梦，小姑居处本无郎""红楼隔雨相望冷，朱^③箔飘灯独自归"之灵^④的象征的写法，却是相反了。

他的诗中，纯粹赞美物质的快乐。酒精和美人，侠客和宝剑，是他的生命的要素。什么宗教家、哲学家、笃行家……他都认为痴愚无聊。所以他说："赵有豫让楚屈平，卖身买得千年名。巢由洗耳有何益，夷齐饿死终无成。"他以一切虚名，都是哄人的事，只有眼前的快乐，物质的享受，才是真的而可贵的。《冷斋夜话》云："舒王尝曰：'太白诗词迅速，^⑤然其识污下，十句九句^⑥妇人酒耳。'"这正是太白的伟大，腐儒何知！

说到李白的诗，没有不称道他的五七言歌行的。他的五言歌

---

① 据（清）彭定求等编《全唐诗》卷一七〇，中华书局1960年版，第1752页，"畔"应为"呼"。

② 据（清）彭定求等编《全唐诗》卷一八四，中华书局1960年版，第1879页，"日重"应为"由一"。

③ 据（清）彭定求等编《全唐诗》卷五四〇，中华书局1960年版，第6188页，"朱"应为"珠"。

④ 此处疑有脱文。

⑤ 据（宋）惠洪《冷斋夜话》卷五，中华书局1988年版，第43页，"诗词迅速"应为"词语迅快"，另此句后脱"无疏脱处"一句。

⑥ 据（宋）惠洪《冷斋夜话》卷五，中华书局1988年版，第43页，"十句"前脱"诗词"，"九句"后脱"言"字。

行，如《短歌行》《关山月》《妾薄命》《月下酌酒》……七言歌行如《乌栖曲》《乌夜啼》《把酒问月》……都是很脍炙人口的作品。但这些诗实在不足以表现太白的气魄，而且太白的五言歌行，实不如他的七言长歌。像《将进酒》这样的长篇，才可看出太白诗的淋漓放肆的壮气，和他的浪漫的颓废的思想与生活。

　　君不见，黄河之水天上来，奔流到海不复回。

　　君不见，高堂明镜悲白发，朝如青丝暮成雪。

　　人生得意须尽欢，莫使金樽空对月。天生我材必有用，千金散尽还复来。

　　烹羊宰牛且为乐，会须一饮三百杯。岑夫子，丹丘生，将进酒，杯莫停。

　　与君歌一曲，请君为我倾耳听。钟鼓馔玉不足贵，但愿长醉不用醒。

　　古来圣贤皆寂寞，惟有饮者留其名。陈王昔时宴平乐，斗酒十千恣欢谑。

　　主人何为言少钱，径须沽酒①对君酌。

　　五花马，千金裘，呼儿将出换美酒，与尔同销万古愁。

太白诗最大成就，是在近体诗，尤其是绝句。盖古体诗在汉魏六朝，早已达到成功的地域，到了唐代已是死去的诗体。太白的古诗虽好，却亦未能超迈前人。所以杜甫评他的古诗道：

---

　　① 据（清）彭定求等编《全唐诗》卷一七及卷一六二，中华书局1960年版，第170页、第1683页，"酒"应为"取"。

"清新庾开府，俊逸鲍参军。"又说："李侯有佳句，往往似阴铿。"可见他的古诗是摹拟的不是创造了。所以要真正明白他诗的成功，当看他的抒情的绝句诗。

床前明月光，疑是地上霜。举头望明月，低头思故乡。（《静夜思》）

对酒不觉暝，落花盈我衣。醉起步溪月，鸟还人亦稀。（《自遣》）

美人卷珠帘，深坐颦蛾眉。但见泪痕湿，不知心恨谁。（《怨情》）

众鸟高飞尽，孤云独去闲。相看两不厌，只有敬亭山。（《敬亭独坐》）

渌水明秋日，南湖采白蘋。荷花娇欲语，愁杀荡舟人。（《渌水曲》）

他的古诗气胜于情，应该说是抒气体。他的绝句诗，情胜于气，算是抒情诗。我们如喜他的抒情诗，尤不可以不读他的七言绝句：

问予^①何意栖碧山，笑而不答心自闲。桃花流水杳^②然去，别有天地非人间。

　　　　　　　　　　——《山中问答》

云想衣裳花想容，春风拂槛露华浓。若非群玉山头见，会向瑶台月下逢。

---

① 据（清）彭定求等编《全唐诗》卷一七八，中华书局1960年版，第1813页，"予"应为"余"。

② 据（清）彭定求等编《全唐诗》卷一七八，中华书局1960年版，第1813页，"杳"应为"寊"。

一枝红艳露凝香，云雨巫山枉断肠。借问汉宫谁得似？可怜飞燕倚新妆。

名花倾国两相欢，长得君王带笑看。解释春风无限恨，沉香亭北倚阑干。

——《清平调》三首

故人西辞黄鹤楼，烟花三月下扬州。孤帆远影碧空尽，惟见长江天际流。

——《送孟浩然之广陵》

朝辞白帝彩云间，千里江陵一日还。两岸猿声啼不住，轻舟已过万重山。

——《早发白帝城》

桂殿长愁不记春，黄金四壁①起秋尘。夜悬明镜青天上，独照长门宫里人。

——《长门怨》

百战沙场碎铁衣，城南已合数重围。突营射杀呼延将，独领残兵千骑归。

——《从军行》

越王勾践破吴归，战②士还家尽锦衣。宫女如花满春殿，只今惟有鹧鸪飞。

——《越中览古》

骏马骄行踏落花，垂鞭直拂五云车。美人一笑褰珠

---

① 据（清）彭定求等编《全唐诗》卷二〇及卷一八四，中华书局1960年版，第255页、第1880页，"壁"应为"屋"。

② 据（清）彭定求等编《全唐诗》卷一八一，中华书局1960年版，第1846页，"战"应为"义"。

箔，遥指红楼是妾家。

——《陌上赠美人》

太白的七绝，几乎首首都是很好的抒情诗，王士祯云："七言绝句，少伯与太白争胜毫厘，俱是神品。"王世懋云："绝句之源出于乐府……盛唐惟青莲龙标二家诣极，李更自然。"（《艺圃撷余》）据此观之，以新体绝诗推重李白，古人已先我而言之，他真不愧为"绝句之圣"了。

二

当李白十二岁的时候，又有一个伟大的诗人诞生，这便是杜甫。杜甫（七一二——七七〇），字子美，号少陵。本籍襄阳，后徙河南巩县。他是晋杜预之后，唐诗人杜审言之孙。少时家贫不能自给，尝客吴越齐鲁诸地。李邕奇其才，先往见之。后举进士不中第，困长安献《三礼赋》，玄宗奇之，使待制于集贤院，授右卫率府胄曹参军。安禄山乱作，他避走三川，后为贼所拘，陷居长安城中。伤时思家，一一泄之于诗中。如《春望》云："国破山河在，城春草木深。感时花溅泪，恨别鸟惊心。烽火连三月，家书抵万金。白头搔更短，浑欲不胜簪。"颇可见他当时的情怀了。他在长安一年，至德二年，逃到凤翔见肃宗，拜右拾遗。他的《述怀》诗云："去年潼关破，妻子隔绝久。今夏草木长，脱身得西走。麻鞋见天子，衣袖露两肘。朝廷悯[①]生还，亲

[①] 据（清）彭定求等编《全唐诗》卷二一七，中华书局1960年版，第2272页，"悯"应为"愍"。

故伤老丑。涕泪受拾遗，流离主恩厚。……"完全叙出那时的情况了。他后来为救房琯，贬华州司功参军。时值干戈遍地，且遇荒年，携妻负儿，行于深山大窟，身自负薪，采橡栗自给，他的儿子竟在同谷饿死了。他有《寓同谷县作歌》一首，叙他当时的苦况，《奉先咏怀》述其子死的情形："入门闻号咷，幼子饥已卒。……所愧为人父，无食致夭折。"他后来至蜀，流落成都，在城西之浣花溪营草堂居之。时严武为剑南东西川节度使，荐他节度参谋检校工部员外郎。武待以世旧之礼，他见之或时不巾。尝醉登武床瞪视道："严挺之乃有此儿！"武甚恨，一日欲杀他，武将出冠钩于帘，左右白其母，奔救得免。严武死后，崔旰作乱，他往来于夔梓间，此时他已五十多岁的人了。自称："老来渐于诗律细"，著名的《秋兴》八首，即作于此时。大历中他又出瞿唐，下江陵，溯湘沅，登衡山，游岳祠。大水忽至，涉旬不得食。县令舟迎之，乃得还居耒阳。或传县令送他牛炙白酒，他大醉一夕而死。这位伟大的诗人也竟和李白一样，最后流离转徙，客死他乡了。著有《杜工部集》六十卷。

他的作风雄奇瑰丽，研精老练。尤长于五言律、七言歌行，故有"五言律、七言歌行神矣，七言律圣矣"的评语。他为诗以意为主，以独造为宗，以奇拔沉雄为贵。其妙处，咏之使人慷慨激烈，欷歔欲绝，故有称为"情圣"的。

杜甫是有用世热忱的人，他很想建立功业，改造社会。无如用世之心愈切，却无往而不是失意。所谓"百年歌自苦，未见有知音""此生任草木，垂老独漂萍"。可怜他早年已饥寒交迫，郁郁不得志；而大乱之后，又常流离辛苦，饱经世患。这些到处荆棘环绕的遭遇，就成就了他文学上的题材。凡是国家的战乱，社会的纷扰，人民的失业，都可当作他的诗料，逐一地写到他的诗歌中来，而成功了他许多的伟大绝作。我们现在叙述他的诗，可以分为三个时期：即大乱以前是第一时期，置身乱离之中是第二时期，寄居成都草堂以后是第三时期。

他在第一时期的作品，夸大诙谐与歌咏贫穷之作颇多。迨置身朝列以后，更常常有讽刺时政的作品出现了，如《兵车行》《丽人行》《自京赴奉先县咏怀》等是。《兵车行》云：

> 车辚辚，马萧萧，行人弓箭各在腰。耶娘妻子走相送，尘埃不见咸阳桥。
>
> 牵衣顿足拦道哭，哭声直上干云霄。道旁过者问行人，行人但云点行频。
>
> 或从十五北防河，便至四十西营田。去时里正与裹头，归来头白还戍边。
>
> 边庭流血成海水，武皇开边意未已。君不闻汉家山东（太行山以东，河北诸郡皆为山东）二百州，千村万落生荆杞。
>
> 纵有健妇把锄犁，禾生陇亩无东西。况复秦兵耐苦战，被驱不异犬与鸡。
>
> 长者虽有问，役夫敢申恨？且如今年冬，未休关西卒。
>
> 县官急索租，租税从何出？信知生男恶，反是生女好。
>
> 生女犹得嫁比邻，生男埋没随百草。君不见青海头，古来白骨无人收。
>
> 新鬼烦冤旧鬼哭，天阴雨湿声啾啾！

像他这诗，如果和李白的《战城南》比较观之，我们便可看出李白是仿作的乐府歌诗，杜甫是在弹劾时政了。这样明白地反时政的诗歌，确是杜甫的创始。《蔡宽夫诗话》云："齐梁以来文士，喜为乐府，词往往失其命题本意，惟老杜《兵车行》《悲青坡》《无家别》等篇，皆因时事自出主意立题，略不更踏前人陈迹。"这种自己创造新题，用古乐府的体裁写新时代的生活，完全脱掉古人的窠臼的诗，不能不说是杜诗的最大成功。往后的诗人像白居易、元稹都是受他的影响，但他们的描写都不及老杜的深刻动人了。

杜诗第二期的作品，正是他置身乱离之中的产物。这时代的诗，观察愈精密，艺术愈真实，遂开后世社会问题诗的风气。如《哀江头》《哀王孙》《述怀》《北征》《新安吏》《潼关吏》《石壕吏》《新婚别》《垂老别》《无家别》《佳人》……许多篇都是描写那时战乱流离的情形。《石壕吏》云：

　　暮投石壕村，有吏夜捉人。老翁逾墙走，老妇出门看。

　　吏呼一何怒，妇啼一何苦。听妇前致词，三男邺城戍。

　　一男附书至，二男新战死。存者且偷生，死者长已矣。

　　室中更无人，惟有乳下孙。有孙母未去，出入无完裙。

　　老妪力虽衰，请从吏夜归。急应河阳役，犹得备晨炊。

　　夜久语声绝，如闻泣幽咽。天明登前途，独与老翁别。

这篇文学的艺术最奇特，捉人拉夫，竟拉到了一位抱孙的祖老太太，时世可想了。他这时到过洛阳，正值九节度兵溃于相州。他眼见种种兵祸的惨酷，动了他的情思，做了许多描写兵祸的文字：三吏（《新安吏》《潼关吏》《石壕吏》）、三别（《新婚别》《垂老别》《无家别》）诸篇，为这时期里最重要的社会问题诗。

第三期的作品，是他晚年到蜀以后的产物。这时他的生活虽说不是十分的丰裕，但比较安定多了，只得安贫守分的过他的草堂生活："昼引老妻乘小艇，晴看稚子浴清江"（《进艇》诗）、"老妻画纸为棋局，稚子敲针作钓钩"（《江村》诗）。他满肚皮的牢骚，都付之优游愉悦，以嬉戏清闲的情调出之了。在这时期所创作的长篇很多，除《赠王侍御契》《偶题》《白帝城放船》《夔府书怀》《秋日夔府咏怀》《寄刘峡州》《赠李八》等篇而外，最著名的尚有《观公孙大娘弟子舞剑器行》：

　　昔有佳人公孙氏，一舞剑器动四方。观者如山色沮丧，天地为之久低昂。

　　耀如羿射九日落，矫如群帝骖龙翔。来如雷霆收震怒，罢如江海凝清光。

　　绛唇珠袖两寂寞，晚有弟子传芬芳。临颍美人在白帝，妙舞此曲神扬扬。

　　与余问答既有以，感时抚事增惋伤。先帝侍女八千人，公孙剑器初第一。

　　五十年间似反掌，风尘澒洞昏王室。梨园弟子散如烟，女乐余姿映寒日。

131

金粟堆南（旧注，金粟堆在明皇泰陵之北）木已
拱，瞿塘石城草萧瑟。

玳筵急管曲复终，乐极哀来月东出。老夫不知其所
往，足茧荒山转愁疾。

最好我们可再读老杜的律诗。他是律诗大家，他的五言律和
七言律都是很可贵的。盖律诗格律甚严，要想在这严格的规式中
现出活泼的情感，是极不容易的事。虽以沈宋之号称"律诗圣
手"，也不过以铺张工丽著称。老杜晚年作律诗很多，所以他说
"老来渐于诗律细"。他不但"诗律细"，且能够将活跃的情
感无碍的注入律诗里面去，而不现雕琢之迹，描写得"天衣无
缝"，这真是有情感生命的新体律诗。

剑外忽传收蓟北，初闻涕泪沾 [①] 衣裳。却看妻子愁
何在，漫卷诗书喜欲狂。

白日放歌须纵酒，青春作伴好还乡。即从巴峡穿巫
峡，便下襄阳向洛阳。

——《闻官军收河南河北》

风急天高猿啸哀，渚清沙白鸟飞回。无边落木萧萧
下，不尽长江滚滚来。

万里悲秋常作客，百年多病独登台。艰难苦恨繁霜
鬓，潦倒新停浊酒杯。

——《登高》

像这两诗：一首写听到官军胜利的喜悦，一首写秋日登高望

---

① 据（清）彭定求等编《全唐诗》卷二二七，中华书局1960年版，第
2460页，"沾"应为"满"。

远的感伤，都能把当时的情景曲曲传出而不失格律，七律到此，"叹观止矣"。所以我说律诗形式的完成虽远在初唐，然运用律诗形式而得着最大的收获，便推杜甫。在唐代的诗人中，像杜甫那样多又那样工的七律，实在是更无第二人，于是杜甫便成了"律诗之圣"。

<h2 style="text-align:center">三</h2>

在唐诗的第二时期中，李杜而外还有所谓"边塞诗人"，如岑参、高适、王昌龄、王之涣、王翰诸人的慷慨壮烈的风格。这一派诗人们的作品，大概有三种相同的倾向：（一）都长于作气魄雄壮，抒写英雄怀抱的长篇古风。（二）他们都长于描写边塞风调悲壮的七言绝句诗。（三）他们都长于描写闺怨、闺情、宫怨一类的抒情诗。

高适（七〇〇？——七六五），字达夫，沧州渤海人。少落魄不治生产，宋州刺史张九皋奇之，荐为哥舒翰参军掌书记，故他的诗多咏边塞风物。适年五十，始学作诗，数年之间，体格渐变，每吟一篇，好事者争相传诵。有《高常侍集》。

他的作风虽没有李白的清丽奔放，杜甫的俯仰生情，却自有一种壮激致密的风度。七言长篇，更极悲壮之至。集中比较好的作品，大都皆歌咏边塞之作。如《古大梁行》《蓟门行》《营州歌》《送浑将军出塞》《登百丈峰》《部落曲》等，我最爱他的《燕歌行》内二句"校尉羽书飞瀚海，单于猎火照狼山"，要算是最能表现边塞境界的了。这篇是他的代表作，全诗如下：

　　汉家烟尘在东北，汉将辞家破残贼。男儿本自重横行，天子非常赐颜色。

拟金伐鼓下榆关，旌旆逶迤碣石间。校尉羽书飞瀚海，单于猎火照狼山。

山川萧条极边土，胡骑凭陵杂风雨。战士军前半死生，美人帐下犹歌舞。

大漠穷秋塞草腓，孤城落日斗兵稀。身当恩遇恒轻敌，力尽关山未解围。

铁衣远戍辛勤久，玉箸应啼别离后。少妇城南欲断肠，征人蓟北空回首。

边庭飘飖那可度，绝域苍茫无所有。杀气三时作阵云，寒声一夜传刁斗。

相看白刃雪纷纷，死节从来岂顾勋。君不见沙场征战苦，至今犹忆李将军。

读高适的长篇，固然可以见出他慷慨壮烈的风格来，但他诗的最高成就，更在他的绝句中。如《别董大》云："十里黄云白日曛，北风吹雁雪纷纷。莫愁前路无知己，天下谁人不识君。"《塞上闻笛》云："雪净胡天牧马还，月明羌笛戍楼间。借问梅花何处落，风吹一夜满关山。"其他佳句如《苦雪》云："二月犹北风，天阴雪冥冥。"《自蓟北归》云："驱马蓟门北，北风边马哀。苍茫远山口，豁达胡天开。"《登百丈峰》云："朝登百丈峰，遥望燕支道。汉垒青冥间，胡天白如扫。忆昔霍将军，连年北征讨。匈奴终不灭，寒山徒草草。惟见鸿雁飞，令人伤怀抱。"这是如何苍茫悲凉的风度。

岑参，南阳人，是开、天时代最富于异国情调的诗人。少时孤贫笃学，登天宝三年进士第。肃宗时，杜甫荐为左补阙，出为嘉州刺史，后退居杜陵山中。时中原多故，遂客卒于蜀。世称岑嘉州，有《岑嘉州诗》。

他的作风，高旷挺秀，每一篇绝笔，人争传写，闾里士庶，戎夷蛮貊，莫不习吟。因他尝从封常清于戎幕，往来鞍马烽尘间十余载，故其诗多记西域异事，如《优钵罗花歌》《热海行》。他的诗与高适同一畦径，时称"高岑"。但他的好诗比适多，且更为深刻隽削，富于奇趣新情。如《函谷关歌送刘评事使关西》《胡笳歌送颜真卿①赴河陇》《热海行送崔侍御还京》《轮台歌奉送封大夫出师西征》《卫节度赤骠马歌》《玉门关盖将军歌》……都是歌唱北方风物和描写从军边塞之苦的作品。就中尤以《白雪歌》《天山雪歌》《火山云歌》最为杰出。《白雪歌送武判官归京》云：

　　　北风卷地白草折，胡天八月即飞雪。忽然一夜春风来，千树万树梨花开。

　　　散入珠帘湿罗幕，狐裘不暖锦衾薄。将军角弓不得控，都护铁衣冷难著。

　　　瀚海阑干百丈冰，愁云惨淡万里凝。中军置酒饮归客，胡琴琵琶与羌笛。

　　　纷纷暮雪下辕门，风掣红旗冻不翻。轮台东门送君去，去时雪满天山路。

　　　山回路转不见君，雪上空留马行处。

和这首同类的，尚有《天山雪歌送萧治归京》也是描写北

---

① 据（清）彭定求等编《全唐诗》卷一九九，中华书局1960年版，第2053页，此处脱"使"字。

方雪景的。两歌颇多相似处。而《走马川行》乃是我最爱读的一首：

> 君不见走马川行雪海边，平沙莽莽黄入天。
>
> 轮台九月风夜吼，一川碎石大如斗，随风满地石乱走。
>
> 匈奴草黄马正肥，金山西见烟尘飞，汉家大将西出师。
>
> 将军金甲夜不脱，半夜军行戈相拨，风头如刀面如割。
>
> 马毛带雪汗气蒸，五花连钱旋作冰，幕中草檄砚水凝。
>
> 虏骑闻之应胆慑，料知短兵不敢接，车师西门伫献捷。

岑参的诗，不独对境雄壮，即以音律而论，也是极雄伟自然的。这首诗，凡三句一换韵，音节何等自然。而"半夜军行戈相拨，风头如刀面如割"他人处此，真要落泪！然他却说："虏骑闻之应胆慑，料知短兵不敢接。"这是何等坚强的意志！读他的诗，好像听一百二十面鼓，七十面金钲和奏的《鼓吹曲》一样，十分震动人的耳鼓，和低吟那丝竹一般细碎而悲哀的诗人刘长卿的作品却正相反。这是我们在欣赏他的诗时，很容易领会到的。

高、岑同调的诗人李颀，东川人，家于颍阳。他与张旭、王昌龄、綦毋潜等友好，长于歌行，兼工七律。他的诗很雄拔，声名重当时。《古从军行》云：

> 白日登山望烽火，黄昏饮马傍交河。行人刁斗风沙

暗，公主琵琶幽怨多。

野营万里无城郭，雨雪纷纷连大漠。胡雁哀鸣夜夜飞，胡儿眼泪双双落。

闻道玉门犹被遮，应将性命逐轻车。年年战骨埋荒外，空见蒲桃入汉家。

"年年战骨埋荒外，空见蒲桃入汉家。"以人命仅换得塞外的果物，其非战之意，隐隐的看出来了。他又工七律，其声价在当时与王维并称，后世推为诗家正宗。

和高岑驰骋于当时的诗坛，而以善写"闺愁""宫怨"一类的诗著名者便是王昌龄。昌龄，字少伯，江宁人，登开元十五年进士第，补校书郎，调汜水尉。晚年以不检细行，贬龙标尉。李白赠他诗道："扬州花落子规啼，闻道龙标过五溪。我寄愁心与明月，随风直到夜郎西。"后因世乱还乡里，为刺史闾丘晓所杀。他的诗缜密而思清，多哀怨清溢之作，七绝为其特长，时人称为"王江宁"，且有"诗天子"之目。有《王江宁诗》。

昌龄不仅仅擅边塞诗的描写，而"宫怨""闺怨"更是他抒写的圣手。他的诗大都以七言四句为率，也最足以代表他的作风。杨升庵云："龙标绝句，无一篇不佳。"这可知绝句在他的诗里，实占着最高的地位。我们看他描写战争苦况的作品：

烽火城西百尺楼，黄昏独坐海风秋。更吹横笛关山月，无那金闺万里愁。

琵琶起舞换新声，总是关山离别情。撩乱边愁听不尽，高高明①月照长城。

这是他《从军行》七首的前两绝，差不多把历代的屯戍之苦，战争的悲惨景象都全盘地托出。每首仅用寥寥的二十八字，其中的意境，真是层出不穷。如第一首写久戍的军人于黄昏时候，独登百尺楼头，忽听见羌笛吹《关山月》调子，不由得思家之念涌上心头，而想起万里以外深闺的娇妻来，这样情绪复杂而含有深意的作品，真是耐人寻味。他最有名的边塞诗，尚有《出塞》一首，李沧溟推为唐诗压卷：

秦时明月汉时关，万里长征人未还。但使龙城飞将在，不教胡马度阴山。

他描写战场上的苦状，既如以上各诗的所写。但家里的"深闺人"又是怎样呢？我们只消读他的《闺怨》《青楼怨》二诗，便明白了：

闺中少妇不知愁，春日凝妆上翠楼。忽见陌头杨柳色，悔教夫婿觅封侯。

——《闺怨》

香帏风动花入楼，高调鸣筝缓夜愁。肠断关山不解说，依依残月下帘钩。

——《青楼怨》

王昌龄对于描写宫廷的诗，也像他表现战争的作品一样，是由宫女的自身上表现的。他这种描写可分为两类：一种是由正面描写宫廷内承恩的女子，一种是由背面描写失宠的女子。

---

① 据（清）彭定求等编《全唐诗》卷一四三，中华书局1960年版，第1444页，"明"应为"秋"。

　　昨夜风开露井桃，未央前殿月轮高。平阳歌舞新承宠，帘外春寒赐锦袍。

——《春宫曲》

　　荷叶罗裙一色裁，芙蓉向脸两边开。乱入池中看不见，闻歌始觉有人来。

——《采莲曲》

　　以上是描写承恩女子的作品。《归田诗话》的作者瞿佑尤其推赞《采莲曲》用意之妙。他说："诗意言叶与裙同色，花与脸同色，故棹入花间不能辨，及闻歌声，方知有人来也。"明梁辰鱼的《浣纱记》："秀面罗裙，认不出那绿叶红花一样"（《念奴娇》）也是用的这类写法。以下描写失宠女子之心情的作品，尤为异常的深刻。

　　西宫夜静百花香，欲卷珠帘春恨长。斜抱云和深见月，朦胧树色隐昭阳。

——《西宫春怨》

　　芙蓉不及美人妆，水殿风来珠翠香。却恨含情掩秋扇，空悬明月待君王。

——《西宫秋怨》

　　金井梧桐秋叶黄，珠帘不卷夜来霜。熏笼玉枕无颜色，卧听南宫清漏长。

　　奉帚平明金殿开，且将团扇共裴回。玉颜不及寒鸦色，犹带昭阳日影来。

——《长信秋词》

　　与昌龄同时的人，还有王瀚，字子羽，晋阳人，以《凉州词》为最有名，王世贞称为"无瑕之璧"。诗云："葡萄美酒夜光杯，欲饮琵琶马上催。醉卧沙场君莫笑，古来征战几人回。"王之涣亦有《凉州词》。说到王之涣就令人想起他和王昌龄、高适"旗亭饮酒"的故事来。相传：之涣和高适、王昌龄三诗人，共诣旗亭买酒小饮，忽有梨园伶官十数人登楼会宴。三诗人因避席隈拥炉火以观。俄有妙妓四人，寻续而来，奢华艳冶，光采夺目，旋即奏乐。昌龄等私相约定，并云："我辈各擅诗名，每不自定甲乙。现在可以密观诸伶所咏，倘诗入歌词多者，则为优。"俄有一伶唱王昌龄诗："寒雨连江夜入吴，平明送客楚山孤。洛阳亲友如相问，一片冰心在玉壶。"昌龄引手画壁道："一绝句。"又一伶唱适诗："开箧泪沾臆，见君前日书。夜台何寂寞，犹是子云居。"适亦引手画壁道："一绝句。"寻又一伶吟昌龄："奉帚平明金殿开。"昌龄又记之。这时可把之涣气恼了！他说："此辈俗物，所唱都是下里巴人，焉知阳春白雪？"更指着妓中之最美的一个说："待此子所唱，一定是我的诗，倘若不是我，终身不敢和你们争衡了。如果是的，你们当列拜床下，奉吾为师。"他们都笑着等待。须臾那双鬟的人儿轻启朱唇，曼声地唱了，果然她唱的是王之涣的《凉州词》："黄河远上白云间，一片孤城万仞山。羌笛何须怨杨柳，春风不度玉门关。"之涣就揶揄二子道："田舍奴，我岂妄哉？"（见《集异记》）

四

在开元、天宝时期的诗人中，虎踞于诗坛上者，显然另有一派的诗人。他们既不是属于高岑的边塞派，也与杜甫之描写社会的风格不同。他们都是歌唱自然，啸傲山水的诗人。他们是直接承继了东晋陶渊明的田园诗的澹泊而有深远的风趣。他们的诗境大都是躲在深山里——潺潺的涧水，阵阵的熏风，空空的山谷，高高的峻岭。他们的诗材，也都是自然的现象——枝头的鸟语，树根的虫叫，野花的舞蹈，深渊的鱼跃。他们所常见而常与为伍的——和尚、道士、田夫、野老、草莽中的牧童、柳荫下的钓徒，以及浣衣的少女、烧香的婆子、成群的牛羊鸡豚……总之他们所与接近的一切一切，都是大自然的一切一切，大自然的种种的状态，一时时，一刻刻的在进行程的活动变化，都是启发他们的诗思的东西，完成他们的诗篇的对象。王维、孟浩然、储光羲、常建诸人，便是这派诗描写的圣手，在这个园地活动的人物。

　　王维（六九九——七五九），字摩诘，太原祁人。工书画，与弟缙俱有俊才。初为左拾遗，天宝末为给事中。安禄山陷长安，大会凝碧池，梨园弟子多欷歔泣下，乐工雷海清掷乐器，西向恸哭，贼支解之于试马殿。当时维亦被拘在菩提寺，闻之悲甚，乃作诗讽友人裴迪，诗云："万户伤心生野烟，百僚何日更朝天？秋槐落叶深宫里，凝碧池头奏管弦。"肃宗克复京师，降禄山者多得罪，维独以此诗获免。他最后为尚书右丞卒。有《王右丞集》。

　　维晚年，得宋之问的辋川别墅居之，奉佛诵禅，弹琴赋诗，颇享受些田园的乐趣。他著名的《辋川集》二十首，及其他田园诗，便都是此时的产物。我们看他的《积雨辋川庄作》写其自得之意：

　　　积雨空林烟火迟，蒸藜炊黍饷东菑。漠漠水田飞白

141

鹭，阴阴夏木啭黄鹂。

山中习静观朝槿，松下清斋折露葵。野老与人争席罢，海鸥何事更相疑。

王维是画家而兼诗人，在他的诗中，常能表现一种画意，这是别人不能企及的。所以苏轼说他："诗中有画，画中有诗"。他写景最好的诗是《辋川集》诸诗，里边有的是弹琴的高士，有的是弄箫的少妇。山僧浣女，烟云花鸟，无不成了他的诗料。他珍珠般的歌声，一个个的音节连缀成为时间的画片。所以我们看他的诗，只是像一阵清风，微微地拂过花径，使人感到香甜的气息。《诗人玉屑》评他的诗"如出水芙蓉，倚风自笑"，到是很恰当的。现在可看他的《辋川》诸诗：

空山不见人，但闻人语响。返景入深林，复照青苔上。（《鹿柴》）

结实红且绿，复如花更开。山中傥留客，置此茱萸杯。（《茱萸沜》）

仄径荫宫槐，幽阴多绿苔。应门但迎扫，留[1]有山僧来。（《宫槐陌》）

轻舸迎上客，悠悠湖上来。当轩对樽酒，四面芙蓉开。（《昭[2]湖亭》）

清浅白石滩，绿蒲尚堪把。家住水东西，浣纱明月下。（《白石滩》）

---

[1] 据（清）彭定求等编《全唐诗》卷一二八，中华书局1960年版，第1300页，"留"应为"畏"。

[2] 据（清）彭定求等编《全唐诗》卷一二八，中华书局1960年版，第1300页，"昭"应为"临"。

独坐幽篁里，弹琴复长啸。深林人不知，明月来相照。（《竹里馆》）

木末芙蓉花，山中发红萼。涧户寂无人，纷纷开且落。（《辛夷坞》）

他的写景诗，我最爱读的如：《蓝田山石门精舍》《山居秋暝》《田园乐》《春中田园作》《新晴晚望》《终南别业》《纳凉》《山居即事》《辋川闲居》《偶然作》《过香积寺》《田家》……都很好。尤以《渭川田家》一首很有陶潜的风趣，真所谓"诗中有画"了：

斜阳照墟落，穷巷牛羊归。野老念牧童，倚杖候柴①扉。

雉雊麦苗秀，蚕眠桑叶稀。田夫荷锄至，相见语依依。

即此羡闲逸，怅然吟《式微》。

他描写田家风景的好诗太多了。我们再看他的"日隐桑柘外，河明闾井间。牧童望村去，猎犬随人还。"（《淇上田园即事》）"山下孤烟远村，天边独树高原。"（《田园乐》）简直将北方田家的风景活活地烘托出来了。

王维描写征戍的诗也是极其雄浑，有声有色。因此有人以他与高岑并称的，但究不如其写田园诗的佳妙。他这类可读的只有《陇西行》《出塞》《燕支行》《从军行》《老将行》《后出塞》《塞下曲》等。他又有七言《渭城曲》，至被乐人谱为《阳

---

① 据（清）彭定求等编《全唐诗》卷一二五，中华书局1960年版，第1248页，"柴"应为"荆"。

关三叠》。胡应麟尤推之，以为盛唐绝句之冠。

孟浩然（六八九——七四〇）的生活，比王维更放浪些。他自因"不才明主弃，多病故人疏"的二句诗忤犯玄宗以后，便无意于仕宦，退隐鹿门山下。李白赠他诗道："吾爱孟夫子，风流天下闻。红颜弃轩冕，白首卧松云。醉月频中圣，迷花不事君。高山安可仰，从此揖清芬。""白首卧松云"，即此五字，已把一个孟浩然活画出来了。有《孟襄阳集》。

他的诗，冲淡温雅，时有超然之致，《过故人庄》诗颇有几分陶潜的味道：

> 故人具鸡黍，邀我至田家。绿树村边合，青山郭外斜。
> 开筵面场圃，把酒话桑麻。待到重阳日，还来就菊花。

他写景的好句，我最爱"风鸣两岸叶，月照一孤舟"（《宿桐庐江》）、"天边树若荠，江畔舟如月"（《秋登万山寄张五》）、"松月生夜凉，风泉满清听"（《宿业师山房》）。他还有一首村塾遍诵的《春晓》诗："春眠不觉晓，处处闻啼鸟。夜来风雨声，花落知多少。"

储光羲也是一位陶潜式的田园诗人。他在《田家即事》《田家杂兴》二诗中，都是表现田家十足风味的。下面是他的《田家杂兴》：

> 种桑百余树，种黍三十亩。衣食既有余，时时会亲友。
> 夏来菰米饭，秋至菊花酒。孺人喜逢迎，稚子解趋走。

日暮闲园里，团团荫榆柳。酩酊乘夜归，冷[①]风吹户牖。

清浅望河汉，低昂看北斗。数瓮酒[②]未开，明朝能饮否？

他的诗多五言，七绝有一篇《寄孙山人》诗，我很爱读："新林二月孤舟还，水满清江花满山。借问故园隐君子，时时来往向人间。"

还有一位与储光羲齐名的常建，诗才超逸而无位。撰《河岳英灵集》的殷璠很爱他的"山光悦鸟性，潭影空人心"二句，列他的诗为第一。欧阳永叔亦称他的"曲径通幽处，禅房花木深"，以为欲效其语作一联，竟不可得也（二联都见《题破山寺后[③]院》诗）。

参考：

李白见《旧唐书》卷一百九十下、《新唐书》卷二百二，又见《唐才子传》卷二。

杜甫见《旧唐书》卷一百九十下、《新唐书》卷二百一、《唐才子传》卷二。

高适见《旧唐书》卷一百十一、《唐才子传》卷三。

岑参见《唐才子传》卷二。

---

① 据（清）彭定求等编《全唐诗》卷一三七，中华书局1960年版，第1387页，"冷"应为"凉"。

② 据（清）彭定求等编《全唐诗》卷一三七，中华书局1960年版，第1387页，"酒"应为"犹"。

③ 此处脱"禅"字。

王昌龄见《旧唐书》卷一百九十、《新唐书》卷二百三，又《唐才子传》卷二。

王维见《旧唐书》卷一百九十、《新唐书》卷二百二、《唐才子传》卷二。

孟浩然见《旧唐书》卷一百九十下、《新唐书》卷二百三、《唐才子传》卷二。

储光羲见《唐才子传》卷一。

常建见《唐才子传》卷二。

《李太白集》三十卷，李白撰，有四部丛刊本。

《杜诗镜铨》二十卷，杜甫撰，杨伦注，有四部丛刊本。

《王右丞集》，王维撰，有四部丛刊本，又四部备要本。

《孟浩然集》，孟浩然撰，有四部丛刊本。

《高常侍集》，高适撰，有四部丛刊本。

《岑嘉州集》，岑参撰，有四部丛刊本。

《常建集》三卷，常建撰，有汲古阁本。

《储光羲诗》，储光羲撰，有清刊本。

《全唐诗》，有双峰书屋刻本，有通行本。

《唐百家①选》，王安石编，有医学书局本。

《唐诗别裁集》，沈德潜编，有五朝诗别裁本。

《全唐诗话》，（宋）尤袤撰，有何文焕刻历代诗话本。

《唐诗纪事》，（宋）计有功撰，有四部丛刊本。

《唐才子传》，辛文房撰，有涵芬楼佚存丛书本。

---

① 此处脱"诗"字。

第九章　唐诗的第三期

　　盛唐的诗人，渐渐老去，到了大历的时代，诗坛上便又有一般新兴的诗人起来，造成唐诗的第三时期。譬如长江波浪，滚滚怒涛虽已过去了，到此便又激起了无数的小小的波浪。

　　这时期诗的内容，是显然的分为四派来发展：（一）是李益、张继、刘禹锡、顾况和大历十子。他们的诗在形体上，仍是接续李白、王昌龄绝句诗的发展。但他们的描写，却用于各方面普遍的生活，并不限于"边塞诗"或"宫怨诗"了。（二）是韦应物、柳宗元、李嘉祐、刘长卿诸人。他们是继续王孟辈的山水诗的发展。（三）是白居易、元稹诸人承袭杜甫的作风，著重在表现社会的痛苦，并且他们的描写更通俗化、白话化，给唐代的诗学上放一异彩。（四）是韩愈、李贺、孟郊诸人。他们承袭李白的诗格，力求描写的特殊，字面的奇僻隐险，开后世专用古字、喜押险韵的风气。

一

大历十子，所传不一。《唐书·文艺传》以卢纶、吉中孚、韩翃、钱起、司空曙、苗发、崔峒、耿沣、夏侯审、李端为"大历十才子"。宋江邻幾所志，则为卢纶、钱起、郎士元、司空曙、李益、李端、李嘉祐、皇甫曾、耿沣、吉中孚、苗发等十一人。宋初去唐未远，而传闻不同已如此了。

他们这派的作风，清雅圆利，竞以研炼字句，力求工秀为宿归。从此盛唐以来的深厚兀昴之气便烟消云散，其影响至于"洪响既灭，纤音乃起"，这是唐诗一个转变的关键。大历诗风的最高处，就是晚唐诗风的怀胎处。

十才子中以钱起、卢纶、韩翃、司空曙、李益享名最盛。钱起，字仲文，吴兴人。诗与郎士元齐名，故时语云："前有沈宋，后有钱郎。"他尝赴省试，闻空中歌："曲终人不见，江上数峰青。"及赋《湘灵鼓瑟》，末句就用此二语。主司叹赏，以为若有神助。王应麟云："唐以诗取士，钱起之《鼓瑟》、李肱之《霓裳》是也……"（《困学纪闻》）。钱诗云：

> 善鼓云和瑟，常闻帝子灵。冯夷空自舞，楚客不堪听。

> 苦调凄金石，深[①]音入杳冥。苍梧来怨慕，白芷动芳馨。

[①] 据（清）彭定求等编《全唐诗》卷二三八，中华书局1960年版，第2651页，"深"应为"清"。

流水传箫瑟①，悲风过洞庭。曲终人不见，江上数峰青。

他的诗在十才子中最为杰出。高仲武称他的诗："格调清②奇，理致清淡③，迥然独立，莫之与京④。"他少与王维、裴迪为友，故甚受他们的影响。如"鸟道挂疏雨，人家残夕阳""牛羊山上少⑤，烟火隔林深""鹊惊随叶散，萤远入烟流""返照乱流明，寒空千嶂净"。造语都很清奇可观。有《钱考功集》。

郎士元，字君胄，中山人。天宝进士，虽与钱起齐名，但他的好诗仅高仲武所赏识的"萧条夜静边风吹，独倚营门望新⑥月"（《塞下曲》）两句，和他的《送钱大中》"荒城背流水，远雁入寒云"而已。

韩翃，字君平，南阳人。负当代诗誉，曾以《寒食》诗受知于德宗。诗云："春城无处不飞花，寒食东风御柳斜。日暮汉宫传蜡烛，轻烟散入五侯家。"他的"星汉⑦秋一雁，砧杵夜千

① 据（清）彭定求等编《全唐诗》卷二三八，中华书局1960年版，第2651页，"箫瑟"应为"潇浦"。
② 据（唐）高仲武《中兴间气集》，四部丛刊本，上海商务印书馆1922年版，第1页，"清"应为"新"。
③ 据（唐）高仲武《中兴间气集》，四部丛刊本，上海商务印书馆1922年版，第1页，"淡"应为"赡"。
④ 据（唐）高仲武《中兴间气集》，四部丛刊本，上海商务印书馆1922年版，第1页，"京"应为"群"。
⑤ 据（清）彭定求等编《全唐诗》卷二三八，中华书局1960年版，第2652页，"山上少"应为"下山小"。
⑥ 据（清）彭定求等编《全唐诗》卷二四八，中华书局1960年版，第2785页，"新"应为"秋"。
⑦ 据（清）彭定求等编《全唐诗》卷二四四，中华书局1960年版，第2737页，"汉"应为"河"。

家"一时传为名句。《章台柳》就是记他的恋爱故事，明人曾作为杂剧及传奇。

卢纶，字允言，河中蒲人。德宗时为户部郎中。宪宗尤爱其诗，尝问宰相道："卢纶文章几何？亦有子否？"李德裕对曰："纶有四子，皆擢进士第，现在台阁。"帝遣人悉索家笥，得诗五百篇，是为《卢纶诗集》。

纶不以律诗见长，而绝句颇见才气。他的五绝有《塞下曲》最好。

> 林暗草惊风，将军夜引弓。平明寻白羽，没在石棱中。

> 月黑雁飞高，单于夜遁逃。欲将轻骑逐，大雪满弓刀。

李益，字君虞，为卢纶的妹婿。长于乐府歌诗，每一篇成，乐工争以赂求之，被声歌供奉天子。他的《受降城闻笛》一诗，乐坊取以为声歌，且施之画图。王世贞说："绝句李益为胜。"有《君虞集》。唐人蒋防有《霍小玉传》，即叙益少年事。明汤显祖演之为《紫箫》《紫钗》二记。《受降城闻笛》云：

> 回乐峰前沙似雪，受降城外月如霜。不知何处吹芦管，一夜征人尽望乡。

他的绝句的描写，比盛唐诗人更觉进步，而七绝几乎没有一首不是好的。五绝如"嫁得瞿塘贾，朝朝误妾期。早知潮有信，嫁与弄潮儿"（《江南曲》）。替枉嫁的妇女伸冤，何等爽快。

七绝如《宫怨》："露湿晴花春殿香，月明歌吹在朝[①]阳。似将海水添宫漏，共滴长门一夜长。"描写何等深刻。七绝的造诣至此，可算是最高的境界了。

此外司空曙诗淡而有味，他以《江村即事》诗，为时所称，"钓罢归来不系船，江村月落正堪眠。纵然一夜风吹去，只在芦花浅水边。"崔峒七言有佳句："流水声中视公事，寒山影里见人家。"（《寄李明府》[②]）耿沣以"家贫僮仆慢，官罢友朋疏"为世所称道。

大历的十才子，对于律诗方面虽然都是很费气力的，但亦无甚成就，并没有特出的伟大作家。他们虽处在盛唐中间诗风的转枢，但因他们的气魄小、才力微，虽有浮响的趋势，对于中唐诗风实在没有多大的影响。

二

王孟的田园诗，在上章中已经讲过。现在我们再讲韦应物一派以山水诗擅长的几位所谓"后期的田园诗人"。韦应物（七三五——八三〇？[③]），京兆人。虽仕至苏州刺史，但他的政治生活没有什么可述。他的诗歌全属游山玩水的作品。我们要明白他的生活与嗜好，最好读他的《游西山》诗："时事方

---

① 据（清）彭定求等编《全唐诗》卷二八三，中华书局1960年版，第3226页，"朝"应为"昭"。

② 据（清）彭定求等编《全唐诗》卷二九四，中华书局1960年版，第3347页，诗题应为"题桐庐李明府官舍（一作赠同官李明府）"。

③ 目前一般认为韦应物的生卒年分别是七三七年、七九一年。

扰扰，幽赏独悠悠。弄泉朝涉涧，采石夜归州。挥翰题苍峭，下马历嵌丘。所爱惟山水，到此即淹留。"应物高洁喜诗，所至焚香扫地而坐。与刘长卿、僧皎然、秦系、顾况相唱和。诗亦如其人，自是冲淡一派。白乐天说："韦苏州五言，高洁闲淡，自成一家之体。"他的诗多摹陶潜，有《韦苏州集》。

> 今朝郡斋冷，忽念山中客。涧底采荆薪，归来煮白石。
>
> 欲持一瓢酒，远寄风雨夕。落叶满空山，何处寻行迹。
>
> ——《寄全椒山中道士》

> 萧条竹林院，风雨丛兰折。幽鸟林上啼，青苔人迹绝。
>
> 燕居日已永，夏木纷成结。几阁积群书，时来北窗阅。
>
> ——《燕居即事》

他的五言诗还有我最爱读的《寄璨师》："林院生夜色，西廊上纱灯。时忆长松下，独坐一山僧。"《秋夜寄丘[1]员外》："怀君属秋夜，散步咏凉天。山空松子落，幽人应未眠。"均极幽静之致。前人说他的五言诗，不减摩诘上人。苏东坡也有句云："乐天长短三千首，却逊[2]韦郎五字诗。"是则应物的诗，虽白乐天亦有所不如了。他尚有一篇七绝《滁州西涧》为人

---

[1] 据（清）彭定求等编《全唐诗》卷一八八，中华书局1960年版，第1924页，此处脱"二十二"。

[2] 据（清）王文诰辑注；孔凡礼点校《苏轼诗集》卷一五，中华书局1982年版，第754页，"逊"应为"爱"。

所称：

> 独怜幽草涧边生，上有黄鹂深树鸣。春潮带雨晚来
> 急，野渡无人舟自横。

王摩诘"诗中有画"，他的"春潮带雨晚来急，野渡无人舟自横"何异一幅画图呢？他的描写山水田园的诗，无论用古诗，用律诗，用绝句，都有很好的成功。所以有人把他比做陶潜，也有人把他比做谢朓的。秦系诗云："久卧云间已息机，青袍忽著狎鸥飞。诗兴到来无一事，郡中今有谢玄晖。"（《呈韦苏州诗》①）

柳宗元（七七三——八一九），字子厚，与韦应物齐名，号称"韦柳"。子厚是负一代盛誉的古文家，他的山水游记旷古无比，至其诗也如其文之隽永多趣。《中夜起望西园值月上》云：

> 觉闻繁露坠，开户临西园。寒月上东岭，泠泠疏竹
> 根。
> 石泉远逾响，山鸟时一喧。倚楹遂至旦，寂寞将何
> 言。

他的《江雪》尤为人传诵："千山鸟飞绝，万径人踪灭。孤舟蓑笠翁，独钓寒江雪。"这直是一幅"寒江垂钓图"了。他尚有两首写景很好的诗：

> 渔翁夜傍西岩宿，晓汲清湘燃楚竹。烟消日出不见
> 人，欸乃一声山水绿。

---

① 据（清）彭定求等编《全唐诗》卷二六〇，中华书局1960年版，第2901页，诗题应为"即事奉呈郎中韦使君（时系试秘书省校书郎）"。

回看天际下中流，岩上无心云相逐。

——《渔翁》

宦情羁思共凄凄，春半如秋意转迷。山城过雨百花
尽，榕叶满庭莺乱啼。

——《柳州二月榕叶落尽偶题》

有人说柳宗元的山水诗学谢灵运，这是皮相的批评。实则他
受陶潜的影响很深。他的集中学陶潜的诗如：《旦携谢山人至愚
溪①》《独览》《溪居》《夏初雨后寻愚溪》《秋晓行南谷经荒
村》《雨后晓行独至愚溪北岸②》……和上边所举的诸诗。他虽
学陶诗，并不落其窠臼，故能保持他冷僻奇秀的独立的作风。

这一派的诗人除韦、柳外，要算刘长卿的诗最富于山水之
趣。有人将他算作苦吟诗人，但他的山水田园诗造诣很深，所以
将他归入这一派中了。长卿，字文彦③，官至随州刺史，他的功
名之念很轻，尝感叹"一官成白首，万里寄沧洲。久被浮名系，
能无愧海鸥。"（《松江独宿》）我们欲明白他的生活，可看
他的《偶然作》："野寺长依止，田家或往还。老农开古地，
夕鸟入寒山。书剑身同废，烟霞吏共闲。岂能将白发，扶杖入④
人间。"他长于五言，每题诗不言其姓，但言长卿而已。尝闻人
谓："前有沈宋王杜，后有钱郎刘李。"他道："李嘉祐、郎士

---

① 据（清）彭定求等编《全唐诗》卷三五二，中华书局1960年版，第
3946页，"溪"应为"池"。
② 据（清）彭定求等编《全唐诗》卷三五二，中华书局1960年版，第
3947页，"岸"应为"池"。
③ 刘长卿的字是"文房"。
④ 据（清）彭定求等编《全唐诗》卷一四七，中华书局1960年版，第
1487页，"入"应为"出"。

元，焉得与余齐称耶？"有《刘随州集》。

他在当时，诗名藉甚。权德舆谓为"五言长城"[1]，皇甫湜亦说："诗未有刘长卿一句，已呼宋玉为老兵矣。"他的见重当时若此，《余干旅舍》云：

> 摇落暮天回[2]，青枫霜叶稀。孤城向水闭，独鸟背
> 人飞。
> 渡口月初上，邻家渔未归。乡心正欲绝，何处捣寒
> 衣？

五绝《答崔载华问[3]》："荒凉夜[4]店绝，迢递[5]人烟远。苍苍古木中，多是隋家苑。"《江中对月》："空洲夕烟敛，望月秋江里。历历沙上人，月中孤渡水。"《逢雪宿芙蓉山主人》："柴门闻犬吠，风雪夜归人。"写景极幽寂。又"细雨湿衣看不见，闲花落地听无声""沙鸥惊小吏，明[6]月上高枝"都是高仲武所称的好句。他曾贬潘州南巴尉，所以在他的诗中，时时看到

---

① 据（唐）权德舆《秦征君校书与刘随州唱和诗序》一文可知，"五言长城"实是刘长卿自许。

② 据（清）彭定求等编《全唐诗》卷一四七，中华书局1960年版，第1493页，"回"应为"迥"。

③ 据（清）彭定求等编《全唐诗》卷一四七，中华书局1960年版，第1482页，"答"字前脱"茱萸湾北"。

④ 据（清）彭定求等编《全唐诗》卷一四七，中华书局1960年版，第1482页，"夜"应为"野"。

⑤ 据（清）彭定求等编《全唐诗》卷一四七，中华书局1960年版，第1482页，"遭"应为"递"。

⑥ 据（清）彭定求等编《全唐诗》卷一四九，中华书局1960年版，第1547页，"明"应为"湖"。

是他在自己诉说苦痛的哀声。明阳[①]鏊序《刘随州集》说："凡其写怀遣兴，寄友送别，登眺山水，荡泊客旅，罔不诗，诗罔不悒悒怀抱者为之。"我们可举他贬后的一诗作例吧。《重送裴郎中贬吉州》云："猿啼客散暮江头，人自伤心水自流。同作逐臣君更远，青山万里一孤舟。"

和韦应物走在一条路上的诗侣，除长卿而外，尚有秦系、顾况、释皎然。秦系，字公缙[②]，会稽人。他的诗可举《春日闲居》："寂寂池亭里，轩窗间绿苔。游鱼牵荇没，戏鸟踏花摧。小径僧寻去，高峰鹿下来。中年曾屡辟，多病复迟回。"顾况，字逋翁，姑苏人，有《华阳集》。他窃常自比陶潜："一樽朝暮醉，陶令果何人。"（《闲居自述》）所以他的诗很有田家的风味。如："谁家无春酒，何处无春鸟。夜泊[③]桃花村，踏歌接天晓。"（《听山鹧鸪》）他又有一首《听角思归》，颇有情思："故园黄叶满青苔，梦后城头晓角哀。此夜断肠人不见，起行残月影徘徊。"皎然，名昼姓谢氏，本为谢康乐的十世孙，住杼山。他曾以诗干韦应物，恐诗体不合见弃，乃于舟中抒思作古体十数篇，求合于韦，韦大不喜。次日献其旧制，韦极称赏并云："师几失声名，何不但以所工见投，而猥亵[④]老夫之意。人各有所得，非卒能致。"昼乃大服应物鉴赏之精。（见《全唐诗

① "阳"应为"汤"。
② 秦系的字是"公绪"。
③ 据（清）彭定求等编《全唐诗》卷二六七，中华书局1960年版，第2959页，"泊"应为"宿"。
④ 据（宋）尤袤《全唐诗话》卷六，中华书局1985年版，第118页，"亵"应为"希"。

话》）他的诗有《冬日梅溪送裴方舟之宣州》云："平明走马上村桥，花落梅溪雪未消。日短天寒愁送客，楚山无限路迢迢。"为前人所赏识。田园诗人[①]以《寻陆鸿渐不遇》为最好："移家虽带郭，野径入桑麻。近种篱边菊，秋来未著花。扣门无犬吠，欲去问西家。报道山中去，归来每日斜。"他有《皎然诗式》一书传世。

三

新体诗的形体与描写，发展到了元和、长庆间，似已走到了绝顶。他们无路再进，只得回到复古与摹拟的两条路。恰好这时又有一班的诗人起来，将这渐趋暮气的中唐诗坛，转到新的趋向去，造成新诗坛的两派。这两派的代表人物：一是韩愈，一是白居易。

两派的作风完全不同。他们是两个极端的，站在全然相反的地位。韩派的诗，像景物萧索、水落石出的冬天。白居易的诗，如洪水泛滥、畅流无碍的秋日。韩的诗崛傲奇险，舍弃一切平庸的描写，把沈宋王孟以来的滥调，用艰险的字一手拗弯过来，务为特异的传奇作风。当时与韩游而以诗名显的人，有孟郊、贾岛、卢仝、李贺、张籍、姚合诸人，他们都是韩愈的跟随者。白居易与元稹、刘禹锡齐名。他们的诗使人读之爽心悦目，连妇孺念来也会朗朗上口，一洗韩派奇险隐僻、苦涩孤冷之习。

韩愈（七六八——八二四），字退之，昌黎人。他是散文家

---

① 此处疑衍"人"字。

而兼诗人。他之提倡古文，力挽当时颓靡的风气，后来的散文家受其影响者至深。他的诗虽严正古拙，但颇有人以为规法。叶燮说："韩愈诗为唐诗之大变，其力大，其思雄，崛起特为鼻祖。宋之苏、梅、欧、苏、王、黄，皆愈为之发①端。"韩愈诗无论我们赞否，但其创新的事实是不能否认的了。

他初官监察御史，后贬阳山令。宪宗时因谏迎佛骨，又贬为潮州刺史。"云横秦岭家何在，雪拥蓝关马不前。"我们知道这位诗人的遭遇，是如何的困苦了。穆宗时，王庭凑作乱，诏愈宣慰其军，六军不敢犯法。最后官至吏部侍郎。有《韩文公集》。

愈诗以豪健奇僻胜，长篇尤其能事。如《石鼓歌》《此日足可惜》《寄卢仝》《醉留东野》《八月十五夜赠张功曹》……都是排空而来，气魄浑雄，不可响迩之作。他的诗尤善写阴湿之景，这是他的环境造成他的。《山石》一诗，可窥见其作风的一斑：

山石荦确行径微，黄昏到寺蝙蝠飞。升堂坐阶新雨足，芭蕉叶大枝②子肥。

僧言古壁佛画好，以火来照所见稀。铺床拂席置羹饭，疏粝亦足饱我饥。

夜深静卧百虫绝，清月出岭光入扉。天明独去无道路，出入高下穷烟霏。

山红涧碧纷烂漫，时见松枥皆十围。当流赤足踏涧

---

① 据（清）叶燮著；蒋寅笺注《原诗笺注·内篇上》，上海古籍出版社2014年版，第69页，此处脱"其"字。

② 据（清）彭定求等编《全唐诗》卷三三八，中华书局1960年版，第3785页，"枝"应为"支"。

石，水声激激风生衣。

　　人生如此自可乐，岂必局促为人靰？嗟哉吾党二三子，安得至老不更归。

他的诗都是忽然说起，如天外飞来。在短篇里，仿佛有许多话要说，却又说不尽，忽然的收束。在长篇里胡说乱道，越说越多，却越有话。长篇像他的代表作《石鼓文①》即其例。短篇的如《汴州乱》："汴州城门朝不开，天狗堕地声如雷。健儿争夸杀留后，连屋累栋烧成灰。诸侯咫尺不能救，孤士何者自兴哀。"赵瓯北云："昌黎本色，仍在文从字顺中，自然雄厚博大，不可捉摸，不专以奇险见长。"《艺概》云："昌黎诗往往以丑为美。"总之他是位伟大的古文家，他善以作文之法作诗。他不是纯诗人，但他在文学史上的地位，无论诗与散文都是很高的一位天然的领袖人物。最后我引张籍的《祭退之》诗作结："呜呼吏部公，其道诚巍昂。生为大贤姿，天使光我唐。德义动鬼神，鉴用不可详。独得雄直气，发为古文章。"

在这时集于韩愈左右的诗人，又有李贺、贾岛、孟郊、卢仝、刘叉、刘长史诸人。李贺（七九〇——八一六），字长吉，唐宗室郑王之后。七岁便能文词。韩愈、皇甫湜尝过其家，使他赋诗，援笔作《高轩过》如素构，愈、湜二人睹诗大惊，贺于是始有名。他为人体貌纤瘦，通眉长指爪。每日清晨骑弱马漫游郊外，小奚奴背古锦囊从后，得句便投囊中，暮归然后足成之，非至大醉吊丧日率如此。其母常使婢探囊，见所书多，辄怒曰：

---

　　① 据（清）彭定求等编《全唐诗》卷三四〇，中华书局1960年版，第3810页，"文"应为"歌"。

"是儿要呕出心肝乃已！"贺父名晋肃，因避讳故，立志不举进士。韩愈为作《讳辨》，亦不应举。宪宗时为协律郎，元和十一年卒，年二十七岁。有《李长吉歌诗》。

他的诗奇诡幽艳，自成一家。《南园诗》最足以表现他的生活："寻章摘句老雕虫，晓月当帘挂玉弓。不见年年辽海上，文章何处哭秋风？"他的诗没有一首不显示特殊的风格。史称李贺诗尚奇诡，绝去畦径，当时无能仿效。故有李白天才，李贺鬼才之说。这大概指他的辞句拗戾说罢！

　　琉璃钟，琥珀浓，小槽酒滴珍珠红。烹龙炮凤玉脂泣，罗屏绣幕围春风。

　　吹龙笛，击鼍鼓，皓齿歌，细腰舞。况是青春日将暮，桃花乱落如红雨。

　　劝君终日醉酩酊①，酒不到刘伶坟上土。

——《将进酒》

　　秋野明，秋风白，塘水潆潆虫啧啧。云根苔藓山上石，冷红泣露娇啼色。

　　荒畦九日②稻叉芽③，蛰萤低飞陇径斜。石脉水流泉滴沙，鬼灯如漆点松花。

——《南山田中行》

---

① 据（清）彭定求等编《全唐诗》卷三九三，中华书局1960年版，第4434页，"醉酩酊"应为"酩酊醉"。
② 据（清）彭定求等编《全唐诗》卷三九一，中华书局1960年版，第4407页，"日"应为"月"。
③ 据（清）彭定求等编《全唐诗》卷三九一，中华书局1960年版，第4407页，"芽"应为"牙"。

贺尝以诗卷谒韩退之，韩暑卧倦，欲使阍人辞之。开其诗卷，首乃《雁门太守行》，读而奇之，乃束带出见。（《摭言》）其辞云："黑云压城城欲摧，甲光向日金鳞开。角声满天秋色里，塞上胭脂凝夜紫。半卷红旗临易水，霜重鼓寒声不起。报君黄金台上意，提携玉龙为君死。"

孟郊（七五一——八一四）是韩愈最赏识的诗人，与贾岛并称。郊，字东野，湖州武康人。他屡试不第，穷饿不得安养，周天下无所遇，因作诗云："食荠肠亦苦，强歌声无欢。出门即有碍，谁谓天地宽。"这非备尝寒苦生活者不能道也。他尝作《落第》诗云："弃置复弃置，情如刀剑伤。"又《再下第》云："一夕九起嗟，梦短不到家。两度长安陌，空将泪见花。"年五十始举进士，他又有诗云："昔日龌龊不足嗟，今朝旷荡思无涯。青春得意马蹄疾，一日看尽长安花。"调溧阳尉。县有投金濑，郊间往坐水旁，徘徊赋诗，因是曹务多废。令白府以假尉代之，分他半俸。郑余庆镇兴元，奏为参谋，携眷就职，病死路舍。有《孟东野诗集》。

孟郊一生，都是穷愁失意，故诗语多寒苦。如"卧冷无远梦，听秋酸别情。高枝低枝风，千叶万叶声。浅井不供饮，瘦田长废耕。今交非古交，贫语闻皆轻。"（《秋夕贫居述怀》）又"尽说青云路，有足皆可至。我马亦四蹄，出门似无地。玉京十二楼，峨峨倚青翠。下有千朱门，何门荐孤士。"（《长安旅情》）所以东坡论他的诗："初如食小鱼，所得不偿劳。又如食蟛蟹，竟日嚼空螯。"严沧浪说他的诗"艰涩"，但他的白话小诗有很好的：

　　望夫石，夫不来兮江水碧。行人悠悠朝与暮，千年

万年色如故。(《望夫石》)

欲别牵郎衣，郎今到何处？不恨归来迟，莫向临邛去。(《古别离》)

试妾与君泪，两处滴池水。看取芙蓉花，今年为谁死！(《怨诗》)

他的这种小诗，清新隽美，已不是韩愈、李贺那样的奇僻了。他又有《感怀》诗，杨升庵说他似阮籍。许颖尤称他的《长安无缓步》一诗。孟郊在当时朋友们都甚捧他，韩愈尤推赏说："东野动惊俗，天葩吐奇芬。"(《醉赠张秘书》)但后世憎他诗的很多。东坡云："我憎孟郊诗，复作孟郊语。要当斗僧清，未足当韩豪。何苦将两耳，听此寒虫号。"①豪放的东坡当然听不惯唧唧的虫吟了。到了元遗山，更瞧不起东野的诗："东野悲鸣死不休，高天厚地一诗囚。江山万古潮阳笔，合卧元龙百尺楼。"(见《归田诗话》)

孟郊死后，贾岛（七八八——八四三）哭他诗云："身死声名在，多应万古传。寡妻无子息，破宅带林泉。冢近登山道，诗随过海船。故人相吊后，斜日下寒天。"(《哭孟郊》)岛，字浪仙，范阳人。初为僧，名无本。他和孟郊都因韩愈的赏识而得名。愈尝赠他诗云："孟郊死葬北邙山，日月星辰顿觉闲。天

---

① 据（清）王文诰辑注；孔凡礼点校《苏轼诗集》卷一六，中华书局1982年版，第796页，《读孟郊诗》共二首。此处引用有误，相应部分的内容如下："要当斗僧清，未足当韩豪。人生如朝露，日夜火消膏。何苦将两耳，听此寒虫号。不如且置之，饮我玉色醪。""我憎孟郊诗，复作孟郊语"是第二首诗的第一句。

恐文章终①断绝，再生贾岛在人间。"岛诗变格入僻，故好为苦吟。有诗"二句三年得，一吟双泪流。知音如不赏，归卧故山秋。"这可见其苦吟之极了。他每至除夕，必取一岁所作置几上，焚香再拜，酹酒祝曰："此吾终年心血也。"痛饮长歌而罢。他的好诗例如《题李凝幽居》云：

闲居少邻并，草径入荒园。鸟宿池边树，僧敲月下门。

过桥分野色，移石动云根。暂去还来此，幽期不负言。

这首诗有一段故事：贾岛初赴举在京，一日驴上得句云："鸟宿池边树，僧敲月下门。"思易"敲"为"推"，引手作推敲之势。韩退之为京兆尹，车骑方出，岛不觉，左右推至尹前，岛具道所得诗句，退之遂并辔归，为布衣之交，并为他决用"敲"字，遂成名句。（《唐遗史》）他的逸事甚多，最习知的如吟"落叶满长安"句，而冲犯了京兆尹刘栖，和他在法乾寺时向宣宗夺卷的故事。所以程铸②说他："骑驴冲大尹，夺卷忤宣宗。"

岛诗喜用"寒"字，如"斜日下寒天"（《哭孟郊》）之天寒、"寒草烟藏虎"（《寄贞空二上人》）之草寒、"悠悠带月寒"（《送友人游蜀》）之月寒、"寒泉入定闻"（《送惟

---

① 据（清）彭定求等编《全唐诗》卷三四五，中华书局1960年版，第3872页，"终"应为"浑"。

② 据（清）彭定求等编《全唐诗》卷七六八，中华书局1960年版，第8719页，此诗作者为安锜，另作安程锜、程锜，此处的"铸"应为"锜"。

一》）之泉寒。我们再看一首"水寒"之诗，《暮过山村》云：

数里闻寒水，山家少四邻。怪禽啼旷野，落日恐行人。

初月未终夕，边烽不过秦。萧条桑柘外，烟火暂[①]相亲。

他尚有《寻隐者不遇》诗："松下问童子，言师采药去。只在此山中，云深不知处。"也是好诗。岛生于贞元四年，卒于会昌三年。共活五十五岁，有《贾长江集》。

四

文艺是社会的反映，社会的变动是启发文艺的原动力。但是前面所举的那些诗人——大历十才子、后期田园派诗人——他们的作品，绝不是代表中唐纷乱时代的文学。显然他们偶或对于国家社会有几句伤心诗，但只是名士们说说风凉话罢了。真正配得上时代文学，能代表当时社会背景的，只有白居易一派的诗。

白居易（七七二——八四六），字乐天，太原人。他生于代宗大历七年，这时距李白之卒十年，杜甫之卒仅二年。他的一生过的是一种平淡的生活，既没有杜甫那样的颠沛流离，也没有像李白那样的腾跌波折。所以在他的诗里，常表现一种满足的情绪，而不见什么非常的色彩。

他大概是一个神童：始生六七日，便识"之""无"二字。

---

① 据（清）彭定求等编《全唐诗》卷五七三，中华书局1960年版，第6671页，"暂"应为"渐"。

五六岁便学为诗，九岁能识声律。他十五六初到京师，便以"野火烧不尽，春风吹又生"两名句为顾况所赏。居易初入举，以歌诗投谒顾况，况见其名因戏之曰："长安米贵，居大不易。"及披卷读其《芳草》诗，至"野火"二句，曰："有才如此，居亦不难。我谓斯文遂绝，今复得子矣，老夫前言戏之耳。"（见《全唐诗话》）贞元十六年，进士及第，又后年授校书郎。元和元年，除盩厔尉，作《长恨歌》。寻召为翰林学士左拾遗。他的《新乐府》诗五十首就是这个时候的产物。旋以事贬江州司马，著名的《琵琶行》即在此时作。"同是天涯沦落人，相逢何必曾相识"，慨人也以自慨了。元和十三年，移徙忠州。十四年，征入为主客郎中，与元稹同知制诰。长庆元年，转中书舍人。这在他的诗里都有记述。明年他五十一岁，出为杭州刺史。诗人与名湖因缘际会，增发他的诗思不少。此后历任数职。会昌二年，始以刑部尚书致仕。晚年优游香山绿野，自号"香山居士"。有《白香山诗集》。

　　他的诗明白如话，老妪能解。初与元稹酬唱，世称"元白"。后又与刘禹锡齐名，号"刘白"。他的诗最大的成功，简单说起来，一方面扫除中唐诗渐趋典雅的风尚，而用白话作诗；一方面又打破中唐诗吟风弄月的描写，而以社会痛苦的题材作为资料。如《卖炭翁》《新丰折臂翁》《母别子》《妇人苦》……都是他试用白话描写社会悲剧的成功的作品，而《卖炭翁》的描写尤为深刻：

　　　　卖炭翁，伐薪烧炭南山中。满面尘灰烟火色，两鬓苍苍十指黑。

　　　　卖炭得钱何所营？身上衣裳口中食。可怜身上衣正单，心忧炭贱愿天寒。

夜来城外一尺雪，晓驾炭车辗冰辙。牛困人饥日已高，市南门外泥中歇。

两骑翩翩来是谁？黄衣使者白衫儿。手把文书口称敕，回车叱牛牵向北。

一车炭重千余斤，宫使驱将惜不得。半匹红纱一丈绫，系向牛头充炭直。

此篇和《杜陵叟》《缚戎人》《缭绫》，《秦中吟》的《轻肥》《买花》都是为劳动的人代鸣不平的作品。"可怜身上衣正单，心忧炭贱愿天寒。"这是如何可怜悯的老翁呵！至《新丰折臂翁》言黩武主义的祸害，尤为沉痛：

新丰老翁八十八，头鬓眉须皆似雪。玄孙扶向店前行，左臂凭肩右臂折。

问翁臂折来几年，兼问致折何因缘。翁云贯属新丰县，生逢圣代无征战。

惯听梨园歌管声，不识旗枪与弓箭。无何天宝大征兵，户有三丁点一丁。

点得驱将何处去，五月万里云南行。闻道云南有泸水，椒花落时瘴烟起。

大军徒涉水如汤，未过十人二三死。村南村北哭声哀，儿别爷娘夫别妻。

皆云前后征蛮者，千万人行无一回。是时翁年二十四，兵部牒中有名字。

夜深不敢使人知，偷将大石捶折臂。张弓簸旗俱不堪，从兹始免征云南。

166

骨碎筋伤非不苦，且图拣退归乡土。此臂折来六十年，一肢虽废一身全。

至今风雨阴寒夜，直到天明痛不眠。痛不眠，终不悔，且喜老身今独在。

不然当时泸水头，身死魂孤骨不收。应作云南望乡鬼，万人冢上哭呦呦。

……

白居易是主张"文章合为时而作[1]，歌诗合为事而作"的。换句话说，他以为凡诗必皆为讽刺而作，否则便失风人之旨：因此他批评自己的诗，只承认《新乐府》《秦中吟》及其他讽刺诗是好的。他评杜甫的诗，只承认《新安》、《潼关》、《石壕》、"三吏"、《芦子[2]》、《关[3]花门》是好的。而且他主张诗不但讽刺，并且要刺得鲜明露骨，不肯用一点的含蓄和蕴藉。例如，这篇《新丰折臂翁》写到"万人冢上哭呦呦"本可中止，但他必定添上"老人言，君听取……"一段，藉以点明"戒边功也"。这种爱发议论，减掉叙事诗客观的动人力，实在是他的一种小缺点。但这也无损他的伟大，他那种大魄力的描写，如《长恨长歌[4]》《琵琶行》都是有永久价值的长篇杰作。

和白居易同时的诗人们，有元稹和刘禹锡，他们都是居易的好友。元稹（七七九——八三一），字微之，河南人。与白居易

---

[1] 据（后晋）刘昫《旧唐书》卷一六六，中华书局1975年版，第4347页，"作"应为"著"。
[2] "芦子"前脱"塞"字。
[3] "关"应为"留"。
[4] 第二个"长"字衍。

酬唱之作甚多，作风也相似，时人号称"元白"。他的宫词很好，《连昌宫词》最为当时所艳称。穆宗在东宫，妃嫔都诵读他的诗，呼为"元才子"。洪容斋谓此诗的价值在白居易《长恨歌》之上。但由表现社会方面看，元稹实不如白居易的成功。如"臣稹苟有罪，胡不灾我身。胡为旱一州，祸此千万人。"（《旱灾自咎，贻七县宰》）用这种官僚的态度来描写平民痛苦，怎能深刻入微。但他这类作品亦有很好的诗歌，如他《古乐府》所作的诗歌，十九首中的《将进酒》《织妇词》《田家词》《人道短》《捉捕歌》等，都说的最沉痛慨切。"姑舂妇担去输官，输官不足归卖屋。"（《田家词》）当时政治的黑暗，官僚的腐败是如何的厉害。又如"……送夫之妇又行哭，哭声送死非送行。夫远征，远征不必戍长城，出门便不知死生。"（《夫远征》）这种非战的思想和杜甫、白居易是一样的。

他不属于这类作品，而也为讽刺时政者，如《行宫》："寥落古行宫，宫花寂寞红。白头宫女在，闲坐说玄宗。"寥寥数语，无限感慨。瞿佑说："乐天《长恨歌》凡一百二十句，读者不厌其长；元微之《行宫》诗才四句，读者不厌其短，文章之妙也。"（《归田诗话》）

元稹又喜作哀艳之诗，如《遣悲怀》《会真诗》，都其著名者。

　　谢公最小偏怜女，自嫁黔娄百事乖。顾我无衣搜尽箧，泥他沽酒拔金钗。

　　野蔬充膳甘长藿，落叶添薪仰古槐。今日俸钱过十万，与君营奠复营斋。

　　昔日戏言身后意，今朝都到眼前来。衣裳已施行看尽，针线犹存未忍开。

尚想旧情怜婢仆，也曾因梦送钱财。诚知此恨人人有，贫贱夫妻百事哀。

闲坐悲君亦自悲，百年都是几多时。邓攸无子寻知命，潘岳悼亡犹费词。

同穴窅冥何所望，他生缘会更难期。惟将终夜常[①]开眼，报答平生未展眉。

——《遣悲怀》三首

……因游李城北，偶向宋家东。戏调初微拒，柔情已暗通。

低鬟蝉翼[②]动，回步玉尘蒙。转面流花雪，登床抱绮丛。

鸳鸯交颈舞，翡翠合欢笼。眉黛羞频聚，朱唇暖更融。

气清兰蕊发[③]，肤润玉肌丰。无力慵移腕，多娇爱敛躬。

汗光珠点点，乱发绿松松。方喜千年会，俄顷[④]五夜穷。

---

① 据（清）彭定求等编《全唐诗》卷四〇四，中华书局1960年版，第4510页，"常"应为"长"。

② 据（清）彭定求等编《全唐诗》卷四二二，中华书局1960年版，第4644页，"翼"应为"影"。

③ 据（清）彭定求等编《全唐诗》卷四二二，中华书局1960年版，第4644页，"发"应为"馥"。

④ 据（清）彭定求等编《全唐诗》卷四二二，中华书局1960年版，第4644页，"顷"应为"闻"。

> 留连时有限，缱绻意难终。……
>
> ——《会真诗》

这是何等妖艳的描写，晚唐诗的纤丽，微之已为先驱了。他的一生较居易为优，官运尤亨通。他于元和初以"才识兼茂、明于体用"科应制策第一，宰相令狐楚奇其文，曰："今代之鲍谢也。"后累官至武昌节度使。文宗太和五年，死于武昌。有《元氏长庆集》。他还作了一篇有名的传奇《会真记》，成了后来的一个最有名的传说。

元稹死后，又有刘禹锡和白居易齐名。刘禹锡（七七二——八四二），字梦得。他的作风虽与元白不甚相同，但以在当时，他与白居易齐名，所以将他也归在元白一派。他为人很有傲气，屡仕于朝，屡遭放逐，皆以作诗之故。元和十一年，他被召入京，往游玄都观，作《戏赠看花诸君子》："紫陌红尘拂面来，无人不道看花回。玄都观里桃千树，尽是刘郎去后栽。"执政者以为有意讥讽，贬为播州刺史。时柳宗元亦贬柳州，因说："播非人所居，而梦得亲在堂，万无母子俱往理。"请于朝，以柳易播。后来裴度亦怜他母老，为他说情，乃改为连州，又徙夔州、和州。太和二年，又被召入京，复作《玄都观》诗："百亩庭中半是苔，桃花落尽菜花开。种桃道士归何处？前度刘郎今又来。"俄被命分司东都，裴度荐为礼部郎中、集贤直学士。度罢，出刺苏州，徙汝、同二州，迁太子宾客分司。会昌时，检校礼部尚书卒。年七十一岁。有《刘宾客集》。

禹锡长五七言绝句，语多深婉，白乐天称他为"诗豪"。他的《金陵五题》《西塞山怀古》诸诗为世所称：

> 山围故国周遭在，潮打空城寂寞回。淮水东边旧时

月，夜深还过女墙来。

——《石头城》

朱雀桥边野草花，乌衣巷口夕阳斜。旧时王谢堂前燕，飞入寻常百姓家。

——《乌衣巷》

《金陵五题》者：《石头城》《乌衣巷》《台城》《生公讲堂》《江令宅》。他作此诗竟后，以示白乐天，乐天掉头苦吟，赏叹良久，且曰："《石头城》诗云'潮打空城寂寞回'，吾知后之诗人，不复措词矣。"（见《金陵五题自序》）他的《西塞山怀古》，白居易、元稹、韦应物均为之搁笔：

王濬楼船下益州，金陵王气黯然收。千寻铁锁沉江底，一片降幡出石头。

人世几回伤往事，山形依旧枕寒流。今逢四海为家日，故垒萧萧芦荻秋。

当他贬郎[1]州司马时，州接近夜郎诸夷，俗喜巫鬼，禹锡为作《竹枝词》十余篇以祀神，词意高妙，武陵夷俚都能歌唱。如"杨柳青青江水平，闻郎江上踏歌声。东边日出西边雨，道是无晴却有晴"。（《竹枝词》）又："山桃红花满山[2]头，蜀江春水拍山流。花红易衰似郎意，水流无限似侬愁。"（《竹枝词》）这都是很有趣的民间化的文艺。他又有《淮阴行》《杨柳枝词》《踏歌词》等，都是仿民间歌谣作的最好的文艺。唐人诗

---

① "郎"应为"朗"。

② 据（清）彭定求等编《全唐诗》卷二八、三六五，中华书局1960年版，第395页、第4112页，"山"应为"上"。

171

本接近民众，所以刘禹锡信笔写来，便成绝妙好诗。

参考：

卢纶、吉中孚、韩翃、耿沛、钱起、苗发、崔峒、夏侯审、李端均见《唐才子传》卷四。

顾况、郎士元、秦系见《唐才子传》卷三，顾又见《旧唐书》卷一百三十。

李益见《旧唐书》卷一百三十七、《唐才子传》卷四。

韦应物、皎然见《唐才子传》卷四。

韩愈、孟郊见《旧唐书》卷一百六十、《新唐书》卷一百七十六，并附卢仝、贾岛、皇甫湜等。

李贺见《旧唐书》卷一百三十七、《新唐书》卷二百三《文艺下》。

白居易见《旧唐书》卷一百六十六、《新唐书》卷一百九十，又《唐才子传》卷六。

元稹见《新唐书》卷一百七十四，又《唐才子传》卷六。

刘禹锡见《新唐书》卷一百六十八，又见《唐才子传》卷五。

柳宗元见《旧唐书》卷一百六十、《新唐书》卷一百六十八。

《元氏长庆集》，元稹撰，有四部丛刊本。

《白氏长庆集》，白居易撰，有四部丛刊本。

《刘宾客集》，刘禹锡撰，有四部丛刊本。

《刘随州集》，刘长卿撰，有四部丛刊本。

《韦苏州集》，韦应物撰，有四部丛刊本。

《钱考功集》，钱起撰，有四部丛刊本。

《韩昌黎集》，韩愈撰，有四部丛刊本。

《柳柳州集》，柳宗元撰，有四部丛刊本。

《孟东野集》，孟郊撰，有四部丛刊本。

《唐贾浪仙长江集》，贾岛撰，有四部丛刊本。

《李贺歌诗编》，李贺撰，有四部丛刊本。

《全唐诗话》，（宋）尤袤著，有历代诗话本。

《唐诗纪事》，（宋）计有功著，有四部丛刊本。

《唐才子传》，（元）辛文房著，有涵芬楼佚存丛书本。

第十章　晚唐的诗人与词人

说到晚唐的文学，是很可纪念的。因为诗歌的黄金时代，只许数到这末一页了。原来在这时期，唐代的国运日趋衰弱，社会亦呈现着不安的气象。所谓诗家，虽亦风起云涌似的一个个地出现于诗坛，但究远不及前两期之盛了。在这期的代表作家，无疑的要推温庭筠和李商隐。其余的作家，殆皆依附于他们二人的左右者。温李的诗专在修词上用功，他们的技巧与工丽，却亦特别的影响于后世。尤其是他们所提倡的暧昧朦胧、精微繁缛的作风，是在诗的园地里独辟的一个奇境。温李之外，杜牧在当时却能脱去柔靡的风尚，卓然为一时的大家。最后韩偓专喜描写闺阁中情事，成立了一种"香奁体"，遂为中国文学中放一异彩。

在这时期的文学中，除了诗歌外，更有一段必要叙述的，即词的创始。什么是词？词之有异乎诗，是在用不整齐的句格，而更能充实的表现情思。所以词在当时又有长短句的名称。至于词的起源，异说是非常的多。但最为重要的，则为胡夷之曲的繁兴。同时还要注意齐梁以降新体诗的演进。原来在晋与南北朝的时候，因了异族的内犯，外国的音乐大批的输入中国。因之六朝隋唐，就更盛行胡夷之曲。同时新体诗的演进，到唐代已成为句

174

调整齐的律绝。那末以声音繁变的胡夷之乐来谱那句调整齐的律绝，自然格格不相容。于是句调参差的新歌辞，便在这诗歌已走到了登峰造极的时代应运而生。至于词体的成立，大概在中唐以后，虽相传大诗人李白做过《忆秦娥》《菩萨蛮》二种绝妙好词，但据近人的考证，这实是初期词人混入的作品而非李白所作。据我们所知道的，惟有白居易、刘禹锡、张松龄、张志和、顾况、戴叔伦、韦应物、王建、温庭筠、李晔、皇甫松的词，那才是极可靠的。因之我们要明白：词虽盛于五代两宋，而创始却在中晚唐之间。张（《渔父词》）、白（《忆江南》）等词，所传不多，而温庭筠却是个词学大家。

一

晚唐的诗坛，当然以惟美的温李派繁缛温馥的作风为时尚。但亦有超然于温李派影响之外者，便是杜牧。牧（八〇三——八五二）字牧之，京兆万年人。他的诗很豪迈，风骨劲拔，自成一格。七绝尤佳妙，可与李白、王昌龄鼎足而三。他论诗谓元白"纤艳不逞"（《李勘墓志》）。但他的作风，却大类元白。他崇尚李杜、韩柳，号为"小杜"，而尤推崇韩、杜。"杜诗韩集愁来读，似倩麻姑痒处抓"（《读杜韩集》），读杜、韩诗能以搔痒，可知他嗜好之深了。牧风流冶荡，行动颇不自检束。"十年一觉扬州梦，赢得青楼薄幸名"（《遣怀诗》），他的行动又是如何的浪漫！著有《杜樊川集》。

　　娉娉袅袅十三余，豆蔻梢头二月初。春风十里扬州路，卷上珠帘总不如。

多情却似总无情，但觉尊前笑不成。蜡烛有心还惜别，替人垂泪到天明。

——《赠别》

远上寒云①石径斜，白云生处有人家。停车坐爱枫林晚，霜叶红于二月花。

——《山行》

烟笼寒水月笼沙，夜泊秦淮近酒家。商女不知亡国恨，隔江犹唱后庭花。

——《泊秦淮》

他的绝句又有一首《清明》诗："清明时节雨纷纷，路上行人欲断魂。借问酒家何处有？牧童遥指杏花村。"长篇有：《冬至日寄小侄阿宜》《华清宫三十韵》《昔事文皇帝三十二韵》，都是很逼肖元白之作。与他同调的诗人，尚有张祜和赵嘏两人。祜字承吉，杜牧守池，与祜为诗酒友，有"谁人得似张公子，千首诗轻万户侯"之句。他以《宫词·河满子》最著称："故国三千里，深宫二十年。一声河满子，双泪落君前。"此词流入宫禁，武宗疾笃，孟才人唱此词，歌"一声河满子"，气哑立殒。祜因之为《孟才人叹》。嘏字承祐，他的诗美而有味。杜牧常爱其"长笛一声人倚楼"之句，人称"赵倚楼"。诗云："云雾②凄凉拂曙流，汉家宫阙动高秋。残星几点雁横塞，长笛一声人倚楼。紫艳半开篱菊静，红衣落尽渚莲愁。鲈鱼正美不归去，空戴

---

① 据（清）彭定求等编《全唐诗》卷五二四，中华书局1960年版，第5999页，"云"应为"山"。

② 据（清）彭定求等编《全唐诗》卷五四九，中华书局1960年版，第6347页，"雾"应为"物"。

南冠学楚囚。"（《长安秋望》）龂于大中间，仕至渭南尉，因
作诗尝有"早晚粗酬身事了，水边归去一闲人"之句，后卒于渭
南，时人因即以为诗谶。

温李齐名，温庭筠的诗不及李，但他们的作风是颇相似的。
李诗典丽，专注重于技巧与工丽方面，看来好似粉光斑斓的蝴
蝶。温庭筠绮丽腻滑，便是色调鲜明的锦绣和彩锻了。

温庭筠（八二〇——八八〇[①]）是最初一个词的专家。他在
文学史上的地位，可以说是站在诗词盛衰的歧点。在他以前还是
诗歌的最盛时代，诗人不过偶尔填词。自他专力于词以后，词的
发展的趋势逐渐告成，占据了诗的地位，而为文学的中心。他
本名岐，字飞卿，太原人。宰相温彦博裔[②]孙。他是一个风流放
荡的公子，能逐弦管之音，为侧艳之词。时人号为"温八叉"，
因他作诗凡八叉手而成之故。大中初（约八五〇）应进士，累举
不第。宣宗好微行，尝遇庭筠于逆旅，他不之识，傲然诘之道：
"公非长史、司马之流。"帝曰："非也。"又问："得非六
参、簿尉之类。"帝曰："非也。"这真和贾岛"夺卷忤宣宗"
的故事不谋而合了。他的诗多写女子事，绮艳婉媚，已渐演变而
为词，歌曲尤近似。正是："结有唐之诗局，启五代之新声。"
有《温飞卿诗集》《金荃词》。

---

① 关于温庭筠的生卒年，目前说法不一。温集旧注断为唐穆宗长庆四年
（八二四），夏承焘《温飞卿系年》以为生于元和七年（八一二），陈
尚君《温庭筠早年事迹考辨》云生于德宗贞元十七年（八〇一）。除此
之外，还有生于元和十二年（八一七）、贞元十四年（七九八）、元和
十一年（八一六）等说法。关于温庭筠卒年的说法有三种，分别是咸通
七年（八六六）、咸通十一年（八七〇）、中和二年（八八二）。

② "裔"应为"裔"。

> 家临长信往来道，乳燕双双拂烟草。油壁车轻金犊
> 肥，流苏帐晓春鸡早。
>
> 笼中娇鸟暖犹睡，帘外落花闲不扫。衰桃一树近前
> 池，似惜红颜镜中老。

——《春晓曲》

> 晨起动征铎，客行悲故乡。鸡声茅店月，人迹板桥
> 霜。
>
> 槲叶落山路，枳花明驿墙。因思杜陵梦，凫雁满回
> 塘。

——《商山早行》

"鸡声茅店月，人迹板桥霜。"这种富有画意的名句，在他的诗中真是不可多得。传说欧阳修很喜欢这两句，尝仿其体作"鸟声茅店雨，野色板桥春"二句以拟之，但终觉在其范围之内。（见《存余堂诗话》）若像他的："红珠斗帐樱桃熟，金尾屏风孔雀闲"（《偶游》）、"日影明灭金色鲤，杏花唼喋青头鸡"（《经西坞偶题》）、"江风吹巧剪霞绡，花上千枝杜鹃血"（《锦城曲》），这还不是锦绣斑烂①的文彩吗？

他的词和他的诗一样是以艳丽著名，但也有淡雅的，如《忆江南》与《更漏子》，便是淡雅的例。而《南歌子》与《菩萨蛮》绮丽婉媚，却是情辞并茂的作品。

> 梳洗罢，独倚望江楼。过尽千帆皆不是，斜晖脉脉
> 水悠悠。肠断白蘋洲。

——《忆江南》

---

① "烂"应为"斓"。

　　玉炉香，红蜡泪，偏照画堂秋思。眉翠薄，鬓云残，夜长衾枕寒。

　　梧桐树，三更雨，不道离情正苦。一叶叶，一声声，空阶滴到明。

——《更漏子》

　　玉楼明月长相忆，柳丝袅娜春无力。门外草萋萋，送君闻马嘶。

　　画罗金翡翠，香烛销成泪。花落子规啼，绿窗残梦迷。

——《菩萨蛮》

　　他的词之长于描情，看上例可知道了。他在词史上实在算是一位开山大师，五代十国的词人受他的影响很大。所以论者说温庭筠在词史上的地位，是建筑在下列三点上：（一）诗与词体形式上的相异，到温始著。（二）在他以前的作者，多以为词是诗之余，词附于诗集之内，至温词始有专集。（三）五代十国的词人，多学温词的风格，因之造成了词史上的"花间派"。

　　李商隐（八一三——八五八），字义山，怀州河内人。开成二年进士。令狐楚奇其文，召入幕中。王茂元镇河阳，以女妻之。后客荥阳卒。有《李义山集》。他以七绝见长，律诗造诣亦深。但他的律诗往往因字句修饰的过度，反失掉自然之美，甚至变成晦涩与难懂。像《锦瑟》《一片》《无题》《昨日》均可为例，所以人便给他个绰号，叫做"獭祭鱼"（见《杨文公谈苑》）。我们看他的《锦瑟》诗：

　　锦瑟无端五十弦，一弦一柱思华年。庄生晓梦迷蝴蝶，望帝春心托杜鹃。

179

沧海月明珠有泪，蓝田日暖玉生烟。此情可待成追忆？只是当时已惘然。

像这样的诗，不知说什么哑谜。宋明以来，考证这诗的很多：有人说锦瑟就是锦瑟，又有人说是令狐楚妓，还有人说是锦瑟喻年华的，也有人说是包含义山自己的恋爱史。然都是猜测，没有结果。诚如元好问所说："诗家总爱西昆好，只①恨无人作郑笺。"但义山诗向有惟美派的头衔，正因其暧昧与难知的象征地描写之故，反使他的诗境好似万象朦胧的月夜，清风拂拂地吹着，微云来去不已，使人感到恬静之美。读他的"红楼隔雨相望冷，朱②箔飘灯独自归"，还不"飘飘欲仙"吗？

《香奁集》作者韩偓（八六〇——九二〇），字致尧，小字冬郎，受温李的影响不少。他善作艳体诗，描写女性的作品很多。他最写得好的是女子的娇羞。但他却不是嘲弄，是同情于女子的怯弱与不自由。如《偶见》云："秋千打困解罗裙，指点醍醐索一尊。见客入来和笑走，手搓梅子映中门。"他的诗中写自己的甚多，如《寄远》《个侬》《五更》《倚醉》《有忆》《寒食③重游李氏园亭有感④》《重游曲江》《病忆》《旧馆》等都是，至《无题》数首，显然是受李义山的影响的。有《韩内翰别

---

① 据（金）元好问著；狄宝心校注《元好问诗编年校注》，中华书局2011年版，第56页，"只"应为"独"。

② 据（清）彭定求等编《全唐诗》卷五四〇，中华书局1960年版，第6188页，"朱"应为"珠"。

③ 据（清）彭定求等编《全唐诗》卷六八三，中华书局1960年版，第7839页，此处脱"日"字。

④ 据（清）彭定求等编《全唐诗》卷六八三，中华书局1960年版，第7839页，"感"应为"怀"。

集》《香奁集》。《生查子》词云：

> 侍女动妆奁，故故惊人睡。那知本未眠，背面偷垂
> 泪。

> 懒卸凤凰钗，羞入鸳鸯被。时复见残灯，和烟坠金
> 穗。

他又有五绝《半睡》云："抬镜仍嫌重，更衣又怕寒。宵分未归帐，半睡待郎看。"都可见他作风的香艳了。至若"浓烟隔帘香漏泄，斜灯映竹光参差"（《绕廊》）、"笼袖香烟歇，屏山烛焰残"（《懒起》）这种"楼阁朦胧烟雨中"的作风，正是温李诗的绝境。

诗名略次于小杜、温、李和韩偓的晚唐诗人，尚有司空图、皮日休、李群玉、许浑、李频、郑谷、陆龟蒙、杜荀鹤和"江左三罗"（罗隐、罗虬、罗邺）。"三罗"中尤以罗隐最有名，他可以算是代表晚唐纷乱时代的一个诗人。

罗隐（八二三——九〇九），字昭谏，钱塘人。少英敏，他是个生在大乱时代的滑稽玩世的诗人。如"今朝有酒今朝醉，明日愁来明日愁"、"时来天地皆同力，运去英雄不自由"。他又是一个讽刺的诗人。他的诗每每利用俗言谚语添加讽刺的风趣。例如他的《谒文宣王庙》云：

> 晚来乘兴谒先师，松柏凄凄人不知。九仞萧墙堆瓦
> 砾，三间茅屋[①]走狐狸。

> 雨淋状似悲麟泣，露滴还同叹凤悲。倘使小儒名稍

---

① 据（清）彭定求等编《全唐诗》卷六五七，中华书局1960年版，第
   7551页，"屋"应为"殿"。

立，岂教吾道受栖迟。

唐代的思想界，是释儒道三分天下的局面。但看孔庙的独立荒芜冷落的景象，可知儒家已经失却了统于一尊的权威。所以罗隐接着一首《代文宣王答》的诗，那就更可笑了：

> 三教之中儒最尊，止戈为武武尊文。吾今尚自披蓑
笠，你等何须读典坟。

> 释氏宝楼侵碧汉，道家宫殿拂青云。若教颜闵英灵
在，终不羞他李老君。

罗隐本名横，因十上不中第，遂改名隐。他貌甚寝，性又傲睨，郑畋女初读他诗，讽诵不已，畋疑女有慕才意，一日女从帘窥之，自此绝不复咏其诗。他又有《赠营妓云英》诗云："钟陵醉别十余春，重见云英掌上身。我未成名君未嫁，可能俱是不如人。"隐著有《谗书》《罗昭谏集》《两同书》《甲乙集》。世传他出语成谶，今豫章两越八闽人，凡事俗近怪者皆曰："此罗隐秀才说过。"且有"罗隐皇帝口"的俗谚，说他是"言无不中"也。

参考：

杜牧见《旧唐书》卷一百四十七《杜佑传》、《新唐书》卷一百六十六《杜佑传》。

温庭筠、李商隐见《旧唐书》卷一百九十《文苑传》，李又见《新唐书》卷二百三《文艺下》。

韩偓见《新唐书》卷一百八十三。

罗隐见《十国春秋》卷八十四、《唐才子传》第^①九。

《樊川集》，杜牧撰，有四部丛刊本。

《玉溪生诗笺注》，李商隐撰，冯浩注，有四部备要本。

《温飞卿诗集》，温庭筠撰，曾益谦注，有四部备要本。

《玉山樵人集》《香奁集》，韩偓撰，有四部丛刊本。

《唐诗纪事》，（宋）计有功撰，有四部丛刊本。

《全唐诗话》，（宋）尤袤编，有《历代诗话》本。

《唐才子传》，辛文房撰，有佚存丛书本，唐诗人小传均在其中。

《花间集》，（蜀）赵崇祚编，有四部备要本，可看温庭筠词。

---

① "第"应为"卷"。

第十一章　唐代古文运动

骈偶绮艳的文学，在六朝的时代可算是到了极端。许多的文人，无论记载事实，或说明道理，甚至极平常的一通信札，总是"偏偏对偶，字字绮丽"。即如文学批评家刘勰的《文心雕龙》、钟嵘的《诗品》也都处处带着绮丽的骈文偶句。在这时代除了几个著名史学家（陈寿《三国志》）和几个地志学家（郦道元《水经注》）尚能保持散文的一线命脉外，多数的作者都沉醉在"骈偶绮艳"的园地了。

梁萧纲本是艳体诗的爱护者，但他也不满意于当时只有形式美的靡靡之音。北朝尤其是反骈俪的大本营。北周的苏绰，因愤恨当时文风的浮靡，竟仿《尚书》来作《大诰》，以矫文风之枉。但其古奥难懂的程度，似更在齐梁骈俪以上，故此体在当时不过"昙花一现"。隋文帝时李谔又上书请斥浮华之文，以正文体。他说："江左齐梁，其弊弥甚，贵贱贤愚，惟务吟咏，遂复遗理存异，寻虚逐微，竞一韵之奇，争一字之巧。连篇累牍，不出月露之形；积案盈箱，惟是风云之状。世俗以此相高，朝廷据兹擢士……故文笔日繁，其政日乱，良由弃大圣之轨模，构无用以为用也。"他显然是反对魏晋以来不讲致用的纯文学，他认定文学必以实用为主，这正是韩柳古文运动的先声。

但是那种骈偶的文学，经过两晋六朝长期的发展，其风气已深中人心。虽经隋文帝政治的压抑和一部分文人的反对，亦没有甚么效果。就是到了唐之初期，像"四杰"的作品，如王勃的《滕王阁序》、骆宾王的《讨武曌檄》，仍不免继承六朝以来骈偶的余绪。

在唐代，首先提倡回复汉魏的朴实文学，反对六朝的颓靡文学的是陈子昂。到了开元、天宝之际，萧颖士、李华出，以其绝代的才华"力弃俳绮，复归自然"，才第一次使我们看见有所谓非骈俪文学的散文。但萧、李诸人努力于古文，亦不过大张旗鼓的宣传着；及至韩愈、柳宗元两大文豪起，才把垂死的散文重使复活。所谓古文运动便在这个时代正式成立。此后宋元明清千余年来的散文地位，竟日以巩固而不致汩没的，这不能不归功于韩柳诸人努力地结果。

复次，我们要明白的，韩柳所极力提倡的古文，他们是想藉古文的招牌，来实行文学的革命。这正如欧洲的文艺复兴（Renaissance）是文化方面以复古为革新是一样的。自此以后，古文的一体便正式成为文学的散文了。凡欲为文士，欲得文名传于后世，便非学古文不可，而骈俪文在文坛上的命运遂告了一个结束。

一

关于这时代的古文运动主持者，无疑的是韩愈、柳宗元二人。而韩愈一部分的抒情散文和柳宗元的山水游记，更是我要详述的。至韩柳的载道的古文，及韩门的健将李翱、皇甫湜、李观、孙樵……诸人的文字，便不在这里一一的叙述了。

韩愈的事迹与诗歌在前章已经说过。至他散文的的渊源，在少年时便受古文家萧存（萧颖士子）的知遇，后与李观（李华从子）同举进士，更相友善，又从独孤及、梁肃的门人游，故他的散文也远承萧、李的余绪，是"以六经之文为诸儒倡"的。他主张为文"宜师乎古圣贤人"（《答刘正夫书》）。文学家的修养，应该"行之乎仁义之途，游之乎《诗》《书》之源，无迷其途，无绝其源"（《答李翊书》）。他对于前代的作者，则推重孟轲与扬雄等（《答崔立之书》），而薄魏晋以降的作家。然而他并不是拟古，他是"当其取于心而注于手也，惟陈言之务去，戛戛乎其难哉"。总之，他不甘于作个纯粹的文人，他要兼作个思想家。唐人的反齐梁运动，到他的手里，更理论化了。至于他的作风则与他的诗歌相似，大都奥衍宏深，雄浑而奇崛。

韩文的佳作，多半是论说文，其《原道》《原性》《师说》等数十篇与孟轲、扬雄相表章，而佐佑六经，粹然一出于正，成一家之言。但这种以文学为载道的工具，忽视了纯文学的价值，给后世以绝大的恶劣的影响。近数百年来文坛深受古文之毒，皆韩愈"明道"旗帜的文学运动为之厉阶。这不但不是他的功绩，乃是他最大的缺点。他的文学上最大的贡献，乃是他提倡的一种朴实的散文运动而产生出来的富有文学价值的抒情散文，像他的《祭十二郎文》，和他晚年所作的《殿中少监马君墓志》……宋代的欧阳修和明代抒情散文大家归有光，都受他不少的影响。现在就把《祭十二郎文》节录出来，以当韩集中抒情文的代表——即当唐代抒情散文的代表。

……吾上有三兄，皆不幸早世。承先人之后者，在孙惟汝，在子惟吾。两世一身，形单影只。嫂常抚汝指吾而言曰："韩氏两世，惟此而已！"汝时尤小，当不复记忆。吾时虽能记忆，亦未知其言之悲也。……

去年，孟东野往。吾与汝书曰："吾年未四十，而视茫茫，而发苍苍，而牙齿动摇。念诸父与诸兄，皆康强而早世。如吾之衰者，其能久乎？吾不可去，汝不肯来，恐旦暮死，而汝抱无涯之戚也！"孰谓少者殁而长者存，强者夭而病者全乎！呜呼！其信然耶？其梦耶？其传之非其真耶？信也，吾兄之盛德而夭其嗣乎？汝之纯明而不肯蒙其泽乎？少者、强者而夭殁，长者、衰者而存全乎？未可以为信也。梦也，传之非其真也。东野之信，耿兰之报，何为而在吾侧也？呜呼！其信然矣！吾兄之盛德而夭其嗣矣！汝之纯明，宜业其家者，不克蒙其泽矣！所谓天者诚难测，神者诚难明矣！所谓理者不可推，而寿者不可知矣！……

汝病，吾不知时；汝殁，吾不知日。生不能相养以共居，殁不能抚汝以尽哀。敛不凭其棺，窆不临其穴。吾行负神明，而使汝夭。不孝不慈，而不得与汝相养以生，相守以死。一在天之涯，一在地之角。生而影不与吾相依，死而魂不与吾相接。吾实为之，其又何尤！彼苍者天，何其有极！自今以往，吾其无意于人世矣！当求数顷之田于伊颍之上，以待余年，教吾子与汝子，幸其成长，吾女与汝女待其嫁，如此而已。

呜呼！言有穷而情不可终，汝其知也耶？其不知也

耶？ [①]

韩愈晚年，处境困厄，故他为文，常为金钱所驱使，去作墓志铭一类的"谀墓文字"。像《殿中少监马君墓志》中的马继祖，不过是一个纨绔儿，而愈亦为他作传。愈死于长庆四年，这篇大约是近数年的作品。所以刘叉尝持愈金曰："此谀墓中得耳，不若与刘君为寿。"然而，这篇实是千古妙文：

……始余初冠，应进士贡在京师，穷不自存，以故人稚弟，拜北平王于马前，王问而怜之，因得见于安邑里第。王轸其寒饥，赐食与衣，召二子使为之主，其季遇我特厚，少府监，赠太子少傅者也。姆抱幼子立侧，眉眼如画，发漆黑，肌肉玉雪可念，殿中君也。当是时，见王于北亭，犹高山深林巨谷，龙虎变化不测，杰魁人也。退见少傅，翠竹碧梧，鸾鹄停峙，能守其业者也。幼子娟好静秀，瑶环瑜珥，兰茁其芽，称其家儿也。

后四五年，吾成进士，去而东游，哭北平王于客舍。后十五六年，吾为尚书都官郎，分司东都，而分府，少傅卒，哭之。又十余年，至今哭少监焉。呜呼！吾未耄老，自始至今，未四十年，而哭其祖子孙三世，于人世何如也！人欲久不死，而观居此世者，何也？

---

① 此处引文与目前《祭十二郎文》通行本略有差异，编者不再一一注明，读者可参看（唐）韩愈著；刘真伦，岳珍校注《韩愈文集汇校笺注》卷一三，中华书局2010年版，第1470—1471页。

二

次于韩愈的古文家，要算柳宗元了。他的一生，韩愈的《柳子厚墓志铭》叙述甚详尽。关于他的一生，最重要的事迹就是他被贬永州司马和移柳州刺史。这两处地方都是很荒僻的，但是山水风景甚好，柳宗元虽然吃了许多苦，但他得恣情山水，却成就了他千古无比的美丽的山水游记。所以韩愈说："子厚斥不久，穷不极，虽有出于人，其文学辞章，必不能自立[①]以致必传于后如今无疑也。"（《柳子厚墓志铭》）

在柳宗元之前，散文方面，专门描写山水风景游记的，尚有郦道元的《水经注》和元结的《右溪记》。但《水经注》是零碎的小品，柳文便成了一篇短文了。元结不过是偶然做一二篇，柳宗元便做得很多了。虽说柳宗元山水游记一部分是从《水经注》《右溪记》变化而来，但精致则远过之了。现在选录《水经注》一段，并摘录《右溪记》，以明柳文的渊源。

自黄牛峡西[②]入西陵界，至峡口一百许里，山水纡曲，两岸高山重障，非日中夜半，不见日月。绝壁或千许丈，其石彩色，形容多所像类。林古[③]高茂，略尽冬

---

① 据（唐）柳宗元《柳宗元集》附录，中华书局1979年版，第1435页，"立"应为"力"。

② 据（北魏）郦道元注；杨守敬，熊会贞疏《水经注疏》卷三四，江苏古籍出版社1989年版，第2844页，"黄牛峡西"应为"黄牛滩东"。

③ 据（北魏）郦道元注；杨守敬，熊会贞疏《水经注疏》卷三四，江苏古籍出版社1989年版，第2845页，"古"应为"木"。

春。猿鸣至清，山谷传响，泠泠不绝。所谓"三峡"，此其一也。

————《水经注·江水·西陵峡》

黑山在县北白鹿山东，清水所出也。上承诸陂散泉，积以成川，南流，东[1]南屈。瀑布乘岩，悬河注壑二十余丈，雷赴之声，震动山谷。左右石壁层深，兽迹不交。隍中散水雾合，视不见底。南峰北岭，多结禅栖之地；东岩西谷，又是刹灵之图。竹柏之怀，与神心妙远；仁智之性，共山水效深，更为胜处也。其水历涧飞流，清冷洞观，谓之清水矣。……

————《水经注·清水·出河内修武县之北黑山》

道州城西百许[2]步，有小溪，南流数十步，合营溪，水抵两岸，悉皆怪石欹嵌，盘嵌[3]不可名状。清流触石，洄悬激注；佳木异竹，垂隐相阴[4]。

此溪若在山野，则疑[5]逸民退士之所游处；在人

---

[1] 据（北魏）郦道元注；杨守敬，熊会贞疏《水经注疏》卷九，江苏古籍出版社1989年版，第798页，"东"应为"西"。

[2] 据（清）董诰等编《全唐文》卷三八二，中华书局1983年版，第3876页，"许"应为"余"。

[3] 据（清）董诰等编《全唐文》卷三八二，中华书局1983年版，第3876页，"嵌"应为"缺"。

[4] 据（清）董诰等编《全唐文》卷三八二，中华书局1983年版，第3876页，"垂隐相阴"应为"垂阴相荫"。

[5] 据（清）董诰等编《全唐文》卷三八二，中华书局1983年版，第3876页，"疑"应为"宜"。

间，^①可为都邑之胜境，静者之林亭。而至置州以来^②，无人赏爱。徘徊溪上，为之怅然。乃疏凿芜秽，俾为亭宇；植松与桂，兼之香草，以裨形胜。为溪在州右，遂名之右溪^③。

这篇是元结的《右溪记》，其刻画的工致，词句的峻洁，不在《水经注》下。这都是柳文的蓝本。元结，字次山，后魏常山王遵之后。他生于唐玄宗开元十一年，卒于代宗大历七年（七二三^④——七七二）。尝选当代诗人作品，名《箧中集》，以沈千连^⑤为首，别为一体，不为风气所囿。他的作风古奥，为文夐夐独造。其作古文远在韩愈之前，而柳文却受他的影响尤大。兹更录柳宗元的山水游记——《至小丘西小石潭记》一文，如果拿此篇和郦道元、元结的作品对照观之，便可看出柳文的渊源了。

从小丘西行百二十步，隔篁竹，闻水声，如鸣佩环，心乐之。伐竹取道，下见小潭，水尤清冽。泉石以为底，近岸，卷石底以出，为坻，为屿，为嵁，为岩。青树翠蔓，蒙络摇缀，参差披拂。

潭中鱼可百许头，皆若空游无所依。日光下澈，影

---

① 据（清）董诰等编《全唐文》卷三八二，中华书局1983年版，第3876页，此处脱"则"字。

② 据（清）董诰等编《全唐文》卷三八二，中华书局1983年版，第3876页，"至置州以采"应为"置州已来"。

③ 据（清）董诰等编《全唐文》卷三八二，中华书局1983年版，第3876页，"名之右溪"应为"命之曰右溪"。

④ 目前一般认为元结的生年是七一九年。

⑤ "连"应为"运"。

布石上，怡然不动，俶尔远逝，往来翕忽。似与游者相
乐。

潭西南而望，斗折蛇行，明灭可见。其岸势犬牙差
互，不可知其源。

坐潭上，四面竹树环合，寂寥无人，凄神寒骨，悄
怆幽邃。以其境过清，不可久居，乃记之而去。

同游者：吴武陵，龚古，余弟宗玄。隶而从者，崔
氏二小生：日恕己，日奉一。

柳宗元的游记很多，最著名的要算《永州八记》——《始得
西山宴游记》《钴鉧潭记》《钴鉧潭西小丘记》《至小丘西小石
潭记》《袁家渴记》《石渠记》《石涧记》《小石城山记》。其
他若《潭洲戴氏堂记》《永州新堂记》《游黄溪记》《柳州东亭
记》《柳州山水近治可游者记》……也都是极好的。他的文往往
有诗意画趣，如巉岩之奇绝，激湍之幽咽，是古文中真正的珠
玉。其文字的精绝，可谓前无古人，后无来者，为中国文学散文
中描写山水风景的第一。明代徐宏祖的《徐霞客游记》，可说是
洋洋大观，然他是偏于记山水的道里名称，拿他当地理参考书读
则可，若当文学作品看，则去柳文远了。

参考：

李华、萧颖士见《旧唐书》卷一百九十、《新唐书》卷二百二
及二百三。

独孤及见《新唐书》卷一百六十二。

梁肃见《新唐书》卷二百二。

元结见《新唐书》卷一百四十三。

李翱见《旧唐书》卷一百六十。

《元次山文集》，元结撰，有四部丛刊本。

《昌黎先生文集》，韩愈撰，有四部丛刊本，商务国学小丛书有《韩愈文》。

《唐柳先生文集》，柳宗元撰，有四部丛刊本，商务有《柳宗元文》。

《唐宋八大家文钞》，（明）茅坤编，通行本。

《唐宋十大家文集》，（清）储欣编，八家外加李翱、孙樵，有苏州①局刊本。

《全唐文》一千卷，有扬州书局刊本。

《唐文粹》一百卷，姚铉编，江苏书局本，尚有《唐文粹补遗》，郭麐编，亦有江苏书局本。近中华书局有《唐文粹简编》，亦可参考。

《全唐文纪事》一百二十二卷，陈鸿墀编，广州方氏刻本。

---

① 此处疑脱"书"字。

第十二章　唐人小说

　　小说并不始于唐，其创始远在汉时，不过到唐代始达绚烂之域罢了。班固《汉书·艺文志》有"小说"一家，所录自《伊尹说》以下至《虞初周说》，"凡十五家，千三百八十篇"。但现在连只字片语都无存遗，即存亦未必我们所谓"小说"。今所传汉人小说八种：（一）东方朔《神异经》，（二）东方朔《十洲记》，（三）刘歆《西京杂记》，（四）郭宪《洞冥记》，（五）班固《汉武故事》，（六）班固《汉武内传》，（七）伶玄《飞燕外传》，（八）《杂事秘辛》。都是汉魏以降的文人之所依托，这是久经论定的。

　　到了魏晋六朝，因佛教的传入中国，小乘的因果报应说，创立无数的鬼怪灵异的故事。道家的神仙故事，也有了专门的记述。于是鬼神志怪一类书的产生，就如雨后春笋似的特别的多起来了。举其著者——记怪异则有：曹丕《列异传》三卷、王嘉《拾遗记》十卷、干宝《搜神记》八卷、陶潜《搜神后记》二卷、刘敬叔《异苑》十卷。释家则有：王琰《冥祥记》十卷、颜之推《冤魂志》一卷、吴均《续齐谐记》一卷。方士则有：王浮《神异记》、张华《博物志》十卷。趣事则有：邯郸淳《笑林》

三卷、殷芸《小说》三十卷、侯白《启颜录》一卷、刘义庆《世说新语》三卷。这些这些，对于后世文人影响很大。至若《高士传》《神仙传》《枕中书》《金楼子》《华阳国志》《佛国记》《洛阳伽蓝记》《水经注》《荆楚岁时记》，这中间还有许多小说材料，供给后世无量数的作诗词戏曲的材料和典故。

　　魏晋六朝是中国小说的初幕。在这个时期产生的作品，只具有小说的雏形，只有粗枝大叶的叙述，缺乏完美的结构和深刻的描写。迨到了唐代，始有组织完美的作品出现，远胜于魏晋六朝初期的作品。他所描写的，皆系可歌可泣的艳情和可惊可叹的仙侠故事。事既新奇，情亦凄惋，文字复典丽而富于风韵。在唐代文学的园地里，小说与诗歌是当中的两种奇葩。

　　唐代的小说家，我们如按照他们产生年代的前后，则可分为三个时期。属于第一期的有：王度、张鷟、吴竞等三人。属于第二期的有：陈玄祐、沈既济、李吉甫、许尧佐、白行简、李公佐、李景亮、元稹、陈鸿、蒋防、沈亚之、李朝威等十二人。至于第二期的作家，则为：牛僧孺、房千里、段成式、薛调、皇甫枚、裴铏、杜光庭、李复言、柳珵、袁郊等十人。兹为叙述的便利起见，按照小说内容的情节，分为下列三类：（一）艳情类，（二）豪侠类，（三）神怪类。

一

　　在第一类的小说，是多以才子佳人的风流韵事为主体的。此类小说，不但为唐代小说的精华，且亦元明戏曲材料之所本。如《霍小玉传》《李娃传》《会真记》《章台柳传》……都是结构完密、情辞并茂的作品。兹将这类重要作品，制为简表如下：

作品	作者	生卒年代	与后世戏曲关系				备考
			宋	元	明	清	
《霍小玉传》	蒋防	七八〇？——八三〇？			汤显祖《紫钗记》		《太平广记》
《李娃传》	白行简	七七五？——八二六		石君宝《曲江池》	薛近兖《绣襦记》		《太平广记》
《会真记》	元稹	七七九——八三一	赵德麟《商调鼓子词》	金董解元《弦索西厢》、王实甫《西厢记》	李日华《南西厢》	查继佐《续西厢》杂剧	《太平广记》
《长恨歌传》	陈鸿	七七〇？——八三〇		白朴《梧桐雨》	屠长卿《彩毫记》	洪昇《长生殿》	《文苑英华》
《扬州梦记》	于邺			乔吉甫《扬州梦》		嵇永仁《扬州梦》	《唐人说荟》

作品	作者	生卒年代	与后世戏曲关系				备考
			宋	元	明	清	
《离魂记》	陈玄祐	七四〇？——七九〇		郑德辉《倩女离魂》			《太平广记》
《柳毅传》	李朝威	贞元间人		尚仲贤《柳毅传书》	黄说仲《龙箫记》	李渔《蜃中楼》	《太平广记》
《章台柳传》	许尧佐	贞元间人			吴长儒《练囊记》	张国寿《章台柳》	《太平广记》

　　这一类的小说，我可引蒋防的《霍小玉传》作代表，此篇与《莺莺传》（《会真记》）同为描写恋情的杰作。事情是这样的：霍小玉为唐宗室霍王的庶子，后沦落为歌妓。夙慕李益才名，常爱念益"开帘风动竹，疑是故人来"之句。遂与益订为婚约，誓偕白头。后益母更为他订婚于卢氏，益不敢拒，遂与小玉断绝音问。小玉念益成病，家里又穷得将财产都卖尽，连最心爱的紫玉钗都卖去了，李益仍避不见面。一日，益在崇教寺看牡丹，为一黄衫客强邀到小玉处，小玉数其负心，且誓必为厉鬼以报，长叹数声而绝。这篇中一段写小玉死前责李益的话，断断续续，一字一泪，文字实在凄惨极了：

　　玉乃侧身转面，斜视生良久，遂举杯酒酹[①]地曰："我为女子，薄命如斯！君是丈夫，负心若此！韶颜稚齿，饮很[②]而终。慈母在堂，不能供养。绮罗弦管，从此永休。微痛黄泉，皆君所致。李君！李君！今当永诀！我死之后，必为厉鬼，使君妻妾，终日不安！"乃引左手握生臂，掷杯于地，长恸号哭，数声而绝。……

　　关于艳情故事的例，除举《霍小玉传》外，我再录《会真记》中张生与莺莺欢会的一段。这是《会真记》故事的最奇艳处，文字也写得绮丽动人。并将宋赵德麟及元王实甫的两书描写同一处的文字列出。我们对照看之，可以明白唐之传奇，宋之鼓词，元之杂剧，其文体变迁演进的痕迹。更以见《西厢》故事，实为数百年来许多文学家描写的中心。（至于《会真记》故事的本末，可参看《元代杂剧》一章）。兹将元、赵、王三文列表如下：

《会真记》（元稹）

　　于是绝望。数夕，张生临轩独寝，忽有人觉之，惊骇而起，则红娘敛衾携枕而至。抚张曰："至矣！至矣！睡何为哉？"并枕重衾而去。张生拭目危坐，久之，犹疑梦寐，然而修谨以俟。俄而红娘捧崔

---

① 据（宋）李昉等编《太平广记》卷四八七，中华书局1961年版，第4010页，"酹"应为"酬"。

② 据（宋）李昉等编《太平广记》卷四八七，中华书局1961年版，第4010页，"很"应为"恨"。

氏而至，至则娇羞融冶，力不能运支体，曩时端庄，不复同矣。是夕
旬有八日也，斜日晶莹，幽辉半床。张生飘飘然，且疑神仙之徒，
不谓从人间至矣。有顷，寺钟鸣，天将晓，红娘促去。崔氏娇啼宛
转，红娘又捧之而去，终夕无一言。张生辨色而兴，自疑曰："岂
其梦耶？"及明，睹妆在臂，香在衣，泪光荧荧然，犹莹于茵席而
已。……

《商调蝶恋花》（赵德麟）

　　后数夕，张君临轩独寝，忽有人觉之，惊欸而起，则红娘敛衾携
枕而至。抚张曰："至矣，至矣，睡何为哉？"并枕重衾而去。张生
拭目危坐，久之，犹疑梦寐。俄而红娘捧崔而至，则娇羞融冶，力不
能运支体，曩时之端庄，不复同矣。是夕旬有八日，斜月晶荧，幽辉
半床，张生飘飘然，且疑神仙之徒，不谓从人间至也。有顷，寺钟鸣
晓，红娘促去，崔氏娇啼宛转，红娘又捧而去，终夕无一言。张生辨
色而兴，自疑曰："岂其梦耶？"所可明者，妆在臂，香在衣，泪荧
荧然，犹莹于茵席而已。奉劳歌伴，再和前声。

　　数夕孤眠如度岁，将谓今生，会合终无计。正是断肠凝望际，云
心捧得嫦娥至。玉困花柔羞扰泪，端丽妖娆，不与前时比。人去月斜
疑梦寐，衣香犹在妆留臂。

《西厢记·酬简》（王实甫）

（莺莺上云）："红娘传简帖儿去约张生，今夕与他相会，等红娘来做个商量。"（红娘上云）："小姐着俺送简帖儿与张生，约他今夕相会。俺怕又变卦，送了他性命，不是耍。俺见小姐去，看他说甚的。"莺莺云："红娘收拾卧房，我去睡。"红云："不争你睡呵，那里发付那人？"莺莺云："甚么那人？"红云："小姐，你又来也！送了人性命不是耍。你若又翻悔，我出首与夫人，小姐着我将简帖儿约下张生来。"莺莺云："这小妮子倒会放刁。"……（红娘上云）："小姐，我过去，你只在这里敲门。"张生云："小姐来也？"红云："小姐来也，你接了衾枕者……我迎他去。"（红娘推莺莺上云）："小姐，你进去，我在窗儿外等你。"（张生见莺莺跪抱云）："张珙有多少福，敢劳小姐下降。"（莺莺不语，张生起推莺莺坐科）（《元和令》）绣鞋儿刚半折，柳腰儿恰一搦，羞答答不肯把头抬，只将鸳枕挨。云鬟仿佛坠金钗，偏宜鬏髻儿歪。（《上马娇》）我将你钮扣儿松，我将你罗带儿解。兰麝散幽斋，不良会把人禁害。哈，怎不回过脸儿来？（张生抱莺莺，莺不语科）（《胜葫芦》）软玉温香抱满怀。呀，刘阮到天台，春至人间花弄色。柳腰款摆，花心轻折，露滴牡丹开。蘸着些儿麻上来，鱼水得和谐，嫩蕊娇香蝶恣采。你半推半就，我又惊又爱，檀口揾香腮。……红娘请云："小姐回去波，怕夫人觉来。"……①

① 此处引文与目前《西厢记》通行本差异较大，编者不再一一注明，读者可参看王实甫著；王季思校注《西厢记》，上海古籍出版社1978年版，第134—138页。

二

属于第二类的豪侠故事，在唐人小说中，也是重要的收获。原来唐代因藩镇的跋扈专横，平民宛转呻吟于铁蹄之下，敢怒而不敢言。他们于无可奈何之时，都很希望这种仗义敢言的侠客出来，打抱不平，惩罚那些凶恶的军阀，救出那些被压迫的人来。所以侠男侠女的勇武故事，在当时社会便很迅速地流行了。

这一类的著名小说，有《虬髯客传》《刘无双传》《红线传》《昆仑奴》《聂隐娘》《谢小娥传》《剑侠传》等篇。而《虬髯客传》《刘无双》《昆仑奴》《红线》《隐娘》，尤为明清以来许多戏曲家所乐用的剧材。兹亦列表如下：

作品	作者	生卒年代	与后世戏曲关系		备考
			明	清	
《虬髯客传》	杜光庭	八四〇？——九二五？[①]	张凤翼《红拂记》、凌初成《虬髯翁》		《太平广记》
《刘无双传》	薛调	八三〇——八七二	陆天池《明珠记》传奇	李渔《煎茶记》改本	《太平广记》
《红线传》	袁郊	唐末人	梁伯龙《红线女》杂剧		《甘泽谣》

---

① 目前一般认为杜光庭的生卒年分别是八五〇年、九三三年。

作品	作者	生卒年代	与后世戏曲关系		备考
			明	清	
《昆仑奴》	裴铏	咸通、乾符间人	梁伯龙《红绡》杂剧、梅鼎祚《昆仑奴》杂剧		《太平广记》
《聂隐娘》	裴铏			清尤侗《黑白卫》杂剧	《太平广记》
《谢小娥传》	李公佐	七六〇？——八四〇？	明凌濛初作通俗小说（见《拍案惊奇》）	清王夫之《龙舟会》杂剧	《太平广记》

关于豪侠类的小说，我可引《昆仑奴》作代表：

大历中有崔生者，奉父命往视"盖代之勋臣一品"病。生少年，容貌如玉。一品命生与语，并命一穿红绡的妓添一瓯绯桃甘酪以进。生脸红不受，一品命妓以匙进之。及生辞去，一品又命妓送出院。临别妓出三指，又反掌三度，然后指胸前一镜云："记取。"生归后颇苦念妓，神迷意夺，不能进食。吟诗道："误到蓬山顶上游，明珰玉女动星眸。朱扉半掩深宫月，应照琼芝雪艳姿①。"家人不解其意，有昆仑奴名磨勒者，探知其故，乃为之解释道："立三指，是示她住在第三院。三度反掌，是示

---

① 据（宋）李昉等编《太平广记》卷一九四，中华书局1961年版，第1452页，"姿"应为"愁"。

十五之数。胸前镜子，是指明月。即要你十五夜月圆时，前去相见耳。"生大喜。磨勒并先杀一品家猛犬，然后负生入一品家，逾十五重垣，与妓相见。又负他们二人同出。第三天，一品知其事，而不敢问。二年之后，红绡游曲江，乃为一品家人所知，白一品，一品召崔氏询之，知其故，命捕磨勒。磨勒持匕首，在重围中飞去不见了。后十余年，崔之家人见磨勒在洛阳市卖药，容貌如旧。这篇文章极艳丽，与《会真记》相伯仲，而磨勒负崔生访红绡的一段文字，尤极生动之致：

> ……是夜三更，与生衣青衣，遂负而逾十重垣，乃入歌妓院内。至①第三间②，绣户不扃，金钉微明，惟闻姬③长叹而坐，若有所伺④。翠环初坠，红脸才舒，幽恨方深，殊愁转结。但吟诗曰：
>
> 深谷⑤莺啼恨阮郎，偷来花下解珠珰。
>
> 碧云飘断音书绝，空倚玉箫愁凤凰。
>
> 侍卫皆寝，邻近阒然。生遂掀帘而入。姬默然良久，跃下榻，执生手曰："知郎君颖悟，必能默识，所

---

① 据（宋）李昉等编《太平广记》卷一九四，中华书局1961年版，第1453页，"至"应为"止"。

② 据（宋）李昉等编《太平广记》卷一九四，中华书局1961年版，第1453页，"间"应为"门"。

③ 据（宋）李昉等编《太平广记》卷一九四，中华书局1961年版，第1453页，"姬"应为"妓"。

④ 据（宋）李昉等编《太平广记》卷一九四，中华书局1961年版，第1453页，"伺"应为"俟"。

⑤ 据（宋）李昉等编《太平广记》卷一九四，中华书局1961年版，第1453页，"谷"应为"洞"。

以手语耳。又不知郎君有何神术，而^①至此？"生具告磨勒之谋，负荷而至。姬曰："磨勒何在？"曰："帘外耳。"遂召入，以金瓯酌酒而饮之。

姬白生曰："某家本居朔方。主人拥旄，逼为姬仆。不能自死，尚且偷生。脸虽铅华，心颇郁结。纵玉箸举馔，金垆^②泛浆^③，云屏而每^④绮罗，绣被而常眠珠翠，皆非所愿，如在桎梏。贤爪牙既有神术，何妨为脱狴牢。所辱^⑤既深^⑥，虽死不悔。请为仆隶，愿侍光容。又不知郎君高意如何？"

生愀然不语。磨勒曰："娘子既坚确如是，此亦小事耳。"姬甚喜。磨勒请先为姬负其囊橐妆奁，如此三复焉。然后曰："恐迟明。"遂负生与姬而飞出峻垣十余重。……

这个故事，本来是很动人的。到了明时，梅鼎祚（禹金）便采这个故事，编为《昆仑奴》杂剧，其中情节与原文无大差异，

---

① 据（宋）李昉等编《太平广记》卷一九四，中华书局1961年版，第1453页，此处脱"能"字。

② 据（宋）李昉等编《太平广记》卷一九四，中华书局1961年版，第1453页，"垆"应为"炉"。

③ 据（宋）李昉等编《太平广记》卷一九四，中华书局1961年版，第1453页，"浆"应为"香"。

④ 据（宋）李昉等编《太平广记》卷一九四，中华书局1961年版，第1453页，此处脱"进"字。

⑤ 据（宋）李昉等编《太平广记》卷一九四，中华书局1961年版，第1453页，"辱"应为"愿"。

⑥ 据（宋）李昉等编《太平广记》卷一九四，中华书局1961年版，第1453页，"深"应为"申"。

惟以"一品"为郭子仪。又第四折里以磨勒做了道士后，特约崔氏夫妻于青门外相别，要成仙而去，郭子仪亦来送他。这未免蛇足！远不如原文结局的耐人寻味了。

<h2 style="text-align:center">三</h2>

唐人传奇中的神怪故事，很多是受六朝志怪书的影响，更参加了不少的印度佛教故事。这一类的小说，在儒家的眼目中，固然是不足道的怪异，但其体裁与事实的两方面，却对于宋明清以来文人的影响颇不小。例如《夷坚志》（宋洪迈）、《剪灯新话》（明瞿佑）、《聊斋志异》（清蒲松龄）、《觚賸》（清钮锈①）……都是唐人传奇的衍流。

唐人小说中有几种琐杂的短篇集。如牛僧孺的《玄怪录》、李复言的《续玄怪录》、薛用弱的《集异记》、张读的《宣室志》……但都不及单篇传奇的隽永而富于风趣。像《南柯记》《枕中记》《杜子春传》《陆仁蒨传》《蒋子文传》《人虎记》《任氏传》……那才是神怪类出色的小说。张鷟的《游仙窟》，全文共万余言，尤为唐传奇的巨制。兹将这类小说列表如下：

---

① "锈"应为"琇"。

作品	作者	生卒年代	与后世戏曲关系		备考
			元	明	
《古镜记》	王度	五八五？——六二五？			度为王绩之弟，此为唐小说第一篇
《南柯记》	李公佐	七六〇？——八四〇？		汤显祖《南柯记》	《太平广记》
《枕中记》	沈既济	七五〇？——八〇〇？	马致远《黄粱梦》	汤显祖《邯郸记》	《太平广记》
《秦梦记》	沈亚之	元和间人			《唐人说荟》
《玄怪录》	牛僧孺	七八〇——八四八			李复言有《续玄怪录》
《游仙窟》	张鷟	六六〇？——七四〇？	日本紫式都①《源氏物语》受它影响颇大		近有单行本

　　这一类的小说，我可举《南柯记》《枕中记》两篇作代表。唐时佛道思想遍播士流，故文学受其影响甚深，尤其在小说的一方面。像这两篇于短梦中忽历一生，其间荣悴悲欢，刹那而尽。如与尘世相证印，则出世之思，不觉自生。故此两篇可代表唐代

_____

　　① "都"应为"部"。

一部份^①士人的思想。《南柯记》大意：是说淳于棼在槐树之下昼寝，忽为槐安国王的女婿，统治槐安国的一个梦。事情如《列子》《庄子》的寓言。文字也轻蒨而富有逸趣。《枕中记》是叙开元七年，有道士吕翁行邯郸道中，于逆旅遇卢生，见他因穷困叹息，便授以一枕道："枕此当荣适如意。"生梦娶清河崔氏，登进士第，任显官，不数年便为宰相。后因受谋叛之嫌疑下狱，几被杀。但不久又冤白复官，封赵国公，寿至八十而死。子五人，都得官，孙也十余人。至此卢生乃醒。时旅舍主人蒸黄粱尚未熟。吕翁对卢生笑道："人世之事，不过如此而已。"生抚然良久，拜谢别去。兹录他被捕时及醒后的原文：

> ……府吏引从^②至其门，追之甚急。生惶骇不测，泣谓^③妻子曰："吾家本山东，有良田五顷，足以御寒馁，何苦求禄？而今及此，思复衣短褐^④、乘青驹，行邯郸道中，不可得也！"引刃欲自裁，其妻救之得免。……

> 卢生欠伸而悟，见其身方偃于邸舍。吕翁坐其旁，主人蒸黍未熟，触类如故。生蹶然而兴，曰："岂其梦寐也？"翁谓生曰："人生之适，亦如是矣。"生怃然良久，谢曰："夫宠辱之道，穷达之运，得丧之理，死

----

① "份"应为"分"。
② 据（宋）李昉等编《太平广记》卷八二，中华书局1961年版，第527页，"从"应为"徒"。
③ 据（宋）李昉等编《太平广记》卷八二，中华书局1961年版，第528页，"谓"应为"其"。
④ 据（宋）李昉等编《太平广记》卷八二，中华书局1961年版，第528页，"褐"应为"裘"。

生之情，尽知之矣。此先生所以窒吾欲也。……

后此故事，即为元马致远《黄粱梦》和明汤显祖《邯郸梦》传奇之所本，而博得盛大的荣誉。但《太平广记》二百八十三又引《幽明录》云："宋世焦湖庙有一柏枕，或云玉枕，[①] 有小坼。时单父县人杨林为贾客，至庙祈求，庙巫谓曰：'君欲好婚否？'林曰：'幸甚！'巫即遣林近枕边，因入坼中，遂见朱楼琼室。有赵太尉在其中，即嫁女与林，生六子，皆为秘书郎。历数十年，并无思归之志。忽如梦觉，犹在枕边[②]，林怅然久之。"《广记》二百八十一又有《樱桃青衣》一事，其情节与这篇略同。据此则《枕中记》亦或转演的故事，而非沈既济的创造。但今人鲜有知杨林"樱桃"故事的了。

参考:

张鷟见《旧唐书》卷一百四十九《张荐传》、《新唐书》卷一百六十一。

沈既济见《新唐书》卷一百三十二。

白行简见《旧唐书》卷一百六十六及《新唐书》卷一百十九《白居易传》中。

段成式见《旧唐书》卷一百六十七《段文昌传》、《新唐书》

---

① 据（宋）李昉等编《太平广记》卷二八三，中华书局1961年版，第2254页，此处脱"枕"字。

② 据（宋）李昉等编《太平广记》卷二八三，中华书局1961年版，第2254页，"边"应为"傍"。

卷八十九《段①玄传》。

沈亚之见《唐才子传》卷六。

牛僧孺见《旧唐书》卷一百七十二、《新唐书》卷一百七十四。

《太平广记》五百卷，（宋）李昉等编，有扫叶山房石印本、《笔记小说大观》本。

《唐人说荟》，有锦章图书局石印本。

《唐宋传奇集》，鲁迅编，北新书局出版。

《旧小说》，吴曾祺编，商务印书馆出版。

《游仙窟》，张鷟撰，有周作人校本，北新书局出版。

《中国小说史略》，鲁迅编，可看第八、第九、第十等篇。

《中国文学概论讲话》，盐谷温著，孙俍工译，开明书店出版。

《唐人小说》，汪辟疆编，神州国光社出版。

《侯鲭录》，赵德麟著，有知不足斋丛书本。

---

① 据（宋）欧阳修、宋祁《新唐书》卷八九，中华书局1975年版，第3762页，此处脱"志"字。

第十三章　五代的歌词

唐诗到了温李，已至登峰造极的地步，不得已"三罗"、杜荀鹤、李山甫、胡曾辈，便离开温李秾郁缛丽的作风而走向通俗的风格。但五七言诗的怒潮已经成了过去，无论他们是如何的努力，亦挽不回已逝去的波涛。于是大诗人们便都掉转头来努力于新体诗的创造，即所谓词者，便成了晚唐和五代文学的中心，显出极炯①烂的光彩来了。

在五代这极短促的时期中，五十四年之间，更换了梁、唐、晋、汉、周五个朝代。同时还有十国的前后崛起，以及强梁外寇的侵伐。在这一个割据的纷乱时代，这在政治史上自然是黯淡无光，但在文学史上，却是一个光明灿烂的时期。在五代开始的时期，中原因为干戈扰攘之故，便有几个晚唐的老诗人，如韦庄、牛峤等，因避乱而居于蜀中，却开了蜀诗坛隆声的先声。这时留居中原的诗人，止剩着和凝是个伟大的作家。他们这些人的所作，却都努力于新体诗的创造，而不肯再作那五七言的律绝。因之造成了诗学就衰，词学代兴的一种现象。后来两宋的词学大

---

① 疑误，"炯"应为"绚"。

盛，不能不归功于五代的几个作家努力地提倡的效果。

这时期的君主们有许多是天才的词人。如蜀主王衍，后主孟昶，南唐二主李璟、李煜都能作词而又热烈的提倡。因之当时一班文士，不是渡江往依南唐，便西至蜀中归于王氏，及其后继的孟氏。至于南唐后主，更抱有特殊的天才，如红日的高挂天空，绮靡炉①煌，金碧炫人，而为当时任何一词家之所不及。其他韦庄、牛峤、毛文锡、和凝、牛希济、顾敻、薛昭蕴、欧阳炯、魏承班、李珣、阎选、孙光宪、张泌、冯延巳等，便都是当时词坛闪烁的明星了。

一

五代的词人，多数是受着温庭筠之浓丽作风的影响的。温氏的作风，几如太阳似的高挂在天空，无处不受到他的照射。赵崇祚所编的《花间集》所录词五百首，所选凡十八人，即以温氏为首，而录他的词至六十六首之多。他们的作风，多步趋温氏，类皆浓艳隐秀之词，构成了所谓"花间词派"，而为词史上最有影响的一种词的作风。

五代时向为诗人集中地的中原，因为战乱频仍，而其诗坛顿现冷落之状。老诗人如罗隐、韩偓、陈陶、杜荀鹤等，亦皆避地四散于兵戈未及之区。大作家韦庄和牛峤亦西行归蜀。北方在这五六十年中的词家，被选入《花间集》的只有一个和凝，远不及南方的蜀与南唐的兴盛。我们先看和凝的《江城子》词：

---

① 疑误，"炉"应为"绚"。

竹里凤生月上门，理秦筝，对云屏。轻拨朱弦，恐乱马嘶声。含恨含娇独自语，今夜约，太迟生。

斗转星移玉漏频，已三更，对栖莺。历历花间，似有马蹄声。含笑整衣开绣户，斜敛手，下阶迎。

和凝（八九八——九五五），字成绩，郓州须昌人。他是一位和冯道相似的谨慎小心的词人。十九岁举进士，仕后唐。晋天福五年，拜中书侍郎，同中书门下平章事。归汉后，拜太子太傅，封鲁国公。所作诗文甚富，有《红桥集》①、《香奁集》。他的词甚艳丽，如前边所举的的《江城子》，和"却爱蓝罗裙子，羡他长束纤腰"（《河满子》）可见一斑了。他又有《春光好》云："蘋叶软，杏花明，画船轻。双浴鸳鸯出绿汀，棹歌声。春水无风无浪，春天半雨半晴。红粉相随南浦晚，几含情。"情致楚楚，为《花间集》中最好的篇什之一。和凝在当时有"曲子相公"之称。但他做后晋宰相时，很装出点宰相架子，叫人把他少年时代做的小词收起毁灭了。所以历史上称他"厚重有德"。大概在这"厚重有德"的大臣庇护之下，小词就不大容易发达了。所以北方的文学，便远不及南方之盛。

《花间集》所录词人，自温庭筠、皇甫松外，几全为蜀人，这可见蜀文坛的盛极一时了。西蜀词人，为蜀主王衍和后主孟昶，但他们自作之词不多，最可称者为韦庄和牛峤。他们两人，是蜀中诗坛隆盛的开山祖师。

韦庄（八五一②——九一〇），字端己，杜陵人。唐昭宗乾

---

① "《红桥集》"应为"《红叶稿》"。
② 目前一般认为韦庄的生年约为八三六年。

宁元年进士，入蜀，王建辟掌书记，后建立国，以他为平章事，有《浣花集》。他的词以古朴浅淡见长，而善于抒情。温庭筠纤丽的一派，到他始门庭昌大，所以胡适之说："韦庄词一扫温庭筠一派纤文的习气。"（《词选》）他因离乡久远，故词中多思乡之音。像《菩萨蛮》云：

红楼别夜堪惆怅，香灯半卷流苏帐。残月出门时，美人和泪辞。

琵琶金翠羽，弦上黄莺语。劝我早归家，绿窗人似花。

这是何等情调自然的词呢？张皋文说："此词盖留蜀后寄意之作。"又有词云：

人人尽说江南好，游人只合江南老。春水碧于天，画船听雨眠。

炉①边人似月，皓腕凝霜雪。未老莫还乡，还乡须断肠。

张皋文说："此章述蜀人劝留之辞，江南即指蜀，中原沸乱，故曰：'还乡须断肠。'"韦庄避难于蜀，虽为王建寮属，但他对故乡洛阳的情绪，却时时在他的心中徘徊着。故云：

如今却忆江南乐，当时年少春衫薄。骑马倚斜桥，满楼红袖招。

翠屏金屏②曲，醉入花丛宿。此度见花枝，白头誓

---

① 据（清）彭定求等编《全唐诗》卷八九二，中华书局1960年版，第10075页，"炉"应为"垆"。

② 据（清）彭定求等编《全唐诗》卷八九二，中华书局1960年版，第10075页，"屏"应为"屈"。

不归。

"江南虽好非吾乡"，故第四首纯是思乡之音了：

洛阳城里春光好，洛阳才子他乡老。柳暗魏王堤，此时心转迷。

桃花春水渌，水上鸳鸯浴。凝眼[1]对残晖，忆君君不知。

端己的好词甚多，不胜录了。我们再抄他一首《荷叶杯》吧。《古今词话》："韦庄以才名寓蜀，王建割据，遂羁留之。庄有宠人，资质艳丽，善词翰。建闻之，强庄夺去。庄追念悒悒，作《荷叶杯》《小重山》词，盛行于时。姬闻之，不食而卒。"这话殊无根据，观其"如今俱是异乡人"语，似非指姬。但这首却是绝妙好辞。词云：

记得那年花下，深夜，初识谢娘时。水堂西面画帘垂，携手暗相期。

惆怅晓莺残月，相别，从此隔音尘。如今俱是异乡人，相见更无因。

韦庄亦能诗，如："江雨霏霏江草齐，六朝如梦鸟空啼。无情最是台城柳，依旧烟笼十里堤。"（《台城》）韦庄又有一首长一千六百六十六字的《秦妇吟》，描写黄巢之乱的情形，此诗实为五代的绝唱，而为中国古来第二长诗。

牛峤（八五〇——九二〇[2]），字松卿，一字延峰，陇西

---

[1] 据（清）彭定求等编《全唐诗》卷八九二，中华书局1960年版，第10075页，"眼"应为"恨"。

[2] 目前一般认为牛峤的生卒年均不详。

人。唐乾符五年（八七八）第进士。王建镇蜀，以他为判官。及建立国，峤为给事中。著有诗词若干传世。他的词作风紧炼，但非温韦的同群。《江城子》云："鵁鶄飞起郡城东。碧江空，半滩风。越王宫殿，蘋叶藕花中。帘卷水楼渔①浪起，千片雪，雨蒙蒙。"峤兄子希济，仕蜀官翰林学士，为当时一大词人。《生查子》云："新月曲如眉，未有团圞意。红豆不堪看，满眼相思泪。终日劈桃穰，人在心儿里。两朵隔墙花，早晚成连理。"蜀的词人，除上述三人之外，尚有毛文锡、薛昭蕴、顾夐、鹿虔扆、魏承班、尹鹗、毛熙震、李珣、欧阳炯、阎选等，他们的词亦都选入《花间集》。

《花间集》中除以上前后蜀的词人外，当时荆南大臣中有孙光宪（九〇〇②——九六八）者，字孟文，贵平人。游荆南，高从诲辟为从事，仕南平，官至御史大夫。尝劝高继冲献三州之地，宋太祖授以黄州刺史。著有《荆台》《笔佣》诸集。他的好词很多，在"花间派"词人里是和温韦在一条水平线上的。我们可举他的《思帝乡》一首为代表："如何？遣情情更多。永日水堂帘下，敛双③蛾。六幅罗裙窣地，微行曳碧波。看尽满地④疏雨，打团荷。"评者说他的词有三种特点：一、疏朗，如"蓼岸风多橘柚香"（《浣溪沙》）。二、婉约，如"江上草芊芊"

---

① 据（清）彭定求等编《全唐诗》卷八九二，中华书局1960年版，第10080页，"渔"应为"鱼"。

② 目前一般认为孙光宪的生年约为八九五年。

③ 据（清）彭定求等编《全唐诗》卷八九七，中华书局1960年版，第10142页，"双"应为"羞"。

④ 据（清）彭定求等编《全唐诗》卷八九七，中华书局1960年版，第10142页，"地"应为"池"。

（《河渎神》）。三、沉郁，如"留不得，留得亦应无尽[1]"（《谒金门》）。他著书很多，今惟《北梦琐言》二十卷流传于世。

二

　　五代文学的中心，西蜀外便要数到南唐了。像一代大词家南唐二主和他的臣属冯延巳的作品，都是千秋不磨的巨著。中主李璟（九一六——九六一），字伯玉，庙号元宗，在位十九年。他的词传于今而较可靠者仅三首（《浣溪沙》、《摊破浣溪沙》二首），而"细雨梦回鸡塞远，小楼吹彻玉笙寒"诸句，颇为后人所称。王荆公甚爱此二句，欲学之而未能也。（见《雪浪斋日记》）词云：

　　菡萏香销翠叶残，西风愁起绿波间。还与韶光共憔悴，不堪看。

　　细雨梦回鸡塞远，小楼吹彻玉笙寒。多少泪珠何限恨，寄阑干。

　　手卷真珠上玉钩，依前春恨锁重楼。风里落花谁是主，思悠悠。

　　青鸟不传云外信，丁香空结雨中愁。回首渌[2]波三

---

① 据（清）彭定求等编《全唐诗》卷八九七，中华书局1960年版，第10143页，"亦应无尽"应为"也应无益"。

② 据（南唐）李璟、李煜著；王仲闻校订《南唐二主词校订》，中华书局2007年版，第6页，"渌"应为"绿"。

峡①暮，接天流。

上二阕《摊破浣溪沙》委婉哀怨，尤称绝唱。论者谓其"有众芳芜秽，美人迟暮之感"（王国维《人间词话》）。其实中主的词，那一首不是"惆怅自怜"的呢？

南唐后主李煜（九三六——九七八），字重光，他是大词家李璟的第六个儿子。初封郑王，宋建隆三年，嗣位建康。开宝七年，宋师直取金陵，次年十一月城陷为宋所虏，明年正月，徙至京师，封违命侯。开始度过俘虏的生活，旋遇害。他的天才较乃父为尤高。他善属文，妙于音律，小词侧艳婉丽，冠绝当时。同时代的冯延巳、韦庄诸人的词，都不及他远甚了。他生于后晋高祖天福元年，卒于宋太宗太平兴国三年。有集十卷，今皆不传，传于今者仅诗词五十余首。后人又合他和中主所作，为《南唐二主词集》一卷。

我们研究后主的词，可以按照他的词人的生活，分为两部分（亦有分为三期的）。第一部分是他未亡国时的词，这时他过的是欢乐繁华的生活。他有那工词能诗的父兄，又有那色艺双绝的美妻，所以他的作品只是些"烂嚼红茸，笑向檀郎吐②"（《一斛珠》）一类的艳词。第二部分是他亡国以后的词，这时他所过的是悲苦寂寞，终日以泪洗面的生活，因此他唱出许多凄凉怨慕的词来。像"春花秋月何时了"（《虞美人》）、"故国梦重归，觉来双泪垂"（《子夜歌》），这还不是悲愤的号咷痛哭

----

① 据（南唐）李璟、李煜著；王仲闻校订《南唐二主词校订》，中华书局2007年版，第6页，"峡"应为"楚"。

② 据（清）彭定求等编《全唐诗》卷八八九，中华书局1960年版，第10047页，"吐"应为"唾"。

吗？我们先看后主第一部分的：

> 红日已高三丈透，金炉次第添香兽。红锦地衣随步
> 皱。
>
> 佳人舞点金钗溜，酒恶时拈花蕊嗅。别殿遥闻箫鼓
> 奏。
>
> ——《浣溪沙》

> 花明月暗笼轻雾，今宵好向郎边去。刬袜步香阶，
> 手提金缕鞋。
>
> 画堂南畔见，一向偎人颤。奴为出来难，教君恣意
> 怜。
>
> ——《菩萨蛮》

这两首词，可算他前期作品的代表。他的清丽的作风，虽然像恬静的春水，微微地拂着绿波一样的那末动人，但这并不是他的成功好词。他的最可宝贵的作品，是在他的第二时期。这时他以久处繁华安乐的少年皇帝，一旦陷在这悲惨的俘虏境地，这在常人犹恐不堪，况他一个多感的诗人，怎能禁得住他故国之思，繁华之梦的回忆呢？所以他这时的词中往往用凄凉之语，写他这悲惨的身世，便不由得完成了他词的伟大，成功了旷古无匹的词人。所以他这时的作品，是他已成熟的作品，是词的最高领域。他的完美的风格，如曜于秋光中的苹果林，静躺于夕阳中的黄金色的熟稻一般。垂头迎风，黍实丰满，无人不惊叹其美丽与其丰实的内容。我们看他这时的《忆江南》：

> 多少恨，昨夜梦魂中。还似旧时游上苑，车如流水
> 马如龙。花月正春风。
>
> 多少泪，霑袖复横颐。心事莫将和泪滴，凤笙休向

月明吹。肠断更无疑。

伟大的作品之所以被人称赞，历千古而不磨灭者，便因为这是作者自己生命的表白，像后主这样的词，是永远留在读者心灵的深处，久久不能忘掉的。他的词还有和他生活最有关系的《浪淘沙》《虞美人》两篇。《乐府纪闻》："后主归宋后，与故宫人书云：'此中日夕，只以眼泪洗面。'每怀故国，词调愈工。其赋《浪淘沙》《虞美人》云云，旧臣闻之，有泣下者。"这可见他的词是如何的感人之深呢。

　　帘外雨潺潺，春意阑珊，罗衾不耐五更寒。梦里不
知身是客，一晌贪欢。

　　独自莫凭阑，无限江山，别时容易见时难。流水落
花春去也，天上人间。

这一首是他的《浪淘沙》，其情致之深挚，意境之高远，真是前无古人，后无来者。再看他最有名的《虞美人》词：

　　春花秋月何时了，往事知多少？小楼昨夜又东风，
故国不堪回首月明中！

　　雕阑玉砌依然在，只是朱颜改。问君能有几多愁？
恰似一江春水向东流。

"故国不堪回首月明中。"为了这句词，竟引起宋太宗的怨恨，致招杀身之祸。《唐余纪传》："煜以七夕日生，是日燕饮，声伎彻于禁中。太宗衔其有'故国不堪回首月明中'之词，至是又愠其酣畅，乃命楚王元佑携觞，就其第而助之欢。酒阑，煜中牵机药毒而死。"虽然他的躯壳已死，但他的灵魂却永远的寄托在他的血和泪的词里了。

三

南唐文章之盛，在当时可比肩西蜀。但就其作家的成就观之，则南唐虽寥寥几人，实较西蜀尤为伟大。二主辞华照耀，如旭日之丽天，当时无与伦匹。后主的兄弟从善、从谦，及其臣下若张泌、冯延巳、成彦雄、韩熙载、徐铉、徐锴、徐游辈，风流淹博，亦都一时之选，而延巳尤为当时的大词家。

冯延巳（九〇三——九六〇），字正中，广陵人，与弟延鲁皆极得南唐的信任。事南唐中主，累官中书侍郎，左仆射，同平章事，后改太子太傅。建隆元年卒。有《阳春集》一卷。他的词大都不尚藻饰，惯以浅近之语，写深厚之情。这较之五色斑斓，徒工涂饰而少真趣者，当时 [1] 要高出几倍了。

> 风乍起，吹皱一池春水。闲引鸳鸯芳径里，手挼红杏蕊。
>
> 斗鸭阑干独倚，碧玉搔头斜坠。终日望君君不至，举头闻鹊喜。

这是他最为人所称的《谒金门》。《南唐书》载有一段他和中主相谑的故事：元宗尝戏延巳曰：“吹皱一池春水。干卿底事？”延巳对曰：“未若陛下小楼吹彻玉笙寒。”元宗悦。于此可以想见南唐君臣提倡文艺的盛况。他的好词很多，我可以再举数首：

---

[1] 疑误，“时”应为“是”。

南园春半踏青时，风和马鸣嘶^①。青梅如豆柳如丝，日长蝴蝶飞。

花露重，草烟低，人家帘幕垂。秋千慵困解罗衣，画梁双燕栖。

——《阮郎归》

几日行云何处去？忘了归来，不道春将暮。百草千花寒食路，香车系在谁家树。

泪眼倚楼频独语。双燕来时^②，陌上相逢否？撩乱春愁如柳絮，悠悠梦里无寻处。

这一首是冯延巳的《蝶恋花》词，共有三首。或作欧阳修词。清周济《宋四家词》断定这词是欧阳修的。他说冯延巳是个小人，如何能作这种忠厚爱君的词。这当然是以道学家的眼光来批评文学了。延巳的词，大概包含两种不同的风格，一种是缠绵委婉的，一种是沉挚决绝的。前者的作品，像《采桑子》《清平乐》《酒泉子》和上面所录的《谒金门》《阮郎归》都是。这一类的词在延巳的作品中，约占十之八九。至他后一种词的风格，在他的词中，是占着极小的部分，像《蝶恋花》便是这一类的代表。延巳的词，虽未列入《花间集》，但他对于后代的影响却很大。宋初诸家，像晏殊、欧阳修，都是学他的缠绵委婉的风格的。宋人学他后一种而能得其神似者极少。

---

① 据（清）彭定求等编《全唐诗》卷八九八，中华书局1960年版，第10155页，"马鸣嘶"应为"闻马嘶"。

② 据（清）彭定求等编《全唐诗》卷八九八，中华书局1960年版，第10158页，"来时"应为"飞来"。

参考：

李璟、李煜见《旧五代史》卷一百三十四、《新五代史》卷六十二《南唐世家》。

和凝见《旧五代史》卷一百二十七、《新五代史》卷五十六。

孙光宪见《十国春秋》卷一百二。

韦庄见《十国春秋》卷四十、《唐才子传》卷十。

牛峤见《十国春秋》卷四十、《唐才子传》卷九。

牛希济见《十国春秋》卷四十四。

冯延巳见《十国春秋》卷二十六。

《花间集》，（蜀）赵崇祚编，有四部备要本。

《唐五代二十家词》，王国维编，有《王忠悫公遗书》四集本。

《浣花集》，韦庄撰，有四部丛刊本。

《南唐二主词笺》，有无锡图书馆刘继增校笺本。

《诗史》，陆侃如编，大江书铺本，可看李煜时代。

《十国春秋》，吴廷①臣撰，有顾氏小石山房刊本。

---

① 据（清）赵尔巽等撰《清史稿》卷一四六，中华书局1977年版，第4286页，"廷"应为"任"。

第十四章　北宋词人

　　经过了温庭筠、李煜、韦庄、冯延巳诸人的努力，词至宋代，已达到了它的盛年。宋词在中国文艺史上的地位，正和唐代的诗歌一样，晏殊、欧阳修、张先、柳永四人，便是盛代的先驱。他们在宋词人中的地位，正和王杨卢骆"四杰"在唐人诗中的地位是一样的重要。他们上续"花间派"和南唐君臣一派的艳丽的抒情小词，更下开苏东坡一派脱去声律束缚的豪放词。他们由制小令而渐创曼声长调，由摆脱古典而引用俚语入词。词在此时，却开了许多新的道途，这是宋词的第一个时期。到了十一世纪的中年，柳永一派的婉约的作风，渐渐的要笼罩一切，这时天才的诗人苏轼，更应运而生，与之对立。他以清旷豪放开宗，创始了词的北派，这是宋词的第二个时期。苏轼之后约二十年左右，词坛上又出了一位重要的作者周美成，他的词没有第一期词的清隽健朴的风格，也没有第二期词的奔放雄奇的特色。但他的词是严守音律，精炼字句，务于严格的词律之中，用清丽婉美的辞句，来写出他的心怀，而为南宋词人开辟了一条先路，这是宋词的第三个时期。

一

北宋的初年，全国人士因为一齐致力于东征西讨，亟求统一的原故，似乎没有注意到词的如何繁荣。西蜀和南唐的平定，虽然大词人李煜和欧阳炯辈亦都来归，但他们在宋词的影响上并不很大。这一方面因为他们是降王臣的原故，社会人士对他们并不十分的重视；另一方面这时的才智之士，多思在政治方面建立殊勋，而不肯屑屑于词的创制。因此在这近百年间的词坛，除了几个五代的老诗人的"残蝉的尾声"外，并没有什么新兴的伟大作家出现。直等到晏殊、欧阳修、张先、柳永起来，词坛才显出了热闹的景象，而为一个大时代的先驱。

晏殊（九九一———○五五），字同叔，临川人。他是一个大天才，七岁能属文。景德初，以神童召试，赐进士出身，累擢知制诰翰林学士。庆历时，拜集贤殿学士，同平章事，兼枢密院使。卒谥元献。当时知名之士，如范仲淹、欧阳修，皆出其门。他的一生过的是"花团锦绣"的诗人生活，所以他的词亦处处表现着闲雅丰美的风格。他生于淳化一年，死于至和二年，年六十五岁。著有《珠玉词》。

晏殊的词，受冯延巳的影响很深。刘贡父说："元献尤喜[①]冯延巳歌词，其所[②]作，亦不减延巳。"（《中山诗话》）晁无

---

① 据（宋）刘攽《中山诗话》//《影印文渊阁四库全书》第1478册，台湾商务印书馆1983年版，第272页，此处脱"江南"。

② 据（宋）刘攽《中山诗话》//《影印文渊阁四库全书》第1478册，台湾商务印书馆1983年版，第272页，此处脱"自"字。

咎亦说他不蹈袭前人语，而风调闲雅。试看他的《采桑子》：

时光只解催人老，不信多情。长恨离亭。滴泪[1] 春衫酒易醒。

梧桐昨夜西风急，淡月胧明。好梦难仍。何处高楼雁一声。

阳春[2] 二月芳菲遍，暖景溶溶。戏蝶游蜂。深入千花粉艳中。

何人解系天边日，占取春风？免使[3]。一片西飞一片东。

真的，我们读了这首词，可以感到一种清新的意境，与婉和闲适的音调。由此我们可以知道晏殊的词，是不用强烈颜色的渲染，从平淡处给我们一种清新的妙境。他的成就的高处，确足以闯入延巳之室。试看他的《浣溪沙》二词，更可以看出和延巳相似的作风：

三月和风满上林，牡丹妖艳直千金。恼人天气又春阴。

为我转回红粉面，向谁分付紫檀心？有情须殢酒杯深。

——《咏牡丹》

---

① 据唐圭璋编《全宋词》，中华书局1999年版，第118页，"滴泪"应为"泪滴"。

② 据唐圭璋编《全宋词》，中华书局1999年版，第118页，"春"应为"和"。

③ 据唐圭璋编《全宋词》，中华书局1999年版，第118页，此处脱"繁红"。

一曲新词酒一杯，去年天气旧亭台。夕阳西下几时

回。

无可奈何花落去，似曾相识燕归来。小园香径独徘

徊。

——《咏落花》

关于这首词，有一段故事：晏元献同王琪步游池上，时春晚有落花。晏云："每得句书墙壁间，或弥年未尝强对，且如'无可奈何花落去'一句，至今未能对也。"王应声曰："何不云似曾相识燕归来。"自此辟置馆职，遂跻侍从。（《复斋漫录》）晏殊的词里，颇多艳丽的抒情句子。像"为我转回红粉面，向谁分付紫檀心"（《浣溪沙》）、"落花风雨更伤春，不如怜取眼前人"（《浣溪沙》）、"粉面啼红腰束素，当年拾翠曾相遇"（《渔家傲》）……这还不是情语吗？虽然他的儿子几道曾说："先君平日小词虽多，未尝作妇人语也。"欲盖弥彰，是几道为他老子强辩也。

晏殊幼子几道（一〇五〇——一一二〇），字叔原，号小山。他的生平无可考，惟知其曾监颍昌许田镇。能文章，尤工乐府。他在政治上，虽然不及乃父的耀显，但他的词的造诣，却是"雏凤清于老凤声"。所以周济论他们道："晏氏父子，仍步温、韦，小晏精力尤绝①。"（《词选序》）这尚不失为公允之语。有《小山词》。

梦后楼台高锁，酒醒帘幕低垂。去年春恨却来时。

---

① 据（清）周济《宋四家词选》//《续修四库全书》第1732册，上海古籍出版社2002年版，第592页，"绝"应为"胜"。

落花人独立，微雨燕双飞。

　　记得小蘋初见，两重心字罗衣。琵琶弦上说相思。
当时明月在，曾照彩云归。

——《临江仙》

这首词音调和谐，富有女性的声调之美，可算他集中的代表作品。几道的词受南唐二主、温飞卿、韦端已诸人的影响不少。但他的词，是有他真挚的性情，独特的风格，并不是一味的依样模仿。陈质斋说："叔原在诸名胜中，独可追逼《花间》，高处或过之。"程叔彻亦说："伊川闻诵叔原《鹧鸪天》词：'梦魂惯得无拘检，又踏杨花过谢桥。'笑曰：'鬼语也。'"意亦赏之。他实是一位高才的独特的词人。

与晏殊同时的词人，如范仲淹、宋祁诸人，虽然都有几首最脍炙人口的小词，但他们都是过着政治生活的两位用世的名臣。因此他们的政治的声誉，反掩没了他们在文艺上的地位。这时真能够接续晏殊在文艺史上位置的，却只有一个欧阳修。

欧阳修（一〇〇七———一〇七二），字永叔，广陵人。晚年又号六一居士。他能诗，在当时又一位严正的古文家。宫至枢密副使，参知政事，后以太子少师致仕，卒谥文忠公。有《六一居士词》三卷。

他的词，直接受晏殊的影响很深，因为他和范仲淹同出晏殊之门的原故。但间接的则和晏殊是同出于南唐。当我们读他的古文时，只见到他是一位面孔严肃、冷酷无情的道学家。即在他的五七言诗中，亦很难看到他是一位怎样富于感情的诗人，但一读到他的词，便发见他是一位情感最热烈、最丰富的文艺作家。他活泼泼地，赤裸裸地，显露了他天真的词人的面孔，在我们之前。像：

> 凤髻金泥带，龙文①玉掌梳。走来窗下笑相扶。爱道画眉深浅、入时无。
>
> 弄笔偎人久，描花试手初。等闲妨了绣工②夫。笑问双鸳鸯字、怎生书。

——《南歌子》

> 今日北池游，漾漾轻舟。波光潋滟柳条柔。如此春来春又去，白了人头。
>
> 好妓好歌喉，不醉难休。劝君满满酌金瓯。纵使花时常病酒，也是风流。

——《浪淘沙》

像这样的词，是何等的蕴藉风流呢！他是在表白自己的情绪，呼诉自己的心声，显露他本来面目的欧阳修，决不是扳着面孔作"文以载道"古文的欧阳修了。我们再退一步想，朱熹是何等的道学先生，他作起文来，亦惯作情语。何况永叔是个文学家，是带有些浪漫性的文学家呢？胡适之说："北宋不是一个道学时代，作艳词并不犯禁，正人君子，并不以此为讳。"看了这个话，知陈质斋、罗长源诸人之语，是为永叔强辩也。

抒情的小词，五代的南唐二主最为擅长。及到了欧阳永叔，便作的更起劲了。下面的两首词，显然是还带着南唐的余风。

---

① 据（宋）欧阳修著；李逸安点校《欧阳修全集》卷一三三，中华书局2001年版，第2032页，"文"应为"纹"。

② 据（宋）欧阳修著；李逸安点校《欧阳修全集》卷一三三，中华书局2001年版，第2032页，"工"应为"功"。

轻舟短棹西湖好，绿水逶迤。芳草长堤，隐隐声[1]歌处处随。

无风水面琉璃滑，不觉船移。微动涟漪，惊起沙禽两[2]岸飞。

群芳过后西湖好，狼藉残红。飞絮蒙蒙。垂柳阑干尽日风。

笙歌散尽游人去，始觉春空。垂下帘栊。双燕归来细雨中。

——《采桑子·西湖词》

像这样的词，无处不表现一个浪漫的善感的诗人欧阳修，谁还记得他是一个卫道的大古文家呢？他还有一首我最爱读的《蝶恋花》词：“庭院深深深几许，杨柳堆帘[3]，烟[4]幕无重数。玉勒雕鞍游冶处，楼高不见章台路。雨横风狂三月暮，门掩黄昏，无计留春住。泪眼问花花不语，乱红飞过秋千去。”这又是如何的凄丽多情呢！

张先（九九〇——一〇七八），字子野，吴兴人。天圣八年进士。尝知吴江县。他生于宋太宗淳化元年，卒于神宗元丰元年，共活八十九岁。他在宋词人中，要算是享年最高的了。有

---

① 据（宋）欧阳修著；李逸安点校《欧阳修全集》卷一三一，中华书局2001年版，第1991页，“声”应为“笙”。

② 据（宋）欧阳修著；李逸安点校《欧阳修全集》卷一三一，中华书局2001年版，第1991页，“两”应为“掠”。

③ 据唐圭璋编《全宋词》，中华书局1999年版，第208页，“帘”应为“烟”。

④ 据唐圭璋编《全宋词》，中华书局1999年版，第208页，“烟”应为“帘”。

《安陆词集》一卷。

他的词甚有声于当时，晏元献尝辟他为通判。后仕至都官郎中，故有"桃李嫁东风郎中"和"寒破月来花弄影郎中"之名。《过庭录》载有他一段故事：子野词云："沈恨细思，不如桃杏，犹解嫁东风。"一时盛传，永叔尤爱之，恨未识其人。子野家南地，以故至都，谒永叔，永叔倒屣迎之曰："此乃桃杏嫁东风郎中。"这首词的全文如下：

> 伤高怀远几时穷，无物似情浓。离愁正引千丝乱，更东陌、飞絮蒙蒙。嘶骑渐遥，征尘不断，何处认郎踪。
>
> 双鸳池沼水溶溶，南北小桡通。梯横画阁黄昏后，又还是、斜月帘栊。沈恨细思，不如桃杏，犹解嫁东风。

在子野的词里，有许多是脍炙人口的。《古今词话》："景文（宋祁字）过子野家，将命者曰：尚书欲见'云破月来花弄影郎中'耶？子野内应云：得非'红杏枝头春意闹（景文《木兰花词》中句）尚书耶'？"试看子野这首名词：

> 水调数声持酒听，午醉醒来愁未醒。送春春去几时回？临晚镜，伤流景，往事后期空记省。
>
> 沙上并禽池上暝，云破月来花弄影。重重帘幕密遮灯，风不定，人初静，明日落红应满经①。

他别号张三中，又号张三影。《乐府纪闻》：客谓子野曰：

---

① 据（宋）张先著；吴熊和，沈松勤校注《张先集编年校注》，上海古籍出版社2012年版，第8页，"经"应为"径"。

"人咸目公为张三中，谓公词有心中事、眼中泪、意中人也。"子野曰："何不目之为张三影。"客不喻，子野曰："'云破月来花弄影''娇柔懒起，帘压卷花影''柳径无人，坠轻絮无影'，此余生平得意者也。"子野又有《碧牡丹》一首，其中"几重山，几重水"是曾经大感动于晏元献的。子野也长于诗文，旧称有文集百卷行世。

现在我们再讲北宋伟大的词人，慢词的创造者柳永。柳永（九九〇———一〇五〇），字耆卿，崇安人。初名三变，仁宗景祐元年登进士第。后官至屯田员外郎。他少时好游狭邪，善为歌辞，教坊乐工每得新调，都请他为词，所以他的词遍传天下。叶梦得所谓"凡有井水处，即能歌柳词"者。其流传之广，可比之唐之元白。他的词之所以能得到广大范围的读者和歌者，完全在他的词能脱下了花间派的衣衫而自创一格，并能运用白话及浅显的文字的原故。在十一世纪的词坛上，他要算是最有势力的一个伟大作家。他的《鹤冲天》云：

閑窗漏永，月冷霜华堕。悄悄下帘幕，残灯火。再三思[1]往事，离魂乱、愁肠锁。无语沉吟坐。好天好景，未省展眉则个。

从前早是多成破。何况经岁月，相抛嚲。假使重相见，还得似、当初[2]么。悔恨无计那。迢迢良夜，自家只恁摧挫。

---

[1] 据（宋）柳永撰；薛瑞生校注《乐章集校注》，中华书局2002年版，第38页，"追"应为"思"。

[2] 据（宋）柳永撰；薛瑞生校注《乐章集校注》，中华书局2002年版，第38页，"当初"应为"旧时"。

我们读他这首词有两点是应该注意的：（一）在他以前的词家，都善于小令，而不善于慢词，词到他，始创作了许多伟大的曼声长调，而慢词才大行于世。（二）词到了他，始以白话俗语入词，如这首且用了"他""则个""也""么"诸口语，使它更易为时人所领悟。他的词流行之广，岂是偶然的。他尚有一首最有名的《雨霖铃》词，能将离情别绪的最内在的感觉，细细的分析出来，这实是他的最擅长处。陈质斋所谓"尤工于羁旅行役"的，便是指他这一类的文字。词云：

> 寒蝉凄切，对长亭晚，骤雨初歇。都门帐饮无绪，留恋处，兰舟催发。执手相看泪眼，竟无语凝噎。念去去，千里烟波，暮霭沉沉楚天阔。
>
> 多情自古伤离别，更那堪，冷落清秋节！今宵酒醒何处？杨柳岸，晓风残月。此去经年，应是良辰好景虚设。便纵有千种风情，更与何人说？

相传宋仁宗留意儒雅，深斥浮艳虚华的文字。柳曾有句云："忍把浮名，换了浅斟低酌 [1]。"（《鹤冲天》中句）后来仁宗取士，他去应考，临轩放榜时，仁宗特奚落之曰："此人风前月下，好去浅斟低酌 [2]，何要浮名？"（见《能改斋漫录》）他虽然后来改名得中，但自此遂不复作政治活动。真个"浅斟低酌 [3]"沉醉于倚红偎绿的歌舞场中，潦倒穷愁以死。他死后萧条，葬资亦无所出，群妓争酿金葬之于枣阳县花山，每遇清明

---

[1] 据唐圭璋编《全宋词》，中华书局1999年版，第65页，"酌"应为"唱"。

[2] 同上。

[3] 同上。

节，多载酒肴饮于耆卿墓前，谓之"吊柳会"。清王渔洋诗云："残月晓风仙掌路，何人为吊柳屯田？"耆卿虽然潦倒一生，但他生前能得名妓的眷念，死而又使她们久久不能忘掉。耆卿，耆卿，可以含笑九泉了。

二

自来的文艺，它的意境是逐渐地开拓，材料是逐渐地丰富。平庸的人作文艺，只在旧的意境里讨生活，旧的材料里做工夫，永远是不肯跳出前人的范围。大天才就不然，他常是新意境的开辟者，新材料的搜集者。文艺因为有了新的意境，新的材料，便生出更壮大的新生命，放出极炬①烂摄人的光彩来。词也是这样一步步地开拓下去。在五代和北宋的初年，花间派的凄惋、惆怅、柔丽、细腻的风格笼罩着当时的词坛，一切的词人们之所作，那个不是规摹花间派凄惋、惆怅、柔丽、细腻的风格，觉得就不是正统的词人。就如大才的欧阳修、二晏，亦未能脱去这种风气。平庸的人，如何能逃出这种范围呢！及大天才的苏轼出来，词便到了大解放的时期，走到了一块崭新的园地。柳永虽然倡导了慢词，但他还因袭着五代词的艳曼的风气。迨苏轼出来，一变词的婉约，而为豪放的作风。从此词更有了新生命，更有了南北两派的区分。南派婉约，北派豪放。南派的领袖为五代的后主，而北派却以苏轼为开山祖师。

苏轼（一〇三六——一一〇一），字子瞻，眉山人。他是以

---

① 疑误，"炬"应为"绚"。

散文和诗著名当代的，同时又是位转变词坛风气的大词人，在词史上更占着特殊的位置。初官翰林学士，绍圣初，坐讪谤置惠州，徙昌化，徽宗立赦还，提举玉局观。建中靖国元年，卒于常州。谥文忠。有《东坡前后集》。

他的词以清旷豪放为宗，在辞句方面，他往往杂采诗赋语、经典语，甚至以散文的句法作词。陆放翁说："试取东坡词歌之，曲终觉天风海雨逼人。"胡致堂亦谓："眉山苏氏，一洗绮罗香泽之态，摆脱绸缪宛转之度，使人登高望远。举首高歌，而逸怀浩气，超乎尘垢之外。"我们看他的《念奴娇·赤壁怀古》，就可以见出他横放杰出的豪放的作风。

> 大江东去，浪淘尽，千古风流人物。故垒西边，人道是，三国周郎赤壁。乱石穿空，惊涛拍岸，卷起千堆雪。江山如画，一时多少豪杰。

> 遥想公瑾当年，小乔初嫁了，雄姿英发。羽扇纶巾，谈笑间，樯橹灰飞烟灭。故国神游，多情应笑我，早生华发。人生如寄①，一尊还酬②江月。

陈无己谓："子瞻以诗为词。"如此篇和"荷蒉过山前，曰有心也哉此贤"（《醉翁操》），以及如"老夫聊发少年狂，左牵黄，右擎苍"（《江城子》），可算是以古文入词了。他的文才的横逸，诚如晁无咎所云："横放杰出，自是曲子内缚不住者。"这种粗豪恣放之作，后来辛弃疾的一派，受他的影响

---

① 据唐圭璋编《全宋词》，中华书局1999年版，第363页，"人生如寄"应为"人间如梦"。

② 据唐圭璋编《全宋词》，中华书局1999年版，第363页，"酬"应为"酹"。

很深。关于他的词，曾有一段趣话——东坡在玉堂日，有幕士善歌，因问："我词比柳耆卿何如？"对曰："柳郎中词，只合十七八女郎，按红牙拍，歌'杨柳岸晓风残月'。学士词，须关西大汉，执铜琵琶、铁绰板，唱'大江东去'。"（见《吹剑续录》）这是讥诮他的。但实在他的词亦不尽如"大江东去"之类。东坡的词，有两种境界：一个境界是横放杰出的，另一个境界便是清空灵隽的。像《卜算子》二首云：

> 水是眼皮[①]横，山是眉峰聚。欲问行人去那边？眉眼盈盈处。

> 才是[②]送春归，又送君归去。若到江南赶上春，千万和春住。[③]

> 缺月挂疏桐，漏断人初静。时见幽人独往来，缥缈孤鸿影。

> 惊起却回头，有恨无人省。拣尽寒枝不肯栖，寂寞沙洲冷。

这是如何清新澹远之作。尤其像后一首词，使我们读了之后，真如散步于风清月白，树影倒地的僻巷里，使人感到一种恬静的意味。张叔夏说："东坡词，清丽纡徐处，高出人表。"周保绪亦说："人赏东坡粗豪，吾赏东坡韶秀，韶秀是东坡佳处，

---

① 据唐圭璋编《全宋词》，中华书局1999年版，第337页，"皮"应为"波"。

② 据唐圭璋编《全宋词》，中华书局1999年版，第337页，"是"应为"始"。

③ 据唐圭璋编《全宋词》，中华书局1999年版，第337页，这首词的作者目前一般认为是王观。

粗豪则病也。"这都是说他的词有两种不同的风裕。他又有《蝶恋花》云："花褪残红青杏小。燕子飞时，绿水人家绕。枝上柳绵吹又少，天涯何处无芳草。墙里秋千墙外道。墙外行人，墙里佳人笑。笑渐不闻声渐杳[①]，多情却被无情恼。"这是如何细腻温婉的情诗呢？王世贞说："枝上柳绵，恐屯田缘情绮靡，未必能过。孰谓坡，但解作大江东去耶？"（《艺苑卮言》）这种话是很有见地的。

北宋的词人，可称为苏派的颇多，所谓苏门四学士——秦观、黄庭坚、张耒、晁补之，及向子諲、陈与义为最。秦观（一〇四九———一一〇〇），字少游，一字太虚，高邮人。元祐初因苏轼之荐，除秘书省正字，兼国史院编修官。后屡坐党籍，屡遭放逐。元符三年，卒于藤州。有《淮海集》。

他的词以婉约胜，与黄庭坚齐名，时称"秦七黄九"。蔡伯世云："子瞻辞胜乎情，耆卿情胜乎辞，辞情相称者，唯少游一人而已。"但平心论之，他的气魄，却没有耆卿大，他的韵格，却没有子瞻高，他实一位善于置景藉辞，遣情使语的小心谨慎的诗人。试读他的《满庭芳》词：

> 山抹微云，天黏[②]衰草，画角声断谯门。暂停征棹，聊共引离尊。多少蓬莱旧事，空回首、烟霭纷纷。

---

① 据邹同庆，王宗堂《苏轼词编年校注》，中华书局2002年版，第753页，"杳"应为"悄"。

② 据唐圭璋编《全宋词》，中华书局1999年版，第589页，"黏"应为"连"。

斜阳外，寒鸦数[①]点，流水绕孤村。

消[②]魂，当此际，香囊暗解，罗带轻分。漫[③]赢得、青楼薄幸名存。此去何时见也？襟袖上、空染[④]啼痕。伤情处，高城望断，灯火已黄昏。

这种婉约轻圆的作风，实是少游词的本色。少游因了这首词，而得到"山抹微云"君的称号。"斜阳外，寒鸦楼[⑤]点，流水绕孤村"尤为时人所传诵（晁无咎语）。我们再看下一段的故事。更知这首词之名动一时了。"范仲温尝预贵人家会，有侍儿喜歌秦少游长短句，坐中略不顾及，酒醋欢洽，侍儿始问此郎何人？仲温遽起叉手而对曰：'某山抹微云女婿也。'"（见《铁围山丛谈》）

秦少游虽然是苏门的词人，但他的词，受东坡的影响，却不如柳永之深。这在他的慢词中，却可看得到的。《高斋词话》："秦少游自会稽入京见东坡，东坡曰：'不意别后，公却学柳七作词。'秦答曰：'某虽无学，亦不至如是。'东坡曰：'消魂当此际，非柳七句法乎。'秦惭服。"虽然，少游的小词，受花间派及宋初的几个作家影响，却确有许多不可磨灭的名言隽语。

---

① 据唐圭璋编《全宋词》，中华书局1999年版，第589页，"数"应为"万"。

② 据唐圭璋编《全宋词》，中华书局1999年版，第589页，"消"应为"销"。

③ 据唐圭璋编《全宋词》，中华书局1999年版，第589页，"漫"应为"谩"。

④ 据唐圭璋编《全宋词》，中华书局1999年版，第589页，"染"应为"惹"。

⑤ 据唐圭璋编《全宋词》，中华书局1999年版，第589页，"楼"应为"万"。

像：

枝上流莺和泪闻，新啼痕间旧啼痕。一春鱼鸟无消
息，千里关山劳梦魂。

无一语，对芳尊。安排肠断到黄昏。甫能炙得灯儿
了，雨打梨花深闭门。

——《鹧鸪天》

雾失楼台，月迷津渡。桃源望断无寻处。可堪孤馆
闭春寒，杜鹃声里斜阳暮。

驿寄梅花，鱼传尺素。砌成此恨无重数。郴江幸自
绕郴山，为谁流下潇湘去。

——《踏莎行》

王静安说："少游词境，最为凄婉，至'可堪孤馆闭春寒，
杜鹃声里斜阳暮'，则变为凄厉矣。"《倚声集》亦推此词为千
古绝唱，可见他的名贵了。相传秦殁后，东坡尝写此词于扇云：
"少游已矣，虽万人何赎？"高山流水之悲，千载而下，犹使人
缅想低徊不已。

苏门词人，受柳永影响的，不仅少游一人，黄庭坚亦是一
个。庭坚（一○四五——一一○五），字鲁直，号山谷老人，
洪州分宁人。治平初举进士，曾任校书郎，秘书丞，后以事被
贬死。有《山谷词》。他一生在文学上的努力，成功于诗歌一
方面，为江西诗派之宗。他的词，有两种不同的作风，像《念
奴娇》《水调歌头》，是与苏词相近的；若《千秋岁》《清平
乐》，则近柳、秦的作风。晁无咎说："鲁直小词固高妙，然
不是当行家，乃着腔子唱好诗也。"像下面的一首（《清平
乐》），便有柳、秦的气息：

　　春归何处？寂寞无行路。若有人知春去处，唤起[1]
归来同住。

　　春无踪迹谁知。除非问取黄鹂。百啭无人能解，因
风吹[2]过蔷薇。

　　张耒（一〇五二————一一一二），字文潜，有《柯山词》。
但仅《风流子》及《少年游》《秋蕊香》三词传于世。《秋蕊
香》词甚有风致：

　　帘幕疏疏风透，一线香飘金兽。朱阑倚遍黄昏后，
廊下[3]月华如昼。

　　别离滋味浓如[4]酒，令[5]人瘦。此情不及墙东柳，
春色年年依[6]旧。

　　晁补之（一〇五三————一一一〇），字无咎，有《鸡肋集》
《琴趣外篇》，世人多以为他的词笔豪放，近于东坡。其实他的
词，都是写自然界的可乐，可以说是闲适派的词。试举他的一首
词作例：

---

　① 据唐圭璋编《全宋词》，中华书局1999年版，第507页，"起"应为
　　"取"。
　② 据唐圭璋编《全宋词》，中华书局1999年版，第507页，"吹"应为
　　"飞"。
　③ 据唐圭璋编《全宋词》，中华书局1999年版，第764页，"下"应为
　　"上"。
　④ 据唐圭璋编《全宋词》，中华书局1999年版，第764页，"如"应为
　　"于"。
　⑤ 据唐圭璋编《全宋词》，中华书局1999年版，第764页，"令"应为
　　"著"。
　⑥ 据唐圭璋编《全宋词》，中华书局1999年版，第764页，"依"应为
　　"如"。

买陂塘、旋栽杨柳，依稀淮岸湘①浦。东皋雨足②新痕涨，沙觜鹭来鸥聚。堪爱处最好是、一川夜月光流渚。无人自③舞。任翠幕④张天，柔茵藉地，酒尽未能去。

青绫被，休⑤忆金闺故步。儒冠曾把身名⑥误。弓刀千骑成何事，荒了邵平瓜圃。君试觑。满青镜、星星鬓影今如许。功名浪语。便做⑦得班超，封侯万里，归计恐迟暮。

——《模鱼儿·东皋寓处⑧》

这时期的词人，除苏、黄、秦、张外，更有陈师道、毛滂、贺铸、李鷹、朱敦儒诸人，如夏云秋雨似的绵绵不绝，使词坛上很长期的呈现着热闹的景象。

---

① 据唐圭璋编《全宋词》，中华书局1999年版，第714页，"湘"应为"江"。
② 据唐圭璋编《全宋词》，中华书局1999年版，第714页，"雨足"应为"嘉雨"。
③ 据唐圭璋编《全宋词》，中华书局1999年版，第714页，"自"应为"独"。
④ 据唐圭璋编《全宋词》，中华书局1999年版，第714页，"幕"应为"幄"。
⑤ 据唐圭璋编《全宋词》，中华书局1999年版，第714页，"休"应为"莫"。
⑥ 据唐圭璋编《全宋词》，中华书局1999年版，第714页，"名"字衍。
⑦ 据唐圭璋编《全宋词》，中华书局1999年版，第714页，"做"应为"似"。
⑧ 据唐圭璋编《全宋词》，中华书局1999年版，第714页，"模鱼儿·东皋寓处"应为"摸鱼儿·东皋寓居"。

三

苏黄一派的清旷豪放的词，是不管声律格调，不屑调琢字句
的，他们只是以意行，横放杰出，曲子中是缚不住的。因此他们
的词，虽工而多不入腔，去乐府愈远，更不能歌唱了。乐府词的
起来，即是矫正这种毛病。他们特别重视词的声律和格调，他们
喜欢在遣词用句上着意，他们喜欢在抚写物态上用力，他们想把
词和乐府合拢起来，造成乐府词的复兴。北宋的词，尤其是婉约
派的词，到了这时，可以算是达到了登峰造极之域。这派著名词
人，为周邦彦和女词人李清照。

周邦彦（一〇五七——一一二一），字美成，号清真，钱塘
人。元丰中献《汴都赋》，召为太学生。哲宗时为秘书省正字，
徽宗朝，仕至徽猷阁待制，提举大晟府，出知顺昌府，提举洞霄
宫，徙处州卒。自号清真居士，有《片玉词》。

他在北宋词坛上，是和苏轼立在相反的地位，苏轼反对柳
永，他则承认柳永的余风，而加之拓大。他的词对于后来的影响
甚大，这因为：（一）他是一个音乐家，创了很多的协律的音
调。（二）他的词善于铺叙，铺叙中以勾勒见长，像《六丑》
《西河》《兰陵王》，都是这一类的代表作品。（三）他的词
笔，浑厚流转，风力遒劲，无庸熟俗艳之病。像："正单衣试
酒"（《六丑》）、"良夜灯光簇如豆"（《青玉案》）、"佳
约人未知"（《归去乐》）等，皆可为我们的佐证。陈郁说：
"美成二百年来，以乐府为独步，贵人学士，市侩妓女，皆知美
成词为可爱。"（《藏一话腴》）诚然，他的丰富而音律谐美的

词，那一个不爱唱不爱听呢？尹惟晓亦说："前有清真，后有梦窗。"可知他在宋词人中的地位，是很高的了。美成词亦喜用俗语，这是受柳永的影响。像《少年游》云：

> 并刀如水，吴盐胜雪，纤指破新橙。锦幄初温，兽香不断，相对坐调笙。

> 低声问：向谁行宿？城上已三更。马滑霜浓，不如休去，直是少人行！

这首词明白如话，而温柔旖旎，不嫌直质，确是美成的高处。此词还经过一段有趣的故事：一天晚上，宋徽宗幸汴妓李师师家，时周美成已先在，他知徽宗到来，便伏师师的床下，窃听他们的谑语，即隐括成一首《少年游》，以纪其事。后来师师因歌此词。徽宗问知为美成所作的，勃然大怒，遂谕蔡京下令，押美成出国门，不许他再留住汴京了。隔一二日之后，徽宗复到师师家，坐了好久，才见师师姗姗而归，徽宗大怒道："尔往那里去？"师师奏曰："周邦彦得罪，略致一杯相别，不知官家来。"徽宗问："曾有词否？"师师道："有《兰陵王》词。"徽宗道："试唱一遍。"师师因歌"长亭路，年去岁来，应折柔条过千尺"之句，曲终，徽宗大喜，复召为大晟乐正。（见《贵耳录》）《兰陵王》词云：

> 柳阴直，烟里丝丝弄碧。隋堤上、曾见几番，拂水飘绵弄①行色。登临望故国，谁识京华倦客？长亭路，年去岁来，应折柔条过千尺。

---

① 据（宋）周邦彦著；罗忼烈笺注《清真集笺注》，上海古籍出版社2008年版，第195页，"弄"应为"送"。

闲寻旧踪迹，又酒趁哀弦，灯照离席。梨花榆火催寒食。愁一箭风快，半篙波暖，回头迢递便数驿，望人在天北。

凄恻，恨堆积！渐别浦萦回，津堠岑寂，斜阳冉冉春无极。念月榭携手，露桥闻笛。沈思前事，似梦里，泪暗滴。

周美成的词，大抵皆圆美流转如弹九，长调尤善铺叙，富艳精工，纡徐反覆，能道尽所蓄之意。像上面的《兰陵王》和《六丑（蔷薇谢后作）》《瑞龙吟》都是慢词中最好的篇什。至于他的短调小词，亦有精工之作，譬如那首题作"早行"的《蝶恋花》：

月皎惊乌栖不定，更漏将残，辘轳牵金井。唤起两眸清炯炯。泪花落枕红绵冷。

执手霜风吹鬓影，去意徊徨，别语愁难听。楼上阑干横斗柄，露寒人远鸡相应。

像这样细腻深至、耐人寻味的一篇东西，实是一件纯粹的艺术品，而有永久的生命。我们读美成的词，应该留心发见这样的艺术品。像下面的那篇《红窗迥》，亦是值得注意的一篇东西：

几日来、真个醉。不知道、窗外乱红，已深半指。花影被风摇碎。拥春酲乍起。

有个人人，生得济楚，来向耳畔，问道今朝醒未。情性儿、慢腾腾地。恼得人又醉。

美成的词，尚有一种可注意之点，就是往往能融化了前人的诗句入词，并灭尽了针线痕迹，而能更深美地表现出来。张叔夏说："美成词浑厚，善于融化诗句。"陈质斋亦说："美成多用唐人诗隐括入律，浑然天成。"像《西河·金陵怀古》一词，虽用了刘禹锡两首绝句的意境，但是能不被原诗牵制，写出来还是他自己整个的情调，真是可贵。词云：

> 佳丽地，南朝盛事谁记。山围故国绕清江，髻鬟对起。怒涛寂寞打孤城，风樯遥度天际。
>
> 断崖树、犹倒倚，莫愁艇子曾系。空余旧迹郁苍苍，雾沉半垒。夜深月过女墙来，赏心东望淮水。
>
> 酒旗戏鼓甚处市？想依稀、王谢邻里，燕子不知何世，入寻常、巷陌人家，相对如说兴亡，斜阳里。

周美成的词，后世被称为典型的作家，所以沈伯时说："作词当以《清真集》为主。"在当时和他同派的词人，以晁端礼、万俟雅^①、吕渭老、蔡伸四人为著。其他像赵佶（宋徽宗）、赵长卿、叶梦得、向镐、王灼等，亦甚有名，而赵佶尤可称为第一流的作家。像他的《媚眼儿》《燕山亭》（北行见杏花）一词，是堪和李煜匹美的。此外在这个时代，还有如白玉柱似高出一般人之上，占在北宋、南宋之间的一位女词家。这人便是李清照。

李清照（一〇八一——一一四〇^②），号易安居士，济南人。她的父亲名格非，曾以文章受苏轼的赏识，是一位很有名的文士。她母亲是状元王拱辰的女儿，也能写文章。她二十一岁时，和太学生诸城赵明诚结婚。明诚也是一位文士。他们的家庭生活，这在她的《金石录后序》中，曾有详细的叙述。她的青春的生活，是很美满的。所以她早年的作品，很带着曼艳旖旎的风

---

① "雅"应为"咏"。

② 目前一般认为李清照的生卒年分别是一〇八四年、一一五五年。

趣。但她不幸自明诚出游、死亡，她的生活便由快乐而变成了寂寞凄凉。由青春少妇的心情，一变而为饱经患难的孀妇。我们伟大的女词人，以后便飘泊落拓，终了她的残年。

她的作风，虽以婉约胜，但她在早年的与晚年的，却是两种不同的风格。早年的作品，多清丽妍媚。晚年的作品，多凄清淡静。至她在词史上的地位，有人以她和李白、李煜，称为词家"三李"的，也有人说她的词为婉约之宗。更有人说她是北宋第一大词人，正如孤鹤之展翅于晴空，明月静挂于夜天。依我看来，这都不是过誉的。她的词，的确值得我们深深地赞美。现在先看她少年时代的作品。

> 素约①小腰身，不耐②伤春。疏梅影下晚妆新。袅袅婷婷③何样似？一缕轻云。
>
> 歌巧动珠④唇，字字娇嗔。桃花深径一通津。怅望瑶台清夜月，还照⑤归轮。
>
> ——《浪淘沙》（闺情）⑥

---

① 据唐圭璋编《全宋词》，中华书局1999年版，第960页，"素约"应为"约素"。

② 据唐圭璋编《全宋词》，中华书局1999年版，第960页，"耐"应为"奈"。

③ 据唐圭璋编《全宋词》，中华书局1999年版，第960页，"婷婷"应为"娉娉"。

④ 据唐圭璋编《全宋词》，中华书局1999年版，第960页，"珠"应为"朱"。

⑤ 据唐圭璋编《全宋词》，中华书局1999年版，第960页，"照"应为"送"。

⑥ 据唐圭璋编《全宋词》，中华书局1999年版，第960页，这首词的作者目前一般认为是赵子发。

夜来沉醉卸妆迟，梅萼插残枝。酒醒薰破春睡，梦断不成归。

人悄悄，月依依，翠帘垂。更挼残蕊，更撚[1]余香，更得些时。

——《诉衷情》

香冷金猊，被翻约[2]浪，起来慵自梳头。任宝奁尘满，日上帘钩。生怕离怀别苦，多少事、欲说还休。新来瘦，非干病酒，不是悲秋。

休休，这回去也，千万遍《阳关》，也则难留。念武陵人远，烟锁秦楼。惟有楼前流水，应念我、终日凝眸。凝眸处，从今又添，一段新愁。

——《凤凰台上忆吹箫》（别情）

这时是易安一生的黄金时代，她的好词，也以这时所作为最多。此外像"瑞脑香消魂梦断，辟寒金小髻鬟松。醒时空对烛花红"（《浣溪沙》）和"绿肥红瘦"的《如梦令》、"宠柳娇花"的《念奴娇》，都可说是这时的代表作品。若与"今年海角天涯。萧萧两鬓生华"（《清平乐》）、"如今憔悴，风鬟霜鬓，怕见夜间出去。不如向、帘儿底下，听人笑语"（《永遇乐》），都可看出她前后两种不同的风格。清照词的最好处，就是经过了音律的锤炼，仍能出之以自然，有如未雕之美玉，有如豆蔻年华的少女，无处不表示着她的高洁与可爱。这实是她同时

----

① 据（宋）李清照著；黄墨谷辑校《重辑李清照集》卷二，中华书局2009年版，第15页，"撚"应为"捻"。

② 据（宋）李清照著；黄墨谷辑校《重辑李清照集》卷二，中华书局2009年版，第21页，"约"应为"红"。

代的任何一个词家所不及的。我们再看她最著名的《声声慢》词：

> 寻寻觅觅，冷冷清清，凄凄惨惨戚戚。乍暖还寒时候，最难将息。三杯两盏淡酒，怎敌他、晚来风急？雁过也，最[1]伤心，却是旧时相识。
>
> 满地黄花堆积，憔悴损，如今有谁忺摘？守着窗儿，独自怎生得黑？梧桐更兼细雨，到黄昏、点点滴滴。这次第，怎一个愁字了得！

他的《漱玉集》词，现在虽然仅存着残余的"劫灰"，但每一首都是晶光照人，冰莹玉润，使读者低徊吟诵，把玩不忍绎[2]手的。这首《声声慢》，尤是她最脍炙人口的词。易安论词的眼光很高，她对于当时几个善写离情闺怨的婉约派和横放杰出的豪放派，都有严刻而且中肯的批评。她评柳永："虽协音律，而词语尘下。"评晏殊、欧阳修、苏轼："虽学际天人，然作为小歌词，皆句读不葺之诗耳。又往往不协音律。"评王安石、曾巩："若作为小歌词，则人必绝倒，不可读也。"评晏叔原："苦无铺叙。"评贺方回："苦少典重。"评秦少游："专重[3]情致，而少故实。"评黄庭坚："尚故事[4]而多疵病。"至于张先、宋祁辈，则："虽时时有妙语，而破碎何足名家。"她简直看北宋

---

① 据（宋）李清照著；黄墨谷辑校《重辑李清照集》卷三，中华书局2009年版，第34页，"最"应为"正"。

② 疑误，"绎"应为"释"。

③ 据（宋）李清照著；黄墨谷辑校《重辑李清照集》卷四，中华书局2009年版，第54页，"重"应为"主"。

④ 据（宋）李清照著；黄墨谷辑校《重辑李清照集》卷四，中华书局2009年版，第54页，"事"应为"实"。

的词坛，无一完善的词人。而在易安的眼光中，他们的作品，直如粪土似的无可评价。

参考：

晏殊见《宋史》卷三百十一、《东都事略》卷五十六。

欧阳修见《宋史》卷三百十九。

苏轼见《宋史》卷三百三十八。

黄庭坚、晁补之、秦观、张耒、陈师道均见《宋史》卷四百四十四。

周邦彦见《宋史》卷四百四十四、《东都事略》卷一百十六。

李清照见王鹏运的《易安居士事辑》（附《四印斋所刻词》中的《漱玉词》后）。

《宋六十家词》，上海博古斋影印汲古阁毛晋编本，内收宋名家词略备。

《彊村丛书》，朱祖谋编刻，凡二百余家，收罗甚富。

《词林纪事》二十卷，（清）张宗橚辑，有扫叶山房石印本。

《宋词研究》，胡云翼编，有中华本，可看下篇《宋词人评传》前半。

《诗史》，陆侃如编，大江书铺本，可看卷下苏轼时代。

《词选》，胡适编，商务印书馆出版，可看第二编、第三编。

《漱玉集》，李清照撰，李文裿辑，此书搜集李清照的诗词文，并著年谱，甚完备，为《冷雪盦丛书》第一种，北平明社出版。

《东都事略》一百三十卷，（宋）王偁著，有扫叶山房刊本。

第十五章　南宋词人

词在南宋，亦可分为三个时期。第一个时期，是词的奔放的时期。这一派词人的起来，恰当南渡之后，他们反对耆卿、少游之流靡丽的婉约的词风，而走上了东坡一派豪放的壮烈的路上去。辛弃疾、陆游、刘过、刘克庄便是这派的代表。第二个时期，是词的美化的时期。这时社会人士，已习于偏安的局面，于是便有一般歌舞升平的文士起来。他们这些词人都是修辞大家，体物状情，务求其工致，遣辞造句，亦力思其胜人。总之他们以雕饰为工，而不以粗豪为式，这一派可用姜夔、吴文英作代表。第三个时期，是词的消歇的时期。这时恰当于宋末元初之交。词到了这时，已有五六百年的历史，它的形式，既已古老，内容亦逐渐地陈腐，词人们无论他们是如何的努力，亦跳不出前人的范围了。这时期的词人，蒋捷、周密、张炎、王沂孙号称"四大家"，可算是词的最后几个有光辉的作家。他们在词史上的地位，正和温李之于诗歌一样。在他们这时，旧体词已到了末一幕的"回光返照"，同时新体的北曲，在北方亦萌芽了茸茸的嫩苗。

一

宋室南渡之后，北方沦为异域，千年以来文化为中心的东西两都，也被蹂躏在胡人铁蹄之下。许多的词人们，亦都避地南来集凑于新都。他们眼看着漂流异方的父老兄弟有家归不得，而小朝廷又姑息苟安于偏安之局，无积极恢复失地的勇气与决心。他们目睹国事已到了这种田地，那能不激昂愤发，悲歌慷慨，来一洒英雄之泪。所以他们发为歌词，自然是那些"马作的卢飞快，弓如霹雳弦惊"（辛弃疾《破阵子》）和"胡未灭，鬓先秋，泪空流。此身谁料，心在天山，身老苍州"（陆游《诉衷情》）一类的雄词。虽然这时候，还有人作那些"吟风弄月""渔歌晚唱"一类闲情逸致的文字，但这究是少数的。即以善写艳情的李清照，喜作澹逸的朱敦儒，这时亦改变了他们的作风，而趋于沉着。这时社会上所欢迎的，是那般豪放一派的文学家，而不是婉约派的文学了。这时最能代表这派文学的作者，要算是到辛弃疾、陆游、刘过、刘克庄、张孝祥诸人。

辛弃疾（一一四〇——一二〇七），字幼安，号稼轩，历城人。当他少年时，耿京聚兵山东，节制忠义军马，留掌书记。绍兴三十二年，令奉表南归。高宗召见，授承务郎。宁宗朝，累官浙东安抚使。卒谥忠敏。有《稼轩长短句》十二卷。

稼轩天分最高，才气横溢，而又富于创作性，故他的词无论长调小令，都能放恣自由，淋漓痛快。就他的作品风格论：亦悲壮，亦潇洒，亦绵丽，亦澹婉，确是南宋一大家。刘潜夫云："公所作，大声镗鞳，小声铿鍧，横绝六合，扫空万古。其秾丽绵密者，亦不在小晏、秦郎之下。"这可见稼轩词的造诣是多方面的。但是他究以豪放见长，甚似苏轼。如《永遇乐·京口北固寺①怀古》云：

> 千古江山，英雄无觅孙仲谋处。舞榭歌台，风流总被雨打风吹去。斜阳草树，寻常巷陌，人道寄奴曾住。想当年，金戈铁马，气吞万里如虎。
>
> 元嘉草草，封狼居胥，赢得仓皇北顾。四十三年，望中犹记，灯②火扬州路。可堪回首，佛狸祠下，一片神鸦社鼓。凭谁问：廉颇老矣，尚能饭否？

像这样粗豪的雄词，在他的集中是很易看得到的。相传：稼轩守南徐日，每开宴，必令侍妓歌所作《贺新郎》，自诵其警句"我见青山多妩媚，料青山见我应如是""不恨古人吾不见，恨古人不见吾狂耳"。顾问座客何如？既而作《永遇乐》："千古江山，英雄无觅孙仲谋处。"特置酒招客，使妓按歌，自击节。遍问客，必使摘其疵，客多逊谢。相台岳珂，时年最少，曰："前篇豪视一世，独前后二警句差相似，新作微觉用事多耳。"稼轩大喜，酌酒谓坐中曰："夫夫也，实中予③痏。"（见《古今词话》）但平心论之，这种粗豪而少情韵的词，在他的集中，并不能算是好的作品。他的好的作品，是他那些缠绵多情的调

---

① 据（宋）辛弃疾撰；邓广铭笺注《稼轩词编年笺注》（增订本），上海古籍出版社1993年版，第553页，"寺"应为"亭"。

② 据（宋）辛弃疾撰；邓广铭笺注《稼轩词编年笺注》（增订本），上海古籍出版社1993年版，第553页，"灯"应为"烽"。

③ 据唐圭璋编《词话丛编》，中华书局1986年版，第1237页，"予"应为"余"。

子。像《青玉案》"东风夜放千花树"、《沁园春》"一水西来"、《祝英台近》"宝钗分，桃叶渡"之类，才是古今传唱的佳作。

辛稼轩和女词人李易安因为是同乡的原故，所以他的婉约一派的词，是受她的影响的。我们看稼轩的词中，常有仿李易安体作的。像《丑奴儿近·博山道中效李易安体》词，乃是一篇意境潇洒的作品：

> 千峰云起，骤雨一霎儿价。更远树斜阳，风景怎生图画。青旗卖酒，山那畔、别有人家。只消山水光中，无事过者①一夏。

> 午醉醒时，松窗竹户，万千潇洒。野鸟飞来，又是一般闲暇。却怪白鸥，觑着人、欲下未下。旧盟都作②，新来莫是，别有说话。

这首词如果与他的《永遇乐》相较，则我们可以看出他两种完全不同的作风。前一个是粗犷的，豪放的；后一个是淡远的，婉约的。从此我们知道，稼轩于当代的词人中，很受两个人的影响：一个是苏东坡，一个是李易安。前者成就了他的豪放的词，后者却成就了他的婉约的词。

被称为属于辛派词人的，有陆游、刘过、刘克庄，而陆游尤为有名。他与辛弃疾在当时并称"辛陆"。

陆游（一一二五——一二一○），字务观，号放翁，山阴

---

① 据（宋）辛弃疾撰；邓广铭笺注《稼轩词编年笺注》（增订本），上海古籍出版社1993年版，第171页，"者"应为"这"。

② 据（宋）辛弃疾撰；邓广铭笺注《稼轩词编年笺注》（增订本），上海古籍出版社1993年版，第171页，"作"应为"在"。

人。隆兴中赐进士。范成大帅蜀，以他为参议官。有《剑南词》一卷。他是南宋有名的诗家。词虽不及诗，但豪壮之气，溢于言表。像《汉宫春》"羽剑雕弓"，与《洞庭春色》"壮岁文章"，皆颇有辛派的作风。下面的一首《夜游宫·记梦》，也是这类的作品。

> 雪晓清笳乱起。梦游处、不知何地。铁骑无声望似水。想关河，雁门西，青海际。

> 睡觉寒灯里。漏声断、月斜窗纸。自许封侯在万里。有谁知，鬓虽残，心未死。

放翁的为人，浪漫而带有侠气，但可惜他生不逢辰，壮志沉埋，我们从这首词里，可以看出他热烈爱国的一团豪气和愤激难平"髀肉复生"之感。又如他的《桃园[①]忆故人》的最后一句"云外华山千仞，依旧无人问"，又是何等的沉痛。秦桧一流人，倘见及此，能不愧煞。放翁既不得志于有司，而同时又遭家庭的变故，他的爱妻唐氏因不得母亲的欢心，被迫离婚，致惆怅终身，这事我们可看他的《钗头凤》词：

> 红酥手，黄縢酒，满城春色宫墙柳。东风恶，欢情薄。一怀愁绪，几年离索。错、错、错。

> 春如旧，人空瘦，泪痕红浥鲛绡透。桃花落，闲池阁。山盟虽在，锦书难托。莫、莫、莫！

这又是如何凄艳哀婉的作品呢。他和唐氏相恋的经过，事情是这样的：陆务观初娶唐氏，伉俪相得，而弗获于其姑，既出而

---

① 据唐圭璋编《全宋词》，中华书局1999年版，第2060页，"园"应为"源"。

未忍绝之，则为别馆，时时往焉。姑知而掩之，虽先知挈去，然事不得隐，竟绝之。唐后改适同郡赵士程，尝以春日出游，相遇于禹迹寺之沈氏园，唐遣致酒肴，翁怅然久之，为赋《钗头凤》一词，题园壁间，实绍兴乙亥岁也。翁居鉴湖之三山，岁晚每入城，必登寺眺望，尝赋三绝云："梦断香销四十年，沈园柳老不飞绵。此身行作稽山土，犹吊遗踪一怅然。"又云："城上斜阳画角哀，沈园非复旧池台。伤心桥下春波绿，曾是惊鸿照影来。"盖庆元己未岁也。（见《癸辛杂识》）《耆旧续闻》又载，唐氏见前词而和之，有"人情恶，世情薄"之句，未几怏怏而卒。这真是一件太可悲惨的故事了。

放翁的词，可以说亦有两种不同的风格。一种是豪放的，一种是婉约的。像前面的两例，可以看出他的相异的作风。至他的小词，亦常有潇洒之致。如《鹊桥仙》二首，为他作品中的白眉：

> 茅檐人静，蓬窗灯暗，春晚连江风雨。林莺巢燕总无声，但月夜、常啼杜宇。

> 催成清泪，惊残狐①梦，又拣深枝飞去。故山犹自不堪听，况半世、飘零②羁旅！（夜闻杜鹃）

> 一竿风月，一蓑烟雨，家在钓台西住。卖鱼生怕近城门，况肯到、红尘深处？

> 潮生理棹，潮平系缆，潮落浩歌归去。时人错把比

---

① 据钱仲联，马亚中主编《放翁词校注》卷上//《陆游全集校注》第八册，浙江教育出版社2011年版，第399页，"狐"应为"孤"。

② 据钱仲联，马亚中主编《放翁词校注》卷上//《陆游全集校注》第八册，浙江教育出版社2011年版，第399页，"零"应为"然"。

严光，我自是、无名渔父。

这是如何意境潇散的词呢，昔人评他的词："纤丽处似淮海，雄爽处似东坡。"刘克庄亦说："其激昂感慨者，稼轩不能过；飘逸高妙者，与陈简斋、朱希真相颉颃；流丽绵密者，欲出晏叔原、贺铸①之上。"（《后村诗话》）但像他的《鹊桥仙》词，可说是兼雄、散二境了。词云：

> 华灯纵博，雕鞍驰射，谁记当年豪举。酒徒一一取封侯，独去作、江边渔父。

> 轻舟八尺，低篷三扇，占断蘋洲烟雨。镜湖元自属闲人，又何必、官家②赐与。

辛派的词人，陆游而外，应该数到刘过了。刘过（一一五〇？——一二二〇③），字改之，号龙洲道人，襄阳人。有《龙洲词》一卷。性慷慨，曾为辛稼轩门客，人品与文学，都是逼真的辛派。像《贺新郎》"老去相如倦"，与《沁园春》"斗酒彘肩"，不独悲壮慷慨处近辛，即辞句亦多相似处。我们看他的《沁园春》词：

> 斗酒彘肩，风雨渡江，岂不快哉！被香山居士，约林和靖，与坡仙老，勒驾吾回。坡谓：西湖正如西子，浓抹淡妆临照台。二公者，皆掉头不顾，只管传杯。

> 白云：天竺去来，图画里、峥嵘楼阁开。爱纵横一

---

① 据（南宋）刘克庄撰；王秀梅点校《后村诗话》卷四，中华书局1983年版，第139页，"贺铸"应为"贺方回"。

② 据钱仲联，马亚中主编《放翁词校注》卷下//《陆游全集校注》第八册，浙江教育出版社2011年版，第437页，"官家"应为"君恩"。

③ 目前一般认为刘过的生卒年分别是一一五四年、一二〇六年。

涧，东西水绕；两峰南北，高下云堆。遄曰：不然，暗香浮动，不若孤山先访梅。须晴去，访稼轩未晚，且此徘徊。①

这首词，岳珂说他"白昼见鬼"，真是的评。但这种自由恣肆，直写感情，直抒意志的精神，确是辛派的特色。他的集子里，亦有娟秀的小词。像《天仙子·别妾》云：

别酒醺醺浑易醉，回过头来三十里。马儿不住去如飞，牵一憩，坐一憩。断送杀人山共水。

是则是青衫终可喜，不道恩情拚得未。雪迷村店酒旗斜，去也是，住也是。烦恼自家烦恼你。

在这词里，改之那一团"斗酒巉肩，风雨渡江，岂不快哉"的豪气，不知那里去了。他的集中，像《行香子》、《清平乐》（赠妓）、《小桃红》（咏美人画扇）都是这样情调的作品。黄昇说："改之，稼轩之客，词多壮语，盖学稼轩者也。"但并不是指他这类的词说。这类的词，正如毛晋所云："稼轩集中，能有此纤秀语耶。"

刘克庄（一一八七——一二六九），字潜夫，莆田人。淳祐中赐同进士出身，官龙图阁直学士，卒谥文定。有《后村别调》一卷。他在南宋词人中，最推重陆游与辛弃疾，故他受辛、陆的影响很深。所以他的词，亦恣肆自由。像《念奴娇》"老夫白首"、《沁园春》"何处相逢"都是步武弃疾的。他的《木兰

---

① 该词因版本差异而异文较多，此处引文与通行本有所差异，编者不再一一注明，读者可参看（宋）刘过撰；马兴荣校笺《龙洲词校笺》，江西人民出版社1999年版，第11页。

花》^①云：

> 年年跃马长安市，客舍似家家似寄。青钱换酒日无
> 何，红烛呼卢宵不寐。
>
> 易挑锦妇机中字，难得玉人心上^②事。男儿西北有
> 神州，莫滴水西桥畔泪。

他受辛词的影响，委实不少。但他却有一个缺点，便是失之
粗犷。他除此词外，像"使李将军，遇高皇帝，万户侯何足道
哉"（《沁园春·梦方孚若》）、"两淮萧瑟惟狐兔。问当年、
祖生去后，有人来否？"（《贺新郎·送陈子华赴真州》）一类
的句调，真是十足的辛词的风格。

第一时期的词人，除了上述的辛、陆、二刘外，赵鼎、张元
幹、岳飞、张孝祥、康与之，也为这时的重要作家。而康与之艳
丽一方面的作风，却开了第二时期乐府词的先声。

二

在第一时期的词坛上，辛陆一派豪放的作风之所以能盛行一
时的原故，便因为他们所作的是时代的文学，是能够代表社会上
大多数群众被压出来的心底的呼声。但是这种风气到了第二时期
的词坛，便很迅速地转变了。这因为南宋偏安的局面，已经定
了。强敌的金人，亦因为有了他们内乱的原故，更无暇南下牧

---

① 据唐圭璋编《全宋词》，中华书局1999年版，第3364页，这首词的词
　牌名应是"《玉楼春》"。
② 据唐圭璋编《全宋词》，中华书局1999年版，第3364页，"上"应为
　"下"。

马。所以一般士大夫们这时便把亡国丧君之痛，置之九霄之外，大家便又都歌舞升平，走上享乐主义的一条路上去，据洪炉而高歌了。像姜白石、吴文英、高观国、史达祖诸人的词，便都是只求着华美的字面，调协的音律，于是词又变成笙歌宴乐的工具。他们唱的是"苔枝缀玉，有翠禽小小，枝上同宿"（姜夔《疏影》）、"惆怅双鸳不到，幽阶一夜苔生"（吴文英《风入松》）一类的娇小玲珑的艳词。像辛弃疾、陆游一派的感慨悲凉的风格，如"景星庆云"似的，不能复现于当时的词坛。

姜夔（一一五五——一二三五[①]），字尧章，鄱阳人。幼时从父宦游汉阳，后来即流落夏口，学诗于萧东文[②]，东文[③]带他到吴兴，妻以兄子，因寓居吴兴之武康。杨万里、范成大、吴文英等，都是他的好友。所居因与白石洞天为邻，自号白石道人，死葬西马塍。有《白石词》一卷。

他和美成一样，精通音律，善吹箫，能自制曲。他尝有诗句道："自作新词韵最娇，小红低唱我吹箫。"（《过垂虹》）姜白石词的好处，就是多清空淡远的意境。如用画来比，即是他不用繁多色彩和精工致密的钩勒，只用轻红淡墨疏疏地来这么几笔，便构成种令人抚玩不尽的光景。他所作曲，多咏孤山梅花。范石湖最赏识他的《暗香》《疏影》两曲。

旧时月色。算几番照我，梅边吹笛。唤起玉人，不管清寒与攀摘。何逊而今渐老，都忘却、春风词笔。但

---

① 目前一般认为姜夔的卒年为一二〇九年。
② "文"应为"夫"。
③ 同上。

怪得、竹外疏花，香冷入瑶夕[1]。

　　江国。正寂寂。叹寄与路遥，夜雪初积。翠尊易泣，红萼无言耿相忆。长记曾携手处，千树压、西湖寒碧。又片片、吹尽也，几时见得。

——《暗香》

　　苔枝缀玉，有翠禽小小，枝上同宿。客里相逢，篱角黄昏，无言自倚修竹。昭君不惯胡沙远，但暗忆、江南江北。想佩环、月夜归来，化作此花幽独。

　　犹记深宫旧事，那人正睡里，飞近蛾绿。莫似春风，不管盈盈，早与安排金屋。还教一片随波去，又却怨、玉龙哀曲。等恁时、重觅幽香，已入小窗横幅。

——《疏影》

　　他的《暗香》《疏影》两曲，都是咏梅花的。但我们读了之后，徊环再四，也是摸不着边际。《疏影》一首，前段用杜甫咏《明妃家》的诗，后段用寿阳公主的故事。我们只觉有咏物体的支杂破碎的通病，更是令人惝恍迷离的莫明其妙，正所谓"雾里看花，终隔一着[2]"。王静安说："白石《暗香》《疏影》格调虽高，然无一语道著。"可谓实中其痼了。不知何以张叔夏偏说他："前无古人，后无来者，自立新意，真为绝唱。"然他的集中，亦很多的精工的作品，他那清空淡远的词境，像"野云孤飞，来去无迹"，又谁人不赞叹其格调之高。《扬州慢》云：

---

[1]　据唐圭璋编《全宋词》，中华书局1999年版，第2808页，"夕"应为"席"。

[2]　据邓菀莛撰述《百家点评人间词话》，上海古籍出版社2017年版，第153页，"着"应为"层"。

淳熙丙申至日，予过维扬。夜雪初霁，荠麦弥望。入其城则四顾萧条，寒水自碧。暮色渐起，戍角悲吟。予怀怆然，感慨今昔，因自度此曲。千岩老人以为有《黍离》之悲也。

淮左名都，竹西佳处，解鞍少驻初程。过春风十里，尽荠麦青青。自胡马窥江去后，废池乔木，犹厌言兵。渐黄昏、清角吹寒，都在空城。

杜郎俊赏，算而今、重到须惊。纵豆蔻词工，青楼梦好，难赋深情。二十四桥仍在，波心荡冷月无声。念桥边红药，年年知为谁生。

像他这样的词，能把感慨悲凉的情绪，在淡远的情调里现出来，使人感到凄凉荒寂之情，怆然泪下。这不能不说是白石的成功处。尤其是他这篇小序，堪称为精妙的小品文，与词篇有同等的文艺价值。

吴文英（一二〇五——一二七〇[1]），字君特，自号梦窗，四明人。有许多人推他为集大成的作家。他尝从吴履斋诸公游，与贾似道以文字相酬酢，但在他的暮年，似很不满意，这在《喜迁莺》词可以见之。有《梦窗甲乙丙丁稿》四卷。

何处合成愁。离人心上秋。纵芭蕉、不雨也飕飕。都道晚凉天气好，有明月、怕登楼。

年事梦中休。花空烟水流。燕辞归、客尚淹留。垂柳不萦裙带住，漫长是、系行舟。

——《唐多令》

---

[1] 目前一般认为吴文英的生卒年分别约为一二一二年、一二七二年。

听风听雨过清明。愁草瘗花铭。楼前绿暗分携路，一丝柳、一寸柔情。料峭春寒中酒，交加晓梦啼莺。

西园日日扫林亭。依旧赏新清①。黄蜂频扑秋千索，有当时、纤手香凝。惆怅双鸳不到，幽阶一夜苔生。

——《风入松》

他的词，在当时很负盛名，即后来的词人，亦多以他为正统派的宗匠。他对于词的主张是：（一）音律欲其协，（二）下字欲其雅，（三）用字不可太露，（四）发意不可太高。这是他对于词的主张。所以他的作品，亦极力的雕琢，尽量的用典故，专在辞句上用工夫。这类的词，固然也有沈邃博淹的优点，但常常失之于堆砌晦涩。像长调《齐天乐》"烟波桃叶西陵路"，虽颇沈郁，而令人有雕绘满目之感。所以张叔夏说："梦窗如七宝楼台，眩人眼目，拆碎下来，不成片段。"这是很中肯的批评。王静安更以梦窗自己的词句，评他自己的词："映梦窗凌乱碧"，意与张叔夏语相同，然而谑矣。

在这期的词人。白石、梦窗而外，高观国、卢祖皋、史达祖，在当时也有大作家的称号。而史达祖长于咏物，尤为当时词坛的明星。像他的《双双燕》词云：

过春社了，度帘幕中间，去年尘冷。差池欲住，试入旧巢相并。还相雕梁藻井。又软语、商量不定。飘然快拂花梢，翠尾分开红影。

---

① 据唐圭璋编《全宋词》，中华书局1999年版，第3685页，"清"应为"晴"。

　　　芳径。芹泥雨润。爱贴地争飞，竞夸轻俊。红楼归
晚，看足柳昏花暝。应自栖香正稳。便忘了、天涯芳
信。愁损翠黛双蛾，日日画阑独凭。

　　达祖（一一六一——一二一〇），字邦卿，号梅溪，汴人。
韩侂胄当国时，他是一个很红的词客。但在为史之前，他并没有
什么功名，读他的"好领青衫，全不向、诗书中得。……三径就
荒秋自好，一钱不值①贫相逼"（《满江红》）可知了。韩败他
被黥，便从此落拓终身。观他的诗："榆羹杏粥谁能辨，自采庭
前荠菜花"（《清明绝句》），可知他暮年的窘况了。

　　他的词的特点在婉秀。这类词的成功处，在运思巧，出语
俊。像《双双燕》可以见之。张炎说他："特立清新之意，删削
靡曼之词。"张镃说他："妥贴轻圆，辞情俱到。"这都是切当
的批评，他的词除婉秀之外，还有沈郁的，像"阔甚吴天，顿
放得江南，离绪多少……问世间，愁在何处？不离澹烟衰草"
（《玲珑四犯》），这类的词颇与姜夔接近。所以白石也很恭
维他说："邦卿之词，奇秀清逸，有李长吉之韵。盖能融情景
于一家，会句意于两得者。其'做冷欺花，将烟困柳'（《绮
罗香》）一阕，将春雨神色拈去。'飘然快拂花梢，翠尾分开红
影'（《双双燕》），又将春燕形神画出矣。"

　　这时代的词人，更有几个应该一提的。便是张辑、吴潜、
王炎、黄昇、魏了翁等，而女词人朱淑真（《断肠词》），更为
这时期伟大的作家。她和李清照可算是南北宋词坛的双璧，而为

---

　　① 据唐圭璋编《全宋词》，中华书局1999年版，第3013页，"值"应为
"直"。

女流作家炯^①煌灿烂的两颗明星。

<h1 style="text-align:center">三</h1>

第三时期，可算是词的消歇的时期。词体本来是很狭隘的，到此已流传了五六百年的历史，它经过晚唐五代词人的开辟创造，经过北宋词人的发扬光大，更经过南渡词人的展拓衍变。词到了这时，已至登峰造极的境域。它的形式，既已古老，内容也逐渐地陈腐。这时词已走到了风平浪静的时期。词人们，无论如何的努力，也再掀不起滚滚的波涛了。

像蒋捷、张炎、周密、王沂孙辈，虽然号称"四大家"，但他们也再找不到词的更新的出路，不得已便都走上了调弄音韵，讲求文字的技巧一条路上去。他们注意选辞择句，他们注意遣情使语，他们只求外表的美丽，但忽略了内容的情绪。所以看他们的词，虽然像一颗颗晶莹的珍珠，时时地滚到读者的目前，令人赏玩不已。但他们的美妙，却在表面。而一究其内容的情绪，使人感到浮浅的失望。所以这时期的几个作者，只是以造隽语、铸美词为专长的几个词匠，而不能算作是真正的词人。

蒋捷（一二四五——一三一〇^②），字胜欲，宜兴人。德祐年间进士。宋亡，遁迹不仕，隐居竹山，人称竹山先生。有《竹山词》一卷。

他的词，在四大家中是最富自然之趣的。像"起搔首、窥星

---

① 疑误，"炯"应为"绚"。

② 目前一般认为蒋捷的卒年约在一三〇五年后。

263

多少？月有微黄篱无影，挂牵牛、数朵青花小。秋太淡，添红枣"（《贺新郎》）、"黄花深巷，红叶低窗，凄凉一片秋声。豆雨声来，中间夹带风声"（《声声慢》），都可以见出他清新疏荡的风趣来。又如《一剪梅》（舟过吴江），毛子晋评谓"语语纤巧，字字妍倩"者也：

> 一片春愁待酒浇。江上船[①]摇。楼上帘招。秋娘渡与泰娘桥[②]。风又飘飘，雨又潇潇。
>
> 何日归家洗客袍。银字笙调。心字香烧。流光容易把人抛。红了樱桃，绿了芭蕉。

竹山虽然号称姜派的词人，但他不喜欢在刻画字面上用工夫。其明白爽快的风格，却很受了辛弃疾的影响。譬如辛弃疾曾作《水龙吟》，每韵脚用"些"字收，而他的"月满兮西厢些，叫云兮笛凄凉些。归来为我，重倚蛟背，寒鳞苍些"（《水龙吟》）显然是受辛弃疾的影响。又如《霜天晓角》一词，还不是稼轩的自由恣放的精神吗？

> 人影窗影[③]。是谁来折花。折则从他折去，知折去、向谁家。
>
> 檐牙。枝最佳。折时高折些。说与折花人道，须插向、鬓边斜。

---

① 据（宋）蒋捷撰；杨景龙校注《蒋捷词校注》，中华书局2010年版，第185页，"船"应为"舟"。

② 据（宋）蒋捷撰；杨景龙校注《蒋捷词校注》，中华书局2010年版，第185页，"桥"应为"娇"。

③ 据（宋）蒋捷撰；杨景龙校注《蒋捷词校注》，中华书局2010年版，第339页，"影"应为"纱"。

竹山的词，在当时是受了两个人的影响，一个是姜夔，一个是辛弃疾。前一个成就了他词的工巧，后一个便开示了他的自由恣放的精神。但从他的词的全体言，究以工巧者为最多。像《水龙吟》《霜天晓角》一类恣放的很少。所以在词史上他还是属于姜派的词人。末了我们再录他一首《虞美人》词，因为从这词里，可以约略窥见作者的身世。词云：

少年听雨歌楼上，红烛昏罗帐。壮年听雨客舟中，江阔云低、断雁叫西风。

而今听雨僧庐下，鬓已星星也。悲欢离合总无情，一任阶前、点滴到天明。

周密（一二二二——一三〇八[1]），字公谨，济南人，流寓湖州。淳祐中，为义乌令。宋亡，家杭，以歌咏著述自娱，自号弁阳啸翁，与宋遗民唐钰等相唱和。他早年即负盛名，吴文英以他比张先，杨讃[2]称他乐府妙天下。有《草窗词》二卷。所著笔记，有《齐东野语》《癸辛杂识》《武林旧事》等。

他的词，琢句清新，介于吴文英、张炎二家之间。他近吴处，在工丽，在隐晦。暮年忧患余生，触目成愁，遂成张炎的同调了。像他的"重帘卷，春寂寂。雨萼烟梢，压阑干，花雨染衣红湿"（《解语花》）是他前者的例子，像"故国山川，故国心眼，还似王粲登楼"（《一萼红》）是他后者的例子，但总观全体，则与吴近处实多。周止庵说："草窗最近梦窗，但梦窗思沉

---

① 目前一般认为周密的生年为一二三二年，卒年有两说，分别是一二九八年、一三〇八年。

② "讃"应为"缵"。

力厚，草窗则貌合耳。若其镂新门冶，固自绝伦。"可以见"二窗"的分别了。再看他的《秋霁》（秋月游西湖）：

> 重到西泠，记芳园载酒，画舸[①]横笛。水曲芙蓉，渚边鸥鹭，依依似旧[②]相识。年芳易失。段桥几换垂杨色。谩自惜。愁损庾郎，双鬓点[③]华白。

> 残蛩露草，怨蝶寒花，转眼西风，又[④]陈迹。叹如今、才消量减，樽前辜负[⑤]醉吟笔。欲寄远情秋水隔。旧游空在，凭高望极斜阳，乱山浮紫，暮云凝碧。

王沂孙（一二四〇——一二九〇[⑥]），字圣与，号碧山，又号中仙，会稽人。元至正中为庆元路学正。有《碧山乐府》（一名《花外集》）一卷。他的词，介于吴文英、张炎之间，而咏物特工，有时意境却也高隽。如"听粉片、簌簌飘阶"（《绮罗香》）、"病叶难留，纤柯易考，空忆斜阳身世"（《齐天乐》）之类。清周济、张惠言皆极推重他，并说："咏物最争托意，隶事处以意贯串，浑化无痕，碧山胜场也。"论者都说他的《齐天乐·咏蝉》"一襟余恨宫魂断，年年翠荫庭树"一词，是

---

① 据唐圭璋编《全宋词》，中华书局1999年版，第4139页，"舸"应为"船"。

② 据唐圭璋编《全宋词》，中华书局1999年版，第4139页，"旧"应为"曾"。

③ 据唐圭璋编《全宋词》，中华书局1999年版，第4139页，"双鬓点"应为"霜点鬓"。

④ 据唐圭璋编《全宋词》，中华书局1999年版，第4139页，此处脱"成"字。

⑤ 据唐圭璋编《全宋词》，中华书局1999年版，第4140页，"樽前辜负"应为"尊前孤负"。

⑥ 目前一般认为王沂孙的生年不详，卒年约为一二九〇年。

怀君国之忧，黍离之感。实则他这时已改官新朝，那能当得起这种过誉呢？兹录其最工丽的《绮罗香》词：

　　屋角疏星，庭阴暗水，犹记藏鸦新树。试折梨花，行入小栏深处。听粉片、籁籁飘阶，有人在、夜窗无语。料如今，门掩孤灯，画屏尘满断肠句。

　　佳期浑似流水，还见梧桐几叶，轻敲朱户。一片秋声，应做两边愁绪。江路远、归雁无凭，写绣笺、倩谁将去。谩无聊，犹掩芳樽，醉听深夜雨。

张炎（一二四八——一三二〇），字叔夏，号玉田，又号乐笑翁。原籍西秦，家居临安。宋亡时，他只二十九岁，他本循王张俊五世孙，后来资产尽失，到处飘流，以卖卜为生。到了七十余岁才死。有《玉田词》二卷，《山中白云词》八卷，《乐府指迷》等。他的词以空灵为主，颇反对梦窗的雕字琢句。作词以周、姜为宗，而能得雅正的精神，且意思哀婉，藏愤语于浓红淡绿之中，实为当时一有权威的作家。像"只有一枝梧叶，不知多少秋声""恨乔木荒凉，都是残照"之类，皆可为我们的佐证。玉田尝以"春水"词《南浦》传诵一时。人称为"张春水"，后以"孤燕"词《解连环》脍炙人口，人称"张孤雁"。但这两词，拈题咏物，刻意形容，离开了意境和情感，只是工匠的手艺。论其悲凉、疏朗，尚远不及《绮罗香》词：

　　万里飞霜，千山落叶①，寒艳不招春妒。枫冷吴江，独客又吟愁句。正船舣、流水孤村，似花绕、斜阳

---

① 据（宋）张炎著；黄畲校笺《山中白云词笺》卷二，浙江古籍出版社1994年版，第89页，"千山落叶"应为"千林落木"。

芳树①。甚荒沟、一片凄凉，载情不去载愁去。

　　长安谁问倦旅？羞见衰颜借酒，飘零如许。谩倚新妆，不入洛阳花谱。为回风、起舞樽②前，尽量③作、断霞千缕。记阴阴、绿遍江南，夜窗听暗雨。

我们从张炎词的全体看来，知道他有两种特点：（一）清疏，（二）凄咽。像上面的《绮罗香》"万里飞霜，千山落叶"，可说是属于清疏一类的作品。至他凄咽一类的作品，在他的词中尤为重要。盖玉田以贵介公子，身丁国破家亡之痛，转徙飘流，沦为卜者。这在常人，尤为不堪，况他一个多感的词人呢？"言为心声"，所以他的词尤为沈痛。像"短梦依然江表，老泪洒西洲。一字无成处，落叶都愁"（《甘州》），这是从心灵的深处，所呼号出来的凄咽的哀声。此外像《高阳台》（西湖游春）一首，也可说是属于这类情调的词：

　　接叶巢莺，平波卷絮，断桥斜日归船。能几番游，看花又是明年。东风且伴蔷薇住，到蔷薇、春已堪怜。更凄然。万绿西泠，一抹荒烟。

　　当年燕子知何处，但苔深韦曲，草暗斜川。见说新愁，如今也到鸥边。无声④再续笙歌梦，掩重门、浅醉

① 据（宋）张炎著；黄畬校笺《山中白云词笺》卷二，浙江古籍出版社1994年版，第89页，"芳树"应为"归路"。
② 据（宋）张炎著；黄畬校笺《山中白云词笺》卷二，浙江古籍出版社1994年版，第89页，"樽"应为"尊"。
③ 据（宋）张炎著；黄畬校笺《山中白云词笺》卷二，浙江古籍出版社1994年版，第89页，"量"应为"化"。
④ 据（宋）张炎著；黄畬校笺《山中白云词笺》卷一，浙江古籍出版社1994年版，第4页，"声"应为"心"。

闲眠。莫开帘，怕见飞花，怕听啼鹃。

这首词的意境之美和音节的谐婉，都可说是无瑕之璧。胡适之亦说此词："意境和感情，都还衬得住那和美的音节，所以远胜于《春水》《白莲》诸篇。"（《词选》）总之，词到了张炎，已至登峰造极的境域，他结束了自晚唐、五代、两宋以来的词体，而为乐府词最后的一位有光辉的作家。他在词史上的地位很高，他不独善作词，且善论词。他的《词源》一书，不独当时的词人奉为圭臬，即至今凡研究词学的人，还视为重要的著作。他是词的集大成者，词的最后的殿军，词的光荣的时代到他已告了结束，往后便是曲的时代。

参考：

辛弃疾见《宋史》卷四百一、《南宋书》卷三十九。

陆游见《宋史》卷三百九十五、《南宋书》卷三十七。

《宋六十家词》，毛晋编，有博古斋影印袖珍本。

《词综》三十四卷，（清）朱彝尊编，有坊刻本，有四部备要本。

《彊村丛书》，朱祖谋编，自刊本。

《词林纪事》二十二卷，（清）张宗橚辑，有扫叶山房本。

《词苑丛谈》，徐釚编，有有正书局本。

《中兴以来绝妙好词选》，（宋）黄昇编，有四部丛刊本。

《唐宋诸贤绝妙好词选》，有四部丛刊本。

《词选》，张惠言辑，有四部备要本。

《词选》，胡适编，商务印书馆出版。

《词絜》，刘麟生编，世界书局本，可看第三篇南宋词。

《诗史》，陆侃如编，大江书铺本，可看卷三姜夔时代。

《中国妇女文学史纲》，梁乙真编，开明书店出版，可看第五章三、四两节。

第十六章　北宋的诗

诗歌在唐代，已达到了它的登峰造极的境域。晚唐温李一派的绮丽秾郁的惟美诗，可说是诗歌黄金时代最末一幕的"回光返照"。更经过了五代到北宋，它的光明要渐渐地消失，好像晓风中天空的残月了。这时新兴的词，方如杲杲的朝日逐渐地滚出东方，微澹的月光，自不足以当其一照的。所以北宋的文人，多数的是以词见长。除了很少数的，王安石、黄庭坚之外，像欧阳修、柳永、苏轼、秦观，那一个不是以词自鸣一时呢！就是在民间的一般群众们，他们也是正在欢迎柳、苏一派新式的曲子，不再喜欢韵调整齐的诗歌。所以北宋的文坛的中心，是词而不是诗了。

话虽这样说，但宋诗在中国文学史上，并不是没有它的价值的。它那清新的意境，蒨秀的诗句，虽不及唐诗的悲壮而有力气，但它也是一种的创造精神。所以有人说：唐诗是正宗，宋诗是别派。吴之振说："宋人之诗，变化于唐，而出其所自得，皮毛落尽，精神独存。"（《宋诗钞序》）这都是很切当的批评。像钱、杨、刘所倡导的西昆体虽是复古，但苏舜钦、梅尧臣古朴平淡的作风，却开创了宋诗的局面。接着欧阳修、苏轼、王安

271

石、黄庭坚继起，隐然为北宋诗坛的中心，尤以黄庭坚的诗自成一家，遂成立了诗史上的"江西诗派"。

一

宋诗的最初期，全袭五代的余荫，并没甚么新兴的伟大作家出现。比饺重要的文人，像杨亿、钱惟演、刘筠等，为诗皆宗李商隐、唐彦谦，一以琢饰纤丽为贵，号为"西昆体"，属而和者十七人。除杨、钱、刘外，尚有李宗谔、陈越、李维、刘骘、刁衎、任随、张咏、钱惟济、丁谓、舒雅、晁迥、崔遵度、薛映、刘秉等（据《西昆酬唱集》所载），颇极一时之盛。

杨亿（九六四[①]——一○二○），字大年，蒲城人。入翰林为学士，官至左司谏知制诰。仁宗时追谥曰文。亿挥翰如飞，文不加点，是个很有才气的诗人。他是"西昆体"的首创者，尝集其彼此酬和之诗，为《西昆酬唱集》。他的诗清新纤艳，而喜用对仗。如《泪》云：

寒风易水已成悲，亡国何人见黍离。枉是荆王疑美璞，更令杨子怨多歧。

边[②]笳暮应三挝鼓，楚舞春临百子池。未抵索居愁翠被，圆荷清晓露淋漓。

像这首诗极力的摹拟物态，刻意象形，而又喜用隐僻的故实，简直是咏物的谜语，不是诗了。"西昆诗"的特点，就是专

---

① 目前一般认为杨亿的生年是九七四年。
② 据（宋）杨亿编；王仲荦注《西昆酬唱集注》，中华书局2018年版，第188页，"边"应为"胡"。

从雕琢与粉饰辞句方面去求进步。技巧二字，被他们认为作诗的万能。在一首诗里，不用几个巧妙而隐僻的古典和工丽贴切的对仗，不能算是好诗。这种专重技巧，蔑视诗的自然，便不免"雾里看花，终隔一着①"之感。无怪乎石介骂他们"杨亿之穷妍极态，缀风月，弄花草，淫巧侈丽，浮华纂组，其为怪大矣"（《怪说》）。

次于杨亿的"西昆"重要人物，要算是刘筠了。刘筠，字子仪，大名人，官至户部龙图阁学士，与杨亿齐名，号称"杨刘"。他作诗务故实，能摹揣情状而语意轻浅。欧阳修云："杨大年与钱、刘数公唱和，……诗体一变。而先生老辈患其多用故事，至于语僻难晓，殊不知自是学者之弊。如子仪《新蝉》云：'风来玉女乌先转，露下金茎鹤未知。'虽用故事，何害为佳句。又如：'峭帆横渡官桥柳，叠鼓惊飞海岸鸥。'不用故事，又岂不佳乎？"这是永叔为古人作恕辞也。他的作品，像《馆中新蝉》云：

庭中嘉树发华滋，可要螳螂共此时。翼薄乍舒宫女鬓，蜕轻全解羽人尸。

风来玉女乌先转，露下金茎鹤未知。日永声长兼夜思，肯容潘岳到秋悲。

钱惟演，字希圣，越王俶之子，临安人。官至同中书门下平章事，与杨、刘齐名，号"江东三虎"。他守西都时，欧阳修在其的幕中，载酒寻山，风雅为一时冠。他亦有咏《泪》诗，今举

---

① 据邓菀莛撰述《百家点评人间词话》，上海古籍出版社2017年版，第153页，"着"应为"层"。

273

他的《荷花》：

> 水阔雨萧萧，风微影自摇。徐娘羞半面，楚女妒纤腰。

> 别恨抛深浦，遗香逐画桡。华灯连雾夕，钿合映霞朝。

> 泪有鲛人见，魂须宋玉招。凌波终未渡，归[①]待鹊为桥。

读这诗也使人有惝恍迷离之感。他们这种惯以靡艳的意境、辞句，追逐在浓妆淡抹的藻饰之后，实是在学义山的余绪而加以拓大的。以上"西昆"一派，仅录杨、刘、钱三人为代表，其余像李宗谔……以下十四人，则等而下之。"西昆"在当时虽然风靡一时，广被天下，成为宋初最有名的诗派。但自反西昆的先锋石介作《怪说》来攻击他们。接着真宗又因刘筠的《宣曲》里有"取酒临邛远，吞声息国亡"之句，下诏禁文体浮艳。"西昆派"受了政治与新诗人两方面的夹攻，于是渐渐维持不住而衰落下去，接着便掀起了宋诗的革新运动。

二

在杨刘"西昆"一派风靡天下的时候，显然的另有一班诗人起来，专以清真平淡为尚，而反对杨刘一派靡艳之音，这便是宋诗革新运动的先驱者。至于这次的革新运动，应该分为两个时

---

① 据（宋）杨亿编；王仲荦注《西昆酬唱集注》，中华书局2018年版，第169页，"归"应为"疑"。

期。前期是酝酿时期，属于这时期的有王禹偁、徐铉、寇准、韩琦、潘阆、林逋、魏野、赵相①、钱易诸人。后期是实行时期，属于这时期的，为梅尧臣、苏舜钦二人。他们开宋诗隆盛的先声。

王禹偁（九五四———一○○一），字元之，济川②巨野人。历官礼部员外郎。因与宰相李沆不合，出知黄州。他著名的散文《黄冈竹楼记》，就是在此时作的。后徙蕲州卒，年四十八岁。有《小畜集》。

他和诗人潘阆的交情很密。诗学李杜而涉乐天之域，他的《示子》诗云"本与乐天为后进，敢期子美是前身"，就是此意。下边的一首《题张处士隐居》七律，显然的看出和西昆诗是两样不同的风格来。

云里寒溪竹里桥，野人居处绝尘嚣。病来芳草生渔艇，睡起残花落酒瓢。

闲把道书寻晚径，静携茶鼎洗春潮。长洲懒吏频过此，为爱盘餐有药苗。

这首诗还不是他的代表作品。我们要在绝句里面，才能够完全欣赏他的真艺术。如《春日③杂兴》："两株④桃杏夹篱斜，妆点商山副使家。何事春风容不得？和莺吹折数枝花。"《泛吴

---

① "相"应为"湘"。

② "川"应为"州"。

③ 据（宋）王禹偁撰《小畜集》//《影印文渊阁四库全书》第1086册，台湾商务印书馆1983年版，第75页，"日"应为"居"。

④ 据（宋）王禹偁撰《小畜集》//《影印文渊阁四库全书》第1086册，台湾商务印书馆1983年版，第75页，"株"应为"枝"。

松江》："苇篷疏薄漏斜阳，半日孤吟未过江。惟有鹭鹚①知我意，时时翘足对船窗。"已开后来宋诗风趣的先声了。元之对诗嗜好很深，虽屡遭迁谪，而趣兴益浓。读他的"平生诗句多山水，谪宦谁知是胜游"之句，便可见此老豪兴了。

林逋（九六七——一〇二八），字君复，钱塘人，结庐西湖孤山。不娶，以梅鹤为伴，二十年足不及城市。尝泛小艇游西湖诸寺，客至童子开笼纵鹤，逋即棹船而归。他的咏梅诗句"疏影横斜水清浅，晴香浮动月黄昏"甚为欧阳修所赏。诗孤澹清逸，大类王孟的风格。卒谥和靖，有《林和靖集》。

　　沧洲白鸟飞，山影落晴晖。映竹犬初吠，弄船人各
归。

　　水波随月动，林翠带烟微。寺近疏钟起，萧然还掩
扉。

　　　　　　　　　　　　　　——《湖村晚兴》

　　晚来山北景，图画亦应非。村路飘黄叶，人家湿翠
微。

　　樵当云外见，僧向水边归。一曲谁横笛，蒹葭白鸟
飞。

　　　　　　　　　　　　　　——《北山晚望》

读他这种诗，真如梅圣俞所说"平澹邃美，咏之令人忘百事"。此外像他的《秋日湖西晚归》："鱼觉船行沉草岸，犬闻人语出柴扉。"咏《西湖》："春水净于僧眼碧，晚山浓似佛头

---

① 据（宋）王禹偁撰《小畜集》//《影印文渊阁四库全书》第1086册，台湾商务印书馆1983年版，第53页，"惟有鹭鹚"应为"唯有鹭丝"。

青。"尤为即景而得的奇句。无怪其诗时人贵重，甚于宝玉（梅圣俞《林和靖先生诗集叙》）也。

这一派的诗人，王禹偁、林逋二人，要算是当中的双壁^①。王以疏放矫西昆的靡艳，在宋初诗人中，自是具有卓见的诗人。林逋又以善描写山林景致，独标异格，有如悬岩的孤松，静夜的朗月，这更是与西昆不同的。王、林之外，尚有应该提到的一人，便是寇准。他字平仲，华州下邽人，有《巴东集》。他的《江南春》诗："波渺渺，柳依依。孤村芳草远，斜日杏花飞。江南春尽离肠断，蘋满汀洲人未归。"亦一时传诵的佳作，而开后来宋诗淡远的风趣。

西昆派迷离曼艳的作风，经过宋真宗政治的压抑，经过石介勇猛的掊击，又经过王、林平淡邃美的一群诗人们起来与之对抗，西昆的势力才逐渐地云消雾散。迨梅尧臣、苏舜钦的起来，更是垂死的西昆体的一个劲敌。

梅尧臣（一〇〇二———一〇六〇），字圣俞，宣城人，人称宛陵先生。初为钱惟演所知，仁宗时官屯田都官员外郎。卒年五十九岁。有《宛陵集》。

圣俞诗初喜清丽，久渐闲远平淡，自称一家。龚啸称赞他道："去浮靡之习于西昆极弊之际，存古淡之道于诸家未起之先。"这话不但是圣俞诗恰当的批评，同诗^②还更表示圣俞在宋诗里的重要的地位。他的诗有人以《一日曲》《谒薛简肃墓》《大水后田家》三首为最佳。（《艇斋诗话》）而欧阳修却称他

---

① "壁"应为"璧"。
② "诗"应为"时"。

的《河豚鱼》诗为绝唱。但我则爱他的《田家》数篇：

> 草木绕篱盛，田园向郭斜。去锄南山豆，归灌东园瓜。
>
> 白水照茅屋，清风生稻花。前陂日已晚，聒聒竞鸣蛙。

——《田家》

> 高树荫柴扉，青苔照落晖。荷锄山月上，寻径野烟微。
>
> 老叟扶童望，羸羊①带犊归。灯前饭何有，白薤露中肥。

——《田家》

像这一类的诗，读了之后，真如散步于淡月胧明的广大的田野里，松林稻田，野草山花，放出一阵阵地醉人的香气，使人顿时感到心灵的安闲与舒适。欧阳修尝评他和苏舜钦的诗云："子美气尤雄，万窍号一噫。……梅翁事清切，石齿漱寒濑。"有人说他的诗闲远似韦、柳，若我们从《田家》两首观之，却又颇似陶（潜）、王（维）的风味。

苏舜钦（一〇〇八——一〇四八），字子美，桐山人。范仲淹荐其才，召为集贤校理监，坐事除名，后为湖州长史卒。共活四十一岁。有《苏学士集》。

子美尝废居苏州，筑沧浪亭以自适，号沧浪翁。其诗以奔放豪迈为主，力矫西昆声偶之习，与梅尧臣齐名，称"苏梅"。但

---

① 据（宋）梅尧臣著；朱东润编年校注《梅尧臣集编年校注》卷一〇，上海古籍出版社1980年版，第161页，"羊"应为"牛"。

他两人诗的风格，却不相同。即：尧臣淡逸，子美雄放。欧阳修说："子美笔力豪隽，以超迈横绝为奇；圣俞覃思精微，以深远闲淡为意。"（《六一诗话》）刘后村亦称："其歌诗雄于圣俞，轩昂不羁，如其为人。"这可见两人的相异了。我们看他的近体诗：

行穿翠霭中，绝涧落疏钟。数里踏乱石，一川环碧峰。

暗林麋养角，当路虎留踪。隐逸何曾见，孤吟对古松。

——《独游辋川》

春阴垂野草青青，时有幽花一树明。晚泊孤舟古祠下，满川风雨看潮生。

——《淮中晚泊犊头》

别院深深夏簟清，石榴开遍透帘明。树荫[1]满地日当午，梦觉流莺时一声。

——《夏意》

像上边的几首诗，其意境俱极潇散淡远的风趣。而其气魄，亦是很阔大的。

《晚泊》一首，黄山谷甚爱之。"满川风雨看潮生"，何等豪俊！尧臣能有此气魄吗？如果我们再愿看舜钦的豪放的长歌，可从《城南感怀呈永叔》《吴越大旱》诸篇什求之。

---

[1] 据（宋）苏舜钦著；沈文倬校点《苏舜钦集》卷六，上海古籍出版社2011年版，第69页，"荫"应为"阴"。

三

苏、梅的起来，洗尽了西昆脂粉绮艳的风气，开辟了宋诗坛淡远的先路。继苏、梅而起的欧阳修，他是宋诗革命运动里面的领袖，西昆体的肃清者。宋诗坛自他的出现，正如朗月之升于东山，群星将渐次地失其闪烁的光辉。他的诗较苏、梅为富腴，情调从容而敷愉。诗以古风的篇幅最多，他不大爱作律诗，因为他不工于雕琢的缘故，但七绝却有描写很好的。像：

> 红树青山日欲斜，长郊草色绿无涯。游人不管春将老，来往亭前踏落花。
>
> ——《丰乐亭游春》

> 百啭千声随意彩[1]，山花红紫树高低。始知锁向金笼听，不及林中[2]自在啼。
>
> ——《画眉鸟》

像这样富有抒情诗意味的新体诗，在永叔的集中，却也很多。此外还有值得我们注意的，是他的《拟玉台体》的几首古乐府。这虽然是拟古的作品，但有他新的情思和韵格存于其间，写出来还是欧阳修他自己整个的情调。

> 落日堤上行，独歌携手曲。却忆携手人，处处春华绿。
>
> ——《携手曲》

---

[1] 据（宋）欧阳修著；李逸安点校《欧阳修全集》卷一一，中华书局2001年版，第184页，"彩"应为"移"。

[2] 据（宋）欧阳修著；李逸安点校《欧阳修全集》卷一一，中华书局2001年版，第184页，"中"应为"间"。

朝看楼上云，日暮城南雨。路远香车迟，迢迢向何
所。

——《雨中归》

连环接^①连带，赠君情不忘。暂别莫言易，一夕九
回肠。

——《别后》

浮云吐明月，流影玉阶阴。千里虽共照，安知夜夜
心。

——《夜夜曲》

朝闻惊禽去，日暮见禽归。瑶琴坐不理，含情复为
谁。

——《落日窗中坐》

他的古风，以《明妃曲》和《庐山高》两首最出名。像“庐
山高哉，几千仞兮。……幽花野草，不知其名兮，风吹露湿香涧
谷……”最为梅尧臣所称赏。他的《明妃曲》云：

汉宫有佳人，天子初未识。一朝随汉使，远嫁单于
国。

绝色天下无，一失难再得。虽能杀画工，于事竟何
益？

耳目所及尚如此，万里安能制夷狄！汉计已成拙，
女色难自夸。

明妃去时泪，洒向枝上花。狂风日暮起，飘泊落谁

---

① 据（宋）欧阳修著；李逸安点校《欧阳修全集》卷五一，中华书局
2001年版，第714页，“接”应为“结”。

281

家。

　　红颜胜人多薄命，莫怨春风当自嗟。

　　他这首诗和《庐山高》，不独为古今传唱的佳作，且也是永叔得意之作。他尝说："《庐山高》今人莫能为，惟太白能之。《明妃曲》后篇，太白不能为，惟杜子美能之，至其前篇，则子美亦不能为，惟吾能之也。"这是如何地自负呢！但平心论之，这两首诗虽不如永叔自誉的那么高贵，但他能够不拘拘格律，很自由恣肆的写下去，其雄视阔步，自有一种"振衣千仞岗，濯足万里流"的气概。在宋初靡绮的诗坛，终不失为两首好诗。

　　王安石（一〇二一——一〇八六），字介甫，抚州临川人。又号半山，封荆国公。他是一位大政治家，因厉行新法，颇招守旧派的嫉忌。他和苏轼都受知于欧阳修，欧赠诗有云："翰林风月三千首，吏部文章二百年。"可见欧阳修对他期许之深了。他诗才殊高，少时所作，皆以险绝为工，多未经人道语。像"谁怜直节生来瘦，自许高才老更刚"（《题金陵此君亭》）正是他的自况。黄山谷称他"暮年作小诗，雅丽精绝，脱去尘①俗，每讽咏之，便觉沉溎生牙颊间"。正以其格律的相合也。有《王荆公诗集》。

　　荒烟凉雨助人愁②，泪染衣襟不自知。除却春风沙际绿，一如看汝过江时。

　　　　——《送和甫至龙安微雨因寄吴氏女子》

---

① 据（宋）胡仔纂集；廖德明校点《苕溪渔隐丛话》卷三五，人民文学出版社1962年版，第234页，"尘"应为"流"。

② 据（宋）王安石著；秦克，巩军标点《王安石全集》卷五八，上海古籍出版社1999年版，第466页，"愁"应为"悲"。

涧水无声绕竹流，竹西花草弄春柔。茅檐相对坐终
日，一鸟不鸣山更幽。

——《钟山即事》

茅[①]檐长扫净无苔，花木成畦手自栽。一水护田将
绿绕，两山排闼送青来。

——《书湖荫[②]先生壁》

乌塘渺渺绿平堤，堤上行人各有携。试问春色[③]何
处好，辛夷如雪柘冈西。

——《乌塘》

像荆公这类的诗，风格闲澹，造语工致，每一字都是一粒粒
晶莹玉润的珍珠，令人赏玩不已。严羽说："公绝句最高，其得
意处，高出苏、黄、陈之上。"《艇斋诗话》载《东湖》诗云：
"荆公绝句妙天下。"可见他的绝句，在当时已是负盛誉了。他
的五绝有几首也是很好的。如《江上》云："江水漾西风，江花
脱晚红。离情被横笛，吹过乱山东。"《离升州作》云："相看
不忍发，惨澹暮潮平。语罢更携手，月明洲渚生。"这样的诗，
诚如《漫叟诗话》所云"荆公定林后，诗精深华妙，非少作之
比"了。在荆公的古风里，我们可看他最负盛誉的《明妃曲》：

---

① 据（宋）王安石著；秦克，巩军标点《王安石全集》卷六八，上海古
籍出版社1999年版，第525页，"茅"应为"茆"。
② 据（宋）王安石著；秦克，巩军标点《王安石全集》卷六八，上海古
籍出版社1999年版，第525页，"荫"应为"阴"。
③ 据（宋）王安石著；秦克，巩军标点《王安石全集》卷七一，上海古
籍出版社1999年版，第545页，"色"应为"风"。

明妃出[1]嫁与胡儿，毡车百两皆胡姬。含情欲语独无处，传与琵琶心自知。

黄金捍拨春风手，弹看飞鸿劝胡酒。汉宫侍女暗垂泪，沙上行人却回首。

汉恩自浅胡自深，人生乐在相知心。可怜青冢已芜没，尚有哀弦留至今。

荆公的诗，近体、古体均有特创之处，宛如直立的白玉柱，无人不惊叹其光洁可爱的外表。他的诗有三点是应该注意的：（一）有遒劲的笔力，（二）有深挚的议论，（三）有闲适的情调，因此他成了当时的大家。像和他同时的文学家，曾巩、苏辙则仅以文章著名，欧阳修、苏轼则诗不及其词，只有荆公特以诗著。方植之说："向谓欧公思深，今读半山，其思深妙，更过于欧。"后来的诗人如黄山谷、陈师道、杨万里辈，都受他的影响不少，他实是北宋诗坛上一位最有权威的作家。

宋诗至苏轼而一变，他是继梅、苏、欧阳后最有天才的诗人，同时又是一位转变诗坛风气的人。没有欧阳修，决不能廓清西昆体的残余势力。没有苏轼，决不能造成宋诗的新生命。他是北宋诗坛上最伟大的诗人之一。

苏轼的诗，和他的词一样也是豪放的。他自谓作文如行云流水，所以他的诗词文章，都是浩瀚无涯涘，显露了他"披发狂歌"，苍茫独立的风度。赵翼说："以文为诗，自昌黎始，至东坡益大放厥词，别开生面，成一代之大观。"这话是很对的。他

---

[1] 据（宋）王安石著；秦克，巩军标点《王安石全集》卷四〇，上海古籍出版社1999年版，第351页，"出"应为"初"。

的歌行，波澜壮阔，变化莫测，很似李白的风度。如他的《送张嘉州》云：

> 少年不愿万户侯，亦不愿识韩荆州。颇愿身为汉嘉守，载酒时作凌云游。

> 虚名无用今白首，梦中却到龙泓口。浮云轩冕何足言，惟有江山难入手。

> 峨眉山月半轮秋，影入平羌江水流。谪仙此语谁解道，请君见月时登楼。

> 笑谈万事真何有，一时付与东岩酒。归来还受一大钱，好意莫违黄发叟。

他的诗最擅长七古，所以黄节说："东坡诸体皆工，而七古为最。"（《诗学》）这因为他的才气大，放吟起来，往往气象万千，奔进如流。其用笔之超旷，如天马脱羁，穷极变幻，决不是四句八句的绝律所能尽意，必须长篇歌行，始能恣其磨荡回环之趣。他的集中像这类的诗很多，如《游金山寺》《游径山》《送运判朱朝奉入蜀》《和秦太虚梅花》……诸篇都是，至他的豪放而恣肆的情调，颇似李白。陆务观说："取东坡词歌之，曲终觉天风海雨逼人。"读他的诗，何尝不是如此呢。他除七古外，七绝亦富有清新的风味：

> 竹外桃花三两枝，春江水暖鸭先知。蒌蒿满地芦芽短，正是河豚欲上时。

> ——《惠[①]春江晚景》

> 人老簪花不自羞，花应羞上老人头。醉归扶路人应

笑，十里珠帘半上钩。

——《吉祥寺赏牡丹》

黑云翻墨未遮山，白雨跳珠乱入船。卷地风来忽吹散，望湖楼下水如天。

——《望湖楼醉书》

野水参差落涨痕，疏林欹倒出霜根。浩歌[①]一棹归何处？家在江南黄叶村。

——《书李世南所画秋景》

荷尽已无擎雨盖，菊残犹有傲霜枝。一年好景君须记，最是橙黄橘绿时。

——《赠刘景文》

像他这类描写景物的诗，情意俱尽，语句快健，而带秀逸之气。读之如清风外来，花香四溢，使人感到恬静的安适。他的律诗可不见长，无论五律和七律。王阮亭说："东坡惟律诗不可学。"（《一瓢诗话》）总之他的诗，以豪放为主，但有时亦满含着清新俊快的风格，正如他的词一样，是一位多方面成就的天才作家。

在当时受苏轼的影响最大的几个诗人，有所谓"苏门西学士"的：黄庭坚、秦观、晁补之、张耒。或加上了陈师道、李廌，号"苏门六君子"。苏轼之才，在当时好似朗月之静挂于夜天，而六君子只是疏疏的群星。黄、陈是江西诗派之宗，而秦、晁、张三人，也各有特殊的风格。

---

① 据（清）王文诰辑注；孔凡礼点校《苏轼诗集》卷二九，中华书局1982年版，第1525页，"浩歌"应为"扁舟"。

秦观诗，王荆公称他："清新婉丽，似鲍、谢[1]。"敖陶孙也说秦诗："如时女步春，终伤纤[2]弱。"元好问《论诗绝句》，因有"女郎诗"之讥。实在说，秦诗最婉丽清华，然略失之纤弱。敖元这种贬损，似乎是过分的槌[3]求吧。我们看他的近体绝句：

日[4]团新碾瀹花瓷，饮罢呼儿课楚辞[5]。风定小轩无落叶，青虫相对吐秋丝。

——《秋日》

清酒一杯甜似蜜，美人双鬓黑如鸦。莫夸春色欺秋色，未信桃花胜菊花。

——《处州闲题》

门掩荒寒僧未归，萧萧庭菊两三枝。行人到此无肠断，问尔黄花知不知。

——《题郴阳道中一古寺壁》

像他这种婉约容与的风度，好似新出浴的美女，娇慵无言中自有一种醉人的魔力。他的五绝《题画[6]》云："晓浦烟笼树，春江水拍空。烦君添小艇，画我作渔翁。"这真是诗中有画了。

---

① 据（宋）胡仔纂集；廖德明校点《苕溪渔隐丛话》卷五〇，人民文学出版社1962年版，第338页，"似鲍、谢"应为"鲍、谢似之"。

② 据（清）永瑢等《四库全书总目》卷一五四，中华书局1965年版，第1330页，"纤"应为"婉"。

③ "槌"应为"追"。

④ 据周义敢，程自信，周雷编注《秦观集编年校注》卷七，人民文学出版社2001年版，第143页，"日"应为"月"。

⑤ 据周义敢，程自信，周雷编注《秦观集编年校注》卷七，人民文学出版社2001年版，第143页，"辞"应为"词"。

⑥ 诗题应为"题赵团练画江干晚景四绝"。

张耒著有《诗说》及《宛丘集》，他的诗平淡简古而富有逸趣。与少游同学于苏轼，轼尝云："秦得吾工，张得吾易。"但我以为秦之清丽，实逊张之简古。如他的七律《田家》云：

> 社南村酒白如饧，邻翁宰牛邻媪烹。插花野妇抱儿至，曳杖老翁扶背行。
>
> 淋漓醉饱不知夜，裸股掣肘时欢争。去年百金易斗粟，丰岁一饮君无轻。

这种平淡而富有逸趣的田园生活的描写，实是张耒的特殊的风格。杨万里亦称"肥仙诗自然"，肥仙者，柯山之词号也。

晁补之有《约李令》诗云："茅檐明月夜萧萧，残雪晶荧在柳条。独约城隅闲李令，一杯山芋校离骚。"清丽有逸致。此外苏轼的表弟文同，字与可，诗有孟襄阳、韦苏州之致。轼弟辙，字子由，诗亦有致，有《乐城集》。

四

宋诗经过西昆体的靡丽绮艳，经过梅、苏、欧阳的平淡闲适，又经过苏轼一派的豪放俊逸。风格虽然是屡屡的变异，但从没一规模较大的诗派，领导着一群诗人向新的路走去。"江西诗派"的起来，在静止的诗坛掀起绝大的波澜。黄庭坚便是"江西诗派"的领袖诗人。他的诗虽半字只句不轻出，务创为新奇拗崛的局格，一洗当时油滑庸熟之病。他有几首写家庭的诗甚好，如《过家》《临河道中》，都可看出他格格独异的作风。《临河道中》云：

村南村北禾黍黄，穿林入坞岐路长。据鞍梦归在亲侧，弟妹妇女笑两厢。

甥姪①跳梁暮堂下，惟我小女始扶床。屋头扑枣烂盈斗，嬉戏喧争挽衣裳。

觉来去家三百里，一园兔丝花气香。可怜此物无根本，依草着木浪自芳。

风烟雨露非无力，年年结子飘路旁。不如归种秋柏实，他日随我到冰霜。

《昭昧詹言》说："涪翁于音节，尤别创一种兀傲奇崛之响，其气即随此以见。"像上面的一首长诗，通体都锤炼得都很精密，而句法的雅健，音节的奇响，宜足以开了一大宗派。山谷的律诗，亦甚工致，如《寄黄几复》云：

我居北海君南海，寄雁传书谢不能。桃李春风一杯酒，江湖夜雨十年灯。

治家但有四壁立，治病不蕲三折肱。想见读书头已白，隔溪猿哭瘴溪藤。

他的七律中有《王充道送水仙花》诗："坐对真成被花恼，出门一笑大江横。"《池口风雨留三日》云："孤城三日风吹雨，小市人家只菜蔬。"《登快阁》云："落木千山天远大，澄江一道月分明。"都可看出他精心琢镂的工夫。至山谷的七绝，向来评论家都是看不起的，但下列几首，未尝不清新

---

① 据（宋）黄庭坚撰；（宋）任渊等注；刘尚荣校点《黄庭坚诗集注·山谷别集诗注》卷上，中华书局2003年版，第1428页，"姪"应为"侄"。

活跃：

> 亭台经雨压尘沙，春近登临意气佳。更喜轻寒勒成雪，未春先放一城花。

>> ——《春近四绝句》之二

> 四顾山光接水光，凭栏十里芰荷香。清风明月无人管，并作南楼一味凉。

>> ——《鄂州南楼书事》

> 阳关一曲水东流，灯火旌阳一钓舟。我自只如常日醉，满川风雨[①]替人愁。

>> ——《夜发分宁寄杜涧叟》

> 草色青青柳色黄，桃花零落杏花香。春风不解吹愁去，春日偏能惹恨长。

>> ——《题小景扇》

像山谷这样的绝句，能够脱下古典的衣裳，不用拗捩的字句，一缕缕地织成功清新活跃的抒情的小诗，这实是我们应该景仰他的。他这种一点也不苟且，认真作诗的精神，由他传给了曾几，再由曾几传给了南宋的范成大、杨万里、陆游三大家，算是江西诗派的幸运的一脉，而为后来许多的诗人追踪逐迹，其影响一直到了近代。

"闭门寻句陈无己，对客挥毫秦少游。"（黄山谷诗）无己即是陈师道的字，号后山居士，彭城人。初学于曾南丰，后见山

---

① 据（宋）黄庭坚撰；（宋）任渊等注；刘尚荣校点《黄庭坚诗集注·山谷外集诗注》卷一四，中华书局2003年版，第1254页，"雨"应为"月"。

谷，诗格一变。他一生很清苦，尝宿斋宫，骤寒，或送绵半臂，却之不服，竟感疾而死。有《陈后山集》十四卷。

他的诗以澹远胜，初若不经意的疏疏地写就，却是极为饱满丰腴的。像《春怀示邻里》云：

断墙著雨蜗成字，老屋无僧燕作家，剩欲出门追语笑，却嫌归鬓著尘沙。

风翻蛛网开三面，雷动蜂窝[①]趁两衙。屡失南邻春事约，只今容有未开花。

像这诗澹澹地写来，有如以烧焦的笔头，蘸水墨作云林小景。枯瘠之中，而清韵盎然，却足以耐人吟味无已。敖陶孙说："陈后山如九皋独唳，深林孤芳，冲寂自妍，不求赏识。"真的，他实是一位孤芳自赏，韵格独高的诗人。又像他的《野望》诗，也可看出他苦吟的工夫来：

山开两岸柳，水绕数家村。地势倾崖口，风涛啮石根。

平林霜着色，沙岸水留痕。剩寄还乡泣，难招去国魂。

无已的五绝，亦有很工巧的，像《夜句》云："过雨作秋清，归云放月明。入帘摇竹影，塞耳落洪声。"陈师道作诗，一味的苦吟而成，很有点像唐代的苦吟诗人贾岛、李贺们作诗的情形。他每登览得句，即急归卧一榻，以被蒙之，谓之"吟榻"。家人知之，即猫犬皆逐去，婴儿稚子，亦皆抱持寄邻家，徐待诗

---

① 据（宋）陈师道撰；（宋）任渊注；冒广生补笺《后山诗注补笺》卷十，中华书局1995年版，第359页，"窝"应为"窠"。

成，乃敢复常。（见《石林诗话》）他这样苦吟的结果，遂卓然构成了一个特殊的诗的风趣，成为江西诗派重要的领袖作家之一，而为南宋的诗坛开辟了一条先路。

自黄山谷以下二十五人的江西派诗家，只举陈师道一人作代表。像潘大临、谢逸、洪刍、饶节、僧祖可、徐俯、洪朋、林敏修、洪炎、汪革、李錞、韩驹、李彭、晁冲之、江端本、扬[①]符、谢薖、夏倪、林敏功、潘大观、何凯、王直方、僧善权、高荷诸人，便不一一地叙述。此外尚有应提到的，即"江西诗派"这个名称的倡始者吕本中，他的诗也有清驶可爱的。

参考：

杨亿见《宋史》卷三百五。

刘筠见《宋史》卷三百五。

钱惟演见《宋史》卷三百十七。

王禹偁见《宋史》卷二百九十三。

寇准见《宋史》卷二百八十一。

梅尧臣见《宋史》卷四百四十三《文苑传》。

苏舜钦见《宋史》卷四百四十二《文苑传》。

王安石见《宋史》卷三百二十七。

吕本中见《宋史》卷三百七十六。

《宋诗钞》，吴之振等编，有商务印书馆影印本。

《宋人集》，李之鼎编，有近刊本。

《宋诗别裁集》，张景星选，有《五朝诗别裁》本。

---

① "扬"应为"杨"。

《唐宋诗醇》，有通行本。

《苏学士集》，苏舜钦撰，有四部丛刊本、四部备要本。

《宛陵集》，梅尧臣撰，有四部丛刊本、四部备要本。

《临川集》，王安石撰，有四部丛刊本。

《居士集》，欧阳修撰，有四部丛刊本。

《集注分类东坡先生诗》，王十朋编，有四部丛刊本。

《豫章黄先生集》，黄庭坚撰，有四部丛刊本。

《后山诗注》，陈师道撰，任渊注，有四部丛刊本，四部备要有《后山集》。

《淮海集》，秦观撰，有四部丛刊本、四部备要本。

《宋诗纪事》，厉鹗编，有原刊本。

《宋诗研究》，胡云翼编，商务国学小丛书本。

《历代诗话》，何文焕编，有医学书局影印本。

《西昆酬唱集》二卷，有四部丛刊本。

《江西诗社宗派图录》，张泰来述，有知不足斋丛书本。

第十七章　南宋的诗

　　黄庭坚、陈师道、陈与义所倡导的江西诗派。至南宋而愈呈显其活跃热闹的景象。就中如前期诗坛的四大家——范（成大）、杨（万里）、尤（袤）、陆（游）的诗，他们都是得法于曾茶山（幾），而茶山的诗，又效法山谷，所以四大家亦是江西诗派的苗裔。但他们能脱卸了江西派的羁绊，使南宋的诗另开辟一个新的局面，这是他们的伟大处，也是他们的成功处。但后来江西诗派的末流，愈演而内容益空虚，字句拗拙，不可卒读，于是所谓"永嘉四灵"的徐照、徐玑、翁卷、赵师秀出来，他们的主张，是反抗江西诗派而规复晚唐的风格。但他们都是些低能的作者，在诗坛也无所成就。到了末叶，更有刘克庄、方岳、真山民等所谓"江湖派诗人"的起来，作第二次的反江西运动。亡国之后，汪元量、谢翱、陆壑、林景熙、文天祥辈，诗多激楚之音。而文天祥亡国不屈，骂贼而死，他的诗尤恻厉悲凉，譬如秋后黄花，雪里寒梅，亦愈见其高标逸致。

一

诗的园地中，向来只是那些"士的阶级"的文人学士占着优越地位。他们有时高兴起来，便写写"灯红洒①绿"一类的抒情的艳体诗，有时兴奋起来，更要唱唱"对酒当歌"一类的悲凉感慨诗。他们还有时作作粉饰太平，歌功颂德的谀辞，有时更无病呻吟的哼着那靡靡之音。总之，他们的诗是利己心的冲动的表现，他们诗的材料，也是超社会的，他们作诗的动机，只不过是随便的抒写罢了。这固然不能说过去诗人都如此，但中国大多数的文人是这样的。自从伟大的诗人陶潜发现了描写自然风景的田园诗，却替诗的园地里开辟了一个新的描写境界，从此那田夫野老、牧童樵子却成了诗人描写的中心。竹篱茅舍，豆棚瓜架，山花野草，麻地桑田，和那潺湲的流水、青绿的原隰，亦都变成了诗人们描写的对象了。这实在是诗的园地里一种新的发现。但是这个素淡而幽恬的境界，却不投功名心重的中国文人的嗜好，所以自陶潜之后几百年间的诗坛，并没有像陶潜似的那样诗人，深深走入民间，从那低度农村生活里去寻求田园的诗趣。隋代不必说了，就如号称诗歌黄金时代的唐朝，也只才出了王维、孟浩然、韦应物、柳宗元、储光羲，较为著名的几个田园诗人。但严格一点说，这些人中，除了储光羲的诗，还满含着普遍性的乡村风景描写外，像王孟韦柳的诗，他们所表现的，只是孤僻的诗人、画家的幽趣而已。所以若论到纯正的田园诗人，可说是自陶

_____

① "洒"应为"酒"。

潜而后便寂寞下去，只等到南宋的范成大出来，田园诗才又呈显了欣欣活跃的气象。

范成大（一一二〇[①]——一一九三），字致能，号石湖居士，吴县人。为咏写田园的大诗人。他的诗初效晚唐，后溯黄山谷遗法，善写田园之趣，清新妩媚，自成一家。杨诚斋于诗无当意者，独推服成大之作。有《石湖诗集》。

石湖最爱天然界的美，最能描写天然界的真美，他的诗中，有蓊蔚的树林，有萋茂的小草，更有活泼的流水，以及天空鲜艳的彩云，溶溶的太阳光影等。自然界而[②]伟大的奇异的景物，都到了他的诗里。像他的《四时田园杂兴》诗六十首，都是未经写过的景色，可以算他田园诗的白眉。

柳花深巷午鸡声，桑叶尖新绿未成。坐觉睡[③]来无一事，满窗晴日看蚕生。

社下烧钱鼓似雷，日斜扶得醉翁归[④]。青枝满地花狼藉，知是儿孙斗草来。

桑下春蔬绿满畦，菘心青嫩芥苔[⑤]肥。溪头洗择店头卖，日暮裹盐沽酒归。

以上《春日田园杂兴》十二之三

---

① 目前一般认为范成大的生年是一一二六年。

② 疑误，"而"或为"中"。

③ 据（宋）范成大《范石湖集》卷二七，中华书局1962年版，第372页，"觉睡"应为"睡觉"。

④ 据（宋）范成大《范石湖集》卷二七，中华书局1962年版，第372页，"归"应为"回"。

⑤ 据（宋）范成大《范石湖集》卷二七，中华书局1962年版，第373页，"台"应为"苔"。

蝴蝶双双入菜花，日长无客到田家。鸡飞过篱犬吠窦，知有行商来买茶。

树头吹得叶冥冥，三日颠风不小停。只是向来枯树子，知他那得许多青。①

雨后山家起较迟，天窗新②色半熹微。老翁欹枕听莺啭，童子开门放燕飞。

以上《晚春田园杂兴》十二之三

梅子金黄杏子肥，麦花雪白菜花稀。日长篱落无人过，惟有蜻蜓蛱蝶飞。

二麦俱收③斗百钱，田家唤作小丰年。饼炉饭甑无饥色，接到西风打④稻天。

昼出耘田夜绩麻，村庄儿女各当家。童孙未解供耕织，也傍桑荫⑤学种瓜。

以上《夏日田园杂兴》十二之三

静看檐蛛结网低，无端妨碍小虫飞。蜻蜓倒挂蜂儿窘，催唤山童为解围。

橘蠹如蚕入化机，枝间垂茧似蓑衣。忽然蜕作多花

① 这首诗并不是《四时田园杂兴》组诗其中的一首，它的题目应是《晚春即事》。

② 据（宋）范成大《范石湖集》卷二七，中华书局1962年版，第374页，"新"应为"晓"。

③ 据（宋）范成大《范石湖集》卷二七，中华书局1962年版，第374页，"收"应为"秋"。

④ 据（宋）范成大《范石湖集》卷二七，中华书局1962年版，第374页，"打"应为"熟"。

⑤ 据（宋）范成大《范石湖集》卷二七，中华书局1962年版，第374页，"荫"应为"阴"。

蝶，翅粉才乾便学飞。

新筑场低^①镜面平，家家打稻趁霜晴。笑歌声里轻雷^②动，一夜连枷响到明。

以上《秋日田园杂兴》十二之三

松节燃^③膏当烛笼，凝烟如墨暗房栊。晚来拭静^④南窗纸，便觉斜阳一倍红。

村巷冬年见俗情，邻翁讲理^⑤拜柴荆。长衫布缕如霜雪，云是家机自织成。

放船闲看雪山晴，风定奇寒晚更凝。坐听一篙珠玉碎，不知湖面已成冰。

以上《冬日田园杂兴》十二之三

像他这几首诗，把田园间的老翁、稚子、田夫、少女、蜻蜓、蝴蝶、小燕、黄莺、鸡犬、蚕蛙，以及自然界的菜花、柳絮、稻地、瓜田……都一一摄入他的诗里。他每一首都是一幅诗意的画图地展开，他能够握住自然界微妙的画境，不用浓烈的色彩渲染，而只是轻描淡写地表现到诗意来，虽疏疏的几笔，却构成一幅光景，完成了他田园诗的伟大，他真是自然界写生的圣

---

① 据（宋）范成大《范石湖集》卷二七，中华书局1962年版，第375页，"低"应为"泥"。

② 据（宋）范成大《范石湖集》卷二七，中华书局1962年版，第375页，"电"应为"雷"。

③ 据（宋）范成大《范石湖集》卷二七，中华书局1962年版，第376页，"燃"应为"然"。

④ 据（宋）范成大《范石湖集》卷二七，中华书局1962年版，第376页，"静"应为"净"。

⑤ 据（宋）范成大《范石湖集》卷二七，中华书局1962年版，第376页，"理"应为"礼"。

手。虽然陶渊明、王维都是描绘田园的大家，但石湖对于自然界的深刻的观察，似较渊明、摩诘更为灵活入微。

和范成大同调的诗人杨万里（一一二四——一二〇六），字廷秀，吉水人。他的诗也和石湖一样，注重自然的美。他曾说："我[1]诗只道更无题，物物秋来总是诗。"（《戏笔》）又说："闭门觅句非诗法，只是征行自有诗。"（《下横山滩[2]望金华山》）又说"烟销日出皆诗句"（《寄题横秀阁》）。这都是自然诗派的主张。他常自序其学诗的经过："始学江西，既学后山五字律，又学半山七字绝句，晚乃学唐人绝句。后官荆溪，忽有所悟，遂谢前学，而自为'诚斋体'。"我们读他的"传派[3]传宗我替羞，作家各自一风流。黄（庭坚）陈（师道）篱下休安脚，陶（潜）谢（灵运）行前更出头"（《跋徐公仲省翰近诗[4]》），更可以窥见他晚年作诗的态度了。有《诚斋诗集》。

他的诗亦善于描写田园的景物，且更富于清新活泼的风趣。

　　一晴一雨路乾湿，半淡半浓山叠重。远草平中见牛
背，新秧疏处有人踪。

　　　　　　　　　　　　　　　　——《过百家渡》四之一

① 据（南宋）杨万里著；薛瑞生校笺《诚斋诗集笺证》卷一四，三秦出版社2011年版，第1015页，"我"应为"哦"。

② 此处脱"头"字。

③ 据（南宋）杨万里著；薛瑞生校笺《诚斋诗集笺证》卷二六，三秦出版社2011年版，第1868页，"派"应为"泒"。

④ 据（南宋）杨万里著；薛瑞生校笺《诚斋诗集笺证》卷二六，三秦出版社2011年版，第1867页，此诗题目应为"跋徐恭仲省干近诗"。

梅子留酸溅[1]齿牙，芭蕉分绿上[2]窗纱。日长睡起无情思，闲看儿童捉柳花。

————《闲居初夏午睡起》二之一

篱落疏疏一径深，树头先落[3]未成荫[4]。儿童急走追黄蝶，飞入菜花无处寻。

————《蝶[5]》

数间茅屋傍山根，一队儿童出竹门。只爱行穿杨柳渡，不知失却李花村。

————《与子仁登天柱冈过胡家塘蒗塘归东园》

像诚斋这一类的诗，虽然他自目为"诚斋体"，而不肯说出他学诗的渊源。但我们看除了范石湖外，他受到白香山的影响很深。读他的："病里无聊费扫除，节中不饮更愁予。偶然一读香山集，不但无愁病亦无。"（《端午病中止酒》）读乐天的诗，竟可以消愁却病，则诚斋嗜好白诗之深，可以想见，又那能不受影响呢？他的诗除掉小诗外，律诗像：《不寐》《迓使客夜

---

[1] 据（南宋）杨万里著；薛瑞生校笺《诚斋诗集笺证》卷三，三秦出版社2011年版，第282页，"溅"应为"软"。

[2] 据（南宋）杨万里著；薛瑞生校笺《诚斋诗集笺证》卷三，三秦出版社2011年版，第282页，"上"应为"与"。

[3] 据（南宋）杨万里著；薛瑞生校笺《诚斋诗集笺证》卷三四，三秦出版社2011年版，第2318页，"先落"应为"新绿"。

[4] 据（南宋）杨万里著；薛瑞生校笺《诚斋诗集笺证》卷三四，三秦出版社2011年版，第2318页，"荫"应为"阴"。

[5] 据（南宋）杨万里著；薛瑞生校笺《诚斋诗集笺证》卷三四，三秦出版社2011年版，第2318页，此诗题目应为"宿新市徐公店"。

归》。歌行像：《插秧歌》《中途^①小歇》《中秋玩月^②》《醉吟》，亦有很多用俚语白话，虽然方回说他："不免有颓唐粗俚之处。"（《瀛奎律髓》）但诚斋的诗真价值，便应当在此处寻觅。

陆游是南宋诗人的代表，他的诗存者，不下万首，当为古今诗人最多产的作家。他虽然和范、杨、尤号"四大家"，但他的享名，较其他三人为尤盛。至说到诗的造诣，亦比较他们伟大。赵庚夫题《曾茶山集》诗云："新于月白^③初三夜，淡似汤烹^④第一泉。咄咄逼人门弟子，剑南已见一^⑤灯传。"（《诗人玉屑》）更可见陆游渊源之所自了。他的著作很多，诗集名《剑南诗稿》。

陆游虽然是江西派曾幾的弟子，但他的诗却能脱去江西派的衣衫，别树一种风格，而表白出他自己创作的性格。他的诗亦和他的词一样，豪壮的情调中，常弥漫着豪迈的爱国的热忱，这在他的诗里随处都可以看出的。像《秋思》云：

半年闭户废登临，直自春残病至今。帐外昏灯伴孤梦，檐前寒雨滴愁心。

中原形胜关河在，列圣忧勤德泽深。遥想遗民垂泣

---

① "途"应为"涂"。

② 此处所指应为《中秋月长句》一诗。

③ 据傅璇琮编《全宋诗》卷二八七三，北京大学出版社1998年版，第34296页，"白"应为"出"。

④ 据傅璇琮编《全宋诗》卷二八七三，北京大学出版社1998年版，第34296页，"淡似汤烹"应为"澹比汤煎"。

⑤ 据傅璇琮编《全宋诗》卷二八七三，北京大学出版社1998年版，第34296页，"一"应为"祖"。

处，大梁城阙又秋砧。

像他这类的诗，在《剑南集》中是很多的，如《楼上醉书》《闻武均州报已复西京》《感事》《书叹》《太息》《示儿》《北望》《梦招降诸贼①》《长歌行》《雪中忽起从戎之兴》……"一寸丹心空许国，满头白发却缘诗。"英雄的梦，只许诗人晚年的回忆！想见我们伟大的爱国诗人，暮境是如何的凄凉。假使我们更读他的《长歌行》，那放翁一团忠烈爱国的热忱，他是沸腾到什么地步呢！

人生不作安期生，醉入东海骑长鲸。犹当出作李西平，手枭逆贼清旧京。

金印煌煌未入手，白发种种来无情。成都古寺卧秋晚，落日偏傍僧窗明。

岂其马上破贼手，哦诗长作寒螀鸣？兴来买尽市桥酒，大车磊落堆长瓶。

哀丝豪竹助剧饮，如钜野受黄河倾。平时一滴不入口，意气顿使千人惊。

国仇未报壮士老，匣中宝剑夜有声。何当凯旋②宴将士，三更夜压飞狐城。

他除去作豪壮的热列③的诗外，有时亦作清丽芊绵的田园小诗，像：

---

① 此诗诗题应为"九月十六日夜梦驻军河外遣使招降诸城觉而有作"。
② 据钱仲联，马亚中主编《剑南诗稿校注》卷五//《陆游全集校注》第一册，浙江教育出版社2011年版，第363页，"旋"应为"还"。
③ "列"应为"烈"。

不识如何唤作愁，东阡西^①陌且闲游。儿童共道先生醉，折得黄花插满头。

——《小舟游近村^②》

翩翩马上帽檐斜，尽日寻春不到家。偏爱张园好风景，半天高柳卧溪花。

——《花时遍游诸家园》

世味年来薄似纱，谁令骑马客京华。小楼一夜听春雨，深巷明朝卖杏花。

矮纸斜行闲作草，晴窗细乳戏分茶。素衣莫起风尘叹，犹及清明可到家。

——《临安春雨初霁》

他的田园诗好的极多，又像《幽居》云："雨霁鸡栖早，风高雁阵斜。园丁刈霜稻，村女卖新^③茶。缺井磨樵斧，枯桑系钓槎。客来那用问，此是放翁家。"陆游的诗，和他的词一样，也有两种境界，一种是豪放的，一种是清新的。这两种诗的意境，在诗中各有他的价值，而豪放乃是时代的文学。不知何以后人选诗者，只取其流连光景之作，而忽略他的感激豪宕、沈郁深婉的作品！

---

① 据钱仲联，马亚中主编《剑南诗稿校注》卷三三//《陆游全集校注》第四册，浙江教育出版社2011年版，第327页，"西"应为"南"。

② 据钱仲联，马亚中主编《剑南诗稿校注》卷三三//《陆游全集校注》第四册，浙江教育出版社2011年版，第327页，此处脱"舍舟步归"。

③ 据钱仲联，马亚中主编《剑南诗稿校注》卷三一//《陆游全集校注》第四册，浙江教育出版社2011年版，第245页，"新"应为"秋"。

二

　　江西诗派在南宋诗坛的前半期，的确占着诗的中心的地位。但这派的末流，至于生涩拗拙，不能卒读，于是反江西派的诗人"永嘉四灵"——徐照、徐玑、翁卷、赵师秀，便应运而兴。他们是以唐代的姚合、贾岛为宗。他们作诗的"择治淬炼①，字字玉响"的苦吟风趣，也大似姚、贾。

　　徐照，字道晖，一字灵晖，号山民，永嘉人，四灵之首也。诗学姚（合）、贾（岛），独工清瘦。叶适称其诗："横绝欷起，冰悬雪跨，使读者变掉慄栗，肯首吟叹，不能自己。然无异语，皆人所知也，人不能道耳。"（见《道晖墓志》）这不独是山民一人的评语，玑、卷、师秀，何常不如此呢？有《芳兰轩诗集》。像《石门瀑布》：

　　　　一派从天下②，曾经李白看。千年流不尽，六月地长寒。

　　　　洒木跳③微沫，冲崖作④怒湍。人言深碧处，常有

① 据（宋）赵汝回《瓜庐集序》//《影印文渊阁四库全书》第1171册，台湾商务印书馆1983年版，第206页，"择治淬炼"应为"治择平炼"。
② 据（宋）徐照等撰；陈增杰校点《永嘉四灵诗集》，浙江古籍出版社1985年版，第24页，"下"应为"落"。
③ 据（宋）徐照等撰；陈增杰校点《永嘉四灵诗集》，浙江古籍出版社1985年版，第24页，"跳"应为"喷"。
④ 据（宋）徐照等撰；陈增杰校点《永嘉四灵诗集》，浙江古籍出版社1985年版，第24页，"作"应为"激"。

老龙盘[①]。

徐玑，字文渊，一字灵渊，原晋江人，徙居永嘉，官建安主簿龙溪丞。卒年五十九岁。他尝与徐照等论诗道："昔人以浮声切响，单字只句计巧拙，盖风骚之至精也，近世乃连篇累牍，汗漫而无禁，岂能名家哉。"有《二薇亭诗集》。像《春日游张提举园池》：

西野芳菲路，春风正可寻。山城依曲渚，古渡入修林。

长日多飞絮，游人爱绿荫[②]。晚来歌吹起，惟觉画堂深。

翁卷，字灵舒，又字续古，永嘉人。徐玑诗云："五字极难精，知君合有名。磨垄双鬓改，收拾一编成。"（《书翁卷诗集后》）刘克庄亦有赠卷诗云："非止擅唐风，尤于选体工。有时千载事，只在一联中。"这可见其诗的精工了。七绝有《乡村四月》一首，甚为人所称。著有《苇碧轩集》。《春日和刘明远》云：

不奈滴檐声，风回昨夜晴。一阶春草碧，几片落花轻。

知分贫堪乐，无营梦亦清。看君话幽隐，如我愿逃名。

赵师秀，字紫芝，号灵秀，永嘉人。善为五言律，尝曰：

---

① 据（宋）徐照等撰；陈增杰校点《永嘉四灵诗集》，浙江古籍出版社1985年版，第24页，"盘"应为"蟠"。

② 据（宋）徐照等撰；陈增杰校点《永嘉四灵诗集》，浙江古籍出版社1985年版，第137页，"荫"应为"阴"。

"幸止有四十字，更增一字，吾末如之何矣。"其雕绘之刻苦，有如此者。他的作风，和平圆润。尝有句云："莫因绕楚思，词体失和平。"又自谓"诗篇老渐圆"。《约客》一诗，甚有名。著有《清苑斋诗集》。《秋色》云：

> 幽人爱秋色，只为属吟情。一片叶初落，数联诗已清。

> 瘦便藤杖细，凉觉葛衣轻。门外萧萧径，今年菊自生。

四灵多叶适（一一五〇———一二二三）门人，适的诗萧闲疏散，独近晚唐，像他的"涧下流泉涧上松，清荫尽处有层峰"①。所以四灵的诗，亦是效法晚唐的。惟取法不高，雕绘苦吟，致失琐屑支离的通病。他们之所以能够在宋诗里独树一帜的，可以说完全因为反江西诗的缘故。至于他们自己在诗国里而努力的成绩，也很不为一般诗话家所满，而常有贬损的批评。如《寒厅诗话》云："四灵以清苦为诗，一洗黄、陈之恶气象，挣② 狞面目。然间架太狭，学问太浅，更不如黄、陈有力也。"这到是公允之语。

三

四灵之后，有所谓"江湖派诗人"的起来，刘克庄、方岳、戴复古、严羽，诗名特著，而严羽更为宋代重要的文学批评家。

---

① 据（宋）叶梦得《建康集》卷二//《影印文渊阁四库全书》第1129册，台湾商务印书馆1983年版，第599页，此诗为叶梦得所写，名为《忆朱氏西涧》。另"荫"应为"阴"。

② 据（清）顾嗣立《寒厅诗话》//丁福保编《清诗话》上册，上海古籍出版社1978年版，第83页，"挣"字衍。

四灵之诗，以晚唐的姚、贾为宗，而严羽等要想由姚、贾而推到盛唐诸诗人，这是反江西派的第二支队。刘有《后村诗集》。方字巨山，有《方秋崖诗集》。戴字式之，有《石屏集》。严字仪卿，有《沧浪诗话》，在中国芜杂的文学批评园地中，是一部很有组织的巨著。宋亡之后，遗民诗人，如文天祥、谢枋得、谢翱、林景熙、郑思肖、真山民、汪元量等，他们这些人虽有气魄，富感情，而缺乏才气。虽情绪沉痛悲愤，但已经是亡国之音了。像文天祥的《金陵驿》云：

> 草合离宫转夕晖，孤云飘泊复何依！山河风景元无异，城郭人民半已非。

> 满地芦花和我老，旧家燕子傍谁飞？从今别却江南日，化作杜鹃带血归。

文山在这首诗里，所蕴蓄的有多少的亡国泪痕呢。他如汪元量的"汉儿辫发笼毡笠，日暮黄金台上立"（《幽州歌》），"侍臣奏罢降元表，臣妾[1]签名谢道清"（《醉歌》）；游古[2]的"倘过宗周见禾黍，几多新泪洒残晖"[3]（《送谢叠山先生北行》）；谢翱的"风尘侵祭器，樵猎避兵船。应有前朝迹，看碑数汉年"（《游钓台》）：这种凄怆悱恻，情绪悲凉，从心底压

---

[1] 据（宋）汪元量撰；孔凡礼辑校《增订湖山类稿》卷一，中华书局1984年版，第14页，"妾"应为"妾"。

[2] 据傅璇琮编《全宋诗》卷三四八〇，北京大学出版社1998年版，第41420页，此处脱"意"字。

[3] 据傅璇琮编《全宋诗》卷三四八〇，北京大学出版社1998年版，第41420页，"禾"应为"离"，"洒"应为"向"。

出来的无可奈何的呼声，真所谓"欲知亡国恨多少，红似 [①] 乱山无限花"。我们应该深深地猛醒了。

参考：

范成大见《宋史》卷三百八十六、《南宋书》卷三十三。

杨万里见《宋史》卷四百三十三。

叶适见《宋史》卷四百三十四。

文天祥见《宋史》卷四百八十。

《宋诗钞》，吕留良、吴之振等辑，有商务印书馆本。

《宋诗钞补》，管廷 [②] 芬等辑，有商务印书馆本。

《石湖居 [③] 诗集》，范成大撰，有四部丛刊本。

《诚斋集》，杨万里撰，有四部丛刊本，有四部备要本。

《渭南集》《剑南诗》，陆游撰，有四部丛刊本，有国学小丛书《陆游诗》。

《永嘉四灵集》，有敬乡楼丛书本。

《后村先生大全集》，刘克庄撰，有四部丛刊本。

《文山先生集》，文天祥撰，有四部丛刊本。

《宋诗纪事》，（清）厉鹗编，有原刊本。

《沧浪诗话》，严羽著，有《历代诗话》本。（医学书局印）

---

① 据傅璇琮编《全宋诗》卷二八八五，北京大学出版社1998年版，第34419页，"似"应为"尽"。

② "廷"应为"庭"。

③ 此处脱"士"字。

国家社科基金重大招标项目

"十四五"国家重点出版物
出版规划项目

湖北省公益学术著作
Hubei Special Funds 出版专项资金
for Academic and Public-interest
Publications

民国时期中国文学史著作整理丛刊

丛书主编
陈文新
余来明

中国文学史话 下

梁乙真 著

杜近都 整理

长江出版传媒 崇文书局

第十八章　两宋的散文

宋代的古文运动，正和唐代的古文运动一样。在表面上虽是复古运动，在实际上亦是藉着复古的招牌，来实行文学的革新运动。这决不像明人的过于摹古、有心学古，也不像清人的死守家法、一味谨严。

宋代何以有散文的革新运动呢？原来中唐时自韩、柳辈以其热情的呼号，倡导古文运动的第一幕，在当时虽然发生过一些的影响，却没有达到成熟的地步。又因为韩、柳之后，没有继起的后劲，敌不住晚唐骈偶文学的反动势力，而古文便渐渐衰落下去。于是李商隐、温庭筠、段成式一派，号称"三十六体"绮艳的四六文学，乃推倒韩、柳一派的古文，而成为文坛最流行的文体。这骈偶文的复燃，自晚唐、五代至北宋的初年，约百余年间的文坛，完全为绮艳的四六文学所笼罩。而杨亿、钱惟演、刘筠尤其是执着北宋初年骈偶文学的威权。

北宋最初学为韩柳的古文，而揭起反骈偶文的旗帜者，始自柳开。开少遇天水老儒赵生，授以韩文好之，自名曰肩愈，字绍元，意欲续韩、柳的余绪（见张景所撰行状）。可是那时骈偶文学的气势方炽，他的提倡，因为人轻言微之故，简直没有发生若何影响。继柳开而起来做古文运动的，有穆修和尹洙。穆、尹之前，王禹偁、孙何、丁谓亦能古文，但他们都因为才力过小，人微言轻之故，敌不过杨亿、钱惟演、刘筠倾动一时的骈文势力。及到后来，石介作《怪说》，对杨、刘诸人大施激烈的攻击，而苏舜钦、梅尧臣亦起来专表章韩、柳之文。加以宋真宗用政府的力量，禁文体浮艳，而社会一般文士，也渐渐厌恶骈偶文体的过于粉饰浮华，于是骈偶文的气焰大杀。及至庆历之际，欧阳修起来主持一时的风会，而为古文运动的盟主，振臂一呼，天下从风。曾巩、王安石及苏氏父子，都闻风兴起，站在永叔领导之下而努^①于古文运动的第二幕。从此古文的势力，乃确立了不可不^②动摇的基础，就成了散文的正统体裁，而骈偶文遂一蹶而不能复振了。明代的归（有光）、茅（坤）、王（慎中）、唐（顺之），清代的方（苞）、刘（大櫆）、姚（鼐）、梅（曾亮）都从这一脉传递下去，所谓"唐宋八大家"亦成就了近古文学的一种代表名称了。

一

宋代的散文家，以欧、曾、王、三苏为最著。我们首先应讲的，是古文运动的领袖欧阳修。欧阳修初本以词赋知名，后偶从废书簏中得到韩愈一部遗稿，心甚慕之，乃努力于韩、柳的古文，立志要做个古文学的传统功臣。后官洛阳，与尹洙诸人游，

---

① 此处疑脱"力"字。
② 此处疑衍"不"字。

出韩文而问学。又与梅尧臣诗歌倡和，于是文体一振，而欧阳修之名满天下，遂为一代的文宗。他参政之后，喜奖掖后进。当时进士，犹沿时习，文章务为钩章棘句。及他知贡举，痛抑之。曾巩、王安石及苏氏父子，皆受他的奖誉而成名。唐宋八家，宋得其六，就可想见这个时代的古文势力之盛了。

　　欧阳修对于古文的功绩，在宋代作家中，是无人可与伦比的。他的文章，平易冲畅，注重丰韵，以敷腴温润之作为多。所以苏明允说他："执事之文，纡徐委备，往复百折，而条达疏畅，无所间断，气尽语极，急言竭论。而容与闲易，无艰难劳苦之态。"（《上欧阳内翰书》）王安石亦说："其清音幽韵，凄如飘风急雨之骤至；其雄辞宏辨①，快如轻车疾②马之奔驰。"（《祭欧阳文忠公文》）这都是确切的批评。他是情感丰富的人，所以他的散文也更近于诗。魏禧称他的文如："秋山平远，春谷倩丽，园林池沿，悉可图画。"（《日录论文》）这岂不是文中有画吗？他的集中言情之作最佳。如：《苏氏文集序》《释秘演诗集序》《送杨寘序》《送田画秀才宁亲万州序》《泷冈阡表》《石曼卿墓表》《徂徕石先生墓志铭》《丰乐亭记》《醉翁亭记》《岘山亭记》《真州东园记》《秋声赋》《祭石曼卿文》，皆高逸有致，骀荡生情，所谓"六一风神"者，给散文的园地中，开辟了一块新的境界。我们看他的《泷冈阡表》：

　　……修不幸，生四岁而孤。太夫人守节自誓；居

① 据（宋）王安石《临川先生文集》卷八六，中华书局1959年版，第894页，"宏辩"应为"闳辩"。
② 据（宋）王安石《临川先生文集》卷八六，中华书局1959年版，第894页，"疾"应为"骏"。

贫，自力于衣食，以长以教俾至于成人。太夫人告之曰："汝父为吏廉，而好施与，喜宾客。其俸禄虽薄，常不使有余。曰：'毋以是为我累。'故其亡也，无一瓦之覆，一垄之植，以庇而为生；吾何恃而能自守邪？吾于汝父，知其一二，以有待于汝也。自吾为汝家妇，不及事吾姑，然知汝父之能养也。汝孤而幼，吾不能知汝之必有立，然知汝父之必将有后也。吾之始归也，汝父免于母丧方逾年，岁时祭祀，则必涕泣，曰：'祭而丰，不如养之薄也。'间御酒食，则又涕泣，曰：'昔常不足，而今有余，其何及也！'吾始一二见之，以为新免于丧适然耳。既而其后常然，至其终身，未尝不然。吾虽不及事姑，而以此知汝父之能养也。汝父为吏，尝夜烛治官书，屡废而叹。吾问之，则曰：'此死狱也，我求其生不得尔。'吾曰：'生可求乎？'曰：'求其生而不得，则死者与我皆无恨也；矧求而有得耶，以其有得，则知不求而死者有恨也。夫常求其生，犹失之死，而世常求其死也。'回顾乳者，抱汝而立于旁，因指而叹，曰：'术者谓我岁行在戌将死，使其言然，吾不及见儿之立也，后当以我语告之。'其平居教他子弟，常用此语，吾耳熟焉，故能详也。其施于外事，吾不能知；其居于家，无所矜饰，而所为如此，是真发于中者邪！呜呼！其心厚于仁者邪！此吾知汝父之必将有后也。汝其勉之！夫养不必丰，要于孝；利虽不得溥①于物，要其心之厚于仁。吾不能教汝，此汝父之志也。"……

明归熙甫为文，善写家庭琐屑事。如他的《项脊轩记》《家谱记》《先妣事略》等，都是感情极丰富的作品，使读者如身历其境，亲见其人，不觉被他的真情所感动而发生同样的情感来。这是文学的真谛，散文文学的真价值。我们读欧阳修的《泷冈阡表》，便可发生了同样的情绪。他的《释秘演诗集序》更是情胜之文，此所谓"遇感慨处便精神"（李耆卿语）者也。

予少以进士游京师，因得尽交当世之贤豪。然犹以谓国家臣一四海，休兵革，养息天下以无事者四十年，而智谋雄伟非常之士，无所用其能者，往往伏而不出，山林屠贩，必有老死而莫见者，欲从而求之不可得。其后得吾亡友石曼卿。曼卿为人，廓然有大志，时人不能用其材，曼卿亦不屈以求合。无所放其意，则往往从布衣野老，酣嬉淋漓，颠倒而不厌。予疑所谓伏而不见者，庶几狎而得之，故尝喜从曼卿游，欲因以阴求天下奇士。

浮屠秘演者，与曼卿交最久，亦能遗外世俗，以气节相高。二人欢然无所间。曼卿隐于酒，秘演隐于浮屠，皆奇男子也。然喜为歌诗以自娱，当其极饮大醉，歌吟笑呼，以适天下之乐，何其壮也！一时贤士，皆愿从其游，予亦时至其室。十年之间，秘演北渡河，东之

---

① 据李之亮笺注《欧阳修集编年笺注》卷二五，巴蜀书社2007年版，第346页，"溥"应为"博"。

济、郓，无所合，困而归，曼卿已死，秘演亦老病。嗟夫！二人者，予乃见其盛衰，则余亦将老矣！

夫曼卿诗辞清绝，尤称秘演之作，以为雅健有诗人之意。秘演状貌雄杰，其胸中浩然。既习于佛，无所用，独其诗可行于世，而懒不自惜。已老，胠其橐，尚得三四百篇，皆可喜者。曼卿死，秘演漠然无所向。闻东南多山水，其巅崖崛峍，江涛汹涌，甚可壮也，遂欲往游焉。足以知其老而志在也。于其将行，为叙其诗，因道其盛时以悲其衰。

庆历二年十二月二十八日，庐陵欧阳修序。

和欧阳修并世而能为古文的人，自当推曾、王及三苏，而欧、曾二家，性质尤相近。所以晁公武说："欧阳门下，多为世显人，议者独以子固为得其传，犹学浮屠者所谓嫡派。"（晁公武《读书志》）曾巩，字子固，建昌南丰人。嘉祐进士，历知齐、襄、洪、福、明、亳诸州，所至皆有惠政。后拜中书舍人。他生于真宗天禧三年，卒于神宗元丰六年（一〇一九——一〇八三），共活六十五岁，学者称"南丰先生"，著有《隆平集》，及《元丰类稿》五十卷。南丰少受知于欧阳修，故其文亦是学欧阳修的。《修词①鉴衡》说他："纡徐委曲，说尽情事。"但欧、曾之文仍各有其特色。大抵欧文好处，在于风神；曾文则议论醇正，雍容大雅。于是欧、曾之文，遂为明归有光承绪，而开清桐城派的先声。

曾巩的文章，前人推重他的，都为着他的文章合乎圣贤之道

---

① "词"应为"辞"，该书为（元）王构所编。

的缘故。至就文论文，推崇他的人固然很多（如明代的王慎中、唐顺之、茅坤、归有光，清代的方苞、刘大櫆、姚鼐、钱鲁斯，大都是奉曾氏的文章做圭臬的）。但对他表示不满的，也未始没有（如《闻见录》[1]和《却扫编》所载张伯玉和神宗的评语，便是对曾文不满的表示）。平心论之，曾氏当四六体盛行的时代，能和欧阳修等倡为古文，一洗雕琢堆砌的恶习，造句遣词，专趋平易自然，这一点不能不使我们称颂，尤其是几篇目录序（《新序目录序》《列女传目录序》《战国策目录序》），不能不称为考核精详的作品。所以姚姬传说："目录之序，子固独优。"至《先大夫集后序》，委曲感慨，而气不迫晦，尤为曾文的杰作。

　　三苏中自以苏轼为杰出，他是多方面的作家，诗词古文，无不精妙，随手拈来，皆成妙趣。他是北宋古文家中才气最为纵横的一个，所以他的散文，也兼有诸家之长。大抵他的飘忽变化处似庄子，雄峻明快处似贾谊，圆转周到处似陆贽。东坡自己说："吾文如一斛泉源，不择地皆可出。在平地滔滔汩汩，虽一日千里无难；及其遇山石曲折，随物附形而不可知也。所可知者，常行于所当行，常止于不可不止，如是而已。"这是他的自白，也是他的作品的定评。他的作品，以《上皇帝书》《韩文公庙碑[2]》《石钟山记》《策略》《赤壁赋》尤为人所传诵。而前后《赤壁赋》，几乎凡读过古文的，没有一个不知道的。他的小品有很好而更近于纯文学的，像《记过合浦》《逸人游浙东》《游

① 即（宋）邵伯温所著的《邵氏闻见录》。
② "韩文公"前脱"潮州"。

沙湖》《记[1]松江》《游白水书付过》《记游庐山》《记游松风亭》。而我尤爱他的短文《记承天寺夜游》，原文不过百字，而描写景色如画，拟之柳宗元的《小石潭记》，何多让也。

> 元丰六年十月十二夜，解衣欲睡，月色入户。念无与乐者，遂步至承天寺寻张怀民。怀民亦未睡，相与步于中庭。庭下如积水空明，水中藻、荇交横，盖竹柏影也。何夜无月？何处无竹柏？但少闲人如吾两人耳。

苏轼的老子洵（一〇〇九——一〇六六），字明允。年二十七，始发愤为学，因应试不第，遂焚著作，致力经、子。他的作品，以《权书》与《衡论》为最著。其作风简核而廉悍，有西汉贾（谊）、晁（错）风范。轼弟辙（一〇三九——一一一二），字子由，与轼同举进士。老于许州，自号颍滨遗老。他的作风深沉恬澹，似有得于欧公者，而与父兄异趣。如《上枢密韩太尉书》《乞诛[2]吕惠卿状》《为兄轼下狱上书》《快哉亭记》，皆甚著称。苏东坡说："子由之文，汪洋淡泊，有一唱三叹之声，而其秀杰之气，终不可没。"亦可谓真知子由者也。

王安石，字介甫，他是北宋一位大政治家，因厉行新法，颇为守旧者所嫉视。但他的文格，在北宋诸家中为最高。介甫为文与欧公异趣，欧文皆再三削改而成，而介甫则运笔如飞，初若不经意，即成后则见者皆服其精妙。他的散文，得力于荀子，其长处为简炼峭拔，把他执拗的性情，完全显露于字里行间。他和苏

---

① 此处脱"游"字。

② 此处脱"窜"字。

洵一样，也是偏于理知的。如他的《原性》《原过》《周礼义序》《度支副使厅壁题名记》，都是他说理之最精新者，而《上仁宗皇帝言事书》，尤为宋代第一大文。

二

南宋的散文坛，殆为正统的古文家所独占。但这些古文家中，没有伟大的天才者，而只是些中庸之辈。所以朱熹说："今人文字，全无骨气。"这时期以古文作家著称的，只有王十朋、吕祖谦、朱熹、陆游、叶适、谢枋得等较为可取。而这些人中，又可分为两派：一是道学派，一是功利派。朱熹（一一三〇——一二〇〇）为道学派的巨子。他是曾巩的崇拜者，所以他的散文也以醇厚典雅见长，毫不矜才使气。他的说理文，如《大学》《中庸》章句序，也极为精实。叙事论事之作，亦极明晰。《上孝宗封事》委婉曲折，意无不尽。其古文的造诣，亦不在曾巩之下。至他的白话语录，在文艺史上也占着重要的地位。和朱熹同道的，要算吕祖谦、真德秀、魏了翁是重要的人物。陈亮（一一四〇——一一九三？），字同甫，他是功利派的首领，为人才气超迈，喜谈兵。绍熙四年，光宗亲策进士，擢他为第一。同甫颇喜欧阳修文，而作风则与欧异，雄肆奔放，显露着发扬踔厉的色彩。其胜处往往上接贾谊，近迫苏轼。他的代表作，则有《上孝宗皇帝书》《中兴五论》等。他本与朱子友善，后以热心事功，与朱子意见不合，而与永嘉陈傅良、叶适乃倡功利派的文学。至这时的散文家不属于前两派的，有王十朋、周必大、洪迈、楼钥、陆游诸人，而陆游尤称大家。陆游是南宋大诗人。他的散文，是向来没有注意的。近人吴曾祺很推重他的古文，他说："先生为南渡以来第一作手，其风格在庐陵、南丰间，苏子由、秦少游辈，皆当引席避之。乃明人茅鹿门选八家文，竟不之及，而近人亦无有称之者，可为怪事。"我们看陆游的散文颇多感慨生姿，而其韵致似多从欧文得来。如《东篱记》《东屯高斋记》《烟艇记》《书巢记》《居室记》《复斋记》，其感慨情深处，颇似永叔诸记。所以我便特别的将他提出，作为南宋散文的代表。兹录他的《烟艇记》：

> 陆子寓居，得屋二楹，甚隘而深，若小舟然，名之曰烟艇，客曰："异哉！屋之非舟，犹舟之非屋也，以为似欤？舟固有高明奥丽，逾于宫室者矣。遂谓之屋，可耶？不可耶[①]？"陆子曰："不然。新丰非楚也，虎贲非中郎也。谁则不知？意所诚好而不得焉，粗得其似，则名之矣。因名以课实，子则过矣，而予何罪？"予少而多病，自计不能效尺寸之用于斯世，盖尝慨然有江湖之思，而饥寒妻子之累，劫而留之，则寄其趣于烟波洲岛苍茫杳霭之间，未尝一日忘也。使加数年，男胜锄犁，女任纺绩，衣食粗足，然后得一叶之舟，伐荻钓鱼而卖芰芡，入松陵，上严濑，历石门、沃洲而还，泊于玉笥之下，醉则散发扣舷为吴歌，顾不乐哉！虽然，万钟之禄，与一叶之舟，穷达异矣，而皆外物。吾知彼

---

① 据钱仲联，马亚中主编《渭南文集校注》卷一七//《陆游全集校注》第九册，浙江教育出版社2011年版，第427页，"可耶？不可耶"应为"可不可邪"。

之不可求，而不能不眷眷于此也。其果可求欤？意者使
吾胸中浩然廓然，纳烟云日月之伟观，揽雷霆风雨之奇
变，虽坐容膝之室，而常若顺流放棹，瞬息千里者，则
安知此室果非烟艇也哉！

　　绍兴三十一年八月一日记。

参考：

　　柳开见《宋史》卷四百四十。

　　穆修见《宋史》卷四百四十二。

　　尹洙见《宋史》卷二百九十五。

　　石介见《宋史》卷四百三十二。

　　朱熹见《宋史》卷四百二十九。

　　陈亮见《宋史》卷四百三十六。

　　陈傅良见《宋史》卷四百三十四。

　　吕祖谦见《宋史》卷四百三十四。

　　王十朋见《宋史》卷三百八十七。

　　《宋文鉴》一百五十卷，（宋）吕祖谦编，有江苏书局本、四
部丛刊本。

　　《南宋文录》，董兆熊编，有江苏书局本。

　　《南宋文范》七十卷，庄仲方编，有江苏书局本。

　　《河东先生集》十六卷，柳开撰，有四部丛刊本。

　　《河南先生集》二十八卷，尹洙撰，有四部丛刊本。

　　《元丰类稿》五十卷，曾巩撰，有四部丛刊本。

　　《嘉祐集》十五卷，苏洵撰，有四部丛刊本。

　　《栾城集》五十卷，苏辙撰，有四部丛刊本。

《渭南文集》五十卷，陆游撰，有四部丛刊本。

《唐宋八家文钞》一百六十四卷，（明）茅坤编，有坊刻本。

《古文辞类纂》四十八卷，（清）姚鼐编，有通行本。

《二程语录》，有通行本。

《朱子语录》，有通行本。

《近思录》，有通行本。

第十九章　宋人话本

　　小说在唐代，是比较文词渊雅的"传奇"一类的文字，流行于社会上层阶级士的中间的。惟因当那时佛教盛行，所以除了这种渊雅的传奇外，尚有流行于民间的白话小说。如《目莲入地狱》《唐太宗入冥记》《孝子董永传》《秋胡小说》《释迦八相成道记》《维摩诘所说经俗文》《舜子至孝变文》等。这些作品所用的辞句，有许多全然是俗语的话法。其叙事写人、形容物态的地方，尤多与后世的小说相近。虽然其间免不了粗鄙幼稚之病，但他是后代白话小话的滥觞，是无可疑的，尤其对于宋话本有很大的影响。

　　宋时的小说，仍然继续唐代这两大派而繁衍孳乳，但这时典雅的传奇，却比不上通俗小说了。传奇的作者，像徐铉、乐史、洪迈、吴淑等，亦都缺乏才气，只是模拟唐人的作品，很少成功的名著。所以这时的传奇，远不如白话小说的发达。这个原因还有下列的五种：（一）佛教经典，因为要从贵族阶级广传于一般民众的缘故，常以白话为宣传的工具。（二）儒家如程颐、朱熹等，受了禅家语录的影响，而也在作白话的语录。（三）词家像柳永、黄庭坚诸人的作品，多采用当时流行的民歌俗谣，因而促成白话文学的发达。（四）因为印刷术的发明，民众因之有更多的阅读的机会。（五）因为异民族的杂居日益众多，他们都喜欢平易的白话小说，而不能读艰深的古典的文学。有了以上五种原因，在宋代的白话小说，遂如雨后的春笋，含葩欲放的桃花，经过春风的吹动，便很迅速地发展起来了。

若讲到宋代小说发展的实际，还是因为当时说话人的发达。说话的家数颇多，但据《东京梦华录》《都城纪胜》和《梦粱录》所载的，当时说话人可总括之分为四类：

（一）小说——（银字儿）这一类的说话人，专说小说，其中又可分为三种：（1）说怪异，即人情世故、烟粉灵怪一类的小说（《冯玉梅团圆》《碾玉观音》）。（2）说公案，即审判故事和侠客故事等（《错斩崔宁》《山亭儿》《杨温拦路虎传》）。（3）说铁骑儿，即士马金鼓之事（《汪信之一死救全家》）。

（二）说经——即演说佛经的故事，一半兼说教。还有所谓"说参请"者，即是说僧俗参禅悟道的故事的。又有"说诨经"。

（三）说史——讲说《通鉴》汉、唐历史故事的，其中以说三国的为"说三分"，以说五代史的为"说五代史"。南宋孟元老《东京梦华录》云："徽宗时京师之艺人，有讲史，小说，说评话，说三分、五代史之分。"① 说三分，即《三国志平话》也。②

（四）合生——宋代最流行的唱调之一。此即指专唱"合生"为业之人。与《夷坚志》所谓"合生者，乃伶女能于席上指物题咏，应命辄成者"不同。

小说为宋人说话之一科。说话的好坏，虽是凭仗着说话人的口才，但要讲得有声有色，博得群众们的欢迎，自非随口可道，必须有写成的底本作依据，如演剧者的剧本似的。这种底本，就是话本。这种话本的本身，虽然没有多大价值，但却为后来许多小说所祖述。宋代的话本，留到现在的，尚有《大宋宣和遗事》、《新编五代史平话》、《大唐三藏取经诗话》、《京本通俗小说》、"清平山堂"所刻话本、《古今小说》的一部分。

一

《大宋宣和遗事》，据《七修类稿》定为宋人所作，但其中杂元人语，所以鲁迅说是"抑宋人旧本，而元时又有增益"者。此书共分前后两集。全书有的是文言，有的是白话，有时又发议论，显系杂合十几部书而成的。记述是编年式，大似讲史的体裁。首述历代帝王荒淫之失。次述王安石以新法祸天下。三叙王安石引用蔡京、童贯、蔡攸当政。第四则叙宋江诸人梁山泊聚义始末。第五叙徽宗与李师师之故事。第六叙徽宗迷信道士林素

---

① 这句话应是梁乙真橠栝《东京梦华录》原文而成。
② 这两个概念是有区别的。"说三分"是宋元讲史的一个科目，现存的《三国志平话》可能只是宋元讲史艺人所使用的底本。

中国文学史话

灵^①。第七则叙元宵看灯之盛。第八叙金人陷京。第九叙帝后和徽宗、钦宗父子成了金之囚人，被护送至北方，受尽了种种的侮辱，卒崩于异域。第十叙高宗定都临安为止。这是全篇的梗概。其中最可注意者，是写宋江等三十六人梁山泊聚义本末，其中人物姓名，以及英雄事迹，后成了《水浒传》的蓝本，尤为重要。惟吴用作吴加亮，卢俊义作李进义为稍异耳。关于这个故事当在后段叙述，我先抄一段叙徽、钦二帝北狩所经过困苦的生活看看。因为这段文字，写的实在是凄凉动人呵！

> 六月初一日，时盛暑，行沙碛^②中，每风起尘埃如雾，面目皆昏，又乏水泉。监者二十余人，为首者阿计替稍怜二帝，乃谓曰："今天^③大暑^④，稍稍食饱，恐生他^⑤疾，此中无药。"至有水处，必令左右供进。又戒左右勿得叱喝。日中极热时，亦得少^⑥息于木荫^⑦之

---

① 该道士的名字应为林灵素。
② 据《新刊大宋宣和遗事》，中国古典文学出版社1954年版，第106页，"碛"应为"渍"。
③ 据《新刊大宋宣和遗事》，中国古典文学出版社1954年版，第106页，"天"衍。
④ 据《新刊大宋宣和遗事》，中国古典文学出版社1954年版，第106页，此处脱"热"字。
⑤ 据《新刊大宋宣和遗事》，中国古典文学出版社1954年版，第106页，"他"应为"它"。
⑥ 据《新刊大宋宣和遗事》，中国古典文学出版社1954年版，第106页，"少"应为"稍"。
⑦ 据《新刊大宋宣和遗事》，中国古典文学出版社1954年版，第106页，"荫"应为"阴"。

下。时帝年二十二岁，太上年五①十六岁，形容枯黑，不复有贵人形质。若此行无阿计替护卫，六月甚暑中，一死无疑也。十二日，至安肃军城下，其城皆是土筑，不甚高。入门，守卫皆搜抢，以至郑后脐腹间亦不免摸过，虽他②人出入亦然，盖入城防内事故也。……

自此以③后，日行五七十里，辛苦万状。二帝及后足痛不能行时，有负而行者。渐入沙漠之地，风霜高下，冷气袭人，常如深冬。帝后衣袂单薄，病起骨立，不能饭④食，有如鬼状。涂中监者作木格，付以茅草，肩舆而行；皆垂死而复苏。又⑤行三四日，有骑兵约三四千，首领衣紫衣袍，讯问左右，皆不可记。帝卧草舆中，微开目视之，左队中有绿衣吏若汉人，乃下马驻军呼左右取水吃干粮，次于皮篋中取去干羊肉数块赠帝，且言曰："臣本汉儿人也，臣父昔事陛下，为延安铃辖周忠是也。元符中，因与西夏战，父子为西夏所获，由是皆在西夏。宣和中，西夏遣臣将兵，助契丹攻大金，为金人执缚，降之。臣今为灵州总管。愿陛下忽

---

① 据《新刊大宋宣和遗事》，中国古典文学出版社1954年版，第106页，"五"应为"三"。

② 据《新刊大宋宣和遗事》，中国古典文学出版社1954年版，第106页，"他"应为"它"。

③ 据《新刊大宋宣和遗事》，中国古典文学出版社1954年版，第110页，"以"应为"已"。

④ 据《新刊大宋宣和遗事》，中国古典文学出版社1954年版，第110页，"饭"应为"饮"。

⑤ 据《新刊大宋宣和遗事》，中国古典文学出版社1954年版，第111页，"又"应为"乃"。

泄！"又言："四太子下江南，稍稍失利。全国中皆言张浚、刘锜、韩世忠、刘光世、岳飞数人皆名将，皆可中兴。臣本宋人，不忍陛下如此，故以少肉为献。"言讫而^①去。经行已久，是夕宿一林下，时月微明，有番首吹笛，其声呜咽特甚。太上口占一词曰：

玉京曾忆旧繁华，万里帝王家。琼林玉殿，朝喧弦管，暮列笙琶。

花城人去今萧索，春梦绕胡沙。家山何处，忍听羌笛，吹彻梅花！

太上谓帝曰："汝能赓乎？"帝乃继韵曰：

宸传四百旧京华，仁孝自名家。一旦奸邪，倾天折地，忍听挢琶。

如今塞外多离索，迤逦远胡沙。家邦万里，伶仃父子，向晓霜花。

歌成，三人相执大哭。

或日，所行之地，皆草莽萧索，悲风四起，黄沙白露，日出向烟雾，动经五七里无人迹，时但见牧羊儿往来。盖非正路。忽见城邑，虽在路之东西，不复入城。时方近夏，榆柳夹道，泽中有小萍，褐色不青翠。又如此日^②行十余日，方至一小城，云是西污州。……

现在便说梁山泊聚义始末：首述杨志卖刀杀人，晁盖劫生日

---

① 据《新刊大宋宣和遗事》，中国古典文学出版社1954年版，第111页，"而"应为"别"。
② 据《新刊大宋宣和遗事》，中国古典文学出版社1954年版，第112页，"日"字衍。

礼物，遂邀约二十人同入太行山梁山泊落草，而宋江亦以杀阎婆惜出走，伏屋后九天玄女庙中。见官兵已退，出谢玄女：

　　……则见香案上一声响亮，打一看时，有一卷文书在上。宋江才展开看了，认得是[1]天书，又写着三十六个姓名，又题着四句道[2]：

　　破国因山木，兵刀用水工。

　　一朝充将领，海内耸威风。

　　宋江读了，口中不说，心中[3]思量："这四句分明是说的[4]我的[5]姓名。"又把开天书一卷，仔细观觑，见有三十六将的姓名。那三十六人道个甚底？智多星吴加亮，玉麒麟李进义，青面兽杨志，混江龙李海，九纹龙史进，入云龙公孙胜，浪里白条张顺，霹雳火秦明，活阎罗阮小七，立地太岁阮小五，短命二郎阮进，大刀关必胜，豹子头林冲，黑旋风李逵，小旋风柴进，金枪手徐宁，扑天雕李应，赤发鬼刘唐，一直撞[6]董平，

---

① 据《新刊大宋宣和遗事》，中国古典文学出版社1954年版，第41页，此处脱"个"字。

② 据《新刊大宋宣和遗事》，中国古典文学出版社1954年版，第41页，此处脱"诗曰"。

③ 据《新刊大宋宣和遗事》，中国古典文学出版社1954年版，第41页，"中"应为"下"。

④ 据《新刊大宋宣和遗事》，中国古典文学出版社1954年版，第41页，"的"应为"了"。

⑤ 据《新刊大宋宣和遗事》，中国古典文学出版社1954年版，第41页，"的"应为"里"。

⑥ 据《新刊大宋宣和遗事》，中国古典文学出版社1954年版，第42页，"一直撞"应为"一撞直"。

插翅虎雷横，美髯公朱同，神行太保戴宗，赛关索扬[①]雄，病尉迟孙立，小李广花荣，没羽箭张青，没遮拦穆横，浪子燕青，花和尚鲁智深，行者武松，铁鞭呼延绰，急先锋索超，拼命三郎石秀，火船工张岑，摸着云杜千，铁天王晁盖。

宋江看了人名，末后有一行字写道："天书付天罡院三十六员猛将，使呼保义宋江为帅，广行忠义，殄灭奸邪。"……

于是宋江率朱同等九人亦赴山寨。会晁盖已死，遂被推为首领，"各人统率强人略州劫县，放火杀人，攻夺淮阳、京西、河北三路二十四州八十余县，劫掠子女玉帛，掳掠甚众"。已而鲁智深等亦来投，遂足三十六人之数。

一日，宋江与吴加亮商量："俺三十六员猛将，并已登数；休要忘了东岳保护之恩，须索去烧香赛还心愿则个。"择日起程，宋江题了四句放旗上道[②]：

来时三十六，去后十八双。

若还少一个，定是不还乡！

宋江统率三十六将，往朝东岳，赛取金炉心愿。朝廷无[③]奈何，只得出榜招谕宋江等。有那元帅姓张名叔

---

① 据《新刊大宋宣和遗事》，中国古典文学出版社1954年版，第42页，"扬"应为"王"。

② 据《新刊大宋宣和遗事》，中国古典文学出版社1954年版，第44页，此处脱"诗曰"。

③ 据《新刊大宋宣和遗事》，中国古典文学出版社1954年版，第44页，此处脱"其"字。

夜的，是世代将门之子，前来招诱宋江和那三十六人归顺宋朝，各受①大夫诰敕，分注诸路巡检使去也。因此三路之寇，悉得平定。后遣宋江收方腊有功，封节度使。……

二

《新编五代史平话》，全书十卷，计梁、唐、晋、汉、周，各分上下两卷，但今所传梁、晋、汉都有残缺。其体裁各卷先以诗起，后入正文，再以一诗作结。以平易的语句于形容事物处，常杂以俪语诗词，或间以滑稽叙述。时且故为惊讶疑问之辞。这种体裁，为后来演义小说的先驱。像《梁史平话》之首，先叙开辟，次叙历代兴亡之事。后来的讲史演义都是模仿这种体裁的。

　　诗曰：龙争虎战几春秋，五代梁唐晋汉周。兴废风
灯明灭里，易君变国若传邮。

　　粤自鸿荒既判，风气始开。伏羲画②卦而文籍生，
黄帝垂衣裳而天下治。……

以下叙黄帝师诸侯杀炎帝、捉蚩尤，汤放桀，武王伐纣，"孔子作春秋而乱臣贼子惧"。以后由汉高祖灭秦统一，到三国，更自晋及唐，以至黄巢变乱，朱氏立国。"全书叙述繁简不同，大抵史上大事，即无发挥，一涉细故，便多增饰，状以骈

---

① 据《新刊大宋宣和遗事》，中国古典文学出版社1954年版，第44页，此处脱"武功"。

② 据《新编五代史平话》，中国古典文学出版社1954年版，第3页，此处脱"八"字。

俪，证以诗歌，又杂诨词，以博笑噱。"（鲁迅语）现在引黄巢下第与朱温等为盗，将劫侯家庄马评事途中情景，以见其作风之一斑：

……黄巢道："必①去劫他时，不消贤弟下手。咱有桑门剑一口，是天赐黄巢的。咱将剑一指，看他甚人也抵敌不住！"道罢便去。行过一个高岭，名做悬刀峰，自行了半个日头，方得下岭。好座高岭！是：根盘地角，顶接天涯。苍苍老桧拂长空，挺挺孤松侵碧汉。山鸡共日鸡齐斗，天河与涧水接流；飞泉飘雨脚廉纤，怪石与云头相轧。怎见得高？

几年擷下一樵夫，至今未曾擷到地。

黄巢兄弟四人②过了这座高岭，望见那侯家庄，好座庄舍！但见：石葱闲云，山连溪水。堤边垂柳，弄风袅袅拂溪桥；路畔闲花，映日丛丛遮野渡。那四个兄弟③望见庄舍远不出五里田地，天色正晴，同④入个树林中蹲了，待晚西却行到那马家门首去。……

我们看上边一段的文字，他写得是如何地活跃而又有趣动人

---

① 据《新编五代史平话》，中国古典文学出版社1954年版，第12页，"必"应为"若"。

② 据《新编五代史平话》，中国古典文学出版社1954年版，第13页，"兄弟四人"应为"四个弟兄"。

③ 据《新编五代史平话》，中国古典文学出版社1954年版，第13页，"兄弟"应为"弟兄"。

④ 据《新编五代史平话》，中国古典文学出版社1954年版，第13页，"同"字前脱"且"字。

呢！至写到汉刘知远微时的逸闻传说，也更是很着力的煊染。明初《刘知远》（《白兔记》）一剧，大约即是依据于此的，只是添了一只白兔出来罢了。

三

《大唐三藏取经诗话》，亦名《三藏法师取经记》。此书内容分上中下三卷，凡十七回，但缺第一回与第八回的一部，以其中杂以诗句，故名诗话。且每回有题目，如《行程遇猴行者处第二》《入王母池之处第十一》之类。内容叙的是：唐三藏法师玄奘与弟子五人共往天竺求经，中途加入花果山紫云洞八万四千铜头铁额猕猴王，猴行者，排除各种危险而至天竺，获得经书，遂以现身成佛。明吴承恩的《西游记》，便有许多是从这书蜕化而来的。

> 僧行六人，当日起行。……偶于一日午时，见一白衣秀才从正东而来，便揖和尚："万福，万福！和尚今往何处？莫不是再往西天取经否？"法师合掌曰："贫僧奉敕，为东土众生未有佛教，是取经也。"秀才曰："和尚生前两回去取经，中路遭难，此回若去，千死万死。"法师云："你如何得知？"秀才曰："我不是别人，我是花果山紫云洞八万四千铜头铁额猕猴王。我今来助和尚取经。此去百万路途，经过三十六国，多有祸难之处。"法师应曰："果得如此，三世有缘。东土众

生，获大利益。"当使^①改呼为猴行者。僧行七人，次日同行，左右伏事。猴行者因^②留诗曰：

百万路^③途向那边，今来佐助大师前。

一心祝愿逢真教，同往西天鸡足山。

三藏法师诗答曰：

此日前生有宿缘，今朝果遇大明仙^④。

前途若到鬼^⑤魔处，望显神通镇佛前。

四

《京本通俗小说》^⑥系江东老蟫（缪荃孙）据元人写本影印的。原书卷数不明白，今存的为第十卷至十六卷。即《碾玉观

---

① 据李时人，蔡镜浩校注《大唐三藏取经诗话校注》，中华书局1997年版，第3页，"使"应为"便"。

② 据李时人，蔡镜浩校注《大唐三藏取经诗话校注》，中华书局1997年版，第3页，"因"应为"乃"。

③ 据李时人，蔡镜浩校注《大唐三藏取经诗话校注》，中华书局1997年版，第3页，"路"应为"程"。

④ 据李时人，蔡镜浩校注《大唐三藏取经诗话校注》，中华书局1997年版，第3页，"仙"应为"贤"。

⑤ 据李时人，蔡镜浩校注《大唐三藏取经诗话校注》，中华书局1997年版，第3页，"鬼"应为"妖"。

⑥ 《京本通俗小说》全貌已不可知，缪氏所见抄本一直未再出现。又因为已知内容全见于《警世通言》《醒世恒言》等书，仅文字略有不同，所以对本书的成书年代及真伪等问题，学界目前基本倾向于认定它是后人抄掇《警世通言》《醒世恒言》中原注为"宋人小说"的话本改窜伪造而成。相关问题，可参看马幼垣、马泰来《〈京本通俗小说〉各篇的年代及其真伪问题》一文。

音》（第十卷）、《菩萨蛮》（第十一卷）、《西山一窟鬼》
（第十二卷）、《志诚张主管》（第十三卷）、《拗相公》（第
十四卷）、《错斩崔宁》（第十五卷）、《冯玉梅团圆》（第
十六卷）七篇。但据老蟫的短跋说："尚有《定州三怪》一回，
破碎太甚，《金主亮荒淫》两卷，过于秽亵，未敢传摹。"后来
《金虏海陵王荒淫》被叶德辉刻出，所以现在印行的《宋人话本
八种》，是又加入《金虏海陵王荒淫》（第二十一卷）一篇了。
其体裁每于本文以前，先以诗词作冒头，或以他文与本文相映照
的短故事作冒头（如《错斩崔宁》）。而本文之中各插入有诗词
的。总之，这书的体裁，有三点是应该注意的：（一）每篇都是
独立的一篇故事；（二）所采取故事的材料，多在近时，或由其
他说部演绎而成；（三）每篇的开始，往往用诗词与短的故事作
"入话"。

　　这本小说虽然现在存留的很少，但这书在小说史上都是很有
位置的。明朝的小说，如冯梦龙的"三言"（即《醒世恒言》
《喻世名言》《警世通言》之总称）里，有许多篇是从《京本通
俗小说》来的，即后代流传最广的《今古奇观》（此书乃是从
"三言"及《拍案惊奇》的选本）亦受了此书影响不小。兹将
现在的《京本通俗小说》中八篇内容，与后代小说关系，列表
如下：

篇名	故事	明代小说	
		《警世通言》	《醒世恒言》
《碾玉观音》	崔宁诱了咸安郡王的使女秀秀逃走，后使女被捕杀，崔也为女魂所杀	《崔待诏生死冤家》	
《菩萨蛮》	吴七郡王使女新荷因爱僧可常，后被诬与他通，后女吐实，而可常之行始著	《陈可常端阳仙化》	
《西山一窟鬼》	秀才吴洪娶一妻李乐娘，一日出游却遇到许多鬼，连妻也是鬼了，幸后癫道人为之除妖	《一窟鬼癫道人除怪》	
《志诚张主管》	诚实的张胜不受他主人张士廉后妻的诱惑，而终于免祸的故事	《张主管志诚脱奇祸》①	
《拗相公》	拗相公就是王安石的绰号，这篇是咒骂他的新法的祸民	《拗相公饮恨半山堂》	

---

① 该篇即《警世通言》第十六卷，题为《小夫人金钱赠年少》。

续表

篇名	故事	明代小说	
		《警世通言》	《醒世恒言》
《错斩崔宁》	是写魏生、刘贵二人和他们妻的因戏言而惹起的误解，成了立身的障碍，崔宁因嫌被杀		《十五贯戏言成巧祸》
《冯玉梅团圆》①	一个故事是徐信与刘俊卿换妻，次一事叙冯忠翊女玉梅与贼将范汝为子希周恋爱事		
《金主亮荒淫》	金主亮的荒淫的故事		《金海陵纵欲身亡》

这八篇要算《错斩崔宁》是最好的一篇了。（有说是《拗相公》）这篇有两个故事：青年魏生偶戏于与妻的家信中，说是娶了妾；其妻的报书亦戏言，伊已爱上了某人。因此惹起他人的误解，而成为立身的障碍，这是冒头的小故事。其次故事：所谓刘贵者有二妻，他戏对其第二妻（小娘子）说："我已把你卖给他人，已竟把身价领了来了。"因此妻只得归母家去。旋刘贵为贼所杀，其第二妻与另一男子名叫崔宁的以相奸而杀刘贵之嫌，被处死刑。后其第一妻为静山大王所掠，即作了山贼的压寨夫人，

————————
① 该篇即《警世通言》第十二卷，题为《范鳅儿双镜重圆》。

颇相爱好，因而知道杀刘贵者实山贼也。乃径赴衙门诉盗，终杀盗以雪冤。刘贵戏妻一段，为全篇的布局最重要的文字。胡适说："这样的细腻的描写，漂亮的对话，便是白话散文的正式成立的纪元。"（《宋人话本八种序》）写出看看吧：

> 却说刘官人驮了钱，一步一步挨到家中。敲门已是点灯时分，小娘子二姐独自在家，没一些事做，守得天黑，闭了门，在灯下打瞌睡，刘官人打门，她那里[1]听见。敲了半晌，方才知觉，答应[2]声："来了！"起身开了门。

> 刘官人进去，到了房中，二姐替刘官人接了钱，放在桌上，便问："官人何处挪移这项钱来，却是甚用？"那刘官人一来有[3]几分酒，二来怪他开的[4]门迟了，且戏言吓他一吓，便道："说出来，又恐你见怪；不说时，又须通你得知。只是我一时无奈，没计可施，只得把你典与一个客人，又因舍不得你，只典得十五贯钱。若是我有些好处，加利赎你回家[5]；若是照前这般不顺溜，只索罢了！"

---

① 据黎烈文标点《京本通俗小说》卷一五，商务印书馆1925年版，第5页，"她那里"应为"他那里便"。

② 据黎烈文标点《京本通俗小说》卷一五，商务印书馆1925年版，第5页，此处脱"一"字。

③ 据黎烈文标点《京本通俗小说》卷一五，商务印书馆1925年版，第6页，此处脱"了"字。

④ 据黎烈文标点《京本通俗小说》卷一五，商务印书馆1925年版，第6页，"的"应为"得"。

⑤ 据黎烈文标点《京本通俗小说》卷一五，商务印书馆1925年版，第6页，"家"应为"来"。

那小娘子听了，却待不信，又见十五贯钱堆在面前；欲待信来，他平白与我没半句言语，大娘子又过得好，怎么便下得这样^①狠心辣手！疑狐不决。只得再问道："虽然如此，亦得通知我爹娘一声。"刘官人道："若是通知你爹娘，此事断然不成。你明日且到^②人家，我慢慢央人与你爹娘通知^③，他也须怪我不得。"

小娘子又问："官人今日在何处吃酒来？"刘官人道："便是把你典与人，写了文书，吃他的酒才来的。"小娘子又问："大姐姐如何不来？"刘官人道："他因不忍见你分离，待得你明日出了门再^④来。这也是我没计奈何，一言为定。"说罢，暗地忍不住笑。不脱衣裳，睡在床上，不觉睡去了。

那小娘子好生摆脱不下："不知他卖我^⑤甚色样人家？我须先去爹娘家里说知。就是他明日有人来要我，寻道我家，也须有个下落。"沉吟了一会，却把这十五

---

① 据黎烈文标点《京本通俗小说》卷一五，商务印书馆1925年版，第6页，"样"应为"等"。

② 据黎烈文标点《京本通俗小说》卷一五，商务印书馆1925年版，第6页，此处脱"了"字。

③ 据黎烈文标点《京本通俗小说》卷一五，商务印书馆1925年版，第6页，"通知"应为"说通"。

④ 据黎烈文标点《京本通俗小说》卷一五，商务印书馆1925年版，第6页，"再"应为"才"。

⑤ 据黎烈文标点《京本通俗小说》卷一五，商务印书馆1925年版，第6页，此处脱"与"字。

贯钱，一垛儿推 ① 在刘官人脚后边。趁他酒醉，轻轻的收拾了随身衣服，款款的开了门出去，拽上了门。却去左边一个相识 ② 的邻舍，叫做朱三老儿家里，与朱三妈借宿了一夜，说道："丈夫今日无端卖我，我须先去 ③ 爹娘说去 ④。烦你明日对他说一声，既有了主顾，可同我丈夫到爹娘家中来，讨个分晓，也须有个下落。"那邻舍道："小娘子说得有理，你只顾自去，我便与 ⑤ 官人说知就里。"过了一宵，小娘子作别去了。……

像这样委曲琐细的描写，隽永有味的对话，实在是白话小说的成熟时期的产物。如果拿这文与《唐太宗入冥记》的白话文比较起来，是如何的一种惊人的进步呢？后来像明代的"三言""两拍"，及清代的许多通俗短篇小说，都是在模拟这种体裁，而加以拓大的！其影响可谓极伟大的了。

参考：

《中国小说史略》，可看十二、十三各篇。

《大宋宣和遗事》，有士礼居刊本，近有商务印书馆刊本。

---

① 据黎烈文标点《京本通俗小说》卷一五，商务印书馆1925年版，第6页，"推"应为"堆"。

② 据黎烈文标点《京本通俗小说》卷一五，商务印书馆1925年版，第7页，"识"应为"熟"。

③ 据黎烈文标点《京本通俗小说》卷一五，商务印书馆1925年版，第7页，此处脱"与"字。

④ 据黎烈文标点《京本通俗小说》卷一五，商务印书馆1925年版，第7页，"去"应为"知"。

⑤ 据黎烈文标点《京本通俗小说》卷一五，商务印书馆1925年版，第7页，此处脱"刘"字。

《新编五代史平话》，有武进董氏刊印本，商务印书馆标点本。

《大唐三藏取经诗话》，有罗振玉印本，有商务印书馆排印本。

《京本通俗小说八种》，近有亚东书局铅印本。

《清平山堂话本》，有嘉靖间刊本，有古今小品书籍刊行会影印本。

《中国短篇小说第二集》（选《碾玉观音》《错斩崔宁》《冯玉梅团圆》三篇）。

《中国文学史》，郑振铎编，朴社出版，可看话本的产生。

《东京梦华录》，（宋）孟元老著，有学津讨原本。

《梦粱录》，（宋）吴自牧著，有知不足斋丛书本。

《都城纪胜》，（宋）耐得翁著，有楝亭十二种本。

《武林旧事》，（宋）周密著，有知不足斋丛书本。

第二十章　元代杂剧

杂剧的发生，当然不始于元代。其悠远而复杂的渊源，直接是金人院本的变相，间接是受宋人大曲、鼓子词、诸宫调、赚词、杂剧词的影响。尤其在唱辞的结构方面，受诸宫调的影响，更为显明。此外尚有一点我们应该注意的，即在宋时"影戏"颇为流行，"舞队"也极发达，元杂剧之形成，至少与它们有些渊源吧！

元剧的组织，最重要的部分，名"科""白""曲"。科是动作，白是对话，曲是唱辞。它的结构特点有五：（一）每剧四折，是为常例。惟《赵氏孤儿》一剧有五折，是为例外。又有张时起《赛花日①秋千记》今虽不存，但据《录鬼簿》所记，则有六折。六折以上，便未见闻了。（二）每折一调一韵。（三）有楔子，一本四折不足的时候，就用楔子。多在折首的，但亦有在折间的，更有在一本中于折首、折中两回用楔子的（如《罗李郎》《东窗事发》《马陵道》《抱妆盒》）。（四）每折一人独唱，不是"正末"，就是"正旦"。其他杂色虽入场，但只说白

---

① "日"应为"月"。

而不唱曲。惟丑角所唱是例外，如《望江亭》本系正旦谭记儿唱的，第三折杨衙内及公差李稍、张千也可以唱来玩玩（《马鞍儿》）。（五）每剧的终结必系以"题目""正名"，以檃栝全剧的大意。登场的优人自己不唱，却于优人下场之后，由伶人代念的，还有《连厢词》司唱的坐间代唱的遗风。

元杂剧作家，据钟嗣成《录鬼簿》所载凡一百十七人，所著杂剧为四百五十八种。明宁献王朱权《太和正音谱》上所评"古今群英乐府格势"，共有一百八十七人，所编杂剧共五百三十五。但元曲的佚亡甚多，今有作品传世者，只有四十余家，而现在所流传的作品，仅百余种了。近人王国维著《宋元戏曲史》将元曲分为三个时期：

第一期　蒙古时代（约一二六〇——一二八〇年）

关汉卿、杨显之、张国宝（一作国宾）、石子章、王实甫、高文秀、郑廷玉、白朴、马致远、李文蔚、李直夫、吴昌龄、武汉臣、王仲文、李寿卿、尚仲贤、石君宝、纪君祥、戴善甫、李好古、孟汉卿、李行道、孙仲章、岳伯川、康进之、孔文卿、张寿卿

第二期　一统时代（约一二八〇——一三四〇年）

杨梓、宫天挺、郑光祖、范康、金仁杰、曾瑞、乔吉

第三期　至正时代（约一三四〇——一三六〇年）

秦简夫、萧德祥、朱凯、王晔

第一个时期是元曲的草创时代，然作家之盛及现存作品之多，却远非后两期所比，故可谓为元曲的黄金时代。第二个时期的作家，大多居住南方，渐失其"天高风紧"的气象。除宫天挺、郑光祖、乔吉三家外，余均难以和第一期作家对手。第三个

时期已是元曲的"尾声"了。总观这三个时期的作家，就中最著名的，当推关、王、马、白（第一期），郑、乔（第二期），后世合称为"元曲六大家"。

一

关汉卿（一二二○？——一二八○[1]），号己斋叟，大都人。他是杂剧的创始者。金末以解元贡于乡。后为太医院尹，金亡不仕。好谈妖鬼，著有《鬼董》[2]。他的戏曲作品，有目可稽者，有六十三种，但大多散失。留至今日的，只有《包待制智斩鲁斋郎》《包待制三勘蝴蝶梦》《感天动地窦娥冤》《温太真玉镜台》《赵盼儿风月救风尘》《望江亭中秋切鲙》《杜蕊娘智赏金线池》《钱大尹智宠谢天香》（以上见《元曲选》），《关张双赴西蜀梦》《闺怨佳人拜月亭》《关大王单刀赴会》《诈妮子调风月》（以上见《元刊杂剧三十种》），《绯衣梦》[3]（《顾曲斋杂剧选》）及《续西厢》等十四种，为元人作曲最多的作家。他的剧曲以雄奇排奡见长。汪洋恣肆，感慨苍凉，实为金末元初的大家。杨维桢《元[4]宫词》云："开国遗音乐府传，白翎

---

[1] 目前关于关汉卿的生卒年说法不一，没有定论。
[2] 《鬼董》，志怪小说集，五卷。《知不足斋丛书》《丛书集成初编》等丛书收入本书时，均题宋人沈氏（名不详）撰。关汉卿只是此书的传播者，而非作者。
[3] 该剧即《钱大尹智勘绯衣梦》。
[4] 此处"元"字衍。

飞上十三弦。大金优谏关卿在，伊尹扶汤进剧编。"①可知他在金代已负盛名了。入元后，他与王实甫、马致远、白朴称为"元曲四大家"。

他的著作中，以《窦娥冤》《拜月亭》《续西厢》为最著名，而《窦娥冤》尤其是极大的悲剧。此剧不独文字的凄怆动人，且含着丰满的反抗精神，其沉痛激越的情调，令人兴奋无已。这剧全四折，楔子另一折，剧中主要的人物是蔡婆婆、窦天章及他的女儿端云，更穿插着赛卢医、张驴儿父子。剧情是这样的展开：贫穷的窦秀才（天章）借了蔡婆婆四十两银子不能偿还，便把女儿端云卖给蔡婆婆作媳妇。蔡婆婆并另赠窦秀才银十两作盘费，上京应试去了。（以上楔子）端云在蔡家作媳妇，十七岁时与蔡儿成亲，改名窦娥。但不幸两年后蔡儿夭亡，窦娥便成了青年寡妇。一日蔡婆婆至赛卢医处索所欠的几两银子，被卢医诱至郊外，要用绳勒死她，不想遇着张驴儿和他的父亲上场救了她的性命，卢医逃去了。那张驴儿知道她家有个青年寡妇，和他的父亲依仗着救命的恩惠，便逼着蔡婆婆回家，欲父娶了蔡婆婆，张驴儿自己娶了窦娥，蔡婆婆原感激他们救命之恩，不得已"含糊许了"。（以上第一折）但窦娥执意不肯嫁他，一日蔡婆婆卧病，想吃"羊肚儿汤"，张驴儿从卢医索得些毒药，想乘机毒杀蔡氏，以便强逼窦娥成亲，不料那药误为老张吃了！便"呜呼哀哉"。张驴儿更诬窦娥毒死他的老子，告了官，将伊吊

---

① 杨维桢的这首《宫词》多被戏曲史家重视并引用。王国维、郑振铎均认为"关卿"即关汉卿。孙楷第则认为"关卿"是指本姓关的硕德间。

棒绷扒，问成窦娥毒死公公的大逆不道的死罪。（以上第二折）
窦娥临刑时说如她是冤枉的，颈血便都飞起溅在丈二白练上，那
时虽是六月也要下雪，并楚州三年不雨。窦娥死后，果然一切都
应了她的话。（以上第三折）窦天章做了廉访使，到了楚州阅案
卷，窦娥的鬼魂向他诉冤，便捉了张驴儿、赛卢医，各处以相当
的罪名，窦娥之冤乃大白。（以上第四折）元剧中多喜剧和悲喜
剧的作品，像汉卿这样"十足"的悲剧是极少见的。我们如果读
到第三折窦娥临刑时的情景，沉痛的文字，紧张而迫切的情调，
打动着读者的心弦，无论什么人读了都要惊心动魄，禁不住要拍
案大叫起来。第四折叙窦娥的冤魂向他父亲诉冤，那文字的凄
楚，意境的奇突，更使人唏嘘惊叹，久久不能自已。末后虽然驴
儿凌迟处死，卢医永远充军，窦娥之罪改正明白，但是由窦娥的
冤死而引起的悲愤的心情，却永远地不能安宁下去，久久地憧憬
于读者之前。这个题材后来京剧《六月雪》的情节与角色全和此
剧相同，但改写临刑时天降大雪，而窦娥得救，这完全失去悲剧
的重要情调了。兹录第三折窦娥临刑前，她和蔡婆婆与监斩官的
沉痛而悲壮的告语：

（鲍老儿）念窦娥伏侍婆婆这几年，遇时节将碗凉
浆奠。你去那受刑法尸骸上烈些纸钱，只当把你亡化的
孩儿荐。

（卜儿哭科，云）孩儿放心，这个老身都记得。天
那，兀的不痛杀我也。

（正旦唱）婆婆也，再也不要啼啼哭哭，烦烦恼
恼，怨气冲天。这都是我做窦娥的没时没运，不明不
暗，负屈衔冤。

（刽子做喝科，云）兀那婆子靠后，时辰到了也。……

（正旦唱）【要孩儿】不是我窦娥发下这等无头愿，委实的冤情不浅。若没些儿灵圣与世人传，也不见得湛湛青天。我不要半星热血红尘洒，都只在八尺旗枪素练悬。等他四下里皆瞧见，这是咱苌弘化碧，望帝啼鹃。

（刽子云）你还有甚的说话，此时不对监斩大人说，几时说那？……

【二煞】你道暑气暄，不是下雪天；岂不闻飞霜六月因邹衍？若果有一腔怨气喷如火，定要感的六出冰花滚似锦，免着我尸骸现；要什么素车白马，断送出古陌荒阡？

（正旦跪科，云）大人，我窦娥死的委实冤枉，从今以后，着这楚州亢旱三年。

（监斩官云）打嘴！那有这说话！

（正旦唱）【一煞】你道是天公不可期，人心不可怜，不知皇天也肯从人愿。做甚么三年不见甘霖降？也只为东海曾经孝妇冤。如今轮到你山阳县。这都是官吏每无心正法，使百姓有口难言。

（刽子做磨旗科，云）怎么这一会儿天色阴了也？①

---

① 此处引文与目前《感天动地窦娥冤》通行本差异较大，编者不再一一注明，读者可参看（元）关汉卿著；蓝立蓂校注《汇校详注关汉卿集》中册，中华书局2006年版，第1103—1121页。

汉卿的作品，我们归纳起来，可分为五类：（一）喜剧，如《拜月亭》《谢天香》《玉镜台》《金线池》《调风月》等。（二）悲剧，如《窦娥冤》。（三）英雄剧，如《西蜀梦》《单刀会》等（《单刀赴会》，至今京戏里还仍在戏场上演奏着）。（四）公案剧，如《鲁斋郎》《蝴蝶梦》《绯衣梦》等。其中以《蝴蝶梦》写慈母的理智与感情的冲突，却得到很大的成功。（五）义侠剧，如《救风尘》《望江亭》。像谭记儿这智勇兼全的妇人，能从容不迫脱了丈夫的危厄，写得格外动人。至论到关剧的作风，则下列诸点，是应该注意的。（一）元剧尚本色，而汉卿则"一空倚傍，自铸伟词，而其言曲尽人情，字字本色"（王国维语）。（二）关剧中所创造出来的主人翁，除了极少数的英雄传奇外，多数是通达世故的女子，如《金线池》之写老鸨的狠毒，《救风尘》之写妓女的义侠。（三）关剧中的人物个性的描写，皆甚显露，如贞烈的窦娥，老练的赵盼儿，聪明的谢天香，善妒的杜蕊娘。（四）关剧中多反抗的精神，如《窦娥冤》之【端正好】【滚绣球】【二煞】【一煞】【煞尾】。总之，他所写的是多方面的题材，与多方面的人物与情绪。而观察世故又那末深刻透彻，铸词又是那末雄厚苍凉，真可以当得起"元人第一"的称号而无愧色了。

他的《续西厢》是续王实甫的《西厢》四本的，王的《西厢》止于"草桥店梦莺莺"。关汉卿所续则为《张君瑞庆团圞①》之一幕的剧情。王本原依据董解元《西厢诸宫调》，本有关续一段，王未及作而关为补足之。清金圣叹曾诋关续为"狗尾

---

① "圞"应为"圝"。

续貂"。但如《续西厢》中的《挂金索》："裙染榴花，睡损胭脂皱。纽结丁香，掩过芙蓉扣。线脱珍珠，泪湿香罗袖。杨柳眉颦，人比黄花瘦。"这些俊句，又何减于王本。圣叹那种贬辞，未免过分了。

<h1 style="text-align:center">二</h1>

王实甫（一二〇〇？——？），名德信，大都人。工乐府，所著《西厢记》，世推为北曲第一。他的作风绵密婉丽，《正音谱》评他之词"如花间美人，铺叙婉丽[1]，深得骚人之趣，极有佳句，如[2]玉环之出浴华池[3]，绿珠之采莲洛浦"。这虽然是空泛的赞语，但其俊美可知了。他大概和关汉卿一样，亦由金入元者。观他的《四丞相高会丽春堂》一剧，谱金章宗时事。而最后一词云："早先声把烟尘扫荡，从今后四方八荒万邦，齐仰贺当今皇上。"以颂祷金皇作结，断定他的时代，非完全元人了。

他所作剧本凡十三种（见《正音谱》）。存于今者仅《四丞相高会丽春堂》（见《元曲选》己集上）及《崔莺莺待月西厢记》二种。《丽春堂》叙金丞相完颜乐善在赐宴时与将军李圭角斗，后复和好。事迹既简单，结构与文字都有贬辞。远不及伟

---

① 据（明）朱权《太和正音谱》//《续修四库全书》第1747册，上海古籍出版社2002年版，第484页，"婉丽"应为"委婉"。

② 据（明）朱权《太和正音谱》//《续修四库全书》第1747册，上海古籍出版社2002年版，第484页，"如"应为"若"。

③ 据（明）朱权《太和正音谱》//《续修四库全书》第1747册，上海古籍出版社2002年版，第484页，"池"应为"清"。

大的《西厢记》使他得了不朽的荣名。世传他作《西厢记》至"碧云天，黄花地，西风紧，北雁南飞"。构思甚苦，思竭仆地遂死。（焦循《剧说》）这种类乎神话的传说，正如高明的《琵琶记·夜填吃糠[1]》一出时"案烛光交"是一样的不可信，但一般人对于《西厢》的赞颂的程度可想而知了。全剧共分五本二十折：第一本为《张君瑞闹道场》，第二本为《崔莺莺夜听琴》，第三本为《张君瑞害相思》，第四本为《草桥店梦莺莺》，以上四本为王实甫作的。第五本为《张君瑞庆团栾[2]》，这是关汉卿续的。剧情是这样的：唐德宗的宰相崔公的未亡人郑氏，一女莺莺，婢红娘，童欢郎，护相国的丧枢欲安葬于博陵故乡，行至河中府，不能通行，暂借住普救寺的西厢。时莺莺芳龄十九岁，是一才色兼备的小姐。当暮春天气，颇觉郁闷，夫人乃命红娘伴小姐散步于佛殿旁边。这是本剧的发端。（楔子）洛阳秀才张琪[3]，字君瑞，是一年约二十三岁的青年。贞元十七年二月，正欲上京应试，途经蒲关，想去访盟友征西大将军杜确，而投宿河中府，适来普救寺闲游，不意瞥见了莺莺的艳姿，莺莺也报之以秋波，君瑞就陷入于"五百年风流冤业"的恋爱了。（第一折）张生请托住持法本和尚借普救寺一室以为寄寓之所。恰巧侍婢红娘以夫人之命向住持问先相国的法事日期，张生待之于廊下，欲使向莺莺通殷勤，然而被红娘婉辞拒绝了。（第二折）张生知道莺莺每夜要到花园烧香，私自先藏于后园，以窥莺莺之

出，且隔墙而吟诗。莺莺亦依韵和了一首，于是张生的恋潮，达于绝顶。（第三折）到了二月十五法事之日，张生也藉着搭了一份斋之名，复得饱看莺莺的娇容。（第四折，以上第一本）莺莺的美丽，为贼将孙飞虎所知，遂发五千人马包围普救寺，要娶莺莺为妻。法本以告老夫人，夫人狼狈，使红娘去告莺莺，莺莺想出一计，说是无论何人，只要能退了贼兵的，就以己身与之。夫人不得已地赞成了，遂使法本传达此旨于两廊僧俗。这时张生鼓掌而出，自陈有退兵之策，于是先定重赏之约，然后使法本以三日间的缓兵计请于孙飞虎，又使猛僧惠明溃围致书于白马将军杜确告急。杜确见张生书，不移时，率兵而至，很容易地捕捉了孙飞虎，把事情平息了。（第一折和楔子）不料贼平后，夫人竟食前言，设宴招张生以谢一家再造之恩，使与莺莺成兄妹之礼。（第二、三折）张生失望愤怒之余，曾欲自尽，但因同情的红娘谏言而止，红娘并劝其在月下弹琴以诉衷情，莺莺听了张生《凤求凰》之操，遂深深地为之感动了。（第四折，以上第二本）张生思慕莺莺之情益切，遂致卧病。幸红娘承莺莺之命来看病，得托书于莺莺以表寸心。（第一折）莺莺见书，假意叱责红娘，封答书而使再致张生，而于其末题"待月西厢下，迎风户半开。隔墙花影动，疑是玉人来"四句。张生见诗大喜，一天的愁闷都抛在九霄云外了。（第二折）夜间张生越墙走至莺莺庭前，然而莺莺却用了极严峻的态度，责以大义，张生负气而返，又卧病了。（第三折）莺莺闻张生病重，又使红娘去持简探问，张生一见，顿时连病亦忘了。（第四折，以上第三本）热恋达到了百度的才子佳人，因了红娘的大胆，一夕得遂"大愿"。以后仍是继续地欢会。（第一折）但不久，忽为老夫人所知，她拷问了红娘，红娘直诉其事。夫人不得已只好呼莺莺与张生来说明履前约许结婚的事，且说崔家三代，不曾招白衣女婿，着张生须赶快上京去应试。（第二折）到离别的时候。（第三折）张生虽不忍分别，又不能不分别。低回留恋，终于夕阳古道，在马上加了一鞭，走了三十里，至草桥驿投宿于旅店。"单枕孤眠秋风寒，沁身睡着难"，在暂时朦胧微睡之间，见莺莺追了来，重叙旧欢，但卒子忽然赶来，把莺莺抢了去。张生大惊叫着"小姐！小姐！"地追上前去，抱住了小姐，不料卧在旁边的琴童把他摇醒，方知是一场好梦。（第四折，以上第四本）实甫的《西厢记》至此便止，以下就是关汉卿续的：张生在明春考试及第，急以书报莺莺。（楔子）莺莺自别张生以来，重叠着新愁、旧恨，在无聊中过了半载，得张生书大喜，即修答书，并寄赠汗衫裹肚等物。（第一折）张生等待回音，又遭了病，然得了莺莺手书并赠物，就全愈了。（第二折）郑恒因夫人之招，来至河中府，听说莺莺已妻张生，醋海生波，便对夫人谗诬张生已做了卫尚书的女婿。夫人大怒，便欲将莺莺再妻郑恒。（第三折）然张生新授河中府尹，携了莺莺的礼服和其他赠物，扬扬而归了，但夫人因前事全不理会。张生于红娘处得到究竟，乃更见莺莺诉述衷情，这时红娘既同情于张生，而以与郑恒决绝劝夫人，法本也为张生辩护，杜将军也特意来参与庆贺，结果夫人无可如何。郑恒因无颜自存，触庭树而死，于是在众人欢呼之中，一对有情人，张生与莺莺举行了结婚大礼。（第四折）

《西厢记》是中国戏曲中最伟大的描写两性恋爱史的一本好书。他的作风，是雅丽婉媚，无论是写人、写景、写情。如第三本二折的《普天乐》与第二本一折的《混江龙》，都是很妥切的代表。至在剧中人物个性的十分清楚的描写，痴情的张生，娇涩的莺莺，乖觉的红娘，浑厚的老夫人，都写得栩栩欲活，跃然纸上。尤其他能婉曲的细腻的写出张生与莺莺恋爱时的心境地变动，这更是他的成功处。至于全剧中充满了诗意的描写，以及许多很好的抒情诗，尤是本剧的特色。我们看第四本第三折《长亭送别》写张生与莺莺离别时的情状：

……（旦云）今日送张生上朝取应，早是离人伤感，况值那暮秋天气，好烦恼人①呵！悲欢聚散一杯酒，南北东西万里程。

【端正好】碧云天，黄花地，西风紧。北雁南飞。晓来谁染霜林醉？总是离人泪。

【滚绣球】恨相见得迟，怨归去得疾。柳丝长玉骢难系，恨不倩疏林挂住斜晖。马儿慢慢②的行，车儿快快的随，恰③告了相思回避，破题儿又早别离。听得道一声去也，松了金钏；遥望见十里长亭，减了玉肌：此恨谁知？

（红云）姐姐今日怎么不打扮？（旦云）你那知我的心里呵！

【叨叨令】见安排着车儿、马儿，不由人熬熬煎

---

① 据王实甫著；王季思校注《西厢记》，上海古籍出版社1978年版，第151页，此处脱"也"字。

② 据王实甫著；王季思校注《西厢记》，上海古籍出版社1978年版，第151页，"慢慢"应为"迟迟"。

③ 据王实甫著；王季思校注《西厢记》，上海古籍出版社1978年版，第151页，"恰"应为"却"。

煎的气；有甚么心情花儿、靥儿，打扮的 ① 娇娇滴滴的媚；准备着衾 ② 儿、枕儿，则索昏昏沉沉的睡；从今后衫儿、袖儿，都揾做重重叠叠的泪。兀的不闷杀人也么哥！兀的不闷杀人也么哥！久以 ③ 后书儿、信儿，索与我凄凄惶惶的寄。……

【脱布衫】下西风黄叶纷飞，染寒烟衰草萋迷。酒席上斜签着坐的，蹙愁眉死临侵地。

【小梁州】我见他阁泪汪汪不敢垂，恐怕人知；猛然见了把头低，长吁气，推整素罗衣。……（旦唱）

【四边静】霎时间杯盘狼藉，车儿投东，马儿向西，两意徘徊，落日山横翠。知他今宵宿在那里？有梦也难寻觅。……（旦唱）

【一煞】青山隔送行，疏林不做美，淡烟暮霭相遮蔽。夕阳古道无人语，禾黍秋风听马嘶。我为什 ④ 么懒上车儿内，来时甚急，去时 ⑤ 何迟？

（红云）夫人去好一会，姐姐，咱家去！（旦唱）

---

① 据王实甫著；王季思校注《西厢记》，上海古籍出版社1978年版，第151页，"的"应为"得"。

② 据王实甫著；王季思校注《西厢记》，上海古籍出版社1978年版，第151页，"衾"应为"被"。

③ 据王实甫著；王季思校注《西厢记》，上海古籍出版社1978年版，第151页，"以"应为"已"。

④ 据王实甫著；王季思校注《西厢记》，上海古籍出版社1978年版，第154页，"什"应为"甚"。

⑤ 据王实甫著；王季思校注《西厢记》，上海古籍出版社1978年版，第154页，"时"应为"后"。

【收尾】四围山色中，一鞭残照里。遍人间烦恼填胸臆，量这些大小车儿如何载得起？

（旦、红下）（末云）仆童赶早行一程儿，早寻个宿处。泪随流水急，愁逐野云飞。（下）

像这样凄艳婉美的文字，还不是绝妙的抒情诗曲吗？更如第四本第四折【雁儿落】【得胜令】两曲，写张生惊梦后，只见一天露气，满地霜华，晚星初上，残月犹明，也是极凄美的绝妙好辞。

【雁儿落】绿依依墙高柳半遮，静悄悄门掩清秋夜。疏剌剌林梢落叶风，昏惨惨云际穿窗月。

【得胜令】惊觉我的，是颤巍巍竹影走龙蛇，虚飘飘庄周梦蝴蝶，絮叨叨促织儿无休歇，韵悠悠砧声儿不断绝。痛煞煞伤别，急煎煎好梦儿应难舍；冷清清的咨嗟，娇嘀嘀玉人儿何处去①也！

三

马致远，号东篱，大都人。他是元代重要的散曲家。所作杂剧共十四种，今所传的有《破幽梦孤雁汉宫秋》《半夜雷轰荐福碑》《吕洞宾三醉岳阳楼》《邯郸道省悟黄粱梦》《江州司马青衫泪》《太华山陈抟高卧》《马丹阳三度任风子》，俱见于《元曲选》中。他的作风，放逸宏丽，《正音谱》评他如"朝阳鸣

---

① 据王实甫著；王季思校注《西厢记》，上海古籍出版社1978年版，第160页，"去"字衍。

凤"。又说："其词清雅典丽[1]，可与灵光景福[2]相颉颃，有振鬣长鸣，万马皆暗之意。又若神凤飞鸣于九霄，岂可与凡鸟共语哉。"《尧山堂外纪》录他的《秋思·双调·夜行船》一曲，称为元人第一，而《天净沙》小令："枯藤老树昏鸦，小桥流水人家，古道西风瘦马。夕阳西下，断肠人在天涯。"尤为古今传唱的佳作。

他的作品以《汉宫秋》为代表，剧情系叙汉王昭君远嫁的故事。这个故事，曾感动了不少的诗人和戏曲家，而马致远更把描写的中心移向汉元帝，所以写相别时的情形，备极凄凉哀惋。事情是这样的：汉元帝愁后宫的寂寞，选佞臣毛延寿为使，遍行天下，采访美人，使画图献上，这是昭君入宫的由来。（楔子）王昭君生得光彩照人，十分艳丽，因为不贿毛延寿，遂把她容貌故意画得丑陋，因此昭君遂被幽置于永巷。悲长久无见天之日期。一夜弹琵琶以遣孤闷的时候，适元帝散步后宫，闻琵琶之声，遂至昭君处，一见而惊为国色，怒毛延寿之妄，命斩其首而封昭君为明妃，由是昭君得蒙元帝的宠爱。（第一折）毛延寿畏罪逃番，以昭君的真容献于单于。单于大喜，直写书求昭君，如果不与，就欲诉之于干戈。尚书令五鹿充宗，内常侍石显等都以为了社稷割恩爱而以昭君交付番使之言进谏，但元帝不听，然昭君慨然愿以身代国难，帝不得已只好同意。（第二折）元帝率文武内官幸于灞桥，亲举杯酒赠琵琶马上的昭君，恸哭惜

---

① 据（明）朱权《太和正音谱》//《续修四库全书》第1747册，上海古籍出版社2002年版，第483页，"清雅典丽"应为"典雅清丽"。

② 据（明）朱权《太和正音谱》//《续修四库全书》第1747册，上海古籍出版社2002年版，第483页，此处脱"而"字。

别，昭君北行至黑龙江，闻道这是汉与番接界之境，昭君请于单于下马浇杯酒，遥望南方以谢汉家之恩，遂乘间投身江中，单于大惊，就厚葬遗骸于江边。胡地之草皆白，惟昭君之塚独与内地同样的生长青草，故谓之"青塚"。单于追原祸始，这完全是毛延寿做的，单于乃缚送于汉。（第三折）元帝从别昭君以来，郁郁不乐，秋夜孤灯，叹枕席萧索，乃挂美人之图。正烧香供养之际，因睡而入了梦，昭君从胡地私自逃回，但为番兵追来，又把昭君捉去了。正在伤感的时候，帝就惊醒，对壁间的丹青，在神思恍惚之时，又听着天空哀雁两三声，凄怆悲切，辗转彻夜，明早番使送毛延寿来，并告昭君之丧。帝便斩毛延寿之首以祭昭君之灵。（第四折）《汉宫秋》的词句最佳，尤以第四折布置得异常的凄隽。所以臧晋叔的《元曲选》列为百种曲之首。我们先看第三折元帝与明妃别后，番使护着明妃去了，元帝悄然回宫的一段，写得极为凄凉："呀！俺向着这迥野悲凉。草已添黄，色[①]早迎霜；犬褪得毛苍，人搠起缨枪；马负着行装，车运着糇粮，打猎起围场。他、他、他伤心辞汉主，我、我、我携手上河梁。他部从入穷荒，我銮舆返咸阳。返咸阳，过宫墙；过宫墙，绕回廊；绕回廊，近椒房；近椒房，月昏黄；月昏黄，夜生凉；夜生凉，泣寒螀；泣寒螀，绿纱窗；绿纱窗，不思量。"（《梅花酒》）一句一断，极呜咽掩抑之曲致。下文紧接著《收江南》的前半云："呀！不思量，便[②]是铁心肠。铁心肠，也愁泪滴千

---

① 据（元）马致远著；萧善因，北婴，萧敏点校《马致远集》，山西古籍出版社1993年版，第16页，"色"应为"兔"。

② 据（元）马致远著；萧善因，北婴，萧敏点校《马致远集》，山西古籍出版社1993年版，第17页，"便"应为"除"。

行。……"真是放声一哭，词采曲调，可算都到绝顶了。至第四折叙元帝梦中见了明妃，醒来时，正听见孤雁一声声地在云间鸣叫着，一发感得情绪凄楚不堪。这个情境真足使任何人都为之感动："呀呀的飞过蓼花汀，孤雁儿不离了凤凰城。画檐间铁马响丁丁，宝殿中御榻冷清清。寒也波更，萧萧落叶声，烛暗长门静。"（《尧民歌》）像这样的绝妙好辞，诚然可说是马致远的杰作，但它却不足以代表马剧的精神和作风。我们如果就他的作品所表现的推论，可以发现马剧的两种特点：（一）他所取的题材，多是"手把芙蓉"的仙人，和"弄花醉月"的诗人。（二）他的作风极清俊。例如《黄粱梦》的第一折【醉中天】【金盏儿】两曲的潇洒清俊的作风，才是马剧的特色。

（洞宾云）俺做了官，也有受用处。（正末云）你做官受用得几多？俺这神仙的快乐，与你俗人不同。你听我说那快活[1]处。（唱）

【醉中天】俺那里自泼村醪嫩，自斩[2]野花新。独对青山酒一尊，闲将那朱顶仙鹤引。醉归去松阴满身，萧[3]然风韵，铁笛声吹断云根。

（云）你跟我出家去来。（洞宾云）俺为官居兰堂，住画阁。你这出家人，无过草衣木食，干受辛苦，

---

[1] 据（元）马致远著；萧善因，北婴，萧敏点校《马致远集》，山西古籍出版社1993年版，第95页，"活"应为"乐"。

[2] 据（元）马致远著；萧善因，北婴，萧敏点校《马致远集》，山西古籍出版社1993年版，第95页，"斩"应为"折"。

[3] 据（元）马致远著；萧善因，北婴，萧敏点校《马致远集》，山西古籍出版社1993年版，第95页，"萧"应为"泠"。

有什^①么受用快活处？（正末唱）

【金盏儿】俺那里地无尘，草长春，四时花发常娇嫩。更那翠屏般山色对柴门，雨滋棕叶润，露养药苗新。听野猿啼古树，看流水绕孤村。

东篱的为人，从他的作品看来，似乎是风度疏朗，很潇洒的人物，他少年时虽也曾迷恋过功名，但后来因为所遇不合，便退居林下过那山林隐士的生活。他看破了世上的纷扰，看破了人间的名利，因此他便憧憬于仙境的幻美，变成一位悲观的厌世人了。像《岳阳楼》《黄粱梦》《任风子》《陈抟高卧》诸剧，皆是演神仙变幻的奇迹。而《吕洞宾三醉岳阳楼》第二折中的【贺新郎】一曲，尤可看出他悲观玩世的思想：

你看那龙争虎斗旧江山。我笑那曹操奸雄。我哭呵，哀哉霸王好汉。为兴亡笑罢还悲叹，不觉的斜阳又晚，想咱这百年人则在这捻指中间。空听得楼前茶客闹，争似江上野鸥闲。百年人光景皆虚幻。我觑你一株金线柳，犹兀自闲凭着十二玉阑干。

四

白朴（一二二六——一二八五？），字仁甫，一字太素，号兰谷先生，真定人。父华，字文举，金枢密院判（《金史》有传），与诗人元好问为通家。仁甫七岁时正遭壬辰之难（绍定五年，公元一二三二）因事远适，明年春京城变，遗山遂携以北渡。自是不茹荤血，人问其故，曰："俟见吾亲，则如初。"尝罹疾，遗山昼夜抱持，凡六日竟于臂上得汗而愈。数年华北归，以诗谢遗山云："顾我真成丧家狗，赖君曾护落巢儿。"后父子卜居滹阳，以律赋为专门之学，有文誉，为后进翘楚。著有《天籁集》，元王博文、明孙大雅为之序。遗山尝赠以诗云："元白通家旧，诸郎独汝贤。"后官礼仪院太卿，赠嘉仪[①]大夫。所作剧本共十七种，存于今者有《梧桐雨》和《墙头马上》（见《元曲选》），《韩采蘋[②]御水流红叶》《李克用箭射双雕》二剧，尚各存一折，见于《雍熙乐府》。《正音谱》评其曲如"鹏搏九霄"，又云："风骨磊磈，词源滂沛，若大鹏之起北溟，奋翼凌乎九霄，有一举万里之志。"可想见其才情之盛了。

他的作风华美婉妍，在关、马、王三家中，最近王实甫。他的剧本以《梧桐雨》最负盛名。其曲本白居易《长恨歌》"秋雨梧桐叶落时"之句，写安禄山反，唐明皇幸蜀，杨贵妃死马嵬坡的事情。全剧在明皇于贵妃死后的悲叹声中作收局，打破中国从来戏剧圆满收场的习惯，创立了前此未有的悲剧的意境。

> ……（杨贵妃下）（唐明皇做惊醒科，云）呀，元来是一梦。分明梦见妃子，却又不见了。（唱）
>
> 【双鸳鸯】斜亸翠鸾翘，浑一似出浴的旧风标，映着云屏一半儿娇。好梦将成还惊觉，半襟情泪湿鲛绡。
>
> 【蛮姑儿】懊恼，窨约。惊我来的又不是楼头过

① "仪"应为"议"。

② "采蘋"应为"翠鸾"。

雁，砌下寒蛩，檐前玉马，架上金鸡；是兀那窗儿外梧桐上雨潇潇。一声声洒残叶，一点点滴寒梢，会把愁人定虐。

【滚绣球】这雨呵，又不是救旱苗，润枯草，洒开花萼；谁望道秋雨如膏。向青翠条，碧玉梢，碎声儿剅剥，增百十倍，歇和芭蕉。子管里珠连玉散飘千颗，平白地溇瓮番盆下一宵，惹的人心焦。

【叨叨令】一会价紧呵，似玉盘中万颗珍珠落；一会价响呵，似玳筵前几簇笙歌闹；一会价清呵，似翠岩头一派寒泉瀑；一会价猛呵，似绣旗下数面征鼙操。兀的不恼杀人也么哥！兀的不恼杀人也么哥！则被他诸般儿雨声相聒噪。

【倘秀才】这雨一阵阵打梧桐树①叶凋，一点点滴人心碎了。枉着金井银床紧围绕，只好把泼枝叶做柴烧，锯倒。

（带云）当初妃子舞翠盘时，在此树下，寡人与妃子盟誓时，亦对此树。今日梦境相寻，又被他惊觉了。

（唱）

【滚绣球】长生殿那一宵，转回廊，说誓约，不合对梧桐并肩斜靠，尽言词絮絮叨叨。沉香亭那一朝，按霓裳，舞六幺，红牙箸击成腔调，乱宫商闹闹炒炒。是兀那当时欢会栽排下，今日凄凉厮辏着，暗地量度。

---

① 据（元）白朴《唐明皇秋夜梧桐雨》//（明）臧晋叔编《元曲选》第一册，中华书局1958年版，第363页，"树"字衍。

（高力士云）主上，这诸样草木，皆有雨声，岂独梧桐？（正末云）你那里知道，我说与你听者。（唱）

【三煞】润蒙蒙杨柳雨，凄凄院宇侵帘幕；细丝丝梅子雨，装点江干满楼阁。杏花雨红湿栏[①]干，梨花雨玉容寂寞；荷花雨翠盖翩翩，豆花雨落[②]叶萧条。都不似你惊魂破梦，助恨添愁，彻夜连宵。莫不是水仙弄娇，蘸杨柳洒风飘？

【二煞】唓唓似喷泉瑞兽临双沼，刷刷似食叶春蚕散满箔。乱洒琼阶，水传宫漏，飞上雕檐，酒滴新槽。直下的更残漏断，枕冷衾寒，烛灭香消。可知道夏天不觉，把高凤麦来漂。

【黄钟煞】顺西风低把纱窗哨，送寒气频将绣户敲。莫不是天故将人愁闷搅，度铃声响栈道。似花奴羯鼓调，如伯牙水仙操。洗黄花，润篱落；渍苍苔，倒墙角；渲湖山，漱石窍；浸枯荷，溢池沼。沾残蝶粉渐消，洒流萤焰不着。绿窗前蟋蟀[③]叫，声相近雁影高。催邻砧处处捣，助新凉分外早。斟量来这一宵，雨和人紧厮熬。伴铜壶点点敲，雨更多泪不少。雨湿寒梢，泪染龙袍，不肯相饶，共隔着一树梧桐直滴到晓。

---

① 据（元）白朴《唐明皇秋夜梧桐雨》//（明）臧晋叔编《元曲选》第一册，中华书局1958年版，第363页，"栏"应为"阑"。

② 据（元）白朴《唐明皇秋夜梧桐雨》//（明）臧晋叔编《元曲选》第一册，中华书局1958年版，第363页，"落"应为"绿"。

③ 据（元）白朴《唐明皇秋夜梧桐雨》//（明）臧晋叔编《元曲选》第一册，中华书局1958年版，第364页，"蟋蟀"应为"促织"。

这是第四折的后半段，写唐明皇梦见贵妃，醒后只听得梧桐滴雨"是兀那窗儿外梧桐上雨潇潇。一声声洒残叶，一点点滴寒梢，会把愁人定虐"（【蛮姑儿】下半）。这是如何富有诗意的动人的情境呢！

他的《墙头马上》，系叙裴少俊与李千金的恋史的。裴少俊文才华茂，因奉命上洛阳采花，过总管李世杰之门，适见其女千金偕婢正倚于墙头观望，见少俊骑马上，风致飘然，心恋之，二人眉目传情，互以诗相约于是夕幽会，事为家人得知，二人遂私奔至少俊家，潜住于后花园，后经许多波折，始成正式夫妇。这是一篇极有趣的喜剧。描写的亦很大胆。像第一折【那吒令】【鹊踏枝】【寄生草】【幺篇】都是很婉妍的。我们且引第二折中幽会前李千金吩咐梅香的【感皇恩】后段看看："……教你轻分翠竹，款步苍台，休惊起庭鸦喧，邻犬吠，怕院公来。"和【采茶歌】："把粉墙儿挨，角门儿开，等夫人烧罢夜香来。月色朦胧天色晚，鼓声才动角声哀。"

五

郑光祖，字德辉，平阳襄陵人。以儒补杭州路吏。他与乔吉同为第二期最负盛名的作家。钟嗣成谓他："名闻天下，声振闺阁，伶伦辈称'郑老先生'，皆知其为德辉也。"他为人秉性正直，不妄与人交。病卒，火葬于西湖之灵芝寺。他所作剧本共十九种。传于今者凡四种：《㑳梅香①翰林风月》《迷青琐倩

---

① 此处脱"骗"字。

女离魂》《醉思乡王粲登楼》（见《元曲选》）、《周公辅成王摄政》①（见《杂剧三十种》）。《正音谱》评他如"九天珠玉。"又云："其词出语不凡，若咳唾落乎九天，临风而生珠玉，诚杰作也。"四种中以《㑇梅香》《倩女离魂》二剧为最佳，《㑇梅香》人比之《西厢》。不过张生在剧中是白敏中，莺莺改为小蛮，红娘是樊素而已。此剧叙白敏中幼与裴度之女小蛮订婚，后裴夫人不提婚事，二人却热烈的相恋。终于仗着乖觉的樊素的撮合，成了姻眷。剧中的樊素，便是《西厢》的红娘。第二折写樊素婢极为活泼、顽皮，而且可爱。

……

（白敏中云）天色晚了，日头敢落了也呵。（正旦唱）恰正午怎盼的日头落，不曾见这急色的呆才料。

（白敏中云）小姐委实多早晚来也？（正旦唱）

【随煞尾】你听那禁鼓冬冬将黄昏报，等的宅院里沉沉都睡却。悠悠的声揭谯楼品画角，珰珰的水滴铜壶玉漏敲，刷刷的风飐芭蕉凤尾摇，厌厌的月上花梢树影高，悄悄的私出兰房离绣幕，擦擦的行过阑干上甬道，霍霍的摇动珠帘，你等着巴巴的弹响窗棂，恁时节②是我③来了。（下）

到了第三折写白敏中和小蛮幽会，撞着裴老夫人时，凭着樊

① 该剧即《辅成王周公摄政》。
② 据（元）郑光祖著；冯俊杰校注《郑光祖集》，山西人民出版社1992年版，第102页，此处脱"的"字。
③ 据（元）郑光祖著；冯俊杰校注《郑光祖集》，山西人民出版社1992年版，第102页，"我"应为"俺"。

素的一片乖觉而伶俐的巧嘴："亲生女非比他行，家丑不可外扬。"说得老夫人无言可答："罢罢罢！这妮子倒连我也指下来，想起来，则是我养儿女不气长，都是我的不是了也。"

《倩女离魂》是取材唐陈玄祐的《离魂记》。叙张倩女与王文举相恋，文举赴京应举，倩女的魂灵离了躯体偕他同去。后日归来，魂复合而为一的故事。此剧采辞丰丽，描写亦甚动人，为元曲最精彩杰作之一，尤以【迎仙客】（第三折）之抒情，【古水仙子】（第四折）之叠字，为人所叹赏。

（梅香云①）如今春光将尽，绿暗红稀，将近四月也。（正旦唱）

【迎仙客】日长也愁更长，红稀也信尤稀，春归也奋然人未归。我则道相别也数十年，我则道相隔着数万里；为数归期，则那竹院里刻遍琅玕翠。

【红绣鞋】去时节杨柳西风秋日，如今又过了梨花暮雨寒食。则兀那龟儿卦无定准，枉央及；喜蛛儿难凭信，灵鹊儿不诚实，灯花儿何太喜。

六

乔吉（一二八〇？——一三四五），一名吉甫，字孟②符，号笙鹤翁，又号惺惺道人，太原人。美容仪，能词章。以威严自

---

① 此句并非梅香的说白，而是张倩女的，"梅香"是说白的内容。
② "孟"应为"梦"。

持，人敬畏之。旅居杭州太乙宫前，有《题西湖·落^①叶儿》百篇，名公为之序。往来江湖四十年。元顺帝至正五年，病卒于家。他所作曲十一种，及《惺惺道人乐府》《文湖州集词》《撧遗》。今惟《李太白匹配金钱记》《杜牧之诗酒扬州梦》《玉箫女两世姻缘》三剧见于《元曲选》。他的作风雅艳婉媚。《正音谱》评他如"神鳌鼓浪"。他尝谓："作乐府亦有法，凤头、猪肚、豹尾是也。大概起要美丽，中要浩荡，结要响亮。尤贵在首尾贯串，意思清新，能若是斯可以言乐府矣。"（见《辍耕录》）

《扬州梦》是乔吉的代表作。按全剧题目为《张好好花月洞房春》，正名为《杜牧之诗酒扬州梦》。事实是这样的：唐杜牧入翰林后，公干至豫章，太守张尚之与牧有旧，设宴饯别，出歌妓张好好劝酒，牧于席间出瑞文锦、犀角梳相赠。后三年牧至扬州，太守牛僧孺亦设宴相招，时好好已为僧孺义女，亦令出劝酒，牧见好好，不能忘情，后数往谒僧孺，僧孺知其意，不与相见。牧郁闷无聊，会有扬州富室白文礼宴牧，席间述及牛氏歌女，始知即好好，白因力劝僧孺，卒以好好配牧为夫妇。这剧事既艳冶，辞也婉丽，我们看第三折白宴牧时，从牧口说出的张好好是怎生模样？

……

（白文礼云）小生亦^②曾见来，果然生的风流，长

---

① "落"应为"梧"。
② 据（元）乔吉《扬州梦》//（明）臧晋叔编《元曲选·第二册，中华书局1958年版，第802页，"亦"应为"也"。

的可喜。（正末唱）

【感皇恩】浓妆呵娇滴滴擎露山茶，淡妆呵颤巍巍带雨梨花。齐臻臻齿排犀，曲湾湾眉扫黛，高耸耸髻堆鸦。香馥馥冰肌胜雪，喜孜孜醉脸烘霞。端详着庞儿俊，思量着口儿甜，怎肯教意儿差。（白文礼云）相公与此女有缘有分，所以如此留情也。（正末唱）

【采茶歌】非是我自矜夸，则为咱两情嘉，准备着天长地久享荣华。（白文礼云）相公放心，小生务要与相公成就了这桩事。（正末唱）既然你肯把赤绳来系足，久以后何须流水泛桃花。

……（正末唱）

【黄钟尾】你题情休写香罗帕，我寄恨须传鼓子花。且宁心，度岁华，恐年过，生计乏。（白文礼云）相公休别寻配偶，小生务要完成此事。（正末唱）纵有奢华豪富家，倒赔妆①奁许招嫁，休想我背却初盟去就他，把美满恩情却丢下，我直着诸人称扬众口夸，红粉佳人配与咱，玉肩相挨手相把，受用全别快活杀。做一对好夫妻出入京华，不强似门外绿杨闲系马。（卜②）

（白文礼云）杜翰林去了也。风魔了这汉子，若不

---

① 据（元）乔吉《扬州梦》//（明）臧晋叔编《元曲选》第二册，中华书局1958年版，第803页，"妆"应为"装"。

② 据（元）乔吉《扬州梦》//（明）臧晋叔编《元曲选》第二册，中华书局1958年版，第803页，"卜"应为"下"。

成就好^①事，枉送了他性命也。（诗云）俊雅长安美少年，风流一对好姻缘。还须月老牵红线，才得鸾胶续断弦。（下）

乔吉为元杂剧六大家，与同时的郑光祖，和第一期的关、王、马、白齐名。他的作品除《扬州梦》外，《金钱记》系叙韩飞卿与柳眉儿的恋爱故事。飞卿于三月三日在九龙池畔见了王府尹的女儿柳眉儿，两人就互相爱恋起来，柳眉儿临行时便抛下金钱五十枚给他，飞卿即追赶眉儿直入王府，为府尹所见，将他吊起，亏得其友贺之^②章前来救了他，王府尹留他作家馆先生，一日金钱为府尹所见，知为己物，又将他吊起追究，恰好又为贺之^③章所救了，并宣他入朝，飞卿中了状元，经李太白为之撮合，遂与柳眉儿完婚。这剧的故事，虽然不十分的动人了，但因为作者的新隽而美妙的辞藻，便把这平凡的题材写得很光艳动人了。我们看他的第一折韩飞卿到了九龙池上，写那溶溶的春景，和见了柳眉儿时的心情，是多么娇媚可爱：

……

（韩飞卿云）我来到九龙池上，被那风吹的我酒上面来，且去这池上周围看咱。（唱）

【那吒令】俺则见香车载楚娃，各剌剌雕轮碾落花。王孙乘骏马，扑腾腾金鞭袅落花。游人指酒家，虚飘飘青旗扬落花。宽绰绰翠亭边蹴鞠场，笑呷呷粉墙外

---

① 据（元）乔吉《扬州梦》//（明）臧晋叔编《元曲选》第二册，中华书局1958年版，第803页，"好"应为"此"。

② "之"应为"知"。

③ 同上。

秋千架，香馥馥麝兰薰罗绮交加。

【鹊踏枝】闹炒炒嫩绿草聒鸣蛙，轻丝丝淡黄柳带栖鸦，碧茸茸杜①芳洲，暖溶溶流水人家。子规声好教人恨，他只待送春归几树铅华。……

（正末见旦科，云）一个好女子也。生得十分大有颜色，使小生魂不附体。（唱）

【寄生草】他是一片生香玉，他是一枝解语花。则见他整云鬟掩映在荼蘼架，荡湘裙微显出凌波袜，露春纤笑捻香罗帕。那姐姐怕不待庞儿俊俏可人憎，知他那眉儿淡了教谁画。

（旦云）你看那边一个好秀才也。……（正末云）这小姐与小生四目相视，颇有春心之意，怎得个信息相通可也好也。哦，我想从来这花间四友，莺燕蜂蝶，与人做美。我试央及你这四友记者：小生姓韩名翃，字飞卿。烦你与小生在那娇娘根前道个上覆咱。（唱）

【金盏儿】紫燕儿画檐外谩嘈杂，黄莺儿柳梢上日呱吽，蜜蜂儿只恁的你可也无闲暇。蝴蝶儿少罪我把你厮央咱，黄莺儿怕你寻友处迷了伴侣，紫燕儿怕你衔泥处老了生涯。蝴蝶儿我怕你怯春寒花内宿，蜜蜂儿又则怕迟了你日暮树边衙。

次于上述的作者，还有三十余人，在这些人的作品中，有一部分却不下于六大家最好的作品。属于第一期的有杨显之的

---

① 据（元）乔吉《金钱记》//（明）臧晋叔编《元曲选》第一册，中华书局1958年版，第16页，此处脱"若"字。

《临江驿》《酷寒亭》，张国宾的《合汗衫》《薛仁贵》《罗李郎》，石子章的《竹坞听琴》，高文秀的《双献功》《谇范叔》《遇上皇》，郑廷玉的《楚昭公》《后庭花》《忍字记》《看钱奴》《冤家债主》①，李文蔚的《燕青博鱼》，李直夫的《虎头牌》，吴昌龄的《张天师》《东坡梦》，武汉臣的《老生儿》《玉壶春》《生金阁》，王仲文的《救孝子》，李寿卿的《伍员吹箫》《度柳翠》，尚仲贤的《柳毅传书》《三夺槊》《气英布》《单鞭夺槊》，石君宝的《秋胡戏妻》《曲江池》《紫云庭》，纪君祥的《赵氏孤儿》，康进之的《李逵负荆》，李好古的《张生煮海》，戴善甫的《风光好》，孟汉卿的《魔盒②罗》；李行道的《灰阑记》，孙仲章的《勘头巾》，岳伯川的《铁拐李》，孔文卿的《东窗事犯》，张寿卿的《红梨花》。属于第二期的有杨梓的《霍光鬼谏》，宫天挺的《范张鸡黍》，范康的《竹叶舟》，金仁杰的《萧何追韩信》，曾瑞的《留鞋记》。属于第三期的有秦简夫的《东堂老》《赵礼让肥》，萧德祥的《杀狗劝夫》，朱凯的《昊天塔》，王晔的《桃花女》，李致远的《还牢末》，杨景贤的《刘行首》等。此外无名氏的作品，还有二十七种之多，在其中亦有很好的篇什。

参考：

《元曲选》，（明）臧晋叔编，共录杂剧百种，每种并附精美的图画二幅或四幅。有商务印书馆影印本。

---

① 《看钱奴》与《冤家债主》实则为一剧，全名《看钱奴买冤家债主》。
② "盒"应为"合"。

《元曲大观》三十种，所选多与《元曲选》相同，有上海锦文堂书局影印本。

影印《元明杂剧》二十七种，有南京国学图书馆印本。

《太和正音谱》，（明）朱权著，涵芬楼秘笈第九种。

《元曲概论》，贺昌群著，有万有书库本。

《曲海总目提要》，黄文旸原本[①]，董康校本，有大东书局印本。

《宋元戏曲史》，王国维著，商务印书馆出版。

《戏曲史》，许之衡编，北京大学铅印本。

《西厢记》，通行本，有郭沫若改编本。

《顾曲麈谈》，吴梅著，商务印书馆出版。

《词曲史》，王易著，神州国光社印，可看二九三页启变第七。

《元曲》，童斐选注，商务学生国学小丛书。内选《汉宫秋》《李逵负荆》《老生儿》《东堂老》四剧。

《插图本中国文学史》，郑振铎编，北平朴社出版，可看第四十六章杂剧的鼎盛。

[①] 乾隆年间人黄文旸著《曲海目》一卷，大东书局误认为《乐府考略》即为《曲海目》，遂以《曲海总目提要》定名。实则此书是《乐府考略》的修订本，原书作者不详。

第二十一章　明代传奇

　　杂剧与传奇，虽都导源于宋代，但彼此进展的迟速，却不相同。杂剧在元代，已达到了它的盛年，至明时，便显露着衰暮的气象，但传奇到明代，才呈现着十分活跃的景象，占据当时文坛的中心，成为许多文艺作家所描摹的重要文体之一。传奇到了这时，的确是戏曲中的一大进步了。

　　杂剧又名北曲，传奇又名南曲。它们不仅发展的迟速和产生的时地不同，而内容和形式，还有种种的区分。即（一）体制上的相异：南曲（1）每剧不限四折，最长剧本有多至四十或五十出的（《琵琶记》四十二出，《还魂记》五十五出）。（2）一出不限一韵，且许换韵。（3）打破一人独唱之例，凡登场的优人，皆可以唱曲，或互唱，或合唱，很自由的。（4）没有楔子，把第一出叫做"开场"或"家门"，以说明一篇的大意。（5）无题目正名，但有"下场诗"。（二）音韵上的相异：北曲没有入声，同时在平声里分出阴、阳的差别来。南曲则反是，既用入声，而平声又无阴、阳之区别。（三）乐律上的相异：北曲有十二调，南曲则有十三调，且有引子、过曲、近词等区别。（四）脚色上的相异：在北曲把生说作正末，旦说作正旦，外净（男女都可）为副，还有付末（冲末）、旦徕（冲旦）、副净（女装者曰花旦）等，故古本《西厢记》是外扮老夫人，正末扮张生，正旦扮莺莺，旦徕扮红娘的。然至南曲，则于生、旦之外，更从外又分作老旦，从净又分出丑，更有末和贴旦等。例如《牡丹亭还魂记》就有生、旦、净、丑、外、末、老旦、贴旦等八色，后世更加小生、副净，合为十色。

传奇在明代，可分为三个时期。第一期是明初，这时的代表作品，有《荆》《刘》《拜》《杀》《琵琶记》。此外邱濬的《五伦全备记》《罗襄记》，邵璨的《香囊记》，沈练①的《千金记》，也都是重要的作品。第二期是中叶，约始于嘉靖至万历的中年。这时期的作者，有梁辰鱼、张凤翼、郑若庸、薛近兖、王世贞、梅鼎祚、陆天池、屠隆等，颇极一时之盛。第三期是明季，始于万历中年，直到明亡。这时期的作者，有汤显祖、沈璟、李玉、阮大铖、吴炳等；而汤之《牡丹亭》、阮之《燕子笺》，在当时演唱尤盛。

一

在第一期的传奇作家中，著名的有苏复之（作《金印记》）、沈受先（作《三元记》）及《香囊记》的作者邵璨。《香囊》曲辞优雅，宾白文整，显示出传奇之开始由民众的本色的而转变为文士的典雅的色调，盖日后传奇之完全落入文人士大夫手中而成为工整渊雅的东西，在第一期已经显示出来了。

---

① 此处脱"川"字。

　　这且不管，我们只叙述四大传奇——《拜月亭》《刘远知①》《荆钗记》《杀狗记》——的作者施惠、朱权②、徐畈等，和《琵琶记》的作者高明。

　　《拜月亭》又叫做《幽闺记》，是脱胎于关汉卿的《闺怨佳人拜月亭》杂剧（在《元刊杂剧三十种》中）。它的著者是施君美。施君美，名惠，杭州人，一云姓沈，杭州人。或以为就是做《水浒传》的施耐庵（见焦循《剧说》）。关于他的生平，《录鬼簿》云君美："居吴山城隍庙前，以坐贾为业。巨目③美髯，好谈④。余尝与赵君卿、陈彦实、颜君常至其家，每承接欢⑤，多有高论。诗酒之暇，惟以填词和曲为事。有《古今砌话》，编⑥成一集。"《录鬼簿》不言作《幽闺记》事，故王国维以此剧非君美所作，而为元人的作品（《宋元戏曲史》）。但明王世贞、何元朗、臧晋叔均云《幽闺记》为施君美作。王、何，明人，距元较近，其言或可征也。我们再引朱彝尊的话以实之：

---

　　① "远知"应为"知远"。

　　② 关于《刘知远白兔记》的作者，目前学界一般认为是元代永嘉书会才人所作，而非朱权。

　　③ 据钟嗣成，贾仲明撰；马廉校注《录鬼簿新校注》，文学古籍刊行社1957年版，第117页，"巨目"前脱"公"字。

　　④ 据钟嗣成，贾仲明撰；马廉校注《录鬼簿新校注》，文学古籍刊行社1957年版，第117页，此处脱"笑"字。

　　⑤ 据钟嗣成，贾仲明撰；马廉校注《录鬼簿新校注》，文学古籍刊行社1957年版，第117页，"欢"应为"款"。

　　⑥ 据钟嗣成，贾仲明撰；马廉校注《录鬼簿新校注》，文学古籍刊行社1957年版，第117页，"编"应为"亦"。

"何元朗、臧晋叔皆精曲律。元朗评^①君美《幽闺》出高则诚《琵琶》之上，王元美目为好奇之过。^②晋叔笑曰：'是恶知所谓《幽闺》者哉！'"（见《静志居诗话》）

《幽闺记》共四十出，取材于金元的乱世。故事是这样的：蒋世隆与妹瑞莲在家读书，时蒙古侵金甚急，廷臣多议迁郡避之。丞相海牙主不迁都，且举他的儿子陀满兴福率兵御敌。但金主不听，却信了聂贾主迁都的谗言，把海牙杀了。兴福因避官方的逮捕，急逃出跃入蒋氏园中。世隆怜知其情，和他拜为兄弟而别。兴福别世隆兄妹后，乃落草为寇，群盗推为首领。时有兵部尚书王镇，奉命辞家往边庭缉探军情。他家中有女瑞兰，即剧中的女主人翁。旋蒙古军南下，各处大乱，世隆兄妹及瑞兰母子，俱避难而飘流外方，他们在纷乱的人群中都失散了。这时瑞兰匆忙间误听了世隆的叫唤："瑞莲！瑞莲！"以为是母亲的声音，迨见面方知错了。因将错就错假认为夫妻。一路走着，恰巧瑞莲亦遇到了瑞兰的母亲而结伴同行。世隆与瑞兰走到虎头山下时为盗所执，不料寨主就是兴福，反赠金而别。二人走到广阳镇，就在旅舍中由店主东的主婚结为夫妇。但不幸第二天世隆病了，恰遇王镇公毕，经过此地，父女相见，瑞兰告以婚事，王镇不认，强迫瑞兰同归，而把世隆单独的留下了。他们父女二人来到孟津

---

① 据（清）朱彝尊著；黄君坦校点《静志居诗话》卷一五，人民文学出版社1990年版，第454页，此处脱"施"字。

② 据（清）朱彝尊著；黄君坦校点《静志居诗话》卷一五，人民文学出版社1990年版，第454页，此处脱"晋叔谓：'《琵琶》【梁州序】【念奴娇序】二曲不类则诚口吻，当是后人窜入。'元美大不以为然，津津称诩不置"。

驿，后又遇到他母亲和瑞莲，一家很欢乐的完聚了。迨蒙古军退，兴福被赦，上京应举，道遇世隆，见了他，待他病愈，二人同时赴京应举，各中了文武状元。王镇奉旨将他的两个女儿招文武状元为婿，瑞兰不愿嫁别人，世隆亦恋念着瑞兰，不肯另娶。后来王镇请世隆到府中宴会，兄妹相会，说明了一切。方知要结婚的人，就是彼此恋念不忘的人。至此，本剧就在两对新人的结婚礼中闭幕了。

《拜月亭》是与《琵琶》并称的，何元朗、臧晋叔等至谓超出《琵琶》之上，此虽过誉，但在《荆》《刘》《拜》《杀》四剧之中，论词曲实是最妙的。它既不似《杀狗》《白兔》那样的一味朴拙无文，也不像《琵琶记》的专尚藻饰，其精采处如《走雨》《拜月》，或写逃难者的颠沛流离，或写闺房儿女宛转密语，都很真切动人。尤其第三十二出的《拜月》，写儿女心事，更极细腻微婉之致。

……

（旦）呀！这丫头去了。天色已晚，只见半弯新月，斜挂柳梢，几队花阴，平铺锦砌，不免安排香案，对月祷告一番。款把卓儿台，轻揭香炉盖，一炷心香诉怨怀，对月深深拜。

【二郎神慢】拜新月，宝鼎中明香满爇。（小旦潜上听科）（旦）上苍，上苍，这一炷香呵！愿我抛闪下的男儿疾效些，得再睹同欢同悦。（小旦上）悄悄轻将衣袂拽。姐姐！（旦）是那个？（小旦）是我。（旦）呀！咻。（小旦）烧得好香呀！你却不道小鬼头春心动也。（走科）（旦）妹子到那里去？（小旦）我如今也到父亲行去说。（旦扯科）（小旦）放手，我这回定要去。（旦跪科）妹子，饶过了姐姐罢！（小旦）姐姐请起。我是取笑。那娇怯无言，看他俯首红晕满腮颊。（旦）妹子呀！

【莺集御林春】我恰才的乱掩胡遮。（小旦）姐姐，你事到如今都漏泄，姊妹每心肠休见别，夫妻每莫不是有些周折。（旦）教我难推恁阻，罢，妹子，我一星星对伊仔细从头说。（小旦）姐姐，他姓甚么？（旦）姓蒋。（小旦）呀！他也姓蒋，叫做甚么名字？（旦）世隆名。（小旦）呀！他家住在那里？（旦）中都路是家。（小旦）呀！姐姐，你怎么认得他。他是姐姐甚么样人？（旦）他是我男儿。（住介）（小旦）姐姐，你话说到舌尖上，为何不说了，一发说与妹子知道。（旦）我便对你说，只是爹娘面前，切不可提起。（小旦）这个妹子怎敢。（旦）妹子呀！他是我的男儿！（小旦）做什么？（旦）受儒业。

【前腔】（小旦悲科）听说罢姓名家乡，这情苦意切，闷海愁山将我心上撒，不由人不泪珠流血！（旦）我凄惶是正理，只合此愁休对愁人说。妹子吓！你啼哭为何因？莫非是我男儿旧妻妾？（小旦）姐姐，说那里话来。

【前腔】（小旦）他须是瑞莲的亲。（旦）亲什么？（小旦）兄。（旦）呀！元来是令兄。为何失散了？（小旦）为军马犯阙。（旦）是，我晓得了。散失忙寻相应者，那时节只争个字儿差迭。妹子，和你比

375

先前又亲。（小旦）果然又亲了。（旦）自今越更著疼热，你休随著我跟脚，久已后是我男儿那枝叶。

【前腔】（小旦）我须是你妹妹姑姑，你是我嫂嫂又是姐姐，未审家兄和你因甚别，两分离是何时节？（旦）正遇寒冬冷月，恨爹爹将奴拆散在招商舍。（小旦）你如今还思量著他么？（旦）思量起痛心酸，那时间染病耽疾。（小旦）那时怎生割舍得撇了？（旦）是我男儿，教我怎割舍？

【四犯黄莺儿】（小旦）爹爹吓，你直恁太情切，姐姐你十分忒软怯，眼睁睁忍相抛撇。（旦）枉自怨嗟无计设，当不过他抢来推去望前拽。（合）意似虺蛇，性似蝎蟹，一言如何诉说！

【前腔】（小旦）流水一似马和车，顷刻间途路赊，他在穷途递旅应难舍。（旦）那时节呵！囊箧又竭，药食又缺。他那里闷恹恹挨不过如年夜。（合）宝镜分裂，玉钗断折，何日重圆再接。

【尾】自从别后信音绝，这些时魂惊梦怯，莫不是烦恼忧愁将人断送也。……①

《刘知远》一名《白兔记》，本于金《刘知远诸宫调》，及元刘唐卿之《李三娘麻地捧印》杂剧。全剧共三十三出，是叙刘知远与其妻李三娘离合的故事的。五代的刘暠，字知远，沛②

---

① 此处引文与目前《荆钗记》通行本差异较大，编者不再一一注明，读者可参看（明）毛晋编《六十种曲·荆钗记》第三册，中华书局1982年版，第95—98页。

② 此处原有缺字，现据《白兔记》补"沛"字。

县沙陀村人。幼孤被继父所逐，漂游于外，富翁李文奎遇于马鸣王庙中，怜他饥寒，收养在家。一日他见知远牧马山岗上昼卧鼾睡时火光透天，更有蛇穿窍出入，李奇之，知道他将来必会大贵，便以其女三娘许配他。但不久，李夫妻次第死去。三娘有兄曰洪信、洪一。时洪信出外当兵，惟洪一在家，他便逐知远出外，使三娘和他离婚，但其休书为三娘裂碎。洪一又叫知远看守瓜园，园里有铁面瓜精，会伤害人，但知远却杀了它，它化了一道火光，钻入地中，掘开一看，原来是一个石匣，装着头盔、衣甲及兵书、宝剑，兵书上题着"此宝剑付与刘暠"。知远因此自知将来命运必佳，于是别了三娘走并①州，投奔岳勋节度使麾下为兵。不久为岳公的小姐绣英所属望。一日绣英见知远寒冻，取一衣从楼上与之，而误取勋袍，勋欲罪之，见知远有金龙护身之异，不惟不加罪，反招赘于岳府。其后与王彦章战，以才武立大功显于世。然三娘在家，为兄嫂所虐，逼她改嫁不肯，便要她日间挑水，夜间推磨，且在困厄之中，产生一子，无人帮助，自己把脐带咬断，所以命名为"咬脐郎"。而暴戾的哥嫂且欲杀其子，但为家仆窦老抱去，带给知远，知远令岳氏抚养之。"咬脐郎"长大，精通武艺，十六岁出猎，到了知远的故乡徐州附近，因追一白兔，至沙陀村，在井边遇一位困卧的汲水妇人，他不知道就是他的母亲，"咬脐郎"唤醒之，问以白兔行止。回家后告诉父亲知道，知远告诉他从前一切的事，他们便迎接了三娘于家为正夫人，得庆夫妻母子的团圆。又提了兄嫂来，知远取了香油五十斤、麻布百丈，将三娘的嫂嫂做了照天的蜡烛。

---

① "并"应为"邠"。

《白兔记》的作风，颇与《杀狗记》相近，文辞朴质显明，即曲辞亦部是非常明白，远不像《拜月》《琵琶》之文章的那样典雅绮丽，所以后人对之都有贬辞。但像《磨房》《养子》《送子》等，写三娘的苦况，亦颇能动人。它虽然不为一般文士所赏识，但它却正因此得以流传久而且远。现在我把知远回家与李三娘麻地相逢一出的后段录出来：

……

（生）三姐开门。

（旦上）客官请自行路，我家哥嫂，不是好惹的。

（生）你丈夫刘知远在此。

（旦）那个不晓得我的丈夫叫刘知远？

（生）可记得瓜园中分别有三不回。

（旦）那三不回？

（生）不做官不回，不发迹不回，不报李洪一冤仇不回。

（旦）呀！这是瓜园分别之言，有谁知道，难道真是我的丈夫，且开门看来。

（旦）阿呀！我那丈夫吓！

（生）阿呀，三姐吓！（各哭见介）【临江仙】一十六年不见面，今朝又得相逢。（生）阿呀，妻吓，你受苦了。

（旦）呃呃。【锁南枝】从伊去，受禁持，不从改嫁生恶意。因此骨肉参商，罚奴磨麦并挑水。指望你，身显迹，又谁知，恁狼狈。

（生）【前腔】一从散鸳侣，鸾凤两处飞。受尽奔波劳役，只为苦取功名，此身不由己。我身逗留，无所依，那知你，受狼狈。

（旦）【前腔】奴分娩产下儿，被无知嫂嫂将他撇在水。感得窦老相怜，寄取儿还你。去了十六载，杳无音信，白日夜里，教奴受孤凄。

（生）【前腔】娘行听咨启，我把真情诉与你，对面娘儿不识。那日井边相逢，打猎衔内与你寻兔的，你道他是谁？咬脐就是恁孩儿。

（旦）【前腔】思前日有个打猎的，他说九州安抚儿。见他气宇轩昂，谁想是吾嫡子，心下疑，难信伊。莫非你没见识，卖与官家做奴婢。

（生）【前腔】出语太相欺，九州安抚是我为，品级都堂爵位，掌管一十六万兵权，显达还乡里。阿呀，妻吓！我是妆做的，特来私探伊，休漏泄，莫与外人知。

（旦）原来如此，昔日瓜园分别，

（生）今朝麻地相逢，大家坐了，把别后苦情细说一番。

（旦）有理，你先说……①

《杀狗记》为徐畋撰，畋字仲由，淳安人。洪武初征秀才，至藩省辞归。有《巢松阁集》。他尝说：“吾诗文未足品藻，惟

---

① 此处引文与目前《白兔记》通行本差异较大，编者不再一一注明，读者可参看（明）毛晋编《六十种曲·白兔记》第十一册，中华书局1982年版，第84—85页。

传奇词曲，不多让古人，盖自知之审矣。"（《静志居诗话》）
朱彝尊又称其所作"叶儿乐府"《满庭芳①》："乌纱裹头，清
霜②落，黄叶山邱③。渊明彭泽辞官后，不事王侯。爱的是青山
旧友，喜的是绿酒新笤。相迤逗，金樽在手，烂醉菊花秋。"
比于张小山、马东篱，亦未远逊。他所作有《五福记》《杀狗
记》，但《杀狗记》词句俚俗，或是经后人改过的。此剧结构，
完全依据元萧德祥的《杨氏女杀狗劝夫》杂剧加以改变廓大写
成的，比萧作增至四倍以上，共三十六出。剧情是这样的：孙
华，东京人，家富而沉缅于酒色，近小人而虐待其弟孙荣，荣力
谏其兄不要与小人交往，二人因此更不合。孙荣被兄逐出，忍不
住饥寒，投水自尽，为人所救，暂住于破窑内，清明日与兄相
遇，兄复痛责之，华醉卧道旁，风雪甚烈，荣负兄归，兄又以为
谋己，然华妻杨月真极贤，欲谏阻夫之非行，设一计以杀狗为杀
人，待夫醉，归而告之，使于夜中抛弃门前的死尸，求之于朋友
柳龙卿、胡子传帮助，友恐后难不答应，因而夫妇至破窑寻其弟
荣求帮助，荣慨然赴兄之急难，运尸城外掩埋，华大德之，顿悔
前非，兄弟和好如旧。翌日柳、胡两人以索酒食访于华家，华责
其不义，不与招待，这恶汉两人遂以孙华兄弟杀人诉之于官。但
杨氏实白法廷④，赴城外掘穴检视，果非人也。于是两恶汉咸被

---

① "满"字前脱"中吕"。

② 据（清）朱彝尊著；黄君坦校点《静志居诗话》卷四，人民文学出版
社1990年版，第87页，此处脱"篱"字。

③ 据（清）朱彝尊著；黄君坦校点《静志居诗话》卷四，人民文学出版
社1990年版，第87页，"黄叶山邱"应为"红叶林邱"。

④ "廷"应为"庭"。

罚，而孙氏一门，得蒙朝廷褒封的恩典。

《杀狗记》和《白兔记》，均是以文辞朴质为后人所不满的。如"常言道要知心事，但听他口中言[1]。不知员外怒着谁，从头至尾，说与奴家知会"（第七出《青哥[2]儿》）。此外像《齐人行潜》的《朱奴儿》，《夫妇叩窑》的《四边静》，均可看出它朴拙的作风。梁廷枏说："《荆》《刘》《拜》《杀》，曲文俚俗不堪，《杀狗记》尤恶劣之甚者。"（《藤花轩[3]曲话》）近人吴梅亦以《杀狗》"文词丑劣，不类仲由文笔"（《顾曲麈谈》）。但据《五福记》序说："今岁改《孙郎埋犬传》，笔砚精良。"则《杀狗》原文未必如此朴拙。平心论之，《杀狗记》文章，固不若《琵琶》《拜月》文辞的典雅，但戏剧的对手，是一般民众，词语白俗，始能为一般妇孺所晓，则白俗正是在传奇里的最宝贵的一点，"俗"又何妨！我们也在这里引《雪救》一段，以见其作风的一斑：

　　……

　　（小生）阿呀呀！下得这般大雪，连道路高低，都分辨不出了。且喜破窑已近，不免趱行几步。（绊生身跌介）

　　【绣停针】我先自悲伤，又遭一跌痛怎当？（起介）抬身忍痛回头望，见一人醉倒街旁。汉子，你吃得

---

① 据（明）徐𤋮著；俞为民校注《杀狗记》，上海古籍出版社1992年版，第28页，此处脱"语"字。

② 据（明）徐𤋮著；俞为民校注《杀狗记》，上海古籍出版社1992年版，第28页，"青哥"应为"清歌"。

③ "轩"应为"亭"。

这般大醉，倒在雪里，何不少吃一口，省与我孙荣吃了，你也不至这样大醉，我也不至这般饥寒。岂不是好？我想这汉子呵！你本待学刘伶入醉乡，如今呵！好一似卧冰王祥。看看冷逼神魂丧，早难道酒解愁肠。且住，自古道："救人一命，胜造七级浮屠。"这汉子倒在雪地，岂不要冻死。待我唤起邻舍，救他则个。唵，左右邻舍听者。

【下山虎】有一个醉汉倒在街旁，大雪洋洋下，见著惨伤。我教你开门打伙儿商量，笼火焰教他吃口汤。救得人一命，胜造浮屠福寿昌。若不开门，后倘或死亡，连累邻家遭祸殃。（内）半夜三更，人家正自要睡，那个在门外絮聒，快与我走开！（小生）有个醉汉倒在雪里，烦你们出来救救他。（内）原来是叫化孙二，人家醉倒，与你何干，再聒不休，连你一起推在雪里。（小生）咳，我有救人心，人无怜我意。四邻不开门，我也自回去。且住，我在此嚷了半天，那东邻西舍都晓得我的口音。这汉子倘然冻死在此，岂不要疑心是我谋死。也罢！不免把他扶在房檐下，使他少避风雪，或者不致于死。（拂雪扶生起介）（小生）呀！

【园林好歌】这容庞，好似孙大郎。吓得我魂飘荡，退后趋前心意忙。那堪柳絮梨花下得恁狂。似这般冷飕飕，寒凛凛，哥哥怎当？自忖量，自感伤，怕这雪冻死我的兄长。怎禁得扑簌簌泪出痛肠！哥哥，你与那柳龙卿、胡子传二人，镇日在一起酒食征逐。闻得你方才尚与他二人酒肆中狂饮，不想是：

【望哥儿】三人踏雪同宴赏，他两个儿自回归，撇
你在长街上。（生呓语介）……①

《荆钗记》的著者，是宁献王朱权（明徐渭《南词叙录》说
是李景云撰）。朱权（一三七五——一四四九②）为明太祖的第
十六子，号臞仙，又号涵虚子，又号丹丘先生。他精于音律，著
有《太和正音谱》《汉唐秘史》《琼林雅韵》等书。所著有戏剧
十二种，仅传《荆钗记》。③他在当时宏奖风流，明代戏曲的发
达，他和周宪王朱有燉提倡的力量不少。

《荆钗记》共四十八出，是叙南宋名儒王十朋与钱玉莲恋爱
故事的。温州王十朋，字龟龄，父早殁和母同居。博学能文，乡
试及第。贡生钱流行爱其才，以十六岁的女儿玉莲许配他，但王
家贫仅以荆钗为聘礼。王的同学孙汝权富而不义，又考试落第，
且他是好色之徒，见玉莲的美丽而动心，也托流行妹张姑姑为媒
求婚于钱家。玉莲之继母姚氏，见王生之贫而孙之多金也，欲夺
玉莲使嫁与孙，但玉莲不从她，便与王十朋很简陋的结了婚。后
王、孙二人同赴京应会试，王状元及第，拜命江西饶州签判，万
俟卨丞相欲招之为婿，他坚执不从，致触丞相之怒，改任他于远
方的广东潮阳，将饶州的缺换了王仕弘。孙时亦在都，私将王的
家信，改作"我及第后，已娶万俟丞相的小姐，因赴任饶州，故

---

① 此处引文与目前《杀狗记》通行本差异较大，编者不再一一注明，
读者可参看（明）徐畈著；俞为民校注《杀狗记》，上海古籍出版社
1992年版，第48—49页。
② 目前一般认为朱权的生卒年分别是一三七八年、一四四八年。
③ 朱权的作品中，现存有《冲漠子独步大罗天》和《卓文君私奔相如》
二种，《荆钗记》并非朱权所作。

特修书与玉莲离绝"等话。玉莲的继母知道了这信，便又逼她改嫁孙汝权。但她仍是不肯。花舆入门，玉莲愤而投江自杀，然而不思议地为正在赴福建任途中的安抚使钱载和所救，收养于家，认为义女。同时，十朋因为触怒丞相之故，被放潮阳。但钱安抚以为十朋在饶州，写信去后，又得来十朋已死的传闻。后经多少的曲折，王生从潮阳签判转吉安太守，与钱安抚的养女结了婚。这养女就是玉莲。义夫节妇，终于破镜重圆了。

《荆钗记》的文辞，较《白兔》《杀狗》为雅秀，然仍不脱朴质之气。所以王世贞评他"近俗而时动人"（《艺苑卮言》）。这实是很适当的批评。关于《荆钗记》故事的来源，有的说系宋时史浩门客造作以诬王十朋的（《瓯江佚志》），也有的说钱玉莲是宋名妓，本从孙汝权的（《坚瓠集》引《南窗闲笔》）。这种捕风捉影全不根据事实的错误的诠释，我们可以一概不管。最后亦可引《晤婚①》一段。看其写景之佳妙，真令人悠然神往。

……（外上）

【小蓬莱】策马登程去也，西风里牢落艰辛。淡烟荒草，夕阳古渡，流水孤村。（付上）满目堪图堪画，那野景萧萧，冷浸黄昏！（末上）樵歌牧唱，牛眠草径，犬吠柴门。……

【八声甘州】（外）春深离故家，叹衰年倦体，奔走天涯。一鞭行色，遥指剩水残霞。墙头嫩柳篱畔花，

---

① 据（明）毛晋编《六十种曲·荆钗记》第一册，中华书局1982年版，第122页，"婚"应为"婿"。

见古树枯藤栖暮鸦。嗟呀！遍长途触目桑麻。

【前腔】呀呀，幽禽聚远沙，对彷佛禾黍，宛似蒹葭，江山如画，无限野草闲花。旗亭小桥景最佳，见竹锁溪边三两家。渔槎，弄新腔一笛堪夸。……

【解三酲】为当初被人谎诈，把家书暗地套写，致吾儿一命丧在黄泉下，受多少苦波查。今日幸得佳婿来迎也，又愁着逆旅淹留人事赊。（合）空嗟讶！自叹命薄，难苦怨他。

（末上）员外，安人，船儿就在前面，请登舟去罢。

【前腔】步徐徐水边林下，路迢迢野田禾稼，景萧萧疏林暮霭斜阳挂。闻鼓吹，闹鸣蛙，一径古道西风鞭瘦马。谩回首，盼想家山泪似麻。（合）空嗟讶！自叹命薄，难苦怨他。

（末）看仔细走呀。（同下）①

现更专叙伟大的剧作家《琵琶记》的著者高明和他的作品的内容。高明（一三一〇？——一三八〇？），字则诚，永嘉平阳人。元顺帝至正五年（一三四五）进士。方国珍叛，省臣以他为温州人，知海滨事，择以自从。国珍就抚，欲留置幕下不从，即日辞官归隐，寓鄞之栎社沈氏，以词曲自娱。著有《柔克斋集》。他以《琵琶记》传奇得名。明太祖甚喜此剧，尝云："五

---

① 此处引文与目前《荆钗记》通行本差异较大，编者不再一一注明，读者可参看（明）毛晋编《六十种曲·荆钗记》第一册，中华书局1982年版，第122—123页。

经四书为 ^① 五谷，不可缺 ^②。《琵琶记》^③ 如珍羞百味，富贵家岂可无耶 ^④!"（明姚福《青溪暇笔》）

《琵琶记》共四十二出，是叙蔡邕与赵五娘离合的故事的。这个故事在宋时已流传于民间（《赵贞女蔡二郎》），陆游诗云："斜阳古柳赵家庄，负鼓盲翁正作场。身 ^⑤ 后是非谁管得，满村听说蔡中郎。"则诚不过就前代的传说而增饰之罢了。至如明清人所说，此剧刺王四而作，以琵琶有"四王"字也。又说以所刺之人少贫曾作卖菜佣，因以蔡邕谐声。（田艺衡《留青日札》）也有说是牛僧孺女与蔡生的。（《艺苑卮言》引《诚斋杂记》）这些话都是穿凿附会之词，不必征信。我们且看此剧是怎样的一个故事：

汉朝的蔡邕，字伯喈，深于经学，兼能诗文，在二十三岁之春新娶赵氏五娘，夫妻和顺，父母康宁，值春光明媚之际，正在花下酌酒庆一家的团圆（第二出《高堂称庆》）。这时太守把蔡邕之名报上，春闱期逼，邕虽绝意进取，但邻人张太公却来劝其应试，父蔡公亦催他上京。虽然他母亲反对，也没有效果。邕于是每把一切托于张太公，便与新婚仅两月的赵氏五娘分别了（第

---

① 据龚贤疏证《剧说疏证》卷二，江西教育出版社2015年版，第127页，"为"应为"如"。

② 据龚贤疏证《剧说疏证》卷二，江西教育出版社2015年版，第127页，"不"字前脱"家家"。

③ 据龚贤疏证《剧说疏证》卷二，江西教育出版社2015年版，第127页，"《琵琶记》"前脱"高明"。

④ 据龚贤疏证《剧说疏证》卷二，江西教育出版社2015年版，第127页，"无耶"应为"缺邪"。

⑤ 据钱仲联，马亚中主编《剑南诗稿校注》卷三三//《陆游全集校注》第四册，浙江教育出版社2011年版，第327页，"身"应为"死"。

四出《蔡公逼试》、第五出《南浦嘱别》）。邕到京师，春风及第，得中状元，与榜眼、探花共戴宫花连骑赴杏园之宴（第七出《才俊登程》、第八出《文场选士》、第十出《春宴杏园》）。丞相牛僧孺，早失夫人，膝下一女温柔贞淑，太师钟爱非常，欲嫁一读书君子，正于此时，奉旨与新状元蔡邕结婚（第十二出《奉旨招婿》）。邕以老亲在乡，且有妻赵氏，上表辞官辞婚，归乡养亲，然反触怒太师（第十四出《激怒当朝》）。邕不得已强为牛氏的赘婿，组织新家庭，极尽富贵之乐（第十九出《强就鸾凤》、第二十八出《中秋赏月》）。牛氏贤明，很能事邕，邕便乘闲详细的把家事告知了她（第三十出《晌问衷情》）。牛氏把欲与蔡邕一同归乡省亲的事，请之其父，太师起初不允，后经牛氏多方的谏净，才允许了。并遣李旺往陈留迎邕的父母与五娘（第三十一出《几言谏父》、第三十三出《听女迎亲》）。邕家自邕出外以后，接速发生了许多不幸的事，只靠赵五娘一人之手。加以年岁饥馑，一家三口，为饥馑所迫。幸开义仓，赵五娘以妇人领到仓米，但归途又为恶汉所夺，五娘不欲空身归家，思在路旁古井自尽，忽想起其夫临去的嘱托，乃转意从张太公处乞得少许的米饭，勉强的养活舅姑，自己却以糠秕果腹（第二十出《勉食姑嫜》、第二十一出《糟糠自厌》）。旋蔡母死，蔡公亦遭病，赵五娘躬亲汤药，尽心看护，不久蔡公亦去世。五娘无法，乃剪头发以换钱，得张太公的搭救，买得棺材，且自运泥土以营葬舅姑。并得神力于五娘疲倦困卧之中，把坟墓修成，这时张太公也来帮助，闻其原因，甚为感动，并劝五娘上京寻夫（第二十五出《祝发买葬》、第二十七出《感格坟成》）。五娘自画公婆的真容负之，作道姑的装束，弹着琵琶乞食入都（第二十九出《乞丐寻夫》)。但李旺正到陈留，却与之相左，只遇见张太公，五娘登山渡水，千辛万苦的结果到了洛阳，恰逢弥陀寺开会，乃揭公婆的真容于礼拜处所。会蔡状元随从者来，为父母祈愿，五娘仓猝避去，而忘记了收拾真容，邕之使者遂收之以归（第三十四出《寺中遗像》)。五娘询知为蔡状元，且喜且愧，翌日即至其门求食，窃探消息，恰好牛氏以舅姑快要迎到京师，欲求一侍奉女仆，引见道姑装束的五娘，经牛氏种种问答的结果，才知道她就是丈夫的前妻，牛氏大为感动，自执姊妹之礼（第三十五出《两贤相遘》)。五娘为牛氏留居，偶至蔡邕的书斋，见寺中的遗像，挂于壁上，即自取笔于其上题诗一首，诗云"向日受饥寒，双亲俱死亡。如今题诗句，报与薄情郎"（第三十六出《孝妇题真》)。蔡邕于政务余暇，归了自宅，对画像读诗句而大怪，即呼牛氏仔细询问，牛氏特激刺蔡邕以见其诚意，遂使与五娘相会（第三十七出《书馆悲逢》)。邕会五娘闻道父母之死，惊而昏倒，得牛氏扶救，于悲喜交集中得见一夫两妻的团圆。邕以牛氏的劝，以欲早早归乡服丧，请于牛丞相，太师现为五娘之孝与其女儿之贤所感动，与以同意。因此邕遂带着两妻，浩浩荡荡归了故乡，感谢张太公之厚意，并庐于墓上，服丧守礼（第三十九出《散发归林》、第四十一出《风木余恨》)。过了三年之后，牛太师奏闻朝廷，奉旨一门旌表（第四十二出《一门旌奖》)。

《琵琶记》与《西厢记》是被称为中国戏曲之双璧的。《琵琶》主伦理名教，以清雅胜。《西厢》主韵度风神，以艳丽胜。陈眉公评论说："《西厢》《琵琶》，譬之画图，《西厢》是一幅着色牡丹，《琵琶》是一幅水墨梅花；《西厢》是一幅艳妆美人，《琵琶》是一幅白衣大士。"这就是说《琵琶》与《西厢》的格调虽不同，而文章则各擅其胜。王凤洲乃专论《琵琶》说："南曲以《琵琶》为冠，是一道《陈情表》，读之使人欷歔欲涕。"冯犹龙更敷衍其义说："……读高东嘉《琵琶记》而不下泪者，必非孝子也。"这又以学究的眼光来看《琵琶》了。总之，《琵琶记》的内容固不免拿"忠孝节义"向人说教之病，但他的文字技巧却是很高的。《琵琶》的特点有二，一是清丽，二是本色。前者的例子像《中秋赏月》《琴诉荷池》，后者的例子像《糟糠自厌》《代尝汤药》，但二者相较，则后者的白描，实较胜于前者的专尚辞藻。我们试读其第二十一出《糟糠自厌》，叙赵五娘强咽糠秕的一段，是如何动人的文字。

　　……（旦吃糠呕吐介）

　　【双调过曲】【孝顺歌】呕得我肝肠痛，珠泪垂，喉咙尚兀自牢嗄住。糠那！你遭砻被舂杵，筛你簸扬你，吃尽控持。好似奴家身狼狈，千辛万苦皆经历。苦人吃着苦滋味，两苦相逢，可知道欲吞不去。（外、净潜上觑科）

　　【前腔】（旦）糠和米本是相依倚，被簸扬作两处飞。一贵与一贱，好似奴家与夫婿终无见期。丈夫，你便是米呵，米在他方没寻处。奴家便似糠呵，怎地把糠来救得人饥馁？好似儿夫出去，怎的教奴供膳得公婆甘旨？（外、净潜下科）……

　　（净）媳妇，我只不信，这糠秕你如何吃得下？

　　（旦云）唉！爹妈休疑，奴须是你孩儿的糟糠妻室。

　　（外、净看哭科）媳妇，你原来背地里如此受苦，我却

错埋怨了你，兀的不痛杀我也。（外、净同哭倒介）①

这一出实是全剧最警策的地方。朱竹垞《静志居诗话》谓："闻则诚填词，夜案烧双烛，填至《糟②糠③》一出，句云'糠和米③一处飞'，双烛光④交为一。"吴舒凫《长生殿传奇序》亦谓："则诚居栎社沈氏楼，清夜案歌，几上蜡炬二枚，光交为一，因名其楼曰'瑞光'。"这虽是一段附会的神话，然这种神来之笔，固足以当此种神话的夸饰而无愧色。

二

南戏的发生虽早，但它的发展，却没有杂剧的速，它的影响，却没有杂剧的大。在第一期的传奇中，虽然《荆》《刘》《拜》《杀》《琵琶》号称南戏的白眉，但它们在后代的戏曲上，也不发生什么伟大的影响。迨明嘉、隆间昆山魏良辅能喉转音调，始备诸般乐器，变弋阳、海盐诸腔，而为音调隽秀之昆腔。他的同乡梁辰鱼更填《浣纱记》付之，是为昆曲之始。这种流丽悠远的昆腔，不独在明传奇的进展上占着重要的地位，即清

---

① 此处引文与目前《琵琶记》通行本差异较大，编者不再一一注明，读者可参看（明）毛晋编《六十种曲·琵琶记》第一册，中华书局1982年版，第82—84页。

② 据（清）朱彝尊著；黄君坦校点《静志居诗话》卷四，人民文学出版社1990年版，第86页，"糟"应为"吃"。

③ 据（清）朱彝尊著；黄君坦校点《静志居诗话》卷四，人民文学出版社1990年版，第86页，此处脱"本"字。

④ 据（清）朱彝尊著；黄君坦校点《静志居诗话》卷四，人民文学出版社1990年版，第86页，"光"应为"花"。

代著名的几部戏曲，像《桃花扇》《长生殿》的曲调，也都采用昆腔，其影响一直到了清季京剧的起来。

梁辰鱼（一五一〇——一五八〇[①]），字伯龙，号少白，又号仇池外史，昆山人。性任侠，不屑就诸生试，王世贞、李攀龙皆折节与之交。好游嗜酒，足迹遍吴越间。他的《浣纱记》最有名。王世贞诗所谓"吴阊白面冶游儿，争唱梁郎雪艳词"是也。同时又有陆九畴、郑思笠、包郎郎、戴梅川辈，更唱迭和，清词艳曲，流播人间。《蜗亭杂诗[②]》云："梁伯龙风流自赏，修髯，美姿容，身长八尺，为一时词家所宗，绝歌清引，传播戚里间；白金、文绮、异香、名马、奇技淫巧之赠，络绎于道，歌儿、舞女，不见伯龙，自以为不祥也。其教人度曲，设大案，西向坐，序列在右，递传叠和，所作《浣纱记》，至传海外。"这可想见他在当时得名之盛了。

《浣纱记》旧名《吴越春秋》，是叙的吴越兴亡的故事，而以范蠡、西施两人的离合悲欢，做前后关连的线索。这剧情节复杂，似欠系统，然却堂皇富丽，且结以泛五湖事，亦饶有风趣。相传此剧初出，伯龙游青浦，屠纬真为令，以上客礼之，使优人演其新剧为寿。每逢佳句，辄浮大白，梁亦豪饮自快。演至出猎（即《打围》）有所谓"摆，摆开，摆开，摆摆开"（《北朝天子》）者，屠厉声道："此恶句，当受罚！"盖已预储污水，以酒海灌三大盂，梁气索强尽之，吐委顿，次日不别竟去。屠亦太恶作剧了。这剧文辞雅驯艳丽。其典雅之处，即《琵琶》《拜

---

① 目前一般认为梁辰鱼的生卒年为一五一九年、一五九一年。
② "诗"应为"订"。

月》亦有所不及，不要说曲文，便是丑末的宾白，都干干净净没有俗语俚言。全书的那种文绉绉的空气可以说是浓厚得很了。此剧写得最好的几处，为第二十六出《寄子》、第三十出《采莲》几出。《寄子》的情调很悲壮，《采莲》则排场颇绚丽。

……【念奴娇序】（净）堪赏，波平似掌。见深处缭绕歌声，隐隐齐唱。秀面罗裙认不出，那绿叶红花一样。（贴）空想，藕断难联。（净）今年的花生得好茂盛，看酒过来，待孤家赏他一杯。

（笑介）哈，哈，哈。（贴）珠圆却碎。无端新刺故牵裳。（众）请娘娘上席！（合）唯愿取双双缱绻，长学鸳鸯。

（贴）大王，妾家越溪有《采莲歌》一曲，试为大王歌之。（净）生受美人，内侍们。（众）有。（净）各驾小舟同宫女们往湖上采莲。（众）领旨。（《采莲歌》）（贴）秋江岸边莲子多，采莲女儿棹船歌。花房莲实齐戢戢，争前竞折歌绿波。恨逢长茎不得藕，断处丝多刺伤手。何时寻伴归去来，水远山长早回首。（净）妙哉。取酒过来，孤家饮一大觥。分付采莲。

（古歌）（众和）采莲采莲芙蓉衣，秋风起浪凫雁飞。桂棹兰桡下极浦，罗裙玉腕轻摇橹。叶屿花潭一望平，吴歌越吹相思苦。相思苦，不可攀。江南采莲今已暮，海上征夫犹未还。

（众）采莲毕。（净）各报上来。（老旦）西番莲。（正旦）观音莲。（丑）倒垂莲。（小旦）并头莲。（净）美人，你喜那一种？（贴）并头莲。（净）

孤家也喜并头莲，各各有赏。（贴）浦口风回，山头日落，转船去罢。（净）分付转船。（众合）

【古轮台】日仓黄，兰桡归去遍船香，秋风吹急寒潮涨。莲歌争唱，况十里回塘，处处月儿初上。（净看贴介）冷眼端详，可憎模样。红裙宜嫁绿衣郎。顿然心痒，恨不得执上牙床。（贴背介）颠鸾倒凤，随蜂趁蝶，怎生拦当。（众合）归路苍云黄，听空中响，馆娃高处奏笙簧。……（第三十出《采莲》）①

与梁辰鱼先后的作家，在当时颇负盛名者，有张、王、郑、薛。张凤翼（一五七二②——一六一三），字伯起，号灵墟，又号冷然居士，长洲人。著有《敲月轩词稿》。《列朝诗集》云："伯起与弟献翼幼于、燕翼叔贻，并有才名。吴人语曰，前有四王③，后有三张。"尤西堂题《北红拂记》云："唐人小说，传卫公、红拂、虬髯客故事，吾吴张伯起新婚，伴房一月，而成《红拂记》，风流自喜，浙中凌初成更为北剧。"按：凌之北剧，即《虬髯公》也。（见《盛明杂剧》中）

他所作传奇共六种——《红拂》《祝发》《窃符》《灌园》《扊扅》《虎符》，为《阳春六集》，而以《红拂记》为最佳。此剧取材于唐人小说《虬髯客传》，并杂以孟棨《本事诗》"乐

---

① 此处引文与目前《浣纱记》通行本差异较大，编者不再一一注明，读者可参看（明）毛晋编《六十种曲·浣纱记》第一册，中华书局1982年版，第106—109页。

② "一五七二"应为"一五二七"。

③ 据（清）钱谦益《列朝诗集小传》丁集中，上海古籍出版社2008年版，第483页，"王"应为"皇"。"四皇"即皇甫冲、皇甫涍、皇甫汸、皇甫濂。

昌公主破镜重圆"的故事。其中有秾妍者，有哀婉者，有雄肆者。如《功圆》的《二犯傍妆台》，《闺忆》的《霜天晓角》《绵搭絮》，《棋绝》的《高阳台引》，《逃海》的《北折桂令》，皆可为我们的佐证。兹举他的《私奔》一出，以见其作风。

（旦上）自怜聪慧早知音，瞥见英豪意已深。侠气自能通剑术，春情非是动琴心。奴家自从见那李秀才之后，不觉神魂飞动。想我这般人尘埋在此，分明是燕山剑老，沧海珠沉，怎得个出头日子。若得丝萝附乔木，日后夫荣妻贵，也不枉了我这一双识英雄的俊眼儿。为此趁着这夜阑人静，妆束做打差官的模样，私奔他去。那秀才的寓所，前日已问得明白，不免径行则个。说话之间，早已被我赚出几重门来也呵！

【二犯江儿水】重门朱户，恰离了重门朱户。深闺空自锁，正琼楼罢舞，绮席停歌。改新妆，寻鸳侣。西日不挥戈，三星又起途。鸾驭偷过，鹊驾临河。握兵符，怕谁行来问取。魏姬窃符，分明是魏姬窃符。鸡鸣潜度，讨的个鸡鸣潜度。听更筹戍楼中，漏下玉壶。（丑、末扮更夫打梆上）（撞见介）咦，你是什么人？半夜三更，要往那里去？（旦）你们听了。

【前腔】（旦）公门将佐，我是个公门将佐。休猜做亡国虏，正怀揣著令旨。手执铜符，戴乌纱，衣挂紫。（丑、末）原来是差官大人，方才小的们多多冒犯。哪，在此赔礼了。（旦）谁来计较你们。（丑、末）多谢大人，如今老爷睡了不曾。（旦）哦，老爷呵，寄语主更夫，何须竟夜呼。他自有弦上醒醐，灯下氍毹。这时节向阳台行云雨。（丑、末）如此说来，大人去后，我们就睡也不妨了。（旦）便是。（丑末）正是各人自扫门前雪，莫管他家瓦上霜。（下）（旦）你看这两个更夫，被我三言两语都哄过去了。女中丈夫，不枉了女中丈夫。人中龙虎，正好配人中龙虎。呀！不觉的喜孜孜来到草庐。乘著这月色，已到了西明巷了。这是第一家，不免敲门则个。（敲门介）开门，开门。（生上）来了。

【懒画眉】夜深谁个叩柴扉，只得颠倒衣裳试觑渠。待我开门看是何人。呀！原来是紫衣年少俊庞儿，戴星何事匆匆至，莫不是月下初回掷果车。（旦）（前腔）郎君何事太惊疑，你来看嘘！那里是纱帽笼头著紫衣。（生）呀，原来是个女子，请问谁家宅眷？（旦）（袖出红拂介）哪，我本是华堂执拂女孩儿。（生）请问你何因到此？（旦）怜君状貌多奇异，愿托终身效唱随。（生）【前腔】骤然惊见喜难持，百岁良缘顷刻时。侯门如海障重围，君家闺阁非容易，怎出得羊肠免得驷马追。（旦）官人吓。【前腔】杨公自是莽男儿，怎会得红粉丛中拔异姿，奴今逸出未忙追。今与官人呀，正好从容定计他州去，一笑风前别故知。（生）我有个故人刘文静，乃是智谋之士，如今在太原李公子处。我和你明日打扮做村中进香的夫妇，同往太原投他，再作区处如何？（旦）如此甚好。（生）小娘子到里面安歇一会，起来行路便了。（旦）如此官人请。

（生）请。（同下）①

《鸣凤记》为王世贞所作，他是明中叶文坛上一位有权威的诗家、文家、批评家。关于他的事迹，我将在论他的诗歌中叙述。他是一个孝子，又是一位义侠的人，杨椒山下狱，他时进汤药，并代杨妻草《讼夫冤疏》。杨死后，他复棺敛之，因是为严嵩所恶，世贞父忬，以滦河失事，嵩构之论死系狱，世贞与弟日匍匐嵩门求贷。又囚服踉跄，遮诸贵人乞救。但贵人皆畏嵩不敢言，忬竟死西市。隆庆元年，兄弟伏阙讼父冤。相传著名的小说《金瓶梅》，即出自世贞手，蘸毒药以杀严东楼者。

这部《鸣凤记》即是以杨椒山劾严嵩的故事为中心，而以夏言和严嵩出兵河套之事为开端。并配以邹应龙、林润、董传策、张翀、吴时来诸忠义之士，其写椒山忠肝义胆，奋不顾身以与强权的严嵩相抗，可以惊天地而泣鬼神。读者如果看过椒山的《狱中日记》（见《杨椒山集》）后，再来一读《鸣凤记》，则他们的热血不知要沸腾到什么地步。相传此剧初成，弇州命优人演之，邀县令同观，令变色起谢，欲亟去，弇州徐出邸抄示之曰"嵩父子已败矣"。在明代的传奇中，多数是写儿女英雄悲欢离合的故事的，像《鸣凤记》这种用来写国家大事政治消息的，却不多见。虽然这剧技术的描写、结构的布置，有许多可疵议处，但它为政治剧创制的藁矢，自有其在戏曲史上不可泯灭的价值。兹录其公认为全剧中最好的一出《灯前修本》（第十四出）的

---

① 此处引文与目前《红拂记》通行本差异较大，编者不再一一注明，读者可参看（明）毛晋编《六十种曲·红拂记》第三册，中华书局1982年版，第16—18页。

一段：

【缑山月】天步有乘除，仕路如反掌。豺狼盈帝里，笔剑须诛攘。……

【解三酲】恨权臣协谋助党，专朝政颠覆乾纲，我写不出他滔天的深罪样，我写不出他欺罔的中肠。他罪恶多端，叫我那一头写起吓？有了！我只写他一门六贵同生乱，更兼他四海交通货利场。还思想，毕竟是衷情剀切，面诉君王。（停笔看指介）呀，我这手指向被问官拶折，终不免有些伤损，才写得数行，就疼痛起来。嗳！莫说疼痛，我杨继盛就死也何辞！

【前腔】叹孤臣沟渠誓丧，祇为那元恶猖狂。（又写介）我杨继盛虽非谏官，我若不言，更无人言矣。（叹）怪当朝无肯攀廷槛，又谁个敢牵裳。奇怪，又写得两行，这手指就流起血来。唉，且由他，我一心要展擎天手，管不得十指淋漓血染章。还思想，此本一上，不要说是言言剀切，只须这泪痕血迹，感动君王。（副净扮小鬼上，隐灯下作叫介，生听介）四面绝无人声。是什么响？敢是鬼声？

【太师引】细推详，这是谁作响。我心中自忖量。我晓得了，也不是什么鬼，敢是我祖宗的亡灵，恐我有祸，叫我不要上这本呀！敢是我亡亲垂念。唉！我那祖宗，你只愿子孙做得个忠臣义士，须教你万古称扬。大抵覆宗绝嗣，也是一个大数，何虑着宗支沦丧。（鬼又叫介）

（生）你不要叫了。纵然你哀鸣千状，我此心断易不转，怎能阻我笔底锋芒。我就拼得一死，也强如李斯夷族赵高亡。

（灯下鬼现形介）（生）呀，不惟闻其声，抑且见其形。

【前腔】这是幽冥谁劣像？你在此现形呵，似教我封章勿上。你虽然如此，怎当我戆言方壮。（鬼作悲介）（生）你自去罢，去罢。休得要在此凄惶。我晓得了，你也不是什么鬼。想是我忠魂游荡。我就死呵，也须做个厉鬼颠狂。人生在世，左右一死。生如寄，死谁曰难。须知安全藏剖腹屠肠。（鬼灭灯下）（生）丫环拿灯来。……①

郑若虚②，字中伯，号虚舟，昆山人。早岁以诗名，著有《蛞蝓集》八卷、《北游漫稿》二卷及传奇《玉玦记》《大节记》二种。而《玉玦》更开创了曲中骈骊的一派。这剧凡三十六出，叙山东巨野人王商与其妻秦庆娘的悲欢离合为主体，以妓女李娟奴为客体，富家昝喜作陪衬，张安国的叛乱作背景，而其中心描写则为暴露勾栏中的罪恶。如《入院》《改名》《商嫖》诸出写妓女的无情、老鸨的狠毒、帮闲的恶辣，都是深刻异常。剧中的李娟奴，即是王商所恋着的妓女，李翠翠即是妓院中狠毒的鸨母。下面的几行是李翠翠正在传授李娟奴以"索金"的秘诀：

---

① 此处引文与目前《鸣凤记》通行本差异较大，编者不再一一注明，读者可参看（明）毛晋编《六十种曲·鸣凤记》第二册，中华书局1982年版，第58—60页。

② "虚"应为"庸"。

（占）去时①留下宿钱。若问你多少，你假意说鸨子有什么尽处，任意多少罢。他若与得勾数，你便收下。若还少时，你将银子到我跟前幌一幌，做个脸儿。说我只爱钱，全没仁义。那人晓得，自然添上。只说你有他的心了，就使了钱，想着你还来。但凡有钱的，住得长远，便放些空与他也罢。若只一两次的主顾，狠死抓他一下，不要饶他。（小旦）如今人都乖了，不肯使钱。（占）只怕他乖而不来，那怕他来而使乖。

《玉玦记》的长处，不惟人物描写得十分深刻，即其词曲的工丽典雅，在当时亦堪称独步。所以郁蓝生说："《玉玦》典雅工丽，可咏可歌，开后人骈绮之派。每折一调，每调一韵，尤为先获我心。"（《曲品》）这是实在的话，像"好鸟调歌，残花雨香。秋千丽日门墙。可怜飞燕倚新妆，半卷朱帘春恨长""花源畔，玉洞傍，免教仙犬吠刘郎。琼楼启，翠幰张，不知何处是他乡"（《排歌》）《杀狗》《白兔》的词曲，能有此声调吗？

与《玉玦记》相反的传奇，在当时有薛近兖的《绣襦记》②。此篇是根据于唐白行简的《李娃传》，而参以元人石君宝的《李亚仙诗酒曲江池》、高文秀的《郑元和风雪打瓦罐》，及明周宪王的《李亚仙花酒曲江池》。凡四十一出。相传郑虚舟作《玉玦记》，旧院人恶之，共馈金薛近兖求作此记以雪其事。《曲品》亦说："《玉玦》出而曲中无宿客，及此记出而客复

---

① 据（明）毛晋编《六十种曲·玉玦记》第九册，中华书局1982年版，第20页，此处脱"须"字。

② 此剧作者向有争议，主要有三种说法，即薛近兖、郑若庸和徐霖。

来。"可知这两剧在当时的势力是极大的。《绣襦》的最好的几出为《慈母感念》（第三十出）、《襦护郎寒》（第三十一出）、《剔目劝学》（第三十三出），都是很完美的文字。兹录《剔目》折的一段：

......

（小生）大姐，夜已深了，进去睡罢。（旦）郑郎，岂不闻古之圣贤悬梁刺股，以励志于学。你如此懒惰，焉能有成！（小生）倦得紧了。（旦）也罢。你且读书，我做些针黹陪你。（小生）吓！大姐做针黹陪我。如此读到天明，咳，读到天明。（旦）

【江儿水】刺绣拈针线，工夫自勉旃，漫配匀五彩文章炫，似补衮高才将云霞翦。皇猷黼黻丝纶展，若论裙钗下贱。十指无能，羞逞芙蓉娇面。（小生）

【前腔】听玉漏，催银箭。金猊冷篆烟。奈睡魔障眼精神倦。（内吹打）听红楼犹把笑歌按，倒金樽秉烛通宵宴。（旦界）你还想著那红楼翠馆怎么？眼倦情怀撩乱，听声彻弦槽，想曲罢酒阑人散。

【玉交枝】文章不看。（小生界）巧笑倩兮，美目盼兮。（旦连）口支离一划乱言。住了，吾闻读书者，必须有三到。（小生）那三到？（旦）眼到、口到、心到。（小生）是吓，眼到、口到、心到。（旦）阿呀！你书到不读！（小生）在此读吓！（旦）为何频顾残妆面，不思量继美承前。（小生）秋波玉溜使我怜，一双俊俏含情眼。（旦）不用心玩索圣贤，却为妾又垂青盼。（小生）大姐，夜已深了，进去睡罢。明早五鼓起来再读！（旦）吓。（小生）吓吓四鼓，四鼓如何？（旦）吓，你真个要睡了？（小生）真个要睡了。（旦）果然要睡了？（小生）果然要睡了。（旦）如此睡。（小生）吓。（旦）阿呀，睡嘘。（小生）呋，哈哈哈，好了，女先生放学了。（旦）【前腔】且把书来收卷。咳，为妾一身，捐君百行。教我何以生为，哟，我拼一命先归九泉。（小生）大姐去睡罢。（旦）住了，你方才说喜欢我甚么？（小生）我么，喜大姐这双俊俏眼睛生得好。（旦）吓，原来你喜我这双眼睛。（小生）生得妙。（旦）阿呀，冤家吓冤家，你何不早说？何不早讲？阿呀，罢，我把鸾钗剔损丹凤眼。（小生）阿呀，大姐使不得。（旦）呀啐！羞见你不肖迍邅。（小生）阿呀，大姐。涓涓血流如涌泉，潜潜却把衣沾染。大姐，我直日在此读吓。"关关雎鸠，在河之洲。窈窕淑女，君子好逑。"读书有三到，眼到、口到、心到，无有一毫而不到者也乎。今始信望眼果穿，却教人感伤肠断。吓，大姐醒来，大姐醒来……[1]

像这样叙写深入，描画真迫，细腻之至若天鹅绒，蕴藉之至若新闺少妇的那样隽美的曲白，实为当时几个作家所远不及的，《浣纱》《鸣凤》固不必说，即《玉玦》也当对之低头，实是传奇黄金时代最高艺术的产品。还有剧中采入《莲花落》，都非常

---

[1] 此处引文与目前《绣襦记》通行本差异较大，编者不再一一注明，读者可参看（明）毛晋编《六十种曲·绣襦记》第七册，中华书局1982年版，第93—95页。

富有诗趣。具着另外一种风趣，在明曲中可以说是有数的杰作。沈景倩说："《鹅毛雪》一折（即《莲花》），乞儿家长[①]口头话。镕铸浑成，不见斧凿痕[②]。"（《顾曲杂谈[③]》）真的，像这样隽美而可爱的文字，使任何人读起来，都要为之叫绝：

> （小生同净、付丑上[④]）（小[⑤]生）【三转雁儿落[⑥]】鹅毛雪满空飞。破草荐盖着羊皮，残羹剩饭口中吃。李亚仙，你怎知，破帽子在头上搭，破布衫露出肩甲，腰间系一条烂丝麻，脚下穿一双歪乌辣，上长街又丢抹。咱便是郑元和，家业使尽待如何？劝郎君休似我。（众合）小乞儿捧定一个瓢。自不曾有顿饱，肚皮中挨饥饿。头顶上瑞雪飘，最苦冷难熬。正遇着严冬严冬天道，凛凛的似水浇，冻得咱来曲折了腰。呀，有那

---

① 据（明）沈德符《顾曲杂言》//《影印文渊阁四库全书》第1496册，台湾商务印书馆1983年版，第386页，"乞"字前脱"皆"字，"长"应为"常"。

② 据（明）沈德符《顾曲杂言》//《影印文渊阁四库全书》第1496册，台湾商务印书馆1983年版，第386页，此处脱"迹"字。

③ "谈"应为"言"。

④ 据（明）毛晋编《六十种曲·绣襦记》第七册，中华书局1982年版，第83页，此处应为"生同净、丑众乞丐上"。

⑤ 据（明）毛晋编《六十种曲·绣襦记》第七册，中华书局1982年版，第84页，"小"字衍。

⑥ 据（明）毛晋编《六十种曲·绣襦记》第七册，中华书局1982年版，第84页，曲牌名应是"沽美酒"。

个官人有^①穿破了的棉^②袄，戴破了的旧帽，残羹剩饭舍些与小乞儿嚼。因此打上一回哩哩莲花，哩哩莲花落也。

一年才过，不觉又是一年春。哩哩莲花，哩哩莲花落也。小乞儿也曾到东岳西庙里赛灵神。哈哈，莲花落也。小乞儿摇捣象板不离身。哩哩莲花，哩哩莲花落也。只听锣儿锡锡锡、鼓儿咚咚咚、板儿喳喳喳、笛儿支支支。伙里伙里，伙伙里，伙里伙。小乞儿便也东^③闹过了正阳门。哈哈，莲花落也。只见那柳阴之下，香车宝马，高挑着闹竿儿。挨挨挤挤、哭哭啼啼，都是女妖娆。哩哩莲花，哩哩莲花落也。又见那财主每荒郊野外摆着杯盘，列着纸钱，都去上新坟。哈哈，莲花落也。

三

传奇到了第三时期，可算是已达到它的盛年，在这个时期不仅为大作家的众多，大作品的不断地出现于剧坛，而其"科白安雅，结构紧严"，与那秾丽隽美的词句，在在都足以显示着传奇

---

① 据（明）毛晋编《六十种曲·绣襦记》第七册，中华书局1982年版，第84页，"有"应为"每"。

② 据（明）毛晋编《六十种曲·绣襦记》第七册，中华书局1982年版，第84页，"棉"应为"绵"。

③ 据（明）毛晋编《六十种曲·绣襦记》第七册，中华书局1982年版，第84页，"东"应为"曾"。

黄金时代的特征。这时期重要的作者，为汤显祖、沈璟、阮大铖、吴炳、李玄玉诸人，而汤显祖实足以领袖群伦。汤氏的五剧，不独在剧场上是成功的杰作，即在案头上，也是最高的妙文。和他同时的作者除沈璟一派外，像阮、李、吴，那一个不是有意无意的正在摹拟着汤氏的作风。

汤显祖（一五五○——一六一七①），字义仍，号若士，江西临川人。万历进士，官礼部主事。以上疏劾首辅申时行，谪广州、徐闻典史。后迁遂昌县，谢病归。家居二十年而卒。所居号"玉茗堂"，人称"玉茗先生"。他为人慷慨有气节，作文以宋濂为宗，斥李、王之徒的古文辞为伪体。在当时李、王的势力风靡天下之际，排击之者，只有他和归震川两人而已。所作传奇凡五种，于《牡丹亭》外，尚《南柯记》《邯郸记》《紫钗记》及《紫箫记》。《牡丹亭》一名《还魂记》，与《南柯》《紫钗》《邯郸》，合称"四梦"。

《牡丹亭》凡五十五出，叙写杜丽娘与柳梦梅的生死恋爱故事的。相传是书初出，有娄江女子俞二娘酷嗜其曲，断肠而死。义仍作诗哀之云："画烛摇金阁，真珠泣绣窗。如何伤此曲，偏只在娄江。"（见《静志居诗话》）更有杭州女伶商小玲、扬州女子金凤钿诸种故事。冯小青亦有诗题书端："冷雨幽窗不可听，挑灯闲读《牡丹亭》。人间亦有痴于我，岂独伤心是小青！"（明来集之有《小青娘挑灯闲看牡丹亭》剧）其感人之深，有如此者。此剧初成，度曲家多棘棘不上口，有为之删改的，吴江沈璟首为笔削，临川颇为不怿，乃作小诗一首："纵饶

_____

① 目前一般认为汤显祖的卒年为一六一六年。

割就时人景，却愧王维旧雪图。"这可见临川的目[1]负了。《牡丹亭》的剧情是这样的：南宋时有杜甫之后裔杜宝为南安府太守，夫人甄氏，生一女名丽娘，丽娘美质天生，富于情趣，父母钟爱非常，为延聘老儒陈最良教读（第七出《闹[2]塾》）。正当花笑鸟语的春日，丽娘伴侍婢春香游于荒芜的后花园，不觉地发了一种凄凉的情感，倦而归，便沉昏地假寐入梦，见有一青年的书生手折绿滴的柳枝以诱丽娘。二人执手再游后园，至牡丹亭畔芍药栏边，握手谈心，正在交欢的时候，她梦就醒了（第十出《惊梦》）。从此丽娘憧憬梦中的秀才，遂以得病。姿容日渐瘦损，悲叹抑郁，无可告语，不禁伤心流泪（第十二出《寻梦》）。她知病之不可医，为欲纪念于世，乃自画一春容，并题"他年得伴蟾宫客，不是梅边是柳边"诗句于其上，置之于牡丹亭下（第十四出《写真》）。到了中秋，病势转重，就在蒙蒙细雨的月夜，"鼓三冬，愁万重。冷雨幽窗灯不红"的环境中，一缕香魂就逝去了（第二十出《悼殇》）。杜公正在悲叹无法之中，会金人南下，淮上告警，杜公荣转安抚使，要到扬州赴任，乃依小姐的遗言，葬于后园梅树之下。为立梅花观，以石道姑与陈最良为看守人，遂离了南安。但丽娘死后经胡判官裁判复准许还阳（第二十三出《冥判》）。有柳宗元之后柳春卿者，生长南海，年二十余岁。虽乡试及第，但心颇郁郁，一日梦在香艳的梅花之下见一美人，遂以为婚缘有分，发迹有期，改名为梦梅。老仆郭驼子，以卖果为生，时当周旋柳生，然因为不能长久这样下

---

[1] "目"应为"自"。

[2] "闹"应为"闺"。

去，所以决意发愤图立功名，且谋于郭驼子欲上临安去应试，途次南安，忽遇风雪，投宿于梅花观，时丽娘死已三年了。柳生游于后园，不意拾得丽娘所遗置的画像（第二十四出《拾画》）。玩弄礼拜，呼叫赞美，无所不至，便深深地与画中美人默契了（第二十六出《玩真》，一名《叫画》）。先是丽娘死后至阎王殿，王以其与柳生尚有姻缘之分，允许她再生，于是丽娘之魂，游至梅花观遇柳生，每夜得续幽欢（第二十八出《幽媾》）。后见柳生诚意，遂把从前的事都一一对他说了。柳生惊喜交并，谋之于石道姑，依小姐所嘱发其墓（第三十五出《回生》）。丽娘芳姿，宛如生前。注以预先备置的药，丽娘忽然苏生了，两人欢然，偕赴临安，柳生应试，上了一篇关于和战的论文。然因金寇急逼淮上，丽娘惧父母的危难，遣柳生去探望。这时杜夫人已经从春香逃难于临安，不意投于丽娘寓所，见女儿的再生，惊喜交并。柳生至扬州访杜公之幕，致丽娘之意，杜公以为妖，痛加掠治以辱之（第五十出《闹宴》）。在其间，柳生中了状元。一方金寇也平，杜公凯旋而归，与夫人丽娘，得庆一家的团圆。关于这个故事的本末，我再引《汉宫春》词作结："杜宝黄堂，生丽娘小姐，爱踏春阳。感梦书生折柳，竟为情伤。写真留记，葬梅花道院凄凉。三年上，有梦梅柳子，于此赴高唐。果尔回生定配，赴临安取试，寇起淮扬。正把杜公围困，小姐惊惶。教柳郎行探，反遭疑激恼平章。风流况，施刑[①]正苦，报中状元郎。"

全剧的事迹，是至可诧怪的。然人是情块，情之所钟，梦而

---

① 据（明）汤显祖著；钱南扬校点《汤显祖戏曲集》上册，上海古籍出版社2010年版，第233页，"刑"应为"行"。

可遇，死而可生，以天然的奇想与绝妙的巧词，织成千古至文，实为自《西厢记》后一篇最伟大的戏曲。至其对于人物的描写，亦各深刻而具个性，如杜丽娘之妖，柳梦梅之痴，老夫人之软，杜安抚之古执，陈最良之固陋，春香之刁乖，都把七情生动的微机描写到极点了。全剧以《惊梦》《寻梦》《写真》《诊祟》《悼殇》五折，自生而之死；《魂游》《幽媾》《欢挠》《冥誓》《回生》五折，自死而之生。其中搜抉灵根，掀翻情窟，为从来填词家所未发之秘。兹录第十出丽娘小姐伴春香游于后园之一节，以当云龙的片鳞：

　　【绕池游】（旦上）梦回莺啭，乱煞年光遍。人立小亭①深院。（贴）炷尽沉烟，抛残绣线，恁今春关情似去年？……

　　【步步娇】（旦）袅晴丝吹来闲庭院，摇漾春如线。停半晌整花钿，没揣菱花，偷人半面，迤逗的彩云偏。（贴）小姐请行一步。②（介）我③步香闺怎便把全身现？（贴）小姐④今日穿插的好。

　　【醉扶归】（旦）你道翠生生出落的裙衫儿茜，艳

---

① 据（明）汤显祖著；钱南扬校点《汤显祖戏曲集》上册，上海古籍出版社2010年版，第267页，"亭"应为"庭"。
② 据（明）汤显祖著；钱南扬校点《汤显祖戏曲集》上册，上海古籍出版社2010年版，第267页，"（贴）小姐请行一步"衍。
③ 据（明）汤显祖著；钱南扬校点《汤显祖戏曲集》上册，上海古籍出版社2010年版，第267页，"（介）我"应为"（行介）"。
④ 据（明）汤显祖著；钱南扬校点《汤显祖戏曲集》上册，上海古籍出版社2010年版，第267页，"小姐"衍。

晶晶花簪八宝填，（旦）春香，[1] 可知我常一生儿爱好是天然。（合）恰三春好处无人见。不提防沉鱼落雁鸟惊喧，则怕的羞花闭月花愁颤。……（贴）小姐，杜鹃花开得好盛呀！[2]

【好姐姐】（旦）遍青山啼红了杜鹃，荼蘼外烟丝醉软。春香呵，牡丹虽好，他春归怎占的先？（贴）成对儿莺燕呵。（合）闲凝眄[3]，生生燕语明如翦，呖呖莺歌溜的圆。（旦）去罢。（贴）这园子委是观之不足也。（旦）提他怎的？（行介）（贴）留此余兴，明日再来耍子罢！（旦）有理。

【隔尾】（旦）观之不足由他缱，便赏遍了十二亭台是枉然。到不如兴尽回家闲过遣。（贴）小姐你身子乏了，歇息片时，我去看看老夫人再来。（旦）去去就来。（贴）晓得。瓶插映山紫，炉添沉水香。（下）[4]

沈璟是与汤显祖同时而对峙的作者。沈以"本色"倡，而汤以"才情"胜，两人的风格正是相反的。如果我们承认汤显祖是典雅派传奇的代表，沈璟便是本色派传奇的代表了。璟

---

① 据（明）汤显祖著；钱南扬校点《汤显祖戏曲集》上册，上海古籍出版社2010年版，第267页，"（旦）春香"衍。

② 据（明）汤显祖著；钱南扬校点《汤显祖戏曲集》上册，上海古籍出版社2010年版，第268页，"小姐……好盛呀"衍。

③ 据（明）汤显祖著；钱南扬校点《汤显祖戏曲集》上册，上海古籍出版社2010年版，第268页，"眄"应为"盼"。

④ 据（明）汤显祖著；钱南扬校点《汤显祖戏曲集》上册，上海古籍出版社2010年版，第268页，"（贴）小姐……沉水香。（下）"衍。

（一五五〇——一六一五[①]），字伯英，号宁庵，又号词隐生，吴江人。万历初进士，任考功员外郎。后乞归家居二十年而卒。他精音律，著有《南曲谱》二十卷。他的戏曲和散曲，都是占着领袖的地位。他的剧曲与汤显祖并称，而散曲则和梁辰鱼齐名。但梁、汤均以文辞见长，而他则以韵律开创了晚明剧坛专重韵律的风气。他的传奇颇多，有《红蕖》《分钱》《埋剑》《十孝》《双鱼》《合衫》《义侠》《分柑》《鸳衾》《符桃》《珠串》《奇节》《凿井》《四异》《结发》《坠钗》《博笑》等十七种，现存的只有《埋剑记》与《义侠记》，和《一种情》的《冥勘》一折。[②]《埋剑》作风质朴完美，如《居庐》《痛悼》《埋剑》诸出，写吴廷季哭父母，郭仲翔哭朋衣，都颇剀切动人。《义侠》作风与之相近，而质朴异常。读惯了玉茗的辞藻浓丽的文字，觉着沈璟之作如白水似的索然无味。所以他这一派的"本色"剧，其病则往往流于《杀狗》《白兔》之俦，复古而易入于陋鄙。沈德符说："年来俚儒之稍通音律者，伶人之稍习[③]文墨者，动辄编[④]一传奇[⑤]，自谓得沈吏部九宫正音之秘；然悠谬粗

---

① 目前一般认为沈璟的生卒年分别是一五五三年、一六一〇年。

② 沈璟的传奇现存全本的有《义侠记》、《埋剑记》、《桃符记》、《双鱼记》、《坠钗记》（亦称《一种情》）、《博笑记》、《红蕖记》七种。

③ 据（明）沈德符《顾曲杂言》//《影印文渊阁四库全书》第1496册，台湾商务印书馆1983年版，第392页，"习"应为"晓"。

④ 据（明）沈德符《顾曲杂言》//《影印文渊阁四库全书》第1496册，台湾商务印书馆1983年版，第392页，此处脱"成"字。

⑤ 据（明）沈德符《顾曲杂言》//《影印文渊阁四库全书》第1496册，台湾商务印书馆1983年版，第392页，"奇"字衍。

浅，登场演①之，秽溢广坐。亦传奇之厄运②也。"（《顾曲杂言》）《义侠记》是写武松的故事，但与《水浒传》所述的不大同。最大的异点是《水浒传》中的武松没有妻室，在此剧中却有妻贾氏，经过了十字坡张青和孙二娘的收留，终得与武松在梁山结婚。中间有"武松打虎""打快活林""血染鸳鸯楼"……及西门庆与潘金莲之奸通……作者以素朴的写实的文字写来，都很近乎情理。兹录《义侠记》的潘金莲戏叔一段，以见其作风之一斑：

> 【缕缕金】（贴上）痴男子，假装乔。我馋涎一缕怎生熬。奴家一见了武二，就看上了他，常把眼角传情，话头勾引。他却撇清妆假，只做不知。我今日浸得一壶凉酒在此，待他今日来家后，用心引调。任是他铁汉也魂消，须落我圈套，须落我圈套。……

> （小生）住了。这酒是那个吃的？（贴）是叔叔吃的。（小生）是我吃的取来。（作泼酒介）呀呸。（贴）阿呀呀，唪唪唪？

> 【扑灯蛾】（小生）我怪伊忒丧心，怪伊忒丧心，羞耻全不怕，有眼睁开看，俺武二特地详察也。

> （贴）唪唪！（小生）走来我是含牙戴发，顶天立地丈夫家，怎肯做败伦伤化！嫂嫂。（贴）呣。

> （小生）你不要想差了念头吓，我哥哥倘有些风吹

---

① 据（明）沈德符《顾曲杂言》//《影印文渊阁四库全书》第1496册，台湾商务印书馆1983年版，第392页，"演"应为"闻"。

② 据（明）沈德符《顾曲杂言》//《影印文渊阁四库全书》第1496册，台湾商务印书馆1983年版，第392页，"厄运"应为"一厄"。

草动，武二这双眼睛，认得你是嫂嫂。拳头？

（贴）拳头便怎么？

（小生）却不认得你是嫂嫂。（贴）阿呀，武二。你不要夸口吓！（小生）我非夸，是从打虎手儿滑。

（贴）嗓啐，嗓啐。【前腔】笑伊直恁村，笑伊直恁村。不辨真和假，酒后聊相戏，怎便将人叱咤也。武二你将我做什么人看待吓？

（小生）不过是嫂嫂罢了。（贴）可又来，常言道，"嫂如娘大"。啧，啧，啧，好一个知轻识重丈夫家。哟，只会把至亲欺压。（笑介）叔叔。总涂抹从今两意莫争差！（作背后抱小生腰，小生撇介）嗳。

【尾】这场家丑堪羞杀。（贴）自恨当初错认了他呀。叔叔。（小生）没廉耻。（贴）啐，蠢才。啐，啐！（下）（小生）阿呀哥哥吓，只恐终须作话靶。……①

李玉（一五八〇——一六五〇②），字玄玉，号苏门啸侣，吴县人。为人博学好古，所居曰"一笠庵"，明亡后决意仕进，以度曲自娱，著《北词广正谱》，与吴梅村善，梅村所撰《北词广正谱序》记之甚详。所作传奇三十三种③，而以"一人永占"（《一捧雪》《人兽关》《永团圆》《占花魁》）及《眉山秀》

---

① 此处引文与目前《义侠记》通行本差异较大，编者不再一一注明，读者可参看（明）毛晋编《六十种曲·义侠记》第十册，中华书局1982年版，第17—19页。

② 目前一般认为李玉约生于一六〇二年，约卒于一六七六年。

③ 李玉作有传奇四十余种，今存十六种。

为著名。他喜描写人情世故，作风则以悲壮慷慨见长，如《一捧雪》的《婪贿》《代戮》《刺汤》《祭姬》，皆可为我们的佐证。

《一捧雪》全三十出，系演莫怀古事，相传太仓王忬家传玉杯名"一捧雪"，又有宋张择端《清明上河图》，乃希世的宝物。严世蕃索此二物，忬乃作伪者送去。有汤裱褙者指摘此二物之非真，世蕃大衔恨，而忬子世贞方有重名，又好讥切严氏，且经理杨椒山之丧，严嵩遂大恨，诬以边事陷忬坐法。这剧托名莫怀古，实即指忬也。（《浪迹续谈》卷六）剧情的概略是这样的：莫怀古与严世蕃素厚，乃荐裱褙汤勤于世蕃，怀古有玉杯一捧雪，祖传九世，世蕃索之，莫乃以赝杯与之，事为汤勤所泄，世蕃乃派兵围怀古宅索之，时怀古之仆莫诚已窃真杯远去。（《搜杯》）而怀古也避难于戚继光处，勤复嗾世蕃必杀怀古而后已，莫诚乃代戮以救主。（《代戮》）勤更谓其首非真，并逮继光及怀古之妾雪艳令锦衣陆炳审之。（《株连》《审头》）勤诱雪艳嫁己，艳佯许之，乃于花烛之夜刺勤，雪也自刎。（《刺汤》）后世蕃败，怀古、继光都复官，并旌莫诚与雪艳。（《祭姬》[①]）兹录戚继光祭姬的一段文字：

（小生上）娥眉真足愧须眉，千载英风得并追；义重飞霜天象惨，心同化石列星垂。自家蓟州戚老爷麾下旗牌是也。俺爷因勘首级来京，喜得复还旧职，昨日为莫雪娘身故，俺爷赎尸营葬西山，今日到彼祭奠，只得在此伺候。（内喝道锣介）道犹未了，老爷早到。（四

---

① 此出应为《哭瘗》。

牢子唱）（外上）

【端正好】古今垂，乾坤浩，仗弥漫正气昭昭，俺向那简编中历数出幽光耀，全把那纲常表。俺戚继光重蒙圣恩，复领旧镇，本欲即回蓟州，因雪娘杀贼捐身，朝野钦敬，下官遂买西山隙地殓葬，所喜前日莫公首级，下官亦曾乞领，意欲带回，缀向遗骸，葬于蓟州，今日特捧此首，到雪娘坟上一同祭奠一番。左右，打道往西山去。（大锣十三记）（众唱）（外）

【滚绣球】望形云笼一天，看寒烟黯四郊，只见那雁行飞，嘹嘹哀叫，悲风起，捲长空，落叶林皋。俺抹过了响寒流的浅堤，跨过了接疏篱的小桥。曲湾湾早来到深山之坳，聒耳价乌噪猿号；看多少萧萧荒草，高低塚尽是那赫赫荣华今古豪，到今日只落得埋没了蓬蒿。（众）禀爷，已到雪娘坟了。（外）看新堆三尺，故土一坏，空宵寂寞，何来声起松楸；永昼萧条，惟见名题墓碣；凄风万木，清霭千峰，牧竖行歌，樵夫倦憩，朝暮鸢狐啼怨血，春秋庐墓伴贞魂，好凄凉人也。（丑扮礼生上，礼生叩见）（外）罢了。（丑）请爷拈香。（外）看香。（丑）初上香，亚上香，三上香，恭揖。（外）看酒。（丑）初进爵，亚进爵，三进爵。拜兴，拜兴，拜兴。礼毕，礼生告退。（下）（外）呀！

【叨叨令】这椒浆和泪更含愁，一樽儿淋漓浇向黄泉道。草杯盘怎比得俎豆列琼瑶。统望恁一点精灵偏不香。早鉴咱拜祷的微忱，仿佛介鸾骖鹤驭飘然到。可惜恁青春和艳娇，断送得迷离惨淡西风吊。兀的不痛煞人也么哥！兀的不痛煞人也么哥！怎能够重返香魂，把从头冤恨凄凄凉凉的告。咳，雪姬呀雪姬，我看你久已一死如饴，那日在锦衣卫堂上，只因要保全俺的性命，故此假诺奸谋。一等事完，奋身杀贼，立志捐躯，真乃智足包天，烈堪贯日。俺戚继光今日未尽之身，皆出所赐也。……①

吴炳（一五八五②——一六四八），字石渠，号粲花主人，宜兴人。万历四十七年进士，官至江西督学。永历帝监国，官吏部尚书、东阁大学士，后为孔有德所执送衡州，不食自尽于湘山寺，清乾隆赐谥节愍。他少时即喜作曲，与阮大铖齐名，所作传奇有《绿牡丹》《画中人》《疗妒羹》《西园记》《情邮记》五种，合刻之名曰《粲花五种》。在这五种中，以《疗妒羹》（《虞初新志·小青传》与此相同）、《情邮记》为高，而《情邮》论者比诸武夷九曲，谓其文心之曲，为明代传奇中所未有之佳构。剧情是这样的：刘乾初，姑苏人，与同学萧长公厚，萧官青州守，以书邀刘，适枢密阿乃颜差官至维扬买妾，勒令通判王仁限期进送，王虑祸，即以爱婢紫箫饰己女以进，女与婢皆善诗赋，枢密得婢，喜不自胜，立擢仁为长芦转运使。初刘抵黄河岸驿，见驿亭粉壁，题诗寄怀云："年少飘零只一身，风波愁煞渡头人。青衫稳称骑嬴马，白面难教扑暗尘。但说荆山当有泪，自生空谷孰为春。萧萧旅馆河流上，忽忆青州太守贫。"这时王

---

① 此处引文与目前《一捧雪》通行本差异较大，编者不再一一注明，读者可参看（清）李玉著；陈古虞，陈多，马圣贵点校《李玉戏曲集》上册，上海古籍出版社2004年版，第73—75页。

② 目前一般认为吴炳的生年是一五九五年。

亦赴长芦任，过驿亭，驿丞赵爱轩为仁同乡，留款甚洽，仁女见壁上诗称赏，援笔和云："闺中弱质病中身，也向天涯作旅人。暗绿柳条全系恨，淡黄衫子半蒙尘。"题未竟，母趣之行，适紫箫诣京过驿，见所题为闺秀语，乃续其后半云："真娘墓上空题句，燕子楼中几度春。十斛珍珠等闲看，不如荆布本来贫。"后刘至青州，萧已转卢龙观察使，刘归复过驿，见所和诗，知是贫家女被迫为妾者，询诸驿中，知为枢密所娶妾，尾随车后，至京，托为紫中表求访，为阍者笞逐，适遇萧使者，乃偕至卢龙。枢密妻妒，将紫卖之，萧闻，以千金赎紫，与刘为配。后枢密知紫为萧所售，乃削萧职。刘无所依，乃与紫谒仁，仁心内惭，拒不纳，夫人念女爱紫，私赠刘夫妇资。后刘大魁，奏枢密罪，波及仁，并令刘鞫仁。刘过黄河驿，睹所题感怀诗，复命紫和前韵。及谳仁，紫嘱刘庇仁，乃与仁计，以其女给为族女，与刘会于驿亭，刘果大喜，聘以为妾。后花烛之夕与紫相见，始知为仁女，乃叙为姊妹，与刘偕老，而仁罪尽释。时枢密既败，萧也复官还朝，与刘重相晤会。此剧情节的曲折，结构的紧密，实为明传奇中仅见的佳作。粲花自序云："莫险于海，而海可航，则海可邮也；莫峻于山，而山可梯，则山可邮也。"又云："色以目邮，声以耳邮，言以口邮，足以走邮，人身皆邮也，而无一不本于情。有情则伊人万里，可凭梦寐以符招；往哲千秋，亦借诗书而檄致，是粉碎虚空，方有此慧解云。"读此则全剧命名的由来可以知矣。兹录第三十八折[①]《四和》，以见粲花作风的一斑：

【商调引子】【二郎神慢】（旦）阑珊泪，乍刺眼

---

① "折"应为"出"。

飞花盈砌，听彻夜风涛连岸卷，萧萧雨驿门空闭，杜宇声中春去矣，因甚事栖迟客邸？望白云迢迢信息，瘦骨朝消寒被。

　　自从爹爹中途被劾，赴讯淮阳，只写的一封书，把母亲与奴家寄在驿中居住，喜得赵家伯伯相待甚好。只是爹爹去后，尚无音耗，好生放心不下。这亭子原是驿馆后屋，赵家伯伯因我们在此，丞署浅窄，暂把庭亭前筑断，属之署中，不免闲步一回。（行介）

　　【过曲梧桐满山坡】【金梧桐】你看林青树叶肥，径紫花痕腻。（回顾介）只影随身，常则似人相尾，懒蔷薇露湿了鬓丝，睡荼蘼刺把那长裙系。亭左披，新垣跨小池，则怕皇华好梦春风递，惊听流莺隔短扉。【山坡羊】依稀，柳青青似旧垂，悲摧，路荒荒独自归。（看诗介）呀，这首诗儿，我只和得四句，谁人又续上四句？（念介）

　　【金梧落五更】【金梧桐】他情词更怆凄，点画多风致。这个笔迹，似那里曾见，眼底心头，忽忽如相识。待我仔细认一认，端详这就里。【五更转】为甚的荆布能安，珍珠难慰？哦，是了，是了，是紫箫所题，痛杀杀，诉出他愁和气，再三回读声随涕。（泪介）见此诗，如见紫箫矣，我与你许久暌违，邮亭乍对。去年紫箫夫妇远来，爹爹不肯认亲，仓卒之间，未曾问得他丈夫姓名，后来梦见紫箫执笔补和，奴家阻之。他说："刘郎的诗，你和得，偏我和不得。"今至驿馆，字画宛然，紫箫，你敢真盼上刘郎也？

【莺啼春色中】【莺啼序】娇多女伴常带痴，不细问因伊，但逢人韵格相宜，默地里暗许心期。便是这刘郎诗呵！酸醋大，何堪啜味，还不许我一人憔悴。咳，若果然是紫箫，我也不怪你。

【绛都春序】怜才同意，惟愿我两人呵，萍踪再合，似诗成头尾。（又看介）原来他又和一首，怎样说梦回荒塞？我想紫箫是水路去的，未必上驿，且他行在先，何以属和反后？天下手笔，多有相像，恐怕也未必是他写的。待我另和一首，消遣则个。（题介）憔悴支离剩此身，穷途有泪向何人？深情一见魂应死，败笔重扪句未尘。破梦更添今夜雨，伤心不异去年春。金钗典尽无梳洗，惟有青衫似我贫。（自念自哭介）

【猫儿坠桐花】【猫儿坠】送春风雨，偏向驿亭飞，母子茕茕坐惨凄，家乡有路也难归。【梧桐花】看往迹闲题总是泪，愁心迸却情肠碎。

母亲独自在房，且去慰伴，正是：不如意事常八九，可与人言无二三。（下）……①

明之末年，剧作家以《燕子笺》《春灯谜》之著者阮大铖为最著名。阮大铖（一五八〇——一六四五②），字圆海③，又号百子山樵，怀宁人。万历末进士，天启时官给事中。为人机敏有

---

① 此处引文与目前《情邮记》通行本差异较大，编者不再一一注明，读者可参看（明）吴炳《情邮记》第四册//《暖红室汇刻传奇粲花斋五种》，江苏广陵古籍刻印社1982年版，第59—60页。
② 目前一般认为阮大铖的生卒年分别是一五八七年、一六四六年。
③ 阮大铖，字集之，"圆海"是其号。

才藻，他因依附魏忠贤，复社名士顾杲等作《留都防乱檄》逐之，他大惧，闭门谢客。独与马士英深相结纳。福王立，士英秉政，官至兵部尚书。清兵渡江，走金华，寻降清，从攻仙霞，方国安斩士英于延平城下。他正在游山，自触石而死。他在历史上是个"遗臭万年"的人物，但在文艺上他却占着很高的地位。张宗子云："阮圆海大有才笔，恨居心勿净[1]，其所编诸剧，骂世十七，解嘲十三。多诋毁东林，辨宥魏党，为士君子所唾弃，故其传奇不之著焉。如就戏论，则亦镞镞能新，不落窠臼者也。"宗子与圆海同时，在当时的评判中，宗子此言要算最为公正确切了。

他著有《燕子笺》《春灯谜》《双金榜》《牟尼合》……凡九种。文词清绮，深得玉茗之神，宏[2]光时自将《春灯谜》用朱丝兰书之。并将《燕子笺》《双金榜》《牟尼合》《忠孝环》诸剧进宫中。王渔洋《秦淮杂诗》云："新歌细字写冰纨，小部君王带笑看。千载秦淮呜咽水，不应仍恨孔都官。"即咏此事也。

他的戏剧，以《燕子笺》尤为新艳。这剧凡四十二出，为大铖的代表作品，像《写像》《骇像》《写笺》《闺忆》，描写闺阁情事，皆宛转曲折，秀丽寡俦。此剧以霍都梁、华行云、郦飞云三人为主，而鲜于佶鬼蜮情状，不啻圆海为自己写照。剧情是这样的：唐时有名霍都梁者，扶风人，与其友人鲜于佶共应科举赴长安。因到试期还远，都梁便与长安的名妓华行云相亲而留滞其家了。都梁并执笔为行云描像，且把自己的像也相并的描在上

---

① "净"应为"静"。

② "宏"应为"弘"。

面，落了款，题为"听莺扑蝶图"，送到缪酒鬼的裱具店里去了。（第六出《写像》）礼部尚书郿安道者，以贾南仲赠的吴道子观音像，与了女儿郿飞云，飞云为裱装，也送交到了这个裱具店，都梁所托的画，与飞云所托的画，一起到了成功的时候，因郿家的使者拿错了，所以行云的"听莺扑蝶图"到了郿家，而观音像却到了都梁的手。飞雪①把取来的画打开看时候，不料是一对男女的画像，而不是观世音像了。仔细看时，则画中之女的结发与衣裳装饰，虽似花柳中人，然容貌窈窕，颇似飞云，旁边所画的男子，却是一品格高尚的青年，且因画上有"茂陵霍都梁赠于云娘妆次"的题款，甚至于与自己名都暗合，心里很奇怪，就瞒着父母而私自把画收存了。终日只管以这画像系在心头。于春日无聊的时候，写了一首词在红笺上，恰巧为梁上飞着的燕子衔在嘴里，飞至曲江之畔，就把那笺落下了。这时恰巧为在那里赏春的都梁拾得，都梁读笺上的词，便推测到收了他们的画像的必是此人。（第十二出《拾笺》）霍都梁的友人鲜于佶学识劣下，私自请托文官试验的书记，把自己的卷子与都梁的卷子互换了。

这时飞云因病，请一女医来诊治，这女医又去诊察都梁，因此据女医的话，知道了行云与都梁之像，误落在飞云的手里，于是行云赠女医以若干的物品，托她互换二人的画。这事为鲜于佶所知，便笼络下级的警吏，诬霍都梁为了考试，以女医作绍介，送贿赂于主考官（郿安道）的女儿以通情，去捕缚都梁，时都梁正在行云之家，捕吏进来的时候，在行云接待之间，他乘机得脱逃于远方了。这在鲜于佶所想，都梁不在长安，他的试卷与都

---

① "雪"应为"云"。

梁的试卷互换的事，就没有谁来阻碍了，因此暗地喜欢他是能够及第了。时安禄山正迫长安，皇帝远避，郦安道从车驾以去，夫人与飞云便于逃乱的途中失落了。飞云恰为父之友人贾南仲所收容，贾知道是郦安道的女儿，乃收为养女。还有那女医也为该军所救，飞云与女医相会，才知道观音像在行云之手，并听到了都梁从长安逃去的始末。郦安道的夫人在从战乱中逃出而徬徨于途中的时候，得遇着同是避乱而来的行云，相互同情，认为母女。结局在郦安道处所一起相会了，霍都梁逃去长安，改名卞无忌，为贾南仲的幕僚，以献奇策得灭安禄山，南仲大喜，愿以养女飞云与结婚，其时因女医之言，把卞无忌即霍都梁，即描飞云所持着的画像的人，他即拾得飞云所写的词的人，都知道了。其后贾南仲凯旋长安，都梁一起进京，郦安道也归了京师，还有行云也在他家里，这时大家都相会了。一方鲜于佶以不正当手段，一时虽发表了状元及第，但马上其事败露。（第三十八出《奸遁》）都梁改为状元，并娶了飞云与行云，飞云为第一夫人，行云为第二夫人。燕子来时，大家对之感谢媒介之劳。（第四十二《诰圆》）全剧的事迹，真是巧而又巧，这当然不脱传奇作品之"悲欢离合"的旧套，但作者能在这旧套中用一番推陈出新的工夫，结果就颇见新颖了。圆海诸剧的作风均颇纤艳，而《燕子》尤甚。兹录《写笺》一折以见其作风之一斑：

（双蝴蝶上舞介。旦徐步上）

【步步娇】（旦）甚风儿吹得花零乱，你看双蝶依稀见。呀！这一对蝴蝶儿，怎么飞得如此好？只管在奴家衣上扑来。为何的扑面掠云鬟？又上花树上探花去了，红紫梢头，恁般留恋！（在花下仰看，又回身介）

呀，怎么又在裙儿上旋绕？欲去又飞还，将粉须儿钉住裙汊线。

（蝶飞在桌上）（旦桌上扑打不着，遂睡，蝶下介）（梅上介）悄步香闺内，巫山梦未醒。呀，小姐才梳洗了，缘何睡在妆台上？待我轻轻唤醒他，做针黹。（轻咳唤介）（旦徐起，唱介）

【风马儿】（旦）琐窗午梦线慵拈，心头事，忒廉纤。（起坐介）梅香，檐前是甚么响？（梅香）晴檐铁马无风转，被啄花小鸟，弄得响珊珊。

【减字木兰花】春光渐老，流莺不管人烦恼。细雨窗纱，深巷清晨卖杏花。（梅）眉峰双蹙，画中有个人如玉。小立檐前，待燕归来始下帘。（旦）梅香，我这两日身子有些不快。刚才梦中，恍恍惚惚，像是在花树下扑打那粉蝶儿，被茶蘼刺挂住绣裙，闪了一闪，始惊醒了。（梅）是了，是了，前日错了那幅春容，有这许多光景在上面。小姐眼中见了，心中想着，故有此梦。不知梦里可与那红衫人儿在一答么？（旦）莫胡说！你且取画过来，待我再细看一看。（梅）理会得。（取画介）小姐，画在此。（旦取画细看介）

【黄莺儿】（旦）心事忒无端，惹春愁为这笔尖，哑丹青问不出真和赝。将为偶然，如何像得这般？梅香，取镜来。（小旦取镜介）（旦看镜，又看画笑介）这画中女娘，真个像我不过，只这腮边多了个红印儿。多只多粉腮边一点桃红绽。若为怜，倘把气儿呵著，他便飞下并香肩。

（梅）看那莺儿与一对粉蝶儿，怎主画得这样活现！

【莺啼序】（小旦）似莺啼恰恰到耳边，那粉蝶酣香双翅软。入花丛若个儿郎，一般样粉扑儿衣香人面。小姐，这画上两个人，还是夫妻一对，还是秦楼楚馆买欢追笑的？若是好人家，不该如此乔模乔样妆束；若是乍会的，又不该如此熟落。若不是燕燕于归，怎便没分毫腼腆？难道是，横塘野合双鸳？小姐，这画下郎君呵！

【集贤宾】你看他乌纱小帽红杏衫，与那人笑立花前，掷果香车应不忝。（旦）只是女儿们忒家常熟惯，恁般活现，平白地阳台拦占。那落款的叫做霍都梁，笔迹尚新，眼前必有这个人儿的。我心自转，分明有霍郎姓字描写云鬟。（旦）我看这幅画，半假半真，有意无意，心中着实难解。且喜桌儿上有文房四宝在此，不免写下一首词，聊写幽闷则个。（磨砚，取笺笔写介）

【啼莺儿】（旦）乌丝一幅金粉笺，春心委的淹煎。并不是织锦回文，那些个题红宫怨。写心情一纸尖憨，荡眼睛片时美满。闷恹恹，（上看介）又听梁间春燕，不住的语呢喃。（写完自念介）

【醉桃源】没来繇事巧相关，琐窗春梦寒。起来无力倚栏杆，丹青错误看。绿云鬟，茜红衫，莺娇蝶也憨。几时相会在巫山？庞儿样一般。韦曲飞云题。我这一首词，也抵得这画过了！（放桌介）（梅香做从上至下看介）好古怪！怎梁上燕子儿，只是这样望镜台前飞来飞去，与往时不同。（作往扑介）把这残泥将妆盒都点污了。呀！怎么把小姐题的这笺儿衔去了？（叫介）燕子，转来，转来！还我小姐的笺。（旦笑介）痴丫头，这个燕子怎么晓得人的言语，只得随他罢了。

【猫儿坠】（旦）飞飞燕子，双尾贴妆钿。衔去多情一片笺，香泥零落向谁边？（小旦）天天！莫不是玄鸟高媒，辐凑姻缘？

【尾声】（梅）小庭且把梨花掩，（指巢介）燕子，燕子，你免不得还来巢畔，我好拴上了红丝，问你索彩笺。

小姐，我收拾笔砚先进去，你可就到房中歇歇。红豆且调鹦鹉粒，雪花待酌兔儿斑。（下介）（旦斜视进介）咳，适间这妮子在此，我心事不好说出。（笑介）果是那画上红衫郎君，委实可人。

【四季花】画里遇神仙，见眉棱上，腮窝畔，风韵翩翩。天然，春罗衫子红杏单。香肩，那人偎半边。两回眸，情万千。蝶飞锦翅，莺啼翠烟，游丝小挂双凤钿，光景在眼前。那须要阳台云现，纵山远、水远、人远，画便非远。

【浣溪纱】麟髓调，霜毫展，方才点笔题笺。这巢间小燕忒习刁钻，蓦忽地衔去飞半天。天天，未必行方便，便落在泥边水边。那些御沟红叶荡春烟，只落得飞絮浮萍一样牵。

【奈子花】二三春月日长天，往常时兀自恹煎。那禁闲事，恁般牵挽。画中人几时相见？待见，才能说与般般。

（下场诗）绣屏斜立正销魂，侍女移灯掩阁门。燕子不归花著雨，春风应自怨黄昏。[1]

这剧有人说是讥当时的倪鸿宾[2]而作的。但徐渭《南词叙录》的"宋元旧篇"中已有《京娘怨燕子传书》一剧。明初亦有十八回的《燕子笺》评话本，虽然没有曲，但白与每回的诗句等，却与《燕子笺》是一样的，阮大铖大约是以这话本为底稿而作成的。或以此剧为他的女儿阮丽珍（作有《梦虎缘》《鸾帕鱼[3]》等剧）所草创，而经大铖修正者，这便不可靠了。《燕子笺》描写殊细腻而有情致，在当时很负盛名，梨园子弟争唱演之。即鄙薄他的吴应箕、侯朝宗辈，亦皆许谓才人之笔。如："【减字木兰花】春光渐老，流莺不管人烦恼，细雨窗纱，深巷清晨卖杏花。（梅）眉峰双蹙，画中有个人如玉。小立檐前，待燕归来始下帘。"（第十一出《写笺》）其温丽处不减和凝。又这剧最后的一段曲白："【清江引】乌衣小尾多情况，妆次频来往。衔将一纸笺，勾却三生帐。从今后凡有情人，一般的将白鹦鹉[4]与那紫燕儿同供养。（生、旦、小旦对燕拜揖介）燕子燕子，承谢你作美。只是如今诗笺收得牢牢的，再不把你衔去了。"写来颇有情致，有余音袅袅三日绕梁之概。徐虹亭过皖江

① 此处引文与目前《燕子笺》通行本差异较大，编者不再一一注明，读者可参看（明）阮大铖著；刘一禾注；张安全校《燕子笺》，上海古籍出版社1986年版，第56—60页。

② "宾"应为"宝"。

③ "鱼"应为"血"。

④ 据（明）阮大铖著；刘一禾注；张安全校《燕子笺》，上海古籍出版社1986年版，第214页，"鹉"应为"哥"。

424

《杂感》云："乱落杨花搅白绵，皖江江水绿如烟。南朝狎客无人见，断肠声声燕子笺。"可见此剧声价的一斑了。

参考：

《汲古阁六十种曲》，（明）毛晋编刊，汲古阁本，清道光间补刻本。

《缀白裘》，（清）玩花主人编，扫叶山房石印本。

《暖红轩汇刊传奇[①]》，刘世珩编，原刊本。（此书逐渐刊行，已出二十八种）

《奢摩他室曲丛》（初集、二集），吴梅编辑，商务印书馆刊行。

《集成曲谱》，王季烈、刘凤叔编辑，有商务印书馆本。

《曲海总目提要》，黄文旸编[②]，董康校本，大东书局本。

《遏云阁曲谱》，上海著易堂书局出版。

《曲选》，吴梅编，所选传奇三十二种，商务印书馆出版。

《中国近代戏曲史》，日本青木正儿编，郑震译，北新书局出版。

《曲苑》（又有重订《曲苑》二十种），为研究戏曲重要参考书，古书流通处本。内有《江东白苎》（梁辰鱼的散曲集）、《剧说》（焦循）、《曲话》（梁廷枏）、《曲品》（郁蓝生）、

---

① "轩"应为"室"，"刊"应为"刻"。这部总集收录元、明、清杂剧、传奇及一些戏曲论著，共五十一种。

② 乾隆年间人黄文旸著《曲海目》一卷，大东书局误认为《乐府考略》即为《曲海目》，遂以《曲海总目提要》定名。实则此书是《乐府考略》的修订本，原书作者不详。

《新传奇品》①、《曲录》（王国维）、《南词叙录》（徐渭）、《南九宫目录》、《十三调南曲音节谱》②、《衡曲麈谈》③、《曲律》（魏良辅）、《顾曲杂言》（沈德符）、《雨村曲话》（李调元）、《曲目表》④（支丰宜）。

　　《拜月》《琵琶》《浣纱》《牡丹》《燕子笺》……均有坊刻本。

---

① 此书为清人高奕所著。
② 《南九宫目录》《十三调南曲音节谱》均为徐渭所著。
③ 此书为明人张琦所著。
④ 此书题为《曲目新编》。

第二十二章　元明散曲

在元明的文坛上，除了剧曲小说之外，散曲可也算是当中的一棵奇葩。散曲是继词而起来的一种诗体，它的起来，把恹恹无生气的词的文囿，重新注入新的活力，使之重新开放锦绣的花朵。它这时是轮将薄中天的太阳，照射出万丈的光芒。它又是位年已及笄的少女，无处不表示着高洁与可爱的丰满的姿容。假如说两宋是词的黄金时代，那末元明便是散曲的黄金时代了。就它的作者讲，上而至于贵人学士，下而倡优妓妾，以至蒙古人、高车人……无不在试作着。至就它的内容讲：有嘲谑的，有劝诫的，有警戒的，有讽刺的，有怀古的，有咏物的；有叙别离之情的，也有写幽会之辞的……总之，凡在词的领域之内的一切万象，而散曲也无不在包罗着。

说到散曲作家们，在元明的时代，是像雨前层云般的推推拥拥地向无垠的天空跑去，形成一个很热闹的散曲时代。元散曲的作者，据近人搜讨的结果，竟有二百二十七人之多。而这些作家活动的时期，可以分为两派不同的风格。在元初散曲的写作，只是戏曲家们的副业，像关汉卿、白朴、马致远诸人之所作，也不过一时的遣兴抒怀罢了。卢挚、冯子振、贯云石比较可算是散曲

427

的专业者，但他们之所作，也还是草创时代的产物。迨第二期张可久、乔吉出来，散曲始成了文人的专业。这时的作者除张、乔以外，杨朝英、周德清、郑德辉、徐再思为最著。但在这些作家中，无疑的马致远、张可久是两位伟大的作家。马致远开创了散曲的豪放派，而张可久却是清丽派的领袖作家。

散曲到明代仍是在不断的进展，且更显着蓬勃的气象。这时的作家之多，作品之盛，有突过元代之势。在这些作者中，我们如依照他们的作风来分，很明显的有三大派：第一派为冯惟敏、王九思、康海、常伦、李开先一派的豪放的作风。第二派是王磐、金銮、陈铎、沈仕、施绍莘一派清丽的作风。前一派是承继着马致远的豪放一派。后一派是受了张可久的清丽作风的影响。第三派是梁辰鱼、沈璟诸人的重视音律的作品，他们的散曲是和他们的戏曲一样，显然是受了昆曲诞生的支配了。

一

说到散曲历史的开场，仍当以剧曲家关汉卿为第一人。汉卿的生平事迹，我在论他的杂剧时已详细的叙述过了。他的散曲，大部分保存在杨朝英的《阳春白雪》和《太平乐府》中。他的散曲的作风，颇异于他剧曲的作风。他的剧曲以雄奇排奡见长，极汪洋恣肆、感慨苍凉之致，但他的散曲却以婉丽见长，然有时亦非常的萧爽。像《一半儿》的《题情》，《沉醉东风》的《离情》，《碧玉箫》的《闺情》，都是婉丽的例。若《大德歌》的写景，可以为萧爽一类的代表。

碧纱窗外静无人，跪在床前忙要亲。骂了个负心回转身。虽是我话儿嗔，一半儿推辞一半儿肯。

——《一半儿·题情》

咫尺的天南地北，霎时间月缺花飞。手执着饯行杯，眼阁着别离泪。刚道得声保重将息，痛煞煞教人舍不得。好去者望前程万里。

——《沉醉东风》

笑语喧哗，墙内甚人家？度柳穿花，院后那娇娃。媚孜孜整绛纱，颤巍巍插翠花。可喜煞，巧笔难描画。他，困倚在秋千架。

——《碧玉箫》

像这样的婉丽的娇媚的曲，还不是最天真的抒情歌吗？汉卿的言情类的作品，无论小令、散套，都是最隽美的晶莹的珠玉，是令人把玩不忍释手的。我们再看他的《大德歌》：

风飘飘，雨潇潇，便做陈抟睡不着。懊恼伤怀抱，扑簌簌泪点抛。秋蝉儿噪罢寒蛩儿叫，淅零零细雨打芭蕉。

他这一类的抒情歌曲，真是萧爽极了。汉卿的散套《新水令》（楚台云雨套）描写痴情男女的幽会，也极风流绮艳之至，已开沈青门《唾窗绒》的先路了。

以作《唐明皇秋夜梧桐雨》杂剧得名的白仁甫，他的散曲亦俊逸有神。当我们读他的剧曲时，每为他华美婉妍的辞句所感动。但一读到他的散曲，则知其中更包含着豪放俊爽秀美的风格，其成就却高出其剧曲之上。他的散曲在元代是与张可久并称的，他的代表作品如《饮酒（寄生草）》《渔父词（沉醉东风）》是豪放的例。"吹、弹、歌、舞"（《驻马听》）是俊爽的例。"春、夏、秋、冬"（《天净纱①》）则是他秀美的例子。

> 黄芦岸白蘋渡口，绿杨堤红蓼滩头。虽无刎颈交，却有忘机友。点秋江白鹭沙鸥，傲杀人间万户侯，不识字烟波钓叟。
>
> ——渔父词，《沉醉东风》

> 裂石穿云，玉管宜横清更洁。霜天沙漠，鹧鸪风里欲偏斜。凤凰台上暮云遮，梅花惊作黄昏雪。人静也，一声吹落江楼月。
>
> ——吹，《驻马听》

> 孤村落日残霞，轻烟老树寒雅②，一点飞鸿影下。青山绿水，白草红叶黄花。
>
> ——秋，《天净沙》

以"半江明月"一曲著名的卢挚（一二三五——一三〇〇③），字处道，号疏斋，涿郡人。他和冯子振、贯云石，都是这期很著名的作曲者。他所作以小令为多，作风清润华美。如"画船儿载将春去也，空留下半江明月"（《落梅风·送别珠帘秀》④），其情调实与张可久为近。他的《蟾宫曲》四段，写农家生活，也颇为入趣：

---

① "纱"应为"沙"。

② 据隋树森编《全元散曲》，中华书局1964年版，第197页，"雅"应为"鸦"。

③ 目前一般认为卢挚的生卒年不详，大约分别是一二四二年、一三一五年。

④ 据隋树森编《全元散曲》，中华书局1964年版，第131页，此散曲题为《寿阳曲·别朱帘秀》。

沙三伴哥采茶^①，两腿青泥，只为捞虾。太公庄上，杨柳阴中，磕破西瓜。小二哥背^②延剌塔，碌轴上滑着个琵琶。看荞麦开花，绿豆生芽。无是无非，快活煞庄家。

冯子振（一二五七——一三一五），字海粟，自号怪怪道人，攸州人。他是马致远的同派，他的散曲颇豪放。像《鹦鹉曲》（故园归计和白无咎韵）云：

重来京国多时住，恰做了白发伧父。十年枕上家山，负我湘烟潇雨。断回肠一首阳关，早晚马头南去。对吴山结个茅庵，画不尽西湖巧处。

此外像"孤村三两人家住，终日对野叟田父。说今朝绿水平桥，昨日溪南新雨"（《鹦鹉曲·野渡新晴》），也富萧爽之趣。

贯云石（一二八六——一三二四），一名小云石海涯，字酸斋^③，自号芦花道人。畏吾人。父名贯只哥，遂以贯为氏。延祐时拜翰林学士，不久称疾南归卖药钱塘市中。他的作风以豪放清逸为主，在词中颇近苏辛，但也有清润秾艳者。像"弃微名去来心快哉，一笑白云外"（《清江引》）可为前者的例。"起初儿相见十分欢^④，心肝儿般敬重将他占。数年间来往何曾厌？"

① 据隋树森编《全元散曲》，中华书局1964年版，第115页，"采茶"应为"来嗏"。
② 据隋树森编《全元散曲》，中华书局1964年版，第115页，"背"应为"昔"。
③ 贯云石，字浮岑，"酸斋"是其号。
④ 据隋树森编《全元散曲》，中华书局1964年版，第357页，"欢"应为"忺"。

（《塞鸿秋》）却是后者的佐证。《红绣鞋》一曲，尤极艳冶之至：

> 挨著靠著^① 云窗同坐，看著笑著^② 月枕双歌，听著数著怕著愁著^③ 早四更过。四更过情未足，情未足夜如梭。天哪，更闰一更^④ 妨甚么！

马致远是这期里最有光辉的作家。他的作品不但为同时的及明清以来许多的作家所追慕，而他自己亦是那末样一位不平凡的诗人。在关汉卿、冯子振诸人的作品里很不易见出他们自己来，而马致远的作品，无论剧曲和散曲，都有很浓厚的自己的色彩。关于他的生平，已在论他的杂剧时说过了。他的散曲有《东篱乐府》一卷，约存小令百余首，套数十余首。作风于豪放外兼有清逸，为元曲之正宗。

> 孟襄阳，兴何狂！冻骑驴灞陵桥上，便纵有些梅花入梦香，到不如风雪锁^⑤ 金帐，慢慢的浅斟低唱。
>
> ——《拨不断》

在东篱的剧曲里，很多是表现他悲观而玩世的思想。就是在他的散曲中，也可看出他超人世的思想。至他的豪放清逸萧爽的

---

① 据隋树森编《全元散曲》，中华书局1964年版，第363页，"挨著靠著"应为"挨着靠着"。
② 据隋树森编《全元散曲》，中华书局1964年版，第363页，"看著笑著"应为"偎着抱着"。
③ 据隋树森编《全元散曲》，中华书局1964年版，第363页，"听著数著怕著愁著"应为"听着数着愁着怕着"。
④ 据隋树森编《全元散曲》，中华书局1964年版，第364页，此处脱"儿"字。
⑤ 据隋树森编《全元散曲》，中华书局1964年版，第252页，"锁"应为"销"。

作风，更充分地表现出他自己"闲云野鹤"般的特性。他的《天净沙》小令、《（双调）夜行船·秋思》相传是他的绝唱。我以为《寿阳曲》诸首，亦清逸可喜：

> 夕阳下，酒旆闲。两三航未曾着岸。落花水香茅舍晚，断桥头卖鱼人散。

> 寒烟细，古寺清。近黄昏礼佛人静。顺西风晚钟三四声，怎生教老僧禅定。

> 鸣榔罢，闪暮光。绿杨堤数声渔唱。挂柴门几家闲晒网，都撮在捕鱼图上。

> 天将暮，雪乱舞。半梅花半飘柳絮。江上晚来堪画处，钓鱼人一蓑归去。

在前期的作家中，除了上述诸人之外，像商政叔、杨果、姚燧、白无咎、张养浩、马九皋、刘时中，也都是散曲坛很活跃的人物。

二

在第二期的散曲作家中，无疑的张可久足以领袖群伦。他和马致远一样在元代的散曲坛上都占着领袖的地位，而他的成就尤为伟大。他是元代惟一的散曲专家。在关汉卿、马致远、白朴诸人是以剧曲得名，散曲不过是他们的副业之一种。而张可久则散曲之外，便不作剧曲了。他字小山，庆元人，曾为桐庐典史。他的散曲有《小山北曲联乐府》三卷，外集一卷。近人改编为《小山乐府》，凡六卷。约存小令七百五十一首，套数七首。元人散曲专集，此为独传，亦以此为独富了。他的曲，其长处能酌取诗境、词境入曲，而自成潇洒清丽一派。

　　黄叶青烟丹灶，曲阑明月诗巢，绿波亭下小红桥。老梅盘鹤膝，新柳舞蛮腰，嫩茶舒凤爪。

　　　　　　　　——《红绣鞋·山中》

　　云冉冉，草纤纤，谁家隐居山半崦。水烟寒，溪路险。半幅青帘，五里桃花店。

　　　　　　　　——《迎仙客·括山道中》

　　像这类的曲都是他清俊一方面的。又如："松风小楼香缥渺，一曲寻仙操。秋风玉兔寒，野树金猿啸，白云半天山月小。"（《清江引·桐柏山中》）"门前好山云占了，尽日无人到。松风响翠涛，槲叶烧丹灶。先生醉眠春自老。"（《清江引·山居春枕》）都极萧爽俊逸之致，小山曲以清丽见称，上数首可谓之"清"。至于"丽"的曲，如《殿前欢·离思》云：

　　月笼沙，十年心事赋①琵琶。相思懒看帏屏画，人在天涯。春残豆蔻花，情寄鸳鸯帕，香冷荼蘼架。旧游台榭，晓梦窗纱。

　　小山和马致远一样，在政治方面也是一位郁郁不得志的人物。看他的"醉呼元亮酒，懒上仲宣楼，功名不挂口"（《红绣鞋·隐士》），这不是他厌弃政治生活的宣言吗？又《叨叨令》②云：

---

　　① 据隋树森编《全元散曲》，中华书局1964年版，第788页，"赋"应为"付"。

　　② 这首作品一般认为为无名氏之作。

黄尘万古长安路，折碑三尺村[1]山墓。西风一叶乌

江渡，夕阳十里邯郸树。老了人也么哥，老了人也么

哥，英雄尽是伤心处。

小山晚年的作品，多以悲凉凄惋胜。这曲和"人老去西风白

发，蝶愁来明日黄花。回首天涯，一抹斜阳，数点寒鸦"（《折

桂令·九日》）同一机轴。"看看人世，白了人头。"可想见我

们这位伟大诗人暮境心绪的凄凉了。

以作杂剧《扬州梦》《金钱记》得名的乔吉甫，也是散曲中

的当行家。他和张可久，明以来向推为曲中之李杜，而乔作风流

俊爽，尤为可贵。他的一生较小山尤落魄，但看他的自述道：

"不占龙头选，不入名贤传。时时酒圣，处处诗禅，烟霞状元，

江湖醉仙，笑谈便是编修院。留连，批风抹月四十年。"（《绿

幺遍》）实较小山为浪漫多了。他的散曲有近人所辑的《梦符散

曲》五[2]卷（《惺惺道人乐府》《文湖州集词》《撷遗》）。他

的作风以清润华美胜，但亦时有俗趣。所以李开先说他："蕴

藉包含，风流调笑，而[3]不失之怪……句句用俗，而不失其[4]

文。"这到是很中肯的评语。

冬前冬后几村庄，溪北溪南两履霜。树头树底孤山

上。冷风来何处香？忽相逢缟袂绡裳。酒醒寒惊梦，笛

---

[1] 据隋树森编《全元散曲》，中华书局1964年版，第1660页，"村"应
为"邙"。

[2] "五"应为"三"。

[3] 据（明）乔吉《乔梦符小令》，明隆庆刻本，第2页，"而"字前脱
"种种出奇"。

[4] 据（明）乔吉《乔梦符小令》，明隆庆刻本，第2页，此处脱"为"
字。

凄春断肠，淡月昏黄。

——《水仙子·寻梅》

隔朱帘①杨柳青青，烟锁窗纱，风动帘旌。爱镜睹婵娟，粉吹旖旎，玉立娉婷。翘凤头金钗整整，朵松花云鬓亭亭。个样心情，困托香腮，斜倚银②屏。

——《天香引③·越楼所见》

乔吉虽然和张可久齐名，但他们也有不同之点。即张曲一味的骚雅，而乔曲则雅中带俗，这在乔曲中是时时看到的。例如《折桂令·寄远》云：

怎生来宽掩了裙儿？为玉削肌肤，香褪腰肢。饭不沾匙，睡如翻饼，气若游丝。得受用遮莫害死，果诚实有甚推辞？干闹了多时，本是结发的欢娱，倒做了彻骨儿相思。

徐再思，字德可，嘉兴人。好食甘饴，故称"甜斋"。世人以他和贯酸斋并称，谓之"酸甜乐府"。有集见《散曲丛刊》中。他虽然和酸斋并称，但他们的作风则异。酸斋作风以豪放清逸为主，近于马致远一派。而甜斋曲则包含着萧爽（《夜雨》）、华美（《春》）、艳丽（《春情》）诸优点，其作风较接近张可久。试看：

---

① 据隋树森编《全元散曲》，中华书局1964年版，第599页，"帘"应为"楼"。
② 据隋树森编《全元散曲》，中华书局1964年版，第599页，"银"应为"云"。
③ 据隋树森编《全元散曲》，中华书局1964年版，第596页，"天香引"应为"折桂令"。

一声梧声^①一声秋，一点芭蕉一点愁，三更归梦三更后。落灯花棋未收，叹新丰孤馆人留。枕上十年事，江南二老忧，都到心头。

——《水仙子·夜雨》

紫燕寻旧垒，翠鸳栖暖沙，一处处绿杨堪系马。他，问前春^②沽酒家。秋千下，粉墙边红杏花。

——《阅金经·春》

平生不会相思，才会相思，便害相思。身似浮云，心如飞絮，气若游丝，空一缕余香在此，盼千金游子何之。证候来时，正是何时？灯半昏时，月半明时。

——《折桂令·春情》

郑德辉是第二期著名的剧曲家。他的散曲的作风颇近张可久。像"雨过池塘肥水面，云归岩谷瘦山腰"（《秋闺》，驻马听^③）这类近诗的句子，都可证明张、郑的相近处。又如《蟾宫曲·梦中作》，也是十足的张派。

半窗幽梦微茫，歌罢钱塘，赋罢高唐。风入罗帏，爽入疏棂，月照纱窗。缥缈见梨花淡妆，依稀闻兰麝余香。唤起思量，^④怎不思量。

张、乔、徐、郑之外，这时编《太平乐府》《阳春白雪》的

---

① 据隋树森编《全元散曲》，中华书局1964年版，第1056页，"声"应为"叶"。

② 据隋树森编《全元散曲》，中华书局1964年版，第1034页，"春"应为"村"。

③ 此处脱"近"字。

④ 据隋树森编《全元散曲》，中华书局1964年版，第463页，此处脱"待不思量"一句。

杨朝英，著《中原音韵》的周德清，作《录鬼簿》的钟嗣成，也都在写散曲，且各有其异样的风趣。杨作颇有豪放之风。周则喜在用字上下工夫，百炼千锤，无懈可击。钟嗣成的曲子内，常显示他特殊的诙谐与颓放的风趣。试看他们的作品：

> 昨日苍鹰黄犬齐飞放，今日单鞭羸马江南丧。他待说①欺君罔上曹丞相，不如俺葛巾漉酒陶元亮。倒大来快活也末哥，到②大来快活也末哥，渔翁把盏樵父③唱。

> ——杨朝英的《叨叨令·叹世》

> 月儿初上鹅黄柳，燕子先归翡翠楼，梅魂休暖凤香篝。人去后，鸳被冷堆愁。

> ——周德清的《喜春来·别情》

> 风流得遇鸾凤④配，恰比翼便分飞。绿杨⑤易散琉璃脆。没揣地钗股折，厮琅地宝镜亏，扑通地银瓶坠。香冷金猊，烛暗罗帏。支剌地搅断离肠，扑速地淹残泪眼，吃答地锁定愁眉。天高雁杳，月皎乌飞。暂别离，且宁耐，好将息。你心知，我诚实，有情谁怕隔年期。

---

① 据隋树森编《全元散曲》，中华书局1964年版，第1292页，"说"应为"学"。

② 据隋树森编《全元散曲》，中华书局1964年版，第1292页，"到"应为"倒"。

③ 据隋树森编《全元散曲》，中华书局1964年版，第1292页，"父"应为"夫"。

④ 据隋树森编《全元散曲》，中华书局1964年版，第1359页，"凤"应为"凰"。

⑤ 据隋树森编《全元散曲》，中华书局1964年版，第1359页，"绿杨"应为"彩云"。

去后须凭灯报喜，来时长听马鸣[1]嘶。

钟嗣成这篇《恨别》（《骂玉郎带过感皇恩采茶歌》）真是一篇绝妙好辞。我们如果拿此曲和"昨天[2]话儿说甚的[3]，今日都翻悔。直凭[4]铁心肠，不管人憔悴，下场头送了我都是你"（《清江引·情》），可看出嗣成写情的手段真不坏。他尚有《醉太平》小令三首，写乞儿的生活，维妙维肖，似为明薛近兖《绣襦记》的《莲花》一出之所本。

这时期的散曲坛上，人材是济济的。乔吉、郑德辉是散曲兼作杂剧者。杨朝英、周德清、钟嗣成不但是散曲的作者，同时又是散曲的编述者和音韵专家。至于这时专工散曲者，更是那末样的多。吴西逸、吕止庵、李爱山、曹明善、钱霖……都有很好的作品留给我们来欣赏：

香随梦，肌褪雪，锦字记离别。人[5]去情难再，更长愁易结。花外月儿斜，淹粉泪微微睡些。

——吴西逸的《梧叶儿·春情》

西风黄叶稀，南楼北雁飞。揾妾灯前泪，缝君身上

---

① 据隋树森编《全元散曲》，中华书局1964年版，第1360页，"鸣"应为"频"。

② 据隋树森编《全元散曲》，中华书局1964年版，第1363页，"天"应为"先"。

③ 据隋树森编《全元散曲》，中华书局1964年版，第1363页，"的"应为"底"。

④ 据隋树森编《全元散曲》，中华书局1964年版，第1363页，"凭"应为"恁"。

⑤ 据隋树森编《全元散曲》，中华书局1964年版，第1165页，"人"应为"春"。

衣。约归期，清明当^①会，雁还也人未归。

——吕止庵的《后庭花》

离京邑，出凤城，山林中隐名埋姓。乱纷纷世事不欲听，倒大来耳根清净。

——李爱山的《落梅风·厌纷》

长门柳丝千万缕，总是伤心树。行人折柔^②条，燕子衔芳^③絮，都不由凤城^④做主。

长门柳丝千万结，风起花如雪。离别重^⑤离别，攀拆复搴^⑥折，苦无多旧时枝叶^⑦。

——曹明善的《清江引·长门柳》

梦回昼长帘半卷，门掩荼蘼院。蛛丝挂柳绵^⑧，燕嘴粘花片，啼莺一声春去远。

---

① 据隋树森编《全元散曲》，中华书局1964年版，第1123页，"当"应为"相"。

② 据隋树森编《全元散曲》，中华书局1964年版，第1080页，"柔"应为"嫩"。

③ 据隋树森编《全元散曲》，中华书局1964年版，第1080页，"芳"应为"轻"。

④ 据隋树森编《全元散曲》，中华书局1964年版，第1080页，此处脱"春"字。

⑤ 据隋树森编《全元散曲》，中华书局1964年版，第1080页，"重"应为"复"。

⑥ 据隋树森编《全元散曲》，中华书局1964年版，第1080页，"拆复搴"应为"折更攀"。

⑦ 据隋树森编《全元散曲》，中华书局1964年版，第1080页，此处脱"也"字。

⑧ 据隋树森编《全元散曲》，中华书局1964年版，第1029页，"绵"应为"棉"。

恩情已随纨扇歇，攒到愁时节。梧叶一声^①秋，砧杵万^②家月，多的是几声儿檐外铁。

——钱霖的《清江引》

三

散曲到了明代，且更呈显着如火如荼的景象。这时散曲的作家，除了由元入明的汪元亨、谷子敬、唐以初、贾仲明、丁野夫、汤舜民尚在尽情地呕吟外，明朝的皇帝和贵族也很提倡作曲。明太祖虽是一位流氓皇帝，却喜《琵琶记》。（徐渭《南词叙录》）著《太和正音谱》的宁献王权，制《诚斋乐府》的周宪王有燉，不但是散曲的提倡者，同时他们自制之曲，也传唱一时。李梦阳诗云："中山孺子倚新妆，郑女燕姬总擅场。齐唱宪王新乐府，金梁桥外月如霜。"（《汴梁元宵绝句》）牛左史恒亦有诗云："唱彻宪王新乐府，不知明月下樊楼。"可以想见当时的盛况了。

憎苍蝇竞血，恶黑蚁争穴。急流中勇退是豪杰，不因循苟且。叹乌衣一旦非王谢，怕青山两岸分吴越，厌红尘万丈混龙蛇。老先生去也！

——汪元亨的《醉太平·归隐》

---

① 据隋树森编《全元散曲》，中华书局1964年版，第1029页，"梧叶一声"应为"梧桐一叶"。

② 据隋树森编《全元散曲》，中华书局1964年版，第1029页，"万"应为"千"。

蓝桥驿一步步鬼门关，阳台路[1] 层层刀剑山，桃源洞一处处连云栈。有情人难上难，姻缘簿扯做了引[2] 魂幡。波浪起尾生心碎，云雨散襄王[3] 梦残，桃花谢刘阮情悭。

——唐以初的《水仙子》

冷清清人在西厢，叫一声张郎，骂一声张郎。乱纷纷花落东墙，问一会红娘，絮一会红娘。枕儿余，衾儿剩，温一半绣床，间一半绣床。月儿斜，风儿细，开一扇纱窗，掩一扇纱窗。荡悠悠梦绕高唐，萦一寸柔肠，断一寸柔肠。

——汤舜民的《蟾宫曲》

湘裙睡损胭脂皱，非病酒是悲秋。自从他去了恹恹瘦瘦，多应腹内愁。愁翻成镜里羞，羞说起神前咒。本待要同效绸缪，谁承望被他偁倲。空想得病缠身，恰盼得书在手，不觉得泪盈眸。去时说长安赴选，这其间何处淹留。火半温串香香，门半掩灯上上，帘半卷玉钩钩。苍树杳暮云稠，红叶落晚风飕，凄凉光景甚时休。岂料相思直恁陡，悔教[4] 夫婿觅封侯。

——朱有燉的《骂玉郎带感皇恩采茶歌·闺情》

---

[1] 据谢伯阳编纂《全明散曲》第一册，齐鲁书社2016年版，第242页，此处脱"一"字。

[2] 据谢伯阳编纂《全明散曲》第一册，齐鲁书社2016年版，第242页，"引"字衍。

[3] 据谢伯阳编纂《全明散曲》第一册，齐鲁书社2016年版，第242页，"襄王"应为"情人"。

[4] 据谢伯阳编纂《全明散曲》第一册，齐鲁书社2016年版，第348页，"教"应为"交"。

四

自汪元亨、朱有燉之后，到了明弘、正间，散曲作家们又是像风起泉涌似地出来了不少。冯（惟敏）、王（九思）、康（海）、常（伦）是承继马致远的一派。王（磐）、金（銮）是接近张可久的一派。

冯惟敏（一五一一——一五八○[①]），字汝行，号海浮，临朐人。有《海浮山堂词稿》四卷，共存套数五十首左右，小令儿四百首（尚有《玉殿传胪》杂剧及《僧尼共犯》传奇）。他的散曲最有生气，最有魄力，为明曲中仅有的豪放一派。明王骥德、王世贞诸人，都以冯曲"本色过多，北音太繁，多侠寡驯"。殊不知冯曲的长处，正在其"本色"与"寡驯"。像：

> 论形容合不着公卿相，看丰标也没个[②]挡搜样，量衙门又省了交盘帐，告尊官便准俺归休状。广开方便门，大展包容量，换春衣直走到东山上。
>
> ——《塞鸿秋·乞休》
>
> 闲看山人笑脸儿红，笑时节双眼儿朦胧，平白地笑入玄真洞。呀，也不辨雌雄，也不见西东，笑不醒风魔胡突虫。
>
> ——《河西六娘子》
>
> 冤家心变，这些时谁家鬼缠，打听的有个真实，我

---

① 目前一般认为冯惟敏的卒年是一五七八年。
② 据谢伯阳编纂《全明散曲》第三册，齐鲁书社2016年版，第2383页，"个"应为"有"。

和他两命难全！神灵鉴①察誓盟言，不叫冤家只叫天。

——《玉抱肚》

月缺重门静，更残五夜永。手托芙蓉面，背立梧桐影。瘦损伶仃，越端相越孤另。抽身转入，转入房栊冷。又一个画影图形，半明不灭灯。灯，花烛杳无凭。一似灵鹊儿虚嚣②，喜蛛儿不志诚。

——《月儿高·闺情》

王九思（一四六八——一五五一），字敬夫，号渼陂，鄠人。弘治九年进士。著有《碧山乐府》《碧山续稿》《碧山新稿》。他的散曲虽然属于豪放一派，然往往豪得过火，失之粗豪，便缺乏清逸的风趣了。像《水仙子》云：

一拳打脱凤凰笼，两脚蹬开虎豹丛，单身撞出麒麟洞。望东华人乱拥，紫罗襕老尽英雄。参详破邯郸一梦，叹息杀商山四翁，思量起华岳三峰。

《中山狼》杂剧的著者康海，是和王九思同乡、同派的作家。康海（一四七五——一五四〇），字德涵，号对山，武功人。他的曲多用本色，喜为元人之豪放。他的作风颇有影响于明代的散曲。《寨儿令·漫兴》云：

虽是穷，煞英雄，长啸一声天地空。禄享千钟，位至三公，半霎过檐风。马儿上才会峥嵘，局儿里早被牢笼。青山排户闼，绿树绕垣墉。风，潇洒明月中。

---

① 据谢伯阳编纂《全明散曲》第三册，齐鲁书社2016年版，第2434页，"鉴"应为"监"。

② 据谢伯阳编纂《全明散曲》第三册，齐鲁书社2016年版，第2400页，"嚣"应为"枭"。

　　像这些雄健豪放的作品，都可看出对山那意气苍茫、独立岗头之概。对山本弘治十五年状元，正德初曾以救李梦阳谒刘瑾，瑾败他削职为民。他本是豪放的人，经过了这次的打击，便益发浪漫起来了。并著《东郭先生误救中山狼》杂剧以写其愤气。读他的"天应醉，地岂迷？青霄白日风雷厉，昌时盛世奸谀蔽，忠臣孝子难存立。朱云未斩佞人头，祢衡休使英雄气"（《寄生草·读史有感》），都可看出他满肚皮愤懑不平之气。但他的曲也有萧疏的，如：

　　　　行藏数尺黄花径，生涯几树甜仁杏。勋庸一首沧浪咏，风流半曲天仙令。丰歉总由天，苦乐谁非命，蝇头微利何须挣。（《塞鸿秋·田家》）

　　　　南亩田，北溪园。荷锄带蓑心身①便。晚照晴原，翠竹鸣泉，随处尽堪怜。喜山妻酿酒能甜，爱痴儿诵曲成篇。也何须红袖舞，也不索大②官筵。仙，快乐任年年。（《塞儿令·漫兴》）

　　常伦、李开先也是冯惟敏的同派。伦（一四九二——一五二五），字明卿，号楼居③，沁水人，有《写情集》二卷。他多力善射，好酒使气。尝为寿州判官。嘉靖三年，以廷詈御史罢归，遂益纵酒自放。尝省墓，饮大醉，衣红腰双刀，驰马尘绝，前渡水，马顾见水中影，惊蹶堕水，刃出于腹，溃肠死，年

----

①　据谢伯阳编纂《全明散曲》第二册，齐鲁书社2016年版，第1250页，"身"应为"自"。

②　据谢伯阳编纂《全明散曲》第二册，齐鲁书社2016年版，第1250页，"大"应为"太"。

③　此处脱"子"字。

仅三十四。他是那样一位疏狂的人，所以他的作品也显示着异样的豪迈之气。例如《山坡羊》云：

> 闷葫芦一摔一 [①] 个粉碎，臭皮囊一挫一 [②] 个蝉脱，鸦儿守定兔窠中睡。曲江边混一回，鹊桥边撞一回，来来往往无酒也 [③] 三分醉。空攒下个铜斗儿家缘也，单买那明珠大似椎。恢恢，试问青天我是谁。飞飞，上的青天霄咱让谁。

读此可相见他少年时代一团豪气了。"知音就是知心，何拘朝市山林？去住一身谁禁？杖藜一任，相思便去相寻。"（《天净沙》）他又是那末样的潇洒，那末样的自由。

李开先（一五〇一——一五六八），字伯华，号中麓，章丘人。嘉靖己丑进士，官至太常寺少卿。他的散曲有《中麓乐府》，和与王九思合作《南曲次韵》。他的作品，像"曲参参 [④]，一轮残月照边关。恨来口汲 [⑤] 尽黄河水，拳打碎贺兰山。铁衣披雪浑身湿，宝剑飞霜扑面寒。驱兵去，破虏还，得偷闲处且偷闲"（《傍妆台》），此曲为对山所赏，也可算是李曲中的豪放一类的代表。

---

① 据谢伯阳编纂《全明散曲》第三册，齐鲁书社2016年版，第1873页，此"一"字衍。

② 据谢伯阳编纂《全明散曲》第三册，齐鲁书社2016年版，第1873页，此"一"字衍。

③ 据谢伯阳编纂《全明散曲》第三册，齐鲁书社2016年版，第1873页，"也"应为"儿"。

④ 据谢伯阳编纂《全明散曲》第三册，齐鲁书社2016年版，第2081页，"参参"应为"弯弯"。

⑤ 据谢伯阳编纂《全明散曲》第三册，齐鲁书社2016年版，第2081页，"汲"应为"吸"。

五

继张可久而起来的清丽的一派，在明朝当首推王磐。他字鸿渐，号西楼，高邮人。家本豪富，独厌绮丽之习，雅好古文辞。家于城西，有楼三楹，日与名流谈咏其间，因号西楼。他的散曲有《王西楼乐府》一卷。存套数九，小令六十五首①。他的作风以精丽胜，颇能融元人乔、张二家之长，写怀咏物，讽刺诽谐，俱称能手。在弘治、正德间，是被推为"词人之冠"的。

> 高枕听芭蕉奏雨，倚篷看杨柳穿鱼。乐唐虞②，占巢许清高处。嵌湖山一座楼居，与几个活水源头钓月徒，演一画先天太古。
>
> ——《沉醉东风·书怀》

> 温泉起来权护体，带湿云拖地。翻嫌月色明，偷向花阴立。俏东风有心轻揭起。
>
> ——《清江引·闺中十八咏》的《浴裙》

> 喇叭，锁哪，曲儿小腔儿大。官船来往乱如麻，全仗你抬声价。军听了军愁，民听了民怕。那里去辨甚么真共假？眼见的吹翻了这家，吹伤了那家，只吹的水尽鹅飞罢！
>
> ——《朝天子·咏喇叭》

---

① 据谢伯阳编纂《全明散曲》收录，王磐现存小令六十六首。

② 据谢伯阳编纂《全明散曲》第一册，齐鲁书社2016年版，第780页，此处脱"快活年"。

平生淡薄。鸡儿不见，童子休焦。家家都有闲锅
灶，任意烹炮。煮汤的贴他三枚火烧，穿炒的助他一把
胡椒。到省了我开东道。免终朝报晓，直睡到日头高。

——《满庭芳·失鸡》

西楼又有《闹元宵》散套，写高邮当时元宵节盛况，令人想
见当时太平景象。后经荒岁苛政，闾阎凋敝，元宵也无复曩时的
盛况了。张纮[1]诗云："年征岁役万民凋，太守风流兴尽消。火
树星球俱寂寞，惟余明月作元宵。"西楼《古调蟾宫曲·元宵》
写前后的盛衰现象：

听元宵，往岁喧哗，歌也千家，舞也千家。听元
宵，今岁嗟呀，愁也千家，怨也千家。那里有闹红尘香
车宝马？只不过送黄昏古木寒雅。诗也消乏，酒也消
乏，冷落了春风，憔悴了梅花。

陈铎，字大声，号秋碧，别号七一居士，下邳人。他在曲坛
上是一位纵横驰骤的大家。尝以唱曲为魏国公所斥，所谓"牙版
随身只自怜"也。有《秋碧轩稿》《梨云寄傲》《月香小稿》各
一卷。他的作风大都清丽明畅。像《小梁州》云：

碧纱窗外月儿高，秋到芭蕉，和衣刚得眼合着。谁
惊觉？花底一声箫。吹来总是相思调，把闲愁唤上眉
梢。展转听，伤怀抱。粉香花貌，一夜为君消。

碧纱窗外月儿孤，两两啼乌。枕寒衾剩夜何如。愁

---

[1] "纮"应为"纮"。

难度，风露下三^①梧。秋声苦把人欺负，但合眼好梦全
无。整翠鬟，开朱户。瑶阶徐步，惟赖影儿扶。

金銮，字在衡，号白屿，陇西人，侨居金陵，有《萧爽斋乐
府》二卷。他的作风亦萧爽可喜。如："青溪畔小堂，四壁虽空
书满床。碧岩下小窗，半世虽贫酒满缸。好山有意常当户，明
月多情远过墙。伴诗狂与酒狂，睡向西风枕簟香。"（《一封
书·闲适》）可为例证。陈所闻，字荩卿，金陵人，有《濠上斋
乐府》，其作风颇近金銮。《驻马听·阊门夜泊》云：

> 风雨萧然，寒入姑苏夜泊船。市喧才寂，潮汐还
> 生，钟韵俄转。乌啼不管旅愁牵，梦回偏怪家山远。摇
> 落江天，喜的是蓬窗曙色，透来一线。

施绍莘（一五八一———一六四〇），字子野，华亭人。他是
明季一位伟大的散曲家。论者以明代的曲家虽多，而他与冯惟敏
却是明散曲坛上的日月。他代表散曲的清丽一派，冯惟敏乃是豪
放派的代表。他有《花影集》四卷，约存小令七十二首，套数
八十六首，为明人专集中套数的最多者。其中有清俊的，有哀艳
的，有爽利，有浑雄的，而第二类缠绵哀艳的作风，更下开清赵
庆熹诸人的先路。

> 小亭低亚，眼前的诗耶画耶？白梅花衬扇窗儿，淡
> 垂杨带个栖鸦。天公偏称野人家，寒似前宵略峭些。
>
> ——《玉抱肚·小园》

> 短命冤家，道是思他又恨他。甜话将人挂，谎到天

---

① 据谢伯阳编纂《全明散曲》第一册，齐鲁书社2016年版，第500页，
"三"应为"高"。

来大。嗏！到是不归来，索须干罢。若是归来，休道寻
常骂。须扯定冤家下实打。

——《驻云飞·闺恨》

索性丢开，再不将他记上怀。怕有神明在，嗔我心
肠歹。呆，那里有神来！丢开何害？只看他们，抛我如
尘芥，毕竟神明欠明白。

——《驻云飞·丢开》

在施绍莘之前，尚有几位清丽派的作家，如杨慎夫妇和《唾
窗绒》的著者沈青门。杨慎（一四八八——一五五九），字用
修，号升庵，新都人。正德六年进士，嘉靖甲申以议大礼贬云
南，有《陶情乐府》四卷。作风爽丽清健，是位不可忽视的作
家。如《驻马听·和王舜卿舟行之咏》云：

明月中天，照见长江万里船。月光如水，江水无
波，色与天连。垂杨两岸净无烟，沙禽几处惊相唤。丝
缆停牵，乘风直上银河畔。

这到是一首秀丽真挚、情辞并茂的作品。又如："客枕恨邻
鸡，未明时，又早啼。惊人好梦回千里。星河影低，云烟望迷，
鸡声才罢鸦声起。冷凄凄，高楼独倚，残月挂天西。"（《黄
莺儿》）也极爽丽之致。用修的父亲杨廷和（一四五九——
一五二九），字介夫，成化十四年进士。武宗时为太子太师华盖
殿大学士，嘉靖时以议大礼削职归。他的散曲有《乐府遗音》。
其情调大类张云庄的《休居乐府》，但也有萧爽之作。用修的继
室黄氏，为明尚书黄珂的女儿，也是当时知名的曲家。他有《杨
夫人曲》三卷。其作风类杨而较为纵恣。

风阑不放天晴，雨余还见云生。刚喜疏花弄影，鸟

声相应，偶然便有诗成。

　　——杨廷和的《三月十三日竹亭雨过（天净沙）》

　　春寒峭，春梦多。梦儿中和他两个，醒来时空床冷被窝。不见你，空留下我。

　　——黄氏的《双调落梅风》

　　与陈大声齐名的沈仕，字懋学，一字子登，号青门山人。仁和人，著《唾窗绒》一卷。作风艳冶绵丽。像"倚阑无语掐残花，蓦然间春色微烘上脸霞。相思薄幸那冤家，临风不敢高声骂，只教我指定名儿暗咬牙"（《懒画眉·春怨》），诚是娇艳若"临水夭桃"的东西。青门是以善写"淫词"著名的。像《黄莺儿·美人荐寝》《懒画眉·幽会》，都是幽艳绵丽的作品，已开了散曲香奁体的先声。

六

　　明代散曲坛上的豪放与清丽两派的作家，我们已叙述了个大概，最后再叙述重视音律的梁、沈一派。散曲到了这时，虽然词藻工雅，音韵和叶，但这正如词到了南宋一样，已至凝结为冰雕琢成器的时代了。这派的著名者为梁辰鱼、沈璟、张凤翼、史槃、王骥德、冯梦龙诸人。梁、沈、张，我们在叙述他们的戏曲时，已说过他们的历史，兹仅论他们的散曲。

　　梁辰鱼的散曲，有《江东白苎》四卷，约存小令、套数各三十首左右，大都雅丽工整。张凤翼序谓"掷地可作金石声"，可想见重视音律的程度了。沈璟的戏曲是过视音律而轻忽辞意的，他的散曲也然。

双双兰桨，采莲归重催晚妆。看西施舞罢纤腰，半含娇笑倚东床。芙蓉帐小夜添香，杨柳风多水殿凉。

——梁辰鱼的《玉抱肚·吴宫词》

半生[1]丰韵，前生缘分，蓦然间冷语三分，窄地里热心一寸。梦中蝶魂，梦中蝶魂。月中花晕，暗中思忖。可怜人，不知兴庆池边树，何似风流偕傥身。

——张凤翼的《桂枝香·风情》

史槃（一五三〇——一六三〇），字叔考，会稽人。有《齿雪余香》。其曲以爽利与工丽为宗。若《醉罗歌·题情》，可算作爽利一类的代表作：

难道难道丢开罢？提起提起泪如麻。欲诉相思抱琵琶，手软弹不下。一腔恩爱秋潮卷沙，百年夫妇春风落[2]花。耳边枉说尽了从良话！他人难靠[3]，我见已差。虎狼也[4]狠不过这冤家！

王骥德（？——一六二三），字伯良，会稽人。与魏良辅齐名，有《方诸馆乐府》。他是梁、沈派重要的作者。他不但善论曲（《曲律》），而且善作曲，且极秀丽之致。如《锁南枝·待归》云：

---

[1] 据谢伯阳编纂《全明散曲》第四册，齐鲁书社2016年版，第2991页，"生"应为"天"。

[2] 据谢伯阳编纂《全明散曲》第四册，齐鲁书社2016年版，第3263页，"落"应为"蒻"。

[3] 据谢伯阳编纂《全明散曲》第四册，齐鲁书社2016年版，第3263页，"人难靠"应为"书难信"。

[4] 据谢伯阳编纂《全明散曲》第四册，齐鲁书社2016年版，第3263页，"也"字衍。

灯花绽，蟢子飞。心心盼他郎马归。早[1]起画蛾眉，红楼空镇[2]倚。纱窗暝[3]，日又西，多管是今宵，尚欠几行泪。

这是何等婉丽的情调呢。袁于令说："至于秀丽，不得不推王伯良。"但像《玉抱肚》末句云："不知今夜宿谁家，灯火章台处处纱。"《一江风》云："天边见月生，低低叫小名；我低低叫也。你索频频应。"如此等佳处，又非"秀丽"二字所能尽了。

萧萧郎马，怎教人不提他念他。俏庞儿怕吹破春风，瘦身躯愁触损桃花。不知今夜宿谁家，灯火章台处处纱。

——《玉抱肚》

月华明，偏管人孤另，后会茫无定。信难凭，两处思量，今夜私相订："天边见月生，低低叫小名；我低低叫也，你索频频应。"

——《一江风·见月》

最后我更一说多才多艺的作家冯梦龙。关于他的生平，我将在论他的短篇小说时再讲。他对于文学致力是多方面的。在诗有《七乐斋稿》。戏曲有《万事足》《双雄记》。并改订《酒家

---

[1] 据谢伯阳编纂《全明散曲》第四册，齐鲁书社2016年版，第3636页，"早"应为"蚤"。

[2] 据谢伯阳编纂《全明散曲》第五册，齐鲁书社2016年版，第3636页，"空镇"应为"镇空"。

[3] 据谢伯阳编纂《全明散曲》第五册，齐鲁书社2016年版，第3636页，"暝"应为"冥"。

佣》《量江记》《楚江情》《女丈夫》等。在小说方面他编过《喻世》《醒世》《警世》"三言"，并增补过《平妖传》《新列国志》《两汉演义》。散曲则有《宛转歌》。他的作风大都是质朴而富于情趣。他自己尝评他道："子犹诸曲，绝无文彩，然有一字过人，曰'真'。"（《太霞新奏》）此虽自夸语，然也确是切中的批评。像：

> 郎莫开船者！西风又大了些，不如依旧还侬舍。郎要东西和侬说，郎身若冷侬身热。且消受今朝^①这一夜，明日风和，便去也侬心安帖。^②

——《江水儿·留客》

> 频频书寄，止不过叙寒温别无甚奇。你便一日间千遍邮^③来，我心中也不嫌聒絮。书呵你^④原非要紧好东西，为甚一日迟来我便泪垂^⑤。

——《玉抱肚·赠书》

像这样朴质真挚的作品，确足以当"真"字而无愧。他又有小曲《挂枝儿·荷珠》云："露水荷叶珍珠儿现，是奴家痴心肠把线来穿。谁知你水性儿多更变，这边分散了，又向那边圆。没

---

① 据谢伯阳编纂《全明散曲》第六册，齐鲁书社2016年版，第4426页，"消受今朝"应为"受用而今"。

② 据谢伯阳编纂《全明散曲》第六册，齐鲁书社2016年版，第4426页，此段中四处"侬"应为"奴"。

③ 据谢伯阳编纂《全明散曲》第六册，齐鲁书社2016年版，第4426页，"邮"应为"书"。

④ 据谢伯阳编纂《全明散曲》第六册，齐鲁书社2016年版，第4426页，"你"字衍。

⑤ 据谢伯阳编纂《全明散曲》第六册，齐鲁书社2016年版，第4426页，"迟来"应为"无他"，"我"字衍。

真性的冤家也，随着风儿转。"相传梦龙在江南撰此曲与《叶子新斗谱》，浮薄子弟，靡然倾动，至有覆家破产者，其父兄群起讦之，事不可解。适梦龙之师熊公廷弼在告，遂泛舟西江求解于公。公曰："海内盛传冯生《挂枝》曲，曾携一二册惠老夫否？"冯局蹐不置辞，唯唯引咎，因致千里求援之意，公额之。既而以枯鱼、焦腐见饷。复授一书曰"便道为我致故人某"，另以一冬瓜为赠，终不题求援事。冯怏怏而去。及归始闻熊飞书当道，被讦事已释，复怜其行李之贫，假诸途济以三百金。盖公深爱龙子，惜其露才炫名，故示菲薄，而各事预为部署了。

参考：

冯子振见《元史》卷一百九十。

张养浩见《元史》卷一百七十五。

贯云石见《元史》卷一百四十三。

朱有燉见《明史》卷一百十六《周定王橚传》内。

康海、王九思见《明史》卷二百八十六。

李开先见《明史》卷二百八十七。

杨慎见《明史》卷一百九十二。

梁辰鱼见《皇明词林人物考》卷十一。

沈璟见《明诗综》卷五十。

冯梦龙见《明诗综》卷七十一。

《太平乐府》十①卷，（元）杨朝英编，有四部丛刊本。

《阳春白雪》十卷，（元）杨朝英编，有四部丛刊本。

---

① "十"应为"九"。

《乐府群玉》，（元）无名氏篇，有散曲丛刊本。

《录鬼薄》，（元）钟嗣成编，有楝亭十二种，有曲苑本。

《太和正音谱》，（明）朱权编，有涵芬楼秘笈本。

《艺苑卮言》，（明）王世贞著，有弇州四部稿本。

《元曲别裁集》，卢前编，有开明书店本。

《曲谐》，任讷著，有散曲丛刊本。

《曲雅》，卢冀野编，有开明书店影蜀刻本。（尚有《续曲雅》，所选均为散套）

《梦符散曲》，（元）乔吉撰，有散曲丛刊本。

《东篱乐府》，（元）马致远撰，有散曲丛刊本。

《酸甜乐府》，（元）贯云石、徐再思撰，有散曲丛刊本。

《小山乐府》，（元）张可久撰，有散曲丛刊本。

《海浮山堂词稿》，（明）冯惟敏撰，有散曲丛刊本。

《沜东乐府》，（明）康海撰，有散曲丛刊本。

《王西楼乐府》，（明）王磐撰，有散曲丛刊本。

《唾窗绒》，（明）沈仕撰，有散曲丛刊本。

《花影集》，（明）施绍莘撰，有散曲丛刊本。

《中国诗史》，陆侃如编，大江书铺本。（可参阅《散曲时代》）

《元明散曲小史》，梁乙真著，元新书局出版。

《插图本中国文学史》，郑振铎编，朴社出版。

第二十三章　元明的诗词

论元、明两代的文学者，都盛称他们的散曲、杂剧、传奇，诗词与散文，每有不满的评语。但这时期的诗词在文坛上虽没有散曲、杂剧、传奇那样的如火如荼，光焰万丈，却也不是十分地冷落的。

在元代初期的诗人，大都为金、宋的遗民。元好问、赵孟𫖯两人，可说是当代文坛的日月。继他们而起来的诗人：虞集、杨载、范梈、揭傒斯四人，并号"四大家"。萨都拉①、张翥二人，视四家虽稍后出，但两人在当时享名之盛，却也不下于四家。到了晚季，杨维桢出来，倡"比兴风谕"之旨于乐府古诗，清歌艳曲，流播人间，隐然为一代诗坛的霸主。

明初诗派递起，互立门户，如"北郭十友""南园五子"在当时都是著名的诗人集团。到了中叶的文坛，便又整个的被笼罩在复古的烟雾中，"文必秦汉，诗必盛唐"，一批批的伪拟古的作家，像雨前层云般的推推拥拥地向无垠的天空跑去。所谓"前七子""后七子""后五子""广五子""续五子""末五子"

---

① "萨都拉"现一般写作"萨都剌"。

等，可谓极一时之盛了。晚季公安、竟陵两派虽号称革命的文学家，但他们在明诗的园地中，也不见有什么惊人的成绩。

一

元好问（一一九〇——一二五七），字裕之，号遗山，太原秀容人，他是文学家德明之子。七岁能诗，十四岁从陵川郝晋卿学，淹贯经传百家，六年而业成。于是下太行，渡大河。尝作《箕山》《琴台》二诗，赵秉文见而奇之，谓"少陵以后无此作也"，因而名震京师，号元才子。金兴定五年成进士，正大中为南阳令，仕至行书省左司员外郎。金亡不仕，以著作自任。著有《元遗山集》。他以宏衍博大之才，独步天下者三十年，所编《中州集》，为金源一代诗人总集，而为现代研究金代文学者惟一的参考书。他的诗沈郁怨凉，自成声调。如《西楼曲》云：

游丝落絮春漫漫，西楼晓晴花作团。楼中少妇弄瑶瑟，一曲未终长坐[①]叹。

去年与郎西入关，春风浩荡随金鞍。今年区马妾东还，零落芙蓉秋水寒。

并刀不剪东流水，湘竹年年露痕紫。海枯石烂两鸳鸯，只合双飞便双死。

重城车马红尘起，乾鹊无端为谁喜？镜中独语人不知，欲插花枝泪如洗。

---

① 据施国祁注；麦朝枢校《元遗山诗集笺注》卷六，人民文学出版社1958年版，第296页，"长坐"应为"坐长"。

　　赵孟頫（一二五三^①——一三二二），字子昂，号松雪道人，湖州人，宋太祖子秦王德芳之后。幼聪敏，读书过目成诵。宋亡家居，自力于学。至元间，程钜夫荐入朝，才气英迈，神采焕发，元世祖顾之喜，使坐右丞叶李上。仁宗朝，官至翰林学士承旨。有《松雪斋集》十二^②卷。其妻管道升，子雍、奕都以书画知名。他的诗流转圆润，而颇多哀音。如："谁向夜深吹玉笛，伤心莫听后庭花。"又《岳鄂王墓》云：

　　　　鄂王墓上草离离，秋日荒凉石兽危。南渡君臣思社

　　稷，中原父老望旌旗。

　　　　英雄已死嗟何及，天下中分遂不支。莫向西湖歌此

　　曲，水光山色不胜悲。

　　虞集（一二七二——一三四八），字伯生，先世蜀人，而家于江西崇仁。他三岁即知读书，从父汲于岭外干戈中，无书册可携，外祖杨仲文口授《论语》、《孟子》、《左氏传》、欧苏文。又从吴澄游。后官至翰林直学士。著有《道园学古录》五十卷。他的诗文清健流丽，法律谨严。自谓如汉廷老吏。盖继元遗山而为文坛祭酒者，诚非集莫能当之。像"狂客醉时花作阵，美人歌罢月如钩"（《寄南海故将军》），都是情景兼茂之作。又如《送朱仁卿南归》云：

　　　　喜子南归盱水上，经过为我问临川。几家橘柚霜垂

　　屋，何处蒹葭月满船。

　　　　应有交游怜远道，试从父老说丰年。寒机早晚成春

---

①　目前一般认为赵孟頫的生年是一二五四年。

②　"十二"应为"十一"。

服，——平安报日边。

杨载（一二七一——一三二三），字仲宏[1]，其先蒲城人，后徙杭。少孤，博识群书，年四十不仕，以布衣召为翰林院国史编修官。延祐初登进士第。官全宁国路推官。有《杨仲宏[2]诗集》八卷。他的诗雅赡有法度，赵孟𫖯极推重之。"大地河山微有影，九天风露寂无声"（《宗阳宫望月》）是被人所称的名句。又《春晚喜晴》云：

积雨俄经月，新晴始见春。苍苔侵碧[3]墅，绿水过比邻。

性僻居宜远，身闲景易亲。无诗排世累，有酒纵天真。

循圃花黏[4]履，凭栏[5]柳拂巾。歌呼从稚子，谈笑或嘉宾。

渐喜渔樵狎，仍欣鸟雀驯。幽情延薄暮[6]，浩思集清晨。

养拙元非病，为文敢自珍。杜门缘底事，作计懒随人。

---

[1] "宏"应为"弘"。

[2] 同上。

[3] 据（元）杨载《杨仲弘集》卷四//《影印文渊阁四库全书》第1208册，台湾商务印书馆1983年版，第31页，"碧"应为"别"。

[4] 据（元）杨载《杨仲弘集》卷四//《影印文渊阁四库全书》第1208册，台湾商务印书馆1983年版，第31页，"黏"应为"粘"。

[5] 据（元）杨载《杨仲弘集》卷四//《影印文渊阁四库全书》第1208册，台湾商务印书馆1983年版，第31页，"栏"应为"阑"。

[6] 据（元）杨载《杨仲弘集》卷四//《影印文渊阁四库全书》第1208册，台湾商务印书馆1983年版，第31页，"暮"应为"莫"。

范梈（一二七一^①——一三三〇），字亨父，一字德机，清江人。他少时家贫早孤，年三十六始游京师，朝臣荐为翰林院编修。吴澄以道学自任，少许可，独称梈为特立独行之士，可方东汉诸君子。有《范德机诗集》七卷。他的诗宕逸而多远情，如《王氏能远楼》云：

> 游莫羡天池鹏，归莫问辽东鹤。人生万事须有^②为，跬步江山即寥廓。

> 请君得酒勿少留，为我痛酌王家能远之高楼。

> 醉捧勾吴匣中剑，斫断千秋万古愁。沧溟朝旭射燕甸，桑枝正搭虚窗面。

> 昆仑池上碧桃花，舞尽东风千万片。^③落谁家？

> 愿倾海水溢流霞。寄谢尊前望乡客，底须惆怅惜天涯。

揭傒斯（一二七四——一三四四），字曼硕，龙兴富川人。他幼贫读书自刻苦，父来成，宋进士，父子自为师友，由是贯通百氏。大德初出游湘、汉间，赵淇见之惊曰："他日翰苑名流也。"程钜夫、卢挚尤器重之，钜夫因妻以从妹荐于朝，授翰林国史编修。元统初累升侍讲学士，与修《经世大典》及《辽》《金》《宋》三史，卒谥文安，有《文安集》十四卷。他的诗清丽婉转，最能代表元人色彩，如《李宫人琵琶引》《渔父》《杨

---

① 目前一般认为范梈的生年是一二七二年。

② 据（元）范梈《范德机诗集》卷四//《影印文渊阁四库全书》第1208册，台湾商务印书馆1983年版，第107页，"有"应为"自"。

③ 据（元）范梈《范德机诗集》卷四//《影印文渊阁四库全书》第1208册，台湾商务印书馆1983年版，第107页，此处脱"千万片"。

柳青谣》等都是。虞集称之若"美女簪花"，可见其诗的美丽
了。《杨柳青谣》云：

> 杨柳青青河水黄，河流两岸苇篱长。河东女嫁河西
郎，河西烧烛河东光。

> 日日相迎苇檐下，朝朝相送苇篱傍。河边病叟长回
首，送儿北去还南走。

> 昨日临清卖苇回，今日贩鱼桃花口。连年水旱更无
蚕，丁力夫徭百未[1]堪。

> 惟有河边守坟墓，数株高树晓相参。

四家以后的诗人，如黄潜[2]、柳贯、吴莱并学诗于宋遗民方
凤。黄、柳与虞、揭又称"儒林四杰"。吴莱，字立夫，年最
少，然享名独盛。他的诗长于歌行，声调奇兀。有《渊颖集》。
此外如倪瓒（字元镇，有《清閟阁集》）、张雨（号贞居子，有
《句曲外史集》）、萨都拉、张翥也都以诗名。

杨维桢（一二九六——一三七〇），字廉夫，号铁崖，会稽
人。父宏筑楼铁崖山，聚书数万卷，去梯，俾读书其中五年，因
自号铁崖。泰定进士，会修《辽》《金》《宋》三史，作《正统
辨》。总裁官欧阳玄功，叹为百年后公论。元末天下大乱，张士
诚招之不赴，徙居松江。明初朱元璋命近臣逼他入京，他作诗有
"商山肯为秦婴出"语，元璋道"老蛮子欲吾杀之以成名耳"，
遂放还，留百十日，抵家卒。一说他作此诗后即自缢而死。他善

---

[1] 据（元）揭傒斯著；李梦生标校《揭傒斯全集》卷三，上海古籍出版
社2012年版，第95页，"未"应为"不"。

[2] "潜"应为"潜"。

吹铁笛，号铁笛道人，又号抱遗老人，著有《铁崖古乐府》十
卷，《复古诗集》六卷。

银河忽如瓠子决，泻诸五老之峰前。我疑天仙织素
练，素练脱轴垂青天。

便欲手把并州剪，剪取一幅玻璃烟。相逢云石子，
有似捉月仙。

酒喉无耐夜渴甚，骑鲸吸海枯桑田。居然化作十万
丈，玉虹倒挂清冷^①渊。

——《庐山瀑布谣》

西家妇，贫失身。东家妇，贫无亲。

红颜一代难再得，皦皦南国称佳人。夫君求婚^②多
礼度，三日昏成戍边去。

龙蟠有髻不复梳，宝瑟无声^③为谁御？朝来采桑南
陌周，道旁过客黄金求。

黄金可弃不可售，望夫自上西山头。夫君生死未知
所，门有官家赋租苦。

姑嫜继殁骨肉孤，夜夜青灯泣寒杼。西家妇作倾^④
城姝，黄金步摇绣罗襦。

---

① 据邹志方点校《杨维桢诗集》卷三，浙江古籍出版社1994年版，第45
　　页，"冷"应为"泠"。
② 据邹志方点校《杨维桢诗集》卷五，浙江古籍出版社1994年版，第75
　　页，"婚"应为"昏"。
③ 据邹志方点校《杨维桢诗集》卷五，浙江古籍出版社1994年版，第75
　　页，"声"应为"弦"。
④ 据邹志方点校《杨维桢诗集》卷五，浙江古籍出版社1994年版，第75
　　页，"倾"应为"顷"。

东家妇贫徒自苦，明珠不传青州奴。为君贫操弹修
行，不惜红颜在空谷。

君不见人间宠辱多反覆[1]，阿娇老贮黄金屋！

——《贫妇谣》

他的诗波澜壮阔，变化奇突，而长篇歌行，尤能恣其磨荡回
环之趣。张伯雨序《铁崖乐府》云："隐然有旷世金石声，又时
出龙鬼蛇神，以眩一时[2]之耳目，斯亦奇矣。"王渔洋也说"铁
崖乐府气淋漓"，盖皆誉之之词。惟铁崖作诗，喜逞才气，务新
奇，矫枉过正，往往失于怪诞，坠入魔障。所以宋濂便很愤慨地
叹息道："近来学者类多自高，操觚未能成章，辄阔视前古为无
物，[3]故其所作，往往猖狂无伦，以扬沙走石为豪，而不知有纯
和冲粹之意，可胜叹哉。"（《答章秀才论诗书》）

二

明初的诗人，多效法元贤，而杨铁崖在当时尤为影响最大的
诗人。此外明臣中如宋濂、刘基、王袆等，也都能诗。"吴中四
杰"——高启、杨基、张羽、徐贲声名尤盛。惟四杰中只高启有
特殊的天才。他在明初的诗坛，正如孤鹤之展翮于晴空，朗月静

---

① 据邹志方点校《杨维桢诗集》卷五，浙江古籍出版社1994年版，第75
　页，"覆"应为"复"。
② 据陈衍辑撰《元诗纪事》卷一六，上海古籍出版社1987年版，第364
　页，"眩一时"应为"眩荡一世"。
③ 此处有脱文："且扬言曰：曹、刘、李、杜、苏、黄诸作虽佳，不必
　师；吾即师，师吾心耳。"

挂于夜天，足称一代的大家。

高启（一三三六——一三七四），字季迪，长洲人，自号青丘子。洪武初召修《元史》。后因《题宫女图》："小犬隔花空吠影，夜深宫禁有谁来。"又题《画犬》云："莫向瑶阶空吠影[1]，羊车半夜出深宫。"以此泄露宫廷秘事，招帝忌；旋坐魏观《上梁文》被朱元璋所腰斩，年仅三十九岁。所著文有《凫藻集》，词有《扣舷集》。诗有《吹台》《凤凰[2]》《缶鸣》《青丘》诸集。景泰元年，徐庸合编为《大全集》。

他的诗"隽[3]而清丽，如秋空飞隼，盘旋百折，招之不肯下。又如碧水芙蕖，不假雕饰，翛然尘外"（王子充语）。这可想见他才情的卓越了。他的诗，七律尤精警。如"肯扫帐中容我醉，夜深燃烛卧谈兵"，亦颇有豪气。

琼姿只合在瑶台，谁向江南处处栽？雪满山中高士卧，月明林下美人来。

寒依疏影萧萧竹，春掩残香漠漠苔。自去何郎无好咏，东风愁寂几回开。

——《梅花》

重臣分省[4]去台端，宾从威仪尽汉官。四塞河山归

---

① 据（明）高启著；（清）金檀辑注；徐澄宇，沈北宗校点《高青丘集》卷一八，上海古籍出版社2013年版，第773页，"空吠影"应为"吠人影"。

② "凰"应为"台"。

③ 据（清）钱谦益《列朝诗集小传》甲集，上海古籍出版社2008年版，第75页，此处脱"逸"字。

④ 据（明）高启著；（清）金檀辑注；徐澄宇，沈北宗校点《高青丘集》卷一四，上海古籍出版社2013年版，第577页，"省"应为"陕"。

版籍，百年父老见衣冠。

函关月落听鸡度，华岳云开立马看。知尔西行定回首，如今江左是长安。

——《送沈左司从王[①]参政分省陕西汪由御史中丞出》

四杰中只举高启一人为代表。此外以《白燕》诗得名的袁凯，诗学老杜，其声名也不下于高启。启尝赠他诗道："清新还似我，雄健不如他。"他们二人盖卓然为明初诗诗坛的双璧。袁凯，字景文，华亭人，自号海叟。洪武中为御史，以疾归。工诗有盛名，尝载乌巾倒骑黑牛，游行九峰间，好事者至绘为图。他初在铁崖座，客有赋《白燕》者，凯但微笑，另作一篇以献，颇工丽。铁崖大惊，遍示座客，人呼为袁白燕。有《海叟集》四卷。《白燕》诗云：

故国飘零事已非，旧时王谢见应稀。月明汉水初无影，雪满梁园尚未归。

柳絮池塘香入梦，梨花院落[②]冷侵衣。赵家姊妹多相忌，莫向昭阳殿里飞。

梢[③]后至永乐、成化间，三杨——杨士奇、杨溥、杨荣执文柄，以雍容闲雅为一时倡，号"台阁体"。于是诗坛的作风，遂趋于庸碌肤廓之病。迨后李东阳起来，倡宗杜之说，乃稍稍变其

---

① 据（明）高启著；（清）金檀辑注；徐澄宇，沈北宗校点《高青丘集》卷一四，上海古籍出版社2013年版，第576页，"王"应为"汪"。

② 据（明）袁凯著；万德敬校注《袁凯集编年校注》，上海古籍出版社2015年版，第7页，"院落"应为"庭院"。

③ "梢"应为"稍"。

体。其后李梦阳、何景明、徐祯卿、边贡、康海、王九思、王廷相继起，号为"七子"。倡复古之论调，以"文必秦汉，诗必盛唐"相号召，其影响及于天下，明诗乃另入一魔障之中。

李东阳（一四四七——一五一六），字宾之，号西涯，茶陵人。四岁能作径尺书，景帝召试之甚喜，抱置膝上赐果钞。天顺八年进士，孝宗朝官至文渊大学士，吏部尚书卒。他的诗以老杜为宗。一矫"台阁"之习，为"弘正七子"的先导。穆敬甫说："东阳倡始之功，甚似唐之燕许。"王世贞也说："东阳之于何、李，犹陈涉之启汉高。"他罢官家居，请诗文书篆者填户，颇资以给朝夕。一日夫人方进纸墨，他有倦意，夫人笑曰："今日设客，可使案无鱼菜耶？"乃欣然命笔。他的诗雅驯清彻，格律严整，深得唐人之风致。有《怀麓堂集》一百卷。《九日渡江》云：

秋风江口听鸣榔，远客归心正渺茫。万里乾坤此江水，百年风日几重阳。

烟中树色浮瓜步，城上山形绕建康。真[1]过真州更东下，夜深灯火宿维扬。

李梦阳（一四七二——一五二九），字献吉，号空同子，庆阳人。母梦日堕而生，故名梦阳。弘治七年进士。他尝下狱，寻宥出，左右欲杖之，帝曰"若辈欲以杖毙梦阳耳，吾宁杀直臣快左右[2]乎"。他之见重于君上如此。有《李空同集》六十六卷。

---

① 据（明）李东阳撰；周寅宾校点《李东阳集》第三册，岳麓书社2008年版，第1381页，"真"应为"直"。

② 据（清）张廷玉《明史》卷二八六，中华书局1974年版，第7347页，此处脱"心"字。

他虽尝执贽东阳，但以东阳诗为萎弱，卓然以复古自命。明人诗风，至此为之一变。他的诗颇古雅刚劲，一洗萎靡肤浅之病。像《送李师①之云州②》云：

> 黄风北来云气恶，云州健儿夜吹角。将军按剑坐待曙，纥干山摇月半落。

> 槽头马鸣士饭饱，昔无③完衣今绣袄。沙场缓辔今④射雕，秋草满地单于逃。

他在当时倡言复古，使天下勿读唐以后的书，甚至诗中故事凡唐以下者，亦皆摈而不用。相传他的《秋望诗》："黄河水绕汉边墙，河上秋风雁几行。客子过壕追野马，将军弢箭射天狼。黄尘古渡迷飞挽，白月横空冷战场。闻道朔方多勇略，只今谁见郭汾阳。"以落句有"郭汾阳"三字，涉用唐事，恐贻世人的口实，遂删其稿不入集。和他同时的何景明，虽与他互相倡和，便与他道不同了。

何景明（一四八三——一五二一），字仲默，号大复山人，信阳人。弘治壬戌进士。他与李梦阳齐名，世称"何李"。但一般人对他的评价乃在空同之上。他的诗是以"清远为趣，俊逸为宗"的，不复似梦阳那种"霆惊电煜，骇目振心"了。薛蕙诗云

---

① 据（明）李梦阳《空同集》卷二一，上海古籍出版社1991年版，第167页，"师"应为"帅"。

② 据（明）李梦阳《空同集》卷二一，上海古籍出版社1991年版，第167页，"州"应为"中"。

③ 据（明）李梦阳《空同集》卷二一，上海古籍出版社1991年版，第167页，"无"应为"为"。

④ 据（明）李梦阳《空同集》卷二一，上海古籍出版社1991年版，第167页，"今"应为"行"。

"俊逸终怜何大复，粗豪不解李空同"。自这诗出，而抑李申何之人更渐多了。有《何大复集》。《秋江词》云：

> 烟渺渺，碧波远。白露晞，翠莎晚。泛绿漪，蒹葭浅。浦风吹帽寒发短。美人立，江中流。暮雨帆樯江上舟，夕阳帘栊江上楼。舟中采莲红藕香，楼前踏翠芳草愁。芳草愁，西风起。芙蓉花，落秋水。江白如练月如洗，醉下烟波千万里。

七子之诗，就举李、何为代表。在当时尚有一派未受七子的影响而以清快奇谐著称，所谓"才子之文"者，唐寅、祝允明、文徵明、沈周等。他们四人纵情诗酒，又都是书画的名家。故他们的诗虽不足名家，却亦有清逸可喜之作。在这诗坛上的人们群趋于拟古的运动之际，乃有他们这些清新而天真的作品出现，实在可算是一片荒凉沙漠中的绿洲。

至当时反对何、李的人为王慎中、唐顺之等。他们的主张是"文宗欧曾，诗法①初唐"，这显然是要与何、李对抗了。为王、唐羽翼的人，如陈东、李开光②、熊过、任瀚、赵时春、吕高，这是当时文坛上一个大转变。迨"嘉靖七子"——李攀龙、王世贞、谢榛、宗臣、梁有誉、徐中行、吴国伦出来，复衍何、李之绪。继起的更有"前五子""后五子""广五子""续五子""末五子"之称。于是这一派的势力又日渐浩大起来，终于又成为文坛上的主潮。

---

① 据（清）张廷玉《明史》卷二八五，中华书局1974年版，第7307页，"法"应为"仿"。

② "光"应为"先"。

　　李攀龙（一五一四———一五七〇），字于鳞，号沧溟，历城人。少家贫，日读古书，里人目为狂生。嘉靖二十三年进士。官至河南按察使。他归乡里后，筑白云楼居之，日夕读书吟咏者十年。他每有所作，独登楼，升其梯，他人不许再登，宾客有造门者，谢不见面，也是一位苦吟的诗人。李有《沧溟集》。

　　他是嘉靖七子的魁首，也是大倡复古论调而气焰不可一世的作家。然而他们这一派嚣张有余，才力不足，祇能耸人听闻，却不能确有什么成就。他尝说："文自西京，诗自天宝以[1]下，都[2]无足观。"他在本朝的诗人中独推李梦阳、王世贞，这可想见他的自负和他对于诗的主张了。《秋登太华绝顶[3]》云：

　　　　缥渺真探白帝宫，三峰此日为谁雄？苍龙半挂秦川

　　雨，石马长嘶汉苑风。

　　　　地敞中原秋色尽，天开万里夕阳空。平坐突兀看人

　　意，容尔深知造化工[4]。

　　王世贞（一五二六———一五九〇），字元美，号凤洲，又号弇州山人，太仓人。嘉靖二十六年进士，为严嵩所恶下狱。后累官至刑部尚书。他与李攀龙为当时文坛的盟主。迨攀龙死后，他

---

①　据（清）张廷玉《明史》卷二八七，中华书局1974年版，第7378页，"以"应为"而"。

②　据（清）张廷玉《明史》卷二八七，中华书局1974年版，第7378页，"都"应为"俱"。

③　据（明）李攀龙著；包敬第标校《沧溟先生集》卷八，上海古籍出版社1992年版，第214页，诗题应为"杪秋登太华山绝顶"。

④　据（明）李攀龙著；包敬第标校《沧溟先生集》卷八，上海古籍出版社1992年版，第215页，"工"应为"功"。

独霸坫坛二十年。"声华意气,笼盖海内。举天下[1]士大夫,以及山人、词客、衲子、羽流,莫不奔走门下。片言褒赏,声价骤起。自古文士享隆名,主风雅,领袖人伦,未有若世贞之盛者也。"他有《弇州山人四部稿》三百八十一卷。他更著《艺苑卮言》,为批评文学的名著。他少年的诗力主盛唐,然往往藻饰过甚。所以朱彝尊说他"病在爱博,千篇一律"。但到晚年便渐就平淡了。相传当他病危时,刘凤往视,见他手《苏轼集》一卷,正讽玩不置。此老于诗,盖亦有"予岂异趋,久而自伤"之感吧。

> 与尔同兹难,重逢恐未真。一身初属我,万事欲输人。
>
> 天意宁群盗,时艰更老亲。不堪追往昔,醉语亦伤神。
>
> ——《乱后初入吴与舍弟小酌》

> 毋嫌声价抵千金,一寸纯钩一寸心。欲识命轻恩重处,灞陵风雨夜来深。
>
> 曾向沧流剚怒鲸,酒阑分手赠书生。芙蓉湿[2]尽鱼鳞老,总为人间事渐平。
>
> ——《戚将军赠宝剑歌》

嘉靖七子,无疑的以李、王为大宗。此外谢榛(一四九五——一五七五)在当时亦有声名。榛字茂秦,又号脱屣山人,临

---

[1] 据(清)张廷玉《明史》卷二八七,中华书局1974年版,第7381页,"举天下"应为"一时"。

[2] 据(清)沈德潜,周准编《明诗别裁集》卷八,上海古籍出版社2013年版,第215页,"湿"应为"涩"。

清人。嘉靖间游京师，时李、王等结社燕市，榛以布衣为之长。
秦、晋诸王争延致之，河南北皆称"谢先生"。李攀龙尝赠他诗
云："谢榛吾党彦……咄嗟名士籍……遂令清庙音，乃在褐衣
客。"又云："凤城杨柳未堪攀，谢朓西园未拟还。客久高吟生
白发，春来归梦满青山。明时抱病风尘下，短褐论交天地间。闻
道鹿门妻子在，只今词赋且燕关。"（《初春元美席上赠谢茂
秦》）后来谢榛名望高了，遂被摈于七子之列。王世贞更别定五
子。布衣见弃，殊可慨叹也。

当七子风靡天下的时侯，不肯随声附和而想别树一帜的，也
未尝没有。徐文长诗学李长吉，汤显祖诗学范、陆。此外王百
谷、王承父、屠长卿诸人，也屡次地向七子发排击之论，但都不
能致复古派之死命。直到万历末年，公安兄弟出，于唐宗白乐
天，于宋宗苏轼。他们的作风务以清新俊快为宗，号曰"公安
体"。于是文坛风气乃为之急转。天下学诗的人不宗王、李，而
趋"公安"了。此后竟陵钟惺出，又诋袁氏兄弟为浅率，而易之
以幽深孤峭；与同里谭元春并评选唐人诗为《唐诗归》。于是
钟、谭之名满天下，号曰"竟陵体"。虽然这两派的主张不同，
但他们反对复古派摹拟与剿袭的作品，却便联合着整个的阵线。

袁宏道，字无学，公安人。年十六岁为诸生，即结社城南为
之长。万历二十年进士，选吴县知县。他与兄宗道（字伯修），
弟中道（字小修）都以诗名海内，时号"三袁"。他为诗"主性
灵，尚妙悟"，以清新轻快之诗，矫王、李摹拟之病。他尝说：
"唐自有古诗，不必选体；中晚皆有诗，不必初盛；欧、苏、

陈、黄各有诗，不必唐人。唐诗^①色泽鲜明^②，如旦晚脱笔砚者，今诗才脱笔砚，已是陈言，岂非流自性灵，与出自剽拟所从来异乎。"（《静志居诗话》引）他著有《锦帆》《解脱》《潇碧堂》《瓶花斋》《华嵩游草》《破研斋》《广陵》《桃源^③》《故^④箧》等集。

　　横塘渡，^⑤郎西来，妾东去。^⑥感郎千金顾。

　　妾家住红^⑦桥，朱门十字路。认取辛夷花，莫过杨柳^⑧树。

——《横塘渡》

　　落花去故条，尚有根可依。妇人失夫心，含情欲语^⑨谁？

---

① 据（清）朱彝尊著；黄君坦校点《静志居诗话》卷一六，人民文学出版社1990年版，第478页，"诗"应为"时"。

② 据（清）朱彝尊著；黄君坦校点《静志居诗话》卷一六，人民文学出版社1990年版，第478页，"明"应为"妍"。

③ 此处脱"咏"字。

④ "故"应为"敝"。

⑤ 据（明）袁宏道著；钱伯城笺校《袁宏道集笺校》卷八，上海古籍出版社2018年版，第327页，此处脱"临水步"。

⑥ 据（明）袁宏道著；钱伯城笺校《袁宏道集笺校》卷八，上海古籍出版社2018年版，第327页，此处脱"妾非倡家人，红楼大姓妇。吹花误唾郎"。

⑦ 据（明）袁宏道著；钱伯城笺校《袁宏道集笺校》卷八，上海古籍出版社2018年版，第327页，"红"应为"虹"。

⑧ 据（明）袁宏道著；钱伯城笺校《袁宏道集笺校》卷八，上海古籍出版社2018年版，第327页，"柳"应为"梅"。

⑨ 据（明）袁宏道著；钱伯城笺校《袁宏道集笺校》卷一三，上海古籍出版社2018年版，第579页，"语"应为"告"。

灯光不到明，宠极心还变。只此双蛾眉，共①得几
回盼。

看多自成故，未必真衰老。譬②彼后③开花，不若
初生草。

——《妾薄命》

他的集中像这种诗，算是他很好的作品。至如"一日湖上
行，一日湖上坐。一日湖上住，一日湖上卧"（《西湖》），简
直不是诗了。"无端见白发，欲哭反成笑。自喜笑中意，一笑
又一跳。"（《偶见白发》）"人言汉梅福，君之妻父也。"
（《严陵钓台》）朱彝尊说他是"滑稽之谈，类④于狂言"。但
平心论之，这种诗的本身的技巧，固无价值可言，然在这明季乌
烟障气、死气沉沉的文坛，而有此极自由恣放的诗体出现，未尝
不使人耳目为之一新。

钟惺（一五七四——一六二四），字伯敬，竟陵人，万历
三十八年进士。他貌甚陋，羸不胜衣。为人严冷，不喜接俗客。
官南京时，僦居秦淮水阁，读史恒至丙夜，有所见，即笔之，名
曰《史怀》。与谭元春都以诗名。然论者谓他们学不甚富，识解
往往失之僻涩。清诗人赵翼评他们道："从一字一句，标举冷

---

① 据（明）袁宏道著；钱伯城笺校《袁宏道集笺校》卷一三，上海古籍
出版社2018年版，第579页，"共"应为"供"。

② 据（明）袁宏道著；钱伯城笺校《袁宏道集笺校》卷一三，上海古籍
出版社2018年版，第579页，"譬"应为"辟"。

③ 据（明）袁宏道著；钱伯城笺校《袁宏道集笺校》卷十三，上海古籍
出版社2018年版，第579页，"后"应为"数"。

④ 据（清）朱彝尊著；黄君坦校点《静志居诗话》卷一六，人民文学出
版社1990年版，第478页，此处脱"入"字。

僻，以为得味外味，则幽独君之鬼语矣。"这也未免过刻了。钟有《隐秀轩集》。谭字友夏，有《岳归堂集》。

> 舟栖频易处，水宿偶依岑。岸暝江逾远，天寒谷自深。
>
> 隔墟烟似晓，近峡气先阴。初月难离雾，疏灯稍照[1]林。
>
> 渔樵昏后语，山水静中音。莫数归鸦翼，徒惊倦客心。
>
> ——钟惺《晚舟[2]》

> 众山作四[3]围，群松作山护。缠绵青翠光，山欲化为树。根斜即倚磴，枝隙已通路。
>
> 阴云贯其下，常令白日暮。藤刺裹山巅，飞鸟慎勿度。
>
> ——谭元春《游九峰山》

明代的诗人，门户之见太深，摹拟剽窃，各师其师，且往往互相诋毁，无一定之是非。故诗人虽然是很多，竟无一人能跳出唐宋人的范围者。所以赵瓯北说："高青丘后，有明一代，竟无诗人。李西涯虽雅驯清澈，而才力尚小。前后七子[4]风行海内，

① 据（明）钟惺著；李先耕，崔重庆标校《隐秀轩集》卷一二，上海古籍出版社2017版，第227页，"照"应为"著"。

② 据（明）钟惺著；李先耕，崔重庆标校《隐秀轩集》卷一二，上海古籍出版社2017版，第227页，"晚舟"应为"舟晚"。

③ 据（明）谭元春著；陈杏珍标校《谭元春集》卷三，上海古籍出版社1998版，第49页，"四"应为"寺"。

④ 据（清）赵翼著；霍松林，胡主佑校点《瓯北诗话》卷九，人民文学出版社1963年版，第130页，此处脱"当时"。

迄今优孟衣冠，笑齿已冷。降及^①末造而精华始发越。……钱、吴二老为海内所推。"平心论之，有明一代的诗人，各派的主张虽不同，然其伤于拟古与空疏，无独特浓厚的风格则一。瓯北此论不见得是过刻罢。

三

说到词，元、明两代都没有产生伟大的作家。在元代因为接近南宋之故，刚刚离开了词的世界，到还有几个老词人在那里尽情地高唱。但词的怒潮已经成了过去，元代究竟是曲的世界，而不是词的世界。这些老词人，也不过是"残蝉的尾声"罢了。

至于元词的本身，也嫌魄力较小，大抵豪放闲适之词为多，婉丽绵密之词为少。较为著名的词人，有刘因、仇远、萨都拉、张雨、张翥、倪瓒、顾瑛、赵雍诸人。这些人中尤以仇远与萨都拉为最著。他们两人的作风，可以代表元词清丽、豪放两种不同的风格。

仇远（一二六一——？^②），字仁近，一字仁父，浙江钱塘人。至元中为溧阳州儒学教授。晚自号近村，又号山村。著有《无弦琴谱》。（见《疆村丛书》）他的词的风格，是那样的隽雅，像恬静的春水，微微的拂着绿波样的那末动人。他的词我们可举两首：

---

① 据（清）赵翼著；霍松林，胡主佑校点《瓯北诗话》卷九，人民文学出版社1963年版，第130页，"降及"应为"通计明代诗，至"。

② 目前一般认为仇远的生卒年分别是一二四七年、一三二六年。

钗头缀玉蚕①，耿耿东窗晓。京洛少年游，犹恨归来早。

寒食正梨花，古道多芳草。今夜试青灯，依旧双②花小。

——《生查子》

黄帽棕鞋，出门一步如③行客。几时寒食。岸岸梨花白。

马首山多，雨外青无色。谁禁得。残鹃孤驿。扑地春云黑。

——《点绛唇》

萨都拉（一三〇八——？④），字天锡，号直斋，雁门人。本为蒙古族⑤。曾为御史以弹劾权贵被谪，著有《雁门集》。他的作风是以豪放见长，颇近南宋的辛、陆。

石头城上，望天低吴楚，眼空无物。指点六朝形胜地，惟有青山如壁。蔽日旌旗，连云樯橹，白骨纷如雪。一江南北，消磨多少豪杰。

寂寞避暑离宫，东风辇路，芳草年年发。落日无人

---

① 据唐圭璋编《全宋词》，中华书局1999年版，第4312页，"蚕"应为"虫"。

② 据唐圭璋编《全宋词》，中华书局1999年版，第4312页，"双"应为"春"。

③ 据唐圭璋编《全宋词》，中华书局1999年版，第4294页，"如"应为"为"。

④ 萨都拉的生年目前有公元一二七二年、一二七四年、一二九〇年、一三〇〇年、一三〇五年、一三〇八年诸说，卒年目前有一三四〇年、一三四五年、一三五五年诸说，准确时间尚难确考。

⑤ 萨都拉的民族目前有两说，一为回族，一为蒙古族。

松径里，鬼火高低明灭。歌舞樽①前，繁华境②里，暗换青青发。伤心千古，秦淮一片明月。

——《百字令·登石头城》

短衣瘦马，望楚天空阔，碧云林杪。野水孤城斜日里，犹忆那回曾到。古木鸦啼，纸灰风起，飞入淮阴庙。捶牛酾酒，英雄千古谁吊。

何处漂母荒坟，清明落日，肠断王孙草。鸟尽弓藏成底事，百事不如归好。半夜钟声，五更鸡唱，南北行人老。道傍杨柳青青，春又来了。

——《酹江月·过淮阴》

词到了明代，益恹恹无生气。这时期文人的作词者，虽然还很多，但卓然可称的大家，却一个也没有。在明初像刘基、高启、周宪王诸人的词，虽尚存宋、元之旧，但亦不过是依样模仿而已。永乐而后的词坛，南宋诸家的词殆将绝迹。在这时到是《花间集》《草堂诗余》二选，却又风行起来。如杨慎、王世贞、唐寅、祝允明诸人的小令、中调却不少清丽秀美之作，然而他们的长调便嫌拖沓了。到了末季，陈子龙出来，词坛似乎重现活跃的气象。子龙的词，情深意切，雅丽稳贴，他的《湘真》《江蓠》二集，自是明词坛上希有的收获。

刘基（一三一一——一三七五），字伯温，青田人，元进士。入明以佐命功官至御史中丞，封诚意伯。正德中追谥文成。

---

① （元）萨都拉《雁门集》，上海古籍出版社1982年版，第400页，"樽"应为"尊"。

② （元）萨都拉《雁门集》，上海古籍出版社1982年版，第400页，"境"应为"镜"。

有《诚意^①刘文成公集》二十卷（附词）。他是明初一位诗家，他的诗以苍遒雄健胜，但他的词却以婉丽见长。例如：

　　烟草萋萋小楼西，云压雁声低。两行疏柳，一丝残照，万点鸦栖。

　　春山碧树秋重绿，人在武陵溪。无情明月，有情归梦，同到幽闺。

——《眼儿媚》

　　细草垂杨村巷幽，白沙素石引溪流。青苔矶上有扁舟。

　　门外好山开罨画，屋头新月学帘钩。窗风一榻似清秋。

——《浣溪沙》

王九思、杨慎同是明代的散曲作家，而他们的小词，亦翩翩有致。在王九思的散曲中，我们所看到的多是像"一拳打脱凤凰笼"那样的雄词，但在他的词中却显示着异样的闲适的作风。

　　门外长槐窗外竹，槐竹阴森，绕屋重重绿。人在绿荫深处宿，午风枕簟凉如沐。

　　树底辘轳声断续，短梦惊回，石鼎茶方熟。笑对碧山歌一曲，红尘不到人间屋。

——王九思的《蝶恋花·夏日》

　　春梦似杨花，绕遍天涯，黄莺啼过绿窗纱。惊散香云飞不去，篆缕烟斜。

　　油壁小香车，水渺云赊，青楼珠箔那人家。旧日罗

---

① 此处脱"伯"字。

479

中①今日泪，湿尽韶华。

——杨慎的《浪淘沙》

细雨轻烟装小暝，重衾不耐春寒横。袅尽博山孤篆影，闲自省，天涯有个人同病。

十二巫峰围昼永，黄莺可唤梨花醒。雨②点芳波揩不定，临晚镜，真珠簌簌胭脂冷。

——王世贞《渔家傲》

陈子龙（一六〇八——一六四七），字卧子，号人中③，青浦人。崇祯十年进士，官兵科给事中。清兵南下时，受鲁王命，欲结太湖兵举事。事泄，被捕投湖死，年方四十岁。著有《湘真阁》《江蓠槛词》二卷。

他的词以婉丽见长，晚年所作，更绵邈凄恻，哀音无次，是深隐着亡国之恨。他在明词坛上的位置，正如清词坛之有纳兰成德是一样的。我们可举他几首词：

半枕轻寒泪暗流，愁时如梦梦时愁，角声初到小红楼。

风动残灯摇绣幕，花笼微月淡帘钩，徒④然旧恨上心头。

——《浣溪沙·五更》

---

① 据饶宗颐初纂，张璋总纂《全明词》，中华书局2004年版，第826页，"中"应为"巾"。
② 据饶宗颐初纂，张璋总纂《全明词》，中华书局2004年版，第1091页，"雨"应为"两"。
③ "人中"是陈子龙的字。
④ （明）陈子龙著；施蛰存，马祖熙标校《陈子龙诗集》卷一八，上海古籍出版社2006年版，第598页，"徒"应为"陡"。

天桃红杏春将半，总被东风换。王孙芳草路微茫，只有青山依旧对斜阳。

绮罗如在无人到，明月空相照。梦中楼阁水湛湛，撇下一天星露满江南。

————《虞美人·有感》

古道棠梨寒恻恻，子规满路东风湿。留连好景为谁愁？归潮急，暮云碧，和雨和晴人不识。

北望音书迷故国，一江春雨①无消息。强将此恨问花枝，嫣红积，莺如织，侬②泪未弹花泪滴。

————《天仙子》

像他这种词，是满装载着很浓厚的亡国的感伤的。当明崇祯间张溥、张采等组织复社，他们在文学方面高唱复古的论调，陈子龙起而和之，更与夏允彝组织几社，崇奉李攀龙、王世贞诸人的复古的余绪。但那时正是公安、竟陵诗派得势的时候，而散文一方面，归（有光）、王（慎中）的古文亦正在渐渐地抬头。所以陈子龙一派的复古论调颇受当时一般人的指摘，而诋为浅陋的摹拟，不称其为有名的作家。（黄宗羲说，李、王之学，早已不行，百年以来，水落石出，而卧子犹吹其寒火。）但平心而论，子龙的词，虽不免有摹拟辞藻之病，但实际上说，他是宗李、王而不为李、王所范围的。尤其他晚年作风渐趋平淡，益以亡国之痛，黍离之感，作品更沉着悲凉起来，譬如秋后黄花，也愈其高

---

① （明）陈子龙著；施蛰存，马祖熙标校《陈子龙诗集》卷一八，上海古籍出版社2006年版，第615页，"雨"应为"水"。

② （明）陈子龙著；施蛰存，马祖熙标校《陈子龙诗集》卷一八，上海古籍出版社2006年版，第615页，"侬"应为"我"。

标逸致。

参考：

元好问见《金史》卷一百二十六。

赵孟頫见《元史》卷一百七十二。

虞集、范梈、揭傒斯见《元史》卷一百八十一。

杨载见《元史》卷一百九十。

张翥见《元史》卷一百八十六。

杨维桢见《明史》卷二百八十五。

刘基见《明史》卷一百二十八。

袁凯、高启见《明史》卷二百八十五《文苑传》。

林鸿、李梦阳、何景明、徐祯卿见《明史》卷二百八十六《文苑传》。

李攀龙、王世贞见《明史》卷二百八十七。

袁宏道、钟惺、谭元春见《明史》卷二百八十八。

陈子龙见《明史》卷二百七十七。

《松雪斋集》十卷，《外集》二卷，赵孟頫撰，有四部丛刊本。

《道园学古录》五十卷，虞集撰，有四部丛刊本。

《翰林杨仲弘诗集》八卷，杨载撰，有四部丛刊本。

《揭文安公全集》十四卷，揭傒斯撰，有四部丛刊本。

《范德机诗集》七卷，范梈撰，有四部丛刊本。

《铁崖古乐府注》，杨维桢撰，有四部备要本。

《青邱诗集注》，高启撰，有四部备要本。

《元诗纪事》，陈石遗著，商务印书馆出版。

《明诗别裁集》，沈德潜编，有万有文库本。

《明诗纪事》，贵阳陈田编，有听诗斋刊本。

《词综》，（清）朱彝尊编，有四部备要本。

《明词综》，（清）王昶编，有四部备要本。

第二十四章　明散文家

　　元代对于文学最大的贡献，是在他的戏曲。散文家像虞集、许衡、刘因、吴澄、金履祥、姚燧、马祖常、欧阳玄功[①]、吴莱、柳贯、黄潜[②]、苏天爵、揭傒斯、鲜于枢诸人，虽皆著称一时，但亦不过重扬韩柳古文运动的余波罢了。元好问虽入元不仕，自居于金代遗民的地位，但他的散文，却富有创造的精神，而高出于同时的所谓韩柳派的一般古文大家。

　　明初的散文，承元季古文家黄潜[③]、柳贯、吴莱之后，一时称盛。就中能传古文学之绪业的，初年有宋濂、刘基、王祎诸人。宋传古文派的正宗，清顺而少气骨；刘较有才气；王与刘同学于黄潜[④]，学称渊博。宋之弟子方孝孺，亦为当时正统派的作家。永乐以后，直至成化，这八十多年，实为明代的升平时代。国政雍容，士多歌功颂德，杨士奇、杨溥、杨荣等，以台阁重臣而作文坛魁首，雍雅平稳的风格，就成为海内所宗的文体。弘治

---

① "功"字衍。
② "潜"应为"潘"。
③ 同上。
④ 同上。

而后，李梦阳、何景明等提倡复古，但却不能脱离模拟剽窃的弊病。较后的李攀龙、王世贞辈，在当时虽负一代盛名，但也不免摹拟，又以杂缀古人的词句为能事，陈腐烂熟，几乎成了纯机械式的修辞家了。在这复古的烟雾中，这时只有王守仁能不依傍古人，打破摹拟之习。还有唐寅、祝允明、文徵明，清快诙奇的"才子之文"亦能独树一帜，而不为李、王所惑。唐顺之、王慎中、茅坤最善摹拟唐宋人的作品，在当时号称"唐宋派"的古文作家，而与李、王相对抗。但这时最能继承唐宋八大家的一派，而后世最受其影响的，只是归有光。

隆庆、万历之间，李、王遗派风靡天下之际，公安、竟陵两派先后起来，与之对抗。公安重清新，竟陵主幽深，于是文坛风气，便又有了急剧的转变。到了天启、崇祯之间，国事紊乱，士大夫因受环境的刺激，反而精神奋发，意气滂薄，若张溥、陈子龙之于汉魏，钱谦益、艾南英之于欧、曾，都是一时的大家。亡国之后，一班名士，益激发为文章。因此奄无生气的古文，至此反显出气扬神旺的情势，开创了清初古文隆盛的先声。

一

明初的散文大家，有宋濂、刘基、王祎、方孝孺，而宋濂的文章，最为醇正有名。宋濂（一三一〇——一三八一），字景濂，号潜溪，浦江人。学于吴莱、柳贯、黄潜[①]，后入龙门山著书十余年。有《宋学士集》。他的文雍容浑穆，自中节

---

① "潜"应为"溍"。

度，实开有明一代文学之先。《王冕传》《秦士录》《送东阳马生序》《桃花涧修禊诗序》，都是他最得意的作品。刘基（一三一一——一三七五），字伯温，青田人。有《覆瓿集》。文章权奇豪放，神锋四出。《明史·刘基传》云："西蜀赵天泽论江左人物，以基为第一，以为孔明之俦也。"他的《卖柑者言》《养蜂》《司马季主论卜》等，都是很好的寓言。方孝孺（一三五七——一四〇二），字希直，别号正学，浙江临海人，有《逊志斋集》。他的作风醇深雄迈，每一篇出，海内争相传诵，学者称"正学先生"。王祎，字子允①，义乌人，有《王忠文公集》传于世。他的作风醇朴宏肆，有宋人轨范。兹录宋濂的《送东阳马生序》：

> 余幼时即嗜学。家贫，无从致书以观，每假借于藏书之家，手自笔录，计日以还。天大寒，砚冰坚，手指不能②屈伸，弗之怠。录毕，走送之，不敢稍逾约。以是人多以书借③余，余因得遍观群书。既加冠，益慕圣贤之道，又患无硕师、名人与游，尝趋百里外，从乡之先达执经叩问。先达德隆望尊，门人弟人④填其室，未尝稍降辞色。余立侍左右，援疑质理，俯身倾耳以请；或遇其叱咄，色愈恭，礼愈至，不敢出一言以复；俟其

---

① "允"应为"充"。
② 据罗月霞主编《宋濂全集·朝京稿》卷三，浙江古籍出版社1999年版，第1679页，"能"应为"可"。
③ 据罗月霞主编《宋濂全集·朝京稿》卷三，浙江古籍出版社1999年版，第1679页，"借"应为"假"。
④ 据罗月霞主编《宋濂全集·朝京稿》卷三，浙江古籍出版社1999年版，第1679页，"人"应为"子"。

忻①悦，则又请焉。故余虽愚，卒获有所闻。当余之从师也，负箧曳屣，行深山巨谷中，穷寒②烈风，大雪深数尺，足肤皲裂而不知。至舍，四肢僵劲不能动，媵人持汤沃灌，以衾拥覆，久而乃和。寓逆旅，主人日再食，无鲜肥滋味之享。同舍生皆被绮绣，戴朱缨宝饰之帽，腰白玉之环，左佩刀，右佩③容臭，烨然若神人；余则缊袍敝衣处其间，略无慕艳意。以中有足乐者，不知口体之奉不若人也。盖余之勤且艰若此。……今诸生学于太学，县官日有廪稍之供，父母岁有裘葛之遗，无冻馁之患矣；坐大厦之下而诵《诗》《书》，无奔走之劳矣；有司业、博士为之师，未有问而不告，求而不得者也。凡所宜有之书，皆集于此，不必若余之手录，假诸人而后见也。其业有不精，德有不成者，非天质之卑，则心不若余之专耳，岂他人之过哉！东阳马生君则，在太学已二年，流辈甚称其贤。余朝京师，生以乡人子谒余，撰长书以为贽，辞甚畅达，与之论辩，言和而色夷④。自谓少时用心于学甚劳，是可谓善学者矣！其将归见其亲也，余故道为学之难以告之。谓余勉乡人

---

① 据罗月霞主编《宋濂全集·朝京稿》卷三，浙江古籍出版社1999年版，第1679页，"忻"应为"欣"。

② 据罗月霞主编《宋濂全集·朝京稿》卷三，浙江古籍出版社1999年版，第1679页，"寒"应为"冬"。

③ 据罗月霞主编《宋濂全集·朝京稿》卷三，浙江古籍出版社1999年版，第1679页，"佩"应为"备"。

④ 据罗月霞主编《宋濂全集·朝京稿》卷三，浙江古籍出版社1999年版，第1680页，"彝"应为"夷"。

以学者，余之志也；诋我夸际遇之盛而骄乡人者，岂知余①哉！

永乐到成化的八十余年间，是明代的承平年代，这时著名的宰相三杨，提倡一种雍容华贵的文章，名为"台阁体"。其中以杨士奇（一三六四②——一四四四）为最佳。士奇名寓，以字行，著有《东里全集》九十七卷，别集四卷。他的作风平正纡余，于欧阳修文体得其仿佛。他与杨荣（一三七〇③——一四四〇）、杨溥（一三七一——一四四六）均以台阁大臣历事数帝。荣字勉仁，有《杨文敏集》。溥字宏④济，时号"南阳⑤"。

三杨的"台阁体"风靡一时，但其效颦者多肤廓冗沓，缺乏感情。惟曾棨、郭登之徒稍存别趣。但他们的文章根本不能称为文学，只可算作讴歌太平的颂词而已。迨何景明、李梦阳出来，主张复古，于是静穆的文坛，复掀起了轩然的波涛。

何、李与边贡、徐祯卿、康海、王九思、王廷相号称"七子"。他们的诗，都是主张复古，而散文却更甚于诗。纪晓岚说李梦阳的文章："故作聱牙，以艰深文其浅易。"钱牧斋亦说何景明："模拟剽窃⑥，等于婴儿之学语。"这都不是过分的、刻

① 据罗月霞主编《宋濂全集·朝京稿》卷三，浙江古籍出版社1999年版，第1680页，"余"应为"予者"。
② 目前一般认为杨士奇的生年是一三六五年。
③ 目前一般认为杨荣的生年是一三七一年。
④ "宏"应为"弘"。
⑤ "阳"应为"杨"。
⑥ 据（清）沈德潜，周准编《明诗别裁集》卷四，上海古籍出版社1979年版，第89页，"窃"应为"贼"。

薄的批评。其后"嘉靖七子"出，复扬何、李之风，一时的文坛，又陷于复古的烟雾中。然七子除李攀龙、王世贞外，"余子碌碌，不足道也"。

二

在前后七子势力方盛之时，未受他们的影响，而以清快诙奇称者，有唐寅、文徵明、祝允明的"才子之文"；以正雅典朴称者，有王守仁、王慎中的"儒士之文"，但他们却不能遏七子之盛。及唐顺之、茅坤、归有光出，大排七子，专尚韩、柳散文，于是七子之势大减。这其中尤以归有光的努力古文，对于移转风气的功效，更为伟大。

唐顺之（一五〇六①——一五六〇），字应德，著有《荆川集》十七卷。他的作风洸洋纡折有大家风，与王慎中、归有光为文，以平易变李、何古奥之风。初顺之见慎中崇拜欧、曾，大不谓然，后乃变而从之，肆力古文，遂卓成大家。他曾选唐宋八家古文，即是现在《唐宋八家文钞》的蓝本。茅坤（一五一一②——一六〇一），字顺甫，号鹿门。所作无可称，惟心折唐顺之，取他所选的"唐宋八大家"文，加以批评刊行，盛行海内。于是乡里小生，无不知茅鹿门之名。

归有光（一五〇六——一五七一），字熙甫，昆山人。九岁能文，嘉靖十九年，举乡试第一人。为茶陵张文隐所知，后八上

---

① 目前一般认为唐顺之的生年是一五〇七年。
② 目前一般认为茅坤的生年是一五一二年。

春官不第，徙居嘉定安亭江上，读书授徒，四方来学者常数百人，称为震川先生。他五十九岁始成进士，授长兴知县，听讼时引儿童妇女与吴语，务得其情，事有可解立解之。隆庆四年，大学士高拱、赵贞吉引为南京太仆丞，修《世宗实录》，卒于官。有《震川集》三十卷，共活六十六岁。子归慕，字季思，曾孙归庄，字元恭，均以能文著称。

熙甫之文，冲澹俊逸，为古文原本经术。尤好太史公书，得其神理。他于体物达情最所擅长。古文家摇曳之态固然亦有不足取者，但他善于素描，不惮写实，实归氏最有价值之点。《列朝诗集小传》说："熙甫为文，原本六经，而好太史公书，能得其风神脉理。其于八①家，自谓可肩随欧、曾，临川②不难抗手③。"方望溪亦说震川之文："发于亲旧及人微而语无忌者，盖多近古之文……不④修饰，而能⑤情辞并得，使览者恻然有隐，其气韵盖得之子长，故能取法⑥欧、曾，而少更其形貌耳。"（《书震川文集后》）由此可知归有光文学的渊源。清代

---

① 据（清）钱谦益《列朝诗集小传》丁集中，上海古籍出版社2008年版，第559页，"八"应为"六大"。

② 据（清）钱谦益《列朝诗集小传》丁集中，上海古籍出版社2008年版，第559页，此处脱"则"字。

③ 据（清）钱谦益《列朝诗集小传》丁集中，上海古籍出版社2008年版，第559页，"手"应为"行"。

④ 据（清）方苞著；刘季高校点《方苞集》卷五，上海古籍出版社2009年版，第117页，此处脱"俟"字。

⑤ 据（清）方苞著；刘季高校点《方苞集》卷五，上海古籍出版社2009年版，第117页，"能"字衍。

⑥ 据（清）方苞著；刘季高校点《方苞集》卷五，上海古籍出版社2009年版，第117页，此处脱"于"字。

的桐城作家，盖无不受其影响者。

熙甫天性富于感情，他描写家庭、朋友间的琐碎事情，无处不有真挚的感情和深湛的寄托。这种忠实的叙述，除归氏外，真找不出第二个古文家了。我们读他的《归府君墓志铭》《祭外姑文》《先妣事略》《思子亭记》《项脊轩记》《杏花书屋记》《家谱记》《女如兰圹志》《女二二圹志》《寒花葬志》等文便可想见。《列朝诗集小传》云："熙甫重生平知己，每叙张文隐事，辄为流涕。"这可见他的性情的真挚了。至他的《李罗村行状》《赵汝渊墓志》，论者至比之韩、欧。我最爱读归熙甫的作品，像《项脊轩记》《先妣事略》《家谱记》，都是他情文并美，极淡远高妙之作。现在录出他几个短篇来：

> 震泽之水，婉延①东流为吴淞江，二百六十里入海。嘉靖壬寅，予始携吾儿来居江上，二百六十里水道之中也。江至此欲涸，萧然旷野，无辋川之景物，阳羡之山水；独自有屋数十楹，中颇宏②邃，山池亦胜，足以避世。予性懒出，双扉昼闭，绿草满庭，最爱吾儿与诸弟游戏，长穿走廊③之间。儿来时九岁，今十六矣，

---

① 据（明）归有光撰；严佐之，谭帆，彭国忠主编《归有光全集》第六册，卷一七，上海人民出版社2015年版，第481页，"婉延"应为"蜿蜒"。

② 据（明）归有光撰；严佐之，谭帆，彭国忠主编《归有光全集》第六册，卷一七，上海人民出版社2015年版，第481页，"宏"应为"弘"。

③ 据（明）归有光撰；严佐之，谭帆，彭国忠主编《归有光全集》第六册，卷一七，上海人民出版社2015年版，第481页，"长穿走廊"应为"穿走长廊"。

诸弟少者三岁、六岁、九岁，此余平生之乐事也。

十二月己酉，携家西去。予岁不过三四月居城中，儿从行绝少，至是去而不返。每念初八之日，相随出门，不意足迹随屦而没，悲痛之极，以为大怪，无此事也？盖吾儿居此七阅寒暑，山池草木、门阶户席之间，无处不见吾儿也。葬在县之东南门，守冢人俞老，薄暮见儿衣绿衣，在享堂中，吾儿其不死耶？因作思子之亭。徘徊四望，长天寥廓，极目于云烟杳霭之间，当必有一日见吾儿翩然来归者。于是刻石亭中。

——《思子亭记》

女二二生之年月戊戌戊午，其日时又戊戌戊午，予以为奇。今年，予在光福山中，二二不见予，辄常常呼予。一日，予自山中还，见长女能抱其妹，心甚喜。及予出门，二二尚跃入予怀中也。

既到山数日，日将晡，予方读《尚书》，举首忽见家奴在前，惊问曰："有事乎？"奴不即言，第言他事，徐却立曰："二二今日四鼓时已死矣。"盖生三百日而死。时为嘉靖己亥二月丁酉。予既归，为棺敛，以某月日瘗于城武公之墓阴。

呜呼！予自乙未以来多在外，吾女生既不知，而死又不及见，可哀也已！

——《女二二圹志》

婢，魏孺人媵也。嘉靖丁酉五月四日死，葬虚丘。事我而不卒，命也夫！婢初媵时，年十岁，垂双鬟，曳深绿布裳。一日，天寒，爇火煮荸荠熟，婢削之盈瓯，予入自外，取食之；婢持去，不与。魏孺人笑之。孺人每令婢倚几旁饭，即饭，目眶冉冉动。孺人又指予以为笑。回思是时，奄忽便已十年。吁，可悲也已！

——《寒花葬志》

当王世贞踵二李之后，而执文坛牛耳，声望显赫的时候，熙甫以一老举子与之对抗，力相抵排。他在《项思尧文集》序中，斥世贞为妄庸巨子，轻其学曰"俗学"，世贞虽憾之，而亦无如之何。但熙甫殁，世贞反为之赞曰："风行水上，涣为文章。风定波息[①]，与水相忘。……千载有公，继韩欧阳。予岂异趋，久而自伤。"即此可知震川所努力的成绩了。清朝桐城派的重要份子方苞、姚鼐，都很佩服归有光，奉之为宗。但桐城派的古文局度狭小，缺少感情，却远不如归文之情感独丰了。

三

对七子树反对旗帜的，除了归有光、唐顺之所倡导的"唐宋派"外，晚季复有公安、竟陵两派的文学起来，力矫七子之失。公安倡以清新俊逸而主妙悟之说；竟陵更一变而为幽深孤峭。这两派在表面上好像是各执一词，分道扬镳，惟他们共同排斥七子的文章，却是站在一条战线的。但是向来编文学史的，对这两派却不大看重他们，或者简直抹杀，即偶尔提及，亦都是加以轻蔑的批评。实不知公安、竟陵两派，是那时的一种新文学运动呢。

---

① 据（明）王世贞《弇州山人续稿》卷一五〇//《明别集丛刊》第三辑，第三十八册，沈乃文主编，黄山书社2016年版，第488页，"风定波息"应为"当其风止"。

我们看下边所举袁小修的《西山十记》之一、谭友夏的《秋寻草自序》，其文章之清新隽永，读之令人心脾俱澈，这实非何、李复古一派之所能梦想呵：

> 出西直门，过高梁桥，杨柳夹道，带以清溪，流水澄澈，洞见沙石，蕴藻萦蔓，鬣走带牵，小鱼尾游，翕忽跳达，亘流背林，禅刹相接，绿叶秾郁，下覆朱户，寂静无人，鸟鸣花落。过响水闸，听水声汩汩。至龙潭堤，树益茂，水益阔，是为西湖也。每至盛夏之月，芙蓉十里如锦，香气①芬馥，士女骈阗，临流泛觞，最为胜处矣。憩青龙桥，桥侧数武，有寺依山傍岩，古柏阴森，石路千级。山腰有阁，翼以千峰，萦抱屏立，积岚沉雾。前开一镜，堤柳溪流，杂以畦田②，丛翠之中，隐见村落。降临水行，至功德寺，宽博有野致，前绕清流，有危桥可坐。寺僧多业农事，日已西，见道人执耒者、插者、带笠者野歌而归。有老僧持杖散步塍间，水田浩白，群蛙偕鸣。噫！此田家之乐也，予不见此者三年矣。

> ——袁小修《西山十记》之一

> 予赴友人孟诞先之约，以有此寻也。是时，秋也，故曰"秋寻"。夫秋也，草木疏而不积，山川澹而不媚，结束凉而不燥。比之春，如舍佳人而逢高僧于锭③

---

① 据（明）袁中道著；钱伯城点校《珂雪斋集》卷一二，上海古籍出版社1989年版，第535页，"气"应为"风"。

② 据（明）袁中道著；钱伯城点校《珂雪斋集》卷一二，上海古籍出版社1989年版，第535页，"田"应为"畛"。

③ 据（明）谭元春著；陈杏珍标校《谭元春集》卷三〇，上海古籍出版社1998年版，第806页，"锭"应为"绽"。

衣洗钵也。比之夏，如辞贵游而侣韵士于清泉白石也。比之冬，又如耻孤寒而露英雄于夜雨疏灯也。天以此时新其位置，洗其烦秽，待游人之至，而游人者不能自清其胸中，以求秋之所在，而动曰"悲秋"。予尝言宋玉有悲，是以悲秋，后人未尝有悲而悲之，不信胸中而信纸上，予悲夫悲秋者也。天下山水多矣，老子之身不足以了其半，而辄于耳目步履中得一石一湫，徘徊难去。入西山恍然，入雷山恍然，入洪山恍然，入九峰山恍然，何恍然之多耶？然则予胸中或本有一恍然以来，而山山若遇也。予乘秋而出，先秋而归。家有五弟，冠者四矣，皆能以至性奇情，佐予之所不及。花棚草径、柳堤瓜架之间，亦可乐也。曰"秋寻"者，又以见秋而外，皆家①也。诞先曰："予②家居诗少，秋寻诗多，吾为子刻《秋寻草》。"

——谭友夏《秋寻草自序》

明代的散文和诗一样是被笼罩在复古的烟雾中，尤其在中叶七子独霸文坛的时候。到了季年，国事日非，所谓士大夫阶级的文人，因受环境的刺激，渐渐不满于复古派的旧骸骨迷恋的论调，于是各抒己意创为新的文学观，走上自由的发展的一条路上，于是寂寞的文坛顿放出新的异彩。像三袁、钟、谭诸人的作品，都是这时散文坛新的收获，此外像徐宏祖的《游记》、张岱

---

① 据（明）谭元春著；陈杏珍标校《谭元春集》卷三〇，上海古籍出版社1998年版，第807页，此处脱"居"字。
② 据（明）谭元春著；陈杏珍标校《谭元春集》卷三〇，上海古籍出版社1998版，第807页，"予"应为"子"。

的《梦忆》，亦是不可忽视的文字。

> 天启壬戌六月二十四日，偶至苏州，见士女倾城而出，毕集于葑门外之荷花宕。楼船画舫至鱼艘小艇，雇觅一空。远方游客，有持数万钱无所得舟，蚁旋岸上者。余移舟往观，一无所见。宕中以大船为经，小船为纬，游冶子弟，轻舟鼓吹，往来如梭。舟中丽人皆倩妆淡服，摩肩簇舄，汗透重纱。舟楫之胜以挤，鼓吹之胜以集，男女之胜以溷，歊暑燔烁，靡沸终日而已。荷花宕经岁无人迹，是日，士女以鞋靸不至为耻。袁石公曰："其男女之杂，灿烂之景，不可名状。大约露帏则千花竞笑，举袂则乱云出峡，挥扇则星流月映，闻歌则雷辊涛趋。"盖恨虎丘中秋夜之模糊躲闪，特至是日而明白昭著之也。

这是张岱《陶庵梦忆》中的《葑门荷宕》，虽然只是一篇短短的小品，但他的文笔风度、生活感慨，都可以看得出来了。岱字宗子，别号陶庵老人，浙江山阴人。他的《石匮书》辑明代遗事，留故国之鸿爪，发黍离之悲思，是他的重要著作之一。《梦忆》也是他黄粱梦醒之后对于前尘往事的追忆和寻味。这书虽然写的只些闲情琐事，但那种依恋过去、嗟叹现在的怅惘之情，是时时流露在楮墨之外的。

参考：

刘基、宋濂见《明史》卷一百二十八。

杨士奇、杨溥、杨荣见《明史》卷一百四十八。

李东阳见《明史》卷一百八十一。

归有光、茅坤、王慎中、文徵明见《明史》卷二百八十七。

唐寅、祝允明见《明史》卷二百八十六。

王守仁见《明史》卷一百九十五。

《明文在》一百卷，薛熙编，有江苏书局本。

《明文衡》九十八卷，程敏政编，有原刻本。

《宋文宪全集》，宋濂撰，有四部丛刊本。

《诚意伯文集》二十卷，刘基撰，有四部丛刊本。

《王文成公全集》三十八卷，王守仁撰，有四部丛刊本。

《荆川先生文集》十七卷，唐顺之撰，有四部丛刊本。

《震川先生集》三十卷，归有光撰，有四部丛刊本。商务有胡怀琛选注的《归有光文》。

《近代散文钞》，沈启无编，人文书店出版，内选明季公安、竟陵两派文人的小品文，可参阅。

《金元明八①家文选》五十三卷，李祖陶编，选元好问、姚燧、吴徵②、虞集、宋濂、王守仁、唐顺之、归有光八家。

《徐霞客游记》，徐宏祖撰，有丁文江编订本，内附年谱、地图及外编等，有商务印书馆本。

《陶庵梦忆》，张岱撰，有朴社重刊本。

---

① 此处脱"大"字。
② "徵"应为"澄"。

第二十五章　明代的平话集

　　小说中平话的演进，似与戏曲中传奇是并行的。它也是始于宋，盛于明清之际，清中叶以降便衰歇了。它的作者多是些无名的作家，不像传奇的作者很多是著名的文人罢了。至这种小说的来源，或取之宋人话本，或为当时人所编造，其材料或取之于古籍，或为里巷的传说，或为当时的实事，无一系凭空捏造的。它的内容：讲史、小说、谈经都有。短短的一篇头尾俱全，扩大之，每种都可为极好的长篇小说。至它的体裁，还是平话式的，每篇之前有一个楔子，引据一件故事而带着劝世的口气。若"三言"——《喻世明言》《警世通言》《醒世恒言》（冯梦龙编）、"两拍"——《拍案惊奇初刻》《拍案惊奇二刻》（凌濛初著）都是当时社会极流行的话本。

一

　　冯梦龙（？——一六四五[①]），字犹龙，一字耳犹，号姑苏

---

① 目前一般认为冯梦龙的生卒年分别是一五七四年、一六四六年。

词奴，又号顾曲散人，墨憨子，别署龙子犹，吴县人。他是以散曲著名当代的，而他编刻的"三言"使宋、元、明三朝许多的短篇小说赖以保全，他的功绩尤为不小。兹略说"三言"的内容。

（一）《喻世明言》——冯梦龙辑。它的前身是《古今小说》，全六本，分为二十四卷①，为衍庆堂刊行的本子，其题识说："绿天馆初刻《古今小说》□十种，见者侈为奇观，闻者争为击节。而流传未广，阁置可惜，今板归本坊，重加较订，刊误补遗，题曰《喻世明言》。取其明白显易，可以开口人心，相劝于善，未必非世道之一助也。"据此这书是从《古今小说》四（元空白）十种取了二十四种，重刻增补而成的。但我们看这书的目录（列后），知道见于《古今小说》中的只二十一篇，其余三篇，则《醒世恒言》中二篇、《警世通言》中一篇。下边是这书的目录，每一卷之下，并注明相当于《古今小说》及《警世通言》《醒世恒言》的原来的卷数。兹将其全书目录列下：

第一卷　张廷秀逃生救父（《醒世恒言》第二十卷）

第二卷　陈御史巧勘金钗钿（《古今小说》第二卷）（《雅言》）（《今古奇观》）

第三卷　滕大尹鬼断家私（《今古②小说》第十卷）（《今古奇观》）

---

① 《古今小说》，共四十卷四十篇，现有明天启年间天许斋刻本。梁乙真所参考的衍庆堂本《喻世明言》署"重刻增补古今小说"，实际应是一残本。这一节援引的《喻世明言》目录依据衍庆堂本，故不完整，各篇次序也与《古今小说》原刻不同。

② "今古"应为"古今"。

第四卷　蒋兴哥重会珍珠衫（《古今小说》第一卷）（《今古奇观》）

第五卷　白玉娘忍苦成夫（《醒世恒言》第十九卷）

第六卷　新桥市韩五卖春情（《古今小说》第三卷）

第七卷　闲云庵阮三偿冤债（《古今小说》第四卷）

第八卷　沈小官一鸟害七命（《古今小说》第二十六卷）

第九卷　陈希夷四辞朝命（《古今小说》第十四卷）

第十卷　赵伯升茶肆遇仁宗（《古今小说》第十一卷）

第十一卷　穷马周遭际卖锤媪（《古今小说》第五卷）

第十二卷　宋四公大闹禁魂张（《古今小说》第三十六卷）

第十三卷　裴晋公义还原配（《古今小说》第九卷）（《今古奇观》）

第十四卷　杨谦之客房①遇侠僧（《古今小说》第十九卷）

---

① "房"应为"舫"。

第十五卷　闹阴司司马①断狱（《古今小说》第三十一卷）

第十六卷　任孝子烈性为神（《古今小说》第三十八卷）

第十七卷　游酆都胡母迪吟诗（《古今小说》第三十二卷）

第十八卷　李公子救蛇获称心（《古今小说》第三十四卷）

第十九卷　汪信之一死救全家（《古今小说》第三十九卷）

第二十卷　史弘肇龙虎君臣会（《古今小说》第十五卷）

第二十一卷　吴宝②安弃家赎友（《古今小说》第八卷）（《今古奇观》）

第二十二卷　陈从善梅岭失浑家（《古今小说》第二十卷）

第二十三卷　假神仙大闹华光庙（《警世通言》第二十七卷）

第二十四卷　杨八老越国奇逢（《古今小说》第十八卷）（《雅言》第四卷）

（二）《警世通言》——亦为冯梦龙所辑，凡四十卷，收话本四十种。有天启甲子（四年）豫章无碍居士序。此书在中国不

---

① 此处脱"貌"字。

② "宝"应为"保"。

传①，日本有所谓"屋州"本者，尚有传钞本可见。又有三桂堂王振华刻本，其目录则见《舶载书目》中。三桂堂王振华刻本之前有这样的题识："自昔博洽鸿儒，兼采稗官野史，而通俗演义一种，尤便于下里之耳目。奈射利者而取淫词，大伤雅道，本坊耻之。兹刻出自平平问（问似当阁）主人手授。非警世劝俗之语，不敢滥入。庶几木铎老人之遗意，或亦士君子所不弃也。"我们在未得读到原书之前，它的目录也是可珍贵的。并抄录出来：

第一卷　俞伯牙摔琴谢知音

第二卷　庄子休鼓盆成大道

第三卷　王安石三难苏学士

第四卷　拗相公饮恨半山堂（《京本》作《拗相公》）

第五卷　吕大郎还金完骨肉

第六卷　俞仲举题诗遇上皇

第七卷　陈可常端阳仙化（《京本》作《菩萨蛮》）

第八卷　崔待诏生死冤家（《京本》作《碾玉观音》）

第九卷　李谪仙醉草吓蛮书

第十卷　钱舍人题诗燕子楼

---

① 《警世通言》现存的最早版本是天启金陵兼善堂刊本，即"屋州"本。三桂堂本及衍庆堂本均藏于中国，梁乙真编创此书时应尚未得见。

第十一卷　苏知县罗衫再合

第十二卷　范鳅儿双镜重圆（《京本》作《冯玉梅团圆》）

第十三卷　三现身包龙图断冤

第十四卷　一窟鬼懒[①]道人除怪（《京本》作《西山一窟鬼》）

第十五卷　金令史美婢酬秀童

第十六卷　张主管志诚脱奇祸[②]（《京本》作《志诚张主管》）

第十七卷　钝秀才一朝交泰

第十八卷　老门生三世报恩

第十九卷　崔衙内白鹞招妖（即《定山三怪》，《京本》未收）

第二十卷　计押番金鳗产祸（原注旧名《金鳗记》）

第二十一卷　赵太祖千里送京娘

第二十二卷　宋小官团圆破毡笠

第二十三卷　乐小舍拼命觅喜顺[③]（原注一名《喜乐和顺记》）

---

① "懒"应为"癞"。

② 据冯梦龙编；严敦易校注《警世通言》，作家出版社1956年版，第222页，题目应为"小夫人金钱赠年少"。

③ 据冯梦龙编；严敦易校注《警世通言》，作家出版社1956年版，第328页，题目应为"乐小舍拼生觅偶"。

第二十四卷　卓文君慧眼识相如[1]（补《玉堂春落难逢夫》）

第二十五卷　桂员外途穷忏悔

第二十六卷　唐解元出奇玩世[2]

第二十七卷　假神仙大闹华光庙

第二十八卷　白娘子永镇雷峰塔

第二十九卷　宿香亭张浩遇莺莺

第三十卷　金明池吴清逢爱爱

第三十一卷　赵春儿重旺曹家庄

第三十二卷　杜十娘怒沉百宝箱

第三十三卷　乔彦杰一旁[3]破家

第三十四卷　王乔[4]鸾百年长恨

第三十五卷　况太守路[5]断死孩儿

第三十六卷　赵知县大烧皂角林[6]

第三十七卷　万秀娘仇报山亭儿（即《山亭儿》，

---

[1] 《警世通言》兼善堂刊本将此卷故事移为卷六的入话，而补以《玉堂春落难逢夫》。

[2] 据冯梦龙编；严敦易校注《警世通言》，作家出版社1956年版，第400页，题目应为"唐解元一笑姻缘"。

[3] 据冯梦龙编；严敦易校注《警世通言》，作家出版社1956年版，第501页，"旁"应为"妾"。

[4] 据冯梦龙编；严敦易校注《警世通言》，作家出版社1956年版，第516页，"乔"应为"娇"。

[5] 据冯梦龙编；严敦易校注《警世通言》，作家出版社1956年版，第534页，"路"字衍。

[6] 据冯梦龙编；严敦易校注《警世通言》，作家出版社1956年版，第546页，题目应为"皂角林大王假形"。

见《也是园书目》中）

第三十八卷 蒋淑真刻颈鸳鸯会（即《刻颈鸳鸯会》，见《清平山堂》）

第三十九卷 福禄寿三星度世

第四十卷 叶法师符石镇妖①（《雅言》题《程②阳宫铁树镇妖》）

（三）《醒世恒言》——亦为冯梦龙编的，与《喻世明言》《警世通言》合称为"三言"。全书四十回。原书在中国不多见。惟在日本则内阁文库藏有二部，帝国图书馆藏有一部，京师帝国大学藏有一部。在法国的巴黎图书馆也藏有一部。在日本内阁文库所藏两部，其中有一部题言说："本坊重价购求古今通俗演义一百二十种，初刻《喻世明言》，二刻为《警世通言》，海内奉为邺架珍言③矣，兹三刻为《醒世恒言》。种种典实，事事奇观。总取木铎醒世之意，并前刻共成完璧云。"又其序文云："六经国史而外，凡著述皆小说也。而尚理或病于艰深，修词或伤于藻绘，则不足以触里耳振恒心。此《醒世恒言》四十种所以继《明言》《通言》而刻也。明者，取其可以导愚也。通者，取其可以适俗也。恒者，则习之而不厌，传之而可久。三刻殊名，其义一耳。……（从略）天启丁卯中秋，陇西可一居士题白下之栖霞山房。"

我们看两篇序，可以考见此书发刊的旨趣与时期了。这四十

---

① 《警世通言》兼善堂刊本此卷的题目为"旌阳宫铁树镇妖"。

② 据冯梦龙编；严敦易校注《警世通言》，作家出版社1956年版，第593页，"程"应为"旌"。

③ "言"应为"玩"。

回中，包括三十九种故事：汉二种，隋唐十一种，宋十一种，明十五种，而被收入《今古奇观》的则有十一篇。此书中国失传已久。止有这收入《今古奇观》的十一篇，尚流行于中国的民间罢了。我们也抄他的目录如下：

第一卷　两县令竞义婚孤女（《今古奇观》第一[①]卷）

第二卷　三孝廉让产立高名（《今古奇观》第一卷）

第三卷　卖油郎独占花魁（《今古奇观》第七卷）

第四卷　灌园叟晚逢仙女（《今古奇观》第八卷）

第五卷　大树坡义虎送亲

第六卷　小水湾妖狐[②]诒书

第七卷　钱秀才错占凤凰俦（《今古奇观》第二十七卷）

第八卷　乔太守乱点鸳鸯谱（《今古奇观》第二十八卷）

第九卷　陈多寿生死夫妻

第十卷　刘小官雌雄兄弟

第十一卷　苏小妹三难新郎（《今古奇观》第十七卷）

第十二卷　佛印师四调琴娘

---

① "一"应为"二"。

② 据（明）冯梦龙编；丁如明标校《醒世恒言》，上海古籍出版社1992年版，第70页，"妖狐"应为"天狐"。

第十三卷　勒[1] 皮靴单证二郎神

第十四卷　闹樊楼多情周胜仙

第十五卷　赫大卿遗恨鸳鸯绦

第十六卷　陆五汉硬留合色鞋

第十七卷　张孝基陈留认舅

第十八卷　施润泽滩阙遇友

第十九卷　白玉娘忍苦成夫（《觉世雅言》第五卷选）

第二十卷　张廷秀逃生救父

第二十一卷　张淑儿巧智脱杨生（《觉世雅言》第一卷）

第二十二卷　吕洞宾飞剑斩黄龙（《觉世雅言》第七卷）

第二十三卷　金海陵纵欲亡身

第二十四卷　隋炀帝逸游召谴

第二十五卷　独孤生归途闹梦

第二十六卷　薛录事鱼服登[2] 仙

第二十七卷　李玉英监[3] 中讼冤

第二十八卷　吴衙内邻舟赴约

---

① 据（明）冯梦龙编；丁如明标校《醒世恒言》，上海古籍出版社1992年版，第153页，"勒"应为"勘"。

② 据（明）冯梦龙编；丁如明标校《醒世恒言》，上海古籍出版社1992年版，第359页，"登"应为"证"。

③ 据（明）冯梦龙编；丁如明标校《醒世恒言》，上海古籍出版社1992年版，第373页，"监"应为"狱"。

第二十九卷　卢太学诗酒傲公侯（《今古奇观》第十五卷）

第三十卷　李汧公穷邸遇侠客（《今古奇观》第十六卷）

第三十一卷　郑节使立功神臂弓

第三十二卷　黄秀才缴①灵玉马坠（《觉世雅言》第八卷）

第三十三卷　十五贯戏言成巧祸

第三十四卷　一文钱小隙造奇冤

第三十五卷　徐老仆义愤成家（《今古奇观》第三十五卷）

第三十六卷　蔡瑞虹忍辱报仇（《今古奇观》第二十六卷）

第三十七卷　杜子春三入长安

第三十八卷　李道人独步云门

第三十九卷　汪大尹火焚宝莲寺

第四十卷　马当神风送滕王阁

二

话本的编刊，并不始于冯梦龙。在他之前，有所谓"清平山

---

① 据（明）冯梦龙编；丁如明标校《醒世恒言》，上海古籍出版社1992年版，第460页，"缴"应为"徽"。

堂"所刻话本十五种①（嘉靖），万历板话本小说四种。及到了
天启间，冯梦龙氏编刊的"三言"大行于世后，话本的制作之
风，一时更为之大盛。继于冯氏之后的作者殊不少，有的是直题
"憨墨斋"评定的，也有托名"憨墨斋"遗稿的。他的影响之
大，可以想见了。其中最受冯氏影响的，而较著名的就是凌濛初
的《拍案惊奇》。但它与"三言"不同的，即"三言"是选辑，
而此是创作的。濛初，字初成②，自号即空观主人，乌程人。著
有《圣门传诗嫡冢》《言诗异③》《诗逆》《国门集》。他亦能
作剧，《盛明杂剧》中的《虬髯翁》，即是他所作的，苍莽雄
肆，论者以为不让关、马。他并校订《世说新语》，与其弟瀛初
并以刻印古书著名，当时言印刷者，竞推湖州凌、闵二家，凌就
是濛初也。

　　（一）《拍案惊奇初刻》，全三十六卷④。内包含各代的
故事三十六种——唐、宋各六种，元四种，明二十种。他在这
三十六篇中，有好几篇是写的很大胆、很裸露的。如《姚滴珠
避羞惹羞，郑月娥将错就错》（第二回）、《张溜儿熟布迷魂
局，陆蕙娘立决到头缘》（第十六回）、《乔兑换胡子宣淫，显

---

① 《清平山堂话本》，话本集。明洪楩编刊。原共六十篇，今存二十七
　　篇，内五篇残缺。后又发现残文二篇。
② 凌濛初，字玄房，"初成"是其号。
③ "异"应为"翼"。
④ 梁乙真所根据的版本应是尚友堂覆刻本或消闲居覆刻本，这两个系列
　　的版本缺少四卷。下列所缺最后四卷目录，分别是《屈突仲任酷杀众
　　生，郓州司马冥全内侄》《占家财狠婿妒侄，廷亲脉孝女藏儿》《乔
　　势天师禳旱魃，秉诚县令召甘霖》《华阴道独逢异客，江陵郡三拆
　　仙书》。

报施卧师入定》（第三十二回）、《闻人生野战翠浮庵，静观尼昼锦黄沙弄》（第三十四回）。其赤裸裸而且大胆的描写，不下于《金瓶梅》等的禁籍。凌氏虽然是一个道学的先生。像在自序中也有什么"颇存雅道，时著良规"的话，但明万历、天启的秋会是一个放纵不羁的时代。正如他所说："承平日久，民佚志淫。"凌氏处身在这样秽亵荡佚的风气中，习而不察，所以摇起笔来，使不期而然的也"妖艳佚荡"起来了。我们看这书的目录：

第一回　转运汉巧遇① 洞庭红　波斯胡指破鼉龙壳

第二回　姚滴珠避羞惹羞　郑月娥将错就错

第三回　刘东山夸技顺城门　十八兄奇踪村酒肆

第四回　程元玉店肆代偿钱　十一娘灵② 冈纵谭侠

第五回　感神明③ 张德容遇虎　凑吉日裴越客乘龙

第六回　酒下酒赵尼媪迷花　机中机贾秀才报怨

第七回　唐明皇好道集奇人　武惠妃崇禅斗异法

第八回　乌将军一饭必酬　陈大郎三人重会

第九回　宣徽院仕女秋千会　清安寺夫妇笑啼缘

第十回　韩秀士④ 乘乱聘娇妻　吴太守怜才主姻簿

---

① 据（明）凌濛初著；章培恒整理；王古鲁注释《拍案惊奇》，上海古籍出版社1982年版，第1页，"巧遇"应为"遇巧"。

② 据（明）凌濛初著；章培恒整理；王古鲁注释《拍案惊奇》，上海古籍出版社1982年版，第63页，"灵"应为"云"。

③ 据（明）凌濛初著；章培恒整理；王古鲁注释《拍案惊奇》，上海古籍出版社1982年版，第80页，"明"应为"媒"。

④ 据（明）凌濛初著；章培恒整理；王古鲁注释《拍案惊奇》，上海古籍出版社1982年版，第159页，"士"应为"才"。

第十一回　恶船家计赚假尸银　狠仆人误投真命状

第十二回　陶家翁大雨留宾　蒋真①卿片言得妇

第十三回　赵六老舐犊丧残生　张知县诛枭成铁案

第十四回　酒谋财于郊肆恶　鬼对案杨化借尸

第十五回　卫朝奉狼②心盘贵产　陈秀才巧计赚原房

第十六回　张溜儿熟布迷魂局　陆蕙娘立决到头缘

第十七回　西山观设箓度亡魂　开封府备棺追活命

第十八回　丹客半黍九还　富翁千金一笑（《觉世雅言》题为《夸妙术丹客提金》）

第十九回　李公佐巧解梦中言　谢小娥智擒船上盗

第二十回　李克让竟达空函　刘元普双生贵子

第二十一回　袁尚宝相术动名卿　郑舍人阴功叨世爵

第二十二回　钱多处白丁横带　运退时刺史当梢③

第二十三回　大姊魂游完宿愿　小姨病起续前缘

第二十四回　盐官邑老魔魅色　会骸山大士诛邪

第二十五回　赵司户千里遗音　苏小娟一诗正果

---

① 据（明）凌濛初著；章培恒整理；王古鲁注释《拍案惊奇》，上海古籍出版社1982年版，第199页，"真"应为"震"。

② 据（明）凌濛初著；章培恒整理；王古鲁注释《拍案惊奇》，上海古籍出版社1982年版，第241页，"狼"应为"狠"。

③ 据（明）凌濛初著；章培恒整理；王古鲁注释《拍案惊奇》，上海古籍出版社1982年版，第382页，"梢"应为"艄"。

第二十六回　誓[1]风情村妇捐躯　假天语幕僚断狱

第二十七回　顾阿秀喜舍檀那物　崔俊臣巧会芙蓉屏

第二十八回　金光洞主谈旧迹　玉虚尊者悟前身

第二十九回　通闺阁坚心灯火　闹圊圂捷报旗铃

第三十回　王大使威行步[2]下　李参军冤报前生[3]

第三十一回　何道士因术成奸　周经历因奸破贼

第三十二回　乔兑换胡子宣淫　显报施卧师入定

第三十三回　张员外义抚螟蛉子　包龙图智赚合同文

第三十四回　闻人生野战翠浮庵　静观尼昼锦黄沙

第三十五回　诉穷汉暂掌别人钱　看财奴刁买冤家主

第三十六回　东廊僧怠招魔　黑衣盗奸生杀

（二）《拍案惊奇二刻》，这是《初刻》的续本，也是即空观主人所编。全三十九卷，另附《宋公明闹元宵》杂剧一卷，有睡乡居士的序文，并自序，序文说："……即空观主人者，其人奇，其文奇，其遇亦奇。因取其抑塞磊落之才，出绪余以为传

---

① 据（明）凌濛初著；章培恒整理；王古鲁注释《拍案惊奇》，上海古籍出版社1982年版，第449页，"誓"应为"夺"。

② 据（明）凌濛初著；章培恒整理；王古鲁注释《拍案惊奇》，上海古籍出版社1982年版，第521页，"步"应为"部"。

③ 据（明）凌濛初著；章培恒整理；王古鲁注释《拍案惊奇》，上海古籍出版社1982年版，第521页，"前生"应为"生前"。

奇，又降而为演义，此《拍案惊奇》之所以两刻也。……（略）壬申冬日，睡乡居士题并书。"《二刻》有三篇载《今古奇观》内，即《女秀才移花接木》（第三十四卷）、《十三郎五岁朝天》（第三十六卷）、《赵县君乔送黄柑子》（第三十八卷）。此外尚有梦觉道人、西湖居士同辑的《幻影》，题曰《拍案惊奇三刻》，八卷，凡三十回。又有《二刻拍案惊奇》别本[①]，共[②]十四回，乃杂集他书及《拍案二刻》《幻影》而成者。兹录《二刻》的目录：

　　第一回　进香客莽看金刚经　　出狱僧巧完法会分

　　第二回　小道人一着饶天下　　女棋童两局注终身

　　第三回　权学士权认远乡姑　　白孺人白嫁亲生女

　　第四回　青楼市探人踪　　红花场假鬼闹

　　第五回　襄敏公元宵失子　　十三郎五岁朝天

　　第六回　李将军错认舅　　刘氏女诡从夫

　　第七回　吕使君情构[③]宜家妻　　吴太守义配儒门女

　　第八回　沈将士[④]三千买笑钱　　王朝议一夜迷魂阵

　　第九回　莽儿郎惊散新莺燕　　侸梅香认合玉蟾蜍

　　第十回　赵五虎合计挑家衅　　莫大郎立地散神奸

　　第十一回　满少卿饥附饱飏　　焦文姬生仇死报

---

① 此"别本"藏于法国巴黎国家图书馆，共三十四卷，据郑振铎介绍，该别本只有前十卷与《二刻拍案惊奇》相同。

② 此处脱"三"字。

③ 据（明）凌濛初著；章培恒整理；王古鲁注释《二刻拍案惊奇》，上海古籍出版社1983年版，第143页，"构"应为"媾"。

④ 据（明）凌濛初著；章培恒整理；王古鲁注释《二刻拍案惊奇》，上海古籍出版社1983年版，第162页，"士"应为"仕"。

---

① 据（明）凌濛初著；章培恒整理；王古鲁注释《二刻拍案惊奇》，上海古籍出版社1983年版，第322页，"元"应为"毛"。

② 据（明）凌濛初著；章培恒整理；王古鲁注释《二刻拍案惊奇》，上海古籍出版社1983年版，第369页，"春"应为"风"。

③ 据（明）凌濛初著；章培恒整理；王古鲁注释《二刻拍案惊奇》，上海古籍出版社1983年版，第463页，"姐"应为"姊"。

第二十七回　伪汉裔夺妾山中　假将军还妹江上

第二十八回　程朝奉单遇无头妇　王通判双雪不明冤

第二十九回　赠芝麻识破假形　撷草药巧谐真偶

第三十回　瘗遗骸王玉英配夫　偿聘金韩秀才赎子

第三十一回　行孝子到底不简尸　殉节妇留待双出枢

第三十二回　张福娘一心贞守　朱天锡万里符名

第三十三回　杨抽马甘请杖　富家郎浪受惊

第三十四回　任君用恣乐深闺　杨太尉戏官①馆客

第三十五回　错调情贾母詈女　误告状孙郎得妻

第三十六回　王渔翁抢亲②崇三宝　白水僧盗物丧双生

第三十七回　叠居奇程客得助　三救厄海神显灵

第三十八回　两错认莫大姊③私奔　再成交杨二郎正本

第三十九回　神偷寄与④一枝梅　侠盗惯行三昧戏

第四十回　宋公明闹元宵杂剧（附）

---

① 据（明）凌濛初著；章培恒整理；王古鲁注释《二刻拍案惊奇》，上海古籍出版社1983年版，第640页，"官"应为"宫"。

② 据（明）凌濛初著；章培恒整理；王古鲁注释《二刻拍案惊奇》，上海古籍出版社1983年版，第660页，"抢亲"应为"舍镜"。

③ 据（明）凌濛初著；章培恒整理；王古鲁注释《二刻拍案惊奇》，上海古籍出版社1983年版，第696页，"姊"应为"姐"。

④ 据（明）凌濛初著；章培恒整理；王古鲁注释《二刻拍案惊奇》，上海古籍出版社1983年版，第713页，"与"应为"兴"。

三

平话的命运，是很可悲戚的，不是受了官宪的禁售，便是自然的绝迹于书坛。三四百年来（从初有平话的结集算起），流行最广、最为读者所知的，且在实际上延长着平话不绝一缕的命派者，只有抱瓮老人的《今古奇观》一书了。像我们在前面所讲的"三言""两拍"，在当时是如何风行的读物呵！但是在我们的国内的书坛，不但不能看到这书的售卖，就连仅存的目录，也还是取之东邻的日本，这是如何可怜而可羞耻的事情。幸而在国内尚有这一部四十种话本的《今古奇观》。它收集了冯梦龙的《喻世明言》的八种、《警世通言》的十种、《醒世恒言》的十一种，此外出于凌濛初《拍案惊奇》的七种，出于《拍案惊奇二刻》的三种。以外尚有《念亲恩孝女藏儿》一种，虽不见于"三言""两拍"，但我们以意度之，或者取自足本的《拍案惊奇》吧！（因《初刻拍案惊奇》共四十种，现只三十六种，或者《念亲恩》是缺去四种里的一种。^①）

"三言""两拍"之外的平话集，尚有《觉世雅言》（共八卷，出《恒言》四卷，《古今小说》二卷，《通言》《拍案惊奇》各一卷）、《石点头》（天然痴叟著，共十四卷）、《欢喜冤家》（西湖渔隐主人编，凡二十四回）、《醉醒石》（东鲁古狂生编，共十五回）、《西湖二集》（周清原著，共三十四回）

---

① 梁乙真的这一猜测是正确的，《念亲恩孝女藏儿》是《拍案惊奇》的第三十八卷。

等，如雨后春笋似地出来，很迅速地流行于民间。到了清代，《十二楼》《西湖佳话》《娱目醒心编》《今古奇闻》相继出来之后，平话的精华，至此已竭。

参考：

《明清二代的平话集》，郑振铎著，《小说月报》第二十二卷七八月号。（已收在《中国文学论集》内）

《论明之小说"三言"及其他》，孙俍工译，《中国文学概论讲话》附录。

《今古奇观》四十卷，有商务铅印本，《续今古奇观》三十回也有石印本。

《中国小说史略》，可看第二十一篇《明之拟宋市人小说及后来选本》。

《中国短篇小说》第二集，郑振铎编，商务印书馆出版。

《京本通俗小说与清平山堂》，长泽规矩也著，东生译，见第二十卷第六号《小说月报》。

《元明平话系统表》，见郑著《明清二代的平话集》上。

《警世通言三种》，辛岛生著，汪馥泉译，见《中国文学研究译丛》。

《清平山堂话本》十五种，明嘉靖间洪楩原刊本，北平古今小品书籍印行会影印本。

第二十六章　元明章回小说

　　宋人虽有讲史的平话，但是没有长篇的章回小说；宋人虽有白话文，可是没有伟大的白话文学。及至宋亡之后，因戏曲的大盛，而白话小说也便勃兴起来。推源其故：这因为蒙古人入中原后，对于娱乐的方面，颇欢迎戏曲和小说。他们又实际地从戏曲和小说之内，以为考查中国历史与人情风俗的"终南捷径"。所以这时的小说和戏曲，便如雨后春花，一齐怒放，显示着鲜艳耀目的光彩。《水浒传》和《三国演义》，乃这个园地中的两棵奇葩。明时崇尚释、道，社会人士憧憬于神仙的梦幻，于是神魔小说继之而兴，若《平妖传》《西游记》便是这个时代的产物。到了万历、天启的秋会，更是一个放纵不羁的时代。"承平日久，民佚志淫"，于是肉感的描写，乃是那时的风尚。《金瓶梅》就是在这种社会内的人士所最欢迎的读物。总之，章回小说在近代的文坛，已有了最高的成就。其价值之高，影响之大，不用说诗词古文，即戏曲与短篇小说，亦不能和他相比了。它们中最重要的著作有四：（一）《水浒传》，（二）《三国演义》，（三）《西游记》，（四）《金瓶梅》。这是元明章回小说的"四大奇书"。

一

《水浒传》是章回小说中之较早者。这部书的来源，我们知道是出于下列的三种：（一）《宋宣和遗事》。（二）民间所流行的"梁山泊""太行山""方腊"故事。（三）元人曲中演述的梁山泊好汉的故事。高文秀所作八种：《黑旋风双献功》（《录鬼簿》作《双献头》）、《黑旋风乔教学》、《黑旋风借尸还魂》、《黑旋风斗鸡风》、《黑旋风诗酒丽春园》、《黑旋风穷风月》、《黑旋风大闹牡丹亭》、《黑旋风敷演刘耍和》。杨显之一种：《黑旋风乔断案》。康进之二种：《梁山泊黑旋风负荆》《黑旋风老收心》。红字李二二种：《板踏儿黑旋风》《病杨雄》。李文蔚二种：《同乐院燕青博鱼》《燕青射雁》。李致远一种：《都孔目风雨还牢末》。无名氏二种：《争报恩三虎下山》《张顺水里抱怨》。

"水浒"故事在《宣和遗事》内，只叙三十六人（参看《宋人话本》），《水浒》则增多至一百单八人了。全书百二十回，前七十回叙天罡星三十六员，地煞星七十二员，合为一百单八个豪杰的离散集合之迹，以至聚会于梁山泊为止。是描写豪壮快活方面的。后半述宋江等应诏招谕，改节仕于朝庭的始末。北伐契丹，南征方腊，以立大功；但多数豪杰丧于此役，病死的有，出家的也有；或辞官爵，或逃海外。当年豪杰四散，至副统领卢俊义、统领宋江等相寻毙于谗人的毒手为止。是描写悲痛惨淡方面的。

这书描写技术的精确，在中国小说上是首屈一指的，较之

"唐人传奇""宋人话本",都有极大的惊人地进步。至于描写一百单八人,个个都有个性,个个都有环境和他们不同的出身,而无一重复的地方,这更是《水浒》的伟大处。全书内含的思想,完全为贪官污吏与不良政治的反响,所以处处表现出强毅的反抗的精神。如林冲、武松、鲁智深、李逵……这些性格刚强的人,他们在书中的活跃,与读者以很深刻的印像,使人永久的不能忘掉。中国的小说自《水浒》出现,总算达到了成功的地域——章回小说最高的成就。

关于《水浒传》的作者,从来有四说:(一)施耐庵作——此说见于胡应麟《庄岳委谈》。(二)罗贯中作——此说见于郎瑛《七修类稿》、王圻《续文献通考》。(三)施、罗合作——李卓吾本《水浒传》题为施耐庵集撰,罗贯中纂修。(四)施作罗续——金人瑞在《水浒传》卷首辨之,更在第七十回评语里这样说:"一部七十回,可谓大铺排,此一回可谓大结束。读之正如千里群龙,一齐入海,更无丝毫未了之憾。笑煞罗贯中,横添狗尾,徒见其丑也!"

关于《水浒传》本子亦有许多种。(一)一百二十回《忠义水浒全传》,明李卓吾评本,记为"施耐庵集撰,罗贯中纂修"。并有李卓吾和楚人杨定见的序。(二)七十回本《水浒传》,这书正传七十回,其前还有楔子一回,合为七十一回。金人瑞称这种本子为古本①,配与《庄子》、《离骚》、《史记》、"杜诗"之次,而名为《第五才子书》。(三)一百回本

---

① 金圣叹本《水浒传》即贯华堂本,目前一般认为金圣叹所称的"古本"系其假托。

《忠义水浒传》，与一百二十回无大差异，李卓吾也有批评。[①]
（四）一百十五回《忠义水浒传》，卷首题"东原罗贯中编
辑"，明崇祯末与《三国演义》合订而名为《英雄谱》，大体与
百二十回本同。但文词拙劣，恐不是《水浒传》的原作。（五）
一百二十四回《水浒传》，卷首刻光绪己卯新镌，大道堂藏板有
乾隆丙辰年"古杭枚简侯"的序。后有"雁宕山樵"的《水浒后
传》，首页有"姑苏原板"的篆文图章，是在江苏刻的。以外
《水浒传》续编，尚有《后水浒传》（清陈忱作）[②]和《续水浒
传》（又名《荡寇志》[③]，俞万春作）。现在国内易得的本子，
为前三种，后二种均不易见。如只就文学的技术看来，金圣叹本
似有精采。但如百二十回本的最后一回《宋公明神聚蓼儿洼》，
文字极凄凉悲壮之至。有了这一回，全书便更显得伟大，遂成了
千古无匹的英雄传奇的一部大悲剧。

　　宋江自饮御酒之后，觉道肚腹疼痛，想被下药在酒
　里。急令人打听那使臣，于路驿中却又饮酒。宋江已知
　中了奸计，乃叹曰："我自幼学儒，长而通吏，不幸失
　身于罪人，并不曾行半点欺心之事。今日天子听信谗
　臣，赐我药酒。我死不争，只有李逵见在润州，他若
　闻知朝廷行此意，必去哨聚山林，把我等一世忠义坏

---

① 一百二十回《忠义水浒全传》即袁无涯刊行本，一百回《忠义水浒
　传》即容与堂本。两书均有署名"李贽"的批点，但它们的真实性历
　来颇受质疑，目前尚无关于孰真孰假的定论。
② 《后水浒传》是《水浒传》的另一续书，四十五回，题"青莲室主人
　辑"。陈忱，字遐心，"雁宕山樵"为其号，作《水浒后传》。
③ 《荡寇志》，一名《结水浒传》。

了。"连夜差人往润州，唤取李逵刻日到楚州。且说李逵到润州为都统制，只是闷倦，与众终日饮酒。听得楚州差人到来有请，李逵曰："哥哥取我，必有话说。"便同来人下船，直到楚州拜见。宋江曰："兄弟，我等自从分散之后，日夜只是想念众人。只有贤弟在润州较近，特请你来商量一件大事。"李逵曰："甚么大事？"宋江曰："你且饮酒！"宋江请进后所，款待李逵吃了半晌酒食。宋江曰："贤弟，我听得朝廷差人赍药酒来，赐与我吃。如死，却是怎的好？"李逵大叫："反了罢！"宋江曰："军马都没了，兄弟们又各自分散了，如何反得？"李逵曰："我镇江有三千军马，哥哥楚州军马，尽点起来，再上梁山泊，强在这里受气！"宋江曰："兄弟，你休怪我！前日朝廷差天使赐药酒与我服了。我死后，恐你造反，坏了我忠义之名。因此请你来相见一面。酒中已与你慢药服了，回至润州必死。你死之后，可来楚州南门外蓼儿洼，和你阴魂相聚。"言讫，泪如雨下。李逵亦垂泪曰："生时伏侍哥哥，死了只是哥哥部下一个小鬼！"言毕，便觉身体有些沉重，流泪拜别公明。回到润州，果然药发。李逵临死，分付从人："将我灵柩去楚州南门外蓼儿洼，与哥哥一处埋葬。"从人不负其言，扶柩而往。宋江自与李逵别后，心中伤感，思念吴用、花荣，不得会面。是夜药发，嘱咐亲随之人："将我灵柩殓葬南门外蓼儿洼高原深处，休负吾志！"言讫而逝。用人备棺椁，依礼殡葬楚州蓼儿洼。数日之后，李逵灵柩亦从润州到，葬于宋江墓侧。有诗为证：

宋江饮毒已知情，恐坏忠良水浒名。

便约李逵同一死，蓼儿洼里起佳城。

且说宋清在家患病，闻知家人报说哥哥在楚州病故，葬于蓼儿洼，只得全家到来祭祀。却说武胜军承宣使吴用，自到之后，每每思念宋公明。忽一夜，梦见宋江、李逵扯住衣服，说道："军师，我等以忠义为主，不曾有负朝廷，今赐饮药酒身亡，已葬于楚州蓼儿洼。军师若念旧日交情，可到坟茔看视一遭为感。"要问备细，忽然觉来，乃是一梦。吴用泪如雨下，坐至天明，径往楚州来，宋江果已死。吴用安排祭仪，到蓼儿洼坟前哭祭曰："仁兄今日既为国家而死，托梦与我，兄弟无以报答，愿与仁兄今会于九泉之下。"言罢痛哭。正欲自缢，只见花荣从船上飞奔到墓前，见了吴用，各吃一惊。吴用曰："贤弟在应天府为官，缘何到此？"花荣将梦中之事说了，与吴用相同，因此星夜到此。吴用曰："我得一梦，亦是如此，因此探看坟所。想念宋公明恩义难舍，正欲就于此处自缢，魂魄与仁兄同聚一处。"花荣曰："军师既有此心，小弟便当随之，亦与仁兄全尽忠义，乃死而安处也。"有诗为证：

红蓼洼中托梦长，花荣吴用苦悲伤。

一腔义烈相思契，对树高悬两命亡。

吴用曰："我今身又无家，死却何妨？你有幼子娇妻，使其何依？"花荣曰："此事不妨，自有囊箧，足以度日。妻室之家，亦是有人料理。"两个大哭一场，双双悬于树上而死。船上从人久等本官不出，都到坟前看时，只见两人自缢身死。急忙报与本州官僚，置备棺椁，葬于宋江墓侧。楚州百姓感念宋江仁德，建立祠堂，四时享祭，里人祈祷，无不感应。……（一百二十回本第一百二十回）①

二

《三国演义》全书一百二十回。这书事实，"七实三虚"（章学诚语）。它是以陈寿的《三国志》作基本，拿来改成小说体而加以润饰的。关于"三国故事"，自唐宋以来，已有许多民间传说。唐李商隐的《骄儿诗》中，已有"或谑张飞胡，或笑邓艾吃"之句。宋苏轼《志林》也有："涂巷中小儿薄劣，其家所厌苦，辄与钱令聚坐听说古话。至说三国，闻刘玄德败，频蹙眉，有出涕者。闻曹操败，即喜唱快。"这就是《东京梦华录》所谓"说三分"是也。金、元杂剧中，也常有以三国故事为题材的。关汉卿二种②：《管宁割席》《单刀会》。王实甫二种：《陆绩怀橘》《曹子建七步成章》。高文秀二种：《周瑜谒鲁肃》《刘先主襄阳会》。尚仲贤一种：《诸葛论功》。朱凯一种：《黄鹤楼》。王晔一种：《卧龙冈》。郑德辉一种：《三战

---

① 此处引文根据的版本应是袁无涯刊行一百二十回本，但与目前《水浒传》通行本差异较大，编者不再一一注明，读者可参看施耐庵集撰；罗贯中纂修；王利器校注《水浒全传校注》第十册，河北教育出版社2009年版，第3911—3919页。

② 关汉卿另有三国题材杂剧《关张双赴西蜀梦》。

吕布》（二本）。武汉臣一种：《三战吕布》（二本）。王仲文二种：《诸葛祭风》《五丈原》。于伯渊一种：《斩吕布》。石君宝一种：《哭周瑜》。赵文宝一种：《烧樊城糜竺收资》。无名氏三种：《连环记》《博望烧屯》《隔江斗智》。可见"三国故事"在当时已盛流行于民间，罗贯中大概是依据正史，又采取了民间的传说而做成的了。

本书始于《宴桃园豪杰三结义》，终于《降孙皓三分归一统》。就是把从汉灵帝中平元年起，至晋武帝太康元年止，这九十七年（一八四——二八〇）的事迹小说化了的。文体是偏于文言的口语体，比较《水浒》要坚硬而缺少风情，对于人物的性格的描写也不能恰如其分。如刘备写成了奸诈的人，孔明写成了妖道，只有关云长写得最好。大约自孔明出山至孔明死，都写的如火如荼，非常有兴味，布局也极紧凑，尤其是"赤壁鏖兵"这一大段，以后就奄奄无生气了。但它无论如何，纵是一部名文，所以清金人瑞称为"第一才子[①]三国演义"。兹录第三十七回《刘玄德三顾三[②]庐》的一段：

> 次日，玄德同关、张并从人等来到[③]隆中。遥望山畔，数人荷锄耕于田间，而作歌曰："苍天如圆盖，陆地如棋局。世人黑白分，往来争荣辱。荣者自安安，辱者定碌碌。南阳有隐居，高眠卧不足！"玄德闻歌，勒马唤农夫问曰："此歌何人所作？"答曰："乃卧龙先

---

① 此处脱"书"字。

② "三"应为"草"。

③ 据（明）罗贯中著；（清）毛宗岗评《三国演义（注评本）》，上海古籍出版社2014年版，第359页，"到"字衍。

生所作也。"玄德曰："卧龙先生住何处？"农夫曰：
"自此山之南，一带高冈，乃卧龙冈也。冈前疏林内茅
庐中，即诸葛先生高卧之地。"玄德谢之，策马前行。
不数里，遥望卧龙冈，果然清景异常。后人有古风一
篇，单道卧龙居处。诗曰：

襄阳城西二十里，一带高冈枕流水。高冈屈曲压云
根，流水潺湲飞石髓。势若困龙石上蟠，形如单凤松阴
里。柴门半掩闭茅庐，中有高人卧不起。修竹交加列翠
屏，四时篱落野花馨。床头堆积皆黄卷，座中^①往来无
白丁。叩户苍猿时献果，守门老鹤夜听经。囊里名琴藏
古锦，壁间宝剑映松文。庐中先生独幽雅，闲来亲自勤
耕稼。专待春雷惊梦回，一声长啸安天下。

玄德来到庄前下马，亲叩柴门，一童出问。玄德
曰："汉左将军宜城亭侯领豫州牧皇叔刘备特来拜见先
生。"童子曰："我记不得许多名字。"玄德曰："你
只说刘备来访。"童子曰："先生今早外出。"玄德
曰："何处去了？"童子曰："踪迹不定，不知何处去
了。"玄德曰："几时归？"童子曰："归期亦不定，
或三五日，或十数日。"玄德惆怅不已。张飞曰："
既不见，自归去罢了。"玄德曰："且待片时。"云长
曰："不如且归，再使人来探听。"玄德从其言，嘱
咐童子："如先生回，可言刘备拜访。"遂上马。行数

---

① 据（明）罗贯中著；（清）毛宗岗评《三国演义（注评本）》，上海
古籍出版社2014年版，第359页，"中"应为"上"。

里，勒马回观隆中景物，果然山不高而秀雅，水不深而澄清，地不广而平坦，林不大而茂盛，猿鹤相亲，松篁交翠。观之不已。……

《三国演义》的作者罗贯中，一名本，钱塘人[①]。生于元之中叶，至明初尚存。约一三〇〇至一四〇〇年间人。他除《三国演义》外，尚有《隋唐演义》《说唐全传》《平妖传》《粉妆楼》[②]，及《雪夜访赵普》[③]杂剧行于世。但都不及《三国演义》的著名了。他的作风清俊流畅，实在是中国平民文学一个伟大的作家。

三

《西游记》是明吴承恩撰。承恩（约一五一〇——一五八〇[④]），字汝忠，号射阳山人，淮安人。嘉靖二十三年岁贡，三十九年官长兴县丞。有《射阳存稿》。他是一个极有文才的人。他著这书大概是以杨致和的四十一回本《西游记传》作基础，并从《四游记》中的《东游记》《北游记》《南游记》（铁

---

① 罗贯中，名本，字贯中。目前一般认为他是山西太原人，籍贯钱塘另是一说。

② 前三部小说即《隋唐两朝志传》《残唐五代史演义》《三遂平妖传》，它们均经后人修改才成为目前的通行本。《粉妆楼》，即《续说唐志传粉妆楼全传》，十卷，八十回，成书年代不详，此书"道光壬辰孟春竹溪山人"所作序说是罗贯中所撰，然不可信。

③ 即杂剧《宋太祖龙虎风云会》。

④ 目前一般认为吴承恩的生卒年分别为约一五〇〇年、约一五八二年。

扇公主即见《南游记》）^①，以及其从来的关于玄奘的传说，和唐人的传奇，宋人的《大唐三藏取经诗话》，元人杂剧（吴昌龄《西游记》^②）等中间搜集材料而作成功的这部《西游记》。我们可以说：杨本的《西游记》只是些骨骼，吴承恩便给它以丰腴的肉采，活泼的灵魂，并美丽的衣饰了。

全书共一百回。前七回当于杨本的前九回。叙孙悟空从东胜神州傲来国花果山的石卵里脱化而出，游于西牛贺州，从须菩提祖师修仙道，学得七十二样变化之术，一个筋斗可打十万八千里，又入龙宫获得禹王的遗物金箍棒。神通广大，所向无敌。会召至天上，怒其授官之小，为此大闹天宫二回。但卒为佛祖如来所镇压，封闭于五行山下。第八、九两回起，记玄奘的父母遭贼难，及玄奘复仇的事。（宋周密《齐东野语》有记某郡卒江行遇盗事，疑玄奘事从此衍。）这为杨氏本所无。从第十回起，至第十二回止，记魏徵斩龙，太宗游冥府，以及玄奘应诏赴西天的事。当杨本第十一回至第十三回。第十三回至第二十三回，叙收徒弟孙行者、猪八戒、沙僧，以及遇虎，遇黄风怪，遇观音试心等事。当杨本第十四回至第二十二回。从第二十三回以后，至百回止，叙他们师徒四人周流十四年，大小经八十一难，辛辛苦苦，到达天竺，得了三十五部五千零四十八卷的经典归于唐土，师徒成佛的事。

---

① 杨致和本即《四游记》所收录的《西游记》，杨本与朱鼎臣《西游释厄传》同是《西游记》版本系统中的简本，目前一般认为简本《西游记》系百回本《西游记》的节本。

② 《西游记》杂剧的作者是杨讷，初名暹，字景贤，一作景言，号汝斋。所作杂剧今知有十八种，今存《西游记》《刘行首》二种。

全书的叙述，非常活泼而有致。八十一难并没有一难是重复的。许多怪魔也一个个有它们的特别的性格。如果把它裁下来看，即是一篇想像最丰富，文字最活泼的美丽的童话。

兹引杨本第六回《真君捉猴王》里，二郎神与孙悟空斗法变化的事，与吴本同一回叙同一样的事互相比较。我们就此已可看出吴本实较杨本质量都增加不少了。

> 二人各变，身长万丈，战入云端，离却洞口。康、张、姚、李等传令草头军，纵放鹰犬，搭弩张弓，杀入洞去，众猴赶得逃窜无路。大圣正在斗战，忽见本山众猴惊散，抽身走转。真君大步赶上，急走急赶。大圣慌了，摇身一变，钻入水中。真君道："这猴入水必变鱼虾，待我变作水獭逐他。"大圣见真君赶来，又变一鸨鸟，飞在树上。真君拽起弓，一弹打落草坡，追寻不见。回转天王营中，云及猴王败阵等事，今赶不见踪迹。李天王把照妖镜一照，急云："那妖猴往你灌江口去了。"①

下面是吴承恩叙写的同上的一段故事（《西游记》第六回《小圣施威降大圣》）：

> 真君与大圣斗经三百余合，不分胜负。那真君抖擞神威，摇身一变，变得身高万丈，两只手举着三尖利刃神锋，好便似华山顶上之峰，青脸獠牙，朱红头发，恶

---

① 此处引文与目前杨致和本《西游记》通行本差异较大，编者不再一一注明，读者可参看（明）杨致和《四游记·西游记》，上海古籍出版社1956年版，第111页。

恨恨望着大圣头就砍。这大圣也使神通，变得与二郎身躯一样，嘴脸一般，举一条如意金箍棒，却就似昆仑顶上擎天之柱，抵住二郎神，諕得那马、流元帅战兢兢，摇不得旌旗；崩、芭二将虚怯怯，使不得刀剑。这阵上，康、张、姚、李、郭申、直建传号令，撒放草头神，向他那水帘洞外，纵着鹰犬，搭弩张弓，一齐掩杀。可怜那些猿猴，抛戈弃甲，撇箭丢枪；跑的跑，喊的喊；上山的上山，归洞的归洞。……大圣看见本营中群猴惊散，自觉心慌，收了法象，掣棒抽身就走。真君赶上道："那里走！趁早归降，饶你性命。"大圣不敢恋战，只得跑起，将近洞口，正撞着康、张、姚、李四太尉，郭申、直建二将军，一齐挡住道："泼猴那里走！"大圣慌了手脚，就把金箍棒捏做绣花针，藏在耳内，摇身一变，变做个麻雀儿，飞在树稍头钉住。那六兄弟慌慌张张，前后寻觅不见，一齐吆喝道："走了这猴精也！走了这猴精也！"正嚷处，真君到了，问："兄弟们，赶到那里不见的？"众神道："才在这里围住，就不见了。"二郎圆睁凤目观看，见大圣变了麻雀儿钉在树上，就收了法象，撇了神锋，卸下弹弓，摇身一变，变作个饥鹰儿，抖开翅，飞将去扑打。大圣见了，飕的一翅飞起，去变作一只大鹚老，冲天而去。二郎见了，急抖翎毛，摇身一变，变作一只大海鹤，钻上云际来嗛。大圣又将身按下，入涧中，变作一个鱼儿，淬入水内。二郎赶至涧边，不见踪迹，心中暗想道："这猴狲必然下水去也，定变作鱼虾之类，等我再变来拿他。"果一变，变作鱼鹰儿，飘荡在下溜头波面上。等待片时，那大圣变鱼儿，顺水正游，忽见一只飞禽，似青鹚，毛片不青；似鹭鸶，顶上无缨；似老鹳，腿又不红："想是二郎变化等我哩！"急转头，打个花就走。二郎看见道："打花的鱼儿，似鲤鱼，尾巴不红；似鳜鱼，花鳞不见；似黑鱼，头上无星；似鲂鱼，头上无针。他怎么见了我就回去了？必然是那猴变的。"赶上来，刷的啄一嘴。那大圣就钻出水面，一变，变作一条水蛇，游近岸，钻入草中。二郎因嗛他不着，忽听水响，见一条水蛇窜出去，认得是大圣，急转身一变，变作一只朱绣顶的灰鹤，伸着一个长嘴，与一把火头铁钳子相似，径来吃这水蛇。水蛇跳一跳，又变做一只花鸨，木木樗樗立在蓼汀之上。二郎见他变得低，那花鸨乃鸟中至贱至淫之物，不拘鸾、凤、鹰、鸦，都与交群，故此不去拢傍。即现原身，走将去，取过弹弓，拽满一弹子，把他打个踉蹡。那大圣趁着机会滚下山崖，伏在那里，又变做一个土地庙儿，大张着口，似个庙门，牙齿变做门扇，舌头变作菩萨，眼睛变作窗棂，只有尾巴不好收拾，竖在后面，变作一根旗竿。真君赶到崖下，不见打倒的鸨鸟，只有一间小庙，急睁眼细看，见旗竿立在后面，笑道："是这猴子了！他今又在那里哄我。我也曾见庙宇，更不曾见一个旗竿在后面的。断定这畜生弄鬼！他若哄我进去，他便以口咬住我，怎肯进去？等我揲拳先捣窗棂，后踢门扇！"大圣听得心惊道："好狠！好狠！门扇是我的牙齿，窗棂是我的眼

睛。若打了牙，捣了眼，却怎样是好？"扑的一个虎
跳，又冒在空中不见。真君前前后后乱赶，只见四太
尉、二将军一齐拥至道："兄长，拿住大圣么？"真君
笑道："那猴子才自变作庙宇哄我。我正要捣他窗棂，
踢他门扇，他就纵一纵，又渺无踪迹。可怪！可怪！"
众皆愕然，四望更无形影。真君道："兄弟们在这看守
巡逻，等我上去寻他。"急纵身起在半空，见那李天
王高擎照妖镜，与哪吒住立云端。真君道："天王，曾
见那猴王么？"天王道："不曾上来。我这里照着他
哩。"真君把那赌变化，弄神通，拿群猴一事说毕，却
道："他变庙宇，正打时就走了。"李天王闻言，又
把照妖镜四外一照，呵呵的笑道："真君，快去！快
去！那猴使了个隐身法，走出营围，往你那灌江口去
也。"……①

四

《金瓶梅》《水浒传》及《西游记》又被当时称为"三大奇
书"。诗人袁宏道对它非常赞许。全书凡百回。书中写家庭琐
事，妇女性格，以及人情世态。其描写的细致，会话的洗炼，事
件的进行曲折而富于波澜，真可说是中国小说的奇宝。而其最成
功处，尤在妇人的描写。如吴月娘，如李瓶儿，如潘金莲，如春

---

① 此处引文与目前《西游记》通行本差异较大，编者不再一一注明，读
者可参看（明）吴承恩原著；李洪甫整理校注《西游记整理校注本》
上册，人民出版社2013年版，第81—83页。

梅、秋菊等莫不各有其鲜明的个性活跃于纸上。虽然此书向以猥亵淫秽见称，但并不能埋没了它真的价值。

书的内容，是取《水浒传》中第一的艳话西门庆与潘金莲的事情为骨子，加以复杂的描写而成的。西门庆，清河人，不甚读书，终日闲游浪荡，有一妻一妾，又交"帮闲不守本分的人"结拜兄弟。他横恋着武大之妻潘金莲，遂毒杀武大而娶金莲为妾。武大之弟武松为兄复仇，却误杀了李外傅，为此刺配孟州。西门庆幸脱于难，益贪淫欲，并通金莲的侍女春梅，又纳李瓶儿为妾。并因得了横财，家道大富，旋瓶儿生子，西门庆因贿得官。于是不法放纵，到了极点。金莲嫉妒李瓶儿生了儿子，屡惊其子，不久瓶儿的儿子遂惊风死了。瓶儿悲其儿子亦死了。金莲得志，益媚西门庆，西门庆遂于某夜以纵欲暴卒。然金莲与春梅更通西门庆之婿陈敬济，事露被逐出家。金莲遂为遇赦而归的武松所杀。春梅后为周守备之妾，生子而作了正妻。适有素有怨恨的女子孙雪娥成了卖身，故伊特买雪娥以责辱之。且后又卖为酒[①]家的娼妓，并以陈敬济诈为自己之弟，招来家中，复与之通。后周守备讨伐宋江有功，升济南兵马制置，陈敬济以列名军门，得升参谋。最后金人南下，周守备战死，其妻春梅与以前周守备之先妻之子通，为此贪淫，以致亡命。金兵逼清河的时候，西门庆的妻吴月娥[②]带了遗腹子孝哥避乱济南，途中遇普净和尚，至永福寺，于梦幻之中见西门庆一生因果，知孝哥即西门庆的托生。由是孝哥出家为和尚，法名明悟。《金瓶梅》的故事就此结

---

① "洒"应为"酒"。
② "娥"应为"娘"。

束了。

以上是全书的梗概。关键系于潘金莲、李瓶儿和春梅三人身上，所以叫做《金瓶梅》。这书的作者，沈德符《野获编》说是嘉靖间大名士作。世因传是王世贞撰，以献于仇人严世蕃，渍毒液于书页，世蕃以口涎润手翻页，于是毒液入口而死。或曰世贞所毒者非世蕃，乃陷其父之唐顺之也。（见《寒花庵随笔》）但这种怪论，很难为信。若以书用山东方言及所记皆不出嘉靖一朝事征之，则作者当为山东籍嘉靖时人。沈氏，隆、万间人，去作者未远，殆知之而为其人讳欤。

> ……妇人（潘金莲）道："怪奴才！可可儿的来，想起一件事来，我要说，又忘了。"因令春梅："你取那只鞋与他瞧。""你认的这鞋是谁的鞋？"西门庆道："我不知道是谁的鞋。"妇人道："你看他还打鸡儿哩！瞒着我，黄猫黑尾，你干的好茧儿！来旺媳妇子的一只臭蹄子，宝上珠一般收藏在藏春坞雪洞儿里拜帖匣子内，搅着些字纸和香儿一处放着。甚么稀罕物件，也不当家花花的！怪不的那贼淫妇死了，堕阿鼻地狱！"又指着秋菊骂道："这奴才当我的鞋，又翻出来，教我打了几下。"分付春梅："趁早与我掠出去！"春梅把鞋掠在地下，看着秋菊说道："赏与你穿了罢！"那秋菊拾着鞋儿说道："娘，这个鞋只好盛我一支脚指头儿罢。"那妇人骂道："贼奴才，还教什么□娘哩。他是你家主子前世的娘！不然，怎的把他的鞋这等收藏的娇贵？到明日好传代！没廉耻的货！"秋菊拿着鞋子就往外走，被妇人又叫回来，分咐："取刀

来，等我把淫妇鞋砍作几截子，掠到茅厕里去！叫贼淫妇阴山背后，永世不得超生！"因向西门庆道："你看着越心疼，我越发偏砍个样儿你瞧。"西门庆笑道："怪奴才，丢开手罢了。我那里有这个心！"……（第二十八回）①

参考：

《中国小说史略》，鲁迅著，可看第十四至二十各篇。

《中国文学概论讲话》，日本盐谷温著，孙俍工译，可看第六章。

《水浒传》，施耐庵著，有亚东书局标点本，内有胡适考证。

一百二十回的《水浒》，施耐庵著，胡适序，有万有文库本。

《三国演义》，罗贯中撰，有亚东书局标点本。

《西游记》，吴承恩著，有亚东书局标点本。

《金瓶梅》，有彭城张竹坡评刻本。真正《金瓶梅》，乃删改原书之淫秽语而成者，有铅印本。坊间又有古本《金瓶梅》。

《续金瓶梅》十二卷，清丁耀亢撰，有铅印本，改名为《金屋梦》。

《〈水浒传〉的演化》，郑振铎著，见第二十卷第九号《小说月报》。（收在《中国文学论集》内）

《〈水浒传〉新考》，胡适著，即百二十回本《忠义水浒全书》序。见第二十卷九号《小说月报》。

---

① 此处引文与目前《金瓶梅》通行本差异较大，编者不再一一注明，读者可参看（明）兰陵笑笑生原著；白维国、卜键校注《金瓶梅词话校注》，岳麓书社1995年版，第765—766页。

《〈三国志演义〉的演化》，郑振铎著，见第二十卷第十号《小说月报》。（收在《中国文学论集》内）

《〈西游记〉的演化》，郑振铎著，见《文学》第一卷第四号。

《谈〈金瓶梅词话〉》，郭源新[1]著，见《文学》创刊号。

《〈金瓶梅〉的著作时代及其社会背景》，吴晗著，见《文学季刊》创刊号。

---

[1] 郭源新为郑振铎的笔名之一。

第二十七章　清代的小说

　　在清代是以小说与戏曲著名的。但小说的发达，更比戏曲为优。无论在量上或在质上，都有突过戏曲之处。盖在戏曲的一方面，至同治以后，殆不见有伟大的作品出现。反之小说呢？咸、同以还，虽然没有怎样出色的杰作，但总是继续不断地有新的作品出世。尤其是一般人对于小说的观念，在宋、明文人的眼光，是以"小道"目之的。而在清代，像袁枚（《子不语》）、纪昀（《阅微草堂笔记》）、蒲松龄（《聊斋志异》）一流的大文豪，不但会欣赏小说，反进而创造小说。虽然不是什么伟大的成就，但即此一点，已可傲视前代了。

　　清初的小说家最著者为李渔。他著有短篇小说《十二楼》（《夺锦楼》《十卺楼》《奉先楼》《合影楼》《三与楼》《夏宜楼》《萃雅楼》《闻过楼》《归正楼》《鹤归楼》《生我楼》《拂云楼》），其造意的新颖，结构的奇妙，是和他的戏曲有同样的风趣。此外像张劭^①的《平山冷燕》、"名教中人"的《好逑传》，虽其文字、思想颇多疵议之处，却是当时风行的读物。

顺治而后，康、乾间乃是清代小说的黄金时代。这时传奇式的小说最著者，为蒲松龄的《聊斋志异》。此书叙事简洁，结构紧严，而材料的奇特，文字的浓艳，给与后来的许多小说家以很大的影响，造成了所谓"聊斋志异派"。像袁枚的《子不语》、纪昀的《阅微草堂笔记》、沈起凤的《谐铎》、乐钧的《耳食录》，都是有意无意的在模拟《聊斋》的作风。至说到章回小说，要算是《儒林外史》与《红楼梦》了。这两部小说在技术上，在描写上，在文字上，都达到完美高妙的境地，表现了清人在小说上的登峰造极的成就。

道、咸之际，较有成就的小说为文康的《儿女英雄传》、李汝珍的《镜花缘》。文所作书在乎写儿女的英雄，以反抗《红楼梦》之写儿女的柔情为目的。李书文字，虽不及《红楼梦》之绮丽动人，但他描写异样的风俗与社会，却获得了特殊的成功。至于陈森的《品花宝鉴》、魏子安的《花月痕》，描写虽时时有佳妙处，但不能预于第一流作品之林。

到了光绪时期，小说似已入了休眠状态。但因为时事变动的关系，以社会为题材中心的"谴责小说"突然大盛。就中李宝嘉的《官场现形记》、吴沃尧的《二十年目睹之怪现状》、刘

---

① 据（清）盛百二《楼堂续笔谈》与沈季友《檇李诗系》所记，《平山冷燕》为张博山所作，后经其父修改。张博山，名劭，清康熙时人，生平事迹不详。鲁迅较早否认张氏父子作此小说，认为"文意陈腐，殊不类童子所为"。《平山冷燕》题"荻岸散人编次"，关于本书作者真实姓名，至今尚无定论。

鹗的《老残游记》、韩邦庆的《海上花列传》、曾朴的《孽海花》。……这些这些，又曾经哄动了一时读者。但我们要知道，这时期产生的长篇小说虽多，然绝少第一流之作。这种不景的现象，正表示旧小说的精华已竭，伟大的新时代的文学快要降临了。

一

《儒林外史》是清代讽刺派小说之王，它的作者为吴敬梓。敬梓（一七〇一——一七五四），字敏轩，安徽全椒人。幼颖异，文才宏富，诗赋援笔立就。性情豪迈，不善治生，未数年资产挥尽，时或至于绝粮。他在康熙五十九年中秀才，雍正乙卯，曾一度被举应博学鸿词科。后移居金陵，为文坛之中心。他尝集合同志建先贤祠于雨花台山麓。晚年客居扬州，自号文木老人，尤落拓纵酒，终于穷困而死。所著除《儒林外史》，尚有《诗说》七卷、《文木山房集》五卷。

《儒林外史》共五十五回 [①]，是一部写实的讽刺小说。作者专在攻讦矫饰的虚伪的颓风，暴露知识阶级的丑态，指斥贪官污吏的罪恶。他又痛心于一般下流的读书人醉心于利禄的科举，而忘记了实在的社会生活。他所根据的都是亲闻亲见的事实，故能烛幽索隐。凡官僚、儒师、名士、山人，以至市井细民、贩夫走

---

① 关于《儒林外史》的回目数，吴敬梓友人程晋芳谓全书共五十卷，此版本未见流传。现存最早刻本为卧闲草堂本，五十六回，关于末回是否为吴敬梓所作，目前尚无定论。光绪年间又有六十回石印本，一般认为末四回系他人所补。

卒，都现身纸上，声态毕露。中国小说之善于讽刺者，当以此为第一部。尤其是值得赞美的，是作者客观的态度，不动声色的叙述，使得这部十足的讽刺小说，丝毫不含谩骂夸张的意味，这真是非常难能可贵的。只是全篇没有一贯的脉络，且找不出一个为前后线索的主人翁，结构颇失之散漫。所以鲁迅在《小说史略》评他这书："但如集诸碎锦，合为帖子，虽非巨幅，而时见珍异，因亦娱心，使人刮目矣。"敬梓对于虚伪之士，嫉之如仇，掊击习俗之处屡见。他在第四十八回（《徽州府烈妇殉夫》）写王玉辉之女殉夫一段，文字又锋芒，又深刻，又冷静，又简洁，在描写和叙述的技术上，达到艺术高超的境地。

> 王玉辉走了二十里，到了女婿家，看见女婿果然病重，……一连过了几天，女婿竟辞世了。……三姑娘道："我而今辞别公婆、父亲，也便寻一条死路，跟着丈夫一处去了！"王玉辉……向女儿道："我儿，你既如此，这是青史上留名的事，我难道反拦阻你？你竟是这样做罢。我今日就回家去，叫你母亲来和你作别。"亲家再三不肯。王玉辉执意，一径来到家里，把这话向老孺人说了。老孺人道："你怎的越老越呆了！一个女儿要死，你该劝他，怎的倒教他死？这是什么话！"王玉辉道："这样事你们是不晓得的。"老孺人听见，痛哭流涕，连忙叫了轿子，去劝女儿，到亲家去了。王玉辉在家，依旧看书写字，候女儿的消息。老孺人劝女儿，那里劝得转。一般每日梳洗，陪着母亲坐，只是茶饭全然不吃。母亲和婆婆着实劝着，千方百计，总不肯吃。饿到六天上，不能起床。母亲看着，伤心惨目，

痛入心脾，也就倒了，抬了回来，在家睡着。又过了三日，二更天气，几个火把，几个人来打门，报道："三姑娘饿了八日，在今天午时去世了！"老孺人听见，哭死了过去，灌醒过来，大哭不止。王玉辉走到床面前说道："你这老人家真正是个呆子！三女儿他而今已是成了仙了，你哭他怎的？他这死的好，怕我将来不能像他这一个好题目死哩！"因仰天大笑道："死的好！死的好！"大笑着走出房门去了。①

二

《儒林外史》之后的重要小说，就是《红楼梦》。这部书表现了清人在小说上的登峰造极的成就。《红楼梦》的作者的问题，现在经各学者研究的结果，以为前八十回是曹霑作的，后四十回是高鹗续的②。曹霑（一七一九——一七六四③），字雪芹，一字芹圃，镶蓝旗汉军。祖寅父颙④，俱为江宁织造。寅曾作《楝亭诗钞》五卷，著传奇二种。清圣祖（康熙）五次下江

---

① 此处引文与目前《儒林外史》通行本差异较大，编者不再一一注明，读者可参看（清）吴敬梓著；李汉秋辑校《儒林外史汇校汇评》，上海古籍出版社2010年版，第587—588页。

② 目前一般认为高鹗只是《红楼梦》后四十回的整理者而非续作者。

③ 关于曹雪芹的生卒年，目前一般认为分别在一七一五年左右、一七六三年左右。尤其曹雪芹卒年是壬午年还是癸未年一直是红学研究的一大公案。

④ 关于曹颙与曹雪芹的关系，目前有两说，一说二人为叔侄，另一说二人为父子。

南，曾有四次以寅之织造署为行宫。故霑幼年是生在豪华的环境中。雍正六年頫卸任，霑随父归北京，时约十岁。后曹氏忽衰落，竟至贫居西郊，啜饘粥，连饭都没得吃。《红楼梦》就是在这种贫困的生活中写成的。关于《红楼梦》的背景，论者纷纷，有谓系记纳兰性德家事者（陈康祺《燕下乡睉录》），有谓系叙清世祖与董鄂妃的故事者（王梦阮、沈瓶庵《红楼梦索隐》），有谓系影射康熙朝政治状态者（蔡元培《红楼梦索隐》[①]），此皆捕风捉影之谈。实则此书乃作者自传也。（详见胡适《红楼梦考证》）

这书一名《石头记》，又叫作《金玉缘》。全书百二十回，都九十万言，以那含着通灵宝玉而生的荣国府贾政的公子贾宝玉为中心，配之以楚腰纤细的情块"金陵十二钗"的正册，即贾家四艳——元春、迎春、探春、惜春，宝玉的爱人林黛玉，后为正室的薛宝钗，和王熙凤，及其女巧姐，以及李执、秦可卿、史湘云、道院的尼姑妙玉之十二姬。更以侍妾丫鬟等十二钗的副册二十四个美人为副。加之以外家的兄弟僮仆等。总计以男子二百三十五人，女子二百十三人，错综配合起来。其规模的伟大，结构的细密，描写的精致而富于风趣，诚是小说中的杰作，旷古无匹的巨著。兹节录第二十六回《潇湘馆春困发幽情》，以见其作风的一斑：

> （宝玉）一径来至一个院门前，凤尾森森，龙吟细
> 细，正是潇湘馆。便信步走入，只见湘帘垂地，悄无人
> 声。走至窗前，觉得一缕幽香从碧纱窗中暗暗透出。宝

---

① 蔡元培此书名为《石头记索隐》。

玉便将脸贴在纱窗上看时，耳内忽听得细细的叹了一声道："镇日家情思睡昏昏。"宝玉听了，不觉心内痒将起来，再看时，只见黛玉在床上伸懒腰。宝玉在窗外笑道："为什么'镇日家情思睡昏昏'的？"一面说，一面掀帘子进来了。

黛玉自觉忘情，不觉红了脸，拿袖子遮了脸，翻身向里假装睡着了。宝玉才走上来，要扳他的身子，只见黛玉的奶娘并两个婆子都跟进来了，说："妹妹睡觉呢，等醒来，再请罢。"刚说着，黛玉便翻身坐起，笑道："谁睡觉呢。"那两三个婆子见黛玉起来，便笑道："我们只当姑娘睡着了。"

说着，便叫紫鹃，说："姑娘醒了，进来伺候。"一面说，一面都去了。黛玉坐在床上，一面抬手整理鬓发，一面向宝玉道："人家睡觉，你进来做什么？"宝玉见他星眼微饧，香腮带赤，不觉神魂早荡，一歪身坐在椅子上，笑道："你才说什么？"黛玉道："我没说什么。"宝玉道："给你个榧子吃呢！我都听见了。"

二人正说话，只见紫鹃进来。宝玉笑道："紫鹃，把你们的好茶沏碗我喝。"紫鹃道："那里有好的呢？要好的，只好等袭人来。"黛玉道："别理他，你先给我舀水去罢。"紫鹃道："他是客，自然先沏茶来，再舀水。"说着倒茶去了。宝玉笑道："好丫头，'若共你多情小姐同鸳帐，怎舍得叫你叠被铺床？'"林黛玉登时急了，撂下脸来，说道："二哥哥，你说什么？"宝玉笑道："我何尝说什么。"黛玉便哭道："如今新兴的，外头听了村话来，也说给我听，看了混帐的书，也拿我取笑儿。我成了替爷们解闷儿的了。"一面哭，一面下床来，往外就走。宝玉不知要怎样，心下慌了，赶忙上来说："好妹妹，我一时该死，你好歹别告诉去。我再敢这样说，嘴上就长个疔，烂了舌头。"正说着，只见袭人走来说道："快回去穿衣服去罢，老爷叫你呢。"宝玉听了，不觉打了个焦雷一般，也顾不得别的，疾忙回来穿衣服。……①

三

《红楼梦》之后，有《儿女英雄传评话》，这书好像是要对抗《红楼梦》而作的。著者的意思，好似是深慨于赞美《红楼梦》美弱的作风，想把勇侠的、情味深长的作品贡献于社会为目的。所谓"十三妹"，一面是富于慈爱的典型的女子，一面是勇猛的豪侠的少女。其活跃的姿态，真为作者的巧妙的手腕所表现得无遗了。这书的文章，是纯粹的北京语。且充满了漂亮、俏皮、诙谐的风趣。全篇无一卑猥的文句，尤是本书的特色。

这书的著者，题为"燕北散人"，实则是道光中满洲镶红旗人文康作的。康为费莫氏，字铁仙。他本是世家子。曾做过郡守观察，又被任为驻藏大臣，但以疾未往就职。后因诸子不肖，家道中落。他晚年困居一室，仅存笔墨，乃做此书以自遣。他这样

---

① 此处引文与目前《红楼梦》一百二十回通行本差异较大，编者不再一一注明，读者可参看（清）曹雪芹，高鹗《红楼梦》，人民文学出版社1964年版，第305—307页。

的身世，颇有类于曹霑，但其作品则与《红楼梦》不同。《红楼梦》是部忏悔的自传，而他这部书则是作者写他所希望的肖子以慰情胜无而已。卷首有两篇序是伪托的，一为"雍正阏逢摄提格（十二年）上巳后十日观鉴我斋甫"的序，一为"乾隆甲寅（五十九年）暮春望前二①日东海吾了翁"的序。书初名《金玉缘》，又名《日下新书》，又名《正法眼藏五十三参》，最后题为《儿女英雄传评话》。事情这样的：有侠女曰何玉凤，本出名门，而智慧骁勇绝伦。其父为军阀纪献唐所杀，因奉母命避去山林，欲伺间报仇，变姓名曰"十三妹"，往来市井间，颇拓弛玩世。偶于旅次见孝子安骥困危，救之出险，以是相识而又渐稔。后纪献唐为朝廷所诛，玉凤虽未手刃仇人，而父仇已报，欲思出家，然卒为劝者所动，嫁于安骥为妻。同时她又媒介了张金凤为骥妻。张也何所救者，两人相睦为姊妹。后各有孕，故此书初名《金玉缘》。书中人物，据蒋瑞藻的《小说考证》说："纪献唐就是年羹尧，安骥殆以自寓也。"这书中的主人，当然是十三妹了。我们看他写十三妹是怎样的一个英雄呢：

> ……那女子（十三妹）又说道："弄这块石头，何至于闹的这等马仰人翻的呀？"……把那块石头端相了端相。……约莫②有个二百四十五③斤重，原是一个碾粮食的碌碡，……他先挽了挽袖子，……把那石头撂倒

---

① "二"应为"三"。

② 据（清）文康《儿女英雄传》，上海书店出版社1993年版，第52页，此处脱"也"字。

③ 据（清）文康《儿女英雄传》，上海书店出版社1993年版，第52页，"四十五"应为"四五十"。

在^①地上，用右手推着一转，找着那个关眼儿，伸进两个指头去勾住了，往上只一提^②，就把那二百多斤的石头碌碡单撒手儿提了起来。……一手提了^③石头，款动一双小脚儿，上了台阶儿，那只手撩起了布帘，跨进门去，轻轻的把那块石头放在屋里南墙根儿底下，回转头来，气不喘，面不红，心不跳。众人伸头探脑的向屋里看了，无不咤异。……（第四回《末路穷途幸逢侠女》）

这是十三妹初次遇到安骥于逆旅之晚的情况。后来十三妹与安公子成亲的那一晚上，她打定主意是不睡的，安公子着急了，即以从前"逆旅之夜"的事情重提起来，打趣她道：

……（安）便站在当地向姑娘（何玉凤）说道："你只把这^④身子赖在这两扇门上，大约今日是不放心这两扇门。果然如此，我倒给你出个主意，你索性开开门出去。"不想这句话才把新姑娘的话逼出来了^⑤。他把头一抬，眉一挑，眼一睁，说："啊？你叫我出了

---

① 据（清）文康《儿女英雄传》，上海书店出版社1993年版，第53页，此处脱"平"字。

② 据（清）文康《儿女英雄传》，上海书店出版社1993年版，第53页，"提"应为"悠"。

③ 据（清）文康《儿女英雄传》，上海书店出版社1993年版，第53页，"了"应为"着"。

④ 据（清）文康《儿女英雄传》，上海书店出版社1993年版，第468页，"这"字衍。

⑤ 据（清）文康《儿女英雄传》，上海书店出版社1993年版，第468页，"了"字衍。

这门到那里去？"公子道："你出了这屋里[①]，便出房门，出了房门，便出院门，出了院门，便出大门。"姑娘益发着恼，说道："吸你[②]待轰我出大门去？我是公婆娶来的，我妹子请来的，只怕你轰我不动！"公子道："非轰也。你出了大门，便向正东青龙方，奔东南巽地，那里有我家一个大大的场院，场院里有高高的一座土台儿，土台[③]上有深深的一眼井。"姑娘不觉大怒，说道："唉！安龙媒，我平日何等待你，亏了你那些儿？今日才得进门，坏了你家那桩事？你叫我去跳井？"公子道："少安无躁，往下再听。那井口[④]边也埋着一个碌碡，那碌碡上也有个关眼儿。你还用你那两个小指头儿扣住那关眼儿，把他提了起[⑤]来，顶上这两扇门，管保你就可以放心睡觉了。"姑娘听了这话，追想前情，回思旧景，眉头儿一逗，腮颊儿一红，不觉变

---

① 据（清）文康《儿女英雄传》，上海书店出版社1993年版，第468页，"出了这屋里"应为"出这屋门"。

② 据（清）文康《儿女英雄传》，上海书店出版社1993年版，第468页，"吸你"应为"你嗯"。

③ 据（清）文康《儿女英雄传》，上海书店出版社1993年版，第468页，此处脱"儿"字。

④ 据（清）文康《儿女英雄传》，上海书店出版社1993年版，第468页，"井口"应为"口井"。

⑤ 据（清）文康《儿女英雄传》，上海书店出版社1993年版，第468页，"起"字衍。

嗔为喜，嫣然^①一笑。……（第二十八回《宝砚雁^②弓完成大礼》）

四

《儿女英雄传》之后，有《三侠五义》，出于光绪五年。此书原名《忠烈侠义传》，百二十回。首署石玉昆述，而序则说"问竹主人原藏，入迷道人编订"，但真姓名究不知是何人。石玉昆为咸丰时的说书家。此书以包拯为中心人物，拯有传在《宋史》卷三百十六，为官清廉明断，而民间则传其行事怪异。元人杂剧，关于他的事迹，也有十四种：《包待制三勘蝴蝶梦》《包待制智斩鲁斋郎》（关汉卿），《叮叮当当盆儿鬼》（无名氏），《包待制智勘后庭花》（郑庭玉），《包待制智勘生金阁》（武汉臣），《金水桥陈琳抱妆盒》（无名氏），《包待制智勘灰阑记》（李行道），《才子佳人误元宵》^③（曾瑞），《糊突包待制》（江泽民），《包待制三勘蝴蝶梦》（萧德祥），《包待制判断烟花鬼》（张鸣善），《包待制陈州粜米》《包待制智赚合同文字》《神奴儿大闹开封府》（均无名氏）。明人又作短书十卷，曰《龙图公案》，及《包孝肃公百家公案演义》六卷百回，记写包拯藉私访、梦兆、鬼语等，以断奇案事。

---

① 据（清）文康《儿女英雄传》，上海书店出版社1993年版，第468页，"然"应为"焉"。

② 据（清）文康《儿女英雄传》，上海书店出版社1993年版，第456页，"雁"应为"雕"。

③ 此剧即《王月英元夜留鞋记》。

石玉昆即以此书为蓝本而作的。益以三侠——南侠展昭，北侠欧阳春，双侠丁兆兰、丁兆蕙；以及五鼠——钻天鼠卢方、彻地鼠韩彰、穿山鼠徐庆、翻江鼠蒋平、锦毛鼠白玉堂等大盗，都受了包拯的感化，作他仆人，而为人民除害。到处破大案，平恶盗。全书结构甚为完密，事迹也诡异而多变化，是侠义小说中一部大创作。光绪十五年，俞曲园见而好之，称其："事迹新奇，笔意酣恣，描写细入毫芒，点染又曲中筋节。"俞氏并为之删削第一回，改名《七侠五义》而重刊之。此后不久又有《小五义》及《续小五义》出版，皆一百二十四回。序中亦称石玉昆原稿，然都不及前书。继此书而作的《施公案》《彭公案》也都是叙英难故事的。

> ……马汉道："喝酒是小事。但不知锦毛鼠是怎么个人？"……展爷便将陷空岛的众人说出，又将绰号儿说与众人听了。公孙先生在旁听得明白，猛然省悟道："此人来找大哥，却是要与大哥合气的。"展爷道："他与我素无仇隙，与我合什么气呢？"公孙策道："大哥，你自想想。他们五人号称'五鼠'，你却号称'御猫'。焉有猫儿不捕鼠之理？这明是嗔大哥号称御猫之故。所以知道他要与大哥合气。"展爷道："贤弟所说，似乎有理。但我这'御猫'乃圣上所赐，非是劣兄有意称猫，要欺压朋友。他若真个为此事而来，劣兄甘拜下风，从此后不称'御猫'，也未为不可。"众人尚未答言，惟赵虎正在豪饮之间，听见展爷说出

此语[1]，他却有些不服气，拿着酒杯，立起身来道："大哥，你老素昔胆量过人，今日何自馁如此？这'御猫'二字，乃圣上所赐，如何改得？倘若[2]那个甚么白糖咧，黑糖咧，他不来便罢。他若来时，我烧一壶开开的水，把他冲着喝了，也去去我的滞气。"展爷连忙摆手，说："四弟悄言，岂不闻'窗外有耳'？"刚说至此，只听得[3]拍的一声，从外面飞进一物，不偏不歪，正打在赵虎擎的那个酒杯之上，只听当啷啷一声，将酒杯打了个分[4]碎。赵虎唬[5]了一跳，众人无不惊骇。只见展爷早已出席，将槅扇虚掩，回身复又将灯吹灭。便把外衣脱下，里面却是早已结束停当的。暗暗[6]将宝剑拿在手中，却把槅扇假做一开，只听拍的一声，又是一物打在槅扇上。展爷这才把槅扇一开，随着劲一伏身躐[7]将出去，只觉得迎面一股寒风，嗖的就是一刀。展

---

① 据（清）石玉昆《三侠五义》，上海古籍出版社1980年版，第183页，"语"应为"话"。

② 据（清）石玉昆《三侠五义》，上海古籍出版社1980年版，第183页，此处脱"是"字。

③ 据（清）石玉昆《三侠五义》，上海古籍出版社1980年版，第183页，"得"字衍。

④ 据（清）石玉昆《三侠五义》，上海古籍出版社1980年版，第183页，"分"应为"粉"。

⑤ 据（清）石玉昆《三侠五义》，上海古籍出版社1980年版，第183页，"赵虎唬"应为"赵爷吓"。

⑥ 据（清）石玉昆《三侠五义》，上海古籍出版社1980年版，第183页，此处脱"的"字。

⑦ 据（清）石玉昆《三侠五义》，上海古籍出版社1980年版，第183页，"躐"应为"窜"。

爷将剑扁着往上一迎，随招随架。用目在星光之下仔细观瞧，见来人穿着簇青的夜行衣靠，脚步伶俐，依稀是前在苗家集见的那人。二人也不言语，惟听刀剑之声，叮当乱响。展爷不过招架，并不还手。见他刀刀逼紧，门路精奇。南侠暗暗喝采，又想道："这朋友好不知进退。我让着你，不肯伤你，又何必赶尽杀绝？难道我^①怕你不成？"暗道："我^②叫他知道知道。"便把宝剑一横，等刀临近，用个"鹤唳长空势"，用力往上一削，只听噌的一声，那人的刀已分为两段，不敢进步。只见他将身一纵，已上了墙头。展爷一跃身，也跟上去，那人却上了耳房。……（第三十九回《石惊赵虎侠客争锋》）

五

在近代的小说中，很少以女子为主人翁的，有之要算是李汝珍的《镜花缘》。李汝珍（一七六三——一八三〇），字松石，大兴人。通声韵之学，撰《李氏音鉴》。晚年不得志，作《镜花缘》小说，凡一百回。此书道光初年所作，道光八年出版。大意是：唐武则天欲于寒天中赏花，诏百花齐放，花神不敢抗命，从之。因此花神得罪，被谪人间，成一百个妇人。时有秀才唐

---

① 据（清）石玉昆《三侠五义》，上海古籍出版社1980年版，第183页，此处脱"还"字。

② 据（清）石玉昆《三侠五义》，上海古籍出版社1980年版，第183页，"我"应为"也"。

敖，应试中探花，而言官举劾，谓唐与叛人徐敬业辈有旧，复被黜。唐因慨然有出世之想，附其妇弟林之洋商舶遨游海外。跋涉异域，时遇奇人，又多睹奇俗怪物，幸食仙草，入圣超凡，遂入山不复返。他的女儿小山，又附舶寻父，仍历诸异境，且经众险，终不遇。但从山中一樵夫得父书，名之曰《闺臣》，约其中过才女后可相见。更进则见荒冢，曰"镜花冢"，更进则入"水月村"，更进则见"泣红亭"，其中有碑，上镌百人名姓，首史幽探，终毕全贞，而唐闺臣在第十一。其后面并写着："穷探野史，尝有所见，惜湮没无闻，而哀群芳之不传，因笔志之。……"（第四十八回）闺臣不得已遂归。值武后开科取试，结果那及第的百个女子，其顺序正合那碑上所刻的，且都聚集一堂，比试武艺。其后武氏失败退位，中宗即位，再举行才女考试，并召以前及第的赴"红文宴"。全书即于此告终。然作者自云："欲知镜中全影，且待后缘。"则作者尚欲续作，然终不果了。

《镜花缘》确是主张男女平等的，且对于社会制度的不良的习惯，时时加以深刻的讥评。如第三十三回写林之洋作王妃的一大段，这虽然是在写林之洋受着女儿国的穿耳缠足……"矫揉造作"的苦刑，但另一方面在中国的社会里的许多少女们，也仍然是在很痛苦的过着像林之洋一样的生活。这书因为在思想上有这种可取之处，所以这本书决不是一本简单的"海外轩渠录"，同时理想的奇幻，谐谑的丰富，以及文字的流利畅达，都可使这部作品成为清代重要小说之一。

> ……早有宫娥预备香汤，替他洗浴。换了袄裤，穿
> 了衫裙；把那一双"大金莲"暂且穿了绫袜；头上梳了

鬟儿，搽了许多头油，戴上凤钗；搽了一脸香粉，又把嘴唇染的通红；手上戴了戒指，腕上戴了金镯。把床帐安了，请林之洋上床[①]坐。……几个中年宫娥走来，都是身高体壮，满嘴胡须。内中有[②]一个白须宫娥，手拿针线，走到床前跪下道："禀娘娘：奉命穿耳。"早有四个宫娥上来，紧紧扶住。那白须宫娥上前，先把右耳用指将那穿针之处碾了几碾，登时一针穿过。林之洋大叫一声："疼杀俺了！"……接着有个黑须宫人，手拿一匹白绫，也向床前跪下道："禀娘娘：奉命缠足。"又上来两个宫娥，都跪在地下，扶住金莲，把绫袜脱去。那黑须宫娥取了一个矮凳，坐在下面，将白绫从中撕开，先把林之洋右足放在自己膝盖上，用些白矾洒在脚缝内，将五个足[③]指紧紧靠在一处，又将脚面用力曲作弯弓一般，即用白绫缠裹；才缠了两层，就有宫娥拿着针线上来密密缝，一面很[④]缠，一面密缝。林之洋身旁既有四个宫娥紧靠住[⑤]，又被两个宫娥把脚扶住，丝毫不能转动。及至缠完，只觉脚上如炭火烧的一般，阵

---

① 据（清）李汝珍著；孙海平校点《汇评本镜花缘》，齐鲁书社2018年版，第247页，"床"字衍。

② 据（清）李汝珍著；孙海平校点《汇评本镜花缘》，齐鲁书社2018年版，第247页，"有"字衍。

③ 据（清）李汝珍著；孙海平校点《汇评本镜花缘》，齐鲁书社2018年版，第248页，"足"应为"脚"。

④ 据（清）李汝珍著；孙海平校点《汇评本镜花缘》，齐鲁书社2018年版，第248页，"很"应为"狠"。

⑤ 据（清）李汝珍著；孙海平校点《汇评本镜花缘》，齐鲁书社2018年版，第248页，"紧靠住"应为"紧紧靠定"。

阵疼痛。不觉一阵心酸，放声大哭道："坑死俺了！"两足缠过，众宫娥草草做了一双软底大红鞋，替他穿上。林之洋哭了多时，左思右想，无计可施。……（第三十三回《粉面郎缠足受困》）

参考：

《儒林外史》，吴敬梓撰，有齐省堂评刻六十回本，有亚东书局标点本，附胡适考证。

《红楼梦》，曹霑撰，高鹗增补，有有正书局影印之八十回本，有亚东书局标点一百二十回本，附胡适考证。

《红楼梦辨》，俞平伯著，亚东书局出版。

《儿女英雄传》，文康撰，光绪四年北京聚珍堂活字本，有亚东书局标点本，附胡适序。

《三侠五义》，石玉昆述，光绪五年北京聚珍堂活字本，有亚东书局标点本。《小五义》《续小五义》，各一百二十四回，均有坊刻本。

《镜花缘》，李汝珍撰，光绪四年上海点石斋有石印插图本（有王韬序），有亚东书局标点本，附胡适考证。

《官场现形记》，（清）李宝嘉撰，有上海世界繁华报排印本，有亚东书局标点本，附胡适序。

《小说史略》，鲁迅著，北新书局本。可参看二十三、二十四、二十五、二十七各篇。

《小说考证》，蒋瑞藻著，商务印书馆出版。

第二十八章　清代传奇

清传奇演进的情形与明传奇异，明传奇的黄金时代是在末季，清传奇的黄金时代则在初年。原来明清之际是传奇的盛年，过此便逐渐地衰老。道、咸以后，因昆曲的衰歇，京剧的代兴，传奇的生命便也随之沉落在深渊了。时至今日，虽然还有人在制作这类的作品，但传奇的怒潮已经成了过去，在文学史上，这些作品都是没有地位的。

清传奇发展的情况，也可分为三期：第一期是清初。这时期最著名的戏曲家为李渔、尤侗、吴伟业、孔尚任、洪昇五人。这其中李渔的《十种曲》，在技巧上是清代最成功的戏曲家。至于他的意识地使作品现实化、通俗化，则更能尽曲家之能事。此外孔之《桃花扇》、洪之《长生殿》，乃清代戏曲的双璧。第二期是清中叶。此时的作者，当以蒋士铨、夏纶、董榕为重要。而蒋之《藏园九种》，在当时尤为流行。第三期是中叶以后。这时传奇的作者颇少可称述，有之，仅嘉庆间陈烺之《玉狮堂五[①]种》，道光间黄宪清之《倚晴楼七种》，周文泉之《补天石传

---

① "五"应为"十"。

奇》八种，杨恩寿之《坦园十①种》，来点缀此行将没落的场面而已。

一

李渔（一六六二？——？②），字笠翁，兰溪人。曾为官家书史。康熙间流寓金陵，著《一家言》。内《闲情偶寄》的《词曲》部，论结构、词采、音律、宾白、科诨、格局六章，都有独到之语。又著《十二楼》小说。但他最著名的便是《十种曲》了，像《奈何天》《比目鱼》《蜃中楼》《怜香伴》《风筝误》《慎鸾交》《凰求凤》《巧团圆》《玉搔头》《意中缘》等，在当时流行甚盛，人称为"李十郎"。尤展成赠李诗云："十郎才调本无双，双燕双莺话小窗。送客留髡休灭烛，要看花影照银缸。"可想见他的才情了。

他的《十种曲》都是喜剧的题材，悲剧一篇也没有。"戏曲应是喜剧的"，是他的惟一的主张。他于《风筝误》之末曾记有诗云："传奇原为消愁设，费尽杖头歌一阕。何事将钱买哭声，反令变喜成悲咽。惟我填词不卖愁，一夫不笑是吾忧。举世尽成弥勒佛，度人秃笔始堪投。"这很明白地把他的主张说出来了。

笠翁传奇的特点，归纳起来有四：第一，结构完密；第二，重视喜剧；第三，曲白通俗；第四，有写实的作风。我们从这四点看来，知道他的戏曲不是只供文人墨士之低回吟哦、击节叹赏

---

① "十"应为"六"。
② 目前一般认为李渔的生年为一六一一年，卒年为一六八〇年。

的案头文字，而是雅俗共赏、曲折动人的可演的戏剧。

他的《十种曲》每种作品都带着滑稽剧或风情剧的趣味，其中以《风筝误》最著名。《风筝误》全三十出，可算是《十种曲》的代表。大意是这样的：戚补臣有不肖子友先貌陋无学问，又有侄韩世勋者，是一位聪敏有为的青年。补臣的同榜弟兄詹武承曾任两川招讨使，夫人早殁，并未生下子息，有梅、柳二妾，梅氏生女爱娟，柳氏生女淑娟，爱娟姿质丑陋，且无学识，妹名淑娟，才色俱优。一日友先糊风筝，请韩题诗，放入詹家的花园中，淑娟见之，和诗一首，为韩之家僮取去，友先不知也。韩见诗而爱淑娟之才，因友先富而有势，遂借友先的名复作求婚诗，故意放入詹家，不意误为爱娟所得，她乃冒淑娟的名邀韩聚欢。韩会晤之后，惊丑而逃。（第十三出《惊丑》）后补臣为友先议婚于爱娟，新婚之夕，爱娟大诧，觉得友先丑了起来，事露，复诱其妹以系夫心，妹不从。（第二十六出《拒奸》）时韩已中状元，亦以为淑娟貌丑，不愿娶，补臣逼其成婚，仍不愿同寝。（第二十八出《逼婚》）后夫妻会面，方知以前的淑娟是爱娟的冒牌。（第二十九出《诧美》）结果韩娶了淑娟，友先娶了爱娟。（第三十出《释疑》）笠翁诸剧，清畅流利，写人情世故，极透露之至，但有时亦失之粗率。兹录第十三出《惊丑》为例：

（末持香扇等物上）满手持来满袖装，清晨买到月[①]昏黄；手中只少播鼗鼓，竟是街头卖货郎！自家奉小姐之命，去买办东西，整整走了一日。且喜得件件俱

---

① 据（清）李渔《李渔全集》第四卷，浙江古籍出版社1991年版，第147页，"月"应为"日"。

全，样样都好，不免叫奶娘交付进去。（向内唤介）老阿妈！（净上）阿妈、阿妈，计较堪夸。簸弄老子，只当哇哇①。东西买来了，待我交进去。（持各物，向鬼门立介）（末）小姐看见这些东西买得好，或者赏我一壶酒吃也不可知！且在此间候一候。（净转身唤介）门公在那里？小姐说，这香珠不清，扇骨不密，珠不圆，翠不碧，纱又粗，线又啬，绫上起毛，绢上有迹，裙拖不时兴，鞋面无足尺，空费细丝银，一件用不得。快去换将来，省得讨棒吃！（丢还介）（末）怎么？这样东西还嫌不好！就是要换，也吃得明日了。今晚要守宿，烦你回覆②一声。（净内云）小姐说：心上似油煎，下身热③出汗；若等到明朝，爬床搔破席。门上不须愁，奶娘代承值，只要换得好，来迟些也不妨得。（末）有这样淘气的事！没奈何，只得连夜去换。（叹介）养成娇小姐，磨杀老苍头！（下）（内发擂介）

【渔家傲】（生潜步上）俯首潜将鹤步移，心上蹊跷，常愁路低。小生蒙詹家二小姐多情春恋，约我一更之后，潜入香闺，面订百年之约。如今谯楼上已发过擂了，只得悄步行来，躲在他门首伺候。我藏形不惜身

---

① 据（清）李渔《李渔全集》第四卷，浙江古籍出版社1991年版，第147页，"哇哇"应为"娃娃"。

② 据（清）李渔《李渔全集》第四卷，浙江古籍出版社1991年版，第147页，"覆"应为"复"。

③ 据（清）李渔《李渔全集》第四卷，浙江古籍出版社1991年版，第147页，"热"应为"熬"。

如鬼，端的是邪人多畏。为甚的保母还不出来？万一巡
更的走过，把我当做犯夜的拿住，怎么了得？他若问
黉夜何为？把甚么言词答对？我若认做贼盗，还只累[①]
自己；若还认做奸情，可不玷了小姐的名节。小姐，小
姐！我宁可认做穿窬，也不累伊。（净上）月当七夕偏
迟上，牛女多从暗里逢。如今已是一更之后，戚公子必
定来了，不免到门外引他进来。（做出门望介）偏[②]今
夜又没有月色，黑魆魆的不知他立在那里。不免待我咳
嗽一声。（嗽介）（生惊倒退介）不好了！有人来了。
（躲介）（净）难道还不曾来？不免低低叫他几声：
戚公子，戚相公！（生喜介）那边分明叫我，不免摸将
前去。（一面摸，一面行，与净撞头，各叫呵[③]呀介）
（净）你可是戚公子？（生）正是。（净）这等随我进
来。（牵生手下）

　　【剔银灯】（丑上）慌慌的梳头画眉，早早的铺床
叠被。只有天公不体人心意，系红轮不教西坠。恼既恼
那斜曦当疾不疾，怕又怕这忙更漏当迟不迟。奴家约定
戚公子，在此时相会。奶娘到门首接他去了，又没人点

---

① 据（清）李渔《李渔全集》第四卷，浙江古籍出版社1991年版，第148
　　页，此处脱“得”字。
② 据（清）李渔《李渔全集》第四卷，浙江古籍出版社1991年版，第148
　　页，此处脱“是”字。
③ 据（清）李渔《李渔全集》第四卷，浙江古籍出版社1991年版，第148
　　页，“呵”应为“阿”。

个灯来，独自一个，在①房中，好不怕鬼。（净牵生手上）（生）身随月老空中度，（净）手作红丝暗里牵。小姐，放风筝的人来了！（丑）在那里？（净）在这里。（将生手付丑介）你两个②这里坐着，待我去点灯来。反将娇婿纤纤手，付与村姬捏捏看。（下）……（第十三出《惊丑》）

《十种曲》除《风筝误》外，《怜香伴》是写女子同性爱的，《意中缘》是讲男子同性爱的，《凰求凤》是写女子追求男子的。这些情致曲折、意境新奇、超乎俗意凡想的作品，是清代任何戏曲家所不及的。至于他曲本的紧凑，科白排场之工，颇近现代的话剧，尤为笠翁独具的特色。惟论者每谓笠翁词句间时多市井谑浪之习，近于卑鄙。例如"宝剑不该误事，将来铸作尿壶，夜夜拿他出气，只愁妨却工夫"之类。所以吴梅村赠他诗云："江比笑傲夸齐赘，云雨荒唐忆楚娥。"这大概是看惯了《桃花扇》一类辞藻艳丽的文字吧！然笠翁的文字并不是不能高雅，如《风筝误》《捣练子》词云："长夏静，小庭空，扇小罗轻却受风。一枕早凉初睡起，簟痕犹印海棠红。"（第二十六出《拒奸》）其词之雅，又何减《桃花扇》之"短短春衫"耶。

尤侗（一六一八——一七〇四），字同人，更字展成，号悔庵，又号西堂，晚更号艮斋，长洲人。顺治间以乡贡除永平推官，寻坐事降谪。康熙十八年召试鸿博，授检讨，历官侍讲，

---

① 据（清）李渔《李渔全集》第四卷，浙江古籍出版社1991年版，第148页，"在"字前脱"坐"字。

② 据（清）李渔《李渔全集》第四卷，浙江古籍出版社1991年版，第148页，此处脱"在"字。

修《明史》，凡三年辞官归乡，家居二十年而卒。著有《钧天乐》（传奇）、《读离骚》、《吊琵琶》、《清平调》、《桃花源》、《黑白卫》（杂剧），及《西堂杂俎》《艮斋杂记》《鹤栖 ① 文集》百余卷传世。

他少尝为游戏文，流传禁中，世祖见之叹为真才子。后入翰林，圣祖称为老名士。《读离骚》一剧曾进御览，使他得了大名。诗人王渔洋最喜他的《黑白卫》一剧，携至如皋付冒辟疆家伶演之。其《题 ② 展成新乐府》云："南苑西风御水流，殿前无复按《梁州》。飘零法曲人间遍，谁付当年菊部头？"就是指的这事。

《钧天乐》凡三十二出，叙科场之黑暗，为一班文士抒写失意悲郁的情怀，在清剧中是一篇极有关系的作品。相传顺治丁酉科场大狱就是因《钧天乐》而起的："尤侗、汤传楹高才不第，隐姓名为沈白、杨云，描写主考何图，尽态极妍，三鼎甲贾斯文、程不识、魏无知亦穷形尽相。科臣阴应节纠参。殿廷覆试之日，不完卷者多琅珰下狱。"（《石鼓斋杂录》）侗自序此剧谓："登场一唱，座上贵人，未有不色变者。"可见这剧动人之深切，讽骂之尖刻，在当时的影响之大了。这剧前半部写得有声有色，后半部太近荒唐。全剧以《哭庙》一出最脍炙人口，兹录一段，以见作者的牢落不遇的情怀：

【四门子】你入秦关烧破了咸阳道，你入秦关烧破了咸阳道，救邯郸受六国朝。彭城鏖战兵非弱，谁料得

---

① 此处脱"堂"字。
② 此处脱"尤"字。

走乌江，没下梢。楚军尽逃，汉军又挑。悔不向鸿门把玉玦了。吓，大王，你是盖世英雄如今安在？嗄！骓兮正骁，虞兮尚娇，呀，怎重见江东父老。

　　吓，大王，大王！咳，想大王之英雄，不能取天下。沈白之文章，不能成进士。古今不平，孰甚于此。（神哭介）呀！你看大王哭起来了，阿呀，虞姬娘娘也掉下泪来了。吓，阿呀，大王，娘娘，呀！（哭介）（长尖住）

　　【水仙子】呀呀呀，猛叫号，呀呀呀，猛叫号。看看看，看两目重瞳血泪浇。嘶嘶嘶，嘶断了骏马金镳；啼啼啼，啼湿了美人舞草；听听听，听楚歌声气未消；恨恨恨，恨不酹苦功高。剩剩剩，剩三尺空祠背汉朝。叹叹叹，叹英雄失路愚夫笑。嗄唷，哭了一回，神思困倦。也罢，不免就在神案前少睡片时，再作道理。笑笑笑，笑下场头落魄似吾曹。①

吴伟业是以诗著名当代的，他的诗本以华艳悲凉胜，而其剧曲的作风也与他的诗相近。梅村所作诸曲，像《秣陵春》（传奇）、《临春阁》《通天台》（杂剧），多写故国之思，而《秣陵春》尤极故宫禾黍之悲。这剧凡四十一出，叙南唐徐铉之子徐适与南唐临淮将军黄济（李后王②妃保仪之兄）之女黄展娘事，以南唐的灭亡为主。事迹很离奇，然却隐寓着深意。如全剧的开

---

① 此处引文与目前《钧天乐》通行本差异较大，编者不再一一注明，读者可参看（清）尤侗《钧天乐》//《古本戏曲丛刊五集》第三函，上海古籍出版社1986年版，第46—47页。
② "王"应为"主"。

场引及末折的【集贤宾】，其沉郁感慨处，都可看出他悲愤无可告语的隐衷来：

【开场引^①】燕子东风里，笑青青杨柳，欲眠还起。春光竟谁主，正宫^②梁断影，落花无语。凭高漫倚，又是一番桃李。春去愁来矣，欲留春住，避愁何处。

【集贤宾】走来到寺门前。记得起初敕造，只见赭黄罗帕御林^③高。这^④壁厢摆列着官员舆皂，那^⑤壁厢布设些^⑥法鼓钟铙。半空中一片祥^⑦云，簇捧着香烟缥渺^⑧。如今呵，新朝改换了旧朝，把御碑^⑨额尽除年

---

① 据（清）吴伟业著；李学颖集评标校《吴梅村全集》卷六一，上海古籍出版社1990年版，第1236页，曲调名应是"【正宫引子】【瑞鹤仙】"。

② 据（清）吴伟业著；李学颖集评标校《吴梅村全集》卷六一，上海古籍出版社1990年版，第1236页，"宫"应为"空"。

③ 据（清）吴伟业著；李学颖集评标校《吴梅村全集》卷六二，上海古籍出版社1990年版，第1356页，"林"应为"床"。

④ 据（清）吴伟业著；李学颖集评标校《吴梅村全集》卷六二，上海古籍出版社1990年版，第1356页，"这"应为"那"。

⑤ 据（清）吴伟业著；李学颖集评标校《吴梅村全集》卷六二，上海古籍出版社1990年版，第1356页，"那"应为"这"。

⑥ 据（清）吴伟业著；李学颖集评标校《吴梅村全集》卷六二，上海古籍出版社1990年版，第1356页，"布设些"应为"铺设的"。

⑦ 据（清）吴伟业著；李学颖集评标校《吴梅村全集》卷六二，上海古籍出版社1990年版，第1356页，"祥"应为"彤"。

⑧ 据（清）吴伟业著；李学颖集评标校《吴梅村全集》卷六二，上海古籍出版社1990年版，第1356页，"渺"应为"缈"。

⑨ 据（清）吴伟业著；李学颖集评标校《吴梅村全集》卷六二，上海古籍出版社1990年版，第1356页，"碑"应为"牌"。

号。只落^①得江声围古寺，塔影挂寒潮。

孔尚任（一六四八———一七一五？^②），字季重，号东塘，又处^③云亭山人。曲阜人，孔子六十^④代孙。少读书石门山中，康熙三十三年至鲁谒孔林，尚任以监生充讲书官，称意，谕大学士明珠、王熙，著不拘例议用，授国子监博士，后又官户部郎中。前后凡十五年，即辞官归。他通音律，工乐府，博学有文名。作《小忽雷》及《桃花扇》诸剧，使他得了不朽的荣名。他又有《岸堂文集》六卷、诗二卷、《湖海集》十二^⑤卷、《石门集》一卷、《孔子世家谱》、《出山异数记》等。他与洪昇齐名于康熙间，时称"南洪北孔"。

所作《桃花扇》，据他在卷端说："族兄方训公，崇祯末为南部曹。……得闻弘光遗事甚悉。……证以诸家稗记，无弗同者^⑥。独香姬面血溅扇，杨龙友以画笔点之，此则龙友小史言于方训公者。虽不见诸别籍，其事则新奇可传。《桃花扇》一剧，感此而作也。"盖此剧语多徵实，即小小科诨亦有所本，洵为传奇中的信史。它在戏曲史上是有特殊位置的。相传此剧进入内府，康熙帝最喜之，演至《设朝》《选优》诸折，帝叹曰："宏光，宏光，虽欲不亡，其可得乎！"往往为之罢酒。陈于玉诗

① 据（清）吴伟业著；李学颖集评标校《吴梅村全集》卷六二，上海古籍出版社1990年版，第1356页，"落"应为"留"。
② 目前一般认为孔尚任的卒年是一七一八年。
③ "处"应为"号"。
④ 此处脱"四"字。
⑤ "十二"应为"十三"。
⑥ 据孔尚任著；王季思，苏寰中，杨德平合注《桃花扇》，人民文学出版社1980年版，第5页，此处脱"盖实录也"。

云：“福王少小风流惯，不爱江山爱美人。”（《莲坡诗话》引）读这剧焉能不令人感叹歔欷也。

《桃花扇》共四十四出，成于康熙三十八年（一六九九），以侯方域和秦淮名妓李香君的风流韵事为骨子，中间叙述明朝的灭亡，与南京的盛衰。若阮大铖、吴应箕、陈贞慧、杨龙友，以及柳敬亭、苏昆生辈，亦都是这剧中活跃的人物。剧情是这样的：

明季有名士侯方域（字朝宗）来南京应试，不幸试验落第，住于莫愁湖畔，时与陈定生、吴次尾往访以讲谈为业的柳敬亭。（第一出《听稗》）时秦淮旧院名妓李贞丽的养女李香君，芳龄十六岁，才色无双。一天，杨文骢来游院中，与李香君的歌师苏昆生邂逅，谈话间说到侯朝宗，文骢极力褒奖朝宗，说他今方寻觅美人，倘得香君那就很相配了。昆生也说朝宗是他的同乡。因此贞丽就请杨文骢为伊的女儿作介绍。（第二出《传教》）朝宗也听见过香君的艳名，想着娶她为妻，但以经济的缺乏，无论怎样是不能成功的。南京阮大铖是魏忠贤的义子，为侯朝宗、陈定生、吴次尾所深恶。（第三出《哄丁》）这时文骢适来见大铖，且说陈定生与侯朝宗亲，而朝宗心爱秦淮的香君，但以无钱不能为力，现在如果与他以金，使朝宗与香君达到成功，则朝宗必喜，而定生与次尾也必能厚交。（第四出《侦戏》）因此大铖遂以三百金托文骢，由文骢转赠旧院，朝宗与香君遂达到了订婚的目的。朝宗为纪念婚事，写了一诗于扇上以赠香君。诗云：“夹道朱楼一径斜，王孙初御富平车。青溪尽是辛夷树，不及东风桃李花。”（第六出《眠香》）第二天，文骢访于旧院而来，告以大铖的厚意，朝宗之心顿释，且说欲使定生、次尾与大铖和解。然香君期期以为不可，她说阮大铖那样的奸人，虽妇人犹且羞与为伍，况公等乎，朝宗也惭愧，遂谢绝文骢。（第七出《却奁》）后文骢以此事告之大铖，大铖的怨恨越深了。其后，武昌兵马大元帅左良玉发兵袭南京的流言传来的时候，阮大铖对凤阳督抚马士英告密，说是侯朝宗内通叛军，士英欲捕之，然朝宗从文骢处听到这消息，遂离香君而逃，投于漕抚史可法军中。（第十五^①出《辞院》）时崇祯帝殉国，马士英、阮大铖等立福王为帝。（第十五出《迎驾》）士英掌兵部尚书，大铖任光录卿。（第十六出《设朝》）二人的友人田仰为漕抚，田仰赴任时，欲伴美人以行，出重金托文骢物色，文骢想荐香君，然香君以与朝宗的盟约为重不从。（第十七出《拒媒》）田仰欲强伴以去，文骢更到香君家与李贞丽促香君出发，香君不肯下楼，遂用强力抱下，香君以朝宗所赠的扇乱打以为抵拒，遂倒地伤额，殷血染于扇面之上。但这时在门外迎接者已到了，不得已便以贞丽扮新妇之妆伪为香君以行。（第二十二出《守楼》）香君虽幸免，然自此便过其寂寞的生活了。有时文骢、昆生访问香君，香君照例以染了血的扇子掩面而眠，文骢即取来以血之红作花，以钵植之草绿添画一些叶与枝而画成了桃花，香君旋醒来，不胜感叹之至。然昆生对香君极其同情，为寻朝宗带了桃花扇出发了。（第二十三出《寄扇》）时朝宗因史可法的推荐，为高杰的参谋，但因意见不合，现正辞了职到南京去，贞丽也为田仰妻所逐而逃出来。于是昆生、朝宗与贞丽共赴南京，寻觅香君的下落。（第二十七出《逢舟》）迨朝宗偶然遇到文骢，询以香君所

---

① "十五"应为"十二"。

在，始知道为大铖征入宫中了。（第二十五出《选优》）其后朝宗与定生、次尾等亦被大铖捕系于狱。（第二十九出《逮社》、第三十三出《会狱》）清兵陷南京，乘其骚乱之时，朝宗得脱，与柳敬亭入了城东的栖霞山，其时香君也从宫中逃出，与昆生共隐于栖霞山。（第三十九出《栖真》）但彼此都不知道，只过着"咫尺天涯"的生活。会道士张瑶星为崇祯帝行大供养，于大众中朝宗与香君相会，且惊且喜，即出桃花扇共话遭遇。于时坛上的张瑶星忽下坛叱责，"何物儿女，敢在此处调情！"即夺取桃花扇裂而弃之于地，说是遭此亡国之悲惨，还发什么痴态！二人冷汗交流，遂入梦一样地醒了。至此二人遂参悟情色，斩除情根，各落发为尼僧。（第四十出《入道》）

这是《桃花扇》的梗概，其中主角虽然以侯方域、李香君为贯珠的串绳，但处处沁染着亡国的隐痛。像《传歌》《设朝》《题画》《誓师》《沉江》《余韵》诸出，或华美，或悲壮，或沉痛；写诸奸误国，写忠臣殉节，写儿女的痴情，写国家的兴亡，绘声绘影，直是一部明亡的痛史，所以任何人读了它，都能起一腔悲愤的同情，低徊忧叹，至于久久不能自已。刘中柱说："一部传奇，描写五十年前遗事，君臣相见[1]，儿女友朋，无不人人活现，遂成天地间最有关系的文章。昔之汤临川，今之李笠翁，皆非敌手。"但这也决不是渦[2]分的谀词。至于《桃花扇》文词渲染之妙，梁廷枏评道："其艳处似临风桃蕊，其哀处似著

---

[1]　"相见"应为"将相"。

[2]　"渦"应为"过"。

雨梨花。"（《藤花轩①曲话》）但到了激昂悲壮处，也正如燕士之歌"风萧萧兮易水寒"。尤其是最后一出《余韵》，以扮渔翁的柳敬亭，扮樵夫的苏昆生，及一白发老人，共话怀旧的闲谈作结，成为一种极惨淡的悲剧。所谓"终曲人杳，江上峰青"，留有余不尽之意于烟波缥渺间，破除了元明以来生旦团圆的旧套，这不能不说是云亭的大成功处。

（净）不瞒二位说，我三年没到南京，忽然高兴，进城卖菜②。路过孝陵，见那宝城高③殿，成了刍牧之场。

（丑）呵呀呀！那皇城如何？

（净）那皇城墙倒宫塌，满地蒿菜了。

（副末掩泣④介）不料光景至此。

（净）俺又一直走到秦淮，立了半晌，竟没⑤个人影儿。

（丑）那长桥旧院是俺⑥们熟游之地，你也该去瞧瞧。

---

① "轩"应为"亭"。
② 据孔尚任著；王季思，苏寰中，杨德平合注《桃花扇》，人民文学出版社1980年版，第258页，"菜"应为"柴"。
③ 据孔尚任著；王季思，苏寰中，杨德平合注《桃花扇》，人民文学出版社1980年版，第258页，"高"应为"享"。
④ 据孔尚任著；王季思，苏寰中，杨德平合注《桃花扇》，人民文学出版社1980年版，第258页，"泣"应为"泪"。
⑤ 据孔尚任著；王季思，苏寰中，杨德平合注《桃花扇》，人民文学出版社1980年版，第258页，此处脱"一"字。
⑥ 据孔尚任著；王季思，苏寰中，杨德平合注《桃花扇》，人民文学出版社1980年版，第258页，"俺"应为"咱"。

（净）怎么^①瞧，长桥已无一片^②，旧院剩了一堆瓦砾。

（丑捶胸介）咳！恸死俺也。

（净）那时疾忙回首，一路伤心，编成一套北曲，名为《哀江南》。待我唱来！（敲板唱弋阳腔介）俺樵夫呵！

【哀江南】【北新水令】山松野草带花挑，猛抬头秣陵重到。残军留废垒，瘦马卧空壕。村郭萧条，城对着夕阳道。

【驻马听】野火频烧，护墓长楸多半焦。田^③羊群跑，守陵阿监几时逃？鸽翎蝠粪满堂抛，枯枝败叶当街^④罩。谁祭扫，牧儿打碎龙碑帽。

【沉醉东风】横白玉八根柱倒，堕红泥半堵墙高，碎琉璃瓦片多，烂翡翠窗棂少，舞丹墀燕雀常朝，直入宫门一路蒿，住几个乞儿饿殍。

【折桂令】问秦淮旧日窗寮，破纸迎风，坏槛当潮，目断魂消。当年粉黛，何处笙箫？罢灯船端阳不闹，收酒旗重九无聊。白鸟飘飘，绿水滔滔，嫩黄花有

---

① 据孔尚任著；王季思，苏寰中，杨德平合注《桃花扇》，人民文学出版社1980年版，第258页，"么"应为"的没"。
② 据孔尚任著；王季思，苏寰中，杨德平合注《桃花扇》，人民文学出版社1980年版，第258页，"一片"应为"片板"。
③ 据孔尚任著；王季思，苏寰中，杨德平合注《桃花扇》，人民文学出版社1980年版，第259页，"田"应为"山"。
④ 据孔尚任著；王季思，苏寰中，杨德平合注《桃花扇》，人民文学出版社1980年版，第259页，"街"应为"阶"。

些蝶飞，新红叶无个人瞧。

【沽美酒】你记得跨青溪半里桥，旧红板没一条。秋水长天人过少，冷清清的落照，剩一树柳弯腰。

【太平令】行到那旧院门，何用轻敲，也不怕小犬哮哮。无非是枯井颓巢，不过些砖苔砌草。手种的花条柳梢，尽意儿采樵，这黑灰是谁家的[①]厨灶？

【离亭宴带歇犯[②]煞】俺曾见金陵王殿莺啼晓，秦淮水榭花开早，谁知[③]容易冰消。眼看他起朱楼，眼看他宴宾客，眼看他楼塌了。这青苔碧瓦堆，俺曾睡风流觉，将五十年兴亡看饱。那乌衣巷不姓王，莫愁湖鬼夜哭，凤凰台栖枭鸟。残山梦最真，旧境丢难掉，不信这舆图换稿。诌一套《哀江南》，放悲声唱到老。

《桃花扇》演奏之盛，在当时只有《长生殿》可以和它相颉颃。但就本质而论，《长生殿》写儿女柔情，徒尽铺张香艳之能事，《桃花扇》则以哀艳之情，寄兴亡之恨。在描写被压迫民族的反抗，和亡国之民的誓死奋斗上，《桃花扇》当然比《长生殿》有意义的多了。《都门竹枝词》云："新排一曲《桃花扇》，到处哄传四喜班。"这虽是到了嘉庆朝，但《桃花扇》在剧场上吸引观众的力量，还仍然是很大的。相传此剧初出时，某

---

① 据孔尚任著；王季思，苏寰中，杨德平合注《桃花扇》，人民文学出版社1980年版，第259页，"的"字衍。

② 据孔尚任著；王季思，苏寰中，杨德平合注《桃花扇》，人民文学出版社1980年版，第260页，"犯"应为"指"。

③ 据孔尚任著；王季思，苏寰中，杨德平合注《桃花扇》，人民文学出版社1980年版，第260页，此处脱"道"字。

一次故臣遗老观演此剧，"掩袂独坐，不胜于邑，灯炧酒阑，唏嘘而散"。真的像这样包含着黍离之悲，兴亡之恨的史剧，那能不感人之深呢！后来孔尚任的朋友顾彩（字天石）将《桃花扇》改作《南桃花扇》，使侯朝宗与李香君当场团圆，"有情人终成了眷属"。虽其排扬可快一时之耳目，但把全剧新隽可爱的风度，却一变而为陈腐恶劣的俗套了。

洪昇（一六五〇？①——一七〇四），字昉思，号稗村，钱塘人。康熙时为"上舍生"。工乐府，名满京洛，洪氏本为渔洋弟子，但他作诗不主神韵，而与赵执信相善。他著《四婵娟》杂剧，及《回文锦》《孝节坊》《闹高堂》《回龙院》《锦绣图》及《长生殿》等传奇。后遭家难流寓困穷，备极坎壈，康熙四十三年自苕雪还落水死。又有《稗村集》，王渔洋所定也。

《长生殿》凡五十出，也系据白居易《长恨歌》及陈鸿《长恨歌传》，叙唐明皇与杨贵妃的故事，从贵妃入宫写到贵妃之死，及死后二人的会合。此剧初名《沉香亭》，后去李白，入李泌辅肃宗中兴事，更名《舞霓裳》。后乃合用唐人小说"玉妃归蓬莱，明皇游月宫"诸事，专写钗盒情缘，始改为今名。盖经十余年，三易稿而始成。其审音协律，又经姑苏徐灵昭为之指点，无一句一字的逾越。其叙事之浓丽婉转，写情之哀感缠绵，与夫辞藻之富丽典雅，洵为近代曲家第一。全剧中最好的几出为：《春睡》《疑谶》《夜怨》《惊变》《埋玉》《尸解》《弹词》等，而最能感人的文字，要算第二十九出《闻铃》的一段：

……（内作铃响介）（生）你听那壁厢，不住的声

---

① 目前一般认为洪昇的生年是一六四五年。

响，聒的人好不耐烦。①（丑）是树林中雨声，和著②檐前铃铎随风而响。（生）呀，这铃声好不作③美也！

【武陵花】淅淅零零，一片凄然心暗惊。遥听隔山隔树，战合风雨，高响低鸣。一点一滴又一声，一点一滴又一声，和愁人血泪交相迸。对这伤情处，转自忆荒茔。白杨萧瑟雨纵横，此际孤魂凄冷。鬼火光寒，草间湿乱萤。只悔仓皇负了卿，负了卿！我独在人间，委实的不愿生。语娉婷，相将早晚伴幽冥。一恸空山寂，铃声相应，阁道峻嶒，我回肠④怎平！

（丑）万岁爷且免愁烦。雨止了，请下阁去罢。……

其次像《尸解》叙杨贵妃在马嵬坡缢死后，灵魂不灭，回到荒凉的故宫，一面踟蹰于自己足迹踏过的地方，一面怀念远在蜀国的多情的唐主。若与《闻铃》一段对照的观之，读者不由地对于这一对痴情的可怜的男女，低徊忧叹，不能自已。

---

① 据洪昇著；徐朔方校注《长生殿》，人民文学出版社1983年版，第135页，此处脱"高力士，看是甚么东西"。
② 据洪昇著；徐朔方校注《长生殿》，人民文学出版社1983年版，第135页，"著"应为"着"。
③ 据洪昇著；徐朔方校注《长生殿》，人民文学出版社1983年版，第135页，"作"应为"做"。
④ 据洪昇著；徐朔方校注《长生殿》，人民文学出版社1983年版，第135页，"我回肠"应为"似我回肠恨"。

【二犯渔家傲】①蹉跎，往日风流。②（作坐床介）记盒钗初赐，种下这恩深厚。痴情共守，（起介）又谁知惨祸分离骤！唉，你看沉香亭、华萼楼都这般③冷落也。（作登楼介）并没有人登画楼，并没有花开并头，④并没有奏新讴。端的有、荒凉满目生愁！凄然，不由人泪流！……

【二犯倾杯序】⑤凝眸，一片清秋。（登桥介）⑥望不见寒云远树峨嵋⑦秀。⑧苦忆蒙尘，影孤体倦。病马严霜，万里桥头，知他健否？纵然无恙，料也为咱消瘦。……

【锦缠道犯】⑨谩回首，梦中缘，花飞水流，只一

---

① 据洪昇著；徐朔方校注《长生殿》，人民文学出版社1983年版，第165页，此处脱"【雁过声换头】"。
② 据洪昇著；徐朔方校注《长生殿》，人民文学出版社1983年版，第166页，此处脱"【普天乐】"。
③ 据洪昇著；徐朔方校注《长生殿》，人民文学出版社1983年版，第166页，此处脱"荒凉"。
④ 据洪昇著；徐朔方校注《长生殿》，人民文学出版社1983年版，第166页，此处脱"【雁过声】"。
⑤ 据洪昇著；徐朔方校注《长生殿》，人民文学出版社1983年版，第166页，此处脱"【雁过声换头】"。
⑥ 据洪昇著；徐朔方校注《长生殿》，人民文学出版社1983年版，第166页，此处脱"【渔家傲】"。
⑦ 据洪昇著；徐朔方校注《长生殿》，人民文学出版社1983年版，第166页，"嵋"应为"眉"。
⑧ 据洪昇著；徐朔方校注《长生殿》，人民文学出版社1983年版，第166页，此处脱"【倾杯序】"。
⑨ 据洪昇著；徐朔方校注《长生殿》，人民文学出版社1983年版，第166页，此处脱"【锦缠道】"。

点故情留。似春蚕到死，尚把丝抽。剑门关离宫自愁，马嵬坡夜台空守，想一样恨悠悠。[①] 几时得金钗钿盒完前好，七夕盟香续断头！

此剧在当时奏演之盛，不下于《桃花扇》。某一次，诸伶人演此剧为作者寿，治具大会于生公园，都下名流，俱为邀集，独不及赵星瞻征介，时赵适馆给谏王某所，乃言于王，促之入奏，谓是日为皇太后的忌辰，设宴张乐，乃大不敬。于是洪思昉[②]被编管山西，赵秋谷、查嗣琏被削职。后查以改名登第，而赵竟废置五十年以殁。时人有诗云："可怜一曲《长生殿》，断送功名到白头。"功名虽然断送了，但《长生殿》却流传禁中，名满天下了。所以朱彝尊赠洪诗有"海内诗篇[③]洪玉父，禁中乐府柳屯田。梧桐夜雨凄声[④]绝，薏苡明珠谤偶然"之句，樊榭老人叹为字字典雅者也。

二

诗人蒋士铨，字心余，号苕生[⑤]，又号藏园，亦善作曲。他的《藏园九种》与笠翁的《十种曲》同样的流行于民间。但他所

---

① 据洪昇著；徐朔方校注《长生殿》，人民文学出版社1983年版，第166页，此处脱"【雁过声】"。

② "思昉"应为"昉思"。

③ 据（清）朱彝尊《曝书亭集》卷二〇，商务印书馆1935年版，第336页，"篇"应为"家"。

④ 据（清）朱彝尊《曝书亭集》卷二〇，商务印书馆1935年版，第336页，"凄声"应为"词凄"。

⑤ "苕生"是蒋士铨的另一字，而非号。

作却清丽而雅秀，雍容而慷慨，远在笠翁之上。九种曲中，《香祖楼》《空谷香》《冬青树》《临川梦》《桂林霜》《雪中人》六种为长剧，《四弦秋》《一片石》《第二碑》三种为短剧。在这些作品中，最足以代表他的作风的，是《桂林霜》《空谷香》二剧。《桂林霜》凡二十四出，叙马雄镇及其家属死难广西事，作风雄肆而悲壮。《空谷香》凡三十出，叙天上的幽兰仙史，降生人世名姚梦兰，为南昌知事顾瓒园之妾，死后归于蕊珠宫。剧中一曲"人间一点名，簿上三分命，百岁匆匆，打合穷愁病，劳劳过一生。自担承，把苦乐闲忙取次经。绽教身子随时挣，想起心儿异样疼。何堪听，霜钟月柝一声声，尽由他恁地聪明，也猜不透天情性"（第十六出《怀香》），伤心语不堪多读。此外像《饮刀》《誓佛》《店绺》《旅婚》《香圆》等出，读起来如幽兰泣露，游丝漾风。藏园自序尝说，曾在舟中击唾壶而歌所谱之《空谷香》，声情飒飒，与风涛相荡激，回视同舟之客，皆欷歔泣数行下。可见这剧之殊能动人了。

《桂林霜》《空谷香》之外，《冬青树》是一篇极悲壮的戏曲。这剧凡三十八出，根据宋末的史实，以文天祥、谢枋得为经，以赵王孙汪水云幕府诸参军及一切遗民为纬。采掇既广，感慨亦切。此剧是他在这样环境作成的："其时落叶打窗，风雨萧寂，三日而成此书。"题材是遗民的悲痛，孤臣的死节，王孙的沦落，宫女的飘泊，以及帝陵植树，西台恸哭。至其文词的凄厉，情调的浩莽，曾激动了不少人的眼泪与壮气。

（正旦内监便服上）空山石马哭秋风，一片江潮尚
指东。鬼唱荒坟寻故主，冬青零落夕阳中。咱家罗铣，
向来看守皇陵，被杨髡这厮拿去收禁，后来遇赦放出，

只得在这七里泷边，钓台之下，卖酒度日。你看半红寒日，两岸秋山，游人甚多，在俺罗铣眼中，都是前朝眼泪也。

【夜行船序】[1]事去时移，甚龙飞凤舞，尚存王气。无聊赖，茆檐下一片清旗。低迷，衰草浮烟，远树粘天，荒凉无际。追随，寒雁隔江来，肠断一声渔笛。（下）（老旦、外同上）

【前腔】游戏，白首低垂。梦杭州，湖上风光犹记。嗟流落，黄垆再过凄其。（老旦）毅父兄，此间有一小店，倒也幽雅，和你小饮三杯如何？（外）梅边兄有此雅兴，当得奉陪。酒家有么？（正旦上）二位是饮酒的？请到江楼小坐。（登介）（外）酒家，你是内家行径，如何到[2]这里？（正旦）说也话长，小二取酒来。（丑取酒上，即下）（老旦）便同坐谈谈最好。（正旦）怎好取扰？（外）不妨。敢问老公名氏？（正旦）咱中官罗铣，本是皇陵守者，被杨髡拘系，遇赦而出。重提，往事堪悲，断碣残碑，半山斜日。常时，燐火散郊原，野草闲花满地。（老旦）正是，杨髡发掘诸陵，不过利其宝物，如何将遗骨筑塔江干，令人切齿也！

【黑蟆序】流涕，每过前溪，听塔铃相语，不敢低

---

① 据（清）蒋士铨著；邵海清校注《冬青树》，上海古籍出版社1988年版，第225页，"【夜行船序】"前脱"【仙吕人双调】"。

② 据（清）蒋士铨著；邵海清校注《冬青树》，上海古籍出版社1988年版，第225页，此处脱"得"字。

回。（外）恨遗民力薄，无人拆毁。（正旦）二位不知，这塔都是猪羊骨殖造成。当年有两个义士，一名唐珏，一名林景熙，他醵钱高会，雇人于月下换去真骨，私葬①稽兰亭山下，表以冬青。稀奇，二士殓群尸，诸陵共一堆。影迷离，借官树浓阴巍然，聊当龙碑。（老旦、外）妙呀！

【前腔】高义，草泽扶持，叹苦雨凄风，销尽五陵佳气。料中兴无日，若教同馁。（正旦）国变之后，闻得有两个忠臣，一个叫做文天祥，一个叫做谢枋得，后来不知怎生结果？（外）不要说起。休提，那文丞相呵！齿发返江西，精灵归故池。只有谢叠山无人收拾，掩残尸，薰葬燕台深藏，野寺荒基。（正旦）二位不知，谢公子定之，亦负其父遗骸，归葬弋阳矣。（小生携铁如意上）眼中热血同谁洒，愁外青山只自寻。这是严陵钓台之下，呀！二客在此，不免相见。二位请了。（老旦）先生高姓大名？（小生）小生延平谢翱。二位是谁？（老旦）元来都是文山门②之士，俺是王炎午，他是张千载。（小生）两公真义士也。……（第三十七出《西台》）

晚成的传奇家夏纶（一六七九？——一七五五？③），字

---

① 据（清）蒋士铨著；邵海清校注《冬青树》，上海古籍出版社1988年版，第226页，此处脱"会"字。

② 据（清）蒋士铨著；邵海清校注《冬青树》，上海古籍出版社1988年版，第226页，此处脱"下"字。

③ 目前一般认为夏纶的生卒年分别是一六八〇年、一七五三年。

惺斋，钱塘人。康熙三十二年以十四岁应乡试，一直八次不及第，年近六十应博学鸿词科上京，有劝阻者，遂洁身归乡，以著述自娱残年。他著传奇凡六种：《无瑕璧》《杏花村》《瑞筠图》《南阳乐》《广寒梯》《花萼吟》。论者每讥其"头巾气太重"。如：《无瑕璧》题"褒忠传奇"，《杏花村》题"阐孝传奇"，《瑞筠图》题"表节传奇"，《广寒梯》题"劝义传奇"，《花萼吟》题"式好传奇"，《南阳乐》题"补恨传奇"。这些，这些，都是有目的之教训主义的作品。只要使人一望，就觉得有些"冬烘"了。此外以作《芝龛记》得名的董榕（一七一〇？——？①），字恒岩，号谦山，又号繁露楼居士，道州人。官九江府知府。他的《芝龛记》叙秦良玉、沈云英事，全六卷，共六十出，也是种颇征实的历史剧。论者至比之孔尚任的《桃花扇》，然有的却嫌它眉目不清，有喧宾夺主之病。

三

清传奇发展的顶点，至乾隆为止。自此以后，便很快的衰落下去。所以第三期的剧坛，颇现冷落之象。这时只有黄宪清是一个较为伟大的作者。他不但是清传奇家最后的白眉，也可说是传奇史上最后的光荣的殿军。

黄宪清（一八〇五？——一八六五？②），一名燮清，字韵珊，号吟香诗舫主人，海盐人。道光十五年举人，官宜都、松滋

---

① 目前一般认为董榕的生卒年分别是一七一一年、一七六〇年。

② 目前一般认为黄燮清的卒年是一八六四年。

知县。有《倚晴楼诗集》十六卷。所作传奇有《茂陵弦》《帝女花》《脊令原》《桃溪雪》《居官鉴》《玉台秋》等。而《帝女花》与《桃溪雪》是黄曲中的杰作。他的作风以绮腻清俊见长，葱蒨艳冶，不可模拟。相传韵珊面目丑陋，有海盐闺秀慕其才欲嫁之，后见其貌，乃废然而罢。

《帝女花》是叙明崇祯长平公主事，全剧悉依吴梅村挽诗，而文字哀感顽艳，几欲夺过心余。虽在词的表面上，处处是叙述清代殊恩，而言外自见故国之感。真的，无声之泣，强解之愁，较之痛哭号咷，尤为可悲。剧中较好的为《割慈》《哭墓》《香夭》《魂游》诸出。事情是这样的：长平公主名徽娖，为崇祯帝周后所出。甲申之岁，芳龄十五，方议嫁周太仆子世显，而国祚遽变。公主为帝剑所挥，中肩及臂，断右腕。时贼以贵主已死，授尸国戚，逾五日而复苏，遂留燕京。明年公主乃上书乞皈依空门，不许，转为物色原配，于本年六月上浣，即武清侯第，赐金泉牛车，庄一区，田若干顷，使之结婚，明年八月十八日死，年仅十七。（张宸有诔长平公主文）像公主这样的遭遇，实在是太悲惨了。而韵珊写来，更以哀感顽艳的笔墨出之，所以殊能动人。兹录《香夭》一出：

【霜天晓角】红尘草草，容易催人老，一十余年幻泡，残生恋到今朝。

【小桃红】丝魂有限早应消，那更有医苦的慈悲到也。昙花影子，偶然一现弱根苗，何必要苦坚牢。枉了你热心香叩神曹。好夫妻终有日因缘了也。算将来没甚难抛，只苦病潘郎又为我鬓丝凋。

【下山虎】腰围暗小，泪点偷抛，不许他知道，药烟细摇，问帘内人儿，可还安好。埋怨东风长恨苗，看庞儿容渐槁，看身儿肌渐消。只恐西施葬，梦随雨飘，长簟无人慰寂寥。

【五韵美】劝儿郎，勿伤悼。今世今生缘尽了。睡乡中难禁的梦儿觉。絮飞花落，熬不过月残风晓，不过是君肠断，妾命抛，算只有一载的夫妻，恩情难报。

【五般宜】当日个，撇爷娘影离梦遥。今日个，伴爹娘墓连土交，免了我冷魄逐风飘。也得个父母儿女，黄泉依靠。则一片白杨青草，有莺啼燕吊。还望你做半子的儿夫，到清明来祭扫。

【山麻秸】这瘦骨轻难抱，为甚么气弱声低，影颤魂摇。苗条，风摆住似一片柳丝定了，只见那云鬟微动，月眉徐展，星眼斜飘。

【蛮牌令】苦海急难超，欲去重留牢。痴怀犹恋恋，絮语恁叨叨。还望你心儿上将奴撇抛，再觅个好新人锦帐藏娇。郎情厚，我无福消，只待化衔泥乳燕，向君屋营巢。

【黑麻令】既然是免不过花憔月憔，问当初为甚要仙曹鬼曹，留下这不尽的愁苗恨苗。何若不见檀郎，也免得他魂消魄消，到今日，烟飘絮飘，便丢开鸾交凤交。梦儿中顷刻恩情，吹断了琼箫玉箫。

【江神子】你此后魂儿何处招，送蠮矶一片灵潮，怎禁得泪珠滚出心苗。满庭风雨叫鸱鸮，不知他冷泉台可到？

【尾声】画楼剩有孤灯照，冻巫山楚云飞了，只守定一被春寒直醒到晓。①

《桃溪雪》是谱吴绛雪事。绛雪名宗爱，永康人。父士骐以明经任仙居、嘉善、嵊三县校官。绛雪幼随侍，承其家学。善书画音律，尤工于诗，其佳句有"疏风小圃宜莺粟，细雨新蔬采马兰"。著有《六宜楼稿》。嫁同邑诸生徐明英，未几而寡。康熙十三年，耿精忠叛于闽，伪总兵徐尚朝陷处州，攻取金华过永康，艳绛雪名，欲致之。永康故无城可守，众虑蹂躏。邑父老与其夫家谋以绛雪纾难，势汹汹。绛雪念徒死遗桑梓忧，乃夷然就道，至三十里坑，以渴饮绐贼，即坠崖死，年仅二十五。韵珊此剧，精警拔俗，设色浓丽，与《帝女花》传奇皆为扶植伦纪之作。梁廷枏论《桃花扇》，说它艳处似临风桃蕊，哀处似带雨梨花。若以此语来论黄曲，则《桃溪雪》似桃，《帝女花》似梨。要之两剧哀感顽艳的作风，则都近《桃花扇》。

【北水仙子】俺俺俺，俺归路遥。指指指，指乡树蒙蒙青渐了。上上上，上天梯马背云高。望望望，望远曲鹃魂月吊。把把把，把儿郎怨魄招。待待待，待和你同骑黄鹤。恨恨恨，恨姊妹蔷薇一半凋。痛痛痛，痛夫妻兰蕙同时槁。等等等，等觅个干净土去收梢。

【南双声子】容颜好，容颜好，须随意寻欢乐。忧伤老，忧伤老，莫随处寻烦恼。家乡杳，家乡杳，军营闹，军营闹。且穿他罗琦，吃着脂膏。

---

① 此处引文将部分科、介删掉，编者不再一一注明，读者可参看（清）黄燮清《帝女花》//《倚晴楼七种曲》，西泠印社出版社2014年版，第22—26页。

【北尾声】我劫尽风轮望空笑。则待向悬崖撒手逍遥。我若是再迁延等怎时了。……（《坠崖》）^①

在第三期的戏作家，我只举黄宪清作代表。此外像周文泉的《补天石传奇》^②八种（《宴金台》《定中原》《河梁归》《琵琶语》《纫兰佩》《碎金牌》《统如鼓》《波弋香》），陈烺的《玉狮堂十种》（《仙缘记》《海虬记》《蜀锦袍》《燕子楼》《梅喜缘》《同亭宴》《回流记》《海雪吟》《负薪记》《错姻缘》），便不一一地叙述了。最后我们应该再一提杨恩寿。恩寿（一八三〇——一八八五？^③），字蓬海^④，号蓬道人，长沙人。在黄宪清以后的传奇作者中，他要算是较重要的一个。所作传奇有《麻滩驿》《桃花源》《姽婳封》《桂枝香》《再来人》《埋^⑤灵坡》等，名为《坦园十^⑥种》，而以《麻滩驿》为最佳。此剧秾丽而苍凉的作风，颇似黄韵珊的《桃溪雪》。

在这里尚有一事堪注意的，就是清代因戏曲的发达，同时关于戏曲的研究及批评一类的著作，更如雨后春笋似的不断地出现于文坛。就中以李渔的《闲情偶寄》、杨恩寿的《词余丛话》、

---

① 此处引文将部分科、介删掉，编者不再一一注明，读者可参看（清）黄燮清《桃溪雪》//《倚晴楼七种曲》，西泠印社出版社2014年版，第20—21页。

② 王国维《曲录》卷五"传奇部"首次收录《补天石》，傅惜华《清代杂剧全目》认为其应属于"杂剧"，目前一般从杂剧之说。

③ 目前一般认为杨恩寿的生卒年分别是一八三五年、一八九一年。

④ 杨恩寿，字鹤俦，"蓬海"为其号。

⑤ "埋"应为"理"。

⑥ "十"应为"六"。

梁廷枏《曲话》、焦循的《剧说》、李调元的《雨村曲话》等，至今仍为从事研究戏曲者重要的参考。

参考：

尤侗，《清史列传》卷七十一《文苑》二，《国朝先正事略》卷四十。

吴伟业，《清史列传》卷七十九。

洪昇，《清史列传》卷七十一《文苑》二。

蒋士铨，《清史列传》卷七十二《文苑》三，《国朝先正事略》卷四二。

黄燮清，《清史列传》卷七十三《文苑》四。

《十种曲》，李渔撰，刻本极多，有朝记书庄本，《一家言》有会文堂本。

《藏园九种曲》，蒋士铨撰，有清乾隆间蒋氏藏园原刻本，有朝记书庄影印本。

《秣陵春》，吴伟业撰，有武进董氏刻全集本。

《钧天乐》，尤侗撰，有《西堂全集》本。

《桃花扇》《长生殿》，刊本甚多，有暖红室刊本，有扫叶山房本。

《惺斋新曲六种》，夏纶撰，有乾隆刻本。

《倚晴楼七种曲》，黄燮清撰，有光绪重刻本。

《补天石传奇》，周文泉撰，有道光刊本，咸丰重刊本。

《玉狮堂十种曲》，陈烺撰，有光绪刊本。

《坦园六种》，杨恩寿撰，有坦园丛书本。

《曲选》，吴梅编，商务印书馆出版。

《剧说》，焦循著，有《曲苑》本。

《藤花轩曲话》，梁廷枏著，有《曲苑》本。

《清史列传》，上海中华书局出版。

第二十九章　清代的诗词

　　清代的诗坛，可说是唐诗与宋诗的争霸场，舞台上的脚色虽多，但均跳不出唐宋人的范围。初期的诗人，当以遗老钱谦益、吴伟业为一代的开山。钱、吴都是明末的遗臣，他们的诗文在明代已为照耀当代文坛的日月。钱学力富足，诗格圆稳苍老；吴才华绮丽，诗格顽艳凄楚，他们在清诗坛上的位置，正和侯方域、魏禧之于散文，顾炎武、黄宗羲之于学术一样的占着崇高的地位。钱、吴较后的重要诗人，以施闰章、宋琬为宗。施，南方人，所作诗风格温厚；宋，北方人，所治诗风格雄健。两人齐名，时号"南施北宋"。康熙时王士禛以一代诗宗，倡为"神韵说"，风弥①了当时的诗坛。同时朱彝尊虽与王齐名，然朱长于词，论诗终让王称雄一时了。到乾隆时代，"神韵说"渐不厌于众，反对派多起来与之对抗。沈德潜倡为"格调说"，袁枚倡为"性灵说"。于是静穆的诗坛，忽又掀起了滚滚的怒涛。袁枚又与赵翼、蒋士铨，号"乾隆三大诗人"，踏月邮亭，往来倡和，可谓极一时之盛了。道、咸以后，旧体诗便到了没落的时期，更

---

　　① "弥"应为"靡"。

无一个特出的伟大的诗人。较著名的有郑珍、龚自珍、曾国藩、何绍基、王闿运等，或则崇尚宋诗，或则追仿两汉，都没有什么了不得的成就。晚季的诗坛，金和与黄遵宪的出来，复如荒芜了很久的花园，忽然看见两朵鲜艳夺目的奇葩，但这种奇葩，不久便又埋没在荒草堆中了。

说到词，清词在词史上，实被称为词的复兴时期。就词的发达一点说，两宋尚无此盛。不过词的黄金时代早已成了过去，清词的发达，只是量的扩张而已。至于散曲，在元、明两代，已达到登峰造极的地步，清代诸人的放声地曼吟，也不过是深秋时候残蝉的尾声罢了。

一

清初诗人，以钱、吴为最著。在明、清过渡的诗学衰落之际，他们二人如孤鹤之立于鸡群，如泰山之峙于土阜，不仅为有明一代文学之后劲，同时亦开清代诗学再振的先声。

钱谦益（一五八二——一六六四），字受之，号牧斋，自号蒙叟，又号东涧老人，常熟人。明末为礼部尚书，福王即位南京，他因媚事阮大铖，得保原职。清兵定江南，他降清，修《明史》为副总裁。后辞归里，拥绛云楼中万卷图书，从事著述，夫人柳如是亦能诗词。他享年八十三岁。著有《初学集》《有学集》。他的作风沈郁藻丽，才华雄健，出入李、杜、韩、白、苏、陆之间。他主文坛几五十年，力诋何、李、王、李，三袁、钟、谭，尤不在齿数。如果就诗论诗，他实一代有权威的伟大作家。

良友冥冥恨夜台，寡妻稚子尺书来。平生何限弹冠意，后死空余挂剑哀。

千载汉①青终有日，十年血碧未成灰。白头老泪西窗下，寂寞封题一雁回。

——《狱中杂诗》②

淡粉轻烟佳丽名，开天营建记都城。而今也入烟花录，灯火樊楼似汴京。

旧曲新诗压教坊，缕衣垂白感湖湘。闲开闰集教孙女，身是前朝郑妥娘。

——《金陵杂题绝句》（二十五首之二）

他在清代是一位很不幸的诗人。到了乾隆时，以他的《初学集》《有学集》有诋谤清朝语，甚至严旨焚毁，说他的节操太劣，诗文不足以传后世。所以沈德潜的《清诗别裁集》不录牧斋的诗。然牧斋虽仕于新朝，但他的故国之思，铜驼之感，每表现在字里行间。如"桃叶春流亡国恨，槐花秋蹈③故宫烟""南渡衣冠非故国，西湖烟水是清流""神愁玉玺归新室，天哭铜人别汉家""老有心情依佛火，穷无涕泪洒神州"，都深隐着国亡家破的泪痕，这大概是牧斋集被焚毁的原故吧！什么"诏毁其集，以励臣节"，这都是借题发挥骗人的把戏也！

---

① 据（清）钱谦益著；（清）钱曾笺注；钱仲联标校《牧斋初学集》卷一二，上海古籍出版社1985年版，第403页，"汉"应为"汗"。
② 《狱中杂诗》是共计三十首的一组诗，此处所引是第二十八首。
③ 据（清）钱谦益著；（清）钱曾笺注；钱仲联标校《牧斋有学集》卷一三，上海古籍出版社1996年版，第650页，"蹈"应为"踏"。

　　吴伟业（一六○九——一六七一[①]），字骏公，号梅村，太仓人。他年二十从张溥游，举崇祯四年进士，才华艳发，盛称一时。明亡后避居乡里，与侯方域等以守节自誓。但后来因受了当道的敦促，父母的逼迫，不得已应召赴京，出任秘书监[②]侍讲，后转官国子祭酒。不久便请假归里。将卒谓家人曰："吾诗虽不足以传远，而是中之寄托良苦，后世读吾诗而知吾心，则吾不死矣。吾性爱山水，葬吾于灵岩、邓尉间，碣曰'诗人吴梅村之墓'，足矣。"这是如何伤心悔恨之语！有《吴梅村集》四十卷。

　　他的诗华艳绮丽，缠绵凄恻，国变后益以苍凉凄楚，而风骨便愈遒劲了。他的诗大抵喜摹唐人格调，歌行长篇，追怀往事，更是他所最为擅长而最能表现他的风格和才力的。如《永和宫词》《圆圆曲》《楚两生歌》《雒阳行》《鸳湖曲》《临淮老妓行》《打冰词》等，多是歌咏时事的作品，婉转苍凉，动人悲感。是与《长恨歌》《琵琶行》《连昌宫词》有同样情绪的伟篇。故后人称之为"诗史"。《圆圆曲》云：

　　　鼎湖当日弃人间，破敌收京下玉关。痛[③]哭六军皆[④]缟素，冲冠一怒为红颜。

　　　红颜流落非吾恋，逆贼天亡自荒宴。电扫黄巾定黑

---

① 目前一般认为吴伟业的卒年为一六七二年。
② "监"应为"院"。
③ 据（清）吴伟业《吴梅村全集》卷三，上海古籍出版社1990年版，第78页，"痛"应为"恸"。
④ 据（清）吴伟业《吴梅村全集》卷三，上海古籍出版社1990年版，第78页，"皆"应为"俱"。

588

山，哭罢君亲再相见。

相见初惊[①]田窦家，侯门歌舞出如花。许将戚里箜篌伎，等取将军油壁车。

家本姑苏浣花里，圆圆小字娇罗绮。梦向夫差苑里游，宫娥拥入君王起。

前身合是采莲人，门前一片横塘水。横塘双桨去如飞，何处豪家强载归？

此际岂知非薄命，此时只有泪沾衣。薰天意气连宫掖，明目[②]皓齿无人惜。

夺归永巷闭良家，教就新声倾坐客。坐客飞觞红日暮，一曲哀弦向谁诉？

白皙通侯最少年，拣取花枝屡回顾。早携娇鸟出樊笼，待得银河几时渡？

恨杀军书抵死催，苦留后约将人误。相约恩深相见难，一朝蚁贼满长安。

可怜思妇楼头柳，认作天边粉絮看。遍索绿珠围内第，强呼绛树出雕栏。

若非壮士全师胜，争得蛾眉匹马还。蛾眉马上传呼进，云鬟不整惊魂定。

---

① 据（清）吴伟业《吴梅村全集》卷三，上海古籍出版社1990年版，第78页，"惊"应为"经"。

② 据（清）吴伟业《吴梅村全集》卷三，上海古籍出版社1990年版，第78页，"目"应为"眸"。

蜡炷①迎来在战场，啼妆满面残红印。专征箫鼓向秦川，金牛道上车千乘。

斜谷云深起画楼，散关月落开妆镜。传来消息满江乡，乌桕红经十度霜。

教曲技②师怜尚在，浣纱女伴忆同行。旧巢共是衔③泥燕，飞上枝头变凤凰。

长向尊前悲老大，有人夫婿擅侯王。当时只受声名累，贵戚名豪竞延致。

一斛明珠万斛愁，关山漂泊腰肢细。错怨狂风扬落花，无边春色来天地。

尝闻倾国与倾城，翻使周郎受重名。妻子岂应关大计，英雄无奈是多情。

全家白骨成灰土，一代红妆照汉④青。

君不见，馆娃初起鸳鸯宿，越女如花见⑤不足。

香径尘生鸟自啼，屧廊人去苔空绿。换羽移宫万里愁，珠歌翠舞古梁州。

为君别唱吴宫曲，汉水东南日夜流。

---

① 据（清）吴伟业《吴梅村全集》卷三，上海古籍出版社1990年版，第78页，"炷"应为"炬"。

② 据（清）吴伟业《吴梅村全集》卷三，上海古籍出版社1990年版，第79页，"技"应为"妓"。

③ 据（清）吴伟业《吴梅村全集》卷三，上海古籍出版社1990年版，第79页，"含"应为"衔"。

④ 据（清）吴伟业《吴梅村全集》卷三，上海古籍出版社1990年版，第79页，"汉"应为"汗"。

⑤ 据（清）吴伟业《吴梅村全集》卷三，上海古籍出版社1990年版，第79页，"见"应为"看"。

这诗哀感顽艳，与《永和宫词》，一时称为绝调。相传吴三桂见此曲有"痛①哭六军皆②缟素，冲冠一怒为红颜"二句，使人说梅村删之，愿以重金为寿，但梅村不许他，可见这诗在当时的声价了。赵瓯北说："梅村③本从香奁入手，故一涉儿女闺房之事，辄千娇百媚，妖艳动人。"但我们要知道，梅村的作品，有的虽然在写儿女柔情，风流韵事，但其中常含着深意和哀思，绝不是一味脂粉气的香奁体的作品所可同日而语。如《题冒辟疆名姬董白小像》④云：

射雉山头一笑年，相思千里草芊芊。偷将乐府窥名姓，亲击云璈第几仙。

珍珠无价玉无瑕，小字贪看问妾家。寻到白堤呼出见，月明残雪映梅花。

钿毂春郊斗画裙，卷帘都道不如君。白门移得丝丝柳，黄海归来步步云。

京江话旧木兰舟，忆得郎来系紫骝。残酒未醒惊睡起，曲栏⑤无语笑凝眸。

---

① 据（清）吴伟业《吴梅村全集》卷三，上海古籍出版社1990年版，第78页，"痛"应为"恸"。
② 据（清）吴伟业《吴梅村全集》卷三，上海古籍出版社1990年版，第78页，"皆"应为"俱"。
③ 据（清）赵翼著；霍松林，胡主佑校点《瓯北诗话》卷九，人民文学出版社1963年版，第138页，此处脱"诗"字。
④ 《题冒辟疆名姬董白小像》为七绝组诗，共八首。
⑤ 据（清）吴伟业《吴梅村全集》卷二〇，上海古籍出版社1990年版，第526页，"栏"应为"阑"。

青丝濯濯额黄悬，巧样新妆却①自然。入手三盘几梳掠，便携明镜出花前。

念家山破定风波，郎按新词妄按②歌。恨杀南朝阮司马，累侬夫婿病愁多。

乱梳云髻下高③楼，尽室仓皇④过渡头。钿合金钗空⑤抛却，高家兵马在扬州。

江城钿⑥雨碧桃村，寒食东风杜宇魂。欲吊薛涛怜梦断，墓门深更阻侯门。

他在清初与侯方域同为遗民中的重要文学家。侯方域劝他坚守臣节，他也有此决心，但后来逼于不得已，仕了新朝，常以枉节自恨。他过夷门时，方域已死，自恨负其夙诺，乃作诗吊之云："多见摄衣送⑦上客，几人刎颈送王孙。死生总负侯嬴诺，欲滴椒浆泪满樽。"又赴召过淮阴时，亦有诗来表他的心："浮

---

① 据（清）吴伟业《吴梅村全集》卷二〇，上海古籍出版社1990年版，第526页，"却"应为"恰"。
② 据（清）吴伟业《吴梅村全集》卷二〇，上海古籍出版社1990年版，第527页，"按"应为"唱"。
③ 据（清）吴伟业《吴梅村全集》卷二〇，上海古籍出版社1990年版，第527页，"高"应为"妆"。
④ 据（清）吴伟业《吴梅村全集》卷二〇，上海古籍出版社1990年版，第527页，"皇"应为"黄"。
⑤ 据（清）吴伟业《吴梅村全集》卷二〇，上海古籍出版社1990年版，第527页，"空"应为"浑"。
⑥ 据（清）吴伟业《吴梅村全集》卷二〇，上海古籍出版社1990年版，第527页，"钿"应为"细"。
⑦ 据（清）吴伟业《吴梅村全集》卷一六，上海古籍出版社1990年版，第428页，"送"应为"称"。

生所欠只一死，历①世无繇识九还。我本淮王旧鸡犬，不随仙去落人间。"说得更加沉痛了。所以我们在他的诗里到处可以看到他是在吊怀故国，自恨生平的抑郁悲凄来。他实是中国诗史上的第一个伤心诗人。

钱、吴以后的著名诗人，为施闰章、宋琬。施所作有南国温柔之风，宋所作具北地刚健之气。施闰章（一六二四——一六八九②），字尚白，号愚山，晚号矩斋，安徽宣城人。顺治六年进士，授刑部主事。康熙时召试博学宏辞，官翰林院侍讲。晚年喜延誉后进，四方士多归之。著有《学余堂集》。他的作风，温柔敦厚，如《悲野雀》《浮萍兔丝篇》可以代表他这种作风。他平生言行甚谨，故其诗不以才见长。他尝对洪昇说："尔师（王士禛）诗如华严楼阁，弹指即见。吾诗如作室③，瓴甓木石，一一就平地筑起。"从此可看出他的为人和他作诗的态度来了。《过湖北山家》云：

路回临石岸，树老出墙根。野水合诸涧，桃花成一村。

呼鸡过篱栅，行酒尽儿孙。老矣吾将隐，前峰恰对门。

宋琬（一六一四——一六七三），字玉叔，号荔裳，山东莱阳人。顺治四年进士。历官浙江宁绍台道。登州于七之乱，他因

① 据（清）吴伟业《吴梅村全集》卷一五，上海古籍出版社1990年版，第398页，"历"应为"尘"。
② 目前一般认为施闰章的生卒年分别是一六一八年、一六八三年。
③ 据（清）永瑢《四库全书总目》卷一七三，中华书局1965年版，第1521页，此处脱"者"字。

诬系狱三载。康熙三年，始得旨免罪。自是流寓江南，邀游山水间以自适。读他的"秋水芦花一片明，难同鹰隼共功名。墙边饱饭垂头睡，也似英雄髀肉生"（《舟中见猎犬有感》），可见此老这时的心情了。他寻复起用，授四川按察使。明年入京。吴三桂起兵陷成都，家在乱中，闻变忧戚而死。著有《安雅堂集》。

他的作风以浑健磊落胜，晚年风格趋于稳熟，而情调也更为悲壮了。读他的《从军行》："怜予偃蹇风尘际，年来磐折凋朱颜。已知苦被雕虫误，强弩欲挽不可关。"这正是他历尽沧桑之后的悔恨的伤心语。《九日登慧光阁》云：

　　塞鸿犹未到芜城，载酒登楼^①雨乍情^②。山色浅深随夕照，江流日夜变秋声。

　　上方钟磬疏林满，十里笙歌画舫明。空负黄花羞短发，寒衣三浣客心惊。

在这时期施、宋以外的诗人如汪琬、顾大申、沈谦、陈廷敬等在诗坛上都很活跃，但均不及施、宋享名之盛。

二

钱、吴而后，南施北宋虽然负一时诗人的盛誉，但他们在清诗坛的影响，并不见得怎样的伟大。盖以清初诗人，除钱、吴喜摹唐音外，大多数的作家是多喜宗宋、元的。惟宗宋诗，则往往

---

① 据（清）宋琬著；马祖熙标校《安雅堂全集》卷五，上海古籍出版社2007年版，第262页，"楼"应为"临"。

② 据（清）宋琬著；马祖熙标校《安雅堂全集》卷五，上海古籍出版社2007年版，第262页，"情"应为"晴"。

由朴质而至于肤浅枯寂；宗元诗，则易于浓艳太过而失之纤巧。迨王士禛出来，独宗唐人，标"神韵"之说，以为作诗应以妙悟为主，有玲珑飘逸的气概，含回味不尽的余韵。此说一出，便风弥①了当时的诗坛，而成为清诗的一大宗派。所以论者谓王士禛在清诗上的地位，正如宋之苏轼、元之虞集、明之高启，甚至被认为一代正宗的大师。

王士禛（一六三四——一七一一），字贻上，号阮亭，别号渔洋山人，山东新城人。顺治十五年进士，累官刑部尚书，卒谥文简。他与兄士禄、士祜均以诗名，号称"三王"。有《带经堂集》《渔洋诗文集》《精华录》等十数种。

渔洋诗宗王、孟，以神韵为主。所谓神韵，就是诗要抓住灵感，乘兴写下，有玲珑飘逸的气概，含回不尽的余韵。所以要字精词新，又要深入浅出，言外有意。他尝说："诗如神龙，见②首不见其尾，或云中露一爪一鳞而已，安得全身③！是雕塑绘画者耳。"他又有诗云："曾听巴渝里社词，三闾哀怨此中遗。诗情合在空舲峡，冷雁哀猿和《竹枝》。"（《论诗绝句》）渔洋平生论诗大旨，具在此处了。

> 岷涛万里望中收，振策危矶最上头。吴楚青苍分极
> 浦，江山平远入新秋。

> 永嘉南渡人皆尽，建业西风水自流。洒酒重悲天堑

---

① "弥"应为"靡"。

② 据（清）赵执信著；陈迩冬校点《谈龙录》，人民文学出版社1981年版，第5页，此处脱"其"字。

③ 据（清）赵执信著；陈迩冬校点《谈龙录》，人民文学出版社1981年版，第5页，"身"应为"体"。

险，浴凫飞燕满汀洲。

——《晓雨复登燕子矶绝顶》

永安宫殿莽榛芜，炎汉存亡六尺孤。城上风云犹护蜀，江间波浪失吞吴。

鱼龙夜偃三巴路，蛇鸟秋悬八阵图。搔首桓公凭吊处，猿声落日满夔巫。

——《晚登夔府东城楼望八阵图》

渔洋尝奉使南海、西岳，遍游秦、晋、洛、蜀、闽、越、江、楚间，所至"访其贤豪，考其风土，欣赏其佳山水，一发之于诗"。故其诗能尽古今之奇变，蔚然为一代风气所归。他当二十八岁时，曾以诗贽于钱谦益，谦益读其集，而为之作序。有与君代兴之语（见渔洋《精华录》），又赠五古一篇，中有："骐骥奋蹴踏，万马喑不骄。……勿以独角麟，媲彼万牛毛。"（用宋濂赠方孝孺语）渔洋终身感其知遇之奖。他的诗，吴梅村亦很赞许："传示论诗大什，上下今古，咸归玉尺。当今此事，非得公孰能裁乎？"钱、吴二家为当时的大宗，而他们推奖渔洋如此，则渔洋之在当时，真是"独角鳞①"了。我们可以举他几首有神韵的诗：

沈黎东上古犍为，红树苍藤竹亚枝。骑马青衣江上路，一天风雪望峨眉。

嘉阳驿路俯江流，寒雨潇潇送暮秋。谁识蛮中风景别，洋州风竹戴嵩牛。

——《夹江道中》二首

---

① "鳞"应为"麟"。

皖公山色望迢迢 ①，皖水清冷 ② 不上潮。青笠红衫
风雪里，一林枫柏马萧萧。

——《自沙河至唐婆岭即事》

他尝说："欲命画师为写二图不果，每以为憾。"（《渔洋
诗话》）盖此种诗是皆得画趣之作，"神韵"即寓于此了。他又
有最出名的《真州绝句》③，亦是情韵绝佳的之作。江淮之间，
多写为图画。诗云：

晓上高楼最上层，去帆婀娜意难胜。白沙亭下潮千
尺，直送离心到秣陵。

江干多是钓人居，柳陌菱塘一带疏。好是日斜风定
后，半江红树卖鲈鱼。

江乡春事最堪怜，寒食清明欲禁烟。残月晓风仙掌
路，何人为吊柳屯田？

像这种富有情韵的绝句，在他集中是很多的。如"晚趁寒潮
渡江去，满林黄叶雁声多"（《江上》）、"西风忽送萧萧雨，
满路槐花出故关"（《雨中渡关 ④》）、"疏钟夜火寒山寺，记
过吴枫第几桥"（《夜雨题寒山寺》）、"亭山城外皆秋色，半
是荷香半稻香"（《明水》）皆有神韵飘渺的风致。至渔洋对诗
的欣尝趣味，可看他选的《唐贤三昧集》。

---

① 据（清）王士禛著；李毓芙，牟通，李茂肃整理《渔洋精华录集释》
卷十，上海古籍出版社1999年版，第1619页，"迢"应为"遥"。
② 据（清）王士禛著；李毓芙，牟通，李茂肃整理《渔洋精华录集释》
卷十，上海古籍出版社1999年版，第1619页，"冷"应为"泠"。
③ 《真州绝句》组诗共五首，下文所引的是其中三首。
④ "渡关"应为"度故关"。

　　与渔洋齐名的诗人有朱彝尊。二人中，王富于才，朱博于学，故王诗实美于朱。但朱能词，又在王之上。朱彝尊（一六二九——一七〇八[1]），字锡鬯，号竹垞，秀水人。十七岁弃举子业，肆力于古学。因贫驱走四方，北出云朔，南逾岭峤，东浮沧海。康熙十七年，被征博学鸿儒，授检讨，修《明史》为总裁。旋以事罢归，结曝书亭荷花池南，家居十九年，藏书八万卷。康熙尝对侍臣说："江南有三布衣，尚未仕耶？"三布衣者，朱彝尊和姜宸英、严绳孙也。著有《曝书亭集》《诗综》《词综》《目[2]下旧闻》等书。他的诗渊懿雅博，出入唐宋，颉颃于施、宋之间，与王渔洋屹然为南北两宗。《云中至日》诗云：

　　　　去岁山川缙云岭，今年雨雪白登台。可怜日至常为客，何意天涯数举杯！

　　　　城晚角声通燕[3]塞，关寒马色上龙堆。故园望断江村里，愁说梅花细细开。

　　后于渔洋的诗人查慎行（一六五〇——一七二七），字悔余，号初白，海宁人。曾受学于黄宗羲，康熙四十二年进士，官翰林院编修，著有《敬业堂集》五十卷。他的诗以苏、陆为宗，情意绵远，恬澹清新，实在是清代一位重要诗人。初白诗的好处，全用白描，不用僻典僻字。如"便从一雨望丰年，大抵人情慰目前。我比老农还计短，只贪今夜夜凉眠"（《雨后》）、

---

　　① 目前一般认为朱彝尊的卒年为一七〇九年。

　　② "目"应为"日"。

　　③ 据（清）朱彝尊《曝书亭集》卷六，商务印书馆1935年版，第109页，"燕"应为"雁"。

"雨余忽飘雨数点，山外更添山几层。六百里滩多过尽，也如出峡到夷陵"（《水口》），恬澹圆熟，读之真如清风自外来，令人心脾俱澈。他这种尚"本色"的诗，可与吴梅村的艳丽一派遥对，为清诗坛上的日月。

结茅住山岭①，种田在山麓。田荒费牛力，仅得播种谷。

七年际离乱，饥馑死相属。稍思岁一稔，生命丝或续。

师旅比凯旋，骄嘶百万足。黔山无水草，何以充首蓿。

成群走阡陌，泥淖没马腹。食叶蹿其根，蜈螣等茶毒。

秣刍一朝尽，父②子终岁哭。天下自升平，民生有蹟躅③。

我为老农语，物理视反覆。来年期好收，重看秧田绿。

——《偏桥田家行》

古驿通桥水一湾，数家烟火出榛菅。人过濠上初逢雁，地近滁州饱看山。

---

① 据（清）查慎行著；周劭标点《敬业堂诗集》卷四，上海古籍出版1986年版，第88页，"岭"应为"颠"。
② 据（清）查慎行著；周劭标点《敬业堂诗集》卷四，上海古籍出版1986年版，第88页，"父"应为"妇"。
③ 据（清）查慎行著；周劭标点《敬业堂诗集》卷四，上海古籍出版1986年版，第88页，"躅"应为"蹋"。

小店青帘疏雨后，遥村红树夕阳间。跨鞍便作匆匆去，谁信游[①]踪是倦还。

——《池河驿》

方渔洋名盛时，天下学者多翕然宗之，独赵执信作《谈龙录》以诋之。这是反神韵说的第一人。赵执信（一六六二——一七四四），字申[②]符，号秋谷，晚号饴山老人。山东益都人。他是渔洋甥婿。康熙十八年进士，官右赞善，因国恤时燕饮，观演《长生殿》剧，违制去官，年未三十。他高才被放，纵情于酒，恒嫚骂四座。他尝说："古诗自汉魏六朝至唐诸大家，各成韵调，谈艺者多忽不讲，与古法戾。"乃著《声韵谱》以发其秘。又作《谈龙录》，力排渔洋，渔洋心折其才，不之怪也。有《饴山堂诗文集》。《太白酒楼歌》云：

高楼势与泰岱平，楼头[③]夜夜辉长庚。仙人犹似恋陈迹，长援北斗东南倾。当年贺监早相识，长安论诗青眼明。金龟换酒定何许，酒家恨不得[④]其名。任城地好富水木，凭高纵饮神峥嵘。当时我若接杯罕，岂复于公

---

① 据（清）查慎行著；周劭标点《敬业堂诗集》卷二〇，上海古籍出版社1986年版，第576页，"游"应为"孤"。

② "申"应为"伸"。

③ 据（清）赵执信《因园集》卷五//《影印文渊阁四库全书》第1325册，台湾商务印书馆1983年版，第341页，"头"应为"边"。

④ 据（清）赵执信《因园集》卷五//《影印文渊阁四库全书》第1325册，台湾商务印书馆1983年版，第341页，"得"应为"传"。

为后生。今年[①]隔水望丹艧[②]，栋云檐雨纷纵横。君不见少陵诗台留鲁郡，秋草芜没飞流萤。又不见曹公[③]陵墓碻磝北，残松积藓荒碑亭。雪泥鸿爪半澌灭，雄名空自驰风霆。文章故是身外物，敢与面孽相争衡。文章殉人酒殉己，此论虽创堪服膺。舒州杓，力士铛，公昔与之同生死[④]，我亦欲与寻前盟。重来大醉槌黄鹤，吾言不食星辰听。

秋谷本娶渔洋甥女，初亦深相引重。后因求作《观海集序》，渔洋屡失其期，他以为故意作剧。由提遂渐诟厉，仇隙终身。纪昀评他和渔洋说："王以神韵缥缈为宗，赵以思路巉[⑤]刻为主。王之规模阔于赵，而流弊伤[⑥]肤廓；赵之才[⑦]锐于王，而末流病纤小。两家[⑧]互救其短，乃能各见所长。"这到是最公允

① 据（清）赵执信《因园集》卷五//《影印文渊阁四库全书》第1325册，台湾商务印书馆1983年版，第341页，"年"应为"来"。

② 据（清）赵执信《因园集》卷五//《影印文渊阁四库全书》第1325册，台湾商务印书馆1983年版，第341页，"艧"应为"雘"。

③ 据（清）赵执信《因园集》卷五//《影印文渊阁四库全书》第1325册，台湾商务印书馆1983年版，第341页，"公"应为"王"。

④ 据（清）赵执信《因园集》卷五//《影印文渊阁四库全书》第1325册，台湾商务印书馆1983年版，第341页，"生死"应为"死生"。

⑤ 据（清）永瑢《四库全书总目》卷一百七十三，中华书局1965年版，第1527页，"巉"应为"劖"。

⑥ 据（清）永瑢《四库全书总目》卷一百七十三，中华书局1965年版，第1527页，此处脱"于"字。

⑦ 据（清）永瑢《四库全书总目》卷一百七十三，中华书局1965年版，第1527页，此处脱"力"字。

⑧ 据（清）永瑢《四库全书总目》卷一百七十三，中华书局1965年版，第1527页，"两家"前脱"使"字。

的批评。秋谷与渔洋绝后，独善德州冯廷櫆，而师承冯定远班。他尝说："吾卒生师友，皆在冯氏矣。"

王渔洋的神韵说，到乾、嘉时代，已渐渐地衰落下去了。于是沈德潜倡为"格调说"，袁枚倡为"灵性[1]说"。袁又与蒋士铨、赵翼称"乾隆三大家"。他们三个人中蒋长叙事，赵善讽刺，都各有长处。但蒋、赵的影响，却不如袁枚之盛大了。此外当时著名的诗人，如厉鹗、黄景仁都是名家。厉鹗学韦、柳，黄景仁学李、白。黄才气奔放，文辞哀楚动人，尤为当时的大家。

沈德潜（一六七二[2]——一七六九），字确士，号归愚，长洲人。乾隆元年荐举博学鸿词不遇，四年成进士，年已将七十，乾隆呼为老名士，命值上书房。告归与钱陈群香山九老会。卒赠太子太师。他尝受诗法于吴江叶燮。选《古诗源》《五朝诗别裁集》（唐宋元明清）[3]。古体宗汉魏，近体宗盛唐。尤所服膺者老杜，次及昌黎、义山、东坡，下至青丘、崆峒、阮亭。他尝说："诗以声为用者也，其微妙在抑扬抗坠之间。"卓然为一代宗法。有《沈归愚集》。《刈麦行》云：

前年麦田三尺水，去年麦田半枯死。今年二麦俱有收[4]，高下黄云遍千里。

磨镰霍霍割上场，妇子打晒田家忙。纷纷落皅[5]白

---

① "灵性"应为"性灵"。

② 目前一般认为沈德潜的生年是一六七三年。

③ 《宋诗别裁集》《元诗别裁集》由张景星、姚培谦、王永祺编选。

④ （清）沈德潜著；潘务正、李言校点《沈德潜诗文集》卷八，第一册，人民文学出版社2011年版，第151页，"收"应为"秋"。

⑤ （清）沈德潜著；潘务正、李言校点《沈德潜诗文集》卷八，第一册，人民文学出版社2011年版，第151页，"皅"应为"砲"。

于雪，瓦甑时闻饼饵香。

老农食罢吞声哭，三年乍见今年熟。

沈归愚的弟子很多，像王鸣盛、王昶、钱大昕、曹仁虎、黄文莲、赵文哲、吴泰来，都是当时知名之士，称"吴中七子"（后又加褚廷璋、张熙纯、毕沅，称"十子"）。乾嘉以来，诗传之广，没有一个能及他的。他的再传弟子黄景仁，是当时诗坛上的霸才。景仁（一七四九——一七八三），字仲则，武进人。乾隆时诸生。少有狂名，工诗。尝客安徽督学宋筠幕，上巳日，会采石之太白楼，授简赋诗者十数人，景仁最少，顷刻数百言，坐客为之阁笔。他好游，足迹遍历九华、匡庐、彭蠡、洞庭之胜，客死于解州途中。著有《两当轩集》。他是位怀才不遇的薄命诗人。一生流落，又兼穷愁逼人，所以他的诗都是"秋虫咽露，病鹤舞风"（洪亮吉语）的哀吟。像《短歌别华峰》之离愁，《寄怀都下诸友人》之哀怨，《圈虎行》之悲愤，《途中遘病》之嗟叹，都可见他一生是在"牢落艰辛"的环境里挣扎着。"忧能伤人"，所以仲则之死仅仅三十四岁，他如果不早死，当然要成为清代最重要诗人之一。但他不幸竟早死了，如今只剩下《两当轩集》中几首诗，来供后世同情的人们凭吊而已。

前年送我吴陵道，三山潮落吴枫老。今年送我黄山游，春江花月征人愁。

啼鹃声声唤春去，离心催挂天边树。垂杨密密拂行装，芳草萋萋碍行路。

嗟予作客无已时，波声拍枕长相思。鸡鸣喔喔风雨晦，此恨别君^①君自知。

——《短歌别华峰》

千家笑语漏迟迟，忧患潜从物外知。悄立市桥人不识，一星如月看多时。

年年此夕费吟呻，儿女灯前窃笑频。汝辈何知吾自悔，枉抛心力作诗人。

——《癸巳除夕偶成》

四年书剑滞燕京，更值秋来百感生^②。台上何人延郭隗，市中无处访荆卿。

云浮万里伤心色，心^③送千秋变徵声。我自欲歌歌不得，好寻骑卒话生平。

五剧车声隐若雷，北邙惟见冢千堆。夕阳劝客登楼去，山色将秋绕郭来。

寒甚更无修竹倚，愁多思买白杨栽。全家都在风声里，九月衣裳未剪裁。

——《都门秋思》^④

平淮初涨水如油，钟阜嵯峨倚上游。花月即今犹似梦，江山从古不宜秋。

---

① 据（清）黄景仁著；李国章校点《两当轩集》卷二一，上海古籍出版社1983年版，第498页，"君"应为"久"。

② 据（清）黄景仁著；李国章校点《两当轩集》卷一三，上海古籍出版社1983年版，第318页，"生"应为"并"。

③ 据（清）黄景仁著；李国章校点《两当轩集》卷一三，上海古籍出版社1983年版，第318页，"心"应为"风"。

④ 《都门秋思》组诗共四首，此处所引的是其二、其三两首。

乌啼旧院[①]头全白，客到新亭泪已流。那更平生感华屋，一时长恸过西州。

——《金陵杂感》

洪亮吉（一七四六——一八〇九），字稚存，号北江，阳湖人。乾隆五十五年殿试第二及第，授编修，督学贵州。嘉庆时因上书指斥朝政戍伊犁（有《遣戍伊犁日记》）。寻赦还，自号更生居士。他于书无所不窥，尤精舆地学。诗文有奇气，少与黄景仁齐名江左，号"洪黄"。景仁客死解州，千里奔其丧，世有巨卿之目。他为人负气好辨论。恒有因学术上的争执而绝交者。他尝语赵怀玉道："人孰无病，要自有其真耳。君若后吾死，铭诔当不去[②]君手，幸无失吾之真也。"这可见此老的性格了。《金天宫夜宿》：

双阙兀立峰西东，斜阳欲落已动钟。[③]斋心正盥碧潭水，香炷乍谒金天宫。

天衣飒爽垂坐上，神斧廓落交庭中。三重门闭鸟雀绝[④]，山果自落灵旗风。

宫中道士张巨俨，自说七十颜如童。问[⑤]求轩辕事偃仰，远指楼阁穿青空。

　　虚廊暝色下无际，归寝更借神灯红。辟窗四面且勿
卧，星若瓮盎悬当中。

　　作书下寄讶流辈，与鹤同 [1] 宿南高峰。

　　赵翼、蒋士铨、袁枚，是被称为"乾隆三大家"的，而袁枚
的"性灵说"在当时声势尤为浩大。其影响诗坛，左右士林的力
量，不下于王渔洋的"神韵说"。蒋、赵虽不及袁枚享名之盛，
但他们二人的诗，亦各有其独特的风格。洪亮吉说赵云松"如东
方正谏，时带谐谑 [2]"，蒋心余如"剑侠入道，尚 [3] 余杀机"，
袁简斋如"通天神狐，醉后 [4] 露尾"。（《北江诗话》）这到是
很有趣的批评。

　　赵翼（一七二七——一八一四），字云松，号瓯北，阳湖
人。乾隆二十六年进士，殿试第三，授编修，官至贵西道。他才
调纵横，在内阁时，进奏文字，顷刻千言。又佐两广总督李侍尧
幕，台湾之平，筹划为多。罢归后遍历浙东山水，日与知友赋
诗。嘉庆十九年卒，八十八岁。著《瓯北诗集》五十三卷。

　　他在当时的诗人中，可以说是很有学问的一个。其渊博精
深，仿佛朱彝尊之在康熙的诗坛。故其诗以学力致胜，往往锋芒

---

① 据（清）洪亮吉撰；刘德权点校《洪亮吉集》第二册，中华书局2001
　年版，第550页，"同"应为"共"。

② 据（清）洪亮吉著；陈迩冬校点《北江诗话》卷一，人民文学出版社
　1983年版，第5页，"带谐谑"应为"杂诙谐"。

③ 据（清）洪亮吉著；陈迩冬校点《北江诗话》卷一，人民文学出版社
　1983年版，第4页，"尚"应为"犹"。

④ 据（清）洪亮吉著；陈迩冬校点《北江诗话》卷一，人民文学出版社
　1983年版，第4页，"后"应为"即"。

机警，有奇肆雄丽之观。《诗论》（五首录二）云：

> 李杜诗篇万口传，至今已觉不新鲜。江山代有才人
> 出，各领风骚数百年。

> 只眼须凭自主张，纷纷艺苑说雌黄。矮人看戏何曾
> 见，都是随人说短长。

蒋士铨（一七二五——一七八四），字心余，号清容，江西铅山人。他是一个戏曲家，《红雪楼九种曲》尤为当时传唱之作。乾隆二十二年进士，官编修八年，告退后，游乡里，度着诗人的生活。他为人深于情，勇于义，风神散朗，如魏晋间人。而激扬风义，甄拔寒畯，有古烈士风。著有《忠雅堂集》。

他的诗以叙事诸作见称：如《白将军歌》之写烈士，《卢孝子》《江孝子》之写孝道，《张节每①》《范烈妇②》之写节烈，《三义行》之写义士；用秀丽凄郁之笔，写惊人凄楚的故事，能于短短篇章中，表现出荒寒萧索的情绪，乃中国诗坛上少有的"史诗"。

> 一间山木女郎祠，花谢花开两不知。钗佩似伤憔悴
> 绝，鬼神犹为盛衰移。

> 空梁燕子坐交语，东阁舍人来赋诗。草绿苔深余虎
> 迹，更容宁耐觅残碑。

> ——《过废祠》

---

① 据（清）蒋士铨著；邵海清校；李梦生笺《忠雅堂集校笺》卷一四，第二册，上海古籍出版社1993年版，第1029页，"每"应为"母"。
② 据（清）蒋士铨著；邵海清校；李梦生笺《忠雅堂集校笺》卷一四，第二册，上海古籍出版社1993年版，第547页，"妇"应为"女"。

零乱霜枫覆藓痕，小帘风紧欲黄昏。隍深有虎[1]朝穿径，酒醒无人夜打门。

梦入故宫寻古井，愁生野屋见孤村。一枝别后应难借，好向墙阴觅断魂。

左[2]道无人拾堕樵，啼乌来往独魂销。一林冷月露山寺，十里清霜生板桥。

旧事几添摇落感，离情不见[3]短长条。高楼试奏哀蝉曲，满耳秋风咽玉箫。

——《落叶》[4]

袁枚（一七一六——一七九七），字子才，号简斋，钱塘人。乾隆元年荐举博学鸿词，四年成进士，出知溧水、江浦、沭阳、江宁等县，并有能声。他年四十告归，作园于江宁小仓山下，名曰随园，以吟咏著作为乐。世称随园先生。有《小仓山房诗集》。

懂[5]昔童孙小，曾蒙大母怜。胜衣先取抱，弱冠尚同眠。

鬓影红灯下，书声白发前。倚娇频索果，逃学免施

---

[1] 据（清）蒋士铨著；邵海清校；李梦生笺《忠雅堂集校笺》卷一，第一册，上海古籍出版社1993年版，第115页，"虎"应为"鹿"。

[2] 据（清）蒋士铨著；邵海清校；李梦生笺《忠雅堂集校笺》卷一，第一册，上海古籍出版社1993年版，第115页，"左"应为"古"。

[3] 据（清）蒋士铨著；邵海清校；李梦生笺《忠雅堂集校笺》卷一，第一册，上海古籍出版社1993年版，第116页，"见"应为"记"。

[4] 七律《落叶》诗共四首，此处所引为其二、其四两首。

[5] 据（清）袁枚著；周本淳标校《小仓山房诗文集》卷二，上海古籍出版社1988年版，第21页，"懂"应为"忆"。

鞭。

敬奉先生馔，亲装稚子棉①。掌珠真护惜，轩鹤望腾骞。

行药常扶背，看花屡抚肩。亲邻惊宠极，姊妹妒恩偏。

玉陛胪传夕，秋风榜发天。望儿终有日，道我见无年。

渺渺言犹在，悠悠岁几迁。果然宫锦服，来拜墓门烟。

反②哺心虽急，含饴梦已捐。恩难酬白骨，泪可到黄泉。

宿草翻残照，秋山泣杜鹃。今宵华表月，莫向陇头圆。

——《陇上作》

千枝红雨万重烟，画出诗人得意天。山上春云如我懒，日高犹宿翠微巅。

水竹三分屋二分，满墙薜荔古苔纹。全家鸡犬分明在，世上遥看但绿云。

---

① 据（清）袁枚著；周本淳标校《小仓山房诗文集》卷二，上海古籍出版社1988年版，第21页，"棉"应为"绵"。

② 据（清）袁枚著；周本淳标校《小仓山房诗文集》卷二，上海古籍出版社1988年版，第22页，"反"应为"返"。

　　清明连日雨潇潇，春[①]送春痕上柳条[②]。明月有情还约我，夜来相见杏花梢。

　　萋萋芳草遍春潭，深院无人绿更酣。何处一声清磬响，断峰西去有茅庵。

　　　　　　　　　　　　——《春日杂诗》四首[③]

　　袁枚是一位才子，天才纵横，学问渊博，故所作抒写情意的诗，颇尽飘逸玲珑、清新隽永之妙。他的诗虽主性灵，但亦末尝没有神韵，惟作诗纯抱主观，所以即是写景，亦显性灵了。他尝说："诗者，人之性情也，性情之外无诗。"所谓："任性情之流露，而自由述出，不受一切形式法则之束缚，不尝古之糟粕，以清新机巧行之，是为真诗。"这便是他的"性灵说"的主旨。孙星衍亦甚赞美袁枚的"性灵说"，并赠以诗云："等身书卷著初成，绝地通天写性灵。我觉千秋难第一，避公才笔去研经。"可见他在当时诗坛上的重要了。

三

　　乾、嘉以后的诗坛，便是中国诗体最末一幕的"回光反照"。在这行将衰老的诗圈里，殊无特出的作家。就比较著名的龚自珍和郑珍两人，亦不过仅是闪耀的星星而已，它的光芒，更

---

① 据（清）袁枚著；周本淳标校《小仓山房诗文集》卷一五，上海古籍出版社1988年版，第323页，"春"应为"看"。

② 据（清）袁枚著；周本淳标校《小仓山房诗文集》卷一五，上海古籍出版社1988年版，第323页，"柳条"应为"鹊巢"。

③ 《春日杂诗》组诗共十二首，此处共引四首。

不能照射住当时的文坛。曾国藩在咸、同间，固可称为一代的宗匠，但他的诗宗法江西派，作诗务为奇诡，至诘诎不可以句读，殊不见得有较高的成就。末季号称才人辈出，然如王闿运、陈三立等，或则追仿两汉，或则崇尚宋诗，充其量亦不过是古色古香的赝鼎而已。这时期到是金和与黄遵宪二人的新体诗还光焰烁烁，来作这晚清诗坛最后的余辉。

金和（一八一八——一八八五），字亚匏[①]，上元人。初以诗文不拘格式，摈斥于名场。有《秋蟪吟馆诗钞》七卷。他是一个爱国诗人。尝纵酒滥醉探太平天国军情于江宁。当一八五三年太平军陷南京时，他在围城中结识了许多洪、杨的官兵，欲为官军内应，但官军屡次失约，他城内同党被杀的很多。他经过这次围城中的生活，又怃恨官军的无能，所以他这时所作的纪事诗，很有历史的价值。如《痛定篇》《六月初二日纪事一百韵》《初五日纪事》等。我们看他的《十六日至秣陵关遇赴东壩兵有感》：

> 初七日未午，我发钟山下。蜀兵千余人，向北驰怒马。
>
> 传闻东壩急，兵力守恐寡。来乞将军援，故以一队假。
>
> 我遂从此辞，仆仆走四野。三宿湖熟桥，两宿龙溪社。
>
> 四宿方山来，尘汗搔满把。僧舍偶乘凉，有声叱震瓦。

---

① 金和，字弓叔，“亚匏”是其号。

微睨似相识，长身面甚赭。稍前劝勿瞋，幸不老拳
惹。

婉词问何之？乃赴东壖者。九日行至此，将五十里
也。

他的诗缜密而清新，流利而富诙诡之趣，又语语皆从肺腑中
出来，故文情殊凄怆感人。在湘绮诸人的复古诗弥漫之时，读金
和的诗，正如一服清凉剂，令人心神俱澈。至于他在乱离之前的
作品，清新蒨秀，到是十足的宋诗。如《雨后泛青溪》云：

青溪雨过湿蒙蒙，画舫轻移似碧空。芳草生时江水
绿，春山明处夕阳红。

榜边帘影低迎月，楼上箫声暗堕风。最是乱莺啼歇
后，卷帘人在柳花中。

比金和的诗更解放，"能镕铸新理想以入旧风格"的大诗
人，便是黄遵宪。遵宪（一八四八——一九〇六[①]），字公度，
嘉应州人。光绪举人，官至湖南按察使。他做过二十余年的外交
官，到过日本、英国、美国、南洋等处。戊戌变法，他是运动中
的一人。政变时几因此罹杀身之祸。著有《人境庐诗草》十一
卷、《日本杂事诗》两卷、《己亥杂诗》一卷。

他的作风绵密奔放，喜以旧文学运新思想，以求诗学的解
放。他的"我手写我口"之句，可算是他解放诗文的宣言。《拜
曾祖母李太夫人墓》云：

郁郁山上松，呀呀林中乌。松有荫孙枝，乌非反哺
雏。

---

① 黄遵宪的卒年应是一九〇五年。

　　我生堕地时，太婆七十五。明年阿弟生，兄弟[1]日争乳。

　　太婆向母怀，伸手抱儿去。从此不离开，一日百摩抚。

　　亲手裁绫罗，为儿制衣裳。糖霜和面雪，为儿作饻馄。

　　发乱为梳头，脚腻为暖汤。东市买脂粉，靧面日生香。

　　头上盘云髻，耳后明月珰。红裙绛罗襦，事事女儿妆。

　　牙牙初学语，教诵月光光。一读一背诵，清如新炙簧。

　　三岁甫学步，送儿上学堂。知儿故畏怯，戒师莫严庄。

　　将出牵衣送，未归倚[2]闾望。问讯日百回，赤足足奔忙。

　　春秋多佳日，亲戚看[3]团聚。双手擎掌珠，百口百称誉。

　　我家七十人，诸子爱渠祖。诸妇爱渠娘，诸孙爱渠

---

①　据（清）黄遵宪著；钱仲联笺注《人境庐诗草笺注》卷五，上海古籍出版社1981年版，第427页，"兄弟"应为"弟兄"。

②　据（清）黄遵宪著；钱仲联笺注《人境庐诗草笺注》卷五，上海古籍出版社1981年版，第427页，"倚"应为"踦"。

③　据（清）黄遵宪著；钱仲联笺注《人境庐诗草笺注》卷五，上海古籍出版社1981年版，第427页，"看"应为"尽"。

父。

因裙便惜带，将缣难比素。老人性偏爱，不畏[1]人笑侮。

邻里向我笑，老人爱不差。果然好相貌，艳艳如莲花。

诸母背我骂，健犊行破车。上树不停脚，偷芋信手爬。

昨日探鹊巢，一跌败两牙。嗅血喷满壁，盘礴画龙蛇。

兄妹昵我言，向婆乞金钱。直倾紫荷囊，滚地金铃圆。

爷娘附我语[2]，劝婆要加餐。金盘脍鲤鱼，果为儿下咽。

伯叔牵我手，心知不相干。故故摩儿顶，要图老人欢。

儿年九岁时，阿爷报登科。携[3]儿大父傍，一语三摩挲。

此儿生属猴，聪明较猴多。雏鸡比老鸡，异时知如何？

---

① 据（清）黄遵宪著；钱仲联笺注《人境庐诗草笺注》卷五，上海古籍出版社1981年版，第427页，"畏"应为"顾"。

② 据（清）黄遵宪著；钱仲联笺注《人境庐诗草笺注》卷五，上海古籍出版社1981年版，第428页，"语"应为"耳"。

③ 据（清）黄遵宪著；钱仲联笺注《人境庐诗草笺注》卷五，上海古籍出版社1981年版，第433页，"携"应为"剑"。

我病又老耄，情知不坚牢。风吹儿不长，那见儿扶摇。

待儿胜冠时，看儿能夺标。他年上我墓，相携著宫袍。

前行张罗伞，后行鸣鼓箫。猪鸡与花果，一一分肩挑。

爆竹响墓背，墓前纸钱烧。手捧紫泥封，云是夫人诰。

子孙共罗拜，焚香向人[①]告。儿今幸胜贵，颇如母所料。

世言鬼无知，我定开口笑。大父回顾儿，此言儿熟记。

一年记一事[②]，儿齿加长矣。儿是孩提心，那知太婆事。

但就儿所见，依稀记一二。太婆每出入，笼东挂一杖。

后来杖挂壁，时见垂帷帐。夜夜携儿眠，呼娘搔背痒。

展转千捶腰，殷殷春雷响。佛前灯尚明，窗隙见月上。

---

① 据（清）黄遵宪著；钱仲联笺注《人境庐诗草笺注》卷五，上海古籍出版社1981年版，第433页，"人"应为"神"。

② 据（清）黄遵宪著；钱仲联笺注《人境庐诗草笺注》卷五，上海古籍出版社1981年版，第434页，"事"应为"年"。

大父搴帘来，欢笑时𢽾①掌。琐屑及乡邻，讥诃到官长。

每将野人语，眩作鬼魅状。太婆悄不应，便知婆欲睡。

户枢徐徐关，移踵车轮曳。明朝阿娘来，奉匜为盥洗。

欲饭爷捧盘，欲羹娘进匕。大父出迎医，觇缕讲脉理。

咀嚼分尝药，斟酌共量水。自儿有智②识，日日见此事。

几年举场忙，几年绝域使。忽忽三十年，光阴迅弹指。

今日来拜墓，儿已③须满嘴。儿今年四十，大父七十九。

所喜颇聪强，容颜类如旧。周山看松柏，不要携杖走。

跪拜④不须扶，未觉躬伛偻。桂⑤珠碧霞犀，犹是

---

① 据（清）黄遵宪著；钱仲联笺注《人境庐诗草笺注》卷五，上海古籍出版社1981年版，第434页，"𢽾"应为"鼓"。

② 据（清）黄遵宪著；钱仲联笺注《人境庐诗草笺注》卷五，上海古籍出版社1981年版，第434页，"智"应为"知"。

③ 据（清）黄遵宪著；钱仲联笺注《人境庐诗草笺注》卷五，上海古籍出版社1981年版，第437页，"已"应为"既"。

④ 据（清）黄遵宪著；钱仲联笺注《人境庐诗草笺注》卷五，上海古籍出版社1981年版，第438页，"跪拜"应为"拜跪"。

⑤ 据（清）黄遵宪著；钱仲联笺注《人境庐诗草笺注》卷五，上海古籍出版社1981年版，第438页，"桂"应为"挂"。

母所授。

绣补炫锦鸡，新自粤西购。一手搴颔须[1]，一手振袍袖。

打鼓唱迎神，红毡齐泥首。上头艺红香，中间酌黄酒。

青箬苞黍综[2]，紫丝络莲藕。大父在前跪，诸孙跪在后。

森森排竹笋，依依伏杨柳。新妇外曾孙，是婆定昏媾。

阿端年始冠，昨年已取妇。随兄擎腰扇，阿和亦十五。

长穋次当孙，此皆我儿女。青青秀才衣，两弟名谁某。

少者新簪花，捧觞前拜手。次第别后先，提抱集贱幼。

一家尽偕来，只恨不见母。母在婆最怜，刻不离左右。

今日母魂灵，得依太婆否？树静风不停，草长春不留。

世人尽痴心，乞年拜北斗。百年那可求，所愿得中寿。

---

① 据（清）黄遵宪著；钱仲联笺注《人境庐诗草笺注》卷五，上海古籍出版社1981年版，第438页，"须"应为"髭"。
② 据（清）黄遵宪著；钱仲联笺注《人境庐诗草笺注》卷五，上海古籍出版社1981年版，第438页，"综"应为"粽"。

谓儿报婆恩，此事难开口。求母如婆年，儿亦奉养久。

儿今便有孙，不得母爱怜。爱怜尚不得，那论贤不贤。

上羡大父福，下伤吾母年。吁嗟无母人，悠悠者苍天！

黄公度的作诗的态度，有两点是应该注意的。在方法上他说："吾欲以古文家抑扬变化之法作古特，取《离骚》[1]、乐府、歌行之神理入近体诗。"在材料上他是："以官书、会典、方言、俗谚，古人[2]未有之物、未闻之境，举吾耳目所亲历者，皆笔而书之。"这几层是他所努力做去而且确能做到的。像这诗不过写大家庭琐屑事，记老婆子的絮聒话，并不算是什么新奇而可贵的材料，但一经作者以接近流俗的口语写出，更加以个人独具的诗人的诙谐，便觉格外的亲切动人了。他还有《山歌》九首，亦是用流俗语写的：

一家女儿做新娘，十家女儿看镜光。街头铜鼓声声打，打着声声[3]只说郎。

邻家带得书信归，书中何字俀不知。等俀亲口问渠去，问他比俀谁瘦肥？

---

① 据（清）黄遵宪著；钱仲联笺注《人境庐诗草笺注》，上海古籍出版社1981年版，第1091页，"《离骚》"应为"《骚》《选》"。

② 据（清）黄遵宪著；钱仲联笺注《人境庐诗草笺注》，上海古籍出版社1981年版，第1091页，"古人"前脱"及"字。

③ 据（清）黄遵宪著；钱仲联笺注《人境庐诗草笺注》卷一，上海古籍出版社1981年版，第58页，"声声"应为"中心"。

嫁郎已嫁十三年，今日梳头侬自怜。记得初来同食
乳，同在阿婆怀里眠。

至他的长篇叙事诗，如《琉球歌》《悲平壤》《番客篇》
《台湾行》《降将军歌》《冯将军歌》《聂将军歌》《己亥杂
诗》《天津纪乱》《今别离》《赤穗义士①四十七义士歌》《都
踊歌》……都是近代诗坛上希有的珍品。他解放了旧体诗的拘
束，他并开导了文学革命的先声。

四

关于清词的流派，及其发达的情形，在这里可约略地一说：
大概清初的词家，多出入于《花间》及北宋诸人。至朱彝尊改宗
南宋，作风始变。这时的词人，如纳兰性德之凄凉，陈其年之豪
迈，都是很高成就的作家。乾隆以后的词人，更多出入于南宋诸
家。如厉鹗之清新，张惠言之疏快，可为当时词坛的代表。末季
的作者，多效法白石、梦窗诸人，雕琢字句，调弄音律，自以为
得词家的三昧，但其晦涩与难懂的程度，却较姜、吴为尤甚。

陈维崧（一六二四②——一六八二），字其年，号迦陵，宜
兴人。有《湖海诗集》《迦陵词》。他是以词和骈文著名当代
的。其词的特点，是于意境上著功夫，波澜壮阔，气象万千，在
当时词坛的影响很大。他与朱彝尊齐名，他的词豪迈天成，而朱
词则刻画流丽，当时《湖海楼集》与《曝书亭词》流遍海内，凡

---

① 据（清）黄遵宪著；钱仲联笺注《人境庐诗草笺注》卷三，上海古籍
　　出版社1981年版，第291页，"义士"衍。
② 目前一般认为陈维崧的生年是一六二五年。

言词者，莫不以朱、陈为范围。其声价不下于北宋的柳（永）、苏（轼），南宋的姜（夔）、张（炎）。

江南忆，少小住长洲。夜火千家红杏幔，春衫十里绿杨楼。头白想重游。

江南忆，懊恼是西湖。秋月春花钱又赵，青山绿水越连吴。往事只模糊。

——陈维崧《忆江南·岁暮杂咏》[1]

客何为者？日日风尘惹。燕子春来秋又社，万事不如归也。

家书字字行行，秋深只道还乡。不信[2]人更远，黄沙白草茫茫。

——朱彝尊《清平乐·马邑道中》

朱、陈词虽然流遍海内，享一时的盛名，但朱能诗，陈工骈文，都不是纯粹的诗[3]人。所以要论到清代最早的词的专家，当推纳兰性德（一六五五——一六八五）。性德字容若，为宰相明珠子。康熙间进士，后任御前侍卫，曾扈从康熙帝游历各地。他的词缠绵悱恻，有南方的情调，学五代而能得其神髓，是宋以后最伟大的一位词家。他的《饮水词》及《侧帽词》，情意温艳，风致旖旎，至其凄惋悱恻之处，更足以荡人心意，勾人哀思。

谁翻乐府凄凉曲？风也萧萧，雨也萧萧，瘦尽灯花又一宵。

---

① 《忆江南·岁暮杂咏》共十首，此处引第三、第五两首。
② 据（清）朱彝尊著；屈兴国，袁李来点校《朱彝尊词集》，浙江古籍出版社2011年版，第51页，此处脱"行"字。
③ "诗"应为"词"。

不知何事萦怀抱？醒也无聊，醉也无聊，梦也何曾
到谢桥。

——《采桑子》

一半残阳下小楼，朱帘斜卷斩^①金钩。倚阑无绪不
能愁。

有个盈盈骑马过，薄妆浅黛亦风流。见人羞涩却回
头。

——《浣溪沙》

谢却荼蘼，一片月明如水。篆香消，犹未睡，早鸦
啼。

嫩寒无赖罗衣薄，休傍阑干角。最愁人，灯欲落，
雁还飞。

——《酒泉子》

萧萧几叶风兼雨，愁^②人偏识愁滋味^③。倚^④枕数秋
天，蟾蜍早下弦。

① 据（清）纳兰性德撰；赵秀亭，冯统一校笺《饮水词校笺》卷五，中
华书局2015年版，第446页，"卷斩"应为"控软"。
② 据（清）纳兰性德撰；赵秀亭，冯统一校笺《饮水词校笺》卷二，中
华书局2015年版，第219页，"愁"应为"离"。
③ 据（清）纳兰性德撰；赵秀亭，冯统一校笺《饮水词校笺》卷二，中
华书局2015年版，第219页，"愁滋味"应为"长更苦"。
④ 据（清）纳兰性德撰；赵秀亭，冯统一校笺《饮水词校笺》卷二，中
华书局2015年版，第219页，"倚"应为"欹"。

泪与灯花落①。无处不伤心，风吹壁上琴②。

——《菩萨蛮》

乾、嘉以后的词坛，其势力殆为浙西与常州两派所笼罩。浙派以协律为本，以清新隽永为宗，厉鹗为其中坚。常州派以立意为本，以疏快柔和为宗，张惠言为其领袖。

厉鹗（一六九五——一七五三③），字太鸿，号樊榭，钱塘人。有《樊榭山房集》。词品清高，如绝壁孤松。张惠言，字皋文，有《茗柯词》，沉郁凄怆，深美闳约，蔚然为一代所宗。

瘦筇如唤登临去，江平雪晴风小。湿粉楼台，酽寒城阙，不见春红吹到。微茫越峤，但半汒云根，半销沙草。为问鸥边，而今可有晋时棹？

清愁几番自遣，故人稀笑语，相忆多少！寂寂寥寥，朝朝暮暮，吟得梅花俱恼。将花插帽，向第一峰头，倚空长啸。忽展斜阳，玉龙天际绕。

——厉鹗《齐天乐·吴山望隔江霁雪》

多谢春风，吹送故园春色。低晴浅雨，做清明时节。昨夜花影，认得江南新月。一枝枝漾春魂如雪。

却问东风，怎都来共阒寂？绮屏绣陌，有春人浓觅。闲庭闭门，判锁一丝愁绝。梦见儿无奈，又随春出。

——张惠言《传言玉女》

---

① 据（清）纳兰性德撰；赵秀亭，冯统一校笺《饮水词校笺》卷二，中华书局2015年版，第219页，"泪与"句前脱"夜寒惊被薄"。
② 据（清）纳兰性德撰；赵秀亭，冯统一校笺《饮水词校笺》卷二，中华书局2015年版，第219页，"风吹壁上琴"应为"轻尘在玉琴"。
③ 目前一般认为厉鹗的生卒年分别是一六九二年、一七五二年。

词自有了浙西、常州两派后，差不多嘉、道以后整个的词坛，便被这两派所支配，而常州派的词人，更为济济。惠言又与周济、龚鼎[①]祚、项鸿祚、许宗衡、蒋春霖、蒋敦复称"后七家"，尤极热闹的景象。然而词的怒潮已经成了过去，他们的努力也不过多造出些古色古香的赝鼎而已。

五

散曲在清代，正和诗词古文一样还烁耀着最后的余辉，但不久这辉光便迅速地衰歇了。这时的作者，约有三派：如朱彝尊、厉鹗、许光治、赵庆熹等，都是承继元明张可久、施绍莘的清丽一派。尤侗、刘熙载等，是学马致远、冯惟敏的豪放一派的。至若沈谦、蒋士铨、吴绮、吴锡麒、陈维崧诸人，好集曲与翻谱，是在步武明代的梁（辰鱼）、沈（璟）的一派。

在第一派的作家中，朱彝尊、厉鹗要算大家。朱的诗词，在清代都占第一流的地位，其散曲亦可以领袖群伦。他有《曝书亭集·叶儿乐府》一卷，约存小令五十余首。所作大都以雅洁秀润为主，专摹张小山的清丽的风格。如："昏鸦初定，凉蝉都静，丝丝鱼尾残霞剩。渚烟冷，露华凝。笑卷青荷柄[②]，我醉欲眠君又醒。筝，帘内声。灯，花外影。"（《山坡羊》）其雅秀，何减小山的"晓梦窗纱"（《离思》）耶。

---

① "鼎"应为"巩"。龚巩祚即龚自珍。

② 据（清）朱彝尊《曝书亭集·叶儿乐府》，商务印书馆1935年版，第1250页，"笑"字前脱"香筒"。

一行白雁清秋，数声渔笛蘋洲，几点昏雅[①]断柳。夕阳时候，曝衣人在高楼。

——《越调·天净沙》

鱼标，稻苗，争似南朝[②]好！月寒沙柳夜萧萧，帆影卸三姑庙。暗水横桥，矮屋香茅，看黄花都放了。丝篠[③]，布袍，再不想长安道。

——《中吕·朝天子》

到清秋，开家宴，生鱼切玉，野雀披绵。村村断蟹肥，日日菱湖[④]贱，对竹千竿书千卷，闷来时划个花船。白莲寺前，青阳桥外，金粟山边。

——《中吕·普天乐》

与朱彝尊作风相近的是厉鹗，他是浙派词的领袖。他的散曲集有《樊榭山房集·北乐府小令》，其中有华丽的，有清新的。像"茉莉鬟酥，蔷薇衣露。隔船窗闻笑语。不须醉，扶月上红桥去"（《红桥纳凉》）是前者的例子，而"稻齐，鳜肥。久忆

---

① 据（清）朱彝尊《曝书亭集·叶儿乐府》，商务印书馆1935年版，第1246页，"雅"应为"鸦"。

② 据（清）朱彝尊《曝书亭集·叶儿乐府》，商务印书馆1935年版，第1248页，"朝"应为"湖"。

③ 据（清）朱彝尊《曝书亭集·叶儿乐府》，商务印书馆1935年版，第1248页，"篠"应为"绦"。

④ 据（清）朱彝尊《曝书亭集·叶儿乐府》，商务印书馆1935年版，第1247页，"菱湖"应为"湖菱"。

吴中味。乘秋帆稳①去如飞"（同《平查作》②）可为后者的佐证。樊榭绝意功名，以诗词教授乡里，门弟子遍江南北。实为清文坛上重要的作者。郑方坤曾记他的生活道："老屋三楹，牙签插架，蓬蒿不剪，门无杂宾，法书名画而外，无储藏也。瀹茗焚香而外，无功课也。冒雨寻菊，踏雪探梅而外，无往还应接也。"（《本朝名家诗③小传》）是的，他在过着这样一种恬澹的幽静的隐逸诗人生活，所以他的作品，也如悬崖的孤松，静夜的朗月，极清高隽洁之致。

> 写秋思，芭蕉叶叶竹枝枝。南湖风雨凉何自？潘鬓成丝。虫声唱鬼诗，雁影排人字，凤纸书仙事。余香灭后，幽梦回时。
>
> ——《双调殿前欢》（秋思用小山春思韵）

> 渔事多，奈渔何！渔心太平谁似我？春雨渔蓑，落日渔舴，渔舍水云窝。约渔兄渔弟经过，聚渔儿渔女婆婆④。渔竿连月侵，渔网带烟拖。歌，渔笛定风波。
>
> ——《越调塞儿令》（渔家）

吴锡麒是介在张可久与王磐、金銮间的作家。锡麒

---

① 据（清）厉鹗著；（清）董兆熊注；陈九思标校《樊榭山房集》续集卷十，下册，上海古籍出版社2012年版，第1665页，"稳"应为"影"。

② 据（清）厉鹗著；（清）董兆熊注；陈九思标校《樊榭山房集》续集卷十，下册，上海古籍出版社2012年版，第1665页，这首散曲的曲牌名是"《朝天子》（中吕宫）"。

③ 此处脱"钞"字。

④ 据（清）厉鹗著；（清）董兆熊注；陈九思标校《樊榭山房集》续集卷十，下册，上海古籍出版社2012年版，第1670页，"婆"应为"娑"。

（一七四六——一八一八），字圣徵，号縠人，钱塘人。乾隆四十年进士。他是以骈文著名当代的。他的散曲有《有正味斋南北曲》一卷。约存小令七十首，套数十余首，作风清华明朗，妙绝时人。

　　西风吹白纻，歌罢人何处？莫道功成，肯逐鸱夷去，算回头只有烟波路。吴苑千秋，花也愁无主；越客千丝，网也兜难住。剩相思石上苔无数。

　　　　　　　　——《商调梧桐树》（西施）

　　故燕偏迟，新莺乱飞，租船去去湖西。一虹界处画图移，翠拥高头红接低。亭馆合，楼阁离，金迷纸醉梦何之？歌吹繁，灯火起，衣香人影几多时！

　　　　　　　　——《仙吕排歌①》（红桥访春）

赵庆熺与许光治，在这派中也是重要的作者。庆熺（一七九〇？——一八四七），字秋舲，仁和人。道光二年进士。他的散曲有《香消②酒醒曲》一卷。作风颇近施绍莘。《驻云飞·沉醉》一首，极清新灵活之致。光治（一八一〇——一八五五），字龙华，海昌人。他的散曲有《江山风月谱》一卷，为清代散曲的一霸，《满庭芳》写农家时序，多戛戛独造之语。

　　等得还家，澹月刚刚上碧纱。亲手递杯茶，软语呼名骂。他，只自眼昏花，脚跟儿乱躂。问著些儿，半响

---

① 据谢伯阳，凌景埏编《全清散曲》中册，齐鲁书社2006年版，第1148页，"仙"字前脱"南"字。

② "消"应为"销"。

无回话，偏生要靠住侬身似柳斜。

　　　　——赵庆熹《中吕驻云飞》（沉醉）

　　绿阴野港，黄云陇亩，红雨村庄。东风归去春无恙，未了蚕忙。连日提笺采桑，几时荷锸栽秧？连枷响，田塍夕阳，打豆好时光。

　　　　——许光治《中吕满庭芳①》（农事）

尤侗是一位才子，他是以戏曲著名当代的。他的《百末词余》华艳绝伦，处处表现着他的横溢奇肆的才思。《驻云飞·闺情》一曲颇有名：

　　晕脸堆霞，碧玉芳年初破瓜。半点春山画，一转秋波射。佳，裙带拖②单纱，晚妆偷卸。低唤郎来，携手珠帘下，笑看窗前夜合花。

沈谦（一六二〇——一六七〇），字去矜，号东江，仁和人。年二十余与丁澎诸人称为"西泠十子"。他著有《东江别集》。他的散曲在《东江别集》中有北曲一卷，南曲一卷。在清代的曲家中，他与蒋士铨是都受梁辰鱼、沈璟的影响。像《朝天子》云：

　　锁春情扣儿，照春愁镜子，巧把新妆试。遮花映柳倚帘时，在那处曾偷试。寄简传书，三回五次，俏心肠再不慈。多管是要死，俺也肯便死，盼一个明传示。

---

① 据谢伯阳，凌景埏编《全清散曲》中册，齐鲁书社2006年版，第1538页，"中"字前脱"北"字。

② 据谢伯阳，凌景埏编《全清散曲》上册，齐鲁书社2006年版，第319页，"拖"应为"衬"。

与沈谦同派的作者将 [①] 士铨最为重要。他是清代中年的一位诗家兼戏曲家。他的散曲绵丽凝重而少俊爽之趣。然如："花影斜，好煞骊山夜。细把裳霓羽衣叠，当头一片长安月。薛王呵醉也，寿王呵睡者。"（《题仇十洲华清出浴图》的《秋夜月》）却比较有空灵之致。

参考：

钱谦益、吴伟业、龚鼎孳，《清史列传》卷七十九。

施闰章、宋琬，《清史列传》卷七十。宋琬又见《国朝先正事略》卷三十七。

王士禛，《清史列传》卷九，《国朝先正事略》卷六。

陈维崧、朱彝尊、赵执信、查慎行、厉鹗，《清史列传》卷七十一。陈、朱又见《国朝先正事略》卷三十九，赵三十八，查四十，厉四十一。

沈德潜，《清史列传》卷十九，《国朝先正事略》卷十八。

袁枚、蒋士铨、赵翼、黄景仁，《清史列传》卷七十二。袁、蒋又见《国朝先正事略》卷四十二。

沈谦，《清史列传》卷七十，《国朝先正事略》卷三十七。

吴锡麒，《清史列传》卷七十二。

《初学集》《有学集》，钱谦益撰，有四部丛刊本。

《吴诗集览》，吴梅村撰，有四部备要本。

《渔洋精华录笺注》，王士禛撰，上海文瑞楼有影印笺注本。

《随园三十六种》，袁枚撰，有铅印本。商务印书馆有《大思

---

① "将"应为"蒋"。

想家袁枚评传》。

《袁蒋赵三家诗选》，王文濡选，文明书局出版。

《两当轩集》，黄景仁撰，有石印本。

《秋蟪吟馆诗钞》，金和撰，有坊间铅印本。

《人境庐诗钞[①]》，黄遵宪撰，北平文化学社有标点本。

《饮水词》，纳兰性德撰，有四部备要本，近坊间有标点本。

《清诗别裁集》，沈德潜编，有通行本，万有书库本。

《近代诗钞》，陈衍编，商务印书馆出版。

《国朝词综》，王昶编，有四部备要本。

《国朝词综续编》，黄燮清编，有四部备要本。

《箧中集[②]》，谭献编，这是近代词的总集，在半厂丛书中。

《中国诗史》，陆侃如编，大江书铺出版。

《清代[③]词选集评》，徐珂编，商务印书馆出版。

《曲雅》，卢前编，内选清人散曲二十余家。又有《续曲雅》所选均套数，有开明书店铅印本。

《散曲丛刊》，任中敏编，中华书局出版。

---

① "钞"应为"草"。

② "集"应为"词"。

③ "代"字衍。

第三十章　清代的散文

　　清代是文化学术极盛的时代，亦是中国旧文化的总结束的时代。在这个时代，关于旧文化的种种，莫不一一地重现。即以文学而论，如"汉魏辞赋""六朝骈文"，以及"唐诗""宋词""元杂剧""明传奇及小说"亦莫不一一重现于文坛，千红万紫，绚烂夺目。这时期文学家之众，作品之繁，实为以前任何朝代所不及，而为文学史上最完备、最隆盛的文学时代。

　　关于清代的戏剧、小说、诗词和散曲，在前几章已经讲过了，现在只论清代的散文与骈文。向来论到清初的散文家的，只推举魏禧、侯方域、汪琬三人。其实像考据家顾炎武、哲学家黄宗羲、历史家王夫之，他们虽不以文章著称，但他们所著的文章，却也扫除空疏，专尚实际，处处能表现一种真恳的学者态度，而不肯屑屑以摹仿某一家的古文为能事的。较后的古文家，便是方苞、刘大櫆一派的清微澹雅之文。他们都是远宗欧阳修，近承归有光之余绪的。姚鼐继起，作文以义理、考据、词章，三者不可偏废倡，遂造成古文的桐城派。阳湖恽敬虽亦出自桐城派，而他的文章较多情致，因于桐城派外，又别树阳湖一派。嘉庆以后，世变日亟，桐城派空疏的古文已经为人所不满。于是龚自珍、魏源力倡战国策士派的文学，乃稍变一时的风尚。后来梅曾亮、曾国藩先后继起，以桐城派为号召，于是桐城派古文复兴，更延长了数十年的寿命。到了季年，康有为、梁启超倡为时务文学，严复和林纾复应用古文来翻译西洋哲学和文学，都得了很大的成功。于是桐城派空疏的文章至此便顿形冷落。

一

　　清初的散文作家，像顾炎武、黄宗羲、王夫之三遗老，多经术考据的文学。比较专治古文者，厥为侯方域、魏禧、汪琬三人而已。但三人者，侯亨①年不永，未能尽其才，而魏集中复多谀墓酬应之作。比较汪于古文，造诣稍深，但也未可称为伟大的作家。

　　侯方域（一六一八———六五四），字朝宗，河南商丘人。父、祖都是显宦，朝宗亦贵介公子，负异才，豪迈不羁。他的文章，驰骋纵横，务尽其才。著有《壮悔堂文集》《四忆堂诗集》。魏禧（一六二四———六八〇），字冰叔，号叔子②，江西宁都人。明亡后，与长兄伯子、弟季子，及彭士望、林时益等共居翠微峰，隐居教授，肆力古文辞。他的作风凌厉雄杰，遇忠孝节烈事，则益慨感，摹绘淋漓。著有文集二十二卷。兄祥，字善伯，世号伯子，更名际瑞，所著有文集十卷。弟礼，字和公，所著有诗文集十六卷。三人者，世号"宁都三魏"。汪

---

①　"亨"应为"享"。
②　"叔子"是魏禧的另一字。

琬（一六二四——一六九〇[1]），字苕文，号钝翁，长洲人。与魏禧同年生，后禧十年殁。著有《尧峰文集》五十卷。纪昀称他"学术既深，轨辙复正，其言大抵原本六经，其气体浩瀚，疏通畅达，颇近南宋诸家，蹊径亦略不同。庐陵、南丰固未易言，要之接踵归、唐[2]，无愧色也。"兹录汪琬的《儿薵瘗志[3]》：

> 儿小名薵，予第二子也。母袁宜人。儿生而娟好，警悟异常。甫能言[4]，婢负之行通衢间，见诸生释菜者，用鼓乐旂帜道迎，儿指语婢曰："吾稍长亦当如是。"三岁，母袁教之诵诗，略能诵《关雎》以下数篇，及唐人绝句诗，暇辄为予诵之，其音琅琅可听。每过庖舍，家人或箕坐谩语，儿必呵禁之，不悛，必诉母袁加鞭笞，自是诸僮仆畏儿若成人然。儿有二妹，曰四姑、慧姑。四姑少儿一岁，其所出微也，儿抚视之，独不肯异他妹，母袁间赐果饵，必分授四姑，度相当乃已。儿之颖异，皆此类也。顺治十二年冬，予还自京师，家贫多负，而女慧姑复伤[5]于痘，予夫妇质衣服簪珥以敛，用是益大困。会岁且暮，天寒大雨雪，儿甫

---

① 目前一般认为汪琬的卒年是一六九一年。

② 据（清）永瑢《四库全书总目》卷一百七十三，中华书局1965年版，第1522页，"踵归、唐"应为"迹唐、归"。

③ 据（清）汪琬著；李圣华笺校《汪琬全集笺校》第二册，人民文学出版社2010年版，第842页，"儿"字前脱"亡"字。

④ 据（清）汪琬著；李圣华笺校《汪琬全集笺校》第二册，人民文学出版社2010年版，第842页，"甫"字前脱"儿"字。

⑤ 据（清）汪琬著；李圣华笺校《汪琬全集笺校》第二册，人民文学出版社2010年版，第842页，"伤"应为"殇"。

五岁，予不能为儿易新衣，犹衣故败絮，遂中寒疾。明年春，痘发于颐，越七日死。死之日，其母梦人玄冠绛袍，率两童子径登儿所卧楼挟之去。及寤，犹闻下楼履声隐隐，而儿遽死矣。先是，予家数有怪：牖上屈戌，不风而摇，若有人震撼之者；儿所戏竹凳弃壁间，无故自移，逾故处十许步；酱瓿忽坠地破裂，砉然有声。予尝考之于《传》："凡物[1]动，为木沴金；自坏，为金沴木，皆不祥也。"不一月而子女相继殇死。呜呼！亦可哀已。儿生于八年三月某日，死于十三年正月某日，瘗诸邓尉山先茔之次，而遂为之志。

侯、魏、汪的散文，可算是明清过渡时代的文学。他们的文章，多少是受明末遗老朴学的薰陶。但到了乾隆时，便专尚辞华了。且去清较远，文习渐以华丽相尚，袁枚、胡天游、洪亮吉即此时应运而起的作者。三人均以骈文著，散文也佳，而袁子才名尤著。他的散文《祭妹文》是一篇真情流露的美丽的作品。子才又与蒋士铨、赵翼称"乾隆三大家"（诗家）。而蒋士铨的《鸣机夜课图记》，亦是极有名的一篇美丽的散文。

上边说过，文章到了乾隆时代，是日就华丽了。华丽之极，则必趋之于靡，靡则救之以质。于是桐城派的清微雅澹的古文辞，乃应运而起。桐城初祖，当上推方望溪。望溪名苞（一六六八——一七四九），字灵皋，桐城人。康熙间举进士，官至侍郎，以理学家自命。其文由归有光上接欧阳修、韩愈、

---

[1] 据（清）汪琬著；李圣华笺校《汪琬全集笺校》第二册，人民文学出版社2010年版，第843页，此处脱"自"字。

司马子长。虽雅洁清秀，而缺少光焰气魄。著有《望溪集》八卷。望溪一传而为刘大櫆（一六九八——一七七九）。櫆字才甫，桐城人。著有《海峰集》八卷。望溪之文，以义法为重；才甫之文，则并古人神气和音节皆欲摹拟之。才甫再传而为姚鼐（一七三一——一八一五）。鼐字姬传，桐城人。世父范与才甫善，命鼐受法于大櫆，而鼐又传经学于家庭之间，故其为文，理深于刘氏。他对于古文的义法，主张"文之体十三，而所以为文者八，曰神、理、气、味、格、律、声、色。神、理、气、味者，文之精也；格、律、声、色、者，文之粗也"（《古文辞类纂序目》）。自来言古文法者，殆莫详于姚氏了。他既传方、刘的绪业，且久主东南各大书院讲座，相从问业者甚多。所以历城周永年书昌为之语曰："天下文章，其在桐城乎。"由是学者多归向桐城，号桐城派。当时门下著籍者，有上元管同异之（一七八〇——一八三一）、梅曾亮伯言（一七八六——一八五六）、桐城方东树植之（一七七一①——一八五一）、姚莹硕甫②（一七八五——一八五二），四人者号惜抱四大弟子。他们从此广相传嬗，而桐城派的影响就远播各处了。与惜抱同时不列弟子籍而服膺他的，有新城鲁仕骥絜非、宜兴吴德旋仲伦……此后桐城衍为江西、广西、湖南三大派。在江西者有陈用光硕士、吴嘉宾子序、陈学受艺叔、陈溥广敷等。在广西的有吕璜月沧、朱琦伯韩、龙启瑞翰臣、王拯定甫。在湖南的有杨彝珍性农、孙鼎臣芝房、郭嵩焘伯琛等。曾国藩与吴敏树虽非桐城正

---

① 目前一般认为方东树的生年是一七七二年。
② 姚莹，字石甫，一作硕甫。

宗，亦是很倾姚氏者。关于桐城派的源流，曾国藩《欧阳生文集序》叙述颇详，读者参阅这篇全文，便可明白了。兹举刘大櫆的《章大家行略》，以见桐城派古文的作风：

先大父侧室，姓章氏。明崇祯丙子十一月二十七日生。年十八来归，逾年，生女子一人，不育。又十余年，而大父卒。先大母钱氏，大母早岁无子，大父因娶章大家。三年，大母生吾父，而章大家卒无出。大家[①]寒族，年少，又无出，及大父卒，家人趣之使行，大家则慷慨号恸不食。时吾父才八岁，童然在侧，大家挽吾父跪大母前，泣曰："妾即去，如此小弱何？"大母曰："若能志夫子之志，亦吾所荷也。"于是与大母同处四十余年，年八十一而卒。大家事大母尽礼，大母亦善遇之，终身无间言。櫆幼时，犹及事大母。值清夜，大母倚帘帷坐，櫆侍在侧，大母念往事，忽泪落。櫆见大母垂泪，问何故，大母叹曰："予不幸，汝祖中道弃予，汝祖没时，汝父才八岁。"回首见章大家在室，因指谓櫆曰："汝父幼孤，以养以诲，俾至成人，以得有今日，章大家之力居[②]多。汝年及长，则必无忘章大家。"櫆时虽稚昧，见言之哀，亦知从旁泣。大家自大

---

① 据（清）刘大櫆《海峰文集》卷七//《续修四库全书》第1725册，上海古籍出版社2002年版，第535页，此处脱"生"字。

② 据（清）刘大櫆《海峰文集》卷七//《续修四库全书》第1725册，上海古籍出版社2002年版，第535页，"居"应为"为"。

父卒，遂丧明。目虽无见，而操作不辍。槐七岁，从^①塾师在外庭读书。每隆冬，阴风积雪，或夜分始归，僮奴皆睡去，独大家煨炉火以待。闻叩门，即应声，策杖扶壁行，启门，且执手问曰："若书熟否？先生曾扑责否？"即应以书熟，未曾扑责，乃喜。大家垂白，吾家益贫，衣食不足以养，而大家之晚节更苦。呜呼！其可痛也夫。

二

桐城派古文之外，在当时还有所谓阳湖派的古文。这一派是怎样的起来呢？原来钱伯坰鲁斯，是桐城刘大櫆的弟子，他和阳湖恽敬、武进张惠言为友，时时诵其师海峰之学于恽、张。二人者遂尽弃其考据骈丽之学，专志以治古文。于是阳湖古文之学特盛，世号阳湖派（参看陆继辂《七家文钞序》、张惠言《送钱鲁斯序》）。但阳湖派名实上虽与桐城派对立，而实际上行文的波澜与法度，和桐城派无大区别，不过文章的背景比较丰富，文笔方面比较才气纵横一点罢了。

恽敬（一七五七──一八一七），字子居，有《大云山房文集》。皋文，名惠言（一七六一──一八〇二），有《茗柯文编》。他们是阳湖派古文之祖，二人又是最好的朋友。居京师相与商磋经义，研治古文，比皋文殁，子居慨然曰："古文自元、

---

① 据（清）刘大櫆《海峰文集》卷七//《续修四库全书》第1725册，上海古籍出版社2002年版，第536页，"从"字前脱"与伯兄、仲兄"。

明以来，渐失其传。吾向①不多作②者，以有皋文③在也。今皋文④死，吾当⑤并力为之。"自此益务为文以自壮。他的文章，论事得力于韩非、李斯，与苏明允相上下，近法家言，叙事似班孟坚、陈承祚。他尝自谓："吾文皆自司马子长出，子长以下，无北面者。"他这种自负的话，显然要想独树一帜而不肯拘拘于桐城一家之言。兹举张惠言《先妣事略》一文为例，亦以见阳湖古文，其行文波澜固多少受桐城影响也。

先妣姓姜氏，考讳本维，武进县学增广生。其先世居镇江丹阳之滕村，迁武进者四世矣。先妣年十九，归我府君。十年，凡生两男两女，殇其二，惟姊观书及惠言在而府君卒，卒后四月，遗腹生翊。是时先妣年二十九，姊八岁，惠言四岁矣。府君少孤．兄弟三人，资教授以养先祖母。先祖母卒，各异财，世父别赁屋居城中。府君既卒，家无一夕储。世父曰："吾弟不幸以殁，两儿未成立，是我责也。"然世父亦贫，省啬口食，常以岁时减分钱米，而先妣与姊作女工以给焉。惠言年九岁，世父命就城中与兄学，逾月时乃一归省。一

① 据赵尔巽等撰《清史稿》卷四八五，中华书局1998年版，第13403页，此处脱"所以"。

② 据赵尔巽等撰《清史稿》卷四八五，中华书局1998年版，第13403页，"作"应为"为"。

③ 据赵尔巽等撰《清史稿》卷四八五，中华书局1998年版，第13403页，"以有皋文"应为"有惠言"。

④ 据赵尔巽等撰《清史稿》卷四八五，中华书局1998年版，第13403页，"皋文"应为"惠言"。

⑤ 据赵尔巽等撰《清史稿》卷四八五，中华书局1998年版，第13403页，"当"应为"安敢不"。

日暮归，无以为夕飧，各不食而寝。迟明，惠言饿不能起，先妣曰："儿不惯饿，惫耶？吾与而姊、而弟时时如此也。"惠言泣，先妣亦泣。时有从姊乞一钱，买糕啖惠言。比日昳，乃贳贷得米，为粥而食。惠言依世父居，读书四年返。先妣与姊课针黹，常数线为节。每晨起，尽三十线，然后作炊。夜则然一灯，先妣与姊相对坐，惠言兄弟持书倚其侧，针声与读声相和也。漏四下，惠言姊弟各寝，先妣乃就寝。然先妣虽不给于食，惠言等衣履未尝不完，三党亲戚吉凶遗问之礼未尝阙，邻里之穷乏来告者，未尝不侭恤也。先是先祖早卒，先祖妣白太孺人恃纺绩以抚府君兄弟，至于成人，教之以礼法孝弟甚备，里党称之以为贤。及先妣之艰难困苦，一如白太孺人时，所以教惠言等者，人以为与白太孺人无不合也。先妣逮事白太孺人五年，尝得白太孺人欢，于先后委宛备至，于人无所忤，又善教诲人，与之居者，皆悦而化。姊适同邑董氏，其姑钱太君，与先妣尤相得，虚其室假先妣居，先妣由是徙居城中。每岁时过故居，里中诸母争要请，致殷勤，惟恐速去。及先妣卒，内外长幼无不失声，及姻亲之臧获皆为流涕。先妣以乾隆五十九年十月十八日卒，年五十有九。以嘉庆二年正月十二日权葬于小东门桥之祖茔，俟卜地而窆焉。府君姓张氏，讳蟾宾，字步青，常州学廪膳生，世居城南郊德安里。惠言，乾隆丙午科举人。翊，武进县学生，为叔父后。观书之婿曰董达章，国子监生。呜呼！先妣自府君卒，三十年更困苦惨酷，其可言者止此，什伯于此者，不可得而言也。尝忆惠言五岁时，先妣日夜哭泣数十日，忽蒙被昼卧，惠言戏床下，以为母倦哭而寝也。须臾族母至，乃知引带自经，幸而得苏。而先妣疾，惠言在京师，闻状驰归，已不及五十一日。呜呼！天降罚于惠言，独使之无父无母也耶？而于先妣，何其酷也！

三

恽敬、张皋文之后，阳湖派继起的人物有秦瀛小岘、陆继辂祁孙、董士诚晋卿[①]、李兆洛申耆、陈维崧其年[②]、孙星衍渊如、周济止庵、庄存与方耕、董基诚于说[③]、庄述祖葆琛、洪亮吉稚存……但这些人中，如李兆洛、洪亮吉、陈维崧、孙星衍，与其说是长于古文，还不如说长于骈文。此外不属于流派的，像汪中、胡天游，所为文都很高古，为有清一代卓异的作家。

清代的文学，虽然以桐城派古文为文坛的中心，但汉学家每不惬意于桐城古文的空疏简陋，乃对该派时时作猛烈的攻击。姚姬传为文，虽说义理、考据、词章三者并重，但他究偏于义理，习于空疏，而不甚重视考据。及曾国藩出，目击汉、宋学者的不相通晓，于是为文既重义理，复崇考据，又于桐城清淡之外，加以宏肆，遂蔚然为一代大宗。他的文颇雄伟，尝欲以戴震、段玉

---

① 董士锡，字晋卿。
② 陈维崧活动于清初，无疑早于恽敬、张惠言，此处列陈维崧应为作者疏漏。
③ 董基诚，字子诜。

裁、钱大昕、王念孙训诂之学，作扬雄、班固、《左传》、《国策》的文章。他自言初解文法，由姚姬传启之，至列入《圣哲画像记》。惟曾国藩的文章，比于桐城规模大得许多，看他的《书归震川文集序①》，很可以看出他对于桐城古文的态度。黎庶昌说："本朝文章，其体实正自望溪方氏，至姚先生而辞始雅洁，至曾文正始变化以臻于大。"这说的曾氏对于桐城派古文的复兴，实非阿谀之言。曾氏著名的作品，为各《昭忠祠记》和殉难诸"碑志"。他的弟子甚众，最著者有孙衣言、张裕钊、黎庶昌、薛福成、吴汝纶、李元度、王闿运等，而张、黎、薛、吴尤著称，号曾门四大弟子。吴汝纶（一八四〇——一九〇三）恰守其乡先生义法，为桐城派的最后有光辉的作家。兹录曾国藩的《欧阳生文集序》，以见桐城派古文的渊源和流衍：

> 乾隆之末，桐城姚姬传先生鼐，善为古文辞，慕效其乡先辈方望溪侍郎之所为，而受法于刘君大櫆，及其世父编修君范。三子既通儒硕望，姚先生治其术益精。历城周永年书昌为之语曰："天下之文章，其在桐城乎！"由是学者多归向桐城，号"桐城派"，犹前世所称"江西诗派"者也。姚先生晚而主钟山书院讲席。门下著籍者，上兀②有管同异之、梅曾亮伯言，桐城有方东树植之、姚莹石甫。四人者，称为高第弟子，各以所

---

① 据（清）曾国藩著；王澧华校点《曾国藩诗文集》文集卷一，上海古籍出版社2013年版，第146页，"书归震川文集序"应为"书归有光文集后"。

② 据（清）曾国藩著；王澧华校点《曾国藩诗文集》文集卷三，上海古籍出版社2013年版，第285页，"兀"应为"元"。

得传授徒友，往往不绝。在桐城者，有戴钧衡存庄，事
植之久，尤精力过绝人。自以为守其邑先正之法，禔之
后进，义无所让也。其不列弟子籍，同时服膺，有新城
鲁仕骥絜非、宜兴吴德旋仲伦。絜非之甥为陈用光硕
士。硕士既师其舅，又亲受业姚先生之门。乡人化之，
多好文章。硕士之群从，有陈学受艺叔、陈博广敷，而
南丰又有吴嘉宾子序，皆承絜非之风，私淑于姚先生，
由是江西建昌有桐城之学。仲伦与永福吕璜月沧交友，
月沧之乡人有临桂朱琦伯韩、龙启瑞翰臣、马平王[1]拯
定甫，皆步趋吴氏、吕氏，而益求广其术于梅伯言，由
是桐城宗派流衍于广西矣。昔者，国藩尝怪姚先生典试
湖南，而吾乡出其门者，未闻相从以学文为事。既而得
巴陵吴敏树南屏，称述其术，笃好而不厌。而武陵杨彝
珍性农、善化孙鼎臣芝房、湘阴郭嵩焘伯琛、溆浦舒焘
伯鲁，亦以姚氏文家正轨，违此则又何求？最后得湘潭
欧阳生。生，吾友欧阳兆熊小岑之子，而受法巴陵吴
君、湘阴郭君，亦师事新城二陈。其渐染者多，其志趣
嗜好，举天下之美，无以易乎桐城姚氏者也。当乾隆中
叶，海内魁儒畸士，崇尚鸿博，繁称旁证，考核一字，
累数千言不能休，别立帜志，名曰"汉学"，深摈有
宋诸子义理之说，以为不足复存，其为文尤芜杂寡要。
姚先生独排众议，以为义理、考据、词章，三者不可偏

---

[1] 据（清）曾国藩著；王澧华校点《曾国藩诗文集》文集卷三，上海古
籍出版社2013年版，第286页，此处脱"锡"字。

废。必义理为质，而后文有所附，考据有所归。一编之内，惟此尤兢兢。当时孤立无助，传之五六十年。近世学子，稍稍诵其文，承用其说。道之废兴，亦各有时，其命也欤哉！自洪、杨倡乱，东南荼毒。钟山石城，昔时姚先生撰杖都讲之所，今为犬羊窟宅，深固而不可拔。桐城沦为异域，既克而复失。戴钧衡全家殉难，身亦呕①血死矣！余来建昌，问新城、南丰，兵燹之余，百物荡尽，田荒不治，蓬蒿没人。一二文士，转徙无所，而广西用兵九载，群盗犹汹汹，骤不可爬梳。龙君翰臣又物故，独吾乡少安，二三君子尚得优游文学，曲折以求合桐城之辙。而舒焘前卒，欧阳生亦以瘵死。老者牵于人事，或遭乱不得竟其学，少者或中道夭殂。四方多故，求如姚先生之聪明早达，太平寿考，从容以跻于古之作者，卒不可得。然则业之成否，又得谓之非命也耶？欧阳生，名勋，字子和，殁于咸丰五年三月，年二十有几。其文若诗，清缜喜往复，亦时有乱离之概。庄周云："逃空虚者，闻人足音跫然而喜。"而况昆弟亲戚之謦欬其侧者乎？余之不闻桐城诸老之謦欬也久矣！观生之为，则岂直足音而已！故为之序，以塞小岑之悲，亦以见文章与世变相因，俾后之人得以考览焉。

---

① 据（清）曾国藩著；王澧华校点《曾国藩诗文集》文集卷三，上海古籍出版社2013年版，第286页，"呕"应为"欧"。

四

　　咸、同以还，国内与西洋文化接触，政治军事，著著失败，开千古未有的奇局。及到光绪，外患日亟，学士大夫蒿目时艰。鉴于空疏束缚的桐城派古文不能应付潮流，于是发抒谠论，倡议新学，而文习乃因之大变，新闻文学便为一时的产物。这种新闻文学倡导最有力的人物，则为康有为、梁启超。

　　康有为（一八五八———一九二七），字广厦，又字长素[①]，广东南海人。年十八从朱次琦学。朱学以"理学为体，以经济为用，宗程、朱而兼采陆、王"。有为则独好陆、王。及游京师，经香港、上海，见西人殖民政治之完整，因思所以致此者必有道德学术以为之本体，乃悉购江南制造局及西教会所译出各书尽读之，甲午败后，曾上书请变法图强。会常熟翁同和[②]为德宗师，力荐之。德宗以为贤，遂有变法维新之举，然仅百日，而西后复垂帘听政，囚德宗于瀛台，杀谭嗣同、刘光第、杨深秀、杨锐、林旭，及有为弟康广仁，即世所谓"戊戌六君子"也。他为人主观极强，其文流动活泼不拘拘于格调，而自有独到之处。他的弟子梁启超（一八七三———一九二九），字卓如，号任公，又号饮冰室主人，新会人。从康有为为变法运动。他自己批评他的文章说："一、平易畅达，时杂以俚语、韵语及外国语，纵笔所至不检束。二、条理明晰。三、笔端常带情感，具有使读者特别感动

---

① "长素"为康有为的号。
② "和"应为"龢"。

的魔力。"（《清代学术概论》）他的文章以在《庸言》《大中华》两杂志中所作者为最好，但已是民国时代的产物。《新民丛报》的文章，气象蓬勃，议论激昂，称霸中国近世文坛垂三十年，对于青年读者，尤具广大的吸引力。

五

自海禁大开，国人已知西洋文明之不可忽视，思进而求其立国的内容，于是译述西书之业渐兴。但所译述多偏于格物及历法等书，对于哲学、文学的翻译与介绍，则很少的注意。自严复、林纾、苏玄瑛以古文翻译哲理文艺之作，乃开中国古文学应用的新纪录。

严复（一八五三——一九一一①），字又陵，又字几道，幼即深研于文辞。光绪二年，赴英国留学。他对于学，无所不窥，凡中外治术学理，莫不深究其原委，抉其得失，证明而会通之。国内六十年来治西方学术者，实在没有一个可以比得上的。他著有文集，作风清峻畅达。若专以散文而论，他确是桐城派的后劲。

林纾（一八五二——一九二四），字琴南，号署冷红生，福建闽县人。为古文规仿桐城，其琢句亦颇精卓，但格局逼窄，气机滞涩，已不能振桐城古文之业。他在中国文学上的地位，不在他的古文，而在他的以古文翻译西方的说部。胡适说："古文不曾做过长篇小说，林纾居然用古文译了一百多种长篇小说。古

---

① 严复的卒年应是一九二一年。

文里很少滑稽的风味，林纾居然用古文译了欧文和迭更司的作品。古文不长于写情，林纾居然用古文译了《茶花女》与《迦茵小传》。古文的应用，自司马迁以来从没有这种大的成绩。"诚然，林琴南能为古文开一新境界，非特可为介绍西洋近世文学之第一人，实足以开中国古文学应用的先声。他的《劫外昙花》《京华碧血录》，以及苏玄瑛的《碎簪记》《焚剑记》《绛纱记》《断鸿零雁记》，都是用古文来创作小说而得到成功的作品。关于林氏的小说，我这里不必详述了，只举他的《送姚叔节（永概）归桐城序》一篇古文，以见他和桐城派古文的关系。我们如果把他这篇文章与曾文正的《欧阳生文集序》同看，就可考见桐城文派的盛衰，这时显然是古文的末运了。

前二十余年，吾见桐城姚叔节于裯中人[1]。有王贡南者，指而称曰："是惜抱先生之[2]从孙也。"时叔节英英然方领解，余不得绍无以自进于叔节。又十五年，始见范伯子（当世）于江宁[3]。伯子婿于姚氏，因得闻叔节学问甚详，盖能世石甫（莹）先生之家学，而遥接心源于惜抱者也。又五年，马通伯（其昶）之[4]京师，

---

① 据林琴南《畏庐续集》//《林琴南文集》，中国书店1985年版，第24页，"裯中人"应为"裯人中"。

② 据林琴南《畏庐续集》//《林琴南文集》，中国书店1985年版，第24页，"之"字衍。

③ 据林琴南《畏庐续集》//《林琴南文集》，中国书店1985年版，第24页，"宁"应为"南"。

④ 据林琴南《畏庐续集》//《林琴南文集》，中国书店1985年版，第24页，"之"应为"至"。

以其 ① 文噪于公卿间，见余，述其师吴挚甫（汝纶）文章行谊不容目。余以通伯籍桐城，则又问叔节，乃知通伯又婿于姚氏者也。呜呼！姚氏不惟擅其文章，兄弟绵绍其家学，乃其亲戚亦皆以文名天下，何其盛也！近与叔节共事大学，须髯伟然，年垂五十矣。回念伯子被衰以毁卒，挚甫与余居 ② 京师累月，旋亦物故。晚交得通伯，以上书论时政，不合，匆匆亦遇乱归桐城。计可以论文者，独有一叔节，而叔节亦行且归。然则讲古学者之既稀，而二三良友复不得 ③ 集而究论之，意斯文绝续之交，亦有数存乎？方道、咸间，曾、梅诸老以古文鼓吹于吴、楚，一时朝士亦彬彬竞学，濂亭（张裕钊）、挚甫实为之后劲。诸老中挚甫为最后死，尝语余，自憾其老，恐桐城光焰自是而熸。时吾未识通伯，因谓叔节必能力继其盛，今通伯方读书浮山，叔节归而与之提倡古学，果得二三传人，知叔节虽不与我居，精神当日处吾左右。余又何别之惜耶！

参考：

魏禧、汪琬、侯方域见《清史列传》卷七十，又见《国朝先正

---

① 据林琴南《畏庐续集》//《林琴南文集》，中国书店1985年版，第24页，"其"应为"古"。

② 据林琴南《畏庐续集》//《林琴南文集》，中国书店1985年版，第25页，"挚甫与余居"应为"挚甫先生与余聚"。

③ 据林琴南《畏庐续集》//《林琴南文集》，中国书店1985年版，第25页，此处脱"常"字。

事略》卷三十七。

方苞见《清史列传》卷十九，又见《国朝先正事略》卷十四。

刘大櫆见《清史列传》卷七十，又见《国朝先正事略》卷四十一。

姚鼐见《清史列传》卷七十二，又见《国朝先正事略》卷四十三。

恽敬见《清史列传》卷七十二，又见《国朝先正事略》卷四十三。

曾国藩见《清史列传》卷四十五。

《清文录》[①]一百卷，桃[②]椿编，有原刊本，有中华书局有简编本。

《古文辞类纂》四十八卷，姚鼐编，四部备要本，通行本。

《续古文辞类纂》，王先谦编，有商务印书馆本。中华有《新古文辞类纂》稿本，录近人作品，蒋瑞藻编。

《尧峰文钞》四十卷，汪琬撰，有四部丛刊本。

《方望溪先生全集》十八卷，方苞撰，有四部丛刊本。

《惜抱轩文集》十六卷，姚鼐撰，有四部丛刊本，商务有《方姚文》。

《大云山房文稿》十一卷，恽敬撰，有四部丛刊本，商务有《恽敬文》。

《茗柯文四编》四[③]卷，张惠言撰，有四部丛刊本。

《曾文正公文集》三卷，曾国藩撰，有四部丛刊本。

---

① 即《国朝文录》。

② "桃"应为"姚"。

③ "四"应为"五"。

《八家四六文钞》九卷，吴鼒编，校经堂刻本，内选袁枚、邵齐焘、刘星炜、孔广森、吴锡麒、曾燠、孙星衍、洪亮吉八家。

《三家文钞》三十二卷，宋荦编刻，内侯方域、汪琬、魏禧三人。

《桐城文派 ① 述》，姜书阁编，商务印书馆出版。

《苏曼殊集》，柳亚子编纂，北新书局出版。

---

① 此处脱"评"字。

跋

　　本书自属稿到现在，计所费时间，凡四年有余。虽勉强成书，但自觉疏漏仍多。展阅一过，倍觉愧恧。吾所最引为深憾者，即《诗经》以前的文学，唐五代的变文（包含宋、明以来的宝卷和弹词），宋、元的戏文与诸宫调，及五四运动以来的新文学，均未能专章叙述耳。在第二十五章《明代的平话集》一文里，所叙到的"三言""两拍"也仅载目录。当时所未见到的《警世通言》和《古今小说》，现在这两种书均已见到。"三言"之前，嘉靖间洪楩所刻的《清平山堂话本》十五种，向珍藏于日本内阁文库，现已有北平古今小品书籍刊行会的影印本。据郑振铎先生说：最近宁波发现的《清平山堂话本》（《雨窗乐①》《欹枕集》）几无一本和日本藏本相同的。其中如《花灯轿莲女成佛记》《曹伯明错勘赃记》《董永遇仙传》《老冯唐直谏汉文帝》《汉李广世号飞将军》《夔关姚卞吊诸葛》《齐②

① "乐"应为"集"。
② 据（明）洪楩《清平山堂话本》，古典文学出版社1957年版，第313页，"齐"应为"雪"。

川萧琛贬霸王》等，都是不见于"三言"的崭新的东西。在戏曲一方面，本书所述的明、清两代，仅限于传奇，而忽略了杂剧。但如明沈泰《盛明杂剧》、邹式金《杂剧三编》及郑振铎先生最近刊印的《清人杂剧》。在这三书中所载的明、清两代的杂剧，却尽多佳构，其高者也不下于元代六大家最好的作品。然而书已印成，均不能补入矣。方今中国文学之史料的搜集，已成一种风气，在近几年来珍本秘册之纷纷地出现，更给与从事斯道者以许多的新的途径。本书将来尽有改写与增添的所在，甚或有整个变动阵容的必要。但这些工作，现在只算是一种预告，留待将来补足可也。印成后又蒙钱玄同先生为题封面，谨在此致谢。

梁乙真　二十三年七月三十日